Lumera Expedition
Return

JONA SHEFFIELD

LUMERA EXPEDITION

RETURN

BE
Belle Époque Verlag

Jona.sheffield@lumera-expedition.com
www.lumera-expedition.com

© Jona Sheffield. Alle Rechte vorbehalten.
Das Werk darf – auch teilweise – nur mit Genehmigung der Autorin wiedergegeben werden.

Lizenzausgabe des Belle Époque Verlags, Inh. G. Pahlberg, Wiesenstr. 7, 72135 Dettenhausen, mit freundlicher Genehmigung der Autorin.
Kontakt Produktsicherheit: GPSRinfo@be-verlag.de

Lektorat: Dr. Peter Schäfer
Cover: Olivia Pro Design

Besonderer Dank: Daniel Schaffeld, Lena Schaffeld, Johanna Bulbeck, Anne Bulbeck

Herstellung: Custom Printing, Wał Miedzeszyński 217/1, 04-987 Warszawa, Polen

ISBN: 978-3-96357-282-1

Weit hinter den Sternen brannte Sol.
Terra aber schwieg.

Elena Alexandrowna Grebrova (Astronomin)

PROLOG

2298 | Lumera

Der Arbeiter hörte die Erschütterungen, die Einschläge und die Schreie. Er suchte die Augen seiner Artgenossen, mit denen er sich verbinden konnte, um durch sie zu erkennen und zu verstehen, was dort oben geschah. Durch einen panisch umherzuckenden Augapfel sah er Wesen mit leuchtend roten Tentakeln auf dem Kopf. Die vierarmigen Krieger hielten massige Waffen. Sie feuerten auf sein Volk, und dann sah er keine Bilder mehr. Er konzentrierte sich und streckte seine Sinne nach weiteren Gefährten aus. Durch andere Augen sah er die feindlichen Raumschiffe am Himmel.

Panisch suchte er das Sichtfeld seines Kameraden mit den vielen Narben. Gemeinsam hatten sie in der Vergangenheit auf der Murrnii'Gho gedient, ihrem Forschungsschiff, auf dem alles Leben durch eine grausame Krankheit ausgelöscht worden war.

»Was geschieht hier?«, fragte er ihn verwirrt.

Er sah, wie der Kamerad sich auf der Suche nach Deckung umblickte.

»Bleib im Verborgenen. Unsere Welt brennt! Wir sind dem Untergang geweiht. Rette, was du retten kannst.«

Der Arbeiter mit dem Namen Jaraaf rannte los. Er musste doch helfen, konnte sich hier nicht verstecken. Immer wieder nutzte er den Blick seines Freundes. Dabei sah er Flammen und schlanke Gestalten mit roten Auswüchsen auf den Köpfen, die davonliefen, ihre Raumschiffe bestiegen und diesen Planeten verließen. Flohen die Angreifer? War ihr Volk gerettet?

»Bleib, wo du bist«, rief sein Freund. »Zerstöre den Durchgang. Es ist noch nicht vorbei.«

Der Arbeiter starrte auf den Durchgang, der im Dunkeln vor ihm lag. Sein Auftrag lautete, ihn zu zerstören, aber er weigerte sich – das erste Mal in seinem Leben.

Er blickte noch einmal durch das Auge des Anderen. Am Himmel sah er die Raumschiffe ihrer Feinde in wunderschönen Formationen. Dann blendete ihn gleißend helles Licht.

Er sah Feuer, Wasser, Erde. Alles veränderte sich. Nichts war mehr so, wie es sein musste. Die Sonne war verschwunden, der Himmel von einem dunklen Netz umsponnen. Die Invasoren hatten eine Waffe, die übermächtig war. Er fühlte den Schmerz seines Kameraden, als dieser vom Feuer verschlungen wurde.

1 - JAMES

2385 | Three Moon

»Elias! Wie … das kann doch nicht … Sie sind doch tot!«

Starr vor Schreck blickte James Lenoir in die Fratze von Dr. Elias Fox, der plötzlich in seinem Büro aufgetaucht war. Er selbst hatte Fox getötet. Er war dabei gewesen, als dessen Puls gemessen und sein Tod bestätigt worden war. Wie konnte es sein, dass sein Erzfeind nun unerwartet kraftstrotzend in sein Büro hineinstolzierte?

Während James den von den Toten Auferstandenen mit offenem Mund anstarrte, funkelte Elias Fox ihn hasserfüllt an. »Ja, das war dein Plan. Mich zu töten. Aber wie du siehst geht es mir blendend. So einfach wirst du mich nicht los.«

James blickte auf den vor Dreck starrenden Körper vor sich. Durch den Schweiß war er von zahllosen braunen Schlieren übersät, aber es war nicht zu übersehen, dass Fox nur noch aus Muskeln und Sehnen zu bestehen schien. James war klar, dass das nicht der Fox war, den er noch gekannt und zum Präsidenten erklärt hatte. Irgendetwas hatte ihn in ein Monster verwandelt.

»Was … was haben Sie vor?«, fragte James, nachdem er es geschafft hatte, sich etwas zu sammeln. Seine schwitzigen

Hände verbarg er dabei hinter seinem Rücken. Per BID rief er die Garde.

»Ruf ruhig deine Leute, elender Einfaltspinsel! Bis die kommen, bin ich längst weg. Rate doch mal, was ich von dir will!«, lachte Fox überheblich. James ballte die Fäuste und biss die Zähne so fest zusammen, dass es knirschte.

»Ich gehe davon aus, dass Sie mich umbringen wollen«, hörte James sich selbst sagen. Kaum zu fassen, dass er gerade mit einem Toten redete. »Aber ich warne Sie, Elias. Sie kommen hier nicht mehr lebend raus, sollten Sie Hand an mich legen.«

Das dreckige Gelächter von Elias Fox hallte nun noch lauter durch den Raum. James fragte sich, wo Ms. Thistleweed steckte. Von seinem Standpunkt aus konnte er ihren Schreibtisch nicht sehen, so sehr er sich auch zur Seite neigte.

»Oh, du suchst deine Sekretärin, vermute ich? Tja, die wollte mich nicht zu dir durchlassen, also musste ich meine gute Kinderstube kurz vergessen. Kleiner Kollateralschaden, nichts für ungut!«

»Du mieses Schwein!« Trauer, Schmerz und ein unbändiger Hass auf diesen eiskalten Mörder brachen mit voller Wucht über James herein. Ganz automatisch verzichtete er nun darauf, sein Gegenüber zu siezen. »Das wirst du bereuen, das schwöre ich!«

»Sachte, mein Freund. Versprich nichts, was du nicht halten kannst.«

»Was …« James musste sich beherrschen, um nicht vollständig die Kontrolle zu verlieren, »... was willst du von mir?«

»Nun gut, ich will es dir verraten. Ich werde dein armseliges Leben heute verschonen, obwohl es ein Kinderspiel für mich wäre, dich jetzt sofort zu zermalmen. Du hättest nicht den Hauch einer Chance. Aber ich will noch ein wenig mit dir spielen.«

James schüttelte fassungslos den Kopf. Elias Fox musste völlig durchgeknallt sein. Wie konnte man die Ermordung von Menschen als Spiel bezeichnen?

»Du brauchst also nicht um dein Leben zu bangen, James – zumindest heute nicht. Ich bin nur hier, um dir mitzuteilen, dass ich wiederkommen werde. Und dann wirst du langsam und qualvoll sterben. So, dass es mir gefällt. Deine Garde wird dir nicht helfen können.« Fox legte seine Hand ans Ohr und blickte theatralisch horchend an die Zimmerdecke. »Oh, ich höre, dass deine Schoßhunde kommen. Ich verabschiede mich. Genieß deine letzten Tage, James.«

Bevor James etwas sagen konnte, sprang Elias Fox mit einem gewaltigen Satz aus dem Stand durch das geschlossene Fenster nach draußen. Die Scheibe zerbarst mit einem lauten Knall. Scharfkantige Scherben flogen in alle Richtungen davon. James drehte sich instinktiv zur Seite und schützte sein Gesicht mit seinem Arm. Als er wieder aufblickte, war Fox verschwunden.

James hastete zum zerbrochenen Fenster und schaute in die Tiefe hinab. Den Sprung konnte Fox unmöglich überlebt haben. Sie befanden sich hier im dritten Stock des Regierungsgebäudes. Es ging mindestens zehn Meter abwärts.

James lehnte sich hinaus. Doch was er sah, schockte ihn noch mehr als der Tod seiner Sekretärin. Denn anstatt den zerschmetterten Leichnam von Fox zu erblicken, sah er – nichts. Keine Spur des ehemaligen Präsidenten der menschlichen Kolonie auf Lumera. Wie war das möglich? Sein Körper hatte sich doch nicht etwa in Luft aufgelöst? Was ging hier vor sich?

Während James ratlos seinen Blick über den Platz unter sich schweifen ließ, rückten zwei Gardisten mit gezogenen Waffen in seine Richtung vor. Sie zielten auf etwas, das sich außerhalb von James' Blickfeld befand.

»Stehen bleiben!«, riefen sie.

Auf wen zielten sie? Hatte Fox den Sprung aus dem dritten Stock also tatsächlich überlebt?

James spürte, dass die Männer seine Hilfe brauchten. Er sprang zu seinem Schreibtisch, um seine Plasmapistole zu suchen. Als er mit Waffe in der Hand wieder am Fenster angelangt war, sah er die beiden Soldaten leblos in unnatürlich verdrehter Körperhaltung auf dem Platz liegen. Einige Passanten eilten ihnen zu Hilfe, aber James ahnte, dass es zu spät war.

Von Fox fehlte jede Spur.

2 - JAMES

2385 | Dumras

Mit jedem Schritt, den Königin Radascha machte, raschelten die Tentakel, die ihren gesamten Körper bedeckten, wie trockenes Laub. James löste seinen Blick von ihrer beeindruckenden Erscheinung und sah sich in der kuppelförmigen Höhle um, die sie gerade durch einen der Gänge betreten hatten und die ihn schon damals, bei seinem ersten Besuch, so beeindruckt hatte. Hier hätten mit Leichtigkeit mehrere Kathedralen Platz gefunden. Unter der mächtigen Felskuppel hatte vor dem Krieg die Stadt Dumras geblüht, die nun wie eine welke Rose vor ihnen lag.

Die Zerstörungen durch die von Elias Fox ausgesandten menschlichen Truppen aus Three Moon waren noch immer deutlich zu erkennen. Das Große Haus war an mehreren Stellen eingestürzt. Dass der riesige Felsbrocken, der offenbar aus der Kuppeldecke herabgestürzt war, das Gebäude nicht vollständig unter sich begraben hatte, zeugte von der überwältigenden Baukunst der Kidj'Dan, den Erbauern dieser Stadt.

»Wir werden den steinernen Koloss in das Große Haus integrieren«, sagte Königin Radascha, die James' Blick bemerkt hatte. »Er soll uns ein Denkmal sein. Ein Denkmal des Angriffs durch dein Volk, Mensch Lenoir. Und er soll uns eine ewige Erinnerung sein – an unseren Triumph über den Dämonen Fox.« Ihre Tentakel glimmten tiefrot und vibrierten dabei.

James antwortete nicht. Er konnte die Wut der Königin nur zu gut verstehen und schämte sich für das Verhalten seiner eigenen Spezies. Aber auf der anderen Seite hatten die Menschen nichts anderes zu tun versucht, als es die Kidj'Dan selbst schon getan hatten: nämlich Zuflucht auf einem neuen Planeten zu finden und ihr Volk zu beschützen – auch wenn dies bedeutete, zu selektieren, wer lebt und wer stirbt, und dabei den Genozid eines anderen Volkes in Kauf zu nehmen. Genauso sind die Kidj'Dan verfahren, als sie die Neuankömmlinge auf Lumera waren.

»Die Nachricht, dass der Mensch Fox noch lebt, erschüttert mich zutiefst«, griff Radascha die Nachricht, die James ihr mitgeteilt hatte, wieder auf. »Wir werden versuchen, ihn zu finden und zu töten. Nur so kann ich meinem Volk Sicherheit garantieren.«

»Wir werden nicht anders vorgehen, Eure Majestät. Auch wir versuchen ihn zu finden und auch wir werden ihn zur Verantwortung ziehen. Seine Taten werden nicht ungestraft bleiben«, sagte James mit fester Stimme. Er stand zu seinem Wort. Fox würde dafür bezahlen, was er getan hatte. Noch immer bekam er eine Gänsehaut, wenn er an das plötzliche Auftauchen des Totgeglaubten dachte. Dieser Schock saß tief und immer wieder erwischte James sich dabei, wie er sich verstohlen umblickte, immer auf der Hut vor Fox, der seinen Tod wollte.

Radaschas und auch James Blicke ruhten wieder auf dem riesigen Felsbrocken auf dem Großen Haus. Besser ließen sich die Geschehnisse der nicht allzu fernen Vergangenheit wohl kaum darstellen. Er war erleichtert, dass die Königin das Thema Fox nicht weiter vertiefte. Sie schritt ohne zu zögern vorwärts. Ihre Tentakel hatten wieder das Gelassenheit ausstrahlende Himmelblau angenommen.

»Sieh dir das an, Mensch Lenoir«, sagte sie und deutete auf einen der wunderschönen gedrehten Türme, der auf halber Höhe abgebrochen war. »Solche Türme stehen in allen unseren Städten.«

»Welche Bedeutung haben diese Türme für Euer Volk?«, fragte James, während er seine Kontaktlinsen verwendete, um den Turm heranzuzoomen. Er sah einige Kidj'Dan, die versuchten, Trümmerteile des zu Boden gefallenen Abbruchs wieder zusammenzufügen.

»Sie dienen der Erinnerung an meine Vorgängerinnen. Die Truppen des Dämonen Fox tragen die Schuld, sollte die Ahnenfolge nicht mehr rekonstruiert werden können. Das brächte große Schande über diese Stadt.«

»Gibt es denn keine Archive, die diese Informationen liefern?«

»Was glaubst du wohl, Mensch Lenoir, sind diese Türme?«

Manchmal, so wie jetzt, musste sich James wirklich zurückhalten, keine provokanten Bemerkungen zu machen. Wie konnte ein technologisch so weit entwickeltes Volk so veraltete Methoden verwenden?

»Ich vertraue meinen überaus begabten Schreibern, diese Aufgabe zur Zufriedenheit aller mit Bravour zu meistern. Bisher waren notwendige Reparaturen stets ohne Verluste von einzelnen Textstellen fertiggestellt worden.«

James zoomte noch näher an die Bauarbeiter heran. »Sehe ich das richtig? Sind das Schriftzeichen?«

»Du sagst es, Mensch. Die Ahnenreihen aller Herrscherinnen meines Volkes sind an den Außenwänden der Türme niedergeschrieben. Sie reichen viele tausend Mineostaten weit in unsere Vergangenheit zurück, bis in die frühen Anfänge unserer Zivilisation auf Hapt'Arian, unserer eigentlichen Heimat. Wir haben die Türme mit großem Aufwand von dort mitgebracht.«

»Ich bedauere die Beschädigung dieses Monuments zutiefst, Eure Majestät«, sagte James und senkte sein Haupt.

»Ihr Menschen könnt nicht annähernd erahnen, welche Bedeutung die Türme für uns Kidj'Dan haben. Sie sind die Eshik-Malkii – unsere Anker im Diesseits. Sie sind das Jetzt. Vor dem Danach. Hinter dem Zuvor«, sagte die Königin. Ihre Tentakel wurden plötzlich tiefschwarz, an den Spitzen aber glimmten sie hell auf. »Ich weiß nicht wann, und ich weiß nicht wodurch, aber ihr alle werdet eines Tages wissen, welche Bewandtnis es damit hat. Wir Kidj'Dan stammen ab von jener, welche das erste Wort gesprochen und den ersten Gedanken gedacht hat. Sie hat niedergeschrieben, was davor, jetzt und danach gewollt war, ist und sein wird. Es sind ihre Schriften, die uns zu erkennen lehren, was wir nicht mit eigenen Augen sehen können. Wir wissen durch sie, was wir nicht wissen.«

Königin Radascha musterte James eindringlich, bevor sie fortfuhr. »Mir selbst ist dieses ... Gerede über das Danach und das Zuvor gleichgültig. Es sagt mir nichts. Gar nichts. Und jetzt lasst uns über solcherlei Überlegungen schweigen.«

Radaschas Tentakel neigten sich streng nach unten. Welchen Blauton sie angenommen hatten, war für James nicht eindeutig auszumachen. Er vermutete, dass Radascha ihre wahren Emotionen mit Gewalt zu unterdrücken versuchte. Sie darauf anzusprechen, wagte er nicht. Beinahe hätte er laut ausgesprochen, was er insgeheim dachte. War es nicht völlig normal, die eigenen Weltbilder zu hinterfragen?

Plötzlich war es nicht Radascha, sondern Lenoir, der auf etwas zeigte. Die wabenförmigen Behausungen der Arbeiter auf der anderen Seite der Höhle waren zum Teil eingestürzt. Überall lag Felsgestein, das durch die Einschläge der Granaten von den Wänden und der Decke gefallen war und nun mühsam von Androiden und Kidj'Dan fortgeräumt werden musste. Mittlerweile schätzten die Kidj'Dan die kräftigen und nicht auf Ruhezeiten angewiesenen Androiden als hilfreiche Unterstützer.

Lenoir fragte sich, wann die Königin ihm eine Antwort auf seine ungewöhnliche Bitte geben würde. Er erkannte an dem Farbspiel ihrer Tentakel, dass sie gerade kommunizierte. Also traf sie solch eine schwerwiegende Entscheidung nicht, ohne sich zuvor mit ihren Beratern zu besprechen.

Radascha blieb in der Mitte des zentralen Platzes stehen, der sich vor dem Großen Haus befand.

Lenoir folgte ihrem Blick nach oben zur Öffnung der Höhlendecke. Dort hingen mehrere schlafende Midas. Einer der großen Prismenspiegel war durch den Kampf zerstört worden, sodass sich das Sonnenlicht wunderschön in den mosaikförmigen Spiegelsplittern brach.

»Präsident James Lenoir«, begann Radascha so unvermittelt, dass er zusammenzuckte, »es erfüllt mich mit Freude zu vernehmen, dass es auf deiner Heimatwelt wahrscheinlich noch deinesgleichen gibt. Es ist ... ihr Menschen würdet sagen ... zehn Jahre her, dass die Nachricht an dich abgesendet worden ist. Für Menschen ist das offensichtlich eine lange Zeit, und auch wenn sich unser Zeitempfinden erheblich von eurem unterscheidet, wissen wir nur zu gut, was in dieser Zeitspanne Schreckliches passieren kann. Meine Berater sind sich uneins, was deine Bitte angeht. Manch einer hat Sorge, dass ihr beginnen könntet, noch mehr Menschen nach Hapt'Urugan zu holen. Ich verstehe die Bedenken meines Volkes. Es ist viel geschehen, seit wir hier auf Hapt'Urugan ... Lumera ... eine neue Heimat gefunden haben.«

James spürte, wie sich Unmut in ihm breitmachte. Fox hatte mit seinem Angriff ein sicher noch lange währendes Misstrauen der Kidj'Dan gegenüber den Menschen geschaffen, und nur die Zeit konnte beweisen, dass Dr. Elias Fox eine Ausnahme war. Aber hier ging es um seine Heimat, die Erde, und nicht um einen durchgeknallten Politiker. Er musste sich beherrschen, um nicht zu impulsiv zu reagieren.

»Es ist nicht mein Ziel, weitere Menschen nach Lumera zu holen, Königin. Das ist in eurem vergleichsweise kleinen Schiff auch gar nicht möglich. Vielmehr möchten wir eure

Technik und euer Know-how nutzen, um den Menschen auf der Erde zu helfen.«

Radascha schritt weiter und beantwortete dabei mit blau pulsierenden, nach vorne gerichteten Tentakeln den Gruß zweier Vorarbeiter.

Ohne James anzusehen, fuhr sie fort: »Ich vertraue dir, Mensch. Du warst immer aufrichtig zu mir und meinem Volk. Im Gegensatz dazu haben wir euch belogen und behauptet, dass das Raumschiff dem Volk gehört hat, welches uns angegriffen hat. Und nun weißt du, dass beides gelogen war. Wir haben hier Zuflucht gesucht und das Volk von Hapt'Urugan vernichtet, und wir haben dieses und noch viele weitere Raumschiffe nach Lumera gebracht. Auch wir verdienen euer Misstrauen und müssen uns euer Vertrauen erst wieder verdienen. Deshalb ist es so: Wenn ich dein Wort habe, dass nichts anderes unternommen wird, werden wir euch eines unserer Schiffe zur Verfügung stellen. Allerdings werdet ihr nicht unbeaufsichtigt reisen. Einige erfahrene Wächter aus meinen Reihen werden euch begleiten. Ich vertraue ihnen bereits seit langer Zeit mein Leben an. Und außerdem ist es nur Kidj'Dan möglich, dieses Schiff zu fliegen. Ich werde eine Mannschaft zusammenstellen, die euch begleitet.« Radaschas Tentakel begannen abwechselnd rot und blau zu pulsieren.

»Vielen Dank. Aber wie meint Ihr das, eines eurer Schiffe? Wie viele besitzt Ihr denn?«

»Hier auf Lumera hatten wir 77 Raumschiffe. Aber es sind einige zerstört worden, als wir hier … hergekommen sind. Intakt sind noch 52 Schiffe.«

»Das sind aber viele!« James war gehörig beeindruckt. »Zu Euren Wächtern: Ihr sagtet doch gerade, dass Ihr mir vertraut.«

»Ich sagte, dass ich *dir* vertraue. Du sagtest, dass die Menschen mitfliegen, die zuvor bei meinem Volk hier in Dumras gelebt haben. Auch diesen Menschen vertraue ich. Nicht aber den anderen Menschen, die mit an Bord sein werden. Du hast von etwa fünfzehn weiteren Mitreisenden gesprochen ...«

»Die begleiten meine Leute nur zum Schutz«, unterbrach James die Königin.

»Schweig, Mensch! Es gibt nun mal Menschen wie dich und Julia, aber es gibt auch Menschen wie Fox! Das darf ich nicht ignorieren«, fuhr Radascha ihn an. Ihre Tentakel färbten sich purpurn.

»Du hast gehört, was mein Wille ist. Also sei damit zufrieden, dass mein Volk euch ein Schiff überlässt. Ihr bekommt eine Eskorte, ob ihr es wollt oder nicht! Außerdem ...«, schien sich Radascha wieder zu beruhigen, denn ihre Tentakel färbten sich wieder blau, »werden euch meine Wächter vor möglichen Gefahren schützen. Und da du selbst nicht mitreisen wirst, sollen die Gardisten an deiner Statt sicherstellen, dass niemand gegen unsere Abmachung verstößt.«

Lenoir nickte erleichtert. Er konnte mit dem Ergebnis der Verhandlung zufrieden sein.

»Habt tausend Dank für Eure Unterstützung, Eure Majestät. Wir werden Euer Vertrauen nicht enttäuschen.«

3 - KENDRICK

Zehn Jahre zuvor, 2375 | Puerto Rico – Erde

Das dunkelrote Pünktchen auf dem grafischen Benutzerinterface des Aufnahmeprogramms leuchtete auf. Kendrick wusste eigentlich nicht, wie er die Aufzeichnung beginnen sollte. Er betrachtete die getrocknete Sonnenblume, die vor ihm an der Lautsprecherbox lehnte und fragte sich, wie viele Jahre sie wohl schon in diesem Kämmerchen zugebracht haben musste. So verstaubt und farblos wie die Welt da draußen. Nur ein Schatten ihrer selbst. Kendrick streckte die Hand aus und strich zärtlich über eines der verschrumpelten Blütenblätter. Samtig und friedlich fühlte es sich an, wie etwas, das er schon lange vermisste.

Schließlich schaffte er es, sich von seinen trüben Gedanken zu lösen. Er setzte sich aufrecht hin, konzentrierte sich und begann: »Gestern haben ein paar Deutsche ...«, Kendrick stutzte und warf einen Blick auf das Zählwerk ... Fünf Minuten Leerlauf. Er hatte die Aufzeichnung laufen lassen, ohne etwas zu sagen. Also alles wieder zurück. Verdammt. Er tippte mit dem Finger auf die Rücksetztaste der grafischen Benutzeroberfläche, kurz GUI, und schob das Mikrofon etwas näher an sich heran. Dann startete die Aufnahme erneut. Diesmal sofort beginnend.

»Gestern gab es wieder Erschießungen in Kuppel 64, irgendwo südlich von Berlin. Ich weiß nicht, was die Leute dort reitet. Hier in Arecibo geht es uns noch überraschend gut, was sich aber schneller ändern könnte, als uns lieb ist. Zu Kuppel 5 ...« Kendrick atmete hörbar aus. Unwillkürlich blickte er noch einmal zu der vertrockneten Blume auf dem Tisch. Er vernahm ein leises Knistern und beobachtete, wie eines der vertrockneten Blütenblätter herabfiel und in den Spalt zwischen Wand und Tischplatte kullerte.

»Kein Lebenszeichen aus Kuppel 5 – zumindest haben wir keinen Kontakt mehr. Das kann aber auch damit zu tun haben, dass die Kalifornier alles dicht gemacht haben. Es heißt, dass die ein richtig gut funktionierendes Gesellschaftsmodell etabliert haben, aber wen wundert's. Die haben das Glück ja anscheinend gepachtet. Hier läuft es ab, wie wir es seit eh und je kennen: Wir diskutieren und diskutieren, und wenn nicht alle mitspielen, dann gibt es politisches Wirrwarr, und jeder macht, was er für richtig hält.«

Kendrick tippte auf die Pausentaste und starrte den roten Pixelhaufen der Statusanzeige an, der nun eigenartig langsam blinkte. Was Kendrick als Nächstes sagen wollte, schnürte ihm den Atem ab. Allein der Gedanke daran beängstigte ihn und sorgte für unvorstellbare Bilder in seinem Kopf: Menschenmassen, die sich um klägliche Reste von Nahrungsvorräten prügelten. Kämpfe um Kleinigkeiten, die in Mord und Totschlag endeten. Es war ein Wust aus Gedanken über die Ereignisse, alle zu einem kaum überschaubaren Wahnsinn aufgetürmt. Er seufzte laut auf, atmete tief durch und setzte die Aufnahme fort. Die GUI auf dem Bildschirm, der in der linken unteren Ecke einen langen Sprung aufwies, flackerte einige Male auf.

»Es geht das Gerücht um, dass in der 83er Kuppel nebenan ein Problem mit den Pflanzungen aufgetreten ist. Wenn sich meine Vermutung bewahrheitet, und es läuft wie im 40er Komplex, dann, verdammt noch mal, sind wir geliefert! Ein nicht mit Sicherheit auszuschließender Totalausfall des landwirtschaftlichen Bereichs von Kuppel 83 in der kommenden Erntesaison wäre eine Katastrophe. Wenn wir hier im 80er Komplex noch ein weiteres Jahr mit Notrationen auskommen müssen, ist nicht gesagt, dass unser wackeli …«

Ein lautes Geräusch ließ Kendrick innehalten. Irgendwer kam den Flur heruntergepoltert und rief undeutlich seinen Namen. Kendrick stoppte die Aufnahme, riss den Kopfhörer von seinen Ohren und drehte sich mit seinem Sessel zur Tür.

Seine Tochter Vida stürmte wild gestikulierend in den Raum. Sie hatte es sich angewöhnt, alles was sie sagte, nicht nur verbal, was leider nicht jeder mühelos verstehen konnte, sondern auch in Gebärdensprache auszudrücken. »Dad, du musst … unbedingt mitkommen!«

Kendrick sprang auf. »Ich komme schon, mein Schatz, ich komme schon!«, drückte er mit seinen Händen aus und sprach die Worte mit. Sein Herz schlug ihm plötzlich bis zum Hals. Eigentlich wollte er die Aufnahme noch zu Ende bringen, aber das musste nun warten. Es wird doch wohl keine Antwort gekommen sein, dachte er. »Was ist los, Vida, was ist passiert?«

Sie atmete unruhig, während sie sich auf ihre Knie stützte. Ihre Hände fuhren hoch, und sie machte die Gebärde für »Warten«.

Kendrick kniete sich vor Vida, damit sie seine Lippen beim Sprechen sehen konnte. »Sag mal, bist du den ganzen Weg gerannt?«

»Der lahmarschige Lift hätte ja … dreimal so lange gebraucht.« Das Mädchen kam endlich wieder zu Atem. »Aber rauf gehst du allein, das schaffe ich nicht noch mal!« Sie ließ sich in Kendricks Sessel fallen und starrte ihn an.

»Warum schicken die Idioten denn keine Nachricht?«, fragte Kendrick. Gleichzeitig ertönten die Worte *Input, Input, Input* aus der Lautsprecherbox neben dem Bildschirm, und es leuchtete ein provisorisch daran befestigtes, grelles Lämpchen auf.

»Ist ja süß!«, motzte Vida, »Timing ist alles.« Sie schaute etwas entsetzt drein.

»Das ist die Mail?« Kendrick musste grinsen. »Worum geht's überhaupt?«

Wie ein Wasserfall sprudelte es aus ihr heraus. Ihre Hände zeigten in so schneller Folge Worte, dass ihr Vater sie nicht mehr schnell genug interpretieren und verstehen konnte. »Vida, stopp, ich verstehe kein Wort, sprich bitte etwas langsamer.«

Sichtlich genervt, dass ihr Vater ihren Gebärden nicht folgen konnte, begann sie erneut, diesmal jedoch um einiges langsamer. Ihr Blick war voller Ungeduld. »Keine Ahnung, aber sie haben gesagt, es sei von höchster Wichtigkeit und nur für die Führungsebene.«

Sie stand auf und ging zum Bildschirm auf dem Schreibtisch, tippte mal hier, mal dort auf Symbole und wandte sich wieder ihrem Vater zu. »Steht nichts drin. Nur der Betreff.«

Er beugte sich ein wenig vor: »Vierzehn Uhr Führungskonferenz, bitte erscheinen.«

»Aber zu denen gehöre ich nicht, warum soll ich auch dabei sein?«

»Weiß ich nicht, Papá, Großvater hat gesagt, dass ich dich holen soll.«

»Na gut, ich geh nach oben, aber ich nehme den Lift. Wenn ich so rennen müsste wie du, würde ich oben wahrscheinlich tot umfallen.« Er schnappte sich einen Flash-Recorder, der wie ein Kugelschreiber aussah.

»Wir sehen uns später«, sagte er und schmatzte seiner Tochter einen Kuss auf die Stirn.

»Papá, lass das! Ich bin zehn Jahre alt. Da macht man sowas nicht mehr!«

»Okay. Räumst du inzwischen bitte deine Spielsachen und Bücher auf? Wir haben doch besprochen, nur auf dem Sofa und auf dem Teppich«, erwiderte er und lief durch den Flur zu den zwei noch funktionierenden Liften. Ungeduldig malträtierte er die Ruftasten. Während er wartete, fiel sein Blick auf die beiden gegenüberliegenden Lifte, deren Schächte vor Jahren eingestürzt waren. Mehr als vierzig Menschen waren damals umgekommen. Ein verzerrtes Tuten ließ ihn zusammenzucken.

»Fünfte Kellerebene, Privatwohnungen.«

Ein paar Leute stiegen aus der Gondel. Schweigsam. Menschen, die er nicht näher kannte, obwohl er schon so lange hier wohnte. Ein gut und gerne achtzigjähriger Mann, an dessen Namen Kendrick sich nicht mehr erinnern konnte, schüttelte ihm die Hand und sagte: »Das war vorauszusehen, mein Junge, aber die Techniker wollten sich von einem Europäer wie mir nichts reinreden lassen. So ein Pech aber auch.«

»Was ist denn da oben los?« Kendrick war verwirrt. Warum sagte ihm denn keiner etwas? Er war immerhin der Head of Radio.

»Steigen Sie ein«, sagte der Alte, der ohne Umschweife in Richtung seines Appartements davonschlurfte.

Wie hieß der denn nur, verdammt. Sich an die Namen der jüngeren Bewohner zu erinnern bereitete ihm wenig Schwierigkeiten, aber an die der Alten – fast unmöglich.

Mit großen Schritten betrat Kendrick die Gondel des Lifts. Zum Glück waren es noch ein paar Minuten bis zum Schichtwechsel und damit zur Hauptverkehrszeit. Er ließ seinen Blick von Abzweigung zu Abzweigung wandern, aber er sah niemanden, der vielleicht hätte mitfahren wollen. Abwesend wählte er Ebene eins, ließ sich auf einem der im Lift herumstehenden Stühle nieder und betrachtete seinen Flash-Recorder.

»Tür gestoppt.«

Kendrick blickte träge auf. »Vida!«

»Ich hab's mir anders überlegt«, sagte sie und setzte sich ebenfalls auf einen der Stühle.

Beide starrten schweigend vor sich hin und warteten darauf, dass sich die Gondel endlich in Bewegung setzte.

Nach einer unendlich langen Minute knirschenden Aufstiegs quäkte der Aufzug: »Kellerebene null. Auditorium und Administration.«

»Meine Güte, ist das eine lahme Kiste!«, seufzte Kendrick.

»Komm schon, Papá, die warten!«, gestikulierte Vida und zog ihn aus der Gondel.

»Ich komm ja schon.«

Sie schoben sich mühsam durch eine Traube von Menschen, die auf dem Weg in eine der unteren Ebenen waren. »Hey Ken« kam es von links, »Hallo Kendrick« von rechts.

»Pablo!«, grüßte er zurück und nickte.

Etwas weiter rechts im Getümmel entdeckte Vida ihren Großvater.

»El Yayo!« Sie drückte ihn an sich.

»Hallo Papá«, sagte Kendrick und legte seinem Vater die Hand auf die Schulter. Dieser lächelte kurz, begann aber sofort wieder damit, sich seinen Weg durch die Menschenmassen zu bahnen. Gemeinsam drückten und schoben sie sich vorwärts, setzten entschuldigende Blicke auf, bis sie dem Gedränge endlich Richtung Auditorium entrinnen konnten.

»Papá, was ist los? Warum die ganze Aufregung?«, fragte Kendrick und steuerte geradewegs auf den Korridor der Teleskopabteilung zu. Es wurde verdammt noch mal Zeit, dass sich dort etwas tat, dachte er.

Tief in Gedanken beschleunigte er unwillkürlich seine Schritte und
bemerkte erst nicht, dass Vida und auch sein Vater, der Direktor von Kuppel 82 war, stehen geblieben waren und sich Richtung Kommunikationsabteilung gewendet hatten. Er blieb stehen und drehte sich um.

»Wo willst du denn hin?«, rief Vida, die Hände in die Hüften gestemmt.

»Na, zum Kontrollraum für das Radioteleskop?«

»Was willst du denn dort? Hast du gedacht, dass ein Raumschiff angerufen hat? Die Besprechung findet in der Kommunikationsabteilung, in COM4 statt.«

Kendrick stutzte. Keine Nachricht? Ärger stieg in ihm auf. »Ach so, ich … das ist … Warum erfahre ich das denn erst jetzt?«

Wieso sollte ihn interessieren, was in der Kommunikationsabteilung ablief? Seine Aufgabe beim Radioteleskop war von wesentlich größerer Bedeutung.

Vida wurde langsam ungeduldig. »Hab ich vergessen. Tut mir leid. Kommst du gleich? Ich gehe schon mal mit Opa voraus.«

Sie ging mit ihrem Großvater in Richtung Kommunikationsabteilung davon.

Kendrick blieb stehen. Er brauchte einen Moment für sich. Er schaute sich um und musste wie so oft feststellen, wie monumental diese Kuppel war. Das Auditorium, die zentrale Halle, bot Platz für mindestens dreitausend Menschen. Er betrachtete die riesigen Betonpfeiler und die Deckenkonstruktion. Besonders schön war es hier nicht, aber es war einer von über tausend Lebensräumen für den letzten Rest der Menschheit, der noch Widerstand leistete. Widerstand gegen eine entfesselte Natur, die den Anschein machte, sich der Menschheit entledigen zu wollen. Er atmete tief durch und eilte den beiden hinterher.

Das Furnier der Tür, über der auf den blanken Beton die Abkürzung »COM4« stand, war an vielen Stellen abgeblättert. Die Klinke wackelte in ihrer Führung, und Kendrick fürchtete, gleich den losen Griff in der Hand zu haben, weshalb er die Türe besonders vorsichtig öffnete. Fast gleichzeitig, als er sie hinter sich schloss, spürte er eine Erschütterung in den Beinen.

Kendricks Vater, der auf dem Platz des Direktors saß, und die verschiedenen Abteilungsleiter – darunter auch Marine

Del Mar, Leiterin der Agrarabteilung – und viele andere, die Kendrick nicht zuordnen konnte, bemerkten ihn zunächst nicht. Er fühlte sich beinahe ein wenig klein, denn hier waren all jene vertreten, die tagtäglich über die Geschicke dieser Kuppel zu entscheiden hatten.

»Papá! Da bist du ja endlich!«, rief Vida erleichtert.

Vidas Großvater, Pep Alonso, erhob sich von seinem Stuhl und wandte sich um. Er lächelte Kendrick etwas gezwungen an. Dann drehte er sich zu seiner Enkelin, dabei lächelte er sein liebevolles Großvaterlächeln. »Danke, dass du Papá geholt hast, meine Kleine. Jetzt musst du aber gehen, das hier Gesprochene ist streng vertraulich.«

Sie blickte fragend zu Kendrick. »Ein Geheimnis«, erklärte er.

»Okay, el yayo«, sagte sie etwas enttäuscht. Sie drehte sich zur Tür und lief hinaus. Die Tür aber zeigte sich störrisch. Ein beherzter Tritt half. Vida drückte die Klinke herunter und ging hinaus, jedoch nicht ohne die Tür zu verfluchen.

Kendricks Vater wartete, bis alle ihre Plätze eingenommen hatten. »Meine Damen und Herren, lassen Sie uns beginnen, denn es gibt leider äußerst beunruhigende Neuigkeiten. Señora Del Mar, wenn ich Sie bitten dürfte?« Pep Alonso setzte sich wieder auf seinen angestammten Platz.

Eine Frau in ihren Fünfzigern ging zum Podium und legte ein zerknülltes Blatt vor sich hin. Es war anscheinend ein handgeschriebener Notizzettel. Sie strich den Zettel glatt und räusperte sich. »Ich habe eine kurze Rede vorbereitet und die ganze Nacht dafür gebraucht, die 21 Seiten auf eine halbe Seite zu straffen, aber«, sie nahm den Papierfetzen und zerknüllte ihn wieder, »ich glaube, dass ich mir meine wohlüberlegten Formulierungen sparen kann. Das vor uns liegende Problem lässt sich in drei Worten präzise zusammenfassen: Wir sind im Arsch!«

Die Anwesenden waren ob dieser rhetorischen Entgleisung hörbar überrascht. Vier Worte hatten genügt, um zu beschreiben, was Sache war.

Kendrick musste über die Agrarministerin schmunzeln: drei Worte. Gleichzeitig spürte er eine wachsende Anspannung, die von ihm Besitz ergriff. Was hatten ihre Worte zu bedeuten?

Der Direktor schaute irritiert umher und brauchte ein paar Augenblicke, um sich zu fassen.

»Also, ich muss doch sehr bitten, Señora Del Mar«, sagte sein Vater.

»Tut mir Leid, aber das ist nun mal die Wahrheit.« Señora Del Mar, deren Job es war, die Zurverfügungstellung von angebauten Nahrungsmitteln aus den Agrarkuppeln sicherzustellen, hielt sich mit beiden Händen am Rednerpult fest, schloss die Augen und atmete tief durch. »Unsere beiden Nachbarkuppeln sind von Mykotoxinen befallen, was mit größter Wahrscheinlichkeit nicht mehr zu stoppen ist. Unsere eigenen Pflanzungen waren ebenfalls betroffen, aber ...«

Ein junger Mann, dessen Namen Kendrick nicht kannte, sprang auf. »Und das sagen Sie uns erst jetzt?«

Del Mar schaute ratlos auf das Pult.

»Ich ... das ist unglaublich«, polterte der Mann. Er packte seine Aktentasche und eilte zur Tür. »Ich muss sofort die Klimaanlagen umleiten!« Er rüttelte an der Tür, bis sie knarzend aufsprang. »Hier geht wirklich alles den Bach runter!«, schimpfte er vor sich hin. Schließlich hastete er durch die Tür und knallte sie zu.

Der Direktor beugte sich auf seinem Stuhl ein wenig vor. »Ich bin geneigt, dieselbe Frage zu stellen, Señora Del Mar. Warum teilen Sie uns das erst heute mit? Wir halten dieses Meeting wöchentlich. Warum haben Sie uns darüber nicht in Kenntnis gesetzt?«

»Ich hielt es für sinnvoll, erst belastbare Zahlen vorliegen zu haben, bevor wir vorschnell halbgare Informationen rausposaunen.« Die rechte Hand der Ministerin zitterte.

»Es ist löblich, dass Sie das in Ihre Überlegungen einbezogen haben«, sagte der Direktor, dem Kendrick ansah, dass er sich nur mit Mühe beherrschen konnte. »Aber die

Führungsriege«, er stand auf und brüllte los, »muss über solche Dinge un-ver-züg-lich informiert werden. Haben Sie komplett den Verstand verloren?« Kendricks Vater wischte sich mit dem Ärmel die Unterlippe ab. »Wenn wir sofort gehandelt hätten, wäre das Ganze mit Sicherheit …«

Weiter kam er nicht, denn scheppernd krachte die Tür gegen die Wand.

»Einige Leute aus der Nachbarkuppel haben unser Tunnelpersonal angegriffen«, sagte der Sicherheitschef mit Grabesstimme. »Es soll auch Tote gegeben haben.«

Pep Alonso fasste sich als Erster. »Das sind ja grauenvolle Nachrichten!«

»Das können Sie aber laut sagen, Boss!«, sagte der Sicherheitschef, ohne sich dem Direktor zuzuwenden.

»Gibt es einen bestimmten Grund?«, fragte Del Mar.

Endlich blickte der Sicherheitschef auf. »Ja, also, nein, richtig klar ist das nicht.« Der hünenhafte Mann stützte sich mit einer Hand gegen den Türrahmen. »Es ging um irgendwelche Probleme in der Pilzzucht, soweit weiß ich.«

»Was reden Sie denn für einen Unsinn? Pilzzucht?« Marine Del Mar stöckelte stürmisch auf den Mann zu und versuchte, sich vor dem unsicher wirkenden Sicherheitschef aufzubauen. Die Geste wirkte seltsam, denn der Mann um die Vierzig war einen ganzen Kopf größer als sie. »Was soll denn das heißen, Alberto, ich darf Sie doch Alberto nennen, nicht wahr?«

Er nickte, ohne sie dabei anzusehen.

»Erstens«, sagte Del Mar, »gibt es in den Kuppeln nirgendwo auf der Welt Pilzzucht im großen Stil, schon gar nicht im 80er Komplex, und zweitens sollten Sie als Sicherheitschef …«

»Kommissarischer, Señora Del Mar«, warf der Direktor ein.

Sie blinzelte. »Was?«

»Señora, ich war bis auf Weiteres …«, versuchte Alberto zu erklären.

»Kommissarischer Sicherheitschef«, ergänzte der Direktor. Del Mar drehte sich ruckartig um. »Wie ... aber, das ...« Sie war offenbar sprachlos.

»Kommen Sie bitte herein, Señor Bassave«, sagte Pep Alonso, »das sind Angelegenheiten, die wir besser hinter verschlossener Tür besprechen sollten.«

Als sich der kommissarische Sicherheitschef in Bewegung setzte, begab sich auch Kendricks Vater wieder zurück zu seinem Sitzplatz. Er tat, als sei nichts Außergewöhnliches passiert. Er richtete seine Krawatte, legte seine Hände auf das übergeschlagene Bein und seufzte verhalten.

Nach einigen langen Sekunden hatten alle Anwesenden wieder ihre Plätze eingenommen. Señora Del Mar stand jedoch weiterhin etwas verloren neben dem Rednerpult. Sie strich ihr Kostüm glatt und sagte schließlich: »Ich muss mich schon sehr wundern! Wieso ist Bassave der neue Sicherheitschef? Verfügt er denn über ausreichende Kompetenzen?«

Der Mann, um den es gerade ging, schien abwesend.

»Wenn ich das kurz aufklären dürfte?« Der Direktor erhob sich und trat neben Señora Del Mar. »Darf ich, Señora Agrarbeauftragte?«

»Ich bitte darum«, sagte sie und ging zu ihrem Platz.

»Ihnen allen sollte aus den vierzehntägig verteilten Berichten aus allen Kuppelabteilungen bekannt sein, dass unser geschätzter Sicherheitschef während einer seiner regelmäßigen Kontrollfahrten durch die Verbindungstunnels zwischen den Kuppeln 81, 82 und 83 einen tödlichen Unfall erlitten hat. Alberto Bassave ist sein vorübergehender Nachfolger – und ja, er besitzt die Kompetenzen, die für dieses Amt notwendig sind.« Der Direktor erhob sich. Indem er seine Daumen in den Gürtel seiner Hose einhakte und eine steinerne Miene aufsetzte, strahlte er eine Autorität aus, der wahrscheinlich nur die Wenigsten zu widersprechen gewagt hätten. Auch Kendrick fühlte sich plötzlich eingeschüchtert.

»Wurde die Angelegenheit umfassend untersucht?«, fragte die Agrarbeauftragte.

»Ich glaube, dass wir uns jetzt um Bedeutenderes zu kümmern haben, Señora Del Mar«, sagte der Direktor. »Wir haben vor zwei Stunden Filmmaterial hereinbekommen, das besorgniserregend ist.«

Kendrick bemerkte, dass sein Vater nach diesen Worten angespannter war als vorher. Er betrachtete das von Falten durchzogene Gesicht, das plötzlich zu erkennen gab, wie viel Kraft seinen Vater die dauernd auf ihm lastende Verantwortung in letzter Zeit gekostet hatte.

Der Direktor hob die Hand, irgendwer dimmte das Licht und ein Beamer wurde eingeschaltet.

»Wir werden direkt in die Betrachtung der Bilder einsteigen«, verkündete Kendricks Vater. »Werte Kolleginnen und Kollegen, uns wurden Videoaufnahmen zugestellt, die, um es milde auszudrücken, erschütternd sind. Wie Sie alle wissen, gab es in der Vergangenheit immer wieder hitzige Debatten um bauliche Gegebenheiten in Zusammenhang mit den Kuppelanlagen in aller Welt. Allgemeiner Konsens in den letzten vierzig Jahren war es, dass jede Anlage in eigenem Ermessen handelt, was die Instandhaltung beziehungsweise Verstärkung der Bausubstanz betrifft.«

Der Direktor startete die Wiedergabe des Videos. Das Bild der Überwachungskamera zeigte das Auditorium einer Kuppel. Am unteren Bildrand waren Uhrzeit, Kameranummer und der Schauplatz eingeblendet: »14:39:55, Kamera 03, Auditorium«. Eine große Menschenmasse drängte sich vor der Schleuse. Sie warteten darauf, an die Reihe zu kommen, um die Anlage zu verlassen. Etwas undeutlich erkennbar, machten sich im Hintergrund Leute des Sicherheitsdienstes an einer Schalttafel zu schaffen. Abrupt wichen die Menschen im direkten Einzugsbereich des Schleusenzugangs zurück, soweit es in dem Gedränge möglich war.

Es wurde ein neues Video abgespielt: »14:40:02, Kamera 07, Schleusenzugang links«. Ein etwa achtjähriger Junge, ein höchstens vierjähriges Mädchen und die Eltern der beiden versuchten, die Meute auf Abstand zu halten. Der Junge richtete plötzlich ein Gewehr in die Menge. Es war viel zu schwer für ihn, aber er versuchte verbissen, den Lauf hochzuhalten. Das Mädchen trug ein Kleidchen und hielt eine Puppe in der Hand. Die Mutter hob es auf ihren Arm.

Wieder gab es einen abrupten Szenenwechsel: »14:40:14, Kamera 08, Schleusenzugang oben«. Jetzt schaltete die Aufnahme auf die Kamera über der Schleuse. Jemand schlug dem Vater der Kinder mit der Faust ins Gesicht, sodass er zu Boden stürzte. Ein grelles Mündungsfeuer blitzte auf, und der Junge wurde durch den enormen Rückstoß des Gewehres, das uralt sein musste und noch Patronenmunition benötigte, umgeworfen. Mehrere Personen aus der Menge fielen zu Boden.

»14:40:19, Kamera 06, Schleuse innen«: Die Mutter stolperte mit dem Kind im Arm in die Schleuse, die aus der Kuppel führte. Behutsam setzte sie das Mädchen ab.

»14:40:23, Kamera 03, Auditorium«: Die Menschenmenge drängte sich immer dichter. Betonstaub verschleierte die Sicht auf die Geschehnisse. Mehrere Erschütterungen ließen die Aufnahme erzittern. Im Hintergrund fuhren große Tore auseinander. Die Menschenmenge verlagerte sich nun. Alle wollten jetzt durch die gut zwanzig Meter breite Öffnung hinaus aus der Kuppel. Eine grauer Betonbrocken brach von oben ins Bild und stürzte an der Kamera vorbei in die Tiefe.

»14:40:17, Kamera 27, vorderer Außenbereich«: Eine Außenaufnahme zeigte die Fassade einer Kuppelanlage, deren Wand mit einer riesigen Ziffer versehen war: die »5« war mehr als deutlich zu sehen. Einige Krähen flatterten aufgeschreckt davon. Aus der Schleuse am rechten Rand des Gebäudes liefen das kleine Mädchen und seine Mutter in großer Eile querfeldein in Richtung des angrenzenden Waldstückes. Nach einigen Metern fiel dem Kind die Puppe aus der Hand, ohne dass es das bemerkte. Bald verschwanden die Beiden aus dem Blickfeld der Kamera. Die große Ziffer auf dem Dach des riesigen Bauwerks riss auseinander.

»14:40:30, Kamera 32, hinterer Außenbereich«: Auf der

Rückseite des Gebäudes glühten Drehleuchten. Plötzlich gab der Boden auf einer Länge von etwa zwanzig Metern an der Gebäuderückwand nach, sackte nach unten und gleichzeitig schoben sich zwei riesige Tore auseinander.

Menschen strömten heraus. Sie kämpften sich über die heruntergeklappte Rampe ins Freie.

»14:40:34, Kamera 27, vorderer Außenbereich«: Die Frau von vorhin tauchte am linken Bildrand auf. Sie schien mit dem Mädchen zu sprechen. Die Kleine zeigte mit ausgestrecktem Arm auf die Puppe, die sie kurz zuvor hatte fallen gelassen.

»14:41:08, Kamera 32, hinterer Außenbereich«: Die Rampe kippte zur Seite und zerbrach in zwei Teile. Der Boden zerriss in mehrere große Schollen. Unzählige Menschen, die sich schon in Sicherheit glaubten, konnten dem plötzlichen Erdrutsch nicht mehr entrinnen. Sie verschwanden in der Dunkelheit der neu entstehenden Schlucht. Die Aufnahmen waren stark verwackelt und setzten immer wieder aus. Das massive Gebäude brach langsam in sich zusammen. Es versank unaufhaltsam im entstehenden Krater.

»14:41:10, Kamera 03, Auditorium«: Im Hallenboden hatte sich ein riesiger Riss aufgetan. Die schachbrettartig angeordneten Bodenplatten verloren ihren Halt, kippten teilweise ab. Die Menschen mit ihnen. Augenblicke später fiel das Bild ganz aus.

»14:41:13, Kamera 27, vorderer Außenbereich«: Die Aufzeichnung wackelte aufgrund heftiger Stöße, beruhigte sich wieder und wurde kurzzeitig schwarz. Als das Bild wieder erschien, hing die Kamera schief. Die Mutter rannte zur Puppe ihrer Tochter. Die Wiese vor der Kuppel zeigte inzwischen mehrere Furchen offener Erde. Die Kuppel war plötzlich eingeknickt und geriet in Bewegung. Die Frau hob das Spielzeug auf und wandte sich zu ihrer am Rand der Wiese wartenden Tochter um, doch der Boden unter ihren Füßen gab nach und riss sie von den Beinen. Sie versank im Abgrund von Erde, Beton und Stahl.

»15:44:18, Satellitenaufnahme«: Wo vor Kurzem noch das Kuppelgebäude Fünf gestanden hatte, konnte man nun unter den Wolken aus Staub und Dreck nur noch einen Krater von 180 Metern Durchmesser sehen.

Die Anwesenden waren sprachlos. Selbst nachdem das Licht wieder eingeschaltet worden war, hätte man eine Stecknadel fallen hören können. Der Direktor begab sich zögerlich ans Rednerpult, sagte aber kein Wort.

Kendrick ging zu ihm herüber. »Kannst du weitermachen, Papá?«

Sein Vater nickte und blinzelte sich den Schock weg.

»Ich komme gleich wieder«, sagte Kendrick und verließ den Besprechungsraum. Er eilte schnellen Schrittes den Gang hinunter zum Atrium.

Zahlreiche Menschen waren unterwegs, sodass er nicht so schnell vorwärtskam, wie er es eigentlich wollte. Die Vorstellung, dass auch seine Heimatkuppel einstürzen könnte, schnürte ihm die Kehle zu. Aber welche Alternative hatten die Menschen unter diesem Dach? Die verheerenden Stürme, die innerhalb von Minuten losbrechen konnten, machten den Aufenthalt im Freien zu einer lebensgefährlichen Lotterie. Hinauszugehen, das hatte sich Kendrick geschworen, kam für ihn nur noch infrage, wenn es zum Wohle seiner Tochter notwendig wäre.

Endlich hatte er den Gang zur Teleskopabteilung erreicht. Der intensive Geruch von Schmierfett, gemischt mit den Ausdünstungen heißer Mikroprozessoren der Computeranlagen gab Kendrick ein Gefühl von Sicherheit. In diesen Räumen konnte er alles um sich herum vergessen.

»Hey Johnnywalker!«, rief er in den Raum hinein. Er blickte sich um. Keiner war da; wie so oft. Kendrick schloss die Tür. Während er die Rechner einschaltete, die er zu benutzen gedachte, kam Johnnywalker auf ihn zu.

»Da bist du ja, alter Mann.«

Der elfjährige Kater sprang mit einem kraftvollen Satz auf Kendricks Schreibtisch, der über und über mit Notizzetteln bedeckt war. Ein leerer Aschenbecher voller Büroklammern, mehrere benutzte Kaffeetassen und der wahrscheinlich schon versteinerte Keks auf dem Tisch interessierten Johnnywalker nicht weiter. Er stellte sich an die Kante der Tischplatte und reckte Kendrick sein feines Näschen entgegen.

»Na du? Hast mich vermisst, was?«

Er hob den Kater vorsichtig auf seinen Arm und kraulte ihm den Kopf. Wohlig schnurrend schmiegte sich das etwas zerzauste Tier an seinen Untertan.

Endlich blinkte der weiße Cursor auf der Oberfläche des uralten LCD-Bildschirms, der die Eingabe von Zielkoordinaten für die Aussendung digitaler Informationen erwartete. Kendrick zog sich einen Stuhl heran, auf dem er sich niederließ. Der Kater schnurrte unbeeindruckt weiter.

»So, mein Dicker, jetzt muss ich aber was tun.«

Johnnywalker jammerte genervt, aber es half ihm nichts, also kletterte er von Kendricks Arm hinüber zum Tisch. Ein paar Schrittchen über die Tastatur mussten natürlich schon sein. Schließlich legte er sich auf den Rechner, der aufgrund seiner Wärme schon vor Jahren zu Johnnywalkers Lieblingsplatz geworden war.

Kendrick blickte auf den Bildschirm mit einer Auswahl von Zielen, an die er Daten übertragen konnte. Er klickte mit der Maus auf das Kästchen mit der Bezeichnung »Aristotel-Buoy0001«, erhielt aber nur einen Warnton und eine Fehlermeldung zurück: »Berechnung nicht möglich.«

»Ach, verdammt!«, seufzte Kendrick. Warum war die Datenbank schon wieder hängen geblieben?

Er rollte mit seinem Bürostuhl ein wenig nach links und blickte auf die Kommandozeile, die Johnnywalker so eloquent befüllt hatte, doch leider konnte er keine bedeutungsschwangeren Codes herauslesen. Er musste den Server neu starten.

Der Cursor spuckte ein paar bestätigende Antworten in die nächste Zeile. Alles schien wieder zu funktionieren.

Die Rollen des Bürostuhls waren so stark abgenutzt, dass Kendrick nur mit Mühe vor den Bildschirm auf der rechten Seite seines Schreibtisches gelangte. Johnnywalker schaute zu, was der Head of Radio da machte.

»Guck nicht so belämmert!« Kendrick tippte ihm mit der Fingerspitze zart auf die Nase: »Und jetzt lass mich mal machen, Herr Imperator!«

Der Kater drehte seinen Kopf, legte sein Kinn auf eine Vorderpfote und wedelte unentschlossen mit seiner Schwanzspitze.

Der Bildschirm leerte sich für einen Augenblick, dann baute sich die Tabelle der Zielauswahl wieder vor ihm auf. Er klickte wie schon vorher mit der Maus auf das Kästchen mit der Beschriftung »AristotelBuoy0001«, woraufhin sich schließlich eine bildschirmfüllende Tabelle mit allerlei interessanten Einträgen öffnete. Johnnywalker schielte mit großen Augen auf den Bildschirm.

Kendrick blickte auf die große Uhr über der Tür. Es dauerte noch gut zwanzig Minuten, bis die Teleskopsonde in die Reichweite des Radioteleskops gelangte. Das gab ihm reichlich Zeit, sich einen prägnanten Funkspruch zu überlegen, der die Dringlichkeit der Situation auf der Erde deutlich schilderte. Der Spruch musste dafür sorgen, dass die Verantwortlichen wenigstens ein Schiff losschickten. Wenn also seine Nachricht erst in zehn Jahren ankommen sollte und die Kolonie auf Lumera, dort hinter der gähnenden Leere des Weltraums, antwortete, würde die Antwort ebenfalls dazu verdammt sein, zehn Jahre lang bis zur Erde zu reisen.

Und sollte man die Nachricht hören und tatsächlich eine der gigantischen Raumarchen wieder zurück zur Erde senden, wäre das Schiff erst in 340 Jahren hier. Dann hätte das Schiff eine Reise von insgesamt 700 Jahren hinter sich – eine gänzlich sinnlose Reise, wie Kendrick zugeben musste. Doch falls Lumera unbewohnbar war oder nicht das hielt, was man sich erhofft hatte, konnte es doch sein, dass sogar mehrere Archen den Weg zurück antreten würden. Die Kolonisten sollten erfahren, dass die Menschheit auf der Erde das 21. Jahrhundert überlebt hatte.

Kendrick konnte natürlich nicht garantieren, dass man im 28. Jahrhundert noch Leben auf der Erde vorfinden würde. Momentan war die Lage auf der Erde jedenfalls katastrophal. Doch falls die Raumarchen keine neue Heimat fanden, war die Erde immer noch eine Option für sie.

Er kraulte den Kater einen Moment lang hinter den Ohren. Dann nahm er Stift und Zettel und notierte eine Textbotschaft. Den ersten Entwurf zerknüllte er genervt. Was sollte er Vernünftiges schreiben? Er wollte jemanden um Beistand bitten, den er nicht kannte und von dem er nicht wusste, in welcher Situation er war? Was, wenn alle Archen in einem Meteoritengürtel zerstört worden sind? Was, wenn das Leben in den Kuppeln wieder besser wurde? War es lächerlich, einen Notruf ins All zu schicken? Er stieß einen lauten Seufzer aus, begann aber trotzdem, sich einen Text auszudenken.

Endlich hatte er das Stativ in die richtige Position gebracht. Zwar sah die Konstruktion ein bisschen armselig aus, aber der Kamera-Kugelschreiber hielt dank anderthalb Metern Gaffertape. Die Funkverbindung war aktiv.

Kendrick setzte sich aufrecht hin, richtete seinen Kragen und startete die Videoaufzeichnung. Etwas unschlüssig lächelte er in die Kamera. Dann begann er, seinen Text vorzulesen:

»*Notruf, ausgesendet von Kendrick Alonso, Planet Erde. Es ist das Jahr 2375. Ich rufe die Aristoteles, Kennung Acht Null Eins, Funkkennung unbekannt. S.O.S. Zwar konnte der Fortbestand der Menschheit auf der Erde gesichert werden, doch die Kuppelanlagen, in denen wir leben, haben weltweit mit Pilzbefall zu kämpfen. Wir sind Kuppel 81 auf Puerto Rico. Die Nahrungsvorräte sind beinahe erschöpft, und es ist möglich, dass der Befall unsere in Kürze stattfindende Ernte vernichten wird. Ich wiederhole: Wir benötigen Hilfe! Unser Standort lautet: Arecibo, Puerto Rico, Erde. Koordinaten: 18° 20' 39" N, 66° 45' 10" W. One eight hours, two zero minutes three niner seconds North to double six hours four fiver minutes one zero seconds West.«*

»Taugt das was, Johnnywalker?«, fragte Kendrick den Kater, aber der schaffte es nicht, die Augen mehr als einen Millimeter zu öffnen, als wolle er sagen: Das kann man aber auch mit mehr Begeisterung sagen, meinst du nicht?

Kendrick klickte auf die Wetterdaten in der Region. Wieder einmal gab es keine übermäßig günstigen Bedingungen für eine störungsfreie Übermittlung.

»Verdammt noch mal!«, zischte er. »Dann muss es eben so gehen.« Eine Verschlüsselung war unnötig. Kendrick deaktivierte die entsprechenden Optionen und bestätigte die Einstellungen. Nun musste er nur noch die Koordinaten aus dem Zielmenü anwählen, die einen Moment später auf der Kommandozeile für die Teleskopsteuerung erschienen.

Kendrick schaute zur Uhr hinüber. Zweieinhalb Minuten. Auch wenn es an der Sache nichts ändern konnte, prüfte er die Wetterlage. Seit dem frühen Morgen umtobte ein Sturm die bergige Umgebung von Radioteleskop und Kuppel, in der Kendrick mit mehr als 11 000 Menschen wohnte. Die dichten Wolken des Sturms konnten die Übertragung deutlich erschweren, vielleicht sogar unmöglich machen.

»Verdammt«, rief er und schlug mit der Faust auf den Schreibtisch. Johnnywalker sprang vor Schreck auf und stürzte rücklings von seinem Stammplatz auf den darunterliegenden Drucker.

»Entschuldige«, sagte Kendrick. »Komm zu mir. Du startest die Übertragung, okay?«

Der Kater schüttelte sich und kletterte wieder auf den Rechner. Er schaute Kendrick erwartungsvoll an.

Da fiel Kendrick etwas ein. Schnell tippte er einige Befehle in die Kommandozeile ein. Plötzlich spitzte Johnnywalker die Ohren. Er schien irgendetwas zu hören.

Kendrick setzte den Kater neben die Tastatur.

»Na, drück Enter!«

Das Tier blickte ratlos drein.

»Da, auf die.«

Zaghaft hob er eine Pfote. Es ertönte gerade noch das leise Piepen der Eingabetaste, als es plötzlich vom Korridor her laut krachte und Johnnywalker Reißaus nahm.

Draußen im Korridor herrschte lautes Geschrei, Schüsse fielen. Zweimal hörte Kendrick ein Schlagen gegen seine Tür. Es war wohl besser, sich zu verstecken. Er schaute sich um, aber er fand nichts, das ihm wirklichen Schutz bieten konnte. Doch, dort, hinter dem Kühlschrank, der neben ein paar Stahlspinden stand. Sein Fuß blieb an dem Kamerastativ hängen, sodass dieses umfiel. Etwas rumste gegen die Tür. Durch die Erschütterung fielen ein paar gerahmte Fotos von der Wand daneben. Er begann, an dem Kühlschrank zu zerren. Wieder rumste die Tür. Hatte er eigentlich die Videoaufzeichnung gestoppt?

Endlich hatte Kendrick eine Nische zwischen Wand, Spinden und Kühlschrank geschaffen, hinter der er sich verbarg. Gerade noch rechtzeitig, denn plötzlich flog die Tür aus dem Rahmen, und zwei Männer, die verbissen aufeinander einprügelten, polterten herein. Johnnywalker flitzte unterdessen panisch hinaus.

»Granate!«, brüllte draußen irgendwer.

Die Detonation zerriss den Türstock, und eine dichte Staubwolke brach in den Raum.

4 - ELIAS

2385 | Lumera

»Mum, Mum, wo bist du?«, rief der elfjährige Elias Fox gedämpft und bemühte sich, keinen Lärm zu machen. Bloß nicht seinen Vater aufwecken, dachte er.

Wo blieb nur seine Mutter? Sie stand doch sonst jeden Morgen mit ihm zusammen auf, damit er pünktlich zur Schule kam. Elias ahnte bereits, wie es um sie bestellt war. Letzte Nacht hatte er ihre Schreie gehört, die sie nach jedem Fausthieb von sich gegeben hatte. Und die Flüche und Beschimpfungen seines Vaters. Er selbst hatte sich im Zimmer eingeschlossen. Und wie so oft hatte er auch gestern Nacht getan, woran er längst nicht mehr glauben konnte. Er war auf die Knie gegangen und hatte gebetet. Wenn es dort oben einen Gott gab, dann musste er es enden lassen. Irgendwann war wieder Ruhe eingekehrt, und Elias war in einen unruhigen Schlaf gefallen.

Aber jetzt war es hell, und Elias war hellwach. Er ging wieder vom Flur in sein Zimmer zurück und blickte abermals auf den Wecker. Er hatte wie so oft verschlafen und seine Lehrerin, Ms. Dermody, hatte für so etwas kein Verständnis.

Auf leisen Sohlen schlich er durch das Haus. Der alte

Dielenboden knarzte, sodass Elias kurz verharrte und lauschte. Aber nichts rührte sich. Er ging zum Badezimmer mit den hässlichen grünen Fliesen. Hier war seine Mutter auch nicht zu finden, also schlich er wieder in den Flur. Die Schlafzimmertür seiner Eltern war nur angelehnt. Ganz behutsam, um bloß nicht seinen Vater aufzuwecken, schob er die Tür ein Stück weit auf und erschrak. Das Bett war zerwühlt, aber ... leer.

»Was machst du da?«

Elias hätte sich fast vor Schreck in die Hose gemacht. Ganz langsam drehte er sich um und roch den Whiskyatem seines Vaters. Übelkeit stieg in ihm auf.

Sein Vater hasste es, wenn Elias durch das Haus schlich, besonders nach solchen Nächten. Elias wusste nicht, warum das so war, aber er konnte sich darauf verlassen, dass der Hass seines Vaters sich auf ihn richtete, sobald er ihn sah oder hörte. So war es nach jeder Nacht, in der seine Mutter Prügel hatte einstecken müssen. War Elias etwa schuld daran, dass seine Mutter bestraft werden musste? Gab es einen Grund für den Zorn des Vaters, den er nicht kannte? War es richtig, dass der Vater die Familie bestrafte? War Elias ein schlechter Sohn?

Ihm rannten Tränen der Verzweiflung die Wangen hinab. Nicht, weil er nicht wusste, ob er schuld an dem Ganzen war, sondern weil seine Mum jetzt nicht hier war. Etwas stimmte nicht.

»Wo ist sie?«, flüsterte Elias.

»Was sagst du?« Sein Vater baute sich vor ihm auf und spannte seine rechte Faust an.

»Wo ist Mum?«

»Tja, Elias. Es ist ganz einfach. Deine Mum hat sich aus dem Staub gemacht. Ihr ist das Leben mit mir, aber auch mit dir«, verächtlich piekste er seinen Finger in Elias Brust, »zu anstrengend. Sie hat keinen Bock mehr, hat sich verpisst. Also geh mir nicht auf die Nerven mit blöden Fragen. Du musst dich um dich selbst kümmern. Du bist elf Jahre alt. Das sollte ja wohl kein Problem sein, du kleines Weichei.«

Elias war überrascht, dass sein Vater ihn nicht direkt geschlagen hatte. Mums Verschwinden musste ihn härter getroffen haben, als er zugeben wollte. Allerdings wurde schnell klar, dass er nicht ohne Schläge davonkäme. Er hörte das typische Geräusch des Hosengürtels, den Vater aus den Laschen zog. In solchen Momenten war klar, dass die nächsten fünf Minuten extrem schmerzhaft werden würden.

»Freundchen, ich will dich lehren, was ich von verfluchten Blagen halte, die vor meiner Schlafzimmertür rumlungern. Du bist genauso eine Memme wie deine Mutter. Ich bin froh, dass ich sie los bin.«

Elias sah die offene Tür, die in den Keller führte. Er witterte eine Chance. Wenn er erst wieder raufkäme, wenn sein Vater nüchtern war, dann könnte er vielleicht um eine Tracht Prügel herumkommen, und er könnte seine Mum suchen gehen.

Sein Vater nestelte am Gürtel herum, und Elias lief los. Schnell schlüpfte er durch die Kellertür. Hektisch drehte er den Schlüssel im Schloss, da polterte sein Vater schon gegen die Tür. Elias lief die kalten Stufen hinab. Verdammt, er hatte kaum was an und fror augenblicklich. Sein Vater tobte da oben. Das Licht brannte hier unten bereits. Wer hatte es angelassen? War sein Vater hier unten gewesen, um seinen Whiskeyvorrat in der Küche aufzufüllen? Warum roch es hier unten so nach ... war das etwa modrige Erde? Elias schlich zitternd vor Kälte durch den Flur, vorbei am Vorratsraum und der Waschküche. Der nächste Raum war zur Hälfte mit Gerümpel gefüllt. Der Erbauer hatte sich nicht die Mühe gemacht, einen Boden einzuziehen.

Das Haus stand auf einem Ständerwerk, wie Elias einmal mitbekommen hatte. Er betrat den Raum und knipste das Licht an. Neben der Tür stand ein Spaten. Wozu? Oben hörte er seinen Vater gegen die Tür hämmern, die kurz danach krachend zerbarst. Diese blöden, billigen Papptüren! Jetzt konnte er eindeutig mit einer Tracht Prügel rechnen, das war nun sicher. Er ging weiter in den Raum hinein und erkannte, dass die Erde vor ihm auf dem Boden aufgelockert war.

Ja, Elias war erst elf, aber er war auch clever. Bei den Lehrern war er dafür bekannt, dass er extrem begabt darin war, schnell und richtig zu schlussfolgern. Das hatte er einmal mitbekommen, als seine Lehrerin mit seiner Mutter über ihn gesprochen hatte. Eigentlich ging es bei dem Gespräch um Todd, den er verprügelt hatte, aber ... egal.

Elias stürzte auf den Haufen Erde zu. Er roch den Schweiß, der in der Luft hing, und sah eine leere Flasche Fusel auf dem Boden liegen.

»Mum, Mum, ich hol dich da raus«, rief er und fing an, mit den Händen zu graben. Dabei war ihm klar, dass sie nicht mehr leben konnte. Aber er brauchte sie. Sie konnte ihn doch nicht einfach hier allein lassen. Er wühlte so lange in der halbfestgestampften Erde, bis er spürte, wie ihn jemand von hinten packte. Sein Vater hatte ihn.

»Du vergisst ganz schnell, was du hier gesehen hast, sonst liegst du daneben, verstanden?«

Elias zögerte.

»Ob du das kapiert hast, will ich von dir wissen!«

Elias konnte nicht schnell genug antworten. Sein Vater schlug ihm mit der Faust mehrfach ins Gesicht und brüllte dabei wie ein Irrer. Mit jedem Schlag verzog sich das Gesicht seines Vaters mehr, bis Elias schließlich das Gesicht von James Lenoir vor sich sah.

»Du Loser, du Weichei. Wer bist du denn schon? Was hast du denn schon geleistet?« Lenoir grinste ihn höhnisch an, als er ihn am Kragen seines dünnen Schlafanzuges packte. Die Zähne in Lenoirs Mund verwandelten sich zu langen, spitzen Reißzähnen, und er näherte sich Elias Hals. Er spürte das Pochen seines Herzens, wie es im Takt mit seiner Halsschlagader klang. Lenoir würde das Leben aus ihm aussaugen. Plötzlich hielt er kurz vor seinem Hals inne.

»Elias?« Hörte er den Singsang von Lenoirs Stimme. Gott, wie er diesen Klang hasste!

»*Elias!*«

Elias riss die Augen auf und schnappte nach Luft. Zuerst machte sich Erleichterung in ihm breit: schon wieder so ein verfluchter Albtraum! Wieder einmal hatte sich sein Vater als Mums Mörder entpuppt. Was wollten ihm all diese Träume nur sagen? Dass Mum doch nicht einfach nur verschwunden war, wie sein Vater stets behauptete?

Elias sah sich um und stellte fest, dass er auf einem kleinen Felsplateau mitten im Dschungel lag. Er hatte alle Daten parat: Luftfeuchtigkeit, Umgebungstemperatur, Koordinaten, Puls, Blutdruck, Sauerstoffsättigung und so weiter. Aber eines fehlte ihm: seine Erinnerung.

Wie war er hierhergekommen? Warum lag er hier mit zerrissenem Hemd allein auf einem Felsen? War er nicht von Lenoir erschossen worden?

Elias!, hörte er erneut in seinem Kopf. Diesmal war es nicht die Stimme von Lenoir, sondern eine Vielzahl von Stimmen.

Elias begann zu verstehen: Die Stimmen, die er immer wieder hörte,, die unsäglichen Kopfschmerzen, die er zu erleiden hatte – das alles hing mit seinem BID und den Hyperbots zusammen, die dieser begnadete Tausendsassa – Wilkens war ein absolutes Genie – auf seinen Befehl hin entwickelt hatte.

»Scheiße, wer seid ihr, und was wollt ihr von mir?«, richtete er seine Frage an die Stimmen in seinem Kopf und setzte sich stöhnend auf. Ihm taten jede Faser seiner Muskeln und jeder Knochen weh. Er blickte auf seine Hände. Sie waren kräftig, auch seine Unterarme und sein Bizeps wirkten unglaublich muskulös.

Elias Fox! Wir sind viele. Wir sind ein Teil von dir. Wir gehören von nun an zusammen. Zusammen können wir viel schaffen.

»Meine verfluchten Erinnerungen – wo sind sie? Her

damit«, fauchte Fox wütend und hielt sich den schmerzenden Kopf.

Wie du wünschst.

Eine Flut von Bildern, Stimmen und Gerüchen drang in Fox' Bewusstsein.

»Aah, das ist.... zu viel! Verdammt!«, brüllte er. Er hatte das Gefühl, explodieren zu müssen und würgte trocken.

Leider sind die technischen Gegebenheiten noch nicht ganz an deinen Bedarf angepasst. Du bist gewissermaßen ein Proto...

»Wer seid ihr?«, unterbrach Fox in seinen Gedanken das schmerzende Stimmengewirr in seinem Kopf. »Wieso sprecht ihr mit mir? Ihr seid doch nur verdammte Roboter!«

Elias, noch einmal: Wir sind viele. Bitte lass uns fortfahren. Du bist, wenn du so willst, ein Prototyp. Du besitzt die derzeit fortschrittlichsten Hyperbots, die es gibt ...

»Und das heißt, dass ich jetzt Stimmen höre und ... was kann ich noch? Fliegen?« Fox massierte sich die schmerzenden Schläfen.

Elias, du weißt, dass das weit außerhalb unseres Zuständigkeitsbereichs liegt.

»Verstehe. Humor nicht inbegriffen.« Fox war froh um ein paar Augenblicke der Ablenkung.

Dies sind die relevanten Details: Dir wurden unter strengster Geheimhaltung, wie von dir gewünscht, hoch entwickelte Hyperbots eingesetzt. Ziel war unter anderem eine Stärkung deiner Muskelkraft und deines Herz-Kreislauf-Systems sowie eine Anhebung deines Intellekts.

»Die Dinge, die vor meinem Tod passiert sind, weiß ich doch noch. Aber was ist danach geschehen? Wieso bin ich hier, und warum erinnere ich mich an nichts?«

Wir sind in deinem Bewusstsein, in deinem Gehirn, in deinen Zellen. Durch die komplexen Anpassungen, die wir vornehmen mussten, ist es zu einer Art Kurzschluss gekommen. Wir mussten einige Erinnerungen separieren. Doch wir haben die Informationen, die du wünschst, gesichert und können sie dir zur Verfügung stellen.

»Dann schickt mir doch endlich die Bilder, die ich brauche, um zu verstehen, was hier vor sich geht. Aber bitte so, dass ich sie auch aufnehmen kann, verdammt!«

Plötzlich strömten die Erinnerungen in sein Bewusstsein. Er schloss die Augen, um mit der Flut an Informationen besser umgehen zu können. Er spürte den Schuss, mit dem Lenoir ihn getötet hatte. Dieses miese Schwein! Ja, ihm war klar, dass dieser Mistkerl keine andere Wahl gehabt hatte, aber dennoch: James Lenoir hatte ihm alles kaputt gemacht, ausgerechnet jetzt, wo er so weit gekommen war. Hätte sein Vater noch gelebt, wäre er endlich stolz auf seinen Sohn gewesen, einen Präsidenten, da war Elias sich sicher.

Er spürte förmlich den abfälligen Blick seines Vaters, hörte die ewig gleichen Beschimpfungen durch sein Gedächtnis hallen. »Du verdammtes Weichei! Kämpf für deine Sache! Scheiß auf die anderen! Du Versager, du Loser.«

Ihm war, als könne er die Schläge des Ledergürtels, die diese Sätze begleiteten, noch immer spüren. Sein Vater hatte diese Prozedur *Abhärtung* genannt. Und im Grunde hatte er recht behalten. Die Schmerzen hatten ihn abgehärtet. Wenn es Schlägereien gab, konnte Fox am besten einstecken, aber auch am härtesten austeilen. Ja, er sollte seinem Vater dankbar sein. Ihm verdankte er schließlich alles, was er erreicht hatte.

Seine verweichlichte Mutter war ganz anders, sie hatte sich früh aus dem Staub gemacht, weil sie die Schläge ihres Mannes, seines Vaters, nicht mehr hatte ertragen können. Sie hatte ihn zurückgelassen bei dem Mann, vor dem sie geflohen war. Seine einzige Insel, der einzige Mensch, der ihn so geliebt hatte, wie er war, hatte sich bei der erstbesten Gelegenheit aus dem Staub gemacht. Sie hatte nicht für ihn gekämpft. Sie hatte ihm das Herz gebrochen, seinen Glauben an das Gute, an die bedingungslose Liebe, getötet.

Er ging die Bilder weiter durch. Er sah den Spalt des Sargdeckels, als dieser sich schloss, sah die Dunkelheit und hörte die Erde, die auf den Sarg fiel und vernahm die Stimmen der Männer, die ihn lebendig begruben. Die Erinnerung, ersticken zu müssen, schnürte Elias die Kehle zu. Der Geschmack von Erde und ein unerträglicher Würgereiz übermannten ihn.

Dann war da ein Gespräch mit Lenoir. Plötzlich überrollte ihn der unbändige Drang, dem General alles Leben aus dem Leib herauszuprügeln, doch nach ein paar Sekunden verebbte der Wutanfall. Er hätte den General während ihres Gesprächs in der Kantine einfach abknallen sollen! »Elender Loser«, schimpfte Elias sich selbst. Er hatte die Chance bekommen und sie verstreichen lassen. Oder waren das die vermaledeiten Hyperbots? Waren sie schuld daran, dass er nicht Herr der Lage gewesen war?

Ms. Thistleweeds Gesicht tauchte plötzlich vor ihm auf; die Träne, die über ihre Wange gekrochen war, bevor er ihr den Hals umdrehte und ihr Genick knacken hörte. Er konnte deutlich ihr Parfüm riechen.

Und er sah abermals das Gesicht von James Lenoir vor sich. Nach seiner wundersamen Auferstehung war er in zerissenem Hemd zu James Lenoir geeilt, um ihn endlich zu töten. Aber die verfluchte Leibgarde war zu schnell. Ihm blieb nur ein Sprung aus dem Fenster. Oh, und zwei der Gardisten hatte er kurzerhand das Licht ausgelöscht.

Seine Flucht aus Three Moon war perfekt geplant gewesen. Er sah Momentaufnahmen, wie er durch den Dschungel lief. Und diese wunderschönen Blüten, leuchtend gelb, zartrot geädert – so wild! Doch bald versiegte der Bilderstrom.

Fox öffnete die Augen.

5 - JAMES

2385 | Three Moon

James Lenoir blickte nervös auf die Uhr, während er in dem großen Besprechungsraum hin und her tigerte. Jeden Moment mussten Peter und die anderen eintreffen. Er hatte ihnen etwas Wichtiges zu sagen.

James dachte für einen kurzen Moment an Fox. Daran, wie er bei ihm aufgetaucht und ihn bedroht hatte. Er konnte noch immer nicht fassen, dass dieser Psychopath offensichtlich von den Toten auferstanden war. Sie hatten ihn beerdigt. Er selbst war zwar nicht anwesend gewesen, aber er hatte sich die Aufzeichnung der beteiligten Bestatter und Androiden noch einmal angesehen. Es gab keinen Zweifel daran, dass Fox' lebloser Körper der Erde Lumeras übergeben worden war. Und nun hatte Fox vor ihm gestanden – und er und seine Soldaten hatten ihn nicht aufhalten können.

James musste an Ms. Thistleweed denken. Fox hatte ihr beim Betreten seiner Büroräume das Genick gebrochen. Und auch wenn seine Sekretärin ihn manchmal mit ihrer stets aufgeregten Art genervt hatte, vermisste er sie sehr und bedauerte ihren Tod zutiefst. James hatte schon immer ein Problem mit Fox gehabt, aber dass er eine vollkommen unschuldige und wehrlose Frau aus seinem engsten Kreis so brutal hinrichtete, war eine ganz neue Seite an ihm. Fox war ein Monster. James ballte seine Fäuste – Fox musste für diesen Mord bezahlen!

Das Bild der Überwachungskamera der Tür kündigte seine Besucher an. Peter Jennings, sein Sohn Jason und dessen Frau Ramona, sowie seine Tochter Julia traten in das Bild. Ebenso sah er Andrew, John, Ryan und Ethan. Christopher, den James noch nicht so oft seit dessem Erwachen gesehen hatte, war ebenfalls dabei und wie gewünscht auch der Kidj'Dan Ondras.

James autorisierte die Ankömmlinge und wenige Sekunden später öffnete sich die große Tür.

»Mr. President«, hörte er Peter sagen. Der Titel klang immer noch fremd in seinen Ohren. Lenoir fiel auf, dass der sonst so ausgeglichene Mann völlig überfordert und abgekämpft zu sein schien. Dunkle Schatten lagen unter dessen Augen.

Es war aber auch nicht verwunderlich. Peters Partnerin Anastacia galt nun schon seit Wochen als verschollen. Er kannte Peters Vorgeschichte, wusste, dass er an Krebs gelitten und sich in den Kryoschlaf begeben hatte. Nach dem Aufwachen hatte er erfahren müssen, dass seine Frau in der Zwischenzeit einen qualvollen Tod gestorben war. Da war es nicht verwunderlich, dass ihn der Verlust seiner zweiten großen Liebe doppelt traf. Aber noch teilte James Peters Hoffnung, dass sie noch lebte. Irgendwo im Dschungel.

»Sei doch bitte nicht albern, Peter«, sagte James. »Du kannst mich natürlich auch weiterhin James nennen. Das gilt selbstverständlich für euch alle. Ich freue mich, dass du hier bist. Bitte nimm doch Platz.«

Er wandte sich an Christopher, der erst vor wenigen Tagen aus dem Kryoschlaf geweckt und von der Aristoteles mit einem Shuttle nach Three Moon gebracht worden war. Fast beneidete er den jungen Mann, der von den katastrophalen Ereignissen der letzten Wochen und Monate nichts mitbekommen hatte.

»Geht es dir gut, Christopher? Hast du dich schon eingelebt in Three Moon?«

»Vielen Dank, Mr. ... äh, James. Es geht mir hervorragend. Ich freue mich, hier sein zu dürfen. Ich bin allerdings nicht so begeistert darüber, dass ich so viele Monate verpasst habe. Aber das verstehst du sicher.«

»Einen Krieg zu verschlafen? Da kann ich mir Schlimmeres vorstellen ... wie zum Beispiel, ihn nicht zu verschlafen und Verluste hinzunehmen«, antwortete Lenoir nachdenklich.

Peter war bei den »Verlusten« leicht zusammengezuckt, sodass James sich sofort auf die Zunge biss. Er musste seine Schwermut in den Griff kriegen.

»Wie geht es dir denn, James?«, fragte Julia vorsichtig. »Ich meine, die Sache mit Fox ist für uns alle sehr ... beunruhigend.«

James nickte Julia zu. »Es geht, danke. Der Verlust von Luise ... Ms. Thistleweed ist noch allgegenwärtig. Wusstet ihr, dass sie sich erst kürzlich verlobt hatte?«

Julia hielt sich die Hand vor den Mund. »Oh nein, wie furchtbar, mein tief empfundenes Beileid, James.« Sie drückte seinen Oberarm und sah ihm kurz in die Augen.

James war Julia für ihre Anteilnahme dankbar, aber er rang nach Fassung. Welcher Präsident empfängt seine Gäste mit Tränen in den Augen? Er trat einen Schritt zurück, um sich Julias Berührung zu entziehen.

James hatte so viele Menschen um sich, die unsagbar Schlimmes durchgemacht hatten, und jedes geknickte Gemüt, mit dem er in Kontakt kam, machte ihm das Herz ein wenig schwerer.

Julia ging zur Seite, wo sie sich schon mal einen Platz an dem großen Tisch im Besprechungsraum suchte. Peter gesellte sich schweigend zu ihr.

Der über zwei Meter große Kidj'Dan Ondras, Ratsmitglied

in Dumras und verständiger Fürsprecher der Menschen auf Lumera, trat ein wenig gebückt durch die Tür. Er positionierte sich in respektvollem Abstand und mit ihm zugeneigten Tentakeln vor James.

»Ich danke für deine Einladung zu diesem Gespräch, James. Gestatte mir, die besten Grüße unserer Königin Radascha zu überbringen. Möge das Davor dein Leben wohlwollend planen, das Danach deine Taten gnädig beurteilen und das Jetzt dich rundherum schützen.«

»Es ist mir ein besonderes Anliegen, das Volk der Kidj'Dan in unsere Entscheidungsfindung einzubeziehen«, sagte James nickend. »Bitte lasse Königin Radascha wissen, wie sehr wir uns durch die Entsendung von dir, werter Ondras, geehrt fühlen. Bitte nimm Platz.«

Etwas umständlich setzte Ondras sich auf den Stuhl und senkte dabei seinen Kopf mit angelegten Tentakeln zum Gruß.

»Bevor wir beginnen, möchte ich mich gerne noch einmal persönlich bei euch allen für euren Einsatz im Kampf gegen Fox bedanken. Julia, du, Anastacia und Ryan wart im Hintergrund eine große Unterstützung, denn ihr habt jederzeit den Überblick behalten und uns wertvolle Hinweise gegeben und wichtige Bilder übermittelt.«

»Vielen Dank, James«, sagte Julia mit geröteten Wangen.

Er lächelte ihr kurz zu und fuhr fort: »John, du hast gemeinsam mit Ethan und Robert an vorderster Front gekämpft. Den Verlust eures gemeinsamen Freundes Robert bedaure ich sehr. Peter und Ondras, ohne euch beide hätten wir es nicht geschafft, Fox in der Kommandozentrale zu überwältigen und zu verhindern, dass er noch mehr Menschen ermordet, uns eingeschlossen. Ich kann noch immer nicht fassen, dass er nun von den Toten auferstanden ist. Immerhin habe ich ihn sterben sehen. Du ja auch, Ondras und auch du, Peter.«

»Hm? Ja ... ja, das habe ich«, murmelte Peter nach einigen Augenblicken. Er hing mit seinen Gedanken wahrscheinlich wieder bei Anastacia.

»Nun, das ist allerdings nicht der Grund, warum ich euch habe rufen lassen. Möchte jemand Kaffee?«, fragte er und schenkte mehrere Tassen ein. Dann setzte er sich und schob eine davon vor sich hin. »Bitte setzt euch doch«, wiederholte er.

Nachdem alle Platz genommen hatten, fuhr er fort. »Nun gut, ich habe euch alle aus einem wichtigem Grund zu mir gebeten. Ich wollte, dass ihr es von mir persönlich erfahrt, bevor ich eine entsprechende Meldung publik mache.«

»Jetzt hast du uns aber neugierig gemacht«, sagte Ramona, Jasons Frau und Peters Schwiegertochter, und lächelte.

Peter nahm einen Schluck und nickte: »Guter Kaffee!«

»Spanne uns nicht weiter auf die Folter, James«, forderte ihn Christopher auf.

James ließ seinen Blick über die Runde schweifen und war froh, dass auch Ondras bei dem Gespräch dabei war. Er mochte den Kidj'Dan, der stets zu ihnen gehalten hatte. Wieder blieb sein Blick an Peter hängen. Er schien langsam die Hoffnung verloren zu haben. Aber wenigstens hatte er seine Kinder und ein Enkelkind, denen er sich widmen konnte. Vielleicht war das ein schwacher Trost für ihn.

»Um es kurz zu machen: Wir haben einen Funkspruch empfangen«, erklärte er ohne Umschweife.

»Das ist ja großartig!«, rief Julia. »Wann treffen die restlichen Schiffe denn ein?«

James atmete tief durch und sagte dann: »Die Nachricht kam von keinem unserer Schiffe, Julia. Wobei tatsächlich in zwei Wochen das nächste Schiff Lumera erreichen wird. Aber die Nachricht, die ich meine, stammt eindeutig von der Erde. Sie wurde bereits vor mehreren Wochen von der Aristoteles empfangen und aufgezeichnet. Aber Fox hat sie unter Verschluss gehalten. Und durch seinen plötzlichen Tod hatte er auch nicht mehr die Möglichkeit gehabt, etwas davon zu erzählen. Was er in seinem Wahn vermutlich sowieso nicht getan hätte.«

»Es gibt ein Lebenszeichen von der Erde?«, fragte Ryan

verblüfft. »Wie kann das sein, nach so langer Zeit ohne eine einzige Nachricht? Der Funkspruch stammt auch wirklich von der Erde?«

»Ja, es sieht so aus. Das hier ist, was mir die zuständigen Techniker gemeldet haben. Der Funkspruch ist schon über acht Wochen alt. Ich vermute, dass sich die defekte Teleskopsonde nach so vielen Jahren nun doch dazu herabgelassen hat, zu funktionieren. Ihr wisst ja wahrscheinlich, dass die Aristoteles, das Führungsschiff, auf der Reise hierher in regelmäßigen Abständen solche Sonden abgesetzt hat, um eine Übertragung von Informationen über diese Relais sicherzustellen?!«

Die fragenden Gesichter der Anwesenden sprachen Bände.

»Unsere Experten vermuten, dass die Störung einer der Sonden durch eine mögliche Kollision mit einem langsamen Objekt behoben worden sein könnte.«

John schenkte sich noch eine Tasse Kaffee ein, und leerte sie in einem Zug. »Sonderlich plausibel klingt das aber nicht, oder siehst du das anders, James?«

»Da würde ich dir vorbehaltlos zustimmen, John, aber so ist die Lage. Die Sonde war defekt und arbeitet wieder. Die einfachste Erklärung wäre natürlich, dass der Funker das Frequenzband gewechselt hat. Aber ich bin auf dem Gebiet leider kein Profi, und Mutmaßungen bringen uns nicht weiter.«

»Abgesehen davon, dass ich Letzteres für völligen Blödsinn halte: Könnten wir die technische Seite der Diskussion auf später verschieben?«, murmelte Peter etwas genervt.

»Okay, um den Faden wieder aufzugreifen … die Nachricht ist wirklich eine Überraschung. Habe ich das richtig verstanden? Es gibt also nach über 350 Jahren noch immer Leben auf der Erde?«, fragte Ryan.

»Allen Anschein nach – ja.«

»Also, James, was war das für ein Funkspruch?«, fragte John.

»Er ist nicht so gut zu verstehen, aber es ist wohl ein Hilferuf.«

»O mein Gott!«, rief Ramona und hielt sich die Hand vor den Mund.

»Und was bitte soll das jetzt heißen?«, fragte Ryan aufgebracht.

»Wir wissen es nicht«, sagte James. »Der Hilferuf ist unvollständig. Er wurde vor zehn Jahren abgeschickt – so lange war er unterwegs zu uns. Wir haben leider keinerlei Erkenntnisse darüber, was seitdem auf der Erde geschehen ist. Wir haben keine weitere Nachricht erhalten. Es gibt einige Aussetzer und längere, irrelevante Passagen, die von unseren Spezialisten gerafft wurden. Wir konnten die Qualität soweit verbessern, dass das Wichtigste verständlich ist.«

James aktivierte den Cube und ließ das Video abspielen. Das Bild zeigte einen vielleicht 35-jährigen Mann, der etwas von einem Zettel ablas:

»Notnotnotruf, ausgesendet von Kendrick Alonso, Planet Eeeeaarrrrrrde. chschzzztoteles, Kennung Arch Null Eins, Funkkennung unbekannt. ääaaeees.O.S. Die Kuppelanlagen haben weltweit mit Piliiiikzkzzbefall zu kämpfen. Wir sind Kuppel 81 auf Puepupupueeeerto Rico. Die Vorrätgtgtgtzze sind beinahe erschöpftöpftöpft unnnnnnsssriiiii … stattfindende Ernte …chtet haben wird. Ich wieder … er Standort lautet Arecibcibcibooo, Puerto Rico, Erde. Koordinatnatnatnaten: One eight houuuuuursss two zero minutes three niner seconds North by doubdoubdouble six hours fouuuuur fiver minutes one zero seconds Weeeiiisststst.«

James stoppte die Wiedergabe. »Die Nachricht wiederholt sich zwanzigmal, nach jeweils 3,14 Minuten.«

»O mein Gott! Sie leben, Dad! Die Menschen leben noch!«, rief Julia mit Tränen in ihren Augen. Und nicht nur in ihren. Ramona war sogar von ihrem Stuhl aufgesprungen und Jason um den Hals gefallen. Ja, James sah Freude und Fassungslosigkeit in allen Gesichtern.

»Es freut mich wirklich sehr, dass es noch Leben auf der

Erde gibt. Zumindest zum Zeitpunkt, als die Nachricht verschickt wurde. Ich frage mich nur, was wir tun können, um ihnen zu helfen«, sagte John, der sich als Erster wieder gesammelt hatte.

James überlegte einen Moment, um die richtigen Worte zu finden. »Das möchte ich euch erklären, deshalb habe ich euch gerufen. Es gibt hier auf Lumera nur wenige Menschen, denen ich uneingeschränkt vertraue: Das wären mein engster Beraterkreis, bestehend aus sechs Personen – und ihr alle, die ihr hier mit mir am Tisch sitzt!« James blickte jedem einzelnen seiner Besucher intensiv in die Augen. »Wenn ich den Funkspruch veröffentliche, könnte das zur Unruhe in der Bevölkerung führen. Wir müssen davon ausgehen, dass manche Stimmung machen werden, sofort ein Schiff zur Erde auszusenden, um gegebenenfalls zu helfen. Es wird aber auch eine Gegenseite geben. Die Leute aus meinem engeren Beraterkreis plädieren unisono dafür, diese Meldung zumindest vorerst unter Verschluss halten.«

»Und nun?«, fragte Julia besorgt.

»Du kannst diese Nachricht den Bürgern nicht vorenthalten«, sagte Ramona.

»Das möchte ich auch nicht. Ich werde mir überlegen, wie ich es den Einwohnern vermitteln kann. Aber Fakt ist nun mal, dass wir nicht wissen, wie es auf der Erde jetzt aussieht … Ich war bei Radascha, die derzeit noch in Dumras ist und ihrem Volk dort zur Seite steht. Ich habe sie um Hilfe gebeten.«

»Du … Du hast mit Radascha gesprochen, bevor du mit uns sprichst?«, fragte Julia.

»Ja, das ist korrekt. Weil ich unsere Optionen ausloten wollte. Nur mithilfe der Kidj'Dan sind wir in der Lage, überhaupt einen Plan aufzustellen. Es wäre utopisch und nicht zumutbar, mit einer unserer Archen zur Erde aufzubrechen. In 350 Jahren gibt es dort vielleicht kein Leben mehr. Aber die Schiffe der Kidj'Dan brauchen für diese Reise nur einige Tage oder Wochen. Das Schiff könnte in wenigen Tagen aufbrechen. Leider können wir die Menschen auf der Erde nicht darüber informieren, dass wir mit einem Raumschiff Kurs auf die Erde nehmen. Die Funkwellen sind dafür viel zu langsam.«

»Nun gut, ich halte das für eine gute Idee. Die Kidj'Dan verfügen über eine viel höher entwickelte Technologie als wir. Es macht ja Sinn, die Lage auf der Erde zunächst einzuschätzen. Vielleicht können wir helfen. Wen siehst du denn für die Reise vor?«, fragte John und rührte in seiner leeren Tasse herum.

Lenoir schwieg, zog die Stirn kraus und blickte in die Runde. Er hörte, wie Julia sich an ihrem Kaffee verschluckte.

»Ich halte das für einen guten Plan«, meinte Ethan und schlug mit einer Faust in seine offene Hand. »Ich wäre auf jeden Fall dabei!«

»Findest du das nicht ein wenig voreilig, Ethan?«, keuchte Julia und wischte mit ihrem Ärmel ein paar Spritzer Kaffee vom Tisch. James beobachtete sie dabei und blickte vorsichtig von ihr zu Ethan. Wenn James richtig lag, waren die beiden kein Paar mehr. Zumindest machte es auf ihn nicht den Eindruck, dass zwischen ihnen noch eine enge Bindung bestand.

»Nein, Julia. Wir sollten so schnell wie möglich starten. Wer weiß – vielleicht sind wir die einzige Hoffnung der Erde. Vielleicht herrscht dort eine Eiszeit oder sonst was. Es könnte sein, dass jeder Tag zählt.« Ethan verschränkte die Arme und machte dabei eine Kunstpause. »Und außerdem könnten wir vielleicht einen kleinen Teil dessen wiedergutmachen, wofür uns hier ja immer noch viele hassen.«

»Was meinst du?«, fragte Julia ihn. Auch James war nicht klar, was Ethan redete.

»Na, nicht jeder sieht unser Eingreifen auf der Erde als Heldentat. Immerhin wurden wir hier verurteilt und das vergessen die Menschen nicht so schnell. Das erlebe ich jeden Tag auf der Straße, wenn die Leute mir nachblicken und die

Nase rümpfen. Wir sind noch immer bei vielen hier die Bösen. Wenn wir ...«

»Jetzt schalte mal einen Gang runter«, ermahnte ihn John. »Wir müssen erst mal alles sorgfältig durchdenken. Wie wäre es damit? Wir informieren die Bürger von Three Moon erst unmittelbar vor unserer Abreise über den Funkspruch.«

»Das ist keine schlechte Idee«, warf Julia ein. »Damit ließe sich einiger Ärger vermeiden.«

»Es ist ja unbestritten«, erklärte John, »dass einige Siedler bereuen ...«

»Einige, John? Das ist die Untertreibung des Jahrhunderts!«, zischte Ethan, der kurz davor war, die Fassung zu verlieren.

»Okay, nicht einige, sondern viele bereuen ihre Entscheidung, die Erde verlassen zu haben«, korrigierte sich John. »Es ist ja auch logisch. Alle haben ihre Vergangenheit und oft auch die eigene Familie aufgegeben, um hier auf Lumera neu anzufangen. Und was ist passiert? Fox fing einen völlig paranoiden Krieg gegen die Kidj'Dan an. Tausende sind gestorben, bis wir Fox unschädlich machen konnten. Wundert mich nicht besonders, dass manche sich jetzt nach der Erde sehnen.«

»Das sehe ich auch so«, sagte Peter. »Viele sind für immer traumatisiert und verunsichert. Da denkt man gerne an die gute alte Zeit zurück. Doch man neigt dabei dazu, die Vergangenheit zu verklären.«

»Das stimmt«, sagte Lenoir nachdenklich. »Es lässt sich weder vorhersehen noch kontrollieren, wie unsere Mitmenschen auf diese Nachricht reagieren würden. Ich bin nicht dafür, Geheimnisse zu hüten, ich will nur nicht, dass Panik ausbricht, wenn wir die Sache öffentlich machen. Julia hatte eine gute Idee! Wir verkünden die Sache erst, wenn wir sagen können, dass eine Gesandtschaft, bestehend aus Menschen und Kidj'Dan, bereits unterwegs zur Erde ist. Ich will nicht, dass eine Diskussion darüber aufkommt, wer mitfliegen darf. So viele Schiffe geben uns die Kidj'Dan nämlich nicht«.

»Ich werde mitfliegen«, verkündete Ondras unvermittelt, der sicherlich bereits längst von den Plänen wusste, da er zum Rat der Königin gehörte.

»Ist das dein Ernst?«, rief Julia aus.

»Ja, das ist es. Ich habe mich Radaschas Wünschen zu fügen. Wir nehmen außerdem unsere Navigatoren, Ganuba und einige Kidj'Dan mit, die sich mit der Technologie an Bord auskennen. Dank unseres Antriebs wird es keine allzu lange Reise sein. Außerdem würde ich gerne die Welt sehen, von der ihr stammt, wenn auch nur vom Orbit aus.«

James beobachtete, wie alle Anwesenden einander fragende Blicke zuwarfen. »Nur zu«, sagte er, »es ist eure Entscheidung, deshalb habe ich euch gerufen. Ich brauche wohl nicht zu sagen, dass ich nicht mitfliegen werde. Aber ich möchte wissen, wer von euch bereit ist, zur Erde zu fliegen.«

»Ich werde mit Jason und dem Baby hierbleiben«, entschied Ramona und drückte Jasons Hand. Er schien damit einverstanden.

Peter blickte etwas verloren auf seine Hände. »Ich werde auch hierbleiben. Wenn … falls … Anastacia zurückkommt, möchte ich nicht fort sein. Außerdem werde ich sie weiterhin jeden Tag suchen.«

James blickte in die Runde. »Wie sieht es mit den anderen aus?«

»Also, wie schon gesagt, ich bin dabei!«, verkündete Ethan strahlend. »Du auch, Julia? Vielleicht können wir etwas über Gerrit, Fay und Marlene rauskriegen?«

»Sei doch nicht albern! Das ist alles viel zu lange her«, zischte Julia Ethan zu und ließ danach ihren Blick peinlich berührt durch die Runde schweifen. »Aber ja«, fügte sie schließlich hinzu, »ich würde gerne mitkommen, solange wir nicht in einer Arche reisen und in keine Kryokammer steigen müssen.«

Ryans Blick wanderte von Julia zu James. »Es gibt hier viel zu tun für mich, viel zu programmieren.« Er senkte den Kopf, als schämte er sich für die folgenden Worte. »Und ich fühle mich hier endlich angekommen. Ich bleibe.«

Christopher blickte versonnen in seine leere Kaffeetasse. »Ich ... nun ich bin gerade eben erst wieder aus dem Kryoschlaf aufgewacht. Ich will hier ein neues Leben anfangen, deshalb würde ich diese Chance gerne nutzen. Für mich war unsere Flucht von der Erde gefühlt erst gestern. Ich brauche mal eine Pause, Ethan. Echt!«, erklärte er und lächelte Ethan mit sichtlich schlechtem Gewissen an.

»Schade«, sagte Ethan, »aber in Ordnung. Ich verstehe das, Alter. Mach dir keinen Kopf. Und was ist mit dir, John? Kommst du mit oder hast du die Hosen voll?«

»Ich bin auch dabei. Irgendwer muss ja den Haufen unter Kontrolle halten, und ich übernehme gerne eine eventuelle Bodenmission.«

Ethan kommentierte Johns Worte mit einem leisen Pfiff durch die Zähne. James fragte sich, ob es Sinn machte, die beiden Rivalen auf eine gemeinsame Mission zu schicken. Andererseits hatten sie gegen Fox' Truppen Seite an Seite gekämpft, und es ging James nichts an, wenn Ethan sich vor Julia aufplusterte.

James erhob sich. »Gut, ich werde eure Entscheidungen und das weitere Vorgehen mit meinen engsten Mitarbeitern besprechen. Trefft eure Vorbereitungen, und eines noch«, sagte er mit strenger Miene, »ich erwarte euren Zusammenhalt und unbedingten Gehorsam. Ihr untersteht meinem Befehl und dem meiner Mitarbeiter. Ich möchte meine Entscheidung, mit euch zusammenzuarbeiten, nicht hinterher bereuen müssen. Die Mission lautet: Gegebenenfalls mittels der Technologie der Kidj'Dan die Atmosphärenzusammensetzung anzupassen und zu versuchen, in einen Dialog mit den Menschen zu treten, die hoffentlich noch am Leben sind. Es wird niemand mit nach Lumera genommen, denn das könnte zu Aufständen auf der Erde führen. Verstanden?«

»Absolut, James«, versicherte John.

»Ich sage euch in den nächsten Tagen Bescheid, wann ihr

aufbrechen werdet. Wir werden derweil die Gegebenheiten im Raumschiff an menschliche Bedürfnisse anpassen. Also Toiletten, Sitzgelegenheiten, Schlafräume und so weiter. Mit Radascha ist das besprochen. Und noch einmal: Kein Wort an jemanden außerhalb dieses Raumes!«

6 - JULIA

2385 | Three Moon

Julia war noch immer geschockt, dass Elias Fox nicht tot, sondern – ganz im Gegenteil – quicklebendig bei Präsident Lenoir aufgetaucht war und ihn bedroht hatte. Aber was konnte dieser Irre allein schon gegen ganz Three Moon ausrichten? Lenoir wird schon mit ihm fertig, dachte sie sich.

Trotz der unheimlichen Nachricht freute sie sich auf ihre Mission und darauf, in wenigen Wochen die Erde wiederzusehen – wenn auch vielleicht nur vom Orbit aus. Der blaue Planet war noch immer ihre Heimat, und sie dachte viel an ihr altes Leben, an ihre Kindheit.

Sie blickte nach oben und kam sich unendlich klein vor. Das riesige schwarze Raumschiff, das gut 100 mal 150 Meter maß, flößte ihr noch immer mächtig Respekt ein. Mit den merkwürdigen Platten und Rohren auf der Oberfläche wirkte es wie ein Kriegsschiff. Sie konnte nicht abstreiten, dass es ihr schwerfiel, die Rampe hinaufzusteigen und den Rest ihrer Familie zurückzulassen.

»Julia, kommst du?«, fragte Ethan neben ihr und zog an ihrem Arm. Sie riss ihren Blick von den Menschen und den Kidj'Dan los, die zum Fuß der Rampe gekommen waren, um sie zu verabschieden. Sie ging die letzten Schritte die Rampe hinauf und tauchte in das sanfte Grün ein, das die Schleuse beleuchtete. Das innere Schleusentor war geschlossen. Die anderen hatten es bereits passiert und waren schon im Dunkel des Schiffs verschwunden. Julia betrachtete ein letztes Mal vor dieser wahrscheinlich wochen- oder monatelangen Reise die Gesichter ihres Vaters, Jasons und Rubys, ihrer kleinen Nichte.

Sie versuchte, sich einzuprägen, wie sie alle dastanden und ihr zum Abschied winkten. Dann ließ sie ihren Blick über die hohen Felswände gleiten, die die Schlucht umgaben, bevor sie die Schleuse mittels des großen Sensors neben dem inneren Schott aktivierte. Das äußere Schott schloss sich mit einem dumpfen Grollen. Kurze Zeit später konnte sie den dunklen, nur mit Leuchtstreifen erhellten Korridor des Raumschiffs betreten. Sie spürte an der Vibration, dass die Rampe in den Schiffsrumpf eingezogen wurde. Julia atmete tief durch. Ein aufgeregtes Kribbeln durchströmte ihren Körper. Sie fragte sich, ob das an der Aufregung über den bevorstehenden Flug lag oder daran, dass John mit von der Partie war?

Ihre Schritte hallten durch den langen, endlos scheinenden Gang, dessen Konturen nur durch weiße leuchtende Striche rechts und links greifbar wurden. Ihren Trolley zog sie umständlich hinter sich her. Kurz vor sich sah sie die Umrisse von Ethan. Warum nur war es hier so extrem dunkel? Das war ja gruselig.

»Ethan, wie weit ist es denn noch? Hört der Gang auch mal auf?«, rief sie ihm zu.

»Sind gleich da, glaub ich. Dieser Korridor ist über dreißig Meter lang, aber durch dieses krasse Schwarz wirkt er viel länger.«

»Na, hoffentlich. Es ist so dunkel hier, trotz dieser komischen Lichtstreifen.«

»Ich find's cool, Julia. Versuch mal, dich zu entspannen.«

Irgendwann änderte sich die Farbe der Leitlinie zunächst

in ein warmes, dann in ein kühles Gelb. Julia konnte zwar immer noch nicht viel erkennen, aber der Farbwechsel irritierte sie, und sie fühlte sich noch beklommener als wenige Minuten zuvor. Der Gang führte nun in einer Rechtskurve in einen Abschnitt, dessen Lichtatmosphäre ganz anders war.

Die Lichtleisten des Ganges wurden jetzt in regelmäßigen Abständen von Türen unterbrochen.

Sie gingen an mehreren Türen vorbei, bis sie auf einen Kidj'Dan trafen, dessen Tentakel blassblau leuchteten und auf die beiden gerichtet waren.

Er zeigte mit seinen rechten Armen auf die Tür und nickte ihnen zu. »Eure Kabine«, sagte er.

»Bitte? Was meinst du mit *unsere*?«, fragte Julia irritiert, aber der Kidj'Dan hatte sich bereits umgedreht und entfernte sich.

Julia ahnte etwas. »Ethaaan?«

»Was? Wir müssen hier Platz sparen. Finde ich zumindest. Und John hat mich gefragt, wie wir hier schlafen wollen. Ich fänd's schön, mit dir zusammen … «

»Das kann doch wohl echt nicht angehen!«, rief Julia, hob ihre Hand und tippte demonstrativ energisch gegen ihre Stirn. »Das kannst du doch nicht einfach über meinen Kopf hinweg entscheiden. So eine Scheiße! Hast du es immer noch nicht verstanden? Wir sind nicht mehr zusammen!«

Julia war stinksauer. Nicht nur auf Ethan, der sie nicht nach ihrer Meinung gefragt hatte, sondern auch auf John, der Ethan überhaupt erst danach gefragt hatte. Er wusste doch genau, dass zwischen ihnen nichts mehr lief. Hatte er noch immer nicht kapiert, dass sie eher … ach, egal! Julia schüttelte den Gedanken wieder ab. John wollte es anscheinend so. Julia fehlte in diesem Moment die Kraft, sich gegen Ethan oder John durchzusetzen. Die Aufregung der letzten Tage, der Zustand ihres Vaters, der seine Partnerin so unglaublich vermisste, und die Sorge, was sie auf der Reise und vor allem auf der Erde erwartete, überwogen in diesem Moment.

Dennoch machte der Umstand, dass sie sich so leicht geschlagen gab, sie nur noch ärgerlicher.

Ohne auf eine Antwort von Ethan zu warten, trat Julia vor die Tür.

»Du musst deine Hand auf die Stelle legen, die so rot glimmt«, sagte Ethan.

»Meinst du das ernst?«, fragte Julia unsicher.

»Komm, ich zeig es dir«, antwortete Ethan und legte seine Hand auf die Stelle in der Wand. Die Hand sank in das Licht hinein. Das Glimmen verlosch kurz, flammte dann wieder in einem grellen Gelb auf und die Tür senkte sich in den Boden. Julia betrat ihre neue Unterkunft. Sie blickte sich in dem fensterlosen Raum um und beobachtete, wie die Beleuchtung stufenlos heller wurde. Sie war erstaunt, wie gemütlich es hier drinnen war, auch wenn das Ganze mit dem Einrichtungsstil der Menschen nichts gemein hatte. Schwarze Wände, ein dunkler Boden, eine in den Boden eingelassene Matratze. Und kein direktes Licht.

»Cool, oder?«, fragte Ethan, der hinter ihr in den Raum getreten war.

»Muss bei dir immer alles nur cool oder geil sein, Ethan?«

»Irgendwie ... ja.« Ethan ging zu dem großen Bett, das auf Kidj'Dan-Größe zugeschnitten war, und ließ sich hineinfallen.

»Es ist ganz weich, Julia. Du wirst es mögen«, stellte er fest.

Julia hantierte an ihrem Koffer herum und zerrte ihre Klamotten raus.

»Gibt es hier keine Schränke?« Julia sah sich um, aber da war nichts. Sollte sie jetzt wochenlang aus dem Koffer leben?

»Doch, Ondras sagte, dass sie in der Wand versteckt sind. Du musst nur nach dem unscheinbaren Sensor ...« Ethan fuhr mit der Hand über die Wand. Irgendetwas glimmte dabei auf. Plötzlich fuhr eine etwa zwei mal zwei Meter große Fläche ein Stück aus der Wand raus und zwei Schiebetüren öffneten sich. Vor ihnen lagen nun mehrere Fächer.

»Voilá!« Ethan tat unbeeindruckt, trat vom Schrank weg und schmiss sich wieder auf die Matratze.

Julia stapelte ihre Wäsche in die Regalfächer, noch immer irgendwie wütend über die Situation, mit Ethan das Zimmer teilen zu müssen. Als sie damit fertig war, strich sie über den Sensor und der Schrank zog sich geräuschlos zurück und wurde wieder eins mit der Wand. Julia strich staunend über die Stelle an der Wand, und sofort kam der Schrank wieder zum Vorschein.

»Das ist ja was!«, sagte sie leise. »Wann treffen wir uns mit den anderen?«, fragte sie Ethan, ohne ihn anzublicken. Dennoch spürte sie seinen provokanten Blick im Nacken.

»Na, wir haben doch beide den Termin bekommen. In dreißig Minuten holt uns hier jemand ab und wir werden zur Brücke gebracht. Dort sollen wir dann unterwiesen werden. Wir haben also noch etwas Zeit ...«

Julia ärgerte sich über Ethan, aber noch mehr über sich selbst. Die Tatsache, dass sie die kommenden Nächte neben Ethan liegen sollte, warf sie völlig aus der Bahn.

Ihre Gedanken verselbstständigten sich abermals und flogen zu John. Er war so anders als Ethan, so geheimnisvoll. Nur in seltenen Momenten hatte er Julia hinter seine Fassade blicken lassen; einmal, als sie noch auf der Aristoteles waren und ein zweites Mal an dem schönen Abend am unterirdischen See in den Höhlen von Dumras, als er ihr vom Tod seines Sohnes erzählt hatte. War seine zurückhaltende Art der Grund, warum er Julia wie ein Magnet anzog? Julia schloss die Augen und versuchte, sich wieder auf das Wesentliche zu konzentrieren. Sie hatte in der Vergangenheit schon Schlimmeres durchstehen müssen, da war es eine der leichteren Aufgaben, ihre persönlichen Differenzen mit Ethan und ihr Gefühlschaos bezüglich John der bevorstehenden Mission unterzuordnen. Es ging hier um ihre Heimat – die Erde.

»Ihr müsst euch jetzt setzen«, wies Ganuba Julia und die anderen an.

Julia war gemeinsam mit Ethan, John und Andrew zur Kommandobrücke gebracht worden. In dem fast leeren Raum befanden sich mehrere große Sessel, von denen vier mit rot leuchtenden Kugeln bestückt waren. Sie wirkten am fensterlosen Bug seltsam fehl am Platz. Ondras saß in einem von ihnen. Die Sessel, in denen Julia und ihre Freunde Platz genommen hatten, waren zuvor aus dem Boden nach oben gefahren.

In der Mitte der Brücke schwebte ein riesiges Hologramm des Schiffs. Viel mehr war hier nicht zu finden. Diese Brücke bot keinen Vergleich zu den von Menschen gebauten Cockpits, die vor Schaltern, Monitoren und Hologrammen nur so strotzten. Major Wallström und die restlichen Besatzungsmitglieder befanden sich in einem wenige Gehminuten entfernten Raum.

Julia blickte an ihrem Sitz nach unten, suchte nach einem wie auch immer gearteten Sicherheitsgurt, fand aber nichts dergleichen. Auch ohne hinzusehen wusste sie, dass es Johns Hände waren, die ihr zur Hilfe kamen. Er war in die Hocke gegangen und untersuchte die Rückseite ihres Sessels, ob nicht vielleicht dort ein Sicherheitsgurt zu finden war. Kurz berührten sich ihre Finger, und Julia musste sich konzentrieren, ihn nicht wie paralysiert anzustarren oder noch schlimmer – seine Hand zu packen, um sie nicht mehr loszulassen. Ihr Blick sprang zu Ethan, der die Szene beobachtete und so tat, als wäre es ihm egal. Aber sie kannte ihn zu gut und sah, wie er die Hände zu Fäusten ballte und mit dem Kiefer mahlte.

»Was ist denn noch?«, fragte Ganuba gereizt. Seine Tentakel blitzten rot auf.

»Gibt es hier keine Sicherheitsgurte?«

»So etwas braucht ihr hier nicht, Julia. Es ist für alles gesorgt. Eure Sessel werden euch schützen, wenn es nötig sein wird«, erklärte Ondras ihr.

Ganubas Tentakel blitzten nun in einem autoritären Violett. »Setzt euch! Wir aktivieren jetzt die Antriebe. Zunächst werden wir die Stratosphäre dieses Planeten durchqueren, bevor wir den Randsch'haa-Antrieb außerhalb der Exosphäre mit dem nötigen Sicherheitsabstand zu Lumera zuschalten können. Der Sprung wird nur einen kurzen Moment dauern. Anschließend werden wir noch einige ... Entfernung mithilfe des Mar'nha-Antriebs zurücklegen. Leider können wir aufgrund vorhandener Gravitationswellen unser Ziel nicht exakt ansteuern.«

Ganuba war offensichtlich mit seiner Ansprache fertig.

Julia sah anhand seiner nach oben gerichteten Tentakel, dass Ganuba seiner Crew telepathische Befehle gab, während er sich auf einen der großen Sessel setzte und seine Hände mit den glimmenden Kugeln verband. Sie vernahm ein leises Summen und spürte sanfte Vibrationen unter ihren Füßen. Julia rieb sich ihre kalten, schwitzigen Hände. Hoffentlich ging das gut.

Sie bemerkte Ethans fragenden Blick. Er wunderte sich offenbar über ihre Unruhe.

»Ethan«, sagte sie, »dieses Ding war seit über neunzig Jahren nicht in der Luft.«

Er lächelte schalkhaft. »Ich weiß. Wird schon gut gehen. Willst du meine Hand nehmen?«

»Danke, ich verzichte«, sagte Julia und wandte ihren Blick von ihm ab. Was war nur aus ihm geworden, fragte sie sich. Ethan kam überhaupt nicht damit klar, wenn jemand sich anders als er verhielt. Wenn er locker war, sollten alle anderen es gefälligst auch sein.

Die Vibrationen wurden stärker, und mit einem Mal konnte Julia nichts mehr sehen, so sehr wurde sie geblendet. Ehe sie sich versah, hielt sie Ethans Hand.

»Verdammt! Was ist das?«, rief sie. Die Kidj'Dan würdigten sie keines Blickes. Es dauerte Sekunden, dann konnte Julia, auch dank der Sonnenblende ihrer Linsen, wieder klar sehen. Doch was sie sah, überforderte ihre Sinne.

Ein reflexhafter Aufschrei entwand sich ihrer Kehle, der einige der Mitreisenden zusammenzucken ließ.

Die Brücke war auf einmal gläsern. Sie fühlte sich wie in einem riesigen Aquarium. Unter sich sah sie den Boden von Lumera. Das Schiff schwebte höchstens zehn Meter darüber. Sie erkannte Menschen und Kidj'Dan, die sich nun bis an den Rand der riesigen Schlucht zurückgezogen hatten.

»Haltet euch fest!«, sagte Andrew, der Android, unvermittelt.

Plötzlich schoss das Schiff mehrere Kilometer senkrecht in die Höhe. Julia spürte, wie sie in den Sessel sank. Das buchstäblich schwindelerregende Manöver war ihr eigentümlich weich vorgekommen. Nicht ruckartig, auch nicht beängstigend, nein, es war ... irgendwie ... elektrisierend!

»Julia! Das ist ja großartig. Wie geil ist das bitte? Guck dir das mal an! Siehst du diese völlig irrsinnige Scheiße?«, johlte Ethan in heller Begeisterung und zeigte auf den gläsernen Boden, unter dem sie Lumera sich rasch entfernen sahen. »Das ist der Hammer!«

Es war Julia ein wenig peinlich, dass Ethan immer so aus dem Rahmen fallen musste. Wie aus heiterem Himmel stoppte Kapitän Ganuba den Steigflug. Julia war im Bruchteil einer Sekunde von einem feinporigen Schaum oder Geflecht umgeben. Ohne dieses elastische Zeug hätte sie wohl an der Decke der Brücke geklebt. Sie sah, dass John völlig bewegungslos auf seinem Sitz saß.

»Was war denn das für ein verrücktes Manöver?«, murmelte er leise vor sich hin. Sein Blick fixierte die von hier oben winzig aussehende Schlucht, aus der sie so rasant aufgestiegen waren. Er schien bemerkt zu haben, dass Julia ihn beobachtete, denn sein Blick traf plötzlich den ihren. Julia fühlte sich ertappt und lächelte ihm verlegen zu. Es dauerte einige Sekunden, dann lächelte er zurück.

· · ·

Julia sah sich auf der Brücke um. Der Raum hatte sich verändert. Nicht nur, dass er gläsern schien; weitere Hologramme und Projektionen waren nun an den gläsernen Wänden zu sehen. Doch ansonsten wirkte es hier nach wie vor sehr aufgeräumt.

»Menschen, wir werden nun um einiges stärker beschleunigen als eben, deshalb wird es jetzt für euch wahrscheinlich etwas unbequem«, erklärte Ganuba, der seinen Sessel zu ihnen gedreht hatte.

Julia machte sich darauf gefasst, in den Sitz gepresst zu werden. Sie biss die Zähne zusammen und ließ Ethans Hand wieder los. Sie wollte sich an den Gurten festhalten, die sie von den Autos auf der Erde kannte, griff aber ins Leere. Seltsam, wie stark die Macht der Gewohnheit doch war.

Dann brach die Hölle los.

Ein kurzer Signalton schrillte durch das Schiff. Die Beschleunigung nahm Julia den Atem. Ihr BID schlug augenblicklich Alarm und meldete einen Blutverlust im Gehirn.

»Es wirkt im Moment eine Kraft von 6 G auf eure Körper ein«, erklärte Andrew. »Da wir in einem 78-Grad-Winkel zur Lumera-Oberfläche nach oben fliegen, ist dies beinahe der Grenzwert für den menschlichen Körper. Es ist so …«

Julia konnte Andrews Ausführungen nicht weiter folgen. Ihre Wahrnehmung wurde in ein tiefes Schwarz gehüllt.

»Julia! Julia! Du kannst wieder aufwachen«, vernahm sie dumpf Ethans Stimme. Vorsichtig öffnete sie ihre Augen. Ihr BID meldete bis auf einen sehr hohen Puls Normalwerte. Keine nennenswerten Schäden.

»Sind wir schon da?«, fragte sie.

Das Schiff schien stillzustehen. Zumindest schien es so. Julia fühlte sich zudem so seltsam leicht.

»Nein, so schnell geht das auch wieder nicht, wir sind jetzt auf Sprungabstand. Umrod'ha, oder wie er heißt, meinte, erst in dieser Entfernung sei es sicher genug, den Hauptantrieb zu starten«, antwortete Ethan und blickte ihr mit besorgter Miene ins Gesicht. Dabei kam er immer näher. Seine Hand bewegte sich zu ihrer Wange, und sie spürte seinen heißen Atem auf ihrem Gesicht. »Ethan, was soll das werden?«

»Jetzt zick hier mal nicht rum. Dein Auge sieht komisch aus. Aber bitte, soll der Blechhaufen sich das ansehen«, erklärte er beleidigt und blickte zum Androiden, der sich bereits erhoben hatte.

Im Augenwinkel bemerkte Julia, wie Ethan sich bemüht unbeteiligt ein abgenutztes Buch aus seiner Gesäßtasche zog. Er versuchte, es gerade zu biegen, und setzte sich wieder an seinen Platz. Er blätterte ein wenig darin herum, bis er die richtige Stelle gefunden hatte.

Andrew trat zu ihr und ging in die Hocke. »Darf ich mir dein Auge ansehen, Julia?«

Wieso schaffte es Andrew, so zurückhaltend zu agieren, obwohl er nur ein Android war, während Ethan immer meinte, den Elefanten geben zu müssen?

Andrew streckte den Zeigefinger aus, der daraufhin hell aufleuchtete. Damit leuchtete er in ihr Auge.

»Das war's schon, dein Auge ist in Ordnung, es ist nur ein Äderchen geplatzt, das gibt sich ganz von selbst«, sagte Andrew. Der Android lächelte sie etwas unbeholfen an und gesellte sich wieder zu Ganuba, der vor einem Kontrollpult auf der gegenüberliegenden Seite der Brücke Platz genommen hatte.

Julia schob die diffuse Ungeduld beiseite, die sich in Ihren Gedanken festzusetzen versuchte. Der Ausblick, der sich ihr durch die transparente Außenhülle des Raumschiffs bot, raubte ihr den Atem. Sie hatte Lumera zwar bereits aus dem Orbit sehen können, als sie ihre lange Reise von der Erde hinter sich gebracht hatten, aber da waren die Umstände andere gewesen und sie hatte sich dem Anblick ihrer neuen Heimat gar nicht richtig widmen können.

Ihre neue Heimat erschien ihr winzig aus dieser Entfernung. Und anders als die *Blaue Murmel*, wie Journalisten die Erde aufgrund des ersten Farbfotos getauft hatten, das vom Mond aus aufgenommen worden war, wirkte Lumera wie eine von tiefblauem Wasser durchzogene Jadekugel. Wunderschöne, leuchtend gelbe und rote Sprenkel waren darauf verstreut. Ein riesiger Gebirgszug krönte mit weißen Gipfeln die Nordhalbkugel. Und während im Westen ein unendlich wirkender Dschungel in satten Grüntönen wallte, fand sich an der östlichen Hemisphäre ein mächtiger dunkelroter Fleck, ein riesiger See, der genau wie die blauen Meere das Licht seiner Sonne Epsilon Eridani glitzernd reflektierte. Dieser rotgefärbte See war es auch, der Julia bewusst machte, dass das hier unter ihr nicht die Erde war. Es war Lumera, ihre neue Heimat, die sie nun nach so kurzer Zeit schon wieder verließ.

»Mann, Julia, es ist ... also bevor ich wieder einen auf den Deckel bekomme, atemberaubend schön, oder?«, schwärmte Ethan neben ihr. Und so sehr Julia ihm auch beipflichten wollte – da war diese alles überlagernde Angst vor dem Sprung. Das Schiff mit all den Kidj'Dan und all den Menschen an Bord, das Schiff, das in ein paar Minuten die Grenzen des Denkbaren sprengen würde, machte Julia Angst. Besonders angenehm dürfte es überdies nicht werden. Und daran änderte auch der Anblick Lumeras nichts, der sich ihr gerade bot.

»Schaut mal nach rechts«, sagte John und zeigte in die Richtung.

»Scheiße, was ...?«, rief Ethan erschrocken auf.

»Das ist die Platon«, erklärte Andrew trocken.

Steuerbord schwebte wie ein riesiger Koloss eine der Raumarchen im Orbit. Sie waren gar nicht so dicht an ihr dran, aber sie war mindestens fünfzehnmal so lang wie das Schiff der Kidj'Dan, mit dem sie unterwegs waren.

»Sie ist so unbeschreiblich groß. Mein Gott!«, flüsterte Julia ehrfürchtig.

»Ja, das stimmt«, pflichtete ihr Ondras bei, der sie gehört hatte. Unsere Schiffe können da nicht mithalten. Obwohl ... unsere Überlebensstation dürfte noch um das Zwanzigfache größer ausgefallen sein.

Für einen Moment herrschte Stille, und Julia nutzte die Gunst des Augenblicks dazu, ein paar Fotografien Lumeras mit ihren Kontaktlinsen aufzunehmen. Sie schoss auch einige Bilder der Platon, auf der ihr Vater und ihr Bruder Jason Lumera erreicht hatten, und speicherte sie auf ihrem BID.

Julia blickte wieder nach vorne und beobachtete, wie Ganubas Tentakel immer wieder unterschiedliche Farben zeigten und ständig die Richtung änderten. Er kommunizierte vermutlich mit verschiedenen Kidj'Dan auf dem Schiff, um ihnen Befehle zu erteilen. So aktiv hatte sie das zuvor noch nie bei einem Wesen dieses Volkes beobachten können.

Plötzlich schnippte Ganuba mit allen seinen Händen gleichzeitig. Sofort herrschte Stille. Nur ein rhythmisches Ft-Ft-Ft war von einer Kontrollanzeige zu vernehmen. Julias Nerven waren zum Zerreißen gespannt. Sie blickte zu Ethan, der unbeeindruckt in seinem Buch las. Der Typ hatte echt einen an der Waffel!

»Menschen«, begann Ganuba, dessen Armbewegungen alle Anwesenden einbezogen. »Wir werden in wenigen Sekunden springen. Es ist eine Erfahrung, die euch überwältigen wird. Ich kann euch nicht beschreiben, was jetzt folgt. Jeder erlebt es auf seine eigene Art und Weise. Für uns Kidj'Dan ist ein Sprung etwas Heiliges. Ihr werdet nicht sprechen. Ihr werdet sitzen bleiben. Ihr werdet auf Anweisungen hören. Gebt euch der Kraft des Universums hin, und ihr werdet wohlbehalten wieder im Diesseits ankommen.« Er setzte sich. Seine Tentakel erstarrten in einem glänzend metallischen Goldton.

Julia sah sich ein letztes Mal um. Ethan hatte während Ganubas Rede das Buch verstaut. Er wirkte unerwartet andächtig auf sie. Das indirekte Licht verlosch schrittweise, bis nur noch die bunten Anzeigen der Schiffssteuerung leuchteten. Der gesamte Bug verschwand wieder hinter schwarzen Wänden und verweigerte ihnen nun den Blick auf Lumera. Das Ft-Ft-Ft wurde lauter und lauter und endete in einer singenden Tonfolge. Der Randsch'haa-Antrieb lief an, was das Schiff kraftvoll erbeben ließ. Julias Körper bebte ebenso. Ein tiefer Basston dröhnte.

Plötzlich war da nichts mehr. Absolute Schwärze floss über Julias Sein. Die Stille war ohrenbetäubend. Sie fühlte eisige Kälte. Ein winziger bläulicher Punkt erstrahlte vor ihr … oder hinter ihr? Plötzlich wuchs der Punkt, nein, er weitete sich zu einem Ring; er schien aus Wasser oder Ähnlichem gemacht.

Sekunden später schoss das Schiff vorwärts. Alles wurde grau und grün und wieder schwarz. Dann wurde es wieder hell, und das Ft-Ft-Ft erstarb. John sah sie ausdruckslos an. Ethan schwebte reglos über seinem Sessel. Er sah seltsam verrenkt aus.

»Bist du okay?«, fragte Julia nervös, aber aufstehen und ihm zu Hilfe zu eilen, das schaffte sie nicht.

War der Sprung beendet, oder kam da noch was? Die Frage wurde augenblicklich beantwortet. Mit einem Geräusch, das sich anhörte, als entzünde sich eine Benzinpfütze, schien das Schiff stillzustehen.

Wieder schnippte Ganuba mit den Fingern seiner vier Hände. Licht erhellte die Brücke. Aber irgendetwas stimmte nicht. Julia hatte wieder das Gefühl, zu treiben. Sie kämpfte dagegen an, aber ein unbestimmter Sog riss sie unbarmherzig mit sich.

Dann saß Julia wieder in ihrem Sessel.

»Es ist vollbracht«, sagte Ganuba feierlich. Für mehrere Minuten sagte niemand etwas.

7 - JOHN

2385 | Kam'dhadga

John bemerkte, wie unruhig die vier Kidj'Dan auf ihren Sesseln vor ihm waren. Irgendetwas musste bei ihrem Sprung schiefgegangen sein. Aber sie alle waren am Leben, das war zumindest schon mal ein gutes Zeichen. Die Außenhülle des Schiffs wurde langsam wieder transparent, und John warf einen Blick hinaus. Aber da war nichts. Nur absolute Dunkelheit umgab sie. Er war kein Astrophysiker oder Astronaut, aber es kam ihm komisch vor, dass es hier, wohin er auch blickte, nichts zu sehen gab.

»Wieso sehen wir keine Sterne?«, fragte er, erhielt aber keine Antwort. Ganubas Tentakel pulsierten vor Anspannung dunkelgrün, und seine vier Hände fuhren mit beeindruckender Geschwindigkeit über das große holografische Kontrollpult.

John blickte zu Andrew, der rechts von ihm saß.

»Hast du eine Ahnung, was los ist?«, fragte er den Androiden.

»Nun John, ich muss gestehen, dass ich es nicht exakt weiß. Ich hege die Vermutung, dass wir uns in einer Bok-Globule befinden.«

»Was, bitte? Was soll das sein?«, rief Ethan neben ihm.

»Höchstwahrscheinlich sind wir in eine Dunkelwolke gesprungen.«

»Von sowas habe ich noch nie gehört!«, stöhnte Ethan.

»Ich erkläre es gerne, Ethan«, sagte Andrew. »Dunkelwolken, manchmal auch Bok-Globulen genannt, bestehen aus Staub und verschiedenen Gasen und Molekülen. Wenn sich das Gleichgewicht zwischen dem Material, das die Wolke bildet, und dem Druck von außen verschiebt – wir sprechen hier von Jahrmillionen – werden die Verhältnisse sich zunehmend verdichten, sodass es bei genügend entstandener Hitze irgendwann zu einer Kernfusion kommen kann.«

»Bedeutet ...?«, fragte Ethan weiter.

»... dass hier vermutlich gerade ein neuer Stern entsteht.«

»Gebt Ruhe, Menschen!«, sagte Ganuba mit grün gefärbten Tentakeln. Er ging zu dem großen Hologramm, das in der Mitte des Raums vor John und den anderen schwebte. Mit flinken Handbewegungen drehte er das dreidimensionale Geflecht von Sternen und Planeten, schob es mal hierhin, mal dorthin, als suche er etwas. Schließlich zoomte er weit heraus. Seine Suche war von Erfolg gekrönt.

»Ziel verfehlt.« Mit angelegten Tentakeln deutete Ganuba auf eine orange leuchtende Markierung im Zentrum der holografischen Darstellung. Nach einigen Sekunden wandte er sich jedoch um und verließ ohne ein weiteres Wort die Brücke. John war irritiert. Wo wollte er hin, und was zum Henker war hier passiert?

Andrew war inzwischen ebenfalls aufgestanden. Allerdings war er nur zum Hologramm getreten und fuhr mit der Hand zu der Markierung. Er zeichnete mit dem Finger eine Linie ein. Nachdem er sich versichert hatte, dass alle Augen auf ihm ruhten, begann er zu erklären: »Wir befinden uns hier.« Seine Hand war wieder zu der kleinen Markierung gewandert. »Das ist Barnard 68, eine Dunkelwolke. Wir befinden uns etwa fünfhundert Lichtjahre von der Erde entfernt.« Mit dem Finger zeichnete er die Linie nach, bis er bei einer weiteren Markierung angelangt war. »Dies ist die Erde.«

»Was?«, rief Julia entsetzt aus. »Warum sind wir so vom Kurs abgekommen? Wie konnte das passieren?«

»Ich hoffe, dass Ganuba und seine Männer uns mehr dazu sagen können«, sagte John.

Es war eigenartig. John konnte erkennen, dass die Kidj'Dan sehr wohl gehört hatten, was Andrew gesagt hatte, doch sie gingen nicht darauf ein.

»Ondras?«, versuchte es John.

Der Kidj'Dan drehte sich zu ihnen um. »Ich weiß es leider noch nicht. Vielleicht Ganuba«, antwortete er.

»Ich bin zu 87 Prozent sicher, dass auch er es noch nicht weiß. Mir ist bekannt, dass die Kidj'Dan die Zielkoordinaten für ihre Sprünge nur ungenau festlegen können. Allerdings fürchte ich … «

»… dass etwas schiefgelaufen ist«, vollendete Ethan den Satz. Er schien nicht mehr ganz so gut gelaunt zu sein wie noch wenige Minuten zuvor.

»Und was jetzt?«, fragte Julia. »Sitzen wir jetzt irgendwo im Nirgendwo fest?«

»Beruhige dich, Julia. Im Moment ist alles cool. Warten wir mal ab, was der Ober-Kidj'Dan erzählt, wenn er wieder da ist. Oder warte mal … hey ihr da vorne!«, rief Ethan den anderen beiden Kidj'Dan zu, die vor ihnen unruhig verschiedene Displays bedienten. Keiner der beiden reagierte auf Ethans Ruf, nur Ondras blickte stumm in seine Richtung.

»Ethan, bleib sitzen und warte, bis uns was anderes gesagt wird«, versuchte John, Ethan daran zu hindern, aufzustehen. Aber dieser überhörte das Gesagte geflissentlich.

Plötzlich öffnete sich der Zugang zur Brücke und Ganuba trat ein.

»Menschen, es geht weiter. Es gab ein Problem mit der Dak'Voo-Spule. Nun wird es funktionieren«, sagte er und begab sich wieder zu seinem Sessel. Augenblicklich verschmolzen seine Hände mit den roten Kugeln, während Ethan sich wieder auf seinen Platz setzte.

»Ich möchte einen Transponder vor jedem weiteren Sprung abgesetzt wissen«, sagte Ganuba zu seinem Navigator, der sofort damit begann, Befehle in die Konsole einzugeben. Irgendwo im Rumpf der Kham'Dhadga vernahm John ein schwaches Rumpeln. »Transponder abgesetzt«, bestätigte der Navigator sogleich.

Das bedeutete wohl oder übel noch einen Sprung. John war nicht gerade begeistert. Der Sprung war alles andere als angenehm gewesen.

»Mr. Stanhope, wissen Sie da vorne etwas? Wir dürfen nicht aufstehen, wissen aber nicht warum. Sind Sie schlauer?«, meldete sich Major Wallström über Johns BID.

»Hallo Major, wir werden gleich erneut springen. Irgendetwas ist schiefgelaufen, und Reparaturen sind notwendig geworden. Beim letzten Sprung sind wir fünfhundert Lichtjahre von der Erde entfernt in einer Dunkelwolke gelandet. Wir sprechen später wieder.«

»Fuck! Was ist das denn?«, brüllte Ethan aufgebracht. Der Sprung war vollzogen, der Blick ins All wieder frei. Bevor John auf Ethans Äußerung reagieren konnte, schloss sich eine schaumartige Substanz um seinen Körper. Keinen Wimpernschlag später presste ihn ein abrupter Stoß in den Schaum, der seinen Körper vollkommen umgab. Sekunden später löste sich dieses komische Rückhalte-System auch schon wieder.

Was er draußen sah, verschlug ihm die Sprache. Wie aus dem Nichts war vor ihrem Bug eine riesige Wand aufgetaucht.

John krallte sich in den Armlehnen seines Sitzes fest.

Ein eigenartiges Zirpen hallte durch die Brücke, das von rhythmischen weißen Blitzen begleitet wurde.

»Was ist das denn für ein Monstrum?«, rief Ethan fassungslos. Er lehnte sich nach vorne. »Abgefahren.«

Noch immer rasten sie auf den Koloss zu.

»Vielleicht sollte mal jemand abbremsen?«, flüsterte Julia mit aufgerissenen Augen.

Ganuba gab massiven Seitenschub, damit die Kam'dhadga vielleicht noch eine Chance hatte und einem Aufprall entgehen konnte. Erneut fand sich John von dem Schaum eingehüllt. Und abermals wurde er ruckartig nach vorne gepresst.

Das atemberaubende Schiff, denn etwas anderes konnte es nicht sein, blieb jetzt auf vielleicht 25 Meter konstantem Abstand.

»Das sind ja eigenartige Symbole«, bemerkte Ethan, während er die Wand des fremden Schiffes inspizierte.

»Wird das aufgezeichnet?«, fragte Andrew.

»Selbstverständlich«, sagte Ganubas Navigator.

»Wo sind wir denn hier?«, stieß Julia hervor.

Ethan überlegte einen Moment und sagte dann: »Haben sich die Menschen auf der Erde so schnell erholt und ein massives Weltraumprogramm aus dem Boden gestampft?« Er blickte zu Julia. »Ethan, rede nicht so einen Mist«, blaffte Julia ihn an.

John versuchte, die beiden zu ignorieren und konzentrierte sich auf die steinern wirkende Wand des fremden Schiffes vor dem Bug der Kam'dhadga.

»Dürfen wir aufstehen?«

»Ja, ich denke, das ist kein Problem«, sagte Ganuba auffallend freundlich. Seine Tentakel leuchteten in einem frischen Blau.

Erleichtert und neugierig stürmten alle nach vorne in den durchsichtigen Bereich der Brücke. John fühlte sich bei dem riesigen Raumschiff vor ihnen an ein gut 50-stöckiges Hochhaus erinnert, nur dass es in unregelmäßigen Abständen über rechteckige Öffnungen verfügte. Manche waren beleuchtet, andere stockfinster. Die Außenhülle des Schiffs war von einem tiefen Blauschwarz.

Julia stand neben Ethan und blickte steil nach oben. John tat es ihr nach und ließ seinen Blick dann abwärts wandern. Das Schiff musste mindestens zweihundert Meter hoch sein.

Der Navigator ging zum zentralen Hologramm, das er kreuz und quer umherschob.

Major Wallström betrat die Brücke. »Hallo, ich wollte gerne persönlich … heilige Scheiße! Was ist das denn?« Der Major blickte auf das riesige Raumschiff, das vor ihnen schwebte.

»Ein Schiff, welches ich noch keiner Spezies zuordnen kann. Es ist zweihundert Meter hoch und etwas über zwei Kilometer breit.«, sagte Andrew.

»Wo sind wir denn? Was ist hier los?« Der Major stand noch immer wie eingefroren an der Tür zur Brücke.

»Wir befinden uns, von der Erde aus gesehen, hinter dem Saturn«, sagte Andrew trocken.

»Aber wie kann es sein, dass wir hier direkt vor einem riesigen Raumschiff schweben?«, fragte der Major ungläubig.

»Der ursprüngliche geplante Austrittspunkt befindet sich etwa 82 Millionen Kilometer vom Raumschiff entfernt. Durch die Krümmung der Raumzeit, die ein so schweres Objekt verursachen kann, ist es durchaus möglich, dass es Objekte um sich versammeln könnte«, versuchte Andrew eine Erklärung zu liefern.

»Mann, das ist ja …. Also es hat uns angezogen, ja? Ich finde«, überschlug sich Ethans Stimme, »wir sollten alles aufzeichnen, nicht nur die Kameradaten. Auch Infrarot, den ganzen Spektralscheiß, einfach alles!«

»Du meinst Spektrometer!«, sagte Julia und musste grinsen.

»Du brauchst uns solche Dinge nicht zu empfehlen, wir zeichnen sowieso alles auf.« Ganubas Laune schien weiterhin ungetrübt. »Seht nur, Menschen!«, rief er entgegen seiner sonst so autoritären Art. John war fassungslos und beobachtete aus dem Augenwinkel, wie der Major sich ihnen langsam näherte. Während die Kam'dhadga weiter seitwärts driftete, zogen auf dem Schiff, das keinen Steinwurf vor ihnen lag, helle Streifen vorbei.

»Ach du Scheiße!«, rief Ethan. »Sind das Fenster?«

Ganubas Tentakel spreizten sich nach außen, was John an die Krone der Freiheitsstatue erinnerte. »Bring unser Schiff vor einem der Lichtstreifen zum Stillstand«, befahl er dem Navigator.

Dieser bremste die Seitwärtsbewegung langsam herunter. Johns Blick sprang abwechselnd zu seinen Freunden und hinaus zu den Lichtstreifen, die sich durch das verringerte Seitwärtstempo nun tatsächlich als Fenster entpuppten. Sie boten einen Blick in größere und kleinere Säle und tiefer ins Schiff führende Korridore.

»Das ist unglaublich!«, hörte John Julia flüstern.

Endlich machte die Kham'Dhadga Halt.

John fühlte einen kalten Schauer seinen Rücken hinabkriechen. Sie blickten in einen kurzen Gang, der durch warmes Licht erhellt wurde und nach einigen Metern an einem Tor endete. Der Fußboden glänzte beinahe wie ein etwas trüb gewordener Spiegel.

John musste an Robert denken, der bei dem Anblick eines Alienschiffs vermutlich völlig aus dem Häuschen gewesen wäre. Er hatte jedwede Form von Abenteuern geliebt. Es versetzte John jedes Mal einen Stich, wenn er an seinen Freund dachte. Er hatte Robert sterben sehen, fühlte sich schuldig, weil Robert sich dem Feind in die Schusslinie geworfen hatte, um ihn zu retten.

»Moment«, sagt Ganuba und riss John aus seinen Gedanken. Er bediente ein paar Regler auf dem virtuellen Schaltpult vor sich, weshalb der Blick durch den gläsernen Bug der Kham'dhadga kurz versperrt blieb. Nach wenigen Augenblicken erschien eine herangezoomte Ansicht des Korridors.

»Könnte man uns jetzt von dort drüben sehen?«, fragte Andrew.

»Das ist unwahrscheinlich, da unser Schiffsrumpf jegliches Licht absorbiert. Im Infrarotspektrum wären wir erkennbar, vielleicht auch in anderen Wellenbereichen«, erklärte Ganuba.

»Unser Schiff ist momentan von außen betrachtet nicht durchsichtig. Die Kidj'Dan können die Polarisation und andere Parameter der Außenhaut nach Belieben verändern«, sagte Andrew.

»Na, das ist ja beruhigend.« Ethans Fuß wippte nervös auf und ab.

»Kann ich noch mal die momentane Sicht durch unsere Außenhülle haben?«, bat der Major.

Ganuba schob einen Regler nach oben, worauf das vergrößerte Bild verschwand und die Sicht freigab.

Der Major stellte sich neben Ganuba. Seine Bewegungen machten auf John einen nervösen Eindruck.

»Ich errechne eine 45-prozentige Wahrscheinlichkeit für eine militärische Aktion seitens des fremden Schiffs, sollte sich Leben an Bord befinden«, warnte Andrew. »Auf dem Schiff sind Strukturen in Bewegung geraten.«

Ein kreisrundes Schleusentor öffnete sich und grelles Licht aus dem Inneren der Kammer ließ einen Schwall von herausgeschleuderten Staubpartikeln aufleuchten.

John durchfuhr es vom Scheitel bis zur Sohle. »Da kommen irgendwelche Stäbe aus den Wänden des Schiffs. Andrew, registrierst du etwas?«

»Ich sehe keine weitere Aktivität. Im Schiff ist nichts zu erkennen, allerdings weiß ich nicht, ob eventuell eine Abschirmung meine Sensoren blockiert.«

Ondras antwortete ihm, ließ aber Ganuba dabei nicht aus den Augen. »Soweit ich die holografischen Datendisplays richtig interpretieren kann, scheint es an Bord des Schiffs keinerlei Leben zu geben.«

»Alle sofort setzen!«, befahl Ganuba. Er drückte eine Taste auf dem Bedienfeld. Wieder schrillte der Alarmton. Die Brücke verdunkelte sich; nur das langsame, grellweiße Stroboskop sorgte noch für Licht. Der Major wollte die Brücke in

Richtung Funkraum verlassen. »Hinsetzen!«, rief Ganuba und deutete auf einen Sessel, der sich gerade aus dem Boden erhoben hatte. Der Major ließ sich darauf nieder.

Johns Puls raste. Er kannte das Gefühl. Genauso hatte er sich gefühlt, als er den leblosen Körper seines Kindes aus dem Wasser gezogen hatte. Er fühlte, dass das Schiff nach achtern beschleunigte. Sie entfernten sich von dem riesigen Ding, doch die mechanischen Objekte kamen beängstigend näher.

»Wir müssen weg, verdammt!«, brüllte Ethan.

»Die Kham'dhadga reagiert nicht«, rief der Navigator.

Julia rief Johns Namen. Genau in dem Moment, als John zu spüren glaubte, dass er quer durch die Brücke geschleudert wurde, fing ihn der Sicherheitsschaum ein und hielt ihn fest auf seinem Sessel.

»Ich werde meine Sohlen am Boden fix…«, doch es war schon zu spät. »Vorsicht!«, sagte Andrew ungewöhnlich laut, während er unkontrolliert gegen die hintere Wand knallte.

»Die haben uns mit ihren seltsamen Teleskopstangen eingefangen«, rief der Navigator.

»Ich würde das eher als Andockvorgang betrachten«, sagte Ganuba trocken. »So wie ich das sehe, versucht uns das System korrekt auszurichten. Es scheint dabei aber Schwierigkeiten zu haben.«

Andrew rutschte an der Seitenwand herab, rollte sich über den Boden ab und landete schließlich leichtfüßig auf seinen Beinen.

Der Alarm schrillte in Johns Ohren. Der Sicherheitsschaum presste ihn weiterhin an den Sitz. Er fühlte sich eigenartig geborgen. Andrew, der es noch nicht auf seinen Sitz geschafft hatte, krachte neben ihm auf den Boden. Eine seiner Panzerplatten splitterte in Stücke. Die Kham'dhadga wurde hin und her geworfen.

Andrew stürzte gegen den Sessel des Majors und taumelte auf John zu. Wieder änderte sich die Richtung der Kham'dhadga. John schrie panisch auf, doch Andrew entfernte sich wie in Zeitlupe wieder von ihm und prallte mit ungeheurer

Wucht gegen den Major. John meinte, ein lautes Knacken gehört zu haben.

»Macht euch auf einen Sprung gefasst, die Dak'Voo-Spule hat sich aktiviert!«, brüllte der Navigator. Seine Tentakel flackerten wie glühende Kohlen. Er hatte keine Kontrolle mehr über das Schiff.

John hatte das Gefühl, als befände er sich in einer schwarzen Wolke. Es war das gleiche Gefühl wie beim letzten Sprung. Zunächst war da ein Sog, der ihn mit sich riss, dann war da das schwarze Nichts, fast so als schwebte er einsam im Weltall. Dann riss ihn der Sog abermals mit sich.

Plötzlich pulsierten Ganubas Tentakel dunkelgrün vor ihm.

»Was ist denn jetzt los?«, fragte John verwirrt.

Und da hallte ein Donner durch Johns Kopf. Als er die Augen wieder öffnete, fand er die Brücke und alle, die hier versammelt waren, so vor, wie vor dem ungeplanten Sprungvorgang. Das Quaderschiff lag unverändert vor ihnen, die Luke weiterhin im grellweißen Scheinwerferlicht.

John eilte, ebenso wie Julia, zum Major, der wie tot im Sessel hing.

»Major Wallström! Was ist mit Ihnen? So helft ihm doch!«, rief Julia sichtlich aufgewühlt.

Andrew war sofort zur Stelle und scannte die Gesundheitsdaten vom BID des Majors.

»Er hat einen angebrochenen Wirbel und eine Fraktur des Schlüsselbeins. Keine lebensbedrohlichen Verletzungen. Er ist noch ohnmächtig. Ich habe ihm jetzt ein Schmerzmittel verabreicht. Ich fixiere seinen Hals, und dann muss er liegend stabilisiert werden«, erklärte Andrew ihnen, während er dem Major aus ihrem mitgebrachten Erste-Hilfe-Koffer Fixierschaum um den Nacken sprühte.

»Der Major kann nun transportiert werden. Soll ich das übernehmen?«, fragte Andrew.

»Nein«, befahl Ganuba. Im selben Moment öffnete sich die Tür zur Brücke, und zwei Kidj'Dan kamen mit einer Faltliege hinein. Es dauerte nur einen kurzen Moment, und der Major war mit den Helfern verschwunden. John wusste, dass der Major bei den Kidj'Dan gut aufgehoben war.

Ethan hatte sich unterdessen von seinem Sessel erhoben und war auf den Navigator zugegangen.

Er musterte den ramponierten Androiden beim Vorbeigehen abschätzig. An den Navigator gewandt, fragte er schließlich wütend: »Was war das für eine Aktion?«

»Die Spule hat nach wie vor eine Fehlfunktion. Der Sprung wurde allerdings nicht durchgeführt, da wir noch immer mit dem fremden Schiff verbunden sind«, erklärte dieser.

»Ich unterstütze diese These«, mischte Andrew sich ein.

»Bist du hier der Schiffsingenieur, oder was?«, fragte Ethan ihn genervt.

»Jetzt kriegt euch mal wieder ein. Wir müssen Ganuba und seinem Team vertrauen. Wir haben jetzt etwas Zeit. Das Problem mit der defekten Spule wird sicher gelöst werden«, warf John ein, der keine Lust darauf hatte, dass man sich hier gegenseitig den schwarzen Peter zuschieben wollte. Ethan knurrte kurz und senkte den Blick.

8 - KENDRICK

2385 | Puerto Rico – Erde

Vorsichtig klebte Kendrick den Verband wieder fest, doch dieser löste sich gleich wieder ab. Dieses vermaledeite Pflaster war wirklich nicht dafür geeignet, mehrfach abgezogen und wieder festgeklebt zu werden. Er blickte in den Spiegel, zu dem er sich bis auf wenige Zentimeter herübergebeugt hatte. Das rechte Augenlid war angeschwollen und dunkelrot bis bläulich gefärbt. Kendrick hatte die letzten beiden Nächte kaum geschlafen, so sehr pochte es bis tief in seinen Kopf hinein. Er tastete vorsichtig über einen langen Kratzer direkt neben dem schmerzenden Auge und atmete ruckartig ein. Die ganze Gesichtshälfte war heiß.

Als er die Wohnungstür ins Schloss fallen hörte, machte er einen Seitwärtsschritt und winkte aus der Badtür. »Bin hier, Schatz!«, rief er.

»Hey Dad, wie geht's dem Auge?«, hörte er die Worte, die kaum ein anderer richtig hätte verstehen können. Für ihn war das kein Problem, denn er hatte jahrelanges, tägliches Training.

Kendrick öffnete das Spiegelschränkchen über dem Waschbecken und griff nach dem Antiseptikum. Als er die etwas schief in den Angeln hängende Tür wieder schloss, sah er das Spiegelbild seiner Tochter darin, auch wenn die Oberfläche mit den Jahren merklich trüb geworden war.

Sie begleitete ihre Worte mit den entsprechenden Gebärden. »Oh Mann, das scheint auch nicht besser zu werden, oder? Diese verdammten Schlägertypen!«

»Hilfst du mir mal mit dem Zeug da?«, sagte er und hielt Vida das Fläschchen mit der Wunddesinfektion vor die Nase. Er gab ihr einen schnellen Kuss auf die Wange. »Schön, dass du schon da bist.«

Nachdem Vida den Kratzer im Gesicht ihres Vaters versorgt hatte, setzten sie sich ins Zimmer an den kleinen Tisch und versuchten sich zunächst wortlos daran, ein paar Teile in ein halbfertiges Puzzle einzufügen. Es war ein schwieriges Motiv mit zweitausend Einzelteilen, außerdem schon ziemlich abgenutzt, aber es war die Mühe wert. So prachtvoll wie auf dem Puzzle konnte man die Sagrada Familia, drüben in Spanien, heutzutage nicht mehr zu Gesicht bekommen.

Kendrick seufzte und brach schließlich gestikulierend das Schweigen. »Wir können froh sein, dass wir nicht in Europa sind. Da geht es schon seit Langem drunter und drüber.« Er kippte seinen Stuhl etwas gewagt nach hinten und öffnete den Kühlschrank. »Schon wieder alles weg.« Er schob die Tür wieder zu und lehnte sich kaum merklich nach vorne, sodass der Stuhl knarzend auf alle Viere zurückfiel. »Ich gehe nachher noch einkaufen.«

Vida reagierte nicht. Das Puzzle fesselte wohl ihre ganze Aufmerksamkeit. Plötzlich krächzte eine Stimme von Kendricks Schreibtisch herüber. Das Signallämpchen auf dem Lautsprecher begann zu leuchten.

»Das wird Lyubomyr sein, weißt schon, der Lehrer aus Kiew«, sagte Kendrick mit einem betrübten Unterton.

»Muss das jetzt sein?«

»Na ja, vielleicht ist es was Wichtiges, könnte ja sein.«

Vida seufzte: »Okay, ich besorge uns ein paar Zutaten für's Abendessen. Grüß Lyubomyr!« Sie schnippte ein Puzzleteil aus ihrer Hand, das zu Boden fiel, was sie aber nicht registrierte. Ohne ein weiteres Wort griff sie nach dem Wohnungsschlüssel und wollte gerade die Tür hinter sich schließen, als Kendrick ihr auf die Schulter tippte und ihr ein Sprühfläschchen hinhielt.

Sie drehte sich um. »Was soll ich denn damit?«

»Ist doch nur zur Sicherheit.« Er zeigte mit dem Finger auf den Verband, der sein lädiertes Auge bedeckte. »In den vergangenen Monaten ist es hier wie im Irrenhaus zugegangen. Ich will nicht, dass sie dich genauso zurichten wie mich.«

»Schon gut, ich werde vorsichtig sein.« Vida wandte sich zum Gehen.

Er hielt sie erneut sanft zurück. »Bitte, Kleine.«

Sie steckte das mit Essig gefüllte Fläschchen in ihre Jackentasche, lächelte etwas schief und küsste ihren Vater auf die unverletzte Wange. »Hab dich lieb! Und wenn ich zurück bin, muss ich dir was erzählen.« Diesmal hatte sie lautlos kommuniziert.

Als sie gegangen war, starrte er für einige Sekunden auf das in die Jahre gekommene Furnier der Wohnungstür. Erst jetzt wurde ihm bewusst, dass aus dem Lautsprecher des Funkgeräts noch immer sein Name schallte.

Kendrick zog den Stuhl hinter sich her, der dabei über den Boden schnarrte. Er setzte sich an den Schreibtisch. Während er sich Papier und Stift bereitlegte, nahm er das Mikrofon zur Hand und antwortete endlich auf die unaufhörlichen Rufe.

»Kenny, bist du da? Kommen.«

Kendrick freute sich, Lyubomyrs Stimme zu hören. »Ja, bin ich, wie läuft's bei euch? Irgendwas Neues über den Konflikt mit dem NSR?«

»Deshalb melde ich mich, hier fliegen die Fetzen! Heute Morgen wurde unsere Ministerpräsidentin von einem russischen Agenten ermordet. Diese verdammten Neosowjets haben mal wieder vor, unsere Heimat, und damit auch unsere

Kuppeln, zu annektieren. Der Mörder hat sich widerstandslos festnehmen lassen. Moskau weist natürlich alle Schuld von sich und macht wie immer uns imperialistische Kapitalisten dafür verantwortlich, was aber großer Unsinn ist, denn seit wir uns mit ein paar Teilstaaten des ehemaligen China zusammengetan haben, sind die Interessen der Neosowjets deutlich ins Hintertreffen geraten. Ich halte die Ermordung von Vladimirova für eine reine Verzweiflungstat, die durch ihre unverhohlene Drohung von letzter Woche provoziert worden war. Kommen.«

Kendrick musste kurz überlegen. »Wie war das gleich? Hatte sie nicht verkünden lassen, dass sie sich Sorgen darüber mache, den ukrainischen Geheimdienst nicht davon abhalten zu können, gegen Kuppelanlagen im neosowjetischen Reich vorzugehen?«

»Das stimmt. Das ist jetzt zwei Monate her, aber gestern Vormittag hatte sie Andeutungen gemacht, die Kuppeln im Großraum Sankt Petersburgs mit Atomwaffen zerstören zu wollen.«

»Da fragt man sich doch ernsthaft, wer in der Ukraine eigentlich das Sagen hat. Sie kann wohl den eigenen Geheimdienst nicht kontrollieren. Das ist wirklich armselig.«

Plötzlich hörte Kendrick mehrere Stimmen. Lyubomyr sprach nun auf Ukrainisch, schnell und in aufgebrachtem Tonfall. Andere Stimmen bellten im Hintergrund autoritär klingende Worte. Dann herrschte jähe Stille.

»Lyubomyr? Lyubomyr, bis du noch da?« Kendrick befürchtete das Schlimmste. Unfähig, sich von dem gespenstischen Rauschen loszureißen, verharrte er, seinen Blick auf den Frequenzregler seines Funkgeräts gerichtet. Er meinte, sich nähernde Schritte aus dem Lautsprecher zu vernehmen, deutlich hörbares Schnaufen und Knacken. Dann war das Rauschen verstummt.

»Dad! Dad, wach auf!«

Kendrick schreckte aus dem Schlaf hoch. »Was ist los, ist was passiert?« Er stutzte einen Moment lang, als er feststellte, dass er ganz automatisch die dazugehörigen Gebärden für seine taube Tochter machte.

»Das Funkgerät, irgendwer ruft seit einer Ewigkeit nach dir.«

Es dauerte einen Moment, bis er die verstörenden Fetzen des unterbrochenen Traums abschütteln konnte. Vidas Mutter war darin vorgekommen. Und ein Bär, ein richtiger, lebendiger Bär. Er hatte die Kinder gefressen. Wessen, wusste er nicht.

Wer wollte zu dieser nachtschlafenden Zeit etwas von ihm? Es musste jemand sein, der nicht daran dachte, dass auf der anderen Seite der Welt kein Nachmittag war. Mühsam rappelte er sich hoch und schwang die Beine aus dem Bett. »Wieso bist du auf?«

»Ich war noch ein bisschen unterwegs.«

Kendrick nahm seine Brille vom Nachttisch, hielt sie zusammengeklappt vor seine Augen und las die Uhrzeit vom Wecker ab. »Wo ist denn um halb vier morgens noch irgendwas los, das du interessant finden könntest?«

Vida rollte die Augen. »Willst du nicht erst mal auf den Funkspruch antworten?«

Jetzt war er hellwach. »Eines der Schiffe?« Mit einem Satz stand er vor dem Schreibtisch und setzte hektisch sein Headset auf, von dem er aber sowieso nur das Mikrofon verwendete. »Hier spricht Kendrick Alonso, Arecibo, Erde. Können Sie mich empfangen? Kommen.«

Er drehte sich zu Vida. Sein glückliches Lächeln prallte an dem ungerührten Blick seiner fast zwanzigjährigen Tochter ab, als bestünde er aus Stahlbeton.

»Das ist mit Sicherheit keine Nachricht der Archenflotte, Dad«, gestikulierte sie, zog sich einen Stuhl heran und ließ sich gähnend neben Kendrick nieder.

»Von denen wird nichts mehr kommen.« Sie legte ihre Hand auf seine Schulter.

Kendrick tat so, als hätte er sie nicht gehört. Wieder und wieder rief er den unbekannten Kontakt.

Nach einer knappen halben Stunde wollte Kendrick aufgeben. Die Schmerzen in seinem verbundenen Auge hämmerten intensiv bis in seine Hirnwindungen. Er brauchte seinen Schlaf, damit er morgen wieder seinen Aufgaben nachkommen konnte. Da kam endlich eine Antwort.

»Hier spricht Breisgau zwei, Deutschland, unsere letzten oberirdischen Anbauflächen wurden soeben von französischen Milizen geplündert. Wir waren auf eine solche Militäraktion nicht im Mindesten vorbereitet und mussten uns kampflos ergeben. Man hat uns zwei Stunden, also bis 23.00 Uhr Zeit gegeben, um ein halbes Dutzend Kuppeln zu räumen und damit gedroht, alle Bewohner, die bis dahin nicht draußen sind, zu erschießen. Keine Ahnung, ob wir alle bis zum Ablauf des Ultimatums nach draußen schaffen können. Wer auch immer uns helfen kann, kommen Sie schnell, es stehen zehntausende Menschenleben auf dem Spiel.« Kendrick versuchte, das Gesagte für seine Tochter in Gebärden wiederzugeben.

Vida nahm Kendricks Hand und lehnte sich an seine Schulter.

Zögerlich drückte Kendrick die Sprechtaste des Mikrofons. »Hallo Breisgau zwo, hier spricht Arecibo. Versuchen Sie ihr Bestes. Wir können leider nicht helfen, aber bitte leisten Sie keinen Widerstand, ich wün...« Er ließ die Taste los und wandte sich zu seiner Tochter. »Das ist doch Irrsinn!«

Plötzlich ertönte ein schrilles Rauschen und undeutlich gekrächzte Worte: »Echo six four tango, sechzehn Klicks one twentytwo, erwarte Bestätigung für Luftangriff.« Das Rauschen hing weiter im Lautsprecher.

»Greift der die Franzosen an?«, fragte Vida nervös.

Wieder kreischte eine Stimme aus dem Lautsprecher. »Echo six three tango, neun Klicks one twentythree. Roger,

lock on target. Air to ground. Release now! Now! Now!«
Rauschen. Sonst nichts.

»Die drehen langsam echt durch da drüben«, flüsterte Kendrick. Er konnte nicht fassen, mit welch drastischen Mitteln die Europäer gegeneinander vorgingen. Sein Zeigefinger war schon ganz blass, so fest drückte er die Sprechtaste. Er warf Vida einen flüchtigen Blick zu und begann zu sprechen:

»Breisgau zwo. Arecibo ruft Breisgau zwo. Kommen!« Wie gebannt starrten Vater und Tochter auf die Frequenzanzeige. So saßen sie eine gefühlte Ewigkeit da, doch Breisgau zwei schwieg.

Schließlich schleppte sich Kendrick müde zum Sofa, wo er seinen Schlafplatz zurechtmachen wollte.

»Wie kannst du jetzt schlafen, Dad?«

»Ich hatte vor, wach zu bleiben«, sagte er und gähnte langgezogen. Er ließ sich auf das Sofa fallen. Irgendwas stimmte nicht mit Vida, das war nicht zu übersehen. Ihr Gesichtsausdruck kündigte Gewichtiges an.

»Dad, ich muss dir was sagen.«

Als sie sich neben ihn setzte, musste Kendrick zur Seite rücken. Er hatte die Hände ineinandergelegt und blickte auf den zerschlissenen Teppich zu seinen Füßen. Er atmete tief ein.

»Ist was passiert?«

»Ja, Dad, es ist was passiert. Die Geschichte über den Sicherheitschef kennst du ja.«

»Natürlich, jeder weiß, dass er vor zehn Jahren bei einem schweren Unfall gestorben ist.«

Vidas Gebärden setzten einen Moment aus. Sie ließ die Hände in der Luft, bevor sie fortfuhr. »Gustavo sieht das ein bisschen anders.«

»Wer ist Gustavo? Dein neuer Freund?«

Statt einer Antwort lächelte Vida lediglich. Kendrick wusste, dass sie in den vergangenen Jahren unzählige Male erfolglos versucht hatte, Anschluss zu den Jungs und

Mädchen ihrer Abschlussklasse zu finden, was ihm großen Kummer bereitete. Zorn machte sich in ihm breit. Es war wirklich unfair, wie schwer Vidas Hörschaden ihr alles machte, ganz zu schweigen von dem Umstand, dass ihr Großvater Kuppeldirektor war. Sie hatte schon immer unter den Sticheleien gelitten – und Kendrick natürlich mit ihr.

»Das ist ja großartig, Schatz, ich freue mich für dich.« Er gab ihr einen freudigen Kuss auf die Wange, den sie halbherzig abzuwehren versuchte.

»Dad, er ist nicht *mein* Freund. Gustavo ist *ein* Freund. Und er ist auch nicht von hier. Er wohnt im 83er, bei den Arbeitern.«

Hatte er es also wieder geschafft, ins Fettnäpfchen zu trampeln wie ein alter Esel? »Entschuldige, meine Kleine. Ich habe halt gedacht … na ja.«

»Der Sicherheitschef hatte keinen tödlichen Unfall. Dad, er ist ermordet worden. Der … «

»Was erzählst du denn da, mein Kind? Er hatte einen Unfall mit dem Tunnelschlitten. Die Ermittlungen haben keinen anderen Schluss zugelassen.«

»Das ist Blödsinn, Papa. Gustavo hat es mir vor ein paar Tagen erzählt. Er sagte mir, dass er ein Gespräch im Arbeiterquartier mitbekommen hat, in dem es geheißen hatte, wie gut es damals doch geklappt hatte, den Sicherheitschef unserer Kuppel zu beseitigen. Er hat von selbstgemachtem Dynamit und Zündern und all solchem Zeug geredet.« Vida rutschte vom Sofa zu Boden, hockte nun vor ihm und blickte ihn aus tränennassen Augen an. »Ich glaube ihm, Dad! Er hat zwar eine etwas verdrehte Sicht, redet gerne verschwörerisch daher, aber er ist ein guter Kerl.«

Kendrick wollte nicht wahrhaben, was ihm seine Tochter da erzählte. Er griff in seine Hosentasche und reichte ihr ein Taschentuch.

»Wenn das stimmt, haben wir ein echtes Problem. Vida, ich möchte nicht, dass du diesen Gustavo noch einmal triffst.«

Mit großen Augen blickte sie ihn an. »Das kommt überhaupt nicht infrage! Ich muss ihn wiedersehen!« Sie erhob sich vom Boden.

Sie ist wirklich kein Kind mehr, dachte er, als er seine erwachsene Tochter so entschlossen vor sich stehen sah. Hatte er noch das Recht, ihr vorzuschreiben, was sie zu tun hatte? Verdammt, ja! Wenn er Unheil von ihr fernhalten konnte, war es doch seine Pflicht!

»Tut mir leid, Schatz«, sagte er traurig und erhob sich ebenfalls. »Was, wenn er zu den Mördern gehört? Du bringst dich nur in Schwierigkeiten. Und ich möchte, dass du in Sicherheit bist.«

Ihr Gesicht war hochrot, als sie sich erhob und undeutlich schimpfte.

Kendrick erstarrte und blickte sie fassungslos an. Er hatte sie nicht verstanden, aber es ging wohl um ihre Mutter.

»Was hast du gesagt?«, fragte er und machte gleichzeitig demonstrativ die passenden Gebärden dazu, damit sie wieder zur Gebärdensprache wechselte.

»Tut mir leid, Dad, das war gemein von mir.« Sie wollte ihn umarmen, doch er ließ es nicht zu.

»Du wirst den Kerl nicht mehr treffen, ist das klar? Ende der Debatte.«

»Verdammt Papa, das ist zehn Jahre her, da war Gustavo gerade neun und ich zehn Jahre alt! Soll er da schon Terrorist gewesen sein? So ein Blödsinn!«

Kendrick stutzte. Sie hatte recht. Hektisch versuchte er, seine Gedanken zu sortieren, um einen Weg aus der selbstgemachten rhetorischen Sackgasse zu finden. Natürlich gönnte er seiner Tochter ein möglichst normales Leben voller schöner Erfahrungen, mit verlässlichen Freunden und allem, was dazugehört. Gerade in einer Kuppel war das doch essenziell. Plötzlich fiel es ihm ein. »Du hast recht, Vida, das ist Blödsinn. Aber sei doch mal sachlich«, versuchte er die Spannung aus dem Gespräch zu nehmen, obwohl ihm bewusst war, dass Verliebtheit und Sachlichkeit eine unmögliche Kombination darstellten. »Gustavo ist in einem Umfeld aufgewachsen, das ihm immerzu vermittelt hat, dass Terror ein legitimer Weg ist, bestimmte Dinge zu erzwingen. Glaubst du wirklich, dass sowas keine Spuren in einem Kind hinterlässt?«

Vida blickte ihn an. Sie war sich offenbar unsicher, was sie erwidern sollte. »Mensch, Dad, das weißt du doch überhaupt nicht. Bist du der Meinung, alle Bewohner von Kuppel 83 seien Terroristen? Das ist totaler Bull… Das ist völlig paranoid! Du tust ja gerade so, als hätte es in den vergangenen Jahren jede Woche Anschläge gegeben. So ein Schwachsinn!«

»Jetzt beruhige dich erst einmal, Vida!«

»Jetzt versuch doch nicht abzulenken. Du wirst mir nicht verbieten, den Vater meines Kindes zu sehen! Ich mag Gustavo. Sehr sogar. Es ist das erste Mal, dass sich wirklich jemand für mich interessiert. Vielleicht …!«

»Moment mal … er ist … und du bist … «

»Verdammt ja. Du kannst es auch jetzt erfahren. Er ist nicht nur *ein* Freund und ich bin von ihm schwanger.« Sie ging zur Wohnungstür, nahm ihre Jacke vom Haken an der Tür, den Schlüsselbund von der Kommode und stürmte aus der Wohnung.

Kendrick stand noch eine Weile regungslos da und fragte sich, was er jetzt tun sollte. Das Funkgerät machte ein paar knackende Geräusche. Er schaltete es ab und ging niedergeschlagen zum Sofa. Schlafen konnte er jetzt nicht mehr. Seine Gedanken kreisten unablässig um Vida. Wie mochte wohl ein Leben mit Vida und einem Kind zu managen sein? Für sie beide war die Wohnung gerade groß genug. Mit einem Baby dürfte das über kurz oder lang ziemlich schwierig werden.

Vielleicht könnten er und Vida sich abwechseln, sodass einmal er bei dem Baby übernachtete und Vida auf dem Sofa ihre Ruhe bekam, am folgenden Abend dann umgekehrt? Die winzige Schlafnische war vollgestopft mit Konserven und ihren paar Habseligkeiten. Wo sollte da noch ein Bettchen für das Baby hin? Vielleicht könnte man es an der Decke mit Schnüren befestigen? Man müsste dann eben darunterkriechen. Und es wäre gleichzeitig einfach, das Kleine in den

Schlaf zu wiegen. Oder würde Vida ausziehen wollen? Zu diesem ... wie hieß er noch? Gustavo?

Plötzlich schreckte er hoch. Er war auf dem besten Weg, Großvater zu werden! Wenn das Isidora wüsste! Das wäre endlich ein Anlass herauszufinden, wo seine Exfrau, die auch Vidas Mutter war, sich aufhielt. Er hatte in der Vergangenheit immer wieder vorgehabt, nach ihr zu suchen, es aber nie wirklich getan.

Insgeheim hielt er an der Idee fest, dass seine Frau ihn verlassen hatte, aber das war eine Lüge. Alle in seinem Bekanntenkreis wussten es. Er und sein Vater waren die einzigen, die das Märchen des armen, verlassenen Ehemanns wirklich glaubten. Und Vida. Sie hatte die Geschichte bis heute nie angezweifelt.

Tränen stiegen Kendrick in die Augen. Vida musste es irgendwann erfahren. Er schniefte. Er hatte Isidora verlassen, weil es ihn zu einer anderen hingezogen hatte. Diese hatte dann wiederum ihn sitzen lassen. Drei Tage nach der Scheidung von Isidora. Drei Tage!

Er dachte wieder an das Baby, das Vida erwartete. Er dachte an kleine Fingerchen, die seine umgriffen und festhielten. An klare, unschuldige Äuglein, in denen er sich verlor. Endlich begriff er, was so schwer auf seiner Brust lastete.

Das Leben hier in der Kuppel war hart, es war beengt, alles war durchgeplant, der Alltag war monoton. Für alle, die sich an dieses neue Leben hatten gewöhnen müssen, hatte es einen mühsamen Kampf bedeutet. Ein Mensch, der in diese Situation hineingeboren wurde, hatte es da womöglich leichter, denn er kannte nichts anderes, konnte also nichts herbeisehnen, was es nur außerhalb der Kuppeln gab. Hatten die Menschen nicht fast die Pflicht, ihre Art vor dem Untergang zu bewahren? Welch überwältigende Bürde. Warum musste ausgerechnet Vida nun ein Leben in diese schwierige Welt setzen? Konnte sie der Verantwortung gerecht werden? Einer Verantwortung, die mehr als hart war?

Bevor Kendrick weiter in diese düsteren Gedanken

einsteigen konnte, flackerte etwas in seinem Inneren auf. Waren nicht alle Menschen in den Kuppeln, diesen letzten Festungen des Überlebens, nichts anderes als Grashalme in einer ausgedörrten Wüste, und war es nicht das, worum es ging? Das Nichts auf Abstand zu halten und laut hinauszuschreien: *Ja, wir sind hier, und wir lassen nicht los, wir halten das aus und lassen uns nicht von unseren eigenen Fehlern, der uns antreibenden Gier nach allem, ins Vergessen jagen!* Oder hatte gerade diese Gier uns an den Abgrund gedrängt?

Dem Leben war es im Prinzip egal, wie die Umstände aussahen, solange es sich, mit welchem Kraftaufwand auch immer, behaupten konnte. Und hier fand Kendrick zurück zu Vida und das in ihr heranreifende Baby. Er entschied, dass er Vidas Entschlossenheit unterstützen wollte. Sie hatte schon als Kleinkind einen eisernen Willen an den Tag gelegt und eine Fröhlichkeit, die andere sprachlos machte. Nicht alles war einfach für sie gewesen. Das Leben in der Kuppel verstand es sehr wohl, hart auszuteilen, da kam keiner zu kurz. Kendrick konnte es sich eigentlich selbst nicht erklären, aber Vida steckte das alles wie selbstverständlich weg. Er schmunzelte. Seine Tochter war Beweis genug für ihn: Ein Kind konnte auch hier in der Kuppel glücklich sein.

Kendrick spürte, wie diese intensiven Gedanken ihn müde machten. Immer wieder fielen ihm die Augen zu.

Das Baby ... ein kleines Baby, sein Enkel. Mit einem Lächeln auf den Lippen schlief er schließlich ein.

9 - PETER

2385 | Three Moon

»Okay, danke James. Wir sprechen später.« Peter beendete die Verbindung.

»Und, Dad? Gibt es Neuigkeiten?«

Peters Blick hing im Nichts. Kein Wunder bei dem Schlafmangel der letzten Nächte.

»Entschuldige, Jason. Was hast du gesagt?«, fragte Peter fast schon erschrocken, als er wahrnahm, dass sein Sohn von ihm eine Antwort erwartete.

»Ob es was Neues bei der Suche nach Anastacia gibt.«

»Oh … nein, leider nicht. James' Drohne hat mit der Wärmebildkamera etwas aufgezeichnet, aber diese zwei Wesen waren unglaublich schnell unterwegs und sind dann plötzlich verschwunden, wie vom Erdboden verschluckt.«

»Das ist wirklich merkwürdig. Ich verstehe das nicht. Ich meine, warum ist Anastacias BID …«

»Jason, lass gut sein. Ich werde mich zu der Stelle bringen lassen, die markiert wurde. Ich möchte selbst nachsehen, ob es dort eine Spur von ihr gibt. Leider ist sie im Moment nicht Prio eins auf James' Liste. Fox ist noch immer auf der Flucht und wird ebenfalls gesucht.«

»Dad, dann bleib doch lieber hier. Was ist, wenn dieser Verrückte dir über den Weg läuft? Du bringst dich nur in Gefahr ...«

Peter hatte keine Lust mehr, mit seinem Sohn zu diskutieren. Er wollte in seine Wohnung, wollte seinen Rucksack packen, einen Androiden mitnehmen und in den Dschungel aufbrechen. Und diesmal hatte er mehrere Tage für die Suche eingeplant. Schnell übertrug er den Betrag, den er für den Kaffee und das Stück Kuchen schuldete, an das Café Northern Light und stand unvermittelt auf.

»Entschuldige, Jason. Ich möchte jetzt los. Grüß Ramona und gib der Kleinen einen Kuss von ihrem Opa.«

»Dad ...«, begann Jason, schien dann aber einzusehen, dass es keinen Sinn mehr hatte, mit seinem Vater zu diskutieren, »ist gut. Pass bitte auf dich auf und melde dich jede Stunde bei mir, okay?«

»Okay. Vielen Dank! Ach ja, der Kaffee ist auf mich gegangen.«

Etwas träge erhob Peter sich von dem harten Stuhl und ging die belebte Straße der größten menschlichen Kolonie Lumeras entlang. Wie schön es hier war, registrierte er kaum, so sehr war er gedanklich bereits damit beschäftigt, seinen bevorstehenden Trip zu planen. Sollte er noch jemanden einweihen? Er musste einen bewaffneten Androiden mitnehmen, wie es vorgeschrieben war, wenn man die geschützte Anlage von Three Moon verlassen wollte.

»Hi, Jeff«, grüßte ihn ein Fremder, der ihm entgegenkam. Peter sah sich kurz um, musste aber feststellen, dass wohl er gemeint war. Verdammt!

»Hey, mein Lieber«, stieß Peter hervor, ging aber zügig weiter. »Grüß mir deine Jungs!« Gott sei Dank, dachte er. Wenigstens hatte er inzwischen in Erfahrung bringen können, wie er in Sekunden auf die Daten der von ihm imitierten Person zugreifen konnte. Er hatte vor Müdigkeit und Stress wieder seine Gestalt gewechselt. So konnte er unmöglich aufbrechen, um Anastacia zu suchen. Er musste zuerst eine

Mütze voll Schlaf nehmen. Seine Tour musste wohl oder übel am nächsten Tag starten, wenn er nicht Gefahr laufen wollte, vor Unachtsamkeit von der Flora und Fauna Lumeras verspeist zu werden.

Er trat vor den Scanner, der ihm sogleich Einlass in das fünfgeschossige Gebäude gewährte. Peter entschied sich diesmal für den Lift, denn er war zu müde, um die Treppe zu nehmen, und machte gedanklich drei Kreuze, als sich endlich seine Wohnungstür hinter ihm schloss. Er machte sich nicht die Mühe, sich auszuziehen, sondern hievte seine Gestalt fast schon lethargisch aufs Sofa. Während er das Kissen unter seinen Kopf stopfte, hörte er noch dumpf die vertrauten Geräusche der Stadt. Die Unterhaltungen der Einwohner, die Rufe der Benus, die gerade am Himmel kreisten und das leise surren der Fahrzeuge auf den Straßen. Sanft kitzelten ihn die leicht rötlichen Sonnenstrahlen im Gesicht, die durch die bodentiefe Fensterfront schienen. Für weitere Gedanken war kein Platz mehr. Er sank innerhalb von Sekunden in einen tiefen, traumlosen Schlaf.

»Hier ist die von der Drohne markierte Stelle. Eindeutig!«, sagte Peter laut zu dem Androiden, der neben ihm stehen geblieben war. »Aber ich sehe hier keine Spuren. Kannst du was erkennen, Simon?«

»Negativ, Sir.«

»Gut, wir suchen zunächst den Umkreis von zehn Metern ab. Irgendwohin muss dieses Wesen ja verschwunden sein. Vielleicht gibt es hier eine Klappe im Boden. Die Kidj'Dan haben ja schließlich überall ihre Ausgänge versteckt. Vielleicht hat es so einen benutzt.«

»Jawohl, Sir«, bestätigte Simon blechern, dessen Stimmbildungsmembran noch einer älteren Generation angehörte.

Peter robbte auf allen Vieren über den weichen Waldboden. Er musste auf der Hut vor giftigen Insekten sein, aber das war jetzt seine geringste Sorge. Er spürte, dass es sich bei einem der Wesen, die auf den Aufzeichnungen der Drohne zu sehen waren, nur um Anastacia handeln konnte. Er war absolut davon überzeugt. Aber warum war noch jemand – oder etwas – bei ihr? Und warum war die Körpertemperatur dieses ominösen Begleiters gute fünf Grad niedriger als die Anastacias? Ein Kidj'Dan konnte es nicht sein. An sich war Anastacias höhere Körpertemperatur kein Wunder, denn seitdem sie durch den Eingriff durch die Kidj'Dan nicht mehr ganz menschlich war, hatte ihr Körper einen anderen Wärmehaushalt. Ein Android kam vermutlich auch nicht infrage, denn der hätte eine typische biomechanische Wärmesignatur aufgewiesen. Außerdem wurde keiner vermisst. Im Grunde konnte es genauso gut auch Elias Fox sein. Aber was hätte Anastacia mit ihm schon zu schaffen?

Es nützte nichts. Kopfzerbrechen half Peter an dieser Stelle nicht weiter.

Jason pingte plötzlich Peters BID an, und Peter nahm den Anruf entgegen.

»Sohnemann, was gibt's?«, fragte Peter.

»Ich wollte nur hören, ob bei dir alles okay ist und ob du etwas gefunden hast.«

»Leider nein, ich bin hier mit Simon an der markierten Stelle angekommen. Aber wir suchen noch. Vielleicht finde ich noch einen Hinweis. Jedenfalls ist hier der Boden aufgewühlt, und einige Pflanzen sind zerknickt. Ich melde mich später, Jason. Ich kann mich sonst nicht konzentrieren.«

»Dad, warte! Ich wollte dir noch etwas sagen: Fox hat Präsident Lenoir kontaktiert. Er hat ihn wieder bedroht und versucht, ihn einzuschüchtern. Außerdem hat er damit gedroht, dass er sich die Kidj'Dan vornehmen will. Wir haben aber bislang keine Spur von ihm finden können.«

»Oh Mann, ich habe fast mit sowas gerechnet«, entfuhr es Peter.

»Ich möchte, dass du aufpasst, Dad! Fox ist irgendwo im Dschungel unterwegs.«

Peter schwieg und dachte nach.

»Dad?«

»Ja, danke für die Info. Ich passe auf mich auf.« Peter beendete die Verbindung. So ein Mist, fluchte er innerlich.

»Hast du was gefunden, Simon?«

»Ja, hier sind Spuren in der Erde. Aber es handelt sich dabei weder um menschliche Abdrücke, noch lassen sie sich den Kidj'Dan zuordnen.«

»Lass mich mal gucken!«

Peter ging zu Simon und bückte sich hinunter. Es handelte sich um einen Abdruck, der seinem eigenen nicht unähnlich war. Allerdings war er wesentlich größer als ein normaler menschlicher Fußabdruck, und die Zehen sahen merkwürdig lang aus. Konnte der Abdruck von Anastasias Fuß stammen? War sie in den letzten Wochen vielleicht noch weiter mutiert? Peter konnte jetzt seine Suche noch nicht unterbrechen. Er hatte da so ein Gefühl.

»Meine Drohne zeichnet die Wärmesignaturen eines Wesens auf. Es bewegt sich auf uns zu. Es könnte sich um Elias Fox handeln, wobei es etwa zwanzig Zentimeter größer zu sein scheint«, sagte Simon, nachdem er sich erhoben hatte.

»Wie weit ist die Signatur von uns entfernt?«

»In zwanzig Sekunden ist das Subjekt bei uns.«

Peter fuhr sich mit den Fingern über den Nasenrücken. Er brauchte Zeit. Wenn er sich jetzt zurückzöge, verpasste er vielleicht Anastacia. Wenn er bliebe, könnte ihm Fox über den Weg laufen. Er hatte zwar einen kampferprobten Androiden an seiner Seite, aber mit Fox war dennoch nicht zu spaßen.

»Mr. Jennings?«

»Ich bleibe.«

»Mr. Jennings, Elias Fox ist leider unberechenbar. Ich kann ihn ohne weiteres ausschalten, es ist mir jedoch nicht möglich, ihre volle Sicherheit zu garantieren, sollten wir ihm begegnen. Deshalb empfehle ich den Rückzug.«

»Nein!« Peter war genervt. Er wollte nicht reden. Er wollte sich konzentrieren. Da hörte er ein Rascheln hinter sich. Ein Zweig auf dem Boden knackte. Hastig drehte er sich um. Die Waffe des Androiden surrte neben ihm und wartete darauf, den tödlichen Laserstrahl abzugeben.

Peter sah die sich nähernde Gestalt. »Runter mit der Waffe!«, befahl er dem Androiden.

Das Surren neben ihm erstarb.

»Anastacia?« Er hatte sie sofort erkannt, auch wenn sie sich weiter verändert hatte. Ihre Haut war nun beinahe schwarz und von helleren Linien übersät. Ihr hüftlanges violettes Haar umfloss ihre muskulöse Gestalt, die von den Resten ihrer Kleidung bedeckt war. Aus schwarzen Augen starrte sie ihn an.

Peter wartete, dass sie etwas sagte, aber sie schwieg.

»Anastacia«, flüsterte Peter, und es war ihm in diesem Moment egal, dass sie kaum noch einem menschlichen Wesen glich. Das war Anastacia – die Frau, die er liebte. Sie lebte! Anastacia lebte!

Er trat einen Schritt auf seine Freundin zu. Endlich hatte er sie – oder sie ihn – gefunden. Aber anstatt sich ihm zu nähern, ging sie einen Schritt rückwärts. Hatte sie Angst vor ihm? Mit dem Arm wies er Simon an, sich zurückzuziehen. Vielleicht war er der Grund für ihr Verhalten?

»Geht es dir gut?«, fragte Peter leise. Er hätte vor Freude schreien können.

»Ihr müsst gehen, Fox hält sich in der Nähe auf.«

»Dann komm mit uns zurück in die Stadt.«

Peter konnte und wollte seiner Freundin nicht einfach Lebewohl sagen, nachdem er sie doch endlich gefunden hatte. Er sah, wie es in ihrem Gesicht arbeitete. War da so etwas wie Schmerz zu erkennen?

»Ich kann nicht. Ich habe keine Zeit, es jetzt zu erklären. Ihr seid in Gefahr! Geht jetzt! Schnell!«

»Anastacia! Nein!«, rief Peter und lief einige Schritte hinter ihr her. Aber sie war zu schnell und sofort im dichten

Dschungel verschwunden. Er wollte ihr folgen, doch es war ihm klar, dass er sie nicht würde einholen können, wenn sie nicht gefunden werden wollte.

Peter war der Verzweiflung nahe. Warum mied sie ihn? Was machte ihr Angst? Es war klar erkennbar gewesen, wie hin und hergerissen sie war. Hatte ihr Verhalten vielleicht mit ihrer Mutation zu tun? Traute sie sich nicht, sich so zu zeigen, wie sie war?

Doch sie wusste etwas über Fox und hatte ihn gewarnt. Das zeigte doch, dass sie eigentlich ganz sie selbst war!

»Wo ist sie hin?«, fragte Peter den Androiden.

»Ich habe ihre Signatur verloren.«

»Sie hat vielleicht einen unterirdischen Tunnel der Kidj'Dan genommen. Ich muss sie suchen.«

Peter schulterte seinen Rucksack und lief los.

10 - JULIA

2385 | Kam'dhadga

Julia fühlte sich wie in Trance. Im Grunde war noch gar nichts passiert und sie hatten schon einen Verletzten zu beklagen.

»Was geht hier ab?«, hörte sie Ethans Stimme wie durch Watte, der noch immer vorne bei Ganuba und dem Navigator stand.

»Wir wissen es nicht. Das fremde Schiff hat uns nach wie vor fest in seiner Gewalt«, erklärte Ganuba.

Julia hatte sich inzwischen wieder etwas gesammelt. Vielleicht auch, weil sie realisiert hatte, dass der Major noch lebte und wieder gesund werden würde. Im ersten Moment hatte sie gedacht, er hätte sich das Genick gebrochen.

Ganuba erhob sich von seinem Platz. »Wir müssen hinaus und prüfen, was los ist. Außerdem werden wir zwei Sonden aussenden, die das fremde Schiff umrunden und nach organischem Leben suchen werden.«

»Ich komme mit«, sagte John unvermittelt.

»Spinnst du, Mann?«, fauchte Ethan ihn an.

»Ich denke nicht, Ethan. Außerdem bist du doch normalerweise der Erste, der sich ins Abenteuer stürzt.«

»Aber das ist jetzt etwas anderes. Wir haben keinerlei Erfahrung damit, im Vakuum umherzutreiben! Wir haben doch gerade gesehen, wohin der Scheiß führen kann. Wir wissen doch gar nichts über dieses Ding. Außerdem sind wir hierhergekommen, um einem Hilferuf von der Erde zu folgen.«

»Das ist so nicht richtig. Etwas Erfahrung habe ich ...« John verstummte und kniff die Lippen zusammen. Offensichtlich hatte er keine Lust auf eine Diskussion mit Ethan.

Julia blickte vom einen zum anderen. Im Augenwinkel sah sie die pulsierenden Tentakel von Ganuba. Er kommunizierte.

»Ich werde gehen«, erklärte Andrew unvermittelt.

Ganuba unterbrach seine stille Kommunikation. »Es kommt nicht infrage, dass ein solches Ding ...«

»Ganuba, schweig!«, sagte Ondras. »Der Android der Menschen ist am besten dafür geeignet, die Gegebenheiten dort draußen zu analysieren. Wir werden ihn gehen lassen und etwas später nachkommen, wenn keine Gefahr für uns besteht.«

Ganubas Tentakel flackerten rot, als er sich von ihnen wegdrehte. Nach einigen Augenblicken wandte er sich noch einmal Ondras zu. Die Tentakel auf seinem Kopf leuchteten in einem grellen Violett. »Solltest du mich jemals wieder vor anderen auf diese Weise angehen, werde ich persönlich das Kuru'Praa über dich bringen, hast du mich verstanden?«

Ondras wich ein wenig zurück und beugte seine Knie. Blaue, eng angelegte Tentakel signalisierten strenge Unterwürfigkeit, als er antwortete: »Demütig erbitte ich deine Vergebung.«

»Kriech gefälligst nicht vor mir! Deine Kühnheit mir gegenüber spricht für dich, und dein Argument ist stichhaltig, sprich also weiter.« Zögerlich richtete sich Ondras wieder auf. »Ich vermute, dass die Sensorik des Objektes uns erfasst hat. Da wir keine unserer Waffen aktiviert haben, hat es uns vermutlich nicht als Gefahr eingestuft.«

»Nun gut«, sagte Ganuba. »Dann soll diese von Menschen geschaffene Maschine die Lage erkunden.«

Julia wusste von Ondras, dass Ganuba, dieser launische Kidj'Dan, schon immer ein vehementer Gegner junger Ratsmitglieder war. Ondras war ihm deshalb seit jeher ein Dorn im Auge.

Sie blickte sich um und stellte fest, dass Andrew bereits gegangen war. Das riesige Schiff schwebte noch immer beängstigend nahe vor der gläsernen Front der Kam'dhadga. Julia löste sich aus dem Schaum ihres Sitzes und trat zum Bug. Ganubas starren Blick ignorierte sie. Sie sah zwei Sonden, die die Kam'dhadga soeben ausgesandt haben musste. Sie flogen je rechts und links an dem riesigen Schiff entlang, bis sie ihren Blicken entschwunden waren.

Andrew musste jeden Moment in ihrem Blickfeld erscheinen. Schließlich konnte er sich einen Raumanzug und weitere Ausrüstung sparen.

Vorsichtig schielte Julia nach rechts zu John, der sich zu ihr gesellt hatte. Auch er blickte zum Raumschiff hinaus. Sein Kiefer mahlte, und er fuhr sich immer wieder mit der Hand über das stoppelige Haar. Julia war froh, dass er hier war, in ihrer Nähe.

»Da ist er ja«, unterbrach John ihre Gedanken. Sie sah wieder nach vorn. Andrew schwebte gerade ins Bild. Aus kleinen Schubdüsen an seinem Rücken entwich in kleinen Stößen ein Gas, sodass er eine Drehung machen und ihnen zuwinken konnte.

»Alter Angeber!«, schmunzelte John und zog seinen Holo-Cube aus der Hosentasche, den er auf den Boden legte. »Jetzt können wir Andrew hören und durch seine Augen sehen.«

Wie gebannt starrten alle nach draußen. Julias Hände waren schweißnass, ihr Puls hämmerte, als wäre nicht Andrew dort draußen, sondern sie selbst. Was für ein seltsames Gefühl, dachte sie bei sich, warum hatte sie eigentlich Angst um einen Androiden, dem es offenbar vollkommen einerlei war, ob er sich innerhalb oder außerhalb der Kam'dhadga aufhielt.

»Ich befinde mich jetzt am rechten Rand der Außenluke. Die Außenhaut des Schiffs vibriert sehr stark. Hier ist etwas, das ich nicht eindeutig klassifizieren kann. Ich werde es untersuchen. Haltet euch bitte fest. Es könnte etwas holprig werden.«

Wenn sich Andrew doch nur etwas mit seiner Inspektion beeilte! Der hochintelligente Android machte es eigentlich nie spannend, doch jetzt schien es, als wären seine langsamen Bewegungen eine Hommage auf alte Science-Fiction Filme. Langsame Bewegungen bedeuteten darin gerne mal: Hier herrscht Schwerelosigkeit. Julia wurde es schließlich zu bunt: »Jetzt komm schon, spann uns doch nicht so auf die Folter. Bitte, Andrew.«

»Meine Untersuchung sagt mir, dass Vorsicht geboten ist«, meldete Andrew zurück.

Plötzlich leuchtete ein vielleicht fünf Meter breiter Streifen unterhalb der offen stehenden Luke auf. »Es tut sich etwas«, kommentierte Andrew das Offensichtliche.

Julia fuhr erschrocken zusammen, als aus der Mitte des leuchtenden Streifens ein Stab hervorschnellte und sich beinahe gleichzeitig eigenartige Platten emporhoben. Sie falteten sich wenige Zentimeter über dieser Führungsstange wie Schmetterlingsflügel auseinander, sodass eine stabil wirkende und allem Anschein nach begehbare Rampe von der Kam'dhadga bis zum Schott des fremden Schiffs entstand.

»Roboter, was ist das? Hörst du, Andrew?«, rief Ganuba und wandte sich an John. »Kann er uns hören?«

»Ja, er hört alles«, sagte John knapp.

Endlich reagierte Andrew: »Es handelt sich um einen automatischen Andockmechanismus. Warum dieser aktiv ist, obwohl das Schiff unseres nicht kennen dürfte, kann ich nicht sagen.«

Die Rampe donnerte gegen den Bug der Kam'dhadga. Dabei wölbte sie sich nach oben. Schließlich zog sie sich wieder zurück und verschwand im Inneren des Quaderschiffs. Die Verankerung rechts und links der Luke des fremden Schiffs hielt die Kam'dhadga dennoch weiter in ihrem unerbittlichen Griff.

»Schäden?«, brüllte Ganuba. »Überprüfe die betroffene Schleuse und deren Andockschürze Steuerbord, Ondras.«

Der Angesprochene verließ eilends die Brücke.

»John, was ist eine Andockschürze?«, fragte Julia.

»Das müsste so ein flexibles Verbindungsstück sein, womit die Kam'dhadga an andere Schiffe andocken kann«, erklärte John und blickte in Ganubas Richtung. »Was können wir tun, um zu helfen?«

Julia spürte Ethans Blick auf sich, als fragte er sie, ob er ebenfalls seine Unterstützung anbieten sollte. Sie drehte sich zu ihm und schaute ihm in die Augen. »Ist schon gut. Tu, was du für richtig hältst.«

Also sagte auch Ethan zu Ganuba: »Sag uns was wir tun können.«

Die Antwort aber kam von Andrew. »Von hier draußen betrachtet hat die Kam'dhadga keine erkennbaren Schäden erlitten. Ich nehme an, dass dieser Andockmechanismus des fremden Schiffs nicht auf andersartige Schiffstypen ausgelegt ist, weshalb es fast zwangsweise zu einer Kollision kommen musste.«

»Hattest du das nicht schon vorher vermutet?«, polterte Ganuba los.

»Das ist teilweise richtig«, gab Andrew unverhohlen zu. »Die Wahrscheinlichkeit für eine Inkompatibilität lag meinen Berechnungen zufolge bei 84,75 Prozent. Aber es gab keine Alternative zu meinem Vorgehen. Wir sind an den Führungskränen dieses Schiffs fixiert. Es musste etwas geschehen, und da unser eigenes Schiff es nicht mit der Masse dieses Objektes aufnehmen kann, ist die Option, es mitzuschleppen, nicht gegeben. Ich musste das Risiko einer Kollision auf mich nehmen. Leider ist das wahrscheinlichere Szenario eingetreten.«

»Ja, wir hängen noch immer an diesem unheimlichen Ding«, flüsterte Julia. Sie spürte Ethans Blick auf sich, vermied es aber, ihn anzusehen.

»Gibt es bereits eine erste Analyse der ausgesandten Sonden?«, fragte Andrew.

Ganuba hantierte an seinen holografischen Schalttafeln herum. Nach einem kurzen Augenblick sagte er: »Weiterhin keinerlei organisches Leben zu orten.«

»Gut, ich betrete jetzt die Schleuse des fremden Schiffs und sehe mich um«, hörte Julia die Stimme von Andrew klar und deutlich aus dem Cube schallen. Sie beobachtete, wie der Android durch das kreisrunde Schott der Schleuse des gegenüberliegenden Schiffs manövrierte und sich umsah.

»Hier ist nichts. Ich bewege mich ein Stück weiter hinein. Vor mir ist eine handgroße Fläche neben dem inneren Schott. Es müsste der Zugang ins Schiff sein.«

Julia sah, dass Andrew seine Hand auf die Fläche legte, die sofort zu leuchten begann. Mit einem Ruck klappte das äußere Schott zu. »Um Gottes Willen, Andrew, du bist gefangen!«, rief Julia entgeistert.

»Kein Grund zu Beunruhigung«, sagte Andrew. »Das war vorauszusehen.«

»Halt, Roboter«, sagte Ganuba, »du gehst nicht allein da hinein.«

»John?«, sicherte Andrew sich ab, und Julia bemerkte Ganubas rot flackernde Tentakel.

»Ist gut, Andrew. Warte auf uns, ich komme mit ein paar Leuten rüber«, sagte John.

»In Ordnung, ich werde derweil ein Führungsseil spannen. Ich gehe wieder nach draußen.« Andrew ließ das Sensorfeld los und berührte es erneut, worauf sich das äußere Schott des fremden Schiffs wieder öffnete.

»Willst du wirklich da rausgehen?«, rutschte es Julia raus.

John antwortete ihr nicht, aber Ethan funkelte sie aus kalten Augen an. »Was hast du denn? So wichtig ist er dir schon, dass du hier eine Szene um ihn machst?«

»Spinnst du jetzt völlig, Ethan? Das ist doch gar nicht wahr«, rief Julia aufgebracht.

»Ob ich spinne? Meinst du, ich bin blind, oder was? Ich sehe doch, wie du ihm ständig schöne Augen machst.«

»Ach, halt doch den Mund! Ich mach mir nur Sorgen um ihn. Bist du wieder auf Dörrgras, oder was ist los mit dir?«

Ethan hatte sich dicht vor Julia aufgebaut. »Nein, vielleicht wäre das aber eine gute Idee, dann wäre mir dieses widerliche Liebesgeplänkel nämlich egal.«

»Es reicht jetzt Ethan!«, schaltete John sich ein. »Erstens redest du totalen Mist, und zweitens haben wir jetzt viel Wichtigeres zu tun. Deswegen hältst du jetzt mal die Klappe, klar?«

Ethan schäumte vor Wut. Mit erhobenem Finger stampfte er auf John zu: »Oder was? Du hältst dich aus unseren Gesprächen schön raus, du Großkotz! Wenn ich wollte, könnte ich dich mit einem Griff ausschalten. Also pinkel mir nicht ans Bein!«

»Schluss damit!«, brüllte Ganuba mit rot pulsierenden Tentakeln. »Mensch Ethan verlässt auf der Stelle die Brücke. Ich dulde keinen Ungehorsam!«

»Alter, entspann dich. Ich …«

»Raus, sofort, sonst bringe ich dich raus, und zwar dorthin.« Ganuba deutete hinaus ins All.

»Ethan …«, sagte Julia beschwichtigend.

»Jaja, schon gut. Ich verschwinde.« Ethan warf John noch einen wütenden Blick zu und verließ die Brücke.

»Leckt mich doch alle«, hörte Julia Ethan noch fluchen, bevor sich die Türen hinter ihm schlossen.

Julia fixierte Andrew, der während des Streits das Seil zwischen der Kam'dhadga und dem fremden Schiff gespannt hatte. Sie drehte sich zu Ganuba, und sie wusste selbst nicht, warum sie plötzlich diesen Wunsch verspürte, aber bevor sie sich diese Frage stellen konnte, sagte sie schon zu dem Kidj'Dan: »Ich möchte auch mit rübergehen.« Dabei verneigte sie sich vor Ganuba, weil sie wusste, dass diese respektvolle Geste ihre Chance erhöhte. Er war der Vertraute der Königin und der Kapitän der Kam'dhadga. Hier hatte er zu bestimmen. Julia wartete und hielt weiterhin den Kopf gebeugt.

»Gut, Mensch. Du und der da«, er zeigte zuerst auf sie und danach auf John, »ihr kommt mit. Vielleicht nehmt ihr Dinge wahr, die uns und unseren Sensoren entgehen. Ich werde hierbleiben, aber Ondras und ein Teil meiner Spezialeinheit, die Kar'Talan, werden mit euch gehen.«

Julia wagte einen vorsichtigen Blick nach oben, bevor sie sich wieder erhob. Sie war erleichtert, dass Ganubas Tentakel keinerlei Gereiztheit oder Bosheit mehr anzeigten.

»Komm mit! Wir müssen unsere Raumanzüge anlegen«, sagte John mit einem Lächeln. Sie musste fast laufen, um mit dem knapp zwei Meter großen Ex-FBI-Agenten Schritt halten zu können. Kurz fühlte sie sich an die Zeit auf der Aristoteles zurückversetzt. Dort aber war sie als seine Gefangene vorneweg durch weitverzweigte Gänge gelaufen. Nur fühlte sie sich jetzt viel wohler in seiner Gegenwart.

Sie mussten nicht weit gehen. Sie fanden ihre Raumanzüge, die in Wandnischen aufgebaut waren. Julia hatte keine Ahnung, wie man in so ein Ding reinkommen sollte und die Aussicht, darin eingeschlossen zu sein, bereitete ihr schon jetzt Platzangst.

»Äh, wie soll das jetzt funktionieren?«, fragte sie unsicher. Sie fasste den festen Stoff des Anzugs an. Er sah aus wie ein Neoprenanzug, war aber wesentlich stabiler.

Bevor John antworten konnte, kamen zwei Männer und zwei Frauen auf sie zu. Julia erkannte an deren Kleidung, dass sie zum Team des Majors gehörten. Ohne sich vorzustellen, wies eine etwa vierzigjährige Frau mit maskulinen

Gesichtszügen, Julia und John an, sich bis auf die Unterwäsche zu entkleiden und auf den Boden zu setzen. Bevor Julia sich umdrehte und tat, was von ihr verlangt wurde, erhaschte sie noch einen kurzen Blick auf Johns durchtrainierten Körper. Umständlich halfen ihr derweil die zwei Frauen in den engen Anzug. Julia bereute ihre Entscheidung bereits wieder, mit auf das Schiff zu kommen. Überall drückte dieser verfluchte Anzug, und sie hatte das irrationale Gefühl, dass sie darin kaum atmen konnte und ihre gesamte Durchblutung nicht mehr funktionierte. Die Stiefel waren dagegen ausgesprochen bequem, wenn auch ebenfalls sehr eng.

Als die Prozedur überstanden war, blickte eine der beiden Frauen sie aufmerksam an. »Gerade hinstellen. Entspannen Sie sich.« Sie wartete ein paar Sekunden und fragte dann fast mütterlich: »Alles klar? Entspannt?« Dann legte sie an Julias Anzug einen flachen Hebel um und machte ein fast gebrülltes »Buh!«, das Julia zusammenzucken ließ. Irgendwas fühlte sich jetzt komisch an im Schritt.

»So, meine Liebe, wenn Sie den Drang verspüren, urinieren zu müssen, dann nur zu, es wird alles aufgenommen. Nur keine falsche Scham.« Die Frau lächelte für eine Millisekunde, dann gingen sie und ihre Kollegin hinaus.

Hinter dem Vorhang hörte sie ebenfalls ein lautes »Buh!«. Einen Augenblick später stöhnte John gequält auf.

Julia schob den Vorhang zur Seite und lugte hinüber. John stand etwas schief da und sein Blick wirkte ziemlich gequält. Hatte er Schmerzen?

Der eine Mann klopfte frech grinsend auf Johns Schulter. »Kommen Sie schon, das geht nach ein paar Tagen vorbei!«

Sein Kollege schlug John hart gegen den Hintern. »Besser?«, fragte er.

»Stimmt, jetzt ist es besser. Danke Mister … äh, danke.« John wirkte erleichtert, während Julia eher amüsiert war.

Dann verließen die beiden Helfer den Raum.

Julia schob den Vorhang gänzlich zur Seite. »Steht dir gut«, sagte sie zu John.

»Deiner sieht an dir aber auch nicht schlecht aus«, erwiderte er.

»Genug mit dem Unsinn«, blaffte Ganuba, der die beiden von der Tür aus beobachtet hatte. Er schlug zweimal mit einer flachen Hand gegen die Wand neben der Tür, die in den Hauptkorridor der Kam'dhadga führte. »Worauf wartet ihr?«

»John, verdammt! Mach das Ding wieder ab. Ich kriege keine ...«

Julia zerrte an ihrem Helm. Panisch blickte sie dabei auf das offene innere Schleusenschott der Kam'dhadga, und ihr war klar, dass sie es in diesem Zustand nicht betreten konnte.

Es war nicht zu übersehen, dass John, der ihr dabei geholfen hatte, ihren Helm aufzusetzen, sich ein Grinsen verkneifen musste. Julia spürte an dem Kribbeln in ihrem Gesicht, dass sie anfing, zu hyperventilieren. Gleichzeitig stieg aber auch ihre Wut auf John, weil sie das Gefühl nicht loswurde, dass er sich über sie lustig machte.

»Julia, entspann dich. Du hast Panik, deshalb hast du das Gefühl, keine Luft zu bekommen. Du musst dich beruhigen.«

Julia atmete mehrere Male tief durch. Sie spürte, wie ihr Puls sich wieder verlangsamte und sie wieder besser Luft bekam. John sah sie besorgt an und ihre Wut verflog augenblicklich.

»Na, geht doch!« hörte sie John leise sagen. »Also los jetzt. In die Schleuse mit dir. Da kommen Ondras und die anderen Kidj'Dan. Übrigens schade, dass wir keinen ... wie heißen diese Alienforscher noch mal?«

»Exobiologen«, beantwortete Julia seine Frage.

»... keinen Exobiologen dabei haben. Das wäre sicher hilfreich gewesen«, ergänzte John und wandte sich an Ondras: »Da seid ihr ja. Äh, Ondras, braucht ihr keine Anzüge?«

»Natürlich brauchen wir welche«, sagte Ondras und drückte an einem Ring, den er sich lose um den Hals gelegt hatte. Es piepte kurz, aber weiter geschah nichts. Er drückte den Ring erneut. Ein leises Summen ertönte, während sich eine Membran um den Körper des Kidj'Dan legte. Nachdem sie ihn vollständig umschlossen hatte, verstummte auch das eigenartige Summen. »Das war es schon«, sagte Ondras.

Seine Kameraden taten es ihm gleich.

»Das ist mal stark«, sagte John und nickte Ondras zu.

Julia, John, Ondras und etwa zehn weitere Kidj'Dan betraten die Schleuse, die hinaus zu dem Alienschiff führte. Julia wurde wieder nervös, denn sie wusste, dass John die Entscheidung schwergefallen war, keine weiteren Soldaten ihrer Einheit mitzunehmen. Aber die Soldaten hatten, wie auch sie, wenig bis keine Erfahrung mit Missionen in der Schwerelosigkeit. Sie wären vermutlich im Falle einer Feindberührung auf dem fremden Schiff keine große Hilfe. Aber das war im Moment Julias geringste Sorge. Beunruhigt blickte sie auf das noch offene Schott der Schleuse. Sie schaute auf das Schiff gegenüber, diesen unheimlichen Koloss, der ihren Magen flau werden ließ. Noch konnte sie zurück. Sollte sie? Sie schloss ihre Augen. Nein, sie konnte jetzt unmöglich einen Rückzieher machen.

Einer der anderen Kidj'Dan schloss das äußere Schleusenschott der Kam'dhadga hinter ihnen. Zu ihrer Beruhigung stellte Julia fest, dass die Kidj'Dan Waffen an ihren Anzügen befestigt hatten, die aber hoffentlich nicht notwendig waren. Denn im Moment konnten weder die Sonden noch Andrew Leben auf dem Schiff bestätigen.

Julia beobachtete, wie John aus der Schleuse schwebte, nachdem er sich mittels des Sicherungskarabiners seines Anzugs am Führungsseil eingeklinkt hatte. Der Abstand zum Quaderschiff betrug etwa 25 Meter. Das war ganz schön weit. Julia machten Johns ungelenke Bewegungen Sorgen. Offenbar hatte er Schwierigkeiten, die Balance zu halten. Kein Wunder, wenn es kein Oben und Unten gab und der Körper wenig kontrolliert am Seil entlangtrudelte. Aber unter Zuhilfenahme seiner Hände schaffte er es, auf die andere Seite zu hangeln. Andrew nahm John in Empfang und sicherte ihn mithilfe von mehreren Metallösen, die er kurz zuvor rings um seine Taille ausgefahren hatte. Julia nahm die Aufforderung eines von Ondras' Kameraden dankend an, als Nächste hinüberzuwechseln.

Sie hoffte, dass sie die Nerven behielt. Ondras und John sowie die Kidj'Dan-Spezialeinheit hatten es hinübergeschafft, also konnte sie das auch. Sie nahm all ihren Mut zusammen und stieß sich von der Schleusenkante ab. Sie hatte ein unbeschreibliches Gefühl, als sie sich in die Leere des Weltraums hinein bewegte.

»Du machst das gut«, hörte sie Johns hohl klingende Stimme in dem rundum durchsichtigen Helm. Die Atemluft im Helm strömte hörbar ein und aus. Julia schwitzte unter der Haube, die sie unter dem Helm zusätzlich tragen musste, um ihr Haar im Zaum und das Headset, das sie nutzten, um mit Ondras zu kommunizieren, an Ort und Stelle zu halten. Angespannt starrte sie zum Seil. Sie griff eine Armlänge vor sich nach dem Seil und zog sich vorwärts. Die ersten drei oder vier Meter hatte sie schon hinter sich gebracht. Es war wirklich seltsam, wie sich diese Umgebung anfühlte. Alle Bewegungen waren hier draußen so mühelos, fast so, als befände sie sich unter Wasser, nur dass sie keinerlei Widerstand spürte. Als Julia etwa die Hälfte der 25 Meter geschafft hatte, wurden ihre Bewegungen plötzlich langsamer. Ihre Finger begannen zu schmerzen. Es kostete plötzlich große Kraft, sich vom Seil zu lösen und auch nur eine Handbreit weiter zu greifen.

»Ich glaube, ich bekomme einen Krampf in den Händen«, rief sie, was sich in dem Helm wirklich gruselig anhörte.

»Halte dich nicht so krampfhaft fest! Dir kann nichts

passieren, du bist gesichert. Und wir sind hier und können dir jederzeit helfen.«

»John, ich kann das Seil nicht vernünftig halten, meine Hände bewegen sich nicht mehr richtig.« Sie versuchte weiterhin, ruhig zu atmen, doch die Verkrampfung in den Händen nahm weiter zu. Ihr war, als gehörten sie nicht mehr zu ihrem Körper und würden fremdgesteuert. »Es geht nicht, es geht einfach nicht«

»Julia, schau mich an, Julia!« Aber es war zu spät. Julia richtete ihre Augen nicht mehr auf ihr Ziel, auf John und die Zugangsluke des fremden Schiffs, sondern sie blickte nach unten, ins Nichts. Ein schwarzes Nichts. Sie verlor die Orientierung. Dass sie unterdessen nur noch stockend atmete, tat sein Übriges. Auf ihre Finger konnte sie sich im Moment nicht verlassen. Dann kam sie auf die Idee, sich mit den Ellbogen im Seil einzuhaken, um zu warten, bis sie sich wieder gesammelt und die Kontrolle über ihren Körper zurückerlangt hatte.

»Ich werde ein bisschen warten, keine Sorge, ich krieg ... nein! Verdammt, das klappt nicht, mir dreht es die Beine weg.« Julia war der Verzweiflung nahe. Zumal ihr diese Situation mehr als peinlich war.

»Julia, es ist doch völlig egal, ob du kopfunter, mit den Füßen nach oben oder im Handstand an dem Seil hängst. Es ist der Weltraum, da sind oben und unten völlig unwichtig. Noch einmal, Julia: Du bist gesichert.«

»Glaubst du, ich traue so einem dünnen Seil?«, rief sie, dicht an der Hysterie.

»Das ist ein Nano-Seil. Das hält so ziemlich alles aus.«

John hatte recht. Sie musste nur Vertrauen haben, aber Julia spürte, dass sie wieder hyperventilierte. Ruhig bleiben, keine Hektik, ermahnte sie sich selbst. Ich bin am Führungsseil.

»Ich komme zu dir!«, hörte sie John rufen.

»Nein!«, brüllte sie, und ihre Ohren klingelten ob der Lautstärke ihrer Stimme. »Ich schaffe das allein.« Vorsichtig löste sie ihren eingehakten rechten Arm von seinem einigermaßen sicheren Halt.

Julia hatte immer noch das krampfartige Gefühl in den Fingern. Mit kaum koordinierbaren Fingern mit denen kaum koordinierte Bewegung möglich schien. Julia wurde schlagartig übel, als sie sich ein kleines Stück vom Seil wegbewegte, weil ihre Hand sich nicht schließen ließ.

»John, ich ...« Tränen verteilten sich wie riesige Tropfen an ihren Augen und nahmen ihr die Sicht. Durch wildes Kopfschütteln versuchte sie die Tropfen loswerden. Jetzt schwebten sie in Julias Helm umher.

Sie beobachtete, wie Andrew auf sie zu schwebte und sie mit kontrollierten Bewegungen mit sich zog. Es war ihr unangenehm, dass sie abermals in Panik ausgebrochen war. Ihr Blick flog zu John. Seine Gestalt wirkte durch die Tropfen ihrer Tränen, die noch immer vor ihrem Gesicht schwebten, seltsam verzerrt und fast schon bizarr. Endlich war sie bei ihm angelangt. Er packte ihr Handgelenk so fest, dass es fast schon weh tat. Aber es fühlte sich gut an, und sie fühlte sich wieder sicher. Ihr Gesicht schwebte vor seinem. Sie erkannte Erleichterung in seinem Blick, aber die steile Falte zwischen seinen Augenbrauen, zeugte davon, dass er sich ernsthaft um sie gesorgt hatte. Ein Gefühl von Wärme gesellte sich zu ihrer Erleichterung.

Andrew nahm ihren Arm und drückte einige Symbole auf dem holografischen Controlpanel ihres Anzugs, woraufhin sie einen kurzen, aber kräftigen Sog irgendwo in ihrem Helm spürte. Die eben noch umherschwebenden Tränen waren verschwunden. Als sie wieder zu John blickte, stellte sie fest, dass er ihren Anzug mittels eines elastischen Seils mit seinem verbunden hatte. Kurz dachte sie an Ethan, aber der Gedanke verschwand schnell wieder, als John sie etwas unsanft mit sich zog. Er drehte sich zu ihr um und blickte ihr forschend in die Augen. Lag da so etwas wie Bewunderung in seinem

Gesicht? Aber noch bevor sie sich weitere Gedanken machen konnte, hatte er sich bereits wieder weggedreht.

Julia sah sich in der Schleusenkammer um. Wie auch die Außenhaut des Schiffs wirkten hier alle Oberflächen so, als bestünden sie aus fein behauenem Stein. Merkwürdige Symbole prangten darauf. Sie wollte sie näher untersuchen, aber John zog sie weiter. Als sie schließlich am inneren Schleusenschott angelangt waren, breitete sich ein Kribbeln in ihren Eingeweiden aus. Die anfängliche Unsicherheit war verflogen und sie spürte die wachsende Aufregung darüber, was sie an Bord dieses rätselhaften Schiffes erwartete.

11 - VIDA

2385 | Puerto Rico – Erde

Vida musste noch etwas warten, bis sie den Lift verlassen konnte. Um diese Uhrzeit war in den Korridoren und Aufzügen wie immer die Hölle los. Mehrere hundert Kuppelbewohner hatten jetzt Feierabend und wollten zum Einkaufen oder nach Hause.

Sie schaute sich um und sah die ausgelaugten Gesichter um sich herum.

Ein harter Stoß gegen ihre Seite raubte ihr den Atem, aber einige Minuten später war die Drängelei überstanden, und Vida fühlte sich, wie ein Tropfen, der einem durchtränkten Schwamm entronnen war: frei, aber getrennt vom bedeutsamen Rest. Was richtet ein Tropfen schon aus? Er kann nichts abwaschen. Er verdampft auf dem heißen Stein – und keinen stört's. Allerdings fand sie es geradezu töricht, in dieser durchgetakteten Kuppelwelt auch nur an Freiheit zu denken. Zumindest an echte Freiheit. Sie war zwar keine wirkliche Gefangene, hatte aber auch nicht die Wahl, die Kuppel längerfristig zu verlassen, wenn sie nach ihren Vorstellungen leben wollte. Es war doch alles bloßer Überlebensterror! In einem vergifteten Schwamm werden alle Tropfen giftig.

Ihr Nachbar aus der Wohnung von schräg gegenüber joggte vorbei, hustete ihren Namen, scheiterte an einem kleinen Lächeln und war auch schon hinter ihr verschwunden. Der Läufer zog eine Schleppe von Schweiß hinter sich her. Ein kurzer Luftstoß strich über Vidas Gesicht, spielte mit einem Büschel Haaren hinter ihrem rechten Ohr. Nicht widerlich, einfach ganz normal, menschlich. Männlich. Und da kamen wieder die kribbeligen Gedanken an Gustavo. Seine leuchtenden, ins Jadegrün gehenden Augen, seine etwas schiefe Nase und das strubbelige Haar. Sie vermisste ihn.

Endlich hatte Vida die Wohnungstür erreicht. Sie musste stärker als gewöhnlich am Griff ziehen, um den Schlüssel nach links drehen zu können.

Vida schlüpfte durch die Tür. »Hey Dad.«

Wie immer saß er am Funkgerät. Er warf ihr ein flüchtiges Lächeln zu und quatschte weiter ins Mikrofon.

Vida betrachtete ihren Vater eine Zeit lang. Seine Nackenhärchen waren ganz schön grau geworden. Am Hinterkopf lichtete sich das Kopfhaar auch schon merklich. Dem Impuls, ihrem Vater über den Kopf zu streichen, gab sie aber nicht nach. Stattdessen stellte sie sich hinter ihn, beugte sich nach vorne und legte ihm beide Arme um den Hals, ihr Kinn auf seine Schulter. Kendrick drehte seinen Kopf zu ihr. Er sagte irgendetwas, doch Vida spürte nur die zarte Vibration seiner Stimme.

Nach einer Weile löste sie sich von ihm. Sie wollte noch schnell ein Geschenk für Gustavo einpacken, bevor sie sich auf den Weg machte, ihn zu besuchen. Vielleicht würde sie auch bei ihm übernachten. Also holte sie ein glattgebügeltes Stück Packpapier aus dem Schrank und legte es auf den Tisch. Hoffentlich kann er mit dem Buch etwas anfangen, dachte sie, während sie es aus ihrer Umhängetasche nahm. Sie strich über den vergilbten Umschlag, von dem schon die obere rechte Ecke abgerissen war.

»Abismo entre las estrellas« prangte in dicken Buchstaben

darauf. Darunter der Name der Autorin E. Grebrova. Vida hatte das Buch der russischen Schriftstellerin bestimmt schon zehnmal gelesen, und kein anderes hatte sie je so gefesselt wie dieses. Sie hatte schon mehrere Romane der Russin gelesen, aber der »Abgrund zwischen den Sternen« hatte ihr von allen am besten gefallen. Die spröde Sprache des Textes, die darin beschriebene Verlorenheit auf einer Jahrtausende währenden Fahrt durch das Nichts des Alls und der kleine Roboter, der vergessen hatte, warum man ihn auf die große Fahrt geschickt hatte, zogen Vida immer wieder in ihren Bann. Es war kein besonders erbauliches Buch, aber immer wieder flackerte ein Fünkchen Hoffnung darin auf. Es war ein wundervoller Roman.

Vida schlug auch diesmal die erste Seite auf, wie sie es immer getan hatte, wenn sie das Buch in die Hand nahm. Jemand hatte dort vor über dreihundert Jahren mit Kugelschreiber eine Widmung hineingeschrieben: »Für Dich, meine Sonne. Mögest du zu den Sternen reisen und Dein Glück finden. Deine Gloriana. Barcelona, im August 2034«.

Das Buch war wirklich perfekt für Gustavo, der immer schon davon geträumt hatte, in einem Raumschiff durchs All zu reisen und neue Welten zu entdecken.

Sie hob das abgelesene Buch hoch und nahm seinen uralten Duft in sich auf. Mama kam ihr in den Sinn, die ihr damals während einer Versammlung im Auditorium daraus erzählt hatte. Dieses Buch war der Grund dafür, dass Vida sich so erstaunlich schnell die Gebärdensprache angeeignet hatte, jedenfalls sagte Großvater das bis heute immer wieder. Hätte sie das Buch still und für sich gelesen, wäre es natürlich schneller gegangen. Aber sie war glücklich, dass die Gebärden ihrer Mutter ihr das Buch nahegebracht haben.

Sie legte das Buch auf das Blatt Papier und wickelte es sorgfältig ein. Und wieder aus. In der Tischschublade fand sie einen Bleistift, mit dem sie unter die bestehende Widmung ihre eigene schrieb. »Mein geliebter Gustavo! Dies Buch ist mein wertvollster Schatz. Nun sollst du ihn haben. Ich freue mich auf unsere gemeinsame Reise. Auf dass sie tausendmal so lange andauert, wie dieses Buch alt ist. Für immer Dein. Vida, Puerto Rico im Oktober 2386.« Sie malte noch ein Herzchen daneben und verpackte das Buch wieder.

Kendrick zuckte zusammen, als Vida ihm ihre Hand auf die Schulter legte. »Huch, bin ich jetzt erschrocken.«
Warum schaute er denn so komisch?
»Willst du noch weg?«, gebärdete er und blickte auf die Uhr. »Ist ja schon viertel nach elf.«
»Ich gehe noch zu Gustavo. Ich bleibe heute Nacht bei ihm, mach dir also keine Gedanken, wir sehen uns morgen.« Sie konnte ihrem Vater ansehen, dass er etwas dagegen hatte, doch er hatte wohl beschlossen, ihren Willen zu akzeptieren. »Hab dich lieb, Dad«, sagte sie, nahm ihre Sachen und ging.

Vida genoss es, völlig allein durch die Korridore der Kuppel zu spazieren. Eine der Wohnungstüren stand etwas weiter offen, und sie konnte im Vorbeigehen ein sich küssendes Pärchen sehen. Genau das war es, was sie auch zu tun vorhatte. Sie stieg in einen der Lifte und wählte das Parterre, wo sich die Verbindungstunnel zu den Kuppeln 81 und 83 befanden.

Ein Blick durch eine der wenigen schmalen Panzerglasscheiben zeigte das fast immer gleiche Bild. Draußen herrschte stürmischer Wind. Ein paar sporadisch verteilte Kiefern wurden vom Wind wild hin und her gebogen. Die Wolken sausten hoch am Himmel vorüber und ließen nur wenig vom fast vollen Mond erkennen. Nach ein paar Minuten setzte Vida ihren Weg fort.

Sie musste eine schwere Metalltür passieren, die durch ein

riesiges Rolltor führte, was gar nicht so einfach war, denn die Tür ließ sich nur unter enormen Kraftaufwand öffnen. Warum der Wachhabende in seinem kleinen Pförtnerhäuschen ihr nicht zur Hand ging, konnte sich Vida nicht erklären. Stattdessen schnauzte er sie sogar noch an: »Ausweis, Passierschein, Gebühr.«

Er sah sie nicht einmal an. Vida streckte ihm ihren Ausweis entgegen.

Der Wachmann wurde plötzlich rot um die Nase. »Guten Abend, Señorita Alonso. Darf ich Ihren Passierschein sehen?«

Plötzlich ging es also. Wenigstens manchmal war es hilfreich, Alonso zu heißen, dachte Vida bei sich. Sie hielt ihm den Passierschein unter die Nase, den der gnädige Herr Wachtmeister offenbar von oben bis unten durchzulesen gedachte, so lange wie er draufglotzte.

»Das wären dann sechs fuffzich«, sagte er.

Hatte sie richtig von seinen Lippen abgelesen? Das konnte doch einfach nicht wahr sein! Das war das zehnfache der normal üblichen Gebühren. Aber sei's drum. Sie wollte zu Gustavo, und wenn all ihr Bargeld dafür draufgehen musste, dann sollte es eben so sein. Das Geld war ohnehin nicht mehr sehr viel wert. Sie hielt ihm also einen Fünfziger, einen Fünfer und eine Münze hin, als der Wachmann verhalten zu lachen begann.

»Nein, Señorita, sechs komma fünfzig, nicht 56.«

Sie kramte in ihrer Geldbörse nach dem nötigen Kleingeld und gab es ihm schließlich. Den zurückerhaltenen Schein stopfte sie kurzerhand ins Münzfach. Der Beamte ging ohne ein weiteres Wort in sein fahl beleuchtetes Kabuff zurück, sog an seiner Elektrokippe und wandte sich irgendeiner Quizshow auf seinem Monitor zu.

Normalerweise waren an den Kontrollpunkten immer alle sehr freundlich zu ihr gewesen, aber der Typ hier war ihr noch nie untergekommen. Keiner von Vidas Bekannten hatte je davon berichtet, dass … obwohl, nein, das stimmte nicht.

Wann immer Gustavo zum Beispiel in den vergangenen Wochen die Kontrollposten passieren wollte, bedeutete das Verzögerungen, Durchsuchungen auf unerlaubte Gegenstände und dämliche Fragen, obwohl er stets alle notwendigen Papiere bei sich hatte. Es war wirklich traurig, wie schnell Menschen in Machtpositionen, zu denen zweifellos auch das Wachpersonal der Verbindungstunnel zählte, andere zu schikanieren und zu unterdrücken bereit waren. Armer Gustavo! Ob es die Dinge vereinfachte, wenn sie heirateten? Sie ging durch die schmale Tür des Rolltors, das die ganze Breite des Tunnels abriegelte. Es reichte vom Boden bis an die Decke.

Auf der anderen Seite des Tores war die Beleuchtung noch sparsamer verteilt. An den Seitenwänden rechts und links waren auf etwa eineinhalb Metern Höhe breite Streifen mit leuchtend roten Pfeilen markiert, die wohl dafür sorgen sollten, dass man sich gefälligst auf der rechten Hälfte der sechs Meter breiten Straße hielt, die nur mit Fahrrädern, Tunnelschlitten und natürlich auch von Fußgängern benutzt werden durfte. Ein dicker, durchgehender Strich in der Mitte machte das noch deutlicher. Es gab zwar einen Gehsteig, doch Vida hielt lieber etwas Abstand zur Tunnelwand, denn dort, zwischen den nachts vergitterten Ladenfronten, gab es dunkle, respekteinflößende Nischen, die sie doch ein wenig beunruhigten. Wie leicht könnte sich dahinter jemand verstecken und ihr auflauern!

Nach vielleicht hundertfünfzig Metern kam Vida an den nächsten Kontrollpunkt. Einige Meter zuvor standen in einer Parkbucht mehrere batteriebetriebene Tunnelschlitten. Die Tunnelwand war hier üppig mit Efeu begrünt. Ein kleiner, derzeit geschlossener Kiosk gab dem Anblick etwas Verwunschenes. Vida war hier schon so oft vorbeigekommen, aber nie hatte sie die hübsche Blümchenbemalung des Kiosks wahrgenommen. Der Diensthabende verließ sein Häuschen und kam auf Vida zu.

»Guten Abend«, sagte er mit etwas unsicheren Gebärden

seiner Hände, die er sich extra für sie eingeprägt hatte, und lächelte ihr freundlich zu.

Sie lächelte zurück. Der Mann hielt ihr eine Chipkarte hin, tippte mit zwei Fingern an seine Schirmmütze und ging zurück in seine Kabine.

»Danke«, rief sie dem Wachmann hinterher, doch der wandte sich nicht um. Er winkte aber im Gehen noch einmal. Es war ihm wohl egal, dass Vida nicht besonders deutlich sprechen konnte.

»Schlitten 13« stand auf der Kunststoffkarte. Sie bestieg das entsprechende Fahrzeug, schob die Karte in den dafür vorgesehenen Schlitz und drückte den Startknopf, wodurch Front- und Rücklichter aufleuchteten. Sie lenkte den zweieinhalb Meter langen Tunnelschlitten auf die Fahrbahn und wartete, dass das geschlossene Rolltor zur Seite fuhr. Es war immer ein tolles Erlebnis, einen der Schlitten zu fahren. Er glitt wie auf Luft. Nichts zitterte, Unebenheiten auf dem Asphalt der Fahrbahn waren nicht von Bedeutung. Als das Rolltor zur Seite gerollt war, beschleunigte sie bis zum Maximum, was allerdings bedeutete, dass der Schlitten es aber höchstens mit einem Dauerläufer aufnehmen konnte. Trotzdem wirbelte der Fahrtwind ihr Haar durcheinander, und das fühlte sich toll an.

Vida hatte die zweihundertfünfzig Meter bis zum nächsten Rolltor bald zurückgelegt, und es war schon zur Seite gefahren worden. Der dortige Wachmann winkte sie ohne Aufhebens durch. So könnte es doch immer sein, freute sich Vida.

Schon aus der Ferne konnte sie sehen, dass etwas Ungewöhnliches am letzten Rolltor vor sich ging. Sie fuhr dicht am Gehsteig entlang, um weniger Aufmerksamkeit auf sich zu ziehen, blieb aber nach ein paar Metern lieber doch stehen. Mit dem Knopf neben dem Chipkartenschlitz schaltete sie den Tunnelschlitten aus, sodass seine Lichter erloschen. Eine Sekunde später wurde auch die Karte ausgeworfen, die Vida dort beließ.

Sie kniff die Augen ein wenig zusammen und dachte kurz daran, dass es langsam Zeit war, sich eine Brille zu besorgen. Aber was sie dort vorne, vielleicht fünfzig Meter entfernt sah, wischte den Gedanken fort. Offenbar prügelten sich da mehrere Personen. Hoffentlich war Gustavo nicht in die Angelegenheit verwickelt, denn sie kannte seine aufbrausende Art, wenn es um Themen wie Kontrollposten und Staatsgewalt ging. Da konnte der kleinste Funke ein Inferno entfachen. Einmal hatte er seinem Vorarbeiter eine derart kräftige Ohrfeige verpasst, dass er ganze zwei Gehaltsklassen zurückgestuft worden war.

Vida hatte damals nicht gewusst, wie sie damit umgehen sollte, aber sie war beeindruckt gewesen von seiner kompromisslosen Haltung. Man konnte ihn radikal nennen, aber er wusste, was ihm wichtig war. Und er verteidigte, was ihm etwas bedeutete, auch wenn Schläge aus Vidas Sicht falsch und keine Option waren. Wann immer irgendwer in seiner Gegenwart spöttisch auf ihre Gehörlosigkeit und ihre damit einhergehenden Schwierigkeiten mit der Aussprache reagierte, stutzte er die Betreffenden zurecht. Es war immer ein seltsames Gefühl für Vida. Es gefiel ihr, dass Gustavo keine halben Sachen machte und Partei für sie ergriff.

Weniger angenehm war allerdings, dass er kaum Maß kannte und immer etwas übertrieb, denn es war ihr höchst peinlich, letzten Endes dazwischen gehen zu müssen und den Arsch, der sie zuvor nachgeäfft und sich über sie lustig gemacht hatte, vor ihrem Freund beschützen zu müssen.

Vor ein paar Tagen hatte sie sich endlich ein Herz gefasst und mit ihm über diese zwiespältigen Gefühle gesprochen. Er hatte sich einsichtig gezeigt und ihr versprochen, aus kleingeistigen Sticheleien anderer keine unnötig große Sache mehr zu machen und an die Vernunft dieser Menschen zu appellieren.

Sie brauchte ihn. Außerhalb einer Gewahrsamszelle. Und sein Kind brauchte seinen Vater. Das hatte er schließlich eingesehen.

Jetzt war Vida froh über die Gassen und Nischen zwischen den Geschäften, die den Tunnel säumten. So konnte sie sich ungesehen der Prügelei nähern. Als sie nah genug war, erkannte sie etwa fünfzehn Leute, Wachmänner und Maskierte, die sich eine gnadenlose Schlägerei lieferten. Plötzlich blitzte etwas in Vidas Augenwinkel auf. Aus einem schmalen Seitengang der Ladenfront in der gegenüberliegenden Tunnelwand stürmte ein Mann mit eingeschalteter Taschenlampe hervor. Hinter ihm ein zweiter, der über eine leere Gemüsekiste stolperte und mit dem Gesicht voraus hart auf den Gehsteig schlug. Die nachfolgenden vier oder fünf fielen über ihren Kameraden, rappelten sich auf, halfen ihm aber nicht, sondern eilten zu der Schlägerei. Was sollte Vida jetzt tun? Dem armen Kerl in seiner Blutpfütze zu Hilfe kommen? Vielleicht lieber umkehren? Aber sie wollte zu Gustavo.

Sie überlegte einen kurzen Moment und entschloss sich schließlich doch dazu, dem Mann zu helfen. Da sah sie, dass der schwer verletzte Typ verschwunden war. Die Taschenlampe lag noch dort, leuchtete ins Leere, nur der Asphalt bekam von ihrem Licht ein wenig ab. Hier konnte Vida nichts mehr tun.

Langsam pirschte sie sich an die kämpfenden Männer heran. Die Maskierten, die sich nun auf einen verbliebenen Wachmann stürzten, waren deutlich in der Überzahl. Alle anderen hatten die Angreifer ausgeschaltet. Ob sie noch lebten, konnte Vida nicht ausmachen, doch der Kampf war entschieden. Dennoch zeigte die Truppe auch für den letzten ihrer Gegner keine Gnade. Während er von zwei Männern festgehalten wurde, schlug ein dritter mit einer Latte auf ihn ein. Vida war starr vor Entsetzen. Mit dem letzten Schlag brach das Holz entzwei. Sie ließen ihr Opfer fallen, und die umstehende Meute aus zehn oder zwölf Männern johlte und klatschte siegesfroh. Es handelte sich offenbar um Leute aus dem 83er, folgerte Vida, da sich die Gruppe in Richtung Kuppel 82 weiterbewegte, aus der sie selbst gekommen war.

Sie wollte sich gerade aus ihrer Deckung wagen, als sich plötzlich weitere Maskierte durch die Tür im Rolltor zwängten. Einer schaute genau in ihre Richtung, und sie hoffte, dass er sie nicht vielleicht doch in ihrer dunklen Nische wahrgenommen hatte. Als er aber im Laufschritt seinen Kameraden hinterherjoggte, traute sie sich aus ihrer Deckung heraus.

Sie hatte Springerstiefel an und wusste nicht, ob sie beim Gehen laut oder leise klangen. Sie setzte sich auf den Boden und begann, die Schnürsenkel zu lösen, weil sie vorsichtshalber auf Strümpfen laufen wollte, um kein Risiko einzugehen. Da näherte sich ein Schatten. Vida blickte nach oben. Ein schlaksiger Typ, Nase und Mund von einem mit furchtbaren Reißzähnen bemalten Tuch verborgen, stand vor ihr. Die Haarfarbe stimmte, auch die kreuz und quer abstehenden Haare sahen aus wie die Gustavos. Merkwürdig, dass er so regungslos dastand. Seine großen Augen sahen zu, wie Vida sich der Stiefel entledigte und sie in ihrer Tasche verstaute. Das Geschenk für Gustavo hatte sie vorher herausgenommen, um Platz zu schaffen. Selbst als sie vom Boden aufstand, reagierte er nicht. »Gustavo?«, stammelte sie, doch der Kerl reagierte noch immer nicht. Verunsichert schaute sie an ihm vorbei.

Die Prügelgruppe war schon ein deutliches Stück Richtung des nächsten Kontrollpostens marschiert. Vida war in der Zwickmühle. Nach Hause konnte sie nicht, weil sie diesen Typen in den Rücken liefe. Das wäre wahrscheinlich ihr Ende. Ihren ursprünglichen Plan, zu Gustavo zu gehen, konnte sie ebenfalls schwerlich verwirklichen, weil sie nicht den Hauch einer Ahnung hatte, ob jenseits des Rolltores nicht noch mehr Angreifer lauerten. Sie schaute zum Rolltor über hundert Meter hinter sich. Es stand zu drei Vierteln offen, und das Wachhäuschen davor brannte lichterloh.

Verdammt, war das da hinter ihr wieder so ein Überfallkommando von dieser Miliz aus Kuppel 83? Und so wie es aussah, waren sie auf dem Weg in ihre Heimatkuppel. Ein Lichtblitz erschreckte Vida. Trümmer flogen etwas weiter entfernt hinter ihr durch die Gegend, und ein menschlicher Körper – O Gott, das war wirklich ein Mensch – der wohl von der Explosion erfasst worden war.

Der Vermummte, der noch immer vor ihr stand, blickte ebenfalls über seine Schulter. Er strahlte plötzlich immense Nervosität aus, als wäre er von der Aktion nicht sonderlich überzeugt. Er ging auf Vida zu und half ihr hoch. Plötzlich hob er die Hand zum Gesicht und zog sein Halstuch runter, sodass sie sein Gesicht sehen konnte.

»Keine Angst«, sagte er betont langsam.

»Pedro? Was machst du denn hier? Ist Gustavo etwa auch beteiligt?« Ganz automatisch begleitete sie ihre Worte mit Gebärden, obwohl sie wusste, dass Gustavos Bruder die Zeichensprache nicht beherrschte.

»Du willst wissen, ob Gustavo auch hier ist?«, fragte Pedro, um sicherzugehen, dass er Vidas Worte richtig verstanden hatte. Er legte seine Hand auf ihre Schulter und drückte sie freundschaftlich. »Er ist zu Hause. Ich habe ihm verboten mitzukommen. Er hat jetzt dich … und das Kleine.« Er deutete auf Vidas Bauch. »Ich könnte es mir nicht verzeihen, wenn ihm während einer unserer Operationen irgendwas zustieße.«

Pedro ließ Vidas Schulter los und gab ihr einen kräftigen Schubs, der sie rückwärts in eine schmale Gasse zwischen zwei vergitterten Schaufenstern stolpern ließ. Schließlich fiel sie und landete unsanft auf dem Hosenboden. Pedro sagte etwas, aber sie verstand nicht, denn das Licht war einfach zu schwach; sie konnte seine Lippen nicht lesen. Er zog einen Revolver aus der Jackentasche, blickte sich hektisch um und zielte auf jemanden. Hinter ihm liefen mehrere Männer vorbei.

Vidas Herz raste. Sie schaute kurz auf das Buch für Gustavo, das sie schon eine kleine Weile in der Hand hielt. Die Paketschnur hatte sich gelockert und das schützende Papier war fast schon abgefallen. Sie blickte in den Tunnel, meinte, ein dumpfes Pochen vernommen zu haben. Pulverdampf hing in einer dichten Wolke um Pedros Revolver. Wieder pochte etwas und im selben Augenblick loderte Mündungsfeuer aus Pedros Waffe. Die Szene war surreal.

Sie sah einen dunkelgrauen Tennisball, der gegen den Fuß von Gustavos Bruder rollte. Der bemerkte es nicht, denn er zielte nun in eine andere Richtung, drückte ab, zweimal, dreimal. Und dann knallte es so laut, dass auch Vida glaubte, es gehört zu haben. Pedro war fort.

Vida spürte, wie eine Welle von Panik von ihr Besitz ergriff. Sich die Hand vor den Mund haltend versuchte sie einen Entsetzensschrei zu unterdrücken. Pedro war tot, zerfetzt von einer Granate. Vida begann zu zittern und schnappte nach Luft. Jetzt erst spürte sie den Schmerz und sie fasste sich mit der rechten Hand ins Gesicht. Blut! Sie musste einige Splitter abbekommen haben. Gott sei Dank nichts Schlimmes. Instinktiv strich sie über ihren Bauch. Hauptsache dem Baby ging es gut. Dann spürte sie wieder den Schmerz über den Verlust von Pedro. Eine seltsame Leere breitete sich in ihrem Geist aus.

Sie hatte keine Ahnung, wie sie Gustavo von diesem Unglück erzählen sollte, von seinem Bruder, der in einem erbarmungslosen Kampf um Leben und Tod und um eine wahnwitzige Idee hatte sterben müssen. Vida wusste nicht, welchem Zweck dieses todbringende Überfallkommando folgte. Aber eigentlich hätte sie doch erahnen müssen, denn ihre Gespräche mit Gustavo waren voll von Andeutungen und verschwörerischen Untertönen gewesen. Warum nur musste sie sich in jemanden verlieben, dem seines und das Leben anderer offenbar keinen Cent zu bedeuten schienen? Tränen stahlen sich aus ihren Augen und flossen über ihre Wangen. Wenn doch nur Gustavo hier wäre und sie und das ungeborene Baby aus all dieser Sinnlosigkeit herausführen könnte! Aber er war nicht hier.

Vida wartete noch ein paar Minuten, ehe sie einen prüfenden Blick aus ihrem Versteck wagte. Links von ihr übersäten feuchte rote Krümel den Gehsteig, etwas weiter zur

Fahrbahnmitte lag ein Arm, den blutverschmierten Revolver noch in der Hand. Rechterhand, am Sicherheitsgitter eines der Geschäfte, lagen die Überreste von Pedro. Seine Beine waren nicht mehr als solche zu erkennen. Etwas glänzte an der Hosentasche der blutigen Jeans.

Vida atmete flach, um den aufkeimenden Würgereiz zu unterdrücken und griff nach dem glänzenden Gegenstand. Ein Sturmfeuerzeug. Sie steckte es in ihre eigene Hosentasche. Wenigstens eine kleine Erinnerung an Pedro wollte sie behalten. Pedros Gesicht war entstellt, alles war blutgetränkt. Plötzlich meinte Vida, ein Augenpaar zwischen den Lamellen der Vergitterung gesehen zu haben. Dann übergab sie sich. Es war einfach zu viel!

Vida wusste nicht, wie lange die Übelkeit angedauert hatte, aber irgendwann war sie in Tränen ausgebrochen. Wie sie das Leben in den Kuppeln hasste! Die grenzenlose Gier und den unsäglichen Geiz der Menschen.

»Ihr verfluchten Dreckschweine! Ihr elenden Mörder!«

Endlich wagte Vida aufzustehen. Da die Luft rein war, schlich sie zum Rolltor, ließ die am Boden liegenden Leichen hinter sich und warf einen blitzschnellen Blick hinter die Tür. Es war niemand zu sehen.

Sie schaute sich um. Hinter ihr wurde noch immer verbissen gekämpft. Die Tunnelbeleuchtung begann zu flackern und fiel dann in dem umkämpften Abschnitt ganz aus. Nun konnte Vida die entfernten Mündungsfeuer deutlicher erkennen. Immer wieder stoben Funken von der Tunneldecke. Wahrscheinlich Querschläger. Es war ein gespenstischer Anblick. Vida stand vor dem letzten noch verschlossenen Rolltor mit der offen stehenden Tür, dahinter blendete sie ein Scheinwerfer. Vida fühlte sich benommen. Sie blickte auf das Buch »Abgrund zwischen den Sternen«. Auf der ersten Seite die

Widmung, geschrieben in einer anderen Welt, einem fast vergessen Traum, der für sie nicht einmal eine Erinnerung war.

Über ihr blitzte es kurz. Winzige Glassplitter regneten auf die Straße, danach brach eine der Fassungen, in denen die Leuchtröhren montiert waren, von dem Drahtseil herab, das die Stromleitung und die Fassungen trug. Er schlug keinen Meter von Vida entfernt auf den Asphalt. Erschrocken sprang sie zur Seite. Fast wäre sie von dem Ding erschlagen worden. Geduckt blickte sie auf die auseinandergebrochene Halterung neben sich. Das Kabel reichte noch zur nächsten Leuchte hinauf, und die aneinandergereihten Kästen, die nahtlos von vorne bis hinten über der Straße hingen, schwankten teilweise flackernd hin und her. Ein paar Meter weiter hinten sprühten Funken aus einer der vielen Lampen.

Vidas Herz raste, als sie endlich die Tür des Rolltores erreicht hatte. Sie schaute noch mal auf das Buch in ihrer Hand und blickte gedankenverloren hinein. Schnell las sie den hinteren Teil ihrer Widmung, die sie für Gustavo hinzugefügt hatte. »... unsere gemeinsame Reise. Auf dass sie tausendmal so lange andauert, wie dieses Buch alt ist. Für immer Dein. Vida, Puerto Rico im Okt...«

Ein ungeheurer Stoß warf Vida zu Boden, sodass sie mit dem Hinterkopf gegen den harten Randstein schmetterte.

Sie konnte nicht atmen, denn ein dicker Schwall warmen Blutes strömte aus ihrem Mund und löste eine schmerzhafte Hustenattacke aus. Es ist vorbei, dachte sie in Panik, und versuchte aufzustehen, was ihr schließlich auch gelang. Sie musste doch zu Gustavo. Und was ist mit Papá? Sie schaute auf das Buch in ihrer Hand, starrte auf die umherliegenden Leichen und erneut auf das für sie so kostbare Buch. Es war von der Gewehrkugel zerfetzt worden, die sie in die Brust getroffen hatte. Sie begriff, was ihr widerfahren war, taumelte einen Schritt zur Seite und verlor das Gleichgewicht, fiel erneut hart auf den Asphalt. Das Buch, das sie Gustavo so gerne geschenkt hätte, lag in Fetzen neben ihrem Gesicht.

Mein Baby! Eine Träne rollte ihr über die Wange, und letzte Gedanken wehten durch ihren Geist: Rettet das Baby, das arme Grashälmchen! Und Gustavo! Und Papá! Einfach die ganze Welt. Dann verschwamm alles um sie herum und es herrschte Finsternis. Sonst nichts.

12 - JAMES

2385 | Three Moon

»Sie war einfach weg«, berichtete Peter Jennings höchst aufgeregt. »Ich habe wirklich überall gesucht, aber sie war nicht auffindbar. Selbst Simon, mein Android, konnte ihre Spur nicht verfolgen. Vermutlich ist sie über die Baumkronen entkommen.«

Nachdenklich lauschte James der verzweifelten Schilderung von Peter Jennings.

»Ich kann mir kaum vorstellen, dass das deine Partnerin gewesen sein soll«, murmelte James gedankenverloren.

»Selbstverständlich war das Anastacia. Meinst du denn, ich erkenne Anastacia nicht? Ja, sie hat sich weiter verändert, ist dunkler geworden und die Haare waren länger. Sie war größer und kräftiger als noch vor wenigen Wochen. Aber das war ganz eindeutig sie, die Frau, die ich liebe.«

»Ja ... entschuldige. Ich glaube dir ja. Es ist nur alles so verwirrend«, sagte James beschwichtigend und schüttelte den Kopf über sich selbst. Er hatte einfach ausgesprochen, was er gedacht hatte. Er musste sich besser konzentrieren, aber es gab im Moment zu viel, worüber er nachdenken musste.

Dennoch musste er besonnen sein und durfte Peter nicht unnötig aufwühlen.

»Und Anastacia war wirklich ganz allein unterwegs?«

»Ja, sie war allein. Und sie wollte auch nicht mit mir reden. Sie meinte, ich solle verschwinden, dass Fox in der Nähe wäre und ich in Gefahr sei.«

»Das ist eine wichtige neue Information.« Fox! Das war wirklich interessant. Peters verschollene Partnerin schien zu wissen, wo Fox sich im Moment aufhielt. Und er hatte dank Anastacia nun zumindest den ungefähren Radius von dessen Aufenthaltsort, wenn es stimmte, was sie behauptet hatte. Aber was war nur mit ihr los, dass sie ihren Partner ohne eine Erklärung fortschickte und wieder spurlos verschwand? Und warum hatte sie sich noch weiter verändert? Was richteten die unzähligen winzigen Nalans, die ihr der Kidj'Dan-Heiler vor dem Krieg gegen Fox gegeben hatte, in Anastacias Blutbahn nur an?

»James?«

»Bitte? Oh, entschuldige. Ich denke nur nach. Ich weiß einfach nicht, was ich davon halten soll? Was Fox betrifft – ich werde sofort mehrere Drohnen in das von dir benannte Gebiet entsenden. Vielleicht finden wir ihn ja. Und zu Anastacia – tja, da weiß ich auch nicht recht. Es scheint ja so, dass sie den Kontakt zu dir … im Moment meidet. Warum, kann ich auch nicht sagen, aber vielleicht solltest du ihr etwas Zeit geben!«

Es tat James leid, Peter so zu sehen. Mit gesenktem Blick saß er vor ihm, und es gab nichts, das er tun konnte, um ihm zu helfen. Nun ja, eines vielleicht.

»Pass auf, Peter, ich habe hier noch einige Dinge zu regeln. Das erfordert etwas Zeit. Aber in zwei Tagen werde ich mit dir gemeinsam in den Dschungel gehen und dich bei der Suche unterstützen. Ich denke, das schulde ich dir. Ohne dich und deine Hilfe im Kampf gegen Fox würde ich hier nicht sitzen. Du hast vor wenigen Wochen noch Kopf und Kragen riskiert, um Fox unschädlich zu machen, das werde ich dir nie vergessen. Sollten wir Anastacia nicht finden, werde ich dir einige meiner besten Androiden für eine weitere Exkursion zur Verfügung stellen, darauf hast du mein Wort.«

Peter erhob sich und lächelte sogar ein wenig. »Ich danke dir, James. Es bedeutet mir viel, dass du mich unterstützen willst. Anastacia und ich … wir gehören zusammen. Ich muss einfach wissen, ob es ihr gut geht. Allerdings können mir ein paar Stunden Ablenkung sicher nicht schaden. Melde dich einfach, wenn es losgehen kann. Ich bin jederzeit bereit aufzubrechen. Inzwischen kann ich mich sicherlich in Forschungsstation 4 ein wenig nützlich machen und dort übernachten.

»Gut, dann kann ich dich dort abholen. Station 4. Ist das nicht die im Dschungel, sieben Kilometer von Three Moon entfernt?«, fragte James, obwohl er diese Information auch innerhalb von Sekunden selbst hätte abrufen können.

»Ja, genau. Das ist sie.« Peter wandte sich um. James nickte ihm zu, war in Gedanken allerdings schon wieder beim nächsten Termin: Dr. Wilkens.

»Bis dann«, hörte er Peter noch sagen. Doch noch bevor er den Abschiedsgruß erwidern konnte, war der Mann bereits gegangen. »Wir sehen uns«, sagte James viel zu spät und atmete tief durch.

Jetzt also noch ein mit Sicherheit interessanter und aufschlussreicher Termin mit Dr. Wilkens, danach ein Pressetermin, es ging um Gifte im Trinkwasser, dann stand die Ehrung eines Polizeibeamten an – und nicht zu vergessen das Dinner mit einem gewissen Kirk Musk. Er wusste nicht mehr, warum Ms. Thistleweed diesen Musk in seinen Kalender eingetragen hatte.

Wie sehr er doch dieses kommissarische Amt hasste, das er bis zur Vereidigung des neuen Präsidenten zu bekleiden hatte! Zu viele Dinge waren in der kurzen Zeit seit Fox' Entmachtung geschehen. Er brauchte dringend eine Pause.

Lenoir stand auf und trat ans Fenster. Die zerbrochene Scheibe, durch die Fox zwei Wochen zuvor geflohen war, hatte man längst durch bruchfestes Panzerglas ersetzt.

Der Blick auf den Prozessionsplatz darunter bot dasselbe Bild wie jeden Tag. Heute standen etwa siebzig Menschen, mit Schildern in den Händen, unter seinem Fenster. »Lumera braucht Denker, keine Blockierer« oder »Nicht mein Präsident« waren die Parolen der Demonstranten. Manche Slogans zielten hart unter die Gürtellinie, aber James nahm sie schon gar nicht mehr wahr. Er war noch immer überzeugt davon, die richtige Entscheidung getroffen zu haben, dem Volk von Lumera mitzuteilen, dass sie einen Funkspruch von der Erde erhalten hatten; dass es dort noch Leben gab, dass die Menschen auf der Erde Hilfe brauchten. Er wusste, dass er damit eine Welle losgetreten hatte, aber er wollte das Volk auch nicht belügen.

Der unnötige Krieg gegen die Kidj'Dan hatte die Stimmung in der Bevölkerung erheblich aufgeheizt, das war James bewusst, und tagtäglich lieferten die Demonstrationen dafür den Beweis. Trotzdem war er das Risiko eingegangen, die Nachricht von der Erde publik zu machen. Aber lieber wollte er es sein, der dem Volk davon berichtete, anstatt kaum zu kontrollierenden Gerüchten Tür und Tor zu öffnen. Irgendwelche Informationen, oder noch schlimmer: Halbwahrheiten, wären sowieso irgendwo durchgesickert. Die Menschen hatten es verdient, die Pläne über die Hilfsmission zur Erde aus seinem Munde zu hören.

Die Reaktionen auf seine Bekanntmachung waren erwartungsgemäß gespalten. Während die einen am liebsten sofort zur Erde zurückgekehrt wären, forderten die anderen, überhaupt nicht auf den Funkspruch zu reagieren. Nicht wenige plädierten sogar dafür, die Archen zur Erde zu schicken und möglichst viele Menschen nach Lumera zu holen. Dass allein die Hinreise über 350 Jahre dauerte und keinerlei Informationen vorlagen, wie es um die Erde bestellt war, interessierte die meisten dabei nicht. Außerdem gab es laute Stimmen, die es für essenziell erachteten, die Archen aus Sicherheitsgründen in Lumeras Orbit zu behalten, sollte es unerwartet nötig sein, den Planeten zu verlassen. Das hatte großen

Unfrieden gestiftet und tagelange, nicht nur friedliche Demonstrationen nach sich gezogen.

Wie auch immer Lenoir es drehte und wendete, es gab immer einen Teil der Bevölkerung, der gegen seine Entscheidung wetterte. Das war der Grund, warum er aus Überzeugung Soldat und nicht Politiker war. Als Soldat musste er es nicht jedem recht machen.

Aber wie dem auch sei, jetzt war es an ihm, das Volk zu beruhigen, es wieder auf seine Seite zu ziehen. Er musste den Menschen wieder Sicherheit vermitteln, und das hieß nicht weniger, als Fox zu fassen und ihm endlich seine gerechte Strafe zukommen zu lassen.

James drehte sich weg vom Fenster und rief zwei seiner Leibgardisten. Er musste dringend zu Wilkens. Der Chef-Nanospezialist hatte angeblich wichtige Informationen für ihn.

»Dr. Wilkens. Ich bin erstaunt, dass Sie mich zu sich bestellt haben. Aber ich muss zugeben, dass ich ziemlich neugierig bin, was Sie mir zu sagen haben. Dann haben Sie also dem Untersuchungskomitee womöglich nicht alles gesagt?«, fragte James mit einem spöttischen Lächeln auf den Lippen.

»Ja, es ist so, Mr. … äh, Mr. President. Also, ich weiß nicht recht, wie ich anfangen soll.«

James konnte erkennen, dass dem Wissenschaftler die Schweißperlen auf der Stirn standen, obwohl es hier in der Forschungsabteilung angenehm kühl war. Natürlich war Wilkens ein begnadeter Wissenschaftler – der Beste im Bereich der Bot-Forschung. Aber die Kommunikation mit Laien oder Akademikern anderer Fachgebiete fiel ihm offensichtlich sehr schwer. James musste sich ein Schmunzeln verkneifen.

»Am besten fangen Sie ganz vorne an, Dr. Wilkens. Eine Frage aber zuvor: Sie sind verantwortlich für die Weiterentwicklung der Nanotechnologie, ist das richtig? Also dazu zählen auch Brain- und Healthbots, nicht wahr?«

»Nun ja, das stimmt, für diesen Forschungsbereich bin ich verantwortlich.«

»Wir hatten Sie, wenn ich Ihnen dies in Erinnerung rufen darf, nach Elias Fox' vermeintlichem Tod bereits befragt. Sie meinten, Sie könnten sich nicht erklären, was mit ihm passiert sein könnte.« Lenoir machte eine Kunstpause, gerade so lange, dass er seinem Gegenüber das Wort abschneiden konnte, falls dieser etwas zu entgegnen versuchte.

»Dr. Wilkens, ich glaube, Ihnen sind plötzlich wieder einige Details bezüglich Dr. Fox eingefallen, kann das sein? Wissen Sie, warum er so plötzlich übermenschliche Kräfte entwickelt hat? Warum er wieder von den Toten auferstanden ist? Möchten Sie dem jetzt noch etwas hinzufügen oder warum haben Sie mich heute zu sich gebeten?«

James erkannte, wie nervös der Wissenschaftler war. Immer wieder fuhr er sich durch das etwas lichte Haar.

»Ich ... ich habe gelogen.«

»Wie bitte?« Lenoir tat überrascht. »Dr. Wilkens, Sie sind zweimal befragt worden. Unter Eid!«

»General ... Mr. President, als Sie mich befragt hatten, war Fox bereits wieder lebendig und bei Ihnen aufgetaucht. Erinnern Sie sich?«

»Und ob ich mich erinnere, ich war nämlich ebenfalls dabei!«

Die Verhöre und Untersuchungen hatten sich über einige Tage hingezogen, wobei James selbst nicht bei allen Befragungen anwesend gewesen war. »Aber scheinbar haben Sie uns damals nicht die ganze Wahrheit erzählt. Daher ist dies jetzt der geeignete Zeitpunkt, das nachzuholen. Verstehen wir uns?«

Wilkens Gesicht sprach Bände. Offensichtlich hatte er große Angst, so wie er seine Worte zusammenstotterte.

»Dr. Fox hat mich nach seiner Auferstehung kontaktiert. Er hat mir den Tod angedroht, wenn ich mit Ihnen spreche und Details über die Hyperbots ausplaudere«, flüsterte Dr. Wilkens und sah sich dabei in dem Labor um, als könne Fox hinter einem der Regale im Labor lauern.

James blieb die Luft weg. Er musste sich kurz sammeln, bevor er weitersprechen konnte. Das war ja wirklich allerhand, was Wilkens da zum Besten gab. »Und deshalb haben Sie geschwiegen. Verstehe. Und was gibt Ihnen nun Anlass, Ihr Schweigen zu brechen?«, fragte James wieder gefasst.

»Die Zeit«, antwortete Wilkens. »Dr. Fox ist weg und bislang nicht wieder hier aufgetaucht. Er hat mich nicht mehr kontaktiert. Ich … ich denke, ich bin einigermaßen sicher vor ihm. Aber mir war es lieber, dass Sie zu mir kommen. Ich fühle mich hier etwas … sicherer und unbeobachtet.«

»Gut, ich verstehe. Jetzt bin ich hier, und Sie können mir endlich sagen, was Sie uns bislang verschwiegen haben.«

Dr. Wilkens ließ sich schnaufend auf einen Stuhl fallen, der hinter ihm vor einem Schreibtisch stand. Lenoir lehnte sich an den Tresen. Das schien wohl ein etwas längeres Gespräch zu werden.

»Fox kam zu mir. Äh, also kurz nachdem er Präsident geworden war. Er beauftragte mich mit einem Geheimprojekt. Nur ich und zwei meiner Androiden wussten davon.«

»Und was genau war das für ein Projekt? Präziser, bitte.« James war langsam genervt davon, Wilkens alles aus der Nase ziehen zu müssen.

»Er wollte, dass ich spezielle Nanobots für ihn entwickle, und diese sollten bestimmte Kriterien erfüllen.«

»Die da wären?«

Wilkens erhob sich schwerfällig und trat zum Wasserspender. Er ließ einen Becher volllaufen und setzte sich anschließend wieder auf seinen Stuhl.

»Also, ich sollte für Dr. Fox neue Bots entwickeln. Sie sollten ihn schneller, intelligenter und stärker machen. Und es ist mir gelungen. Ich nenne sie Hyperbots. Hier sind sie.« Wilkens war wieder aufgestanden und hatte ein merkwürdiges Gerät aktiviert, das vor ihm auf dem Tresen stand. War das ein Mikroskop? Auf einen Wink hin öffnete sich darüber ein Hologramm und zeigte ein spinnenartiges Wesen, das sich mit den Beinen rudernd fortbewegte.

»Okay, das sind Nanobots. Aber wo ist der Unterschied zu herkömmlichen Bots?«

»Ja, auf den ersten Blick sehen sie identisch aus, aber sie sind viel ausgereifter. Sie sind in der Lage, komplexe Sachverhalte zu erkennen und Handlungsempfehlungen in die Neuronen des Trägers einzuschleusen. Der Clou ist, dass sie nicht nur selbstständig denken und Handlungen anregen, sondern diese im Falle suboptimaler Kooperation durch den Wirt auch erzwingen können, also völlig autonom agieren. Dass sie um ein Vielfaches intelligenter sind als Sie oder ich, muss ich Ihnen nicht erklären. Oh, und sie lernen natürlich auch dazu.«

James riss geschockt die Augen auf. Das war unglaublich, was er da hörte. Er konnte nun nicht mehr still stehenbleiben, sondern lief nervös durch den Raum, während Wilkens sich unsicher umblickte. »Das klingt, ehrlich gesagt, ziemlich erschreckend, so, als hätte Fox keine Kontrolle mehr über sein Handeln.«

Wilkens ließ sich wieder auf seinen Stuhl fallen und drehte sich damit nervös hin und her. James blieb vor dem Hologramm stehen, über dem noch immer der neuartige Bot schwebte.

»Ja, das ist in der Tat eine Schwäche meiner Bots, die ich aufgrund des von Dr. Fox gesetzten Termins nicht mehr rechtzeitig zu beseitigen in der Lage war. Ich hatte immerhin nur sechseinhalb Wochen Zeit, bis Dr. Fox tragfähige Ergebnisse sehen wollte.«

»Hat er Sie bedroht?«, fragte Lenoir nun etwas leiser.

Dr. Wilkens schaute ihn aufgebracht an. »Was glauben Sie wohl? Was ... was ist denn das für eine Frage? Selbstverständlich hat er mich bedroht!« Seine Stimme überschlug sich vor Entrüstung. »Glauben Sie tatsächlich, ich sei ein völlig hirnverbrannter Spinner, der es nötig hätte, sich mit einem Projekt wie diesem eine goldene Nase zu verdienen? Preise zu gewinnen? Mr. Lenoir, äh, Mr. President ... ich ... also ... ich fasse es nicht! Haben Sie jemals einen Eid abgelegt, Sir? Ich schon.«

»Mehrere, Dr. Wilkens, mehrere. Aber hier geht es nicht um mich. Sie haben viele Menschenleben auf dem Gewissen, ist Ihnen das klar?«

Wilkens überlegte kurz und fuhr dann zögerlich fort: »Mr. President, ich möchte erst etwas zu meinem Eid sagen: Der hypokratische Eid verlangt Integrität und wahre Überzeugung. Ich habe meine Patienten und Klienten bestmöglich zu schützen, zu beraten und zu behandeln. Deshalb hatte ich sogar mit dem Gedanken gespielt, mir die Hyperbots selbst zu implantieren, und zwar noch vor Dr. Fox, quasi als Testobjekt. Aber mir war klar, dass die Nebenwirkungen unabsehbar waren. Deshalb habe ich mich nicht getraut. Ich habe Dr. Fox mehrfach davon abgeraten, die Hyperbots ohne umfassende Tests zu injizieren, aber er hat nicht auf mich gehört. Er wollte die Bots sofort haben. Zunächst schien alles zu funktionieren, wie ich es vorgesehen hatte. Seine Reflexe waren unglaublich schnell, er wurde jeden Tag stärker. Aber häufig plagten ihn schlimme Kopfschmerzen. Mehrfach hatte er mich deshalb gerufen, doch bis ich bei ihm angekommen war, hatte er es sich bereits anders überlegt und mich wieder weggeschickt. Ich habe viele merkwürdige Nachrichten von ihm erhalten, die keinen Sinn ergaben.«

»Zum Beispiel?«

Wilkens ließ eine Audiodatei auf seiner Smartwatch abspielen: »Wilkens. Sie, mein Schöpfer. Ohne Sie wäre ich nicht, was ich bin.« James hörte ein Stöhnen und bekam am ganzen Körper eine Gänsehaut.

»Ist das Fox, der da stöhnt?«

Wilkens stoppte die Aufnahme. »Ganz recht. Fox hatte mit unbeschreiblichen Schmerzen zu kämpfen. Die nächste Nachricht folgte nur wenige Sekunden nach der ersten.«

Er ließ die Tonaufzeichnung weiterlaufen. »Wilkens, Sie Idiot, kommen Sie sofort. Die Viecher sind überall. Es tut verdammt weh. Die nehmen jede Zelle von mir auseinander. Was für eine Scheiße haben Sie mir da eingepflanzt? Diese Bots bringen mich um.«

Es gab eine kurze Pause, und Fox sprach auf einmal ganz ruhig und gefasst. »Mein Lieber, es ist alles okay. Ich habe nur schlecht geschlafen. Ich brauche Sie hier nicht.«

Wilkens blickte Lenoir unsicher an. »Solche merkwürdigen Nachrichten habe ich öfter bekommen. Er rief mich und bevor ich bei ihm sein konnte, schickte er mich bereits wieder weg. Persönlich habe ich ihn nach der Implantation der Hyperbots nicht mehr gesehen. Ich konnte ihn nicht einmal mehr untersuchen. Er hat es nicht zugelassen.«

»Hyperbots«, sagte James leise und dachte über die Bezeichnung nach. Er kniff seine Augen zu schmalen Schlitzen zusammen. Was hatte Wilkens da nur geschaffen?

»Ich habe Dr. Fox mehrfach kontaktiert«, erklärte Wilkens, »ihm gesagt, dass ich ihn gerne untersuchen würde, aber er wurde mit jedem meiner Anrufe abweisender und zusehends aggressiver.«

»Verflucht Wilkens, was haben Sie da angerichtet? Wie können wir Fox stoppen? Es muss doch einen Weg geben!«

»Ich gehe davon aus, dass die Hyperbots Fox' Gedanken ein Stück weit steuern können. Der wahre Dr. Fox bricht zwar immer wieder durch die von den Bots erzeugten Bewusstseinsschichten, meist unter starken Schmerzen, letztlich unterliegt sein Wille jedoch dem Einfluss der Hyperbots. Inwieweit er sich an seine von den Bots induzierten Taten erinnern kann, oder ob er sie bewusst miterlebt, kann ich nicht sagen. Die Hyperbots sind wesentlich intelligenter als Fox und können auf seine Erinnerungen zugreifen. Möglicherweise können sie sie sogar manipulieren. Ich fürchte, er ist nicht mehr er selbst und ich habe keine Ahnung wie wir ihn stoppen können«, beantwortete Wilkens nun endlich James' Frage.

James kämpfte mit sich. Am liebsten wäre er Wilkens an die Gurgel gegangen und hätte eine adäquatere Antwort aus ihm rausgeprügelt, aber ihm war klar, dass das nicht funktionierte.

James räusperte sich laut und dachte nach. Eine andere Frage kam ihm in den Sinn. »Wie kann es eigentlich sein, dass Fox, der für tot erklärt wurde, wieder am Leben ist?«

Wilkens wischte sich noch einmal die Stirn mit einem Tuch ab, obwohl ihm der Schweiß nicht mehr in Sturzbächen das Gesicht herabrann.

»Ich denke, dass die Hyperbots das gesteuert haben. Sie haben natürlich vollen Zugriff auf das Herz-Kreislauf-System und ebenfalls auf das gesamte Nervensystem. Ich denke, dass sie, kurz bevor Dr. Fox' Tod festgestellt wurde, seine Körperfunktionen gestoppt und sofort danach auf extrem niedrigem Niveau wieder stabilisiert haben. Sein Körper brauchte Zeit, um zu genesen. Die haben sie ihm gegeben. Man hielt ihn für tot, setzte ihn bei, und er profitierte davon und kam wieder zu Kräften. Dr. Fox und auch die Hyperbots waren in diesem Zustand extrem verwundbar, sodass ich die Bots ganz leicht hätte entfernen können. Die Hyperbots setzten vermutlich darauf, dass mir das Risiko zu groß war, die Botkolonie in Dr. Fox' Körper zu zerstören, da es wenig wahrscheinlich ist, Bots erfolgreich aus einem toten Organismus zu extrahieren. Was soll ich sagen … die Annahme der Bots war korrekt.« Wilkens setzte eine recht überzeugende Unschuldsmiene auf und steckte sein Taschentuch weg. »Ach ja, eines noch. Niemand wusste davon, das hat mir in die Hände gespielt.«

»Hoch gepokert und gewonnen«, brummte James und schüttelte den Kopf. »Gut. Ich bin froh, dass Sie mir das alles erzählt haben. Ich muss mir überlegen, wie wir mit Ihnen weiter vorgehen werden. Aber zunächst gilt es, Fox zu stoppen. Noch mal die Frage, und denken Sie gut nach, bevor Sie antworten: Wie können wir das erreichen?«

Wilkens seufzte langgezogen.

»Tja, ich fürchte … das wird nicht möglich sein.«

13 - JOHN

2385 | Saturn

Ondras war als Erster vor dem inneren Schott des fremden Schiffs angekommen und wartete. Anscheinend war er davon überzeugt, als Kidj'Dan ganz von selbst Zugang zu erhalten.

John rutschte ein Lachen raus. »Und du glaubst wirklich, dass Sesam sich öffnet, nur weil der Räuberhauptmann sich vor das Tor stellt und grimmig dreinschaut, oder täusche ich mich, Ondras?«

Jetzt wirkte der Kidj'Dan verunsichert. »Warum sollte man einem Tor einen Namen geben? Das verstehe ich nicht.«

John beobachtete, wie Ondras seine bekrallten Zehen streckte. Selbst durch den Anzug konnte er erkennen, wie der Kidj'Dan die Muskeln anspannte und die Nasenschlitze aufblähte. So schwebte er dort, doch nichts geschah. Das Schott blieb verschlossen.

»Andrew, kannst du bitte die Schleusensequenz einleiten, sonst schweben wir morgen noch hier.«

»Klar, John«, erwiderte dieser und legte seine Hand auf die Sensorfläche neben dem inneren Schott, sodass sich zunächst das äußere Schott schloss. Dabei wurde es von deutlichen Stößen und Vibrationen begleitet.

Ondras blickte zu John, seine Tentakel eng an den Hinterkopf gelegt.

»Also das war jetzt Andrews Werk, Ondras. Nicht deines«, schmunzelte John.

Ein gleißend helles Licht zuckte wie ein Blitz durch die Kammer, und keine Sekunde später fielen alle Anwesenden unsanft zu Boden. Erschrocken rappelten sie sich wieder auf.

»Das nenne ich mal eine Vorwarnzeit. Wäre es nicht noch etwas abrupter gegangen?«, fragte John und rieb sich die schmerzende Seite.

»Aaau!«, stöhnte Julia, die aber zum Glück nur auf ihren Hintern gefallen war, wie John bemerkt hatte. Er achtete zu stark auf sie, wie er sich eingestehen musste.

Zwei Minuten später war auch der Druckausgleich in der Schleusenkammer laut Johns Helmdisplay vollzogen.

»Druck stabil«, bestätigte nun auch Andrew, der seine Hand weiterhin auf die Sensorfläche hielt.

»Größer als Andrew scheinen die Besitzer dieses Schiffs nicht zu sein, wenn man sich die Schotts ansieht. Das könnte ja schon mal von Vorteil sein«, feixte John.

Julias Blick sprach Bände. »Schimpansen sind auch kleiner als wir, sind aber wesentlich stärker. Das heißt doch gar nichts.«

John spürte eine sanfte Vibration, als das innere Schott schließlich nach oben fuhr und den Weg ins Schiff freigab. Er fühlte sich durch den Anblick skurrilerweise an eine Guillotine erinnert. Hoffentlich schnellte das Tor nicht wie ein Fallbeil nach unten, wenn sie hindurchtreten wollten. Im selben Moment schalt er sich für seine absurden Gedanken.

Für einen Moment standen sie alle vor dem geöffneten Schott und starrten gebannt in den beleuchteten Gang. Dunkle Wände, die an die Außenhülle des Schiffs erinnerten, hinterließen ein Gefühl der Beklemmung bei John.

Der Gang hinter der Schleuse zweigte nach rechts und links ab, weitere Türen waren von hier aus nicht zu sehen. Was auch immer dieses Schiff mit Energie versorgte – es arbeitete noch und sorgte dafür, dass sie auch ohne ihre Lampen etwas sehen konnten.

John rechnete fast mit einem Angriff oder seltsamen schleimigen Wesen, die sich ihnen in den Weg stellten. Aber es passierte nichts. Julia ging in die Hocke und strich mit den Fingern über den samtig wirkenden Boden, was deutliche Spuren hinterließ. »Das ist eine ordentliche Staubschicht«, sagte sie und erhob sich wieder.

»Darf ich mal«, fragte John, wartete aber nicht auf ihre Antwort, sondern nahm Julias Hand weniger sanft, als er es wollte.

»Tatsache!« Die Fingerspitzen ihres Handschuhs waren hell vom Staub.

Andrew beugte sich hinunter und saugte mit seinem kleinen Finger eine Probe ein. »Staub besteht größtenteils aus organischen Rückständen.« Seine Augen blinzelten kurz. »Allerdings lässt sich sein Alter nicht ohne eine Laboruntersuchung bestimmen.« Er richtete sich wieder auf und tat so, als bliese er Staub von seinem Finger. »Die Raumtemperatur liegt bei sechzehn Grad«, sagte Andrew. »Es dürfte interessant werden, wie es sich mit den tiefer im Schiff liegenden Räumen verhält. Auf unseren Archen wurden unbewohnte Sektionen nicht beheizt.«

John wusste nicht, was er von Andrews Erklärung halten sollte. »Hoffentlich finden wir nicht doch noch irgendwelche Aliens«, meinte er.

»Das kommt ganz auf die Aliens an. Es gibt auch nette«, meinte Julia und deutete mit dem Kopf in Ondras' Richtung. Sie hatte recht, fand John. Er sollte in Anwesenheit der Kidj'Dan nicht so über Aliens reden. Anscheinend hatte er sich an deren Anwesenheit einfach gewöhnt.

Ondras lief, ohne abzuwarten, mit den anderen Kidj'Dan voran. Ihre Waffen hielten sie im Anschlag.

»Ich halte es für besser, zunächst die Lage zu sondieren«, rief John ihnen hinterher. Ondras blieb stehen. John war froh darüber, dass dieser, im Gegensatz zu dessen Ratskollegen Ganuba, Wert auf die Meinung der Menschen legte.

»Gut, John. Wie schlägst du vor, sollten wir vorgehen?«, fragte der Kidj'Dan und wies seine Truppe an, ebenfalls zu warten.

»Wenn ich dazu etwas sagen darf?«, fragte Andrew und drehte sich langsam zu John und den anderen um. John nickte ihm zu. »Ich habe bereits die Zusammensetzung der Atmosphäre in diesem Gang analysiert. Überraschenderweise ähnelt sie der Irdischen und der Lumeranischen bis auf wenige für uns ungefährliche Abweichungen. Sprich: Etwas mehr Stickstoff, weniger Argon und eine geringfügig erhöhte Konzentration radioaktiven Kohlenstoffs, die aber keine kurzfristige Gefahr für euch darstellt. Aber es finden sich hier eine Vielzahl mir unbekannter Mikroben und anderer Kleinstorganismen. Eines ist klar: Ihr dürft aufgrund vorhandener pathogener Organismen die externe Luftzufuhr eurer Anzüge unter keinen Umständen ablegen. Das gilt übrigens für Menschen sowie Kidj'Dan gleichermaßen. Das Risiko einer Infektion oder Kontamination ist zu groß.«

»Und was sind das für Keime oder was auch immer du hier gefunden hast, Andrew?«, fragte John.

»Um das für Laien verständlich zu erklären, kann ich diese Moleküle am ehesten mit den uns bekannten pathogenen Prionen vergleichen, die eine transmissible spongiforme Enzephalopathie, wie etwa BSE, eine Gehirnerkrankung der 2000er Jahre, verursachen.«

»Pathogene ... was?«, fragte John. »Andrew, wenn das eine Erklärung für Laien war, dann brauche ich eine für Vollidioten, bitte!«

»War BSE nicht diese Erkrankung, die vom Rind auf den Menschen übergegangen ist?«, fragte Julia, während sie ein Stück näher an John herantrat. Ondras stand derweil mit wild tanzenden Tentakeln an der Seite des breiten Ganges. Natürlich verstanden er und die anderen Kidj'Dan kein Wort.

»Unter anderem BSE, oder auch Rinderwahn genannt, ja.

Aber auch Scrapie, dieselbe Krankheit bei den Schafen, oder CWD. Ich werde es auch für Ondras und sein Volk verständlich ausdrücken. Diese RNA- und DNA-losen Prion-Proteine, die sich hier überall finden, werden über kontaminierte Oberflächen übertragen und es finden sich tatsächlich auch welche in der Atemluft. Das ist den mir bislang bekannten Prionen, wie es sie auf der Erde etwa gibt oder gab, nicht möglich gewesen. Diese wurden in den meisten bekannten Fällen über die Nahrung aufgenommen. Aber diese Prion-Proteine hier sind anders strukturiert als die, die wir von der Erde kennen.«

»Andrew, kannst du bitte einfach sagen, was diese Prionen mit uns anstellen, wenn wir sie einatmen sollten oder mit ihnen in Kontakt kommen?«, fragte John.

»Dazu komme ich jetzt. Wenn diese Prionen in den menschlichen Körper über die Atemluft eindringen, können diese veränderten Prion-Proteine die körpereigenen, ich nenne sie mal gute Prion-Proteine, in weitere böse Prion-Proteine umwandeln. Dieser Vorgang führt zu einer Kettenreaktion, die dafür sorgt, dass die Gehirne der Menschen löchrig werden, was zu einem qualvollen Tod führt. Wie diese Prionen mit den Kidj'Dan reagieren, kann ich noch nicht sagen. Das wäre reine Spekulation. Aber um mich kurzzufassen, was mir an dieser Stelle nicht leicht fällt: Ihr alle würdet innerhalb weniger Wochen sterben. Die zu erwartenden unerfreulichen Umstände kann ich auf Wunsch gerne erläutern.«

John schüttelte den Kopf und atmete ein paarmal tief durch. BSE, klar, das kannte er. Das musste ihm Andrew nicht erklären. Dieser Tod auf Raten musste die Hölle sein. Wenn diese Prionen hier Ähnliches anrichteten, konnte er gut darauf verzichten.

»Andrew, können diese Prionen der Grund dafür sein, warum wir noch nicht angegriffen wurden?«

»Ja, das kann sein, Ondras. Aber Genaueres werden wir vermutlich erst erfahren, wenn wir weiter in das Schiff vordringen. Allerdings ich kann euch etwas beruhigen: Die Gefahr einer Begegnung mit einer fremden Spezies kann ich unter Berücksichtigung der mir bekannten Parameter mit 87,36-prozentiger Wahrscheinlichkeit ausschließen.«

»Gut, dann sollten wir weitergehen. Andrew, kannst du die Kam'dhagda darüber informieren, dass wir eine vorgeschaltete Desinfektionsschleuse benötigen, wenn wir zurückkommen?«, fragte John, während er hinter Ondras herlief, der wieder die Führung übernommen hatte.

»Ist bereits geschehen, John. Wir haben Natriumhydroxid an Bord, damit werden wir die Prionen unschädlich machen.«

John war wieder einmal beeindruckt. Andrew dachte einfach an alles. Auf den Androiden war wirklich immer Verlass.

Sie liefen durch spärlich beleuchtete Gänge. Auch hier waren die Wände wieder mit diesen merkwürdigen Reliefs verziert. Sie zeigten Kreise, von denen Linien zu etwas größeren Rechtecken führten. Und von denen führten wiederum Verbindungslinien zu weiteren Kreisen. Wenn man die Augen zusammenkniff, sah es fast wie eine von Kinderhand gemalte Blume aus. Hier und da waren in diesen äußeren Kreisen kleinere Kästchen eingraviert worden.

Ondras schien von der Darstellung sehr beeindruckt zu sein, denn immer wieder blieb er kurz stehen, um sie zu studieren. Schließlich färbten sich seine Tentakel blau. »Die Wände dieser Gänge sind überall auf diese Weise verziert. Es ist eigentlich immer die gleiche Grundidee, die nur vereinzelte Unterschiede aufweist.«

Erst jetzt fiel John auf, dass er diese Reliefs die ganze Zeit über nicht zur Kenntnis genommen hatte, aber besonders interessant fand er sie auch bei näherer Betrachtung nicht. Etwas anderes zog seine Aufmerksamkeit auf sich.

Völlig vertrocknete Pflanzen, oder etwas, dass einmal so etwas Ähnliches gewesen sein könnte und deren ursprüngliche Farbe John nicht einmal mehr erahnen konnte, standen in regelmäßigen Abständen an den Seiten der breiten Gänge. Andrew blieb stehen und sah sich die verbliebenen Reste des Gewächses an.

»Eine erste Analyse zeigt, dass diese vertrockneten, mit etwas Ähnlichem wie Blättern bestückten Stiele über Chloroplasten verfügen. Vermutlich haben sie zu Lebzeiten Fotosynthese betrieben. In ihrem derzeitigen Zustand würde ich sie als mumifiziert bezeichnen. Ob diese pflanzenartigen Organismen durch bestimmte Umstände wieder aktiv werden könnten, müsste in Labortests untersucht werden.«

Vorsichtig brach Andrew ein Stück des schrumpeligen Gewächses ab und steckte es in ein kleines Röhrchen, das er aus seinem Arm zog.

Die Symbole an den Wänden verschwanden mit jedem Meter, den sie zurücklegten, mehr und mehr unter einer Schicht eines moosartigen Gewächses. Vielleicht war es ja tatsächlich Moos, dachte sich John. An manchen Stellen flackerte es, als durchzuckten es Lichtblitze, ansonsten sah das gelbe Zeug einfach nur eklig aus. Es war von Schleim bedeckt, und kurze gelbe Zungen schnellten immer wieder daraus hervor, als würden sie etwas aus der Luft filtern. Gehörte es hierher, oder hatte es sich hier parasitär ausgebreitet?

John war froh, dass die Gänge hier breit genug waren und er es nicht auf einen Körperkontakt mit diesem Wesen ankommen lassen musste. Er bemerkte, dass er Julia noch immer in seinen Anzug eingehakt hatte. Immer wieder spannte sich das Seil zwischen ihren Körpern. Hier und da blieb sie stehen und beäugte verschiedene Details, als schlenderte sie durch ein Museum.

»John, kannst du mein Seil vielleicht ausklinken? Es nervt ein wenig«, schien Julia seine Gedanken erraten zu haben.

»Sicher Julia. Habe ich auch gerade bemerkt.«

»Da vorne ist eine Tür«, erklärte Andrew und schob sich an Ondras vorbei. »Ich gehe vor und gebe euch ein Signal, wenn ihr folgen könnt.« Jetzt sah John ebenfalls die Tür zu seiner

Linken. Sie war noch etwas niedriger als die Schotts der Schleuse, durch die sie das Schiff betreten hatten.

Andrew griff mit beiden Händen in den Spalt der nicht vollständig geschlossenen Flügeltür, schob sie unter großem Kraftaufwand ein Stück weiter nach innen und verschwand dahinter. John blieb neben Julia stehen und blickte sie kurz an. Die Neugierde stand ihr ins Gesicht geschrieben, auch wenn sie noch immer verunsichert dreinschaute.

John widmete sich derweil einer der kleinen, gelben Zungen, die nach wie vor unaufhörlich aus der schleimigen Moosdecke hervorschnellten. Ob man sie anfassen konnte? Einen besonders gefährlichen Eindruck machten diese komischen Fortsätze jedenfalls nicht.

Sie erinnerten ihn an Frösche, die mithilfe ihrer langen Zungen ihr Abendbrot erhaschten. John kannte diesen Vorgang aus Fernsehdokumentationen. Chamäleons fingen auf diese Weise ebenfalls ihre Beute, aber seit dem letzten großen Artensterben in den 2030ern waren diese Tiere von der Erde verschwunden.

Er bewegte seine Hand langsam in die Nähe der schleimigen Masse. Die Zungen zuckten sofort in seine Richtung, und vorne an den Spitzen hoben sich eigenartig zitternde Schüppchen. Die weichen Bewegungen der zwanzig Zentimeter langen … Dinger … wirkten friedlich, beinahe anmutig. John bewegte seine Hand hin und her und die Stängel folgten ihr aufmerksam. Es war wirklich faszinierend.

»Ihr könnt jetzt kommen«, erklang völlig unerwartet Andrews Stimme in seinen Ohren, und er zuckte erschrocken zurück. Mann, der Android hatte manchmal ein penetrantes Timing. Aber zugegeben, diesmal hatte er ihn vor einem möglichen Fehler bewahrt. Er erinnerte sich an die betörenden, aber giftigen Pilze auf Lumera.

John musste den Kopf einziehen, als er durch die Tür trat. Dahinter lag ein großer, fast leerer Raum, der nur diffus beleuchtet war. Die dunklen Wände absorbierten einen großen Teil des Lichts.

»Ob das hier eine Art Versammlungshalle ist?«, fragte er Andrew, der sich hier aber offensichtlich nicht lange aufhalten wollte, da er zielgerichtet zur nächsten Tür auf der gegenüberliegenden Seite des Saals zusteuerte, die durch einen weiteren Gang hinausführte.

»Vielleicht.«

John lief auf eine kreisrunde Erhöhung zu, aus deren Mitte ein weiteres, schmaleres Podest ragte.

»Was ist das?«, fragte er, abermals an Andrew gewandt, und zeigte auf die Erhebung, als der Android sich schließlich zu ihm umdrehte.

»Das kann ich dir nicht sagen, John. Vielleicht wurden hier Reden gehalten. Vielleicht hat dieses Objekt eine rituelle Funktion? Oder es war einfach ein Freizeitraum? Wir wissen nichts über die Wesen. Deine Frage lässt sich nach meinem bisherigen Kenntnisstand im Zusammenhang mit dieser Spezies nicht zuverlässig beantworten. Wir brauchen mehr Detailwissen, darum sollten wir erst einmal weitergehen und weitere Erkenntnisse gewinnen.«

Da es hier ansonsten nichts zu entdecken gab, gingen sie weiter durch den kurzen Gang. Mit Julia im Schlepptau musste John den kurzen Weg geduckt zurücklegen.

Was dann kam, verschlug ihm den Atem, und wenn Andrew nicht geistesgegenwärtig seinen Arm um ihn gelegt hätte, wäre er wohl mehrere Meter tief gestürzt.

»Immer die Augen offen halten, wenn ich bitten darf.« War das einer dieser trockenen Scherze Andrews?

John befreite sich von seinem Retter und wollte näher an die gefährliche Kante treten, doch erneut hielt ihn jemand zurück, diesmal war es Julia. Er lächelte sie an. »Das ist ja verrückt, Julia! Guck mal!«

»Um dann wie du beinahe abzustürzen? Danke, jetzt nicht.«

John blickte zu dem Androiden. »Andrew, kannst du uns sichern?«

»Selbstverständlich.«

Julia wurde nun wohl doch von der Neugierde getrieben und ging bis zur Kante heran.

»Beeindruckend, nicht wahr?«, flüsterte John. Julia nickte.

Johns Umgebungssensoren zeigten an, dass es hier gut zehn Grad kälter war, als in den Gängen zuvor.

Vor ihnen lag hinter einem fünfzehn Meter tiefen Abgrund eine riesige Halle.

»Warum ist dieser Raum hier so tief eingebettet? Und seht mal – er ist auch viel höher als die Gänge«, stellte Julia fest. »Was sind das für merkwürdige Kästen, die in dem Raum schweben? Guck mal, John, die gehen bis hoch zur Decke und sind irgendwie in der Luft fixiert. Wie sie das wohl geschafft haben?«

»Es sieht so aus, dass sich die Objekte, ich zähle 216 Stück davon, in der Schwerelosigkeit befinden«, erklärte Andrew und wies mit der Hand in Richtung der merkwürdigen Kästen, die immer in Sechsergruppen horizontal neben und übereinander schwebten und somit jeweils eine Art Kubus ergaben.

»Mein Gravisensor verzeichnet unterschiedliche Schwerkraftverhältnisse in diesem Raum, der in jede Richtung etwa dreißig Meter misst. Ich gehe davon aus, dass der Grund dafür etwas mit den Kästen zu tun hat. Ich möchte vorschlagen, zu überprüfen, ob es sich um Sarkophage oder Kältekammern handelt. Um sie bedienen zu können, konnte die hier lebende Spezies die Kräfteverhältnisse dieses Raumes steuern. Aber das sind im Moment noch unbestätigte Theorien.«

Mann, der Android nervte schon wieder gewaltig mit seinem ausufernden Geschwafel, dachte sich John.

»Andrew, müssen wir da durch?«, fragte Julia und blickte in den Abgrund unter ihr. Sie schien zu überlegen, wie sie es anstellen sollte.

»Ich würde es zumindest vorschlagen. Sicher könnte es möglich sein, noch einen anderen Weg zu finden, aber es ist interessant zu wissen, was sich in den Kammern befindet und welchem Zweck sie dienen«, erklärte Andrew und zog ein Seil aus seinem Gürtel. Er sicherte damit Julia und John und blickte in den Abgrund.

»Äh, Andrew? Was hast du jetzt mit uns vor? Da runterspringen?«, fragte John und war sich nicht ganz sicher, was er davon halten sollte.

Andrew antwortete ihm nicht, sondern blickte Ondras an. »Habt ihr die Möglichkeit, euch in den Raum abzuseilen, um auf die andere Seite zu gelangen?«

Der Kidj'Dan blickte zu einem seiner Kar'Talan und dann wieder zu Andrew: »Ja, wir haben etwas dabei, das uns beim Abseilen hilft. Wir könnten auf der anderen Seite nach einer Steuereinheit oder etwas Ähnlichem für diese Anlage suchen«, sagte Ondras.

»Das ist gut. Legt los«

John beobachtete aus dem Augenwinkel heraus, wie einer der Kidj'Dan ein auf den ersten Blick lebendig aussehenden Käfer von der Größe eines Baseballs aus seiner Umhängetasche holte und mit Wucht gegen die Kante vor sich im Boden schlug. Die Beine des Insekts krallten sich sofort in das raue Material des Schiffs.

»Verdammt, was ist das denn?«, fragte John und ignorierte Andrew, der irgendetwas von ihm wollte.

»Wir haben das Tier von unserem Heimatplaneten mitgebracht. Hapt'Arian ist eine bergige Welt gewesen, auf der es unabdingbar war, große Höhen und Klippen zu überwinden. Diese Käfer sind mit ihren an allem haftenden Beinen bestens dafür ausgestattet. Sie haben einen Reflex, den wir für uns nutzen. Sie werden sehr, sehr alt«, erklärte der Kidj'Dan.

»Wow«, sagte Julia und wirkte wirklich beeindruckt. Sie zog John am Ärmel. »John, wir müssen.«

John trat mit ihr zu Andrew: »Was hast du mit uns vor?«

»Einer rechts und einer links. Ich bringe euch da rüber«, sagte der Android und breitete die Arme aus. »Anschließend sehe ich mir an, was in den Kästen zu finden ist.«

»Nein Andrew, bring Julia auf die andere Seite, wo auch

der Gang weitergeht. Ich möchte mir das gerne selbst anschauen«, sagte John und nickte Julia zu. Diese zuckte mit den Schultern und ließ sich von Andrew umarmen. Dann streckte Andrew John seinen anderen Arm hin. John schüttelte resignierend den Kopf. Gut, dann eben so. Er begab sich in Andrews anderen Arm. Dann hörte er, wie der Android seine Schubdüsen aktivierte und über den Abgrund trat. Er konnte nicht abstreiten, dass sich ein angenehmes Bauchkribbeln in ihm ausbreitete, als er den Boden fünfzehn Meter unter sich sah. So musste sich Ironman fühlen, dachte er grinsend, musste dann aber feststellen, dass Andrews Griff ganz schön schmerzte. Links von sich sah er Ondras und die anderen Kidj'Dan, die sich von dem Käfer abseilten. Andrew flog in die Mitte des Raums und stellte John dort auf dem Boden ab, bevor er wieder abhob und Julia auf die andere Seite der großen Halle brachte.

»Hier scheint alles okay zu sein«, rief Julia ihm von ihrem neuen Standort aus zu.

John, der sich am Boden der Halle befand, wartete kurz, bis sich das Schwindelgefühl verflüchtigte. Dann stakste er etwas unsicher los und rief: »Andrew, ich gucke mir mal die Kästen da vorne genauer an. Die sehen tatsächlich aus wie Kammern. Vielleicht ist da was drin.«

»Warte, John«, rief Andrew, der sich bereits wieder auf dem Rückweg zu ihm befand. Aber es war zu spät. John wurde von einem merkwürdigen Sog erfasst und durch die Luft geschleudert. Augenblicklich stieg der Schwindel wieder in ihm auf. Panisch fuchtelte er mit seinen Armen, die sich merkwürdig leicht anfühlten. »Scheiße! Was ist hier los? Hol mich hier raus, Andrew!« Er hatte es kaum gerufen, da knallte er bereits schmerzhaft mit dem Rücken gegen einen der Kästen, der daraufhin unruhig umhertrudelte.

»Versuch dich an dem Kasten festzuhalten. Ich komme zu dir«, rief Andrew ihm zu.

John griff nach dem Quader, verfehlte ihn aber. An dem

Kasten, der darüber schwebte, schaffte er es schließlich, sich festzuhalten.

Nun hing John daran und sah, wie Andrew mithilfe seiner Schubdüsen auf ihn zu navigierte. Zunächst schwebte er ruhig in Johns Richtung, dann verlor er urplötzlich die Kontrolle und trieb ebenfalls unkontrolliert durch den Raum.

»Andrew, was machst du denn da?«, hörte er Julia rufen. Genau in diesem Augenblick sah John, wie Andrew einige Meter von ihm entfernt hart gegen eine Wand krachte. Zum Glück konnte der Android sich mit seiner Roboterhand an der Wand festkrallen, um zu verhindern, dass er abrutschte.

»Alles in Ordnung, keine … größeren Schäden«, brachte der Android ungewöhnlich stammelnd hervor. »Ich konnte dieses Durcheinander von … Schwerkraftfeldern nicht schnell genug erfassen, weshalb ich keine sinnvolle … Prädiktion der eigentlich notwendig gewordenen Berechnungen …«

»Puh. Schön, dass du noch ganz der Alte bist«, unterbrach Julia den Androiden hörbar erleichtert, »aber jetzt wäre es sehr nett von dir, wenn wir einen Weg finden könnten, John dort rauszuholen, findest du nicht auch, Andrew?«

»Ich weiß jetzt, wie die Schwerkraftfelder angeordnet sind«, sprach John in sein Mikrofon, damit auch die Kidj'Dan seine Worte mitbekamen.

»Du hast es herausgefunden?«, rief Ondras, dessen Tentakel grün pulsierten. Die Kidj'Dan waren an der Wand der Halle zur anderen Seite des Raumes gelangt und begannen gerade mit dem Aufstieg.

»Ich habe zumindest einen Verdacht«, sagte John.

Er reckte seine Arme ruckartig nach rechts, sodass er sich in der Schwerelosigkeit dem nächstliegenden Quader zudrehte. Das Material sah genauso aus wie alles an und in dem Schiff: fein behauener Stein, matt glänzend, schwarzblau. Nun war er nahe genug, um sich an der Kante des Quaders festzuhalten und auszurichten. »Aber wartet mal kurz. Da ist eine Öffnung in dem Kasten.«

»Und?«, fragte Julia.

»Warte.« John bemerkte Andrew, der ihn nun doch erreicht hatte und mit einem Seil sichern wollte, aber er hielt ihn davon ab. »Gleich Andrew. Guck mal, der Kidj'Dan dort kann deine Hilfe gebrauchen. Das Käferding will wohl nicht mehr so, wie er will. Ich will nur kurz gucken, was da drin ist.«

John zog sich dichter an den mannshohen Kasten heran und versuchte, etwas durch die gläserne Öffnung zu erkennen. Wieder spürte er Übelkeit in sich aufsteigen.

»John, deine Vitalwerte gefallen mir nicht. Wir sollten abbrechen.«

»Ich bin das Risiko nicht zum Spaß eingegangen, du Salatschüssel mit eingebautem Toaster!«, sagte John gereizt.

»Haha«, machte Andrew, klang aber weniger beleidigt als vielmehr besorgt. Aber er fügte sich und flog los, um dem Kidj'Dan beim Aufstieg zu helfen.

»Sieht leer aus«, stellte John fest, nachdem sich seine Augen an die Dunkelheit in dem Kasten gewöhnt hatten. »Also nicht richtig leer. Ich sehe einen dunklen Schatten, aber ich kann nichts erkennen. Vielleicht ist da irgendein Zeug drin, ne Flüssigkeit oder so.«

John wusste, dass er es jetzt wagen musste. Wenn er noch länger nachdachte, wäre der Moment des Mutes verstrichen. Also klopfte er energisch gegen die Abdeckung der kreisrunden Öffnung. Sie fühlte sich merkwürdig weich an.

John rechnete damit, dass der Deckel nun aufsprang, aber nichts dergleichen passierte. Vorsichtig hangelte er sich um den Kasten herum und untersuchte ihn nach irgendwelchen Auffälligkeiten. An der einen kurzen Seite schien etwas zu sein. Anhand der Stille wurde ihm bewusst, dass alle atemlos verfolgten, wie er sich an dem Kasten zu schaffen machte. Er ging noch einmal ganz dicht mit dem Kopf an die gläserne Öffnung. Da musste doch irgendetwas drinnen sein.

"Aaaaah!", schrie John erschrocken und fuhr zurück.

»John, John was ist los?«, rief Julia angsterfüllt.

»Ein Auge«, rief John und spürte, wie ihm der Schweiß

ausbrach.

»Was?«, rief Julia.

»John, deine Vitalwerte. Ich weise nochmal darauf hin, dass ...«

»Ein riesiges Auge hat mich angestarrt, Julia«, rief John aufgebracht. War da wirklich ein Lebewesen drin? Was, wenn es erwachte? Oder war es bereits wach?

»Andrew«, rief John, »du kannst mich jetzt ... verflucht!«

John war mit der rechten Hand abgerutscht und hatte dabei scheinbar einen Mechanismus am Kopf des Quader betätigt. Er hörte ein merkwürdiges Zischen, als sich der Deckel des Kastens öffnete. Ein Schwall honigartiger Flüssigkeit strömte heraus. Das Zeug verteilte sich in der Schwerelosigkeit rund um John und driftete dann in dicken Tropfen von ihm weg. In dem Moment, als sie das Feld der Schwerelosigkeit verließen, fiel das Gel mehrere Meter abwärts, platschte laut auf den Boden auf und hinterließ dort große Pfützen.

John hörte Julia aufschreien. Der Blick in den Kasten war nun freigeben, es war aber nicht nur das Gel, das aus dem Quader quoll. Ein Wesen, etwas kleiner als John, aber breiter und mit seinen vier Beinen entfernt an einen Seestern erinnernd, schwebte aus dem Behältnis. Graue und fremdartig geriffelte Haut, die von senkrechten blassblauen Linien durchzogen war, kam zum Vorschein. Das große Auge, das sich am unförmigen Kopf befand, war geöffnet und starrte ihn an.

»Andrew!«, rief John und blickte sich panisch um. »Andrew, du darfst mir jetzt echt mal helfen, verdammt!«

»Ich bin gleich da, John«, antwortete Andrew, der den Kidj'Dan unter leichtem Protest neben Julia abgesetzt hatte.

John versuchte, das Wesen zu fassen, fühlte die seltsam weiche Haut unter seinem Handschuh, doch er konnte nicht verhindern, dass es aus dem Quader herausglitt. Das schleimtriefende Ding hatte dabei eine Eigenrotation bekommen, sodass seine Arme und die vier Beine in der Schwerelosigkeit herumwirbelten. Es rollte wie ein schief gewachsener, überdimensionierter Seestern auf ihn zu. War es tot? War es lebendig? War es gefährlich?

»Oh Scheiße«, entfuhr es John. Was sollte er machen?

»Stoß dich weg«, rief Julia fast panisch.

John reagierte blitzschnell und stieß sich mit aller Kraft mit den Füßen von dem Kasten ab. Er trieb völlig unkontrolliert rückwärts, bis er gegen den Quader einer anderen Würfelkonstruktion schlug. Sein gläserner Helm machte beim Aufprall ein unschön knirschendes Geräusch. Das graue Ungetüm rotierte dabei weiter auf ihn zu.

»Verdammt!« Ein sehniger Arm mit einer feingliedrigen Hand und schrecklich langen, glasigen Fingern legte sich auf seinen Helm.

»Es bringt mich um! Scheiße! Es bringt mich um!«, schrie John, der sich mit aller Kraft zu befreien versuchte. Sein Herz raste, und seine Muskeln zitterten vor Anstrengung. Der einäugige Kopf kam auf seinen zu.

»Holt das Ding hier weg! So helft mir doch! Erschieß es, Andrew!«, stieß er in Panik hervor. Eine Reihe schwarzer Zähne, die wie gebogene Rasierklingen in dem Maul lagen, leuchtete im Licht der Helmstrahler auf, als die fleischige Spalte im Gesicht des Ungetüms über seinen Helm schmierte. John wusste, dass er jetzt ausgespielt hatte. Er versuchte zu schreien, doch seiner Kehle entwich kein Ton.

John spürte, wie er abermals rückwärts trudelte. Unter hysterischem Geschrei in seinem Headset und einem schrillen Fiepen in seinem Kopf schlug er die Augen auf.

Sein Helm war blutverschmiert, am oberen Bereich waren mehrere tiefe Kratzer zu erkennen.

»John! John, bist du okay?«, rief Julia über den BID.

»Ich … ich bin okay … glaube ich. Danke Andrew, das war ein Volltreffer im allerletzten Moment.«

Er wischte über seinen Helm, sodass er wenigstens ein bisschen besser sehen konnte, aber es half nur wenig. Aber John erkannte, dass das seltsame Wesen aus dem Kasten zerfetzt neben ihm schwebte.

»Negativ John, ich war das nicht, der geschossen hat. Ich hatte keinen Zugriff auf meine Waffensyst ... Syst... Systeme.«

Durch rote Schlieren hindurch konnte er sehen, wie Andrew direkt neben ihm ein weiteres Mal abstürzte und hart auf den Boden schmetterte, doch im Bruchteil einer Sekunde hatte er sich wieder aufgerappelt.

»Ich werde dich sofort durchchecken«, sagte Andrew ruhig, aber mit einer komisch elektronischen Stimme. »Mein künstlicher Edwards-Racen-Hohlraum, inklusive Stimmorgane, ist offenbar ebenfalls stark beschädigt.«

John setzte sich auf.

»Wie meine Waffensysteme«, ergänzte der Android.

»Alles in Ordnung, John?«, hörte er Julias Stimme.

»Ja, mir geht's gut! Abgesehen davon, dass mich gerade ein Alien fressen wollte.«

»Na, immerhin hat es das nicht getan, sondern nur ein wenig an dir rumgefummelt.«

»Meinen Messdaten zufolge war das Wesen schon eine beträchtliche Weile tot«, erklärte Andrew. »Ich glaube nicht, dass es dich angreifen wollte, geschweige denn fressen.«

Der große Kidj'Dan aus dem Kar'Talan-Team sprach in sein Headset:»Ich bin darüber erfreut, dich mit dem Energiestrahl gerettet zu haben. Offenbar hat dir das Danach einen Aufschub gewährt.«

Wie lautete hier eine angemessene Antwort? Eine Verbeugung? Ein Kniefall? Ein Nicken?

»Hab vielen Dank!«, sagte John schließlich mit gesenktem Haupt.

Der Große kommunizierte gedanklich, wie John an der Bewegung seiner Tentakel erkennen konnte. Dann sagte er: »Dein Dank ist meine Belohnung.«

Plötzlich hob ein metallisch dumpfes Pochen an und brachte die Halle zum Vibrieren.

»Was ist das?«, rief John. »Was habt ihr getan?«

»Gar nichts«, antwortete Julia. »Es ist von alleine

losgegangen.«

John blickte zur Mitte der Halle.

»Also ich kann hier keine Veränderung erkennen.«

John hatte das Gefühl, dass sich der Boden bewegte. Er drehte sich noch einmal herum, bis er sich entsetzt feststellte, dass sich der Boden anhob. Wie ein überdimensionaler Aufzug bewegte er sich in Zeitlupe aufwärts.

Schließlich wurde das intervallartige Pochen kürzer. Das Dröhnen bekam einen beinahe singenden Tonfall. Und da war auch wieder das grelle flackernde Warnlicht. John machte sich darauf gefasst, es gleich wieder mit veränderten Schwerkräften zu tun zu bekommen oder in einen Sog nach oben gerissen zu werden, doch nichts dergleichen geschah.

»Spürst du das auch?«, fragte er Julia.

»Ja, hier vibriert alles, aber sonst … bei mir ist alles normal.«

»Vorsicht, der Raum verändert sich wieder!«, quäkte Andrew.

Tatsächlich, die einander gegenüberliegenden Zugangstunnel gerieten, begleitet von voluminösem Schnarren und Ächzen, ebenfalls in Bewegung.

»Es geht abwärts!«, rief Julia mit einem entsetzten Unterton. »Alles senkt sich zum Boden. Jedenfalls aus meiner Sicht.«

In der Halle dröhnte es ohrenbetäubend. Die Zugangstunnel und der Boden der Halle hatten einander erreicht und bildeten eine Ebene, woraufhin der Maschinenlärm, dieses Hämmern und Knarren, augenblicklich verstummte. Ebenso verhallte auch das Echo, und Stille kehrte ein. Alles schien wieder aufgeräumt und friedlich. So wie es aussah, waren die untersten Kammern nun zugänglich, denn sie berührten den Boden und schwebten nicht mehr. Das konnte eigentlich nur gewollt sein, überlegte John; ein System von Schwerefeldern. Aber warum nicht einfach die Kammern nebeneinander platzieren? Wofür war das ganze hier? Zur besseren Wartung der Kammern? Hatte das etwas mit der Flüssigkeit zu tun, die sich in den Kammern befand? Oder galt diese Anordnung als religiöses Symbol, für den Weg in ein Leben danach? Er würde es wohl nie erfahren.

Da spürte er einen festen Griff, der sich um seinen Arm legte. »Oh John, ich bin so froh, dass dir nichts zugestoßen ist!«

John lächelte Julia an. Der Zugangstunnel war zu einer langen Rampe geworden. Ondras stand neben ihr. »John, Freund, ich bin froh, dich lebend zu sehen«, sagte er, seine Tentakel auf ihn gerichtet.

»Dann los, zurück zur Zugangsschleuse und zur Kam'dhadga!«, sagte John erleichtert. Er wollte gerade seine Sicherungsleine lösen, als Andrew sich zu Wort meldete.

»Es tut mir leid John, aber wir sollten jetzt unsere Erkundungsmission noch nicht abbrechen. Dort vorne setzt sich der Gang fort«, er zeigte nach rechts, »und wir sollten noch etwas weiter in das Schiff vordringen. Möchtest du nicht wissen, wofür es gebaut wurde?«

John wollte gerade etwas erwidern, da rief Julia plötzlich: »Hey, seht mal dort!«

»Über den Quadern in der Halle leuchten jetzt Hologramme«, rief Ondras aufgeregt.

»Andrew, mach bitte eine Aufnahme des Hologramms über dem von John geöffneten Quader und übertrage es auf meinen BID.«

»Sofort, Julia.«

»Danke.«

»Ich gebe es dir weiter«, sagte Julia an John gewandt.

John spürte plötzlich eine starke Vibration.

»Was ist jetzt los?«, rief Ondras und blickte sich um.

»Da drüben – seht! Der Zugang zur Halle wurde gerade durch eine herunterfahrende Wand verschlossen. Wir stehen somit in einer Sackgasse«, erklärte Andrew, was inzwischen für alle offensichtlich war.

Plötzlich erzitterte der Boden. Dumpfe Stöße drangen aus den Untiefen des Raumschiffs.

14 - KENDRICK

2385 | Puerto Rico - Erde

Jemand hämmerte gegen die Wohnungstür. Kendrick riss erschrocken die Augen auf. Er musste sich kurz orientieren. Er war wohl doch auf dem Sofa eingeschlafen. Wieder hämmerte es, diesmal energischer. Er streckte sich und stand vom Sofa auf. Wer machte denn mitten in der Nacht so einen Terror? Müde schlurfte er zur Tür.

Ein junger Mann, um die zwanzig, stand atemlos vor ihm.
»Señor Alonso? Kendrick Alonso?«
»Der bin ich.«
»Vater von Vida Alonso?«
»Höchstselbst.«
»Ich muss Sie bitten, in die Klinik zu kommen. Señorita Vida geht es sehr schlecht.«

Eine Welle der Panik erfasste Kendrick, aber er zwang sich, ruhig zu bleiben. Ohne zu zögern schnappte er sich Jacke und Wohnungsschlüssel und eilte dem Kerl hinterher.
»Was ist passiert, wissen Sie etwas?«
»Ein Überfallkommando. Ihre Tochter scheint zwischen die Fronten geraten zu sein.«

Kendrick beschleunigte seine Schritte und kämpfte gegen

seine Emotionen. »Wie schlimm ist es?«, rief er, nachdem er den Jungen eingeholt hatte.

»Es sieht leider nicht gut aus«, japste dieser. Kendrick konnte nicht Schritt halten und fiel immer weiter zurück.

Die Panik wich der Verzweiflung und Wut. »Verdammt, Vida, ich hatte dich doch vor diesem Gustavo gewarnt. Warum hast du nicht auf mich hören wollen?« Jetzt begann Kendrick zu rennen. Den Jungen, der eben noch vor ihm gelaufen war, hatte er nun vollends aus den Augen verloren. Beinahe wäre Kendrick gegen eine plötzlich aufgerissene Wohnungstür geprallt. »Entschuldigung!«, rief er einer Frau zu, die ihn mit aufgerissenen Augen anstarrte.

Der Gang mündete in die kleine Halle mit den Aufzügen. Instinktiv hielt er sich am Handlauf der Wand fest, sodass er, ohne langsamer werden zu müssen, Richtung Treppenhaus stürmen konnte. Er rammte eine Glastür mit der Schulter so stark nach außen, dass sie laut gegen die Wand krachte. Dass sie in tausend Splitter zerbarst, nahm Kendrick kaum wahr. Was interessierte ihn die Tür? Vida brauchte ihn. Jetzt gleich! Ohne auf die Umgebung zu achten, hastete er mehrere Stockwerke hinab, rannte beinahe ein Liebespärchen über den Haufen und stolperte. Er fiel ein paar Stufen bis zum Treppenabsatz hinunter und schlug mit dem Steiß gegen die Wand. »Verdammt!«, ächzte er, rappelte sich auf und hetzte weiter. Dass ihm alles wehtat, ignorierte er. Meine kleine Vida, ich bin gleich da.

Als er endlich im Stockwerk der Krankenstation angelangt war, blieb er für einen Augenblick stehen, um wieder zu Atem zu kommen. Dann betrat er das Foyer der Klinik, wo er sich völlig fertig gegen den Empfangstresen lehnte und dabei einen Drahtaufsteller mit irgendwelchem Informationsmaterial umwarf, das sich über dem Schreibtisch der Büroangestellten und auf dem Boden verteilte. Währenddessen stürmten zwei blutverschmierte Männer herein, die lautstark nach einem Notarzt riefen. Hinter sich zogen sie einen klapprig aussehenden Rollstuhl her, auf dem zwei übel zugerichtete Typen mit einer Schnur provisorisch festgebunden waren.

Im nächsten Augenblick öffnete sich die Flügeltür, über der »Notaufnahme« geschrieben stand. Eine in einen grünen Hygieneanzug, Mundschutz, Haube und blaue Gummihandschuhe gehüllte Person trat durch die Tür und musterte die vier durch eine klobige Schutzbrille. »Kommen Sie mit mir«, sagte die Frau mit gepresster Stimme. Wenige Sekunden später herrschte wieder Ruhe.

Kendrick blickte auf die wieder geschlossene Tür zur Notaufnahme. Eine blutrote Spur von Reifen- und Schuhabdrücken führte von dort bis zum Haupteingang. »Ich ... was ist ... was sind das für Leute? Was ist passiert? Ich wollte ... wo ist«, er wusste nicht, was er sagen sollte.

»Nun mal langsam, Señor.« Eine weiß gekleidete Person umrundete den Tresen und hielt Kendrick an den Schultern fest. »Atmen Sie erst mal durch. Kümmern Sie sich nicht um die anderen, die werden bestens versorgt.«

Sie führte ihn zu einem Wasserspender und reichte ihm einen kleinen Becher. »Trinken Sie das!«

»Ich habe keine Zeit, ich muss zu meiner Tochter!«

»Eh, eh, eh«, machte die Dame, »erst mal austrinken.«

So gut die Erfrischung auch tat – er wollte, verdammt noch mal, zu seiner Tochter!

»Also, wie ist Ihr Name, Señor?«

Kendricks Aufmerksamkeit wurde abermals zum Eingang gelenkt. Zum dritten Mal in der kurzen Zeit, die er nun hier war, kamen Hilfesuchende herein. Sie stolperten zielstrebig durch die Tür zur Notaufnahme. Der Kunststoffboden war nun nicht mehr weiß, sondern völlig verschmiert, als wären dort Menschen verblutet.

»Was haben Sie gesagt?« Kendrick bückte sich nach ein paar Infobroschüren, die er bei seiner stürmischen Ankunft versehentlich auf dem Boden vor dem Tresen verteilt hatte. Er wusste nicht mehr, wo ihm der Kopf stand.

»Ich habe Sie nach Ihrem Namen gefragt.«

»Oh, Alonso. Ich muss zu meiner Tochter Vida ... Alonso!«

Die Grauhaarige hielt mit Daumen und Zeigefinger sein Kinn und blickte ihm beruhigend in die Augen. »Ist in Ordnung. Entspannen Sie sich jetzt bitte. So helfen Sie keinem. Ich bringe Sie zu ihr.«

Nach ein paar Minuten waren sie offenbar angekommen, denn die Empfangskraft öffnete leise eine Tür. Als Kendrick ein wenig zögerte, nahm sie seine Hand und zog ihn mit sich ins Zimmer, wo sie ihn am Fußende des Bettes abstellte.

»Wenn etwas ist, drücken Sie einfach diesen Knopf, dann kommt jemand zu Ihnen«, flüsterte sie, gab ihm den Taster, lächelte ihn noch einmal zuversichtlich an und ging.

Vida lag unter einem undurchschaubaren Wirrwarr von Kabeln. Ihre linke Gesichtshälfte war dick bandagiert. Rechts und links vom Kopfende blinkten und wanderten alle möglichen Messwerte über verschiedene Bildschirme. Aus ihrem Hemdchen ragten mehrere Schläuche. Sie führten zu einem für Kendrick nicht identifizierbaren Apparat im Bettgestell unterhalb der Liegefläche. Was um Gottes Willen war nur mit seiner kleinen Vida passiert? Kendrick spürte, wie ihm die Knie weich wurden. Er hielt sich am Bettgitter fest und schaffte es gerade so bis zu einem Stuhl, der neben dem Bett stand. Stöhnend ließ er sich darauf nieder. Vidas Hand fühlte sich kalt an.

»Findest du es auch kühl hier drin?«, flüsterte er tränenerstickt. Eigentlich wollte er ihre Hand unter die Decke schieben, aber er hatte Angst, etwas Falsches zu tun und so seine Tochter in Gefahr zu bringen. Also deckte er sie vorsichtig mit seiner Jacke zu. »Das ist doch besser, nicht wahr?« Aber sie reagierte nicht. Nur das ruhige Auf und Ab der Maschine unter dem Bett, war zu hören. Und ein eigenartig rhythmisches Brummen. Kendrick erschrak, als er noch eine weitere Person im Zimmer entdeckte. Gegenüber von ihm saß ein

Mann, der offenbar eingeschlafen war. War das etwa Gustavo?

Er erhob sich träge und ging zu dem Typen rüber. Nachdem Kendrick den Fremden wachgerüttelt hatte, schaute ihn dieser mit müden Augen an.

»Guten Abend«, sagte er etwas undeutlich. »Sie müssen Vidas Vater sein.«

»Sie haben recht«, antwortete Kendrick. Er musste sich zusammenreißen. »Und Sie sind Gustavo, sehe ich das richtig?«

»Nein, Sir, mein Name ist Pierson, Gerrit Pierson.« Der Mann erhob sich und reichte Kendrick die Hand, die dieser zunächst übersah, da er erst einmal eine Erklärung haben wollte. »Wer sind Sie genau? Warum sind Sie hier?«

»Ich war oben im Verbindungstunnel. Dort habe ich mir einen kleinen Laden angesehen, den ich eventuell übernehmen könnte.« Er blickte zu Vida und atmete hörbar aus. »Es war ein riesiges Glück, dass ich im Laden war, als es passierte.«

»Haben Sie Vida gerettet?«, fragte Kendrick, während er sich wieder auf den Stuhl setzte. Er nahm Vidas Hand, die unter der Jacke schon etwas wärmer geworden war, aber auch jetzt zeigte seine Tochter keine Reaktion. Für einen Moment herrschte betretenes Schweigen. Nur das Piepsen der Geräte, die verrieten, dass Vida noch lebte, tönte in seinen Ohren.

Da öffnete sich die Tür, und ein Mittdreißiger in weißem Kittel betrat den Raum. »Meine Herren, wie ich sehe, haben Sie sich schon miteinander bekannt gemacht.« Sein Händedruck war kräftig. »Sie wissen Bescheid, Señor Alonso?«

»Also, eigentlich nicht, Señor Pierson hatte noch nicht die Gelegenheit mich aufzuklären.«

»Gut, gut.« Der Arzt räusperte sich. »Ich bin Doktor Garcia, Chefarzt. Señor Pierson hat ihre Tochter zu uns gebracht. Wir konnten sie weitgehend stabilisieren, allerdings hatten wir keine andere Wahl, als sie in ein künstliches Koma zu versetzen.« Er verschränkte die Arme und deutete kurz auf Pierson. »Vida hatte ungeheures Glück, wissen Sie? Noch während das Wachpersonal das Überfallkommando abzuwehren versucht hatte, kümmerte er sich um Ihre Tochter und brachte sie in diese Klinik.«

Kendrick blickte Señor Pierson niedergeschlagen an. Jetzt tat es ihm leid, dass er ihn so forsch angegangen war. Der Mann nickte ihm wohlwollend zu.

»Wie geht es Vida, wie geht es dem Baby?«, wandte er sich wieder an den Arzt.

»Nun, Señor Alonso, ich möchte Ihnen nichts vormachen … ich bezweifle, dass Ihre Tochter vollständig genesen wird. Die Schussverletzung ist immens. Wir mussten einen Lungenflügel stilllegen, da er durch die große Wunde kollabiert war. Um einer Sepsis vorzubeugen, wird sie mit Antibiotika behandelt.«

Übelkeit machte sich in Kendrick breit. Er konnte sich nicht vorstellen, dass Vida vielleicht sterben könnte. Sie hatte doch ihr ganzes Leben lang alles so gut weggesteckt, und jetzt lag sie mehr tot als lebendig vor ihm, und er konnte nicht das Geringste für sie tun. »Was ist mit dem Baby? Hat es eine Chance?«, fragte er schluchzend.

»Das ist momentan noch nicht eindeutig.« Der Arzt legte seine Hand auf Kendricks Schulter. »Geben Sie die Hoffnung nicht auf, wir tun alles, was in unserer Macht steht. Versuchen Sie, stark zu sein. Bleiben Sie bei ihr, sprechen Sie mit ihr, das wird Ihnen und ihr, aber ganz besonders dem Baby gut tun.«

Der Arzt verabschiedete sich knapp und verließ das Zimmer.

Sekunden später polterte jemand anders zur Tür herein. Die Tür schlug zurück, blieb dann aber einen kleinen Spalt breit offen stehen. War das nicht der Junge, der ihm gesagt hatte, dass er dringend in die Klinik kommen sollte?

»Komm her, Freundchen!«, zischte Kendrick und packte ihn am Kragen. »Sag mir deinen Namen, aber flott!«

»Bitte Mister Alonso, das führt doch zu nichts«, versuchte Pierson zu beschwichtigen.

»Halten Sie sich gefälligst raus!« Er drückte den Jungen mit aller Kraft gegen die Wand. »Sag mir deinen Nam...«

Etwas piepste ohrenbetäubend laut los. Kendrick ließ von dem Störenfried ab. »Was ist denn jetzt passiert?«, fragte er laut, während er sich zu Vida umdrehte. Er hatte den Eindruck, dass ihr ganzer Körper vibrierte. »Hab keine Angst, Schatz«, sagte er irgendwie mehr zu sich selbst, da Vida ihn doch nicht hören konnte. Die Anzeige eines Bildschirms blinkte alarmierend.

Kurz darauf stürmten drei Intensivpfleger herein. »Alle raus hier«, kommandierte einer von ihnen scharf.

Aus dem Augenwinkel sah er Pierson den Raum verlassen. Der verschreckte Junge folgte ihm gesenkten Hauptes.

Der Pfleger, der sie hinausgeschickt hatte, schnippte mit den Fingern vor Kendricks Gesicht und deutete auf die Tür. »Raus!«

15 - ELIAS

2385 | Dschungel von Lumera

Siehst du sie, Elias? Sie sind der Feind. Und der Feind muss vernichtet werden, und dann übernimmst du wieder die Führung auf diesem Planeten, hörte Fox die durchdringenden Stimmen der Hyperbots in seinem Kopf.

Er hockte hinter einem großen Strauch und beobachtete drei Kidj'Dan dabei, wie sie irgendwelche Früchte im Dschungel sammelten. Wenige Minuten zuvor waren sie aus einer Luke im Waldboden gekommen.

Fox hatte schon wieder so starke Kopfschmerzen, dass er die drei Wesen kaum mit den Augen fixieren konnte. Hörten diese Schmerzen auch mal wieder auf? Was wollten diese Hyperbots von ihm? Warum versuchten sie, ihn zu beeinflussen?

Wir wollen dir nur zu einem besseren Leben verhelfen, Elias, beantworteten die Bots seine Gedanken. Verflucht, nicht einmal mehr denken konnte er, ohne dass diese Dinger ihren Senf dazu gaben.

Gleich ist der Moment gekommen. Dann wirst du zuschlagen. Sie werden keine Chance gegen uns haben, auch wenn sie zu dritt sind. Wir sind zu schnell für sie.

»Ich will aber nicht. Also, dass sie sterben ist mir schon recht, aber doch nicht durch meine Hände«, sagte Fox und blickte auf seine Finger.

Plötzlich kam Fox sein Vater in den Sinn. »Elias, du Jammerlappen! Reiß dich zusammen! Sie ist tot verdammt! Sie hat das bekommen, was sie längst verdient hat. Sie war genauso ein verfluchtes Weichei wie du. Du kommst ganz nach ihr. Aber nun bin ich für dich allein verantwortlich. Ich mache einen Mann aus dir!« Diese Worte hatte der elfjährige Elias vor über dreißig Jahren, kurz nach dem Verschwinden seiner Mutter, von seinem Vater zu hören bekommen. Immer wieder drang diese Erinnerung in Elias' Gedanken und schob alles andere in den Hintergrund. Sein Vater hatte aus ihm einen Mann gemacht, das konnte Fox nicht abstreiten. Aber er hatte aus ihm auch einen Menschen gemacht, der sich selbst erst dann etwas spürte, wenn er sich oder anderen Schmerz zufügte. Fox blickte auf die Schnittnarben an seinen Unterarmen, die unter dem verdreckten Hemd hervorschauten.

Im selben Moment begann das Bild vor seinem Auge zu verschwimmen. Es fühlte sich an, als würde er schweben. Intuitiv krallte er seine Nägel in seinen Arm, riss an seinen Narben und konnte nur knapp ein Schreien unterdrücken. Da war sie wieder – die Kontrolle über sein Handeln, das Gefühl, er selbst zu sein. War Schmerz der Schlüssel zur Kontrolle über die Hyperbots? Über seinen Körper und seinen Willen?

Elias, du kannst nicht verhindern, was getan werden muss. Wir arbeiten nicht gegen dich, sondern mit dir. Akzeptiere uns als das, was wir sind: ein Teil von dir.

»Verflucht noch mal! Könnt ihr mich nicht in Ruhe lassen? Ihr bringt mich noch um!«

Das würden wir niemals zulassen, Elias. Im Gegenteil: Wir machen dich zum stärksten und leistungsfähigsten, intelligenten Individuum auf Lumera.

Fox sah auf das winzige Rinnsal Blut, das aus einer der aufgekratzten Narben lief. Wieso beruhigte ihn der Anblick des Blutes, seines Blutes, so sehr? Sanft strich er mit dem

Finger über die Stelle und besah die nun rote Fingerspitze. Fast schon andächtig leckte er das Blut davon ab. Erinnerungen an seine Kindheit stiegen in ihm hoch. Das Blut, das er geschmeckt hatte, wenn sein Vater ihm die Lippe aufschlug, wenn er Zensuren nach Hause brachte, die schlechter als eine Zwei waren. Oder wenn er die Zahnpastatube nicht richtig zugedreht hatte, zu laut lachte, zu schnell oder zu langsam auf Vaters Befehle reagierte und wenn er nicht den Mund hielt. Für ihn hatte es ausnahmslos immer nur »Ja, Sir« oder »Nein, Sir« gegeben. Schmerz war ein wesentlicher Bestandteil seines Lebens gewesen.

Die Kidj'Dan mussten sterben. Sie standen der Herrschaft der Menschheit im Weg – seiner Herrschaft. Dieser Gedanke bohrte sich Tag für Tag tiefer in sein Bewusstsein. Er konnte es nicht verhindern.
Der Schmerz verging, und etwas anderes wurde an seiner statt wieder präsent. Fox spürte, dass er nicht mehr er selbst war, nicht mehr die Kontrolle hatte. Aber war das überhaupt etwas Schlechtes? Es fühlte sich so gut an, so leicht. Und was spielte es denn überhaupt noch für eine Rolle, wer er war und was er tat? Wem, verdammt noch mal, hatte es je genutzt, einen Kampf gegen sich selbst zu führen? Er glitt in eine angenehme Schwärze. Diesmal wehrte er sich nicht: Er ließ sich einfach fallen.

»Verdammt, musste das denn sein? So eine Scheiße!«, rief Fox angewidert. Vor ihm lagen drei völlig zerfetzte Kidj'Dan auf dem Waldboden. Er hatte nur schemenhafte Erinnerungen an die letzten Minuten. Er hatte also wieder etwas getan, ohne es bewusst erlebt zu haben. Er hatte den Hyperbots die Kontrolle über sich gegeben – und dieses Gemetzel war das Resultat.

Nein, wir helfen dir, rauschte es wieder in seinem Kopf wie aus tausend gleichzeitig sprechenden Stimmen, *wir handeln nach deinem Willen. Wir analysieren und optimieren deine Körperfunktionen, deinen Intellekt, deine Optionen und steuern deine Handlungen in die Richtung, die du selbst vorgibst. Wir erhöhen nur deine Geschwindigkeit in allen Bereichen um ein Vielfaches. Zusammen sind wir jedem Gegner überlegen.*

»Aber das«, Fox deutete auf das Massaker vor sich, »habe ich nicht vorgegeben.«

Doch, das hast du. Was du hier vor dir siehst, reflektiert deine Gefühle und Gedanken hinsichtlich der Kidj'Dan.

»Ja, vielleicht. Aber muss ich es sein, der sich die Finger schmutzig macht? Das ist ja wirklich widerlich!«

Deshalb erledigen wir das für dich.

»So eine Scheiße! Ich will das aber so nicht. Ja, ich will Macht. Will die Führung über die Menschen hier. Dafür habe ich so hart gearbeitet. Ich bin dafür geboren, das weiß ich. Aber ich möchte andere diese Sachen machen lassen. Hört auf, mich zu steuern!«

Aber es ist doch genau umgekehrt. Du steuerst uns. Wir drehen uns im Kreis, Elias. Wir machen nichts, was du dir nicht wünschst. Du hast doch Dr. Wilkens gesagt, dass er uns für dich optimiert. Weißt du noch, wie er protestiert hat? Du wolltest zu einer Waffe werden. Das bist du nun. Wir sind, was du wolltest. Wenn du also nicht willst, dass wir töten, dann darfst du schlicht niemandem den Tod wünschen. Und hör auf so zu tun, als seien wir eine Krankheit. Du wolltest uns, und jetzt hast du uns an deiner Seite. Gemeinsam herrschen wir über Lumera!

Fox bekam wieder Kopfschmerzen. Konnte er seine verfluchten Gedanken nicht abstellen? Sie würden ihn irgendwann noch umbringen.

Er blickte auf seine Hände. Sie waren voll von einer blauen, klebrigen Flüssigkeit, die ein wenig nach Knete roch. Nach Knete, was für eine bescheuerte und kindliche Assoziation beim Blut dieser Viecher!

Fox hockte sich erschöpft auf den Waldboden. Er nahm ein

dickes Insekt, das vor ihm durch den Boden pflügte, und schob es in seinen Mund. Er kaute es halbherzig und verzog dabei angewidert die Lippen, dann schluckte er es in großen Bissen runter und kämpfte gegen den aufwallenden Würgereiz an. Dieser verdammte Hunger! Er brauchte Energie, Eiweiß und Wasser. Fox stand wieder auf. Wasser – er wusste, wo es Wasser gab. Oder waren es die Hyperbots?

Ja, wir wissen es. Wir führen dich.

Fox knirschte laut mit den Zähnen. Er wollte schlafen und alles vergessen. Einfach nur ausruhen. Diese Eskapaden kosteten ihn unheimlich viel Energie. Und dann musste er Kontakt zu den Androiden in Three Moon aufnehmen. Verschlüsselt. Ja, er könnte alle Androiden mit Leichtigkeit kontrollieren, zu seinen Marionetten machen.

Aber freute er sich wirklich darüber, oder hatte er auch Angst? Fox wusste es nicht mehr, wusste gar nichts mehr. Wer war er? Was war er? Er spürte nur diese vielen Hände, die sich schützend um seine Gedanken legten, ihm Geborgenheit und Sicherheit gaben, die er nie zuvor erfahren hatte.

16 - JOHN

2385 | Saturn

Die Vibrationen in der verschlossenen Halle waren verstummt. Das Schott, das ihren möglichen Ausgang raus aus der Halle mit den Quadern und den unheimlichen Wesen verriegelt hatte, bewegte sich nicht.

»Tja, jetzt brauchen wir tatsächlich einen anderen Weg um die Halle herum.«

John schritt den schwach beleuchteten Gang entlang, Ondras und seinem Kar'Talan-Team hinterher. Gerne hätte er sich die Zeit genommen, das Erlebte zu verarbeiten, aber im Moment hatte er dafür nicht den Kopf. Zu groß war die Anspannung darüber, was sie hier noch erwartete.

Julia ging schweigsam neben ihm her.

»Wir gehen ein Stück zurück in die Richtung, aus der wir gekommen sind«, sagte Ondras. Seine Truppe ging einige Meter voran. Da der Zugang zur Halle wohl endgültig verschlossen war, fühlte sich John wieder etwas befreit. Von hinten mussten sie keine Attacken mehr fürchten, und die Kidj'Dan vor ihm waren wie ein Schutzwall.

»Hier stimmt was nicht«, sagte Andrew über das Headset, damit auch die Kidj'Dan es hören konnten. »Laut meiner kartographischen Sensorik müsste es hier nach links gehen. Ob das an der Abschottung der Halle liegen könnte?«

John wurde es unangenehm heiß. Ein altbekanntes Gefühl flutete seinen Körper. Eines, von dem er sich vor über dreißig Jahren für immer zu verabschieden geglaubt hatte und das ihn bis zum heutigen Tag nicht mehr behelligt hatte: seine Platzangst. Er blieb stehen und zwang sich, kontrolliert zu atmen. Der Sicherungskarabiner an Julias Anzug wäre ein geeigneter Fixpunkt, dachte John und griff danach.

»John!« Julia blieb ruckartig stehen. »Du hast mich zu Tode ... was ist mit dir? Du siehst ja furchtbar aus!«

Schwindel erfasste ihn. Er spürte Julias Hände an seinen Schultern und war dankbar dafür, denn der Gang wirbelte um ihn herum. Sein Körper zitterte. »Ich falle«, dachte, fühlte und rief er.

»Ich habe dich. Siehst du? Du sitzt auf dem Boden. Alles ist in Ordnung. Hier, lehne dich an die Wand.«

»Ich krieg keine Luft!«

»Doch, du bekommst Luft. Guck auf dein Helmdisplay. Sauerstoff ist bei 96 Prozent. Das ist völlig okay. Such dir einen Fixpunkt. Da, diesen Spalt in der Wand.« Julia zeigte darauf.

John betrachtete die vielleicht vierzig Zentimeter lange Unregelmäßigkeit. Kam da Licht durch?

»Möchtest du ein Beruhigungsmittel, John?«, fragte Andrew.

»Danke, es wird schon wieder besser. Ich brauche nur eine kleine Pause. Wenn ich den Spalt im Auge behalte, wird das schon.«

Ohne weiter darauf einzugehen, drehte sich der Android zur Wand und strich mit der Hand darüber. Ein schlankes Panel fuhr lautlos aus der Wand.

»Was ist das?«, rief John, sodass die Kidj'Dan alarmiert herumfuhren, ihre Waffen im Anschlag.

»Eine Schalttafel«, staunte Julia, die neben John auf den Boden kniete, und sprang auf.

John hielt sie an dem Karabiner zurück, den er immer noch in der Hand hatte.

»Ich will mir das ansehen«, sagte Julia sanft, aber bestimmt. John ließ sie gewähren.

»Es ist einfach nur eine glatte Fläche«, stellte Julia fest.

»Macht euch bereit, Kar'Talan«, kommandierte Ondras.

Blitzschnell nahmen sie ihre Kampfformation ein. »Bereit!«, sagte der große Kidj'Dan.

Ondras streckte seinen Arm zwischen Andrew und Julia hindurch und strich mit dem Finger über das Sensorfeld, worauf sich ein Durchgang öffnete. Woher wusste der Kid'Dan wie das Ding funktionierte?

Einen Augenblick später war Johns Angstattacke wie weggeblasen. Er rappelte sich auf. Wenn sein Vater das alles miterlebt hätte, wäre er vielleicht enttäuscht gewesen. Immerhin war er es gewesen, der es geschafft hatte, John als Kind von seiner Platzangst zu befreien.

Die Kidj'Dan wagten sich als Erste vor. »Wartet hier, wir erkunden die Lage. Andrew, du bleibst bei Julia und John«, bestimmte Ondras, während er offenbar gleichzeitig gedanklich kommunizierte. Dass seine orangenen Tentakel Anspannung signalisierten, gefiel John weniger. Etwas schien nicht zu stimmen.

Julia lehnte sich mit der Schulter gegen die Wand und legte einen Fuß über den anderen. »Ich hoffe, der neue Korridor bringt uns weiter voran. Wir sind schon fünfeinhalb Stunden hier drin.«

Das musste ein Irrtum sein! John hatte erwartet, dass es mindestens zehn Stunden her war, seit sie das Raumschiff betreten hatten. »Das kann doch nicht stimmen, Julia.«

»Julia hat recht, es sind fünf Stunden und 28 Minuten«, sagte Andrew. Ondras sagte etwas, aber der Empfang war nicht deutlich genug.

»Bitte um Wiederholung«, sagte Andrew, während er ein paar Schritte in den Korridor ging.

»Wir haben alle erreichbaren Räume inspiziert. Ihr könnt

also bedenkenlos zu uns stoßen. Aber haltet euch in der Mitte der Gänge, weg von den Wänden.«

Julia blickte ratlos zu John. Endlich konnten sie weiter. Viel länger hätte er es nicht mehr ertragen können, untätig herumzusitzen. »Dann mal los!«, sagte er und lächelte matt.

»Kann ich meine Sicherungsleine an deinem Karabiner einklinken?«, fragte Julia.

»Klar.«

Sie klinkte sich ein. »Wie ging das mit dem virtuellen Wegweiser noch gleich?« Hastig tippte sie auf den Einstellungen an ihrem linken Armdisplay herum. »Ich weiß, dass es geht, aber ich habe vergessen, wie. Ich finde es hier nicht im Menü.«

John schaute auf sein eigenes Armdisplay. Klima, Helmstrahler, Vitaldaten, Kommunikationskanäle und Notfallprozeduren, alles aufgereiht. Er sprach einige Begriffe in die Suche ein, blieb aber erfolglos. »Ich finde es auch nicht. Lass uns zu den anderen gehen, das schaffen wir auch ohne Wegweiser ... Andrew, wohin?«

Sie blickten sich um. Andrew und die anderen waren nicht mehr zu sehen. Verdammt, nun waren sie doch auf sich allein gestellt! »Andrew?«, doch das Headset blieb bis auf ein leises Rauschen stumm. Auch der BID war offline. »Was für ein Mist!«

»Komm schon!« Julia stand hör- und sichtbar unter Anspannung. »Ich habe es. Ich schick es an dein Display.«

John konnte jetzt eine virtuelle gelbe Linie auf dem Boden erkennen, auf der Pfeile anzeigten, in welcher Richtung das ausgewählte Ziel lag.

»Das ist echt eine tolle Erfindung. Komm, wir sollten uns ein bisschen beeilen!«

Er spürte, wie sie ihn mit sich zu ziehen versuchte.

»Ich komme ja.« Es war eigenartig, wie ruhig er geworden war, als er ihre Bewegung über die Sicherungsleine wahrnahm. Auch die Projektion des Wegweisers auf der Helminnenfläche trug dazu bei, dass ein Teil der Anspannung von ihm abfiel. Dass Andrew aber offenbar allein losgetigert war und die Funkverbindung nicht mehr funktionierte, beunruhigte ihn.

Das Gefühl des Ausgeliefertseins weckte Erinnerungen an eine Höhlenwanderung auf der Erde in sein Bewusstsein. Er konnte sich zwar nicht mehr genau erinnern, aber er hatte sich damals, gemeinsam mit seinem Vater, auf dem Weg aus einer Höhle verirrt. Na ja, eigentlich hatten sie eine Abzweigung zu früh genommen. Es war sehr kalt gewesen, und John hatte befürchtet, nie mehr nach Hause zu finden. Ein paar Stunden, hatte er damals gedacht, dann würden sie erfrieren. Sein Vater hatte aber schließlich den Ausgang gefunden. Auch wenn einiges in seiner Erinnerung verschwommen war, so konnte John sich aber noch genau an das Gefühl erinnern, als er endlich wieder Tageslicht sah.

Ein scharfer Ruck an seinem Karabiner zwang ihn, stehenzubleiben. Er blickte sich um.

»Wir müssen hier entlang, John.«

Er schaute noch einmal kurz in die Richtung, in die er hatte gehen wollen und stellte fest, dass da nur eine Wand war. Hätte Julia nicht an seinem Karabiner gezogen, wäre er dagegen gelaufen. »Entschuldige, ich war gerade in Gedanken.« Er drehte sich halb um und folgte jetzt Julia.

»Andrew? Andrew, melde dich doch. Verdammt!« Während er zügig vorwärtsschritt, rief er immer wieder nach Andrew und Ondras, doch er bekam keinen Empfang. Aus Johns Headset war nun auch Julias Stimme verschwunden. Der BID klickte, das Zeichen für die Signalsuche. »Hörst du mich, Julia?«, fragte er sie erfolglos. Hier musste ein Störungsfeld aktiv sein. Julia blieb stehen. John stieß fast mit ihr zusammen.

»Hörst du mich, John?«, knirschte es in seinem Headset. Er spürte Julias Schulter an seiner Brust, so nah war sie bei ihm, deshalb hörte er ihre hohl klingenden Worte noch.

»BID und Funk sind total gestört!«, rief John so laut, dass

seine Ohren klingelten. »Der Umgebungsdruck hat ebenfalls rapide abgenommen und fällt immer noch.«

Sie blieb stehen und klopfte gegen ihren Helm, als wollte sie eingesickertes Wasser aus ihrem rechten Ohr zwingen.

»Was ist, Julia?« John blieb neben ihr stehen, da bemerkte er es. Der Wegweiser wurde immer undeutlicher. Er wurde vermutlich von derselben Störung beeinflusst, die auch Funk und BID nutzlos machte. Der Wegweiser sprang unstet umher, führte kurz die Seitenwand hinauf, dann zurück in die Richtung, aus der sie gekommen waren, zeigte Stoppzeichen und Pfeile für völlig sinnlose Richtungswechsel.

»Wie kann das sein? Wir haben keine Schleuse passiert. Es hat sich nichts geändert.«

Etwas klickte in regelmäßigen Abständen. Es wurde aber immer leiser und verstummte. Die Projektion des Wegweisers löste sich in winzige Pünktchen auf, machte »Sssip« und war fort.

»Hast du das auch gehört, Julia?«, fragte John. Er horchte angestrengt, aber außer seinen eigenen Worten und seinem keuchenden Atem drangen keine Geräusche mehr zu ihm durch. Beinahe stolperte er, weil Julia so energisch an der Sicherungsleine zwischen ihnen riss. »Warte, Julia, nicht so schnell, warum rennst du denn so?« Es war zwecklos. Sie hörte ihn nicht.

Vor ihnen knickte der Korridor nach links. Ein Flackern erhellte den Gang, der abrupt wieder nach rechts führte.

»Verdammt noch mal, bleib stehen!«, zischte John und stemmte sich gegen die Sicherungsleine, sodass Julia nichts anderes übrig blieb, als anzuhalten. »Scheiße!« Der durchsichtige Helm, noch immer blutverschmiert, war jetzt auch noch von innen besprenkelt. Johns Gesicht fühlte sich heiß an, während die Speicheltröpfchen direkt vor seinen Augen hinabkrochen und in der Helmabsaugung verschwanden. Endlich drehte Julia sich ihm zu. Mit vor Zorn verzerrten Gesichtszügen versuchte sie, ihm irgendwelche Worte entgegenzuschleudern. Ein kurzer

Blick auf die Statushologramme am unteren Helmrand bestätigte seine Annahme, warum sie nicht ohne BID und Headset miteinander sprechen konnten: Sie befanden sich in einem Vakuum. John tippte mit dem Zeigefinger an seinen Helm, wo der Atmosphärenstatus angezeigt wurde, damit Julia das Problem erkannte. Es sah komisch aus, wie sich ihre Gesichtszüge entspannten und allmählich ratlos wurden, als sie ihren Blick auf die Hologramme in ihrem Helm richtete. Sie warf ihm einen irritierten Blick zu. Dann stellte sie sich vor John und drückte ihren Helm mit Kraft gegen seinen: »Das ist ja merkwürdig, warum sind wir in einem Vakuum?« Ihre Stimme war überraschend klar zu vernehmen. Clever, dachte er anerkennend.

»Nicht so schnell mit den jungen Pf… ähm, lass uns erst mal vorsichtig um die Ecke schauen. Ich mach das.«

»Das mache ich selbst, Papa.«

John ließ sie gewähren.

Er sah ein bisschen nervös zu, wie Julia vorsichtig um die Ecke spähte, soweit das mit dem klobigen Helm möglich war. Mit einem ruckartigen Schritt zur Seite stand sie nun für jeden potenziellen Angreifer sichtbar im Korridor und starrte gebannt auf etwas. Schließlich fuchtelte sie mit dem Arm und winkte John heran, wandte sich aber nicht zu ihm um, als er sich neben sie stellte. Was zum …

Andrew hing unwirklich verdreht an der rechten Seitenwand des Korridors. Ein schleimiges Zeug hatte sich über seinen Arm ausgebreitet und gelbe Schnüre zerrten an seinem Kopf, der nicht mehr wie bisher auf seinen Schultern saß, wie er sollte. Funken und blitzende Kurzschlüsse gleißten unter dem Verbindungsring seines Halses hervor, und sein linkes Bein zuckte rhythmisch gegen den Boden. Kurzentschlossen sprang Julia dem Androiden zur Hilfe, John stolperte hinterher. Sie sagte etwas und rollte die Augen, da John nicht antwortete. Dann schnappte sie sich Andrews Bein und zog mit aller Kraft daran.

Der elektrisch flackernde Schleim troff von Andrews Körper herab. Es sah aus wie eine Haut. Ein paar dicke Adern durchzogen das zähflüssige Gewebe. Bei dem grausigen Anblick des merkwürdigen Wesens fühlte sich John an einen Filmklassiker erinnert, in dem ein widerliches Krabbeltier einem Forscher ins Gesicht springt. Reflexartig schaute John hinter sich, doch natürlich war da nichts Ungewöhnliches. Trotzdem fuhr er zusammen, als Julia ihm auf die Schulter klopfte, ihren Helm gegen seinen presste und sagte: »Bitte, John, steh nicht rum, sondern hilf mir.«

»'tschuldigung. Was soll ich machen?«

»Na, Andrew befreien?«

Klar, wie dämlich von ihm. Vorsichtig stieg er über eine Pfütze des vibrierenden, lebendig wirkenden Schleims. Eine der Ösen an Andrews Taille ragte schleimfrei aus dem Glibberzeug heraus, sodass John seinen Sicherungskarabiner einhängen konnte. Nun konnte er mithilfe seines Körpergewichts kräftig ziehen. Es wirkte, als kämpfte der Schleim dagegen an. Dünne Fäden wuchsen aus seinen Rändern und sogen sich abermals an Andrew fest, doch gemeinsam mit Julia gelang es ihm, sich zu behaupten. Sie schafften es, Andrews Körper von den Zungen zu lösen, nicht aber seinen Kopf. Der Hals des Androiden war inzwischen beängstigend eingerissen. Julia packte Andrews linken Arm und wartete.

Was sollte das werden, fragte sich John, dem die Filmszene nicht mehr aus dem Kopf gehen wollte. Damals hatte er niemals irgendwas mit Weltraum zu tun haben wollen, erinnerte er sich. Der von seinem Vater verbotene Film, den er an seinem zehnten Geburtstag mit ein paar Schulfreunden heimlich geschaut hatte, hatte sich damals für immer in sein Gedächtnis eingebrannt. Danach hatte er mehrere Jahre Angst im Dunkeln gehabt. Das Krabbeltier, das seine speicheltriefenden Metallhauer durch den Brustkorb eines Raumfahrers gestoßen hatte, ließ Johns Nackenhärchen noch heute beim Gedanken daran erzittern. Oh, wie er diesen Film gleichzeitig geliebt und verabscheut hatte.

Julias Stoß mit dem Ellbogen katapultierte John zurück ins Jetzt. Also packte er Andrews rechten Arm, und sie zogen mit aller Kraft an dem Androiden. Zuerst zeigte das keine Wirkung. Als Julia jedoch ihre Füße gegen die Wand stemmte, lösten sich hier und da die gelben, mit Widerhaken besetzten Zungen von Andrews Kopf, als seien es Gummibänder, die zerrissen und zurückschnalzten. Julias Gesicht glühte förmlich von der Anstrengung.

John schwitzte aus allen Poren, und ständig hatte er das Gefühl, dass hinter ihm eines dieser schrecklichen Aliens darauf wartete, ihn mit seinen messerscharfen Zähnen in Stücke zu reißen. Er drehte seinen Kopf zur Seite, doch nach wie vor bedrohte ihn kein Ungetüm. Plötzlich krachte er rückwärts zu Boden und Julia knallte mit ihrem Oberarm gegen seinen Helm. Andrew lag mit seinen gut neunzig Kilogramm auf ihnen. Der Kopf des Roboters hing nur noch an einem dicken Kabelstrang, und irgendeine wässrige Substanz sprühte aus einem abgerissenen Schlauch. Die gelben Zungen hingen von der Wand herab, als wären sie müde vom Kampf um ihre Beute.

Nachdem sich John aufgerappelt und er auch Julia hochgeholfen hatte, standen sie schnaufend nebeneinander. Von Andrew kam kein Mucks.

»Ob er noch zu retten ist?«, ächzte John und fühlte sich der Verzweiflung nahe. »Ach!«, seufzte er und wurde das Gefühl nicht los, gerade einen engen Freund verloren zu haben. Julia konnte ihn ja nicht hören. Er lehnte seinen Helm an ihren: »Wir können ihn nicht hierlassen!«

»Sehe ich auch so«, erwiderte sie. »Keiner bleibt zurück.«

John seufzte abermals. »Exakt, aber das dürfte anstrengend werden.«

»Sehr.«

Sie hakten ihre Sicherungsleinen an Andrews Ösen ein und stapften los, die schwere Maschine hinter sich herschleifend. Sie folgten dem Korridor, prüften die angrenzenden Räume, die wohl als Unterkünfte gedient hatten. Nach den dort herumliegenden Dingen zu urteilen, waren Crew und

Passagiere, was Ordnungssinn oder -unsinn betraf, den Menschen nicht unähnlich.

»John ... musst die Abdeckung ... geht nicht von außen«, hörte John Julias Stimme über seinen BID. Erleichterung machte sich in ihm breit. Sie konnten wieder kommunizieren.

»Wir ... Empfang«, jubelte Julia und fiel John um den Hals. »Gott sei Dank!«

John erwiderte die Umarmung, bevor er seine und Julias Sicherungsleine von Andrew löste.

»Hier muss wohl wieder eine Kontrolleinheit für eine Tür sein«, sagte John, während er die Wand rechts von ihnen nach einer Unregelmäßigkeit absuchte. »Hab sie!« Er drückte dagegen, und die Abdeckung der Kontrolleinheit öffnete sich. Er blickte auf das Sensorfeld. »Drüberstreichen?«

»Ja.«

Mit einem Ruck schoss ein Stück der Wand nach oben. Der Druckunterschied glich sich augenblicklich aus, was mit solcher Wucht geschah, dass Julia von dem Windstoß umgeworfen wurde. Der Wegweiser flammte grell auf. John folgte mit seinem Blick dem Punkt, der genau dort endete, wo Andrew auf dem Boden lag. Über ihm schwebte das dreidimensionale Zielsymbol in Form eines Sterns.

Nachdem die beiden endlich ohne weitere Zwischenfälle bei Ondras und seiner Kidj'Dan-Einheit eingetroffen waren, hatte John fast eine Stunde lang damit verbracht, Andrews Kopf wieder einigermaßen mit dem Rumpf zu verbinden. Wären die Kontaktstecker nicht so sorgfältig beschriftet gewesen, hätten sie die kaputte Maschine den verbliebenen Weg durch das Schiff tragen müssen, wollten sie nicht nur seinen Kopf mitnehmen. Die Zentraleinheit mit der Energiezelle, dem Holospeicher und den Hochleistungsrechnern befanden sich alle im Oberkörper des Androiden, sodass es ohnehin sinnlos gewesen wäre, den Kopf abzumontieren.

Andrews Rotationsmechanik war verschoben, weshalb er

nicht mehr nach rechts und links schauen konnte. So viel hatte John noch herausgefunden. Auch die restliche Motorik schien beschädigt, denn sie reagierte etwas zickig, aber dagegen war vorerst nichts zu machen. »Ich glaube nicht daran, dass er wieder einwandfrei funktionieren wird.«

»Ja, er musste heute echt eine Menge einstecken …« sagte Julia mitleidvoll. »Ich hoffe, er wird wieder ganz der Alte.«

»Das werden wir gleich feststellen.« John drückte die Resettaste, die er auf der Innenseite des Befestigungsrings entdeckt hatte und verschraubte alles, was er trotz seiner Handschuhe und ohne Zuhilfenahme irgendwelcher Werkzeuge bewerkstelligen konnte.

»Einheit: Alpha November Delta Romeo Echo Whisky einsatzbereit. Typ eins null eins. Aktualisierung des Log-Backups.

Fehler vier null vier: Keine Inhalte gefunden.

Fehler neun eins drei: Sprachprozessor nicht gefunden.

Fehler: eins acht sieben: Kopfservo nicht gefunden.

Fehler null acht eins fünf: Waffensysteme nicht gefunden.

Fehler null vier zwei: Mathematischer Coprozessor nicht gefunden.

Fehler zwei null sieben: Debug Schlüssel sechs vier sieben drei acht nicht ausführbar.

Fehler …«, leierte Andrew runter.

»Also für mich klingt das nach Werkstatt«, sagte John an Ondras gewandt. »Es wundert mich sowieso, dass ich das so weit hinbekommen habe.«

Er schaute zu Ondras, dessen Tentakel angespannt orange glühten und wieder einmal steil nach oben gestreckt waren. Es dauerte einen Augenblick, dann sagte er, während sich seine Tentakel erneut veränderten: »Es tut mir leid um euren Maschinenfreund. Wir haben ihn zurückgelassen, weil ich meine Einheit nicht in Gefahr bringen wollte. Ich habe klare Anweisungen von Ganuba.«

»Ich weiß, Ondras. Und dein Mitgefühl weiß ich sehr zu schätzen.« John verbeugte sich leicht in Richtung Ondras.

»Aber wir müssen nach vorne blicken. Ich habe mich gefragt, ob wir in Schwierigkeiten stecken? Du hast mehrfach gedanklich kommuniziert und deine Emotionstentakel haben sich orange gefärbt und an den Hinterkopf gelegt. Ist alles in Ordnung?«

»Ich kann die beiden aus dem Kar'Talan-Team nicht kontaktieren, die ich ausgesandt habe, um einen anderen Weg zu finden.«

»Hoffentlich geht es ihnen gut. Andrew macht mir auch Sorgen. Der spult hier Fehler um Fehler ab, das hört ja gar nicht mehr auf.«

»Ich hoffe, dass du ihm helfen kannst, mein Freund.« John spürte, wie Ondras ihm eine Hand auf die Schulter legte.

»Vielleicht musst du die Verbindungen im Kabelstrang noch einmal nachprüfen?«, meinte Julia, die sich neben Andrew an die Wand gelehnt und die Augen geschlossen hatte.

»Hmm«, machte John. Er kniete sich auf der anderen Seite neben den Androiden. »Andrew? Andrew! Sag doch was!« John wartete einen Moment ab.

»Ha, seine Augen flackern«, rief er, sodass Julia neben ihm zusammenfuhr.

»Notinbetriebnahme Subebene e...

Fehler vier null vier: Keine Inhalte gefunden.

Fehler neun ei...«

Tränen der Wut, über die Situation, über seine Hilflosigkeit, stiegen John in die Augen. Er war nicht in der Lage, dem Roboter zu helfen, der inzwischen zu einem Freund geworden war.

»Jetzt lass mich hier nicht hängen, Andrew!«, rief John und rüttelte verzweifelt an dem Androiden. »Jetzt komm verdammt noch mal zu dir! Bitte!«

»Fehler vier sieben eins eins Division durch null nich... nich... nich...

Initialisierung abgeschlossen. 84 Fehler überbrückt. Guten Tag John, wie geht es Ihnen?«

»Andrew? Du bist wieder da? Mann, hast du uns einen Schrecken eingejagt!« John fiel ein Stein vom Herzen, und ohne darüber nachzudenken umarmte er den Androiden. Er hing an seinem mechanischen Freund, mehr als er zugeben wollte. »Und wie hörst du dich überhaupt an?«

»Synthetisch, nehme ich an.«

Julia erhob sich. »Aber sonst bist du noch ganz der Alte. Gut, dass wir dich wiederhaben. Kannst du gehen?«

»Ich gehe davon aus, auch wenn ich auf 68,3% der Kernkomponenten und Subroutinen keinen Zugriff habe. Sobald wir wieder auf der Kam'dhadga sind, benötige ich dringend umfangreiche Reparaturen.«

»Dann lasst uns schnell weitergehen, damit wir dieses Schiff bald wieder verlassen können«, sagte Ondras, seine orangefarbenen Tentakel steil nach oben gerichtet.

»Kannst du aufstehen und laufen, Andrew?«, fragte John.

Andrew erhob sich etwas umständlich, kam aber sicher zum Stehen. »Ja, John. Es geht.«

John war erleichtert. Viel weiter hätte er Andrew auch nicht schleppen können.

Sie waren noch nicht weit gegangen, da blieb John plötzlich stehen. »Dort vorne teilt sich der Korridor. Und wohin nun? Kannst du uns weiterhelfen, Andrew?«, fragte er. Doch der Android antwortete nicht. Stattdessen stand er mit abermals flackernden Augen neben ihm.

»Hm, er braucht wohl noch ein wenig. Dann würde ich mal vorschlagen, dass wir diesen Weg wählen. Er endet nach etwa zwanzig Metern. Das könnte interessant sein«, sagte John.

»Bitte nicht wieder solche Überraschungen wie eben«, bat Julia.

In Johns Headset begann es plötzlich zu knirschen.

»Hier spricht Ganuba, Befehlshaber der Kam'dhadga.

Ondras, melde dich gefälligst! Wo steckt ihr alle? John? Julia?«, krächzte es aus dem Headset.

Ondras Tentakel begannen grün und violett zu flimmern, sodass es so aussah, als kreise ein Lichterkranz um seinen Kopf. »Werter Ganuba, ich freue mich, deine Stimme zu hören.«

»Ist das Julia?«, hörte man Ethan aus dem Hintergrund fragen.

»Nein, fort mit dir!«, schnauzte Ganuba. »Was ist bei euch los, Ondras? Ihr seid schon lange Zeit auf dem fremden Schiff, und ihr meldet euch nicht. Wir konnten euch nicht einmal kontaktieren. Das zeugt nicht von dem Respekt, der mir gebührt!«

»Frag ihn, was das für Kästen sind«, hörte John die Stimme von Ethan im Hintergrund.

»Ich habe dich gewarnt, Mensch«, brummte Ganuba. »Holt mir zwei Krieger von Wallström, sie sollen diesen Menschen da aus der Schleuse werfen.«

John hörte einen verzweifelten Aufschrei. »Wirst du dich jetzt benehmen, Mensch?«

Ethan heulte einen nicht mehr zu verstehenden Satz.

»Sperrt ihn in eine freie Kabine, aber gebt ihm Wasser!« Das war wieder Ganuba.

»Was tut er denn?«, rief Julia erbost. Sie packte Ondras' Ellbogen. »Er soll Ethan zufriedenlassen!«

»Still, Mensch!«, wies Ondras sie an, seine blauleuchtenden Tentakel wurden kurz von einem kräftigen Rot abgelöst.

»Ich verstehe nicht …« John legte seine Hand auf Julias Schulter und zog sie ein paar Schritte beiseite. Über den ebenfalls wieder einwandfrei arbeitenden BID sagte er: »Ich glaube, es ist besser, wenn wir uns da vorerst raushalten. Vertrau mir, Ondras und Ganuba sind gerade auf hundertachtzig.«

Julia schaute ihn ungläubig an. »Warum sind Ondras' Tentakel dann blau?«

Das war ein guter Einwand. Führte Ondras etwas im Schilde? Seine Tentakel signalisierten Gelassenheit, während seine Stimme Gegenteiliges vermuten ließ.

»Was geht bei euch vor, Ondras? Wir haben beobachten können, dass sich auf der Unterseite des fremden Schiffs große Tore geöffnet und eine Vielzahl von Kästen freigesetzt haben. Sie treiben soeben auf den Planeten unter uns zu.«

»Was sagst du da? Das Schiff hat Kammern ins All entlassen? Wie viele waren es? Etwa 216?« Ondras' Tentakel blitzten orangefarben auf.

»Woher weißt du, dass es 216 Kästen sind? Hast du das etwa veranlasst, ohne mich zu informieren?«, forderte Ganuba eine Erklärung von Ondras.

»Wir haben eines der Objekte geöffnet, und eine uns unbekannte Lebensform hat den Menschen John attackiert. Wir haben es deshalb vernichtet. Zumindest gehen wir davon aus, dass es noch gelebt haben könnte. Wir wissen es aber nicht eindeutig. Ob die Wesen in den anderen Objekten noch lebten, konnten wir nicht untersuchen. Den Freisetzungsvorgang der Kammern könnten wir versehentlich angestoßen haben, oder es handelte sich dabei um eine Fehlfunktion. Genau kann ich es nicht sagen. Wir haben außerdem den Kontakt zu den zwei Kidj'Dan verloren, die ich ausgesandt habe, einen anderen Weg auszukundschaften.«

Julia klammerte sich schmerzhaft an Johns Arm. »Und die Kammern wurden alle ins All entlassen? Was haben wir nur angerichtet? Wir müssen sie zurückholen!«

»Das wird wahrscheinlich nicht möglich sein«, sagte Ganuba über Funk, »aber ich habe ein paar Kre'Vaal-Drohnen ausgesendet, um sie zu untersuchen. Setze nun die Erkundung fort, Ondras, aber in spätestens vier Mineostauren kehrt ihr zurück auf die Kam'dhadga, egal wie weit ihr fortgeschritten seid. Wir haben während eurer Abwesenheit an Steuerbord weitere Zugangsschleusen gefunden, die könnten euren Rückweg verkürzen, und aus irgendeinem Grund haben die Andockkräne die Kam'dhadga wieder freigegeben.«

»Verstanden, Ganuba. Wir werden unseren Weg nun fortsetzen.«

»Das erwarte ich von dir. Widersetzt du dich von Neuem, Ondras, werde ich alles dafür tun, dass du aus dem Rat entfernt wirst.«

Ondras antwortete nicht mehr, sondern wandte sich dem bevorstehenden Weg zu und ging voran.

Die Ruhe, mit der sich dieser Kidj'Dan gegen Ganubas Führungsanspruch stellte, war schlichtweg erstaunlich.

»Zwei dort und dort. Wenn ihr etwas Interessantes findet, meldet euch«, sagte der Kidj'Dan und deutete mit Kopfnicken auf zwei gegenüberliegende Türen. Die vier Kidj'Dan überprüften sofort die dahinterliegenden Räume.

»Der Rest kommt mit mir. Weiter jetzt«, sagte Ondras.

»Wie viel sind vier Mineostauren?«, fragte Julia an Andrew gewandt.

»Das sind exakt sechs Stunden und 47 Minuten«, antwortete er.

»Hier ist schon wieder dieser merkwürdige Schleim«, hörte John Ondras' Stimme vor sich. Es stimmte – der Gang war an Wänden und Decken von der orangefarbenen Masse überzogen, aus der die kleinen Zungen wie winzige Dolche hervorschossen. Je weiter sie kamen, desto dichter wucherte das widerliche Zeug, spannte sich hier und da sogar bis über die hohe Decke hin. Johns Füße taten weh. Seit gefühlten Stunden rannten sie durch die Gänge und blickten in alle Räume, die sich auf dem Weg fanden.

»Oh Mann, müssen wir jetzt auch noch da durch?«, fragte Julia hinter John. Ihr Blick zeigte eindeutig, dass sie das für keine gute Idee hielt.

»Es bleibt uns keine andere Wahl«, sagte Andrew. Seine

Stimme hatte wieder einen ziemlich normalen Tonfall angenommen. Unglaublich, wie schnell er sich innerhalb kurzer Zeit selbst wieder instand setzen konnte. Es schien ganz von selbst geschehen zu sein, aber das war mehr als unwahrscheinlich. Vielleicht hatte er einfach nur ein gutes Selbstreparatursystem. Seine Kopfbewegungen hatten sich ebenfalls normalisiert.

»Wenn wir zügig einzeln hindurchgehen, sollten wir unbehelligt daran vorbeikommen.« Andrew stellte sich in die Mitte des Ganges und ging mit großen, bedenklich wackeligen Schritten vorwärts. Vertrauenserweckend sah das für John zwar nicht aus, aber der Android hatte seinen Standpunkt mit Taten untermauert. Ohne sich weiter Gedanken zu machen, hastete John nun auch durch das schleimige Tor. »Komm schon Julia, bevor sich das Schleimzeug verändert!«

Sie stürmte zu John herüber. »Uh, wie eklig!«

Andrew, der etwa zehn Meter vorausgegangen war, blieb unvermittelt stehen. Weit vorne, an Andrew vorbei, sah John ein merkwürdiges blaues Licht.

Der Android drehte sich ihnen zu. Etwas schien ihn zu irritieren.

»Alles okay?«, rief John. Seine Nackenhaare sträubten sich.

»Ich glaube zu wissen, was nicht stimmt«, funkte Andrew und ging einige Schritte rückwärts.

17 - KENDRICK

2385 | Puerto Rico - Erde

Der Kaffee aus dem Automaten duftete gar nicht so schlecht. Kendrick beobachtete Gustavo, der sich zögerlich auf einen Sessel im Wartebereich des Krankenhauses niederließ. Er sah erschöpft aus. Es war ihm anzusehen, dass er gegen Tränen ankämpfte. Auf einem gepolsterten Stuhl ihm schräg gegenüber saß Gerrit Pierson, Vidas Retter, die Ellbogen auf die Knie gestützt. Er redete leise auf Vidas Freund ein.

Nachdem Kendrick ein Beutelchen Süßstoff in seinen Keramikbecher gekippt hatte, ging er zum anderen Ende des Raums und setzte sich dort auf eine Couch. Er wollte jetzt mit niemandem sprechen. Zusammenhanglose Gedanken strömten durch seinen Kopf. Vida, unter Bergen von Kabeln und Schläuchen. Vida, der als kleines Mädchen mit beeindruckender Regelmäßigkeit die Eiskugeln vom Waffelröllchen gefallen waren und die ihn dann immer mit großen Kulleraugen angeschaut hatte. Seine damalige Frau, die ihn angefleht hatte, sie nicht zu verlassen. Um ihrer gemeinsamen Tochter willen. Wie sehr ihm das heute noch leidtat! Er sah vor seinem inneren Auge den Moment, als er versucht hatte, der kleinen Vida verständlich zu machen, dass Mama und er nun nicht mehr zusammen sein konnten.

Er gab schließlich seinen Tränen nach. Er hatte so vieles vermasselt! Wenn er ehrlich war, eigentlich alles. Zumindest was ihn und die Menschen um ihn herum betraf. Der schale Kaffee weckte einen sinnlosen Zorn in ihm. Das Leben fühlte sich gerade so furchtbar ungerecht an. Alles stand seit einer Ewigkeit auf der Kippe. Da erinnerte er sich an Vidas ersten Schultag. Ihr breites Grinsen schlich sich in diesem Moment wie eine tröstende Hand in seine Seele und wehte leise davon.

Jemand rief um Hilfe, polterte am Wartebereich vorbei Richtung Empfangstresen. Zwei weitere schleppten einen Verletzten vorbei.

Ach, wäre das alles doch nur ein böser Traum! War es aber nicht, wurde er erinnert, als eine Schwester mit einem Karton in den Händen plötzlich vor ihm stand. Kendrick nahm ihn entgegen und setzte sich. Die Schachtel war wenig leserlich mit den Worten »Eigentum von V. Alonso« beschriftet. Er betrachtete die anderen Wartenden, deren Zahl nicht kleiner zu werden schien, und stieß auf Gustavos Blick.

Eigentlich sollte er nicht so hart zu ihm sein, überlegte Kendrick. Dieser Junge war es, den Vida liebte. Er war also genau genommen Teil der Familie. Und die Familie musste zusammenhalten. So gehörte es sich. Also fasste sich Kendrick ein Herz und balancierte mit dem Karton und dem fast geleerten Kaffeebecher an den anderen Leuten vorbei. Schließlich setzte er sich hörbar ausatmend neben Gustavo.

»Hey ... ich ... bin Vidas Vater.«

»Ich weiß«, antwortete der leise.

Kendrick stellte ihm den Karton auf die Knie. »Das sind ihre Sachen. Machst du das?«

Gustavo blickte ihn mit glasigen Augen an. »Danke, Señor Alonso.« Gustavo hob den Deckel der Schachtel, als wäre er zerbrechlich wie dünnes Glas. Was er darin sah, die persönlichen Gegenstände von Vida, die sie beim Überfall bei sich getragen hatte, ließ ihn noch mehr in sich zusammensinken.

Mit der Hand bedeckte er sein Gesicht. Er weinte, geräuschlos, bis er Luft holen musste. Kendrick legte seinen Arm um Vidas Freund und drückte ihn an sich.

»Ich weiß, Gustavo, ich weiß. Jetzt können wir nur warten.«

Gustavo legte den Deckel zur Seite und reichte den Karton an Kendrick weiter. Es waren nur wenige Gegenstände darin. Ein Silberkettchen mit einem kreuzförmigen Anhänger, umgeben von getrocknetem Blut. Eine Smartwatch, deren Display zerkratzt und gesprungen war. Er hatte seiner Tochter die Uhr zum sechzehnten Geburtstag geschenkt. Das antike Stück hatte längst nicht mehr funktioniert, aber es war ein schönes Metallarmband, das sie gerne trug. Ein Sturmfeuerzeug war auch dabei. Kendrick wischte mit seinem Ärmel über seine nassen Augen. Er strich mit dem Daumen über die blutverschmierte Oberfläche, die sich am unteren Rand rau anfühlte. Darum holte er seine Brille aus der Brusttasche seines Hemdes, die er sich zusammengeklappt vor die Augen hielt.

Eingraviert war »Für meinen großen Bruder Pedro«. Er reichte es Gustavo, der sich wieder etwas beruhigt hatte. Der klappte den Deckel auf, schnippte zwei, dreimal an dem Rädchen, um eine Flamme zu erzeugen, aber bis auf ein paar stattliche Funken passierte nichts. Das Feuerzeug war leer.

Gustavo schoss plötzlich in die Höhe. »Ich muss ... ich bin gleich zurück.«

Kendrick beobachtete durch die Scheibe, wie Gustavo an anderen Wartenden hindurch zum Flur rannte und sich hinter zwei Personen stellte, die am Tresen warteten, bis sie an der Reihe waren.

Kendricks Blick hing noch immer an dem Freund seiner Tochter, als Pierson ihn unvermittelt ansprach. »Wissen Sie, ich habe ja noch Healthbots. Da drin«, sagte er und legte eine Hand auf die Brust, genau auf das Route-66-Logo.

»Healthbots?« Wie konnte der Kerl ausgerechnet hier von Healthbots anfangen?

»Ja, Healthbots.«

»Dann sind sie ja ein richtiger Glückspilz!«

Pierson legte seinen Kopf in den Nacken. Er wirkte nachdenklich und müde. »Ich weiß nicht, wenn man so lange gelebt hat wie ich, dann ... Naja, seit meine Frau tot ist, ist alles ... irgendwie ... leer.«

»Hatte sie denn keine Bots?«

»Doch, hatte sie.« Der Mann seufzte. »Aber sie hat ihre aufgegeben und sie unserer Tochter Miranda einsetzen lassen.«

»Und ... wie geht es Ihrer Tochter?«

Piersons Gesicht wirkte für einen Moment entspannter. »Es geht ihr gut. Sie hat einen Job als Schleusenwart, Sie wissen schon, Ausgangsberechtigungen, Neuaufnahmen, Logistik.«

»Papierkram.«

»Sie sagen es. Jede Menge Papierkram«, betonte Mr. Pierson.

Beide schwiegen für eine Weile. Gustavo hatte mittlerweile nur noch eine Person vor sich.

»Nun ja, wegen der Healthbots. Sie können an andere Personen übertragen werden ...«

»Ist das wahr, Mr. Pierson?«

»Ja, also seit die letzte Fabrik des Herstellers mit einer schmutzigen Bombe verseucht worden ist, ich weiß nicht mehr genau, war das 2098 oder 2099...«

»2102«, korrigierte Kendrick ihn.

»Ach ja, richtig, 2102, was war denn 2099?« Er kratzte sich am Kopf. »Ist ja auch egal. Aber nach Null-Zwo ging es ganz schön bergab. Und dann kam der zweite Anschlag. Ganze Produktserien der Healthbots sind 2116 von diesen besserwisserischen Real Mankind blindgeschaltet worden.«

»Da haben Sie leider recht«, sagte Kendrick. Er hatte auch schon oft darüber nachgedacht, um wie viel einfacher es sich leben ließe, wenn jeder die Möglichkeit hätte, Brain- und Healthbots zu nutzen. »Manchmal wünschte ich, eine der

Archen würde umdrehen, um die Healthbot-Produktion hier im Erdorbit aufzu...«

Vom Tresen hallte Geschrei herüber, und als hätten sie so etwas noch nie in ihrem Leben gesehen, drehten alle im Wartebereich ihre Köpfe dem Spektakel zu.

Kendrick öffnete die Tür, um hören zu können, worum es ging. Gustavo brüllte, dass er nicht wisse, wo Pedro sei. Eine Frau Mitte vierzig schluchzte laut. Ob das seine Mutter war? Und dann dieser bartüberwucherte Mann, wahrscheinlich Gustavos Vater, der wütend brüllte – was hatte das zu bedeuten?

»Ich schau mal, ob ich helfen kann«, sagte Kendrick, im Begriff den Raum zu verlassen. Da sah er, wie der arme Junge eine knallharte Linke von dem Bärtigen ins Gesicht bekam. Die Frau daneben stieß hysterisch spitze Schreie aus.

Aus der Tür im Gang polterten zwei Sicherheitsleute herbei. »Stopp, keine Bewegung!«, rief einer. Sie gingen zwischen Vater und Sohn. Die Frau war offensichtlich völlig verwirrt, jedenfalls schien sie gänzlich abwesend zu sein. Gustavo bekam Hilfe von der Empfangsdame, die zu ihm geeilt war und seine blutige Nase zu säubern versuchte. Der offenkundig verstörte Vater wurde mit sanfter Gewalt aus der Klinik bemüht. Kendrick drängte sich durch den Ring von Gaffern, der sich inzwischen gebildet hatte.

»Was soll das? Was gibt es hier zu gaffen!«, herrschte er sie an, und ihre aufgeregten Augen welkten zurück in alltäglich teilnahmslose Wartegesichter.

Der außer sich geratene Vater stand mit den beiden Wachmännern draußen vor der automatischen Doppelschiebetür. Kendrick tat der Junge leid, und er streckte Gustavo die Hand hin: »Komm, ich helfe dir.«

Nachdem Vidas Freund wieder einigermaßen aufrecht vor ihm stand, fiel ihm dessen Mutter, die noch immer völlig aufgelöst war, um den Hals.

»Er kann nichts dafür, mein Schatz. Er kann nichts dafür. Pedro, oh Pedro«, weinte sie und presste ihren anderen Sohn an sich. Kendrick sah die Tränen in Gustavos Augen blitzen. Jetzt verstand Kendrick. Pedro, der Name, der in das Sturmfeuerzeug aus Vidas Schachtel eingraviert war. Dieser Pedro war Gustavos Bruder. Das war ja schrecklich. Kendricks Herz schnürte sich zu einem festen Knoten zusammen. Er wusste nicht, welche Worte jetzt die richtigen waren, deshalb sagte er lieber nichts. Was konnte man zu diesem doppelten Unglück auch groß sagen?

Stattdessen nutzte er die Gunst des Augenblicks, sich zu verziehen. Auf leisen Sohlen schlich er den Gang hinunter, bis zu dem Zimmer, in dem seine kleine Vida um ihr Leben kämpfte. Er schlüpfte durch die Tür, betrachtete seine Tochter und hatte das Gefühl, als wäre sie lediglich ein kleines Rädchen in der übergroßen Maschine, die Hoffnung hieß. Ihre Hand war schlaff, aber er hielt sie. Er versuchte, Vida Kraft zu schenken, versuchte, aus seinem tiefsten Inneren hervorzukramen, was er im Laufe seines Lebens wegzugeben und zu vergessen versucht hatte. Den Glauben an Wunder etwa, oder die Idee, dass alles einen eigenen, tieferen Sinn hatte.

Hinter ihm betrat jemand das Zimmer. »Señor Alonso, ich muss etwas mit Ihnen besprechen. Es ist wichtig.«

18 - PETER

2385 | Dschungel von Lumera

»Hier ist es«, erklärte Peter und blickte sich an der Stelle um, wo Anastacia sich ihm vor wenigen Tagen gezeigt hatte und anschließend verschwunden war. Von Anastacia war natürlich keine Spur zu sehen. Peter hatte das Gefühl, in einem Albtraum gefangen zu sein. War das alles wirklich passiert? Hatte er Anastacia wirklich gesehen, oder war das nur Wunschdenken und sie war mit ihrem Midas, als die Schlacht tobte, abgestürzt, gestorben und irrte nun als Geist umher? Wurde er langsam verrückt?

Nein, das konnte nicht sein, denn der Ordner mit Namen Anastacia, der in seinem Kopf abgelegt war, enthielt das Foto, das er mithilfe seiner Kontaktlinsen von ihr geschossen hatte.

Er beobachtete James, der auf dem Boden hockte und nach Spuren suchte.

»Silver, Ferland, ihr bewegt euch Richtung Osten. Aktiviert den biometrischen Scanner und sucht nach Anastacias Signatur. Simon, du suchst nordöstlich von uns«, wies Präsident Lenoir zwei seiner Leibgardisten und den Androiden an.

»Ich habe so ein Gefühl, dass sie über die Bäume hinweg

verschwunden ist«, sagte Peter. »Erst dachte ich, dass sie vielleicht eine der Bodenluken der Kidj'Dan genommen haben könnte, aber es gibt keine in der Nähe. Das hat mir ein Kidj'Dan erzählt, mit dem ich mich gestern noch austauschen konnte. Ich glaube nicht, dass sie allzu weit von uns weg ist.«

»Wieso glauben Sie das?«, fragte ihn James, ließ etwas Erde durch seine Finger rieseln und erhob sich wieder.

»Es ist so ein Gefühl. Ich denke, sie möchte, dass ich weiß, wo sie sich ungefähr aufhält. Außerdem kann ich dank meines besonderen BID auf Anastacias Erinnerungen von der Zeit vor unserer Ankunft zugreifen. Sie war nie eine Einzelgängerin, hatte immer lange währende Freundschaften auf der Erde. Es passt einfach nicht zu ihr, dass sie mich stehen lässt und dann völlig abtaucht. Sie ist hier irgendwo. Ach ... ich kann es nicht richtig erklären.«

»Gut, ich verstehe.« James hob beschwichtigend die Hände. »Ich denke, dass deine Intuition da besser ist als meine. Aber bedenke, dass sie eine Art Mutationsschub hinter sich hat. Wer weiß, was das mit ihrem Charakter gemacht hat.«

Peter nickte resigniert. »Das ist mir durchaus bewusst. Aber ich habe ihre Sehnsucht und ihre Liebe gespürt, als ich sie wiedergesehen habe. Das habe ich mir sicher nicht eingebildet.«

»Mr. President, Mr. President!«, hörte Peter dumpf die Rufe eines der Männer durch den dichten Dschungel tönen.

»Ferland, was ist los?«

»Mr. President, wir haben etwas gefunden. Das sollten Sie sich ansehen!«

»Wir sind sofort da«, rief James.

Peter wurde nervös. Hatten die beiden tatsächlich Anastacia gefunden? Hastig lief er hinter dem Präsidenten durch das Dickicht. In seiner Aufregung hätte er fast eine fleischfressende Schlingpflanze übersehen. Der Dschungel Lumeras war wunderschön, aber gnadenlos. Fehler machte man hier meist nur einmal. Peter schalt sich für seine Kopflosigkeit, während er mit seiner Machete auf den langen Ast einhieb, der sich um sein Bein winden wollte. Sein Bedarf an diesem tödlichen Gewächs war seit dem Krieg gedeckt, als er darin gefangen gewesen war und dem Tod nur knapp entkommen konnte.

»Verdammt Peter, pass auf. Ich will dich hier nicht auch noch verlieren«, rief James, während sie weiter zur Stelle vordrangen, an der die beiden Gardisten auf sie warteten.

Dort angekommen blieb Peter abrupt stehen. Was war das denn bitte? Hier, versteckt hinter dichtem Gestrüpp, hatten James' Soldaten dank ihres Scanners einen Eingang zu einer Art Gemäuer oder Bunker entdeckt. Er war stark überwuchert, und es kostete sie einige Mühe, das Gestrüpp mit ihren Macheten so weit zurückzustutzen, dass man die Stufen benutzen konnte, die nach unten zur Tür führten. Was auch immer sich dahinter befand, es musste komplett unterirdisch liegen oder so stark überwuchert sein, dass es von der Luft aus nicht sicherbar war.

»Ah, das ist ja eklig«, klagte Silver. Er war völlig besudelt, weil er eine Lusala-Pflanze mit der Machete zerteilt hatte. Keine gute Idee. Das Gewächs spritzte in regelmäßigen Impulsen eine blaue, stinkende Flüssigkeit aus ihren abgetrennten Zweigen, um Pflanzenfresser davon abzuhalten, sich weiter an ihnen gütlich zu tun. Angeekelt wischte Silver sich das Zeug vom Gesicht, während das Pulsieren langsam abnahm.

»Was ist das?«, fragte Peter.

»Na, was denkst du denn?«, antwortete Silver genervt, weil er einige Spritzer der leicht brennenden Flüssigkeit in die Augen bekommen hatte. »Natürlich eine Tür oder etwas in der Art«, fügte Silver hinzu.

»Silver, reiß dich am Riemen!«, wies James seinen Gardisten zurecht.

Silver stand stramm und hob seine Hand zur Schläfe.

»Ferland, was sagen die Sensoren der Drohne dazu?«, fragte James den anderen Gardisten.

»Nicht weit von hier sind Signaturen von zwei größeren Lebensformen aufgezeichnet worden. Außerdem bestehen zum jetzigen Zeitpunkt nördlich von uns mehrere, schwächere Kontakte. Ich weiß nicht, was das sein könnte und wie viele es sind, aber wir sollten vorsichtig sein.«

»Danke für diese Analyse, Ferland. Silver, Ferland: Waffe entsichern. Simon: Tür öffnen. Jennings … Entschuldigung, Peter, bleib hinter mir.«

Peter war ganz froh über diese Ansage, obwohl er mit den Waffen mindestens so gut umgehen konnte wie die beiden Gardisten, da er dank seines BID-Fehlers über das Know-how von rund achttausend Menschen verfügte, die sich gemeinsam mit ihm an Bord der Platon befunden hatten. Darunter befanden sich natürlich auch zahlreiche kampferprobte Soldaten, auf deren Fähigkeiten er genauso mühelos zugreifen konnte wie auf das Wissen diverser Wissenschaftler und Forscher. Aber nicht sein BID, sondern seine Intuition sagte Peter, dass es sich zumindest bei einer der beiden Signaturen hinter der zwei Meter hohen Tür um seine Freundin handelte.

Peter beobachtete angespannt, wie der Android sich an der Tür zu schaffen machte. Aber es war kein Griff vorhanden und sie ließ sich nicht öffnen. Zuerst hatte Peter über die mit so etwas wie Efeuranken verzierte Tür gestaunt, doch etwas irritierte ihn. Mit jedem Stoß, den er der Tür versetzte, bewegte sich die Verzierung wellenförmig.

»Warte Simon, ich muss kurz etwas nachsehen.« Der Android wandte sich in James' Richtung …

»In Ordnung, warte kurz«, antwortete dieser.

Schnell rief Peter die Kenntnisse des Exobiologen Ted Patterson ab, mit dem er bereits vor einer gefühlten halben Ewigkeit, nicht lange nach der Gründung Three Moons, im Dschungel hoch oben in einem Baum gesessen hatte, nicht wissend, ob die Gollgos unter ihnen sie zum Abendbrot verspeisten oder nicht.

Nachdem Peter die gewünschten Informationen in Pattersons Daten gefunden hatte, nahm er den Trinkschlauch seines im Rucksack integrierten Wassertanks und riss mehrere Male daran, sodass er ihn gut einen Meter aus dem Rucksack ziehen konnte. Peter ging die Stufen bis zur Tür hinab. »Darf ich mal?«, fragte er Simon, der aber wieder auf Anweisung von James wartete.

»Mach Peter etwas Platz, Simon.«

Der Android trat zur Seite.

Peter kniete sich auf den Boden. Er betätigte den Sensor und ließ einen Teil des Trinkwassers aus dem Tank in den Schlauch laufen, während er mit dem Daumen die Schlauchspitze etwas zudrückte. Mit gleichmäßigen Armbewegungen benetzte er das eigenartige Relief mit dem Wasser. Er stopfte den Schlauch wieder in den Rucksack und stieg über die Stufen zurück nach oben.

»Was soll das bringen?«, fragte Silver.

»Nur Geduld.«

Für einige Sekunden sagte niemand etwas. Bis auf das Summen von Insekten und die fernen Rufe eines vogelartigen Tieres war nichts zu hören.

»Sehen Sie, es reagiert auf Wasser!« Unglaublich, freute sich Peter. Was für ein erstaunliches Gewächs.

James nickte anerkennend. »Das war keine Verzierung, sondern ein … ein … Knöterich?!«

Kräftige Stängel lösten sich aus den in die Tür gestanzten Verzierungen, die dem Gewächs ähnelten, und rollten sich wie lockiges Haar zurück bis zur Wurzel, die fest im Boden haftete. Es dauerte keine Minute, da waren alle beblätterten Stängel, die verhinderten, dass man die Tür öffnen konnte zur Seite gewichen. Was für eine … Peter fehlten die Worte für seine Entdeckung. Da nutzte jemand – und das waren sicher nicht die Kidj'Dan – eine ganz bestimmte Pflanzenart, damit diese sich in die eingestanzten Verzierungen einer Tür legten und gar nicht als Pflanze erkennbar waren. Wahrlich ein schwer zu knackendes Türschloss!

Peter ging hin, schob seine Finger zwischen Tür und

Wand und zog die Tür auf. Der Weg ins Innere war frei. »Bitte sehr«, sagte er und wies mit der Hand in die Dunkelheit des unterirdischen Bauwerks.

Simon trat als Erster durch die Tür, gefolgt von den Gardisten und James. Gerade wollte Peter als Letzter hineingehen, da hörte er James Stimme: »Hier ist noch eine Tür. Wieder verschlossen.«

Peter eilte zu ihnen. Die Tür war diesmal nicht überwuchert. »Hm, was nun?«

»Hah, ich wusste es doch«, entfuhr es Gardist Silver, als er im Licht seiner Taschenlampe eine in die Wand neben der Tür eingelassene Schalttafel fand.

»Können Sie was erkennen, Silver?«, fragte James.

»Da sind Symbole drauf. Aber es sind nur zwei Schalter, sollte also nicht allzu komplex sein, das System. Wenn ich raten soll, würde ich den oberen Schalter betätigen. Soll ich?«

»Bitte lassen Sie mich diesen Prozess durchführen«, sagte Simon. »Für solche Tätigkeiten bin ich unter anderem konzipiert. Eine meiner priorisierten Aufgaben ist es, Ihre Unversehrtheit zu gewährleisten«, erklärte der Android und wartete, dass der Gardist zur Seite trat.

Peter sah, wie Simon seinen Finger auf den oberen Schalter legte.

Es sah gespenstisch aus, wie die Lichtkegel der Taschenlampen in dem ansonsten stockdunklen Raum umhersprangen. Es knackte, ein Piepton erklang. Ein leises Schnarren war zu hören, dann wurde es lauter und die Tür fuhr schließlich ruckelnd bis zur Hälfte zur Seite.

»Zurück!«, befahl Simon, und Peter wurde von James zu Boden gerissen. Aus der Dunkelheit stoben hunderte kleiner Flugwesen hervor, die Peter noch nie zuvor gesehen hatte. Sie drehten sich im Flug wie Kreisel und zischten an ihnen vorbei. Einige blieben taumelnd zurück, und er erkannte halbtransparente, schleimige Hinterleiber, die stark pulsierten. Peter hörte Gardist Ferland brüllen und sah, dass eines der schleimigen Dinger an seinem Gesicht hing. Es schraubte gerade seinen Hinterleib in die Wange. »Nehmt es weg! Nehmt es weg, verdammt!«, brüllte er.

Der Android schaffte es, das Tier aus Ferlands Haut zu entfernen.

»Alles gut bei Ihnen?«, fragte James und besah sich das Gesicht des Mannes.

»Ja, es geht schon. Es brennt nur etwas. Was für Scheißviecher!«

»Was war das?«, fragte Peter, als wieder etwas Ruhe eingekehrt war und das letzte der merkwürdigen Wesen durch die Eingangstür hindurch im Dschungel verschwunden war.

»Das waren Ukmenen«, erklärte Simon. »Kleine Flugwesen, die sich tagsüber im Dunklen verbergen. Mehr ist über sie zum jetzigen Zeitpunkt noch nicht bekannt. Auch nicht, ob das Gift, dass sie absondern, für einen Menschen gefährlich werden kann.«

»Scheiße, und was jetzt?«, fragte Ferland verkrampft.

»Wir können nur abwarten. Und die Stelle sollte behandelt werden. Sie infiziert sich sehr leicht.«

»Ist gut, Simon. Später«, erklärte Ferland und rappelte sich wieder auf. »Scheiße tut das weh! Ich glaub, es ist schon angeschwollen.«

»Ich werde Sie unverzüglich provisorisch behandeln«, sagte Simon und streckte seinen Finger aus, dessen Spitze nun abgeklappt war. Mit einem kleinen Sprühstoß trug er eine durchsichtige Flüssigkeit auf die Wunde auf. Ferland ächzte.

»Nun kann sich die Wunde zumindest nicht mehr entzünden«, sagte Simon. »Wenn wir zurück in der Basis sind, muss sie angemessen behandelt werden, sodass keine Narben zurückbleiben.«

»Danke«, sagte Ferland zu Simon, der sich aber schon wieder dem Durchgang zugewandt hatte und als Erster durch die Tür trat, aber direkt dahinter stehen blieb, die leise surrende Plasmawaffe im Anschlag. Peter beschlich die dumpfe Angst, dass der Android auf Anastacia schießen könnte, wenn sie es war, die sich hier verborgen hielt. Aber andererseits wusste er, dass Androiden nicht grundlos auf Lebewesen schossen, außer es drohte unmittelbare Gefahr oder sie erhielten den Befehl von einer dafür autorisierten Person.

»Hallo? Ist hier jemand?«, rief Simon in das Dunkel hinein, doch es war nur das Echo seiner Stimme zu vernehmen.

»Hier ist niemand. Der Raum scheint sicher zu sein«, rief der Android und Peter und die anderen folgten ihm durch die halbgeöffnete Tür.

»Was ist das hier?«, fragte Silver.

»Eine Art Vorraum. Meine geoelektrischen Sensoren messen hier mehrere Hohlräume. Durch die massiven Felswände waren sie vorher nur verschwommen sichtbar. Jetzt sind sie klar zu erkennen. Es handelt sich um ein Höhlensystem. Wenn ich die Koordinaten der beiden gemessenen Signaturen einspeise, dann sollten wir diesen Gang hier wählen«, sagte Simon und zeigte auf den rechten der drei Gänge, die dunkel vor ihnen lagen.

»Na dann, Glück auf, oder wie sagen die Bergleute?«, flachste Ferland, wobei er sich über die verletzte Stelle im Gesicht strich.

»Von den Kidj'Dan sind diese Gänge hier vermutlich nicht gebaut worden. Sie sind ganz anders konstruiert, das Stützmaterial ein ganz anderes, seht ihr?«, sagte Peter und zeigte auf einen schwarzen Stützpfeiler.

»Ja, das scheint plausibel. Mal schauen, ob es sich bestätigt«, sagte James. »Simon?«

»Sehr gerne, Mr. President, ich gehe voran. Die Luftverhältnisse hier sind ausgezeichnet. Es besteht diesbezüglich kein Grund zur Beunruhigung.«

Na, das sagte sich so leicht, wenn man aus Metall und einigen organischen Verbindungen konstruiert war, dachte Peter. Aber egal, ihm war nur wichtig, Anastacia zu finden. Wenn sie es war, die sich hier versteckte, nahm er den Weg durch den dunklen Tunnel gerne in Kauf. Wenn es Fox war – nun, dann würden sie vermutlich alle sterben. Peter schüttelte den Gedanken schnell wieder ab. Angst war immer ein schlechter Wegbegleiter.

Stumm lief Peter hinter dem Androiden, James und seinen Männern her. Es war vollkommen dunkel. Nur die Scheinwerfer von Simon und die Gewehre der Gardisten sowie die Kragenlampen in ihren Anzügen warfen kleine Lichtkegel in die Finsternis vor ihnen.

Plötzlich hörte Peter ein Geräusch hinter sich. Wie angewurzelt blieb er stehen. »Wartet« rief er über seinen BID, so dass das, was auch immer hinter ihnen lauern mochte, sie nicht hören konnte. Die anderen drehten sich um und ihre Lampen erhellten den Gang hinter Peter, durch den sie soeben gekommen waren. Sie spähten angestrengt in die Dunkelheit, sahen aber nichts. So verharrten sie etwa zwei Minuten. »Ich kann weiterhin keine Lebensform hinter uns ausmachen«, meldete sich Simon über den BID. »Wahrscheinlich war es ein Stein, der sich aus der Decke gelöst hat.« Peter war zwar nicht restlos überzeugt, aber er fügte sich, als sich der Rest der Truppe erneut umdrehte und wieder weiter in den Tunnel vordrang. Peter lauschte weiter angestrengt hinter sich, konnte aber nichts hören. Also versuchte er, sich auf die Aufgabe vor ihnen zu konzentrieren.

Jederzeit erwartete er ... ja, was eigentlich? Einen Kampf, eine Falle, einen Einsturz? Er wusste es nicht. Aber es geschah nichts dergleichen. Sie liefen gut zehn Minuten, dann endete der Gang. Es befand sich hier ein Übergang in einen großen Tunnel, in dem locker ein Transporter Platz gefunden hätte. Aber er war leer. Weder rechts noch links war etwas zu erkennen. »Der Gang ist leer«, bestätigte nun auch Simon. »Meine Infrarotsensoren können nichts entdecken, bis auf das große Schott vor uns.«

Peter konnte sich nicht mehr zurückhalten. Er trat an den anderen vorbei und ging mit großen Schritten auf das imposante Tor zu. »Was ist das alles hier?«, fragte er. »Das ist ja riesig. Zumindest nach menschlichen Maßstäben. Sieht aus, als wäre hier etwas transportiert worden. Aber es wirkt auch schon sehr alt.«

»Wer das hier erschaffen hat und wann und wozu, wird sich vielleicht gleich aufklären«, sagte James und trat zum Schott.

»Wieder nur zwei Knöpfe. Sehr einfallsreich waren sie ja nicht, diese Kidj'Dan«, sagte Silver und drückte, ohne zu fragen, den oberen Knopf. Das Schott fuhr ruckelnd zur Seite.

»Na, wer sagt's denn? Es funktioniert noch«, sagte Silver.

»Wenn ich das noch einmal kurz anmerken darf«, sagte Peter, »dieses Höhlensystem stammt nicht von den Kidj'Dan. Es muss von einer anderen intelligenten Spezies erschaffen worden sein.«

»Ach ja? Und von wem bitte?«

»Er hat recht«, fuhr Simon dazwischen. »Die Kidj'Dan waren es nicht. Sie nutzen ganz andere Technologien. Das war schon an der Eingangstür klar. Um welche Spezies es sich allerdings handelt, ist unklar. Sie ist uns bislang nicht bekannt.«

»Na geil!«, stöhnte Ferland neben Peter.

»Die Höhle, die sich hinter diesem Schott befindet, ist etwa siebzig Meter lang und fünf Meter hoch«, sagte Simon leise. »Ich gehe vor und sichere die Umgebung«

»Bitte«, bestätigte James.

Peter sah im Kegel seiner Kragenlampe, wie Simon durch das geöffnete Schott trat, die Waffe im Anschlag, jederzeit feuerbereit. Die Gardisten hatten hinter ihm Stellung bezogen.

»Hallo? Ist hier jemand?«, rief der Android.

»Wer ist da?«, hörte Peter den Hall einer Stimme, die eindeutig Anastacia gehörte. Ihm war nun alles egal, er zwängte sich an Ferland und James vorbei und trat durch die drei Meter hohe und bestimmt vier Meter breite Tür. Zunächst musste er blinzeln, dann sah er, dass der Raum am anderen Ende spärlich beleuchtet war. Mehr konnte er auf die Entfernung nicht erkennen. Seine Augen gewöhnten sich allerdings schnell an das dämmrige Licht. Viel heller war es zuvor ja auch nicht gewesen.

Er war perplex, dass es hier so eine große Halle gab. Sie sah fast aus wie ein Hangar. Welchem Zweck sie wohl diente? Starteten hier Flugzeuge? Oder kleine Raumschiffe? Ein Blick zur Decke zeigte ihm, dass schwarze Platten sternförmig zusammenliefen. Konnte sie sich zurückziehen und den Weg zur Oberfläche freigeben?

Die Wände waren aus schwarzem Material und verschluckten das Licht seiner Kragenlampe förmlich. Aber er erkannte viele verschiedene geometrische Formen, die in die Wände eingraviert waren. Auf dem Boden standen einige völlig verstaubte Kisten oder Kästen herum. Vor ihm lag etwas, das wie eine Waffe aussah. Ganz klar Hightech, aber nicht von Menschen erschaffen und auch keine Waffe der Kidj'Dan, soweit Peter das beurteilen konnte.

»Anastacia, ich bin's, Peter!«, rief er einer dunklen Gestalt zu, die sich etwa dreißig Meter entfernt vor ihnen in der Dunkelheit auf sie zu bewegte.

»Peter?« Die Überraschung in Anastacias Stimme war nicht zu überhören. »Was machst du denn hier?«

»Anastacia, ich habe dich gesucht. Ich … geht's dir gut?«, stammelte Peter laut, während er ihr entgegenging. Er versuchte, in dem fahlen Licht etwas zu erkennen, Details seiner Partnerin, aber es war im Lichtkegel der Lampe nicht möglich, sie eingehend zu betrachten. Sie schien sich aber seit ihrem letzten Aufeinandertreffen vor einigen Tagen nicht weiter verändert zu haben.

Peter hätte am liebsten seine Arme um den massigen Körper seiner Freundin geschlungen, aber die merkwürdige Distanz in ihren Augen hielt ihn davon ab.

»Du hättest nicht kommen sollen, Peter. Man ist hier im Dschungel nirgendwo vor Fox sicher. Und hier«, sie wies um sich, »ist nicht der richtige Ort für dich und deine Leute.«

»Was redest du denn da? Was heißt hier *meine Leute*? Das

sind auch deine Leute, Anastacia. Du gehörst immer zu uns ... zu mir.«

»De Facto bin ich nur noch zu 91 Prozent menschlich, aber gut. Du musst verstehen ... ich werde hier gebraucht. Aber nicht mehr lange«, flüsterte sie die letzten Worte.

»Hallo Anastacia«, ließ James sich vernehmen.

»Hallo James.« Der Blick ihrer nachtschwarzen Augen glitt kurz herüber zu James, bevor sie ihren Blick wieder auf Peter richtete.

»Mr. President«, berichtigte Ferland sie.

»Ist schon okay«, sagte James und winkte ab. Dieser Ferland ging Peter allmählich auf den Keks. Anastacia nahm das allerdings gelassen und lächelte den Gardisten lediglich an. Peter bemerkte dessen Anspannung und er konnte Ferland ein wenig verstehen. Anastacia war mindestens zwei Meter groß, und mit ihren pechschwarzen Augen und der fast schwarzen Haut, unter der sich eine beeindruckende Muskulatur abzeichnete, konnte sie durchaus bedrohlich wirken.

»Anastacia, was ist hier los? Was machen Sie hier drinnen, und wie konnten Sie diesen Ort hier finden?«, fragte der Präsident.

»James, Peter, gebt mir ein paar Tage und ich komme wieder nach Three Moon. Dann werde ich euch helfen, Fox zu finden und unschädlich zu machen. Ich kann euch dann mit nützlichen Informationen versorgen. Aber noch werde ich hier gebraucht.«

»Wer ist hier bei dir?«, fragte Peter verwirrt.

Anastacia nickte in Richtung der Ecke, aus der sie zuvor gekommen war. »Er ... nun, er war bereits lange vor uns hier. Er ist älter als wir alle, aber auch sehr krank. Ich kann mit ihm kommunizieren. Über meine Gedanken. Ich weiß nicht, wie es funktioniert, aber ich glaube, dass es mit meiner Mutation zu tun hat. Aber vielleicht auch nicht. Er ist müde und schwach. Deshalb war mir wichtig, dass niemand seine letzten Tage oder Stunden stört. Er möchte keine Hilfe, er möchte seinen Frieden. Und ich helfe ihm dabei.«

»Darf ich?«, fragte Peter leise und blickte in dieselbe Richtung wie zuvor Anastacia.

Sie zögerte, dann nickte sie. »Sei aber behutsam.«

Peter nickte. Im Augenwinkel sah er, wie James seinen Männern signalisierte, dass sie warten sollten. Anastacia ging vor, und Peter folgte ihr. Fast auf Zehenspitzen lief er durch die große Halle in Richtung der dunklen Ecke und musste dabei aufpassen, dass er nicht über Kisten oder umherliegendes Geröll stolperte.

Offensichtlich hatten Erschütterungen in dieser Halle Teile der Decke herabstürzen lassen. Hoffentlich hielt sie stand und begrub sie nicht unter sich, wobei die Wahrscheinlichkeit dafür äußerst gering war, wenn er bedachte, dass Anastacia hier vermutlich bereits seit mehreren Wochen hauste. Er beobachtete, wie Anastasia mit ihrem muskulösen Körper über etwas Großes stieg, das an der Wand lehnte. Was war das? Ein steinernes Tor? Ein Durchgang? Was für ein merkwürdiges Artefakt!

Plötzlich hielt Anastacia Peter am Arm fest. Die Berührung elektrisierte ihn, ließ ihn aber auch innehalten. Die Erinnerungen und das Wissen von Ted Petterson, dem Exobiologen, kämpfte sich an die Oberfläche und analysierte, was er gerade sah. Aber Peter wollte jetzt er selbst sein und sich nicht beeinflussen lassen durch das Wissen und die Erfahrungen einer anderen Person.

Er starrte gebannt in das dunkle Auge, das den Kopf des eigenartigen Wesens, das vor ihm lag, dominierte. Ja, das Wesen hatte doch tatsächlich nur ein großes rundes Auge! In dem leicht geöffneten Mund erkannte er einen einzigen langen Zahn, der scharf wie eine Rasierklinge daraus hervorragte. Hoffentlich hatte das Wesen keinen Appetit auf Menschenfleisch. Allerdings sah es schwach aus. Peter konnte nicht erkennen, ob es atmete. Aber es war ja auch kein Mensch, vielleicht atmete es eben anders.

»Wer ... was ist das, Anastacia?«, fragte er und trat langsam an das scheinbar leblose Wesen heran, das fast so groß wie ein Mensch sein musste, dafür aber wesentlich breiter und mit langen Armen ausgestattet. Die vier Beine fielen jedoch umso kürzer aus und endeten jeweils in drei großen Krallen. Das große Auge war geöffnet, aber der Blick schien ins Leere zu gehen.

»Das ist kein Was, das ist … nun, er nennt sich *Arbeiter*. Er gehört der Spezies an, die noch vor den Kidj'Dan diesen Planeten bevölkert hat.«

»Wie kommt es, dass wir erst jetzt einem der Ureinwohner begegnen?«, fragte Peter.

»Die Kidj'Dan haben einen großen Teil seines Volks vernichtet. Es gibt vermutlich noch Angehörige, aber diese leben in einer weit entfernten Galaxis, und der Arbeiter hat keine Möglichkeit mehr gehabt, mit ihnen in Kontakt zu treten. Er ist der letzte seiner Art hier auf Lumera.«

»Woher weißt du das alles? Hat er es dir gesagt?«, begann Peter.

»Wir kommunizieren per Gedankenübertragung, Peter. Ich habe viel von ihm über diesen Planeten und über sein Volk gelernt.«

Peter sah einen Arm, der zitternd in seine Richtung zeigte.

»Was will er von mir? Warum starrt er mich so an?«, fragte er und wich unwillkürlich einen Schritt zurück. Er war wahrlich kein Angsthase, aber dieses Wesen löste eine merkwürdige Beklemmung und ein Gefühl der Traurigkeit in ihm aus. Was machte es nur mit ihm?

»Du sollst ihn berühren, Peter. Er möchte dir etwas schenken.«

»Ich … ich weiß nicht. Ich fühle mich nicht …«

»Das ist normal. Lass dich darauf ein. Berühre ihn. Glaube mir. Du wirst danach vieles verstehen.«

Anastacia zog Peter mit sich. Er gab nach und trat an das dunkle Wesen heran. Schließlich hockte er sich hin. Er zögerte, war sich nicht sicher, ob er tun sollte, was von ihm verlangt wurde. Dann überwand er sich und berührte den glänzenden Arm, der wieder herabgesackt war und auf dem Boden lag. Wie einen Blitz durchzuckte es ihn.

Die Höhle und alle seine Begleiter waren verschwunden. Er flog durch einen langen Tunnel aus bunten, schillernden Farben. Wohin, das wusste er nicht, aber es war ein unbeschreibliches Gefühl. Diese Schwerelosigkeit! Er spürte, dass ihm keine Gefahr drohte. Dann war er dort angekommen, wo er hinsollte. Ein Gefühl der Beklemmung, des Verlusts, der Trauer und der … Angst übermannten ihn. Er verließ seinen Körper, war eine flüssige Masse, dann wurde er wieder zu etwas Körperlichem und blickte aus einem einzigen Auge. Er sah, was er sehen, fühlte, was er fühlen, verstand, was er verstehen musste.

Peter blickte aus einem der Fenster in die Weiten des Weltalls. Aus einem für ihn nicht erklärbaren Grund wusste er, dass er sich auf der Murrnii-Gho befand, einem der Forschungsschiffe der einäugigen Spezies. Peter realisierte, dass er durch eine Art telepathische Verbindung durch die Augen des Arbeiters blickte und sah, was der Arbeiter auch gesehen hatte. Er durchlebte quasi einen Film, in dem er selbst, im Körper des Arbeiters, die Hauptperson war, ohne dass er auf die Handlung Einfluss nehmen konnte. Er wollte sich sträuben gegen das Gefühl der Fremdbestimmung, aber er war auch neugierig, mehr über diese fremden Wesen zu erfahren. Daher ließ er seinen Geist gewähren und wartete gespannt, was nun passieren würde.

Langsam ging er durch den Raum und bewegte sich auf einen großen dunklen Kasten zu. Er sah, wie seine drei langen, dürren Finger einen Sarkophag verschlossen, und er wusste, dass es sich um die letzte von 216 Kammern handelte, in denen der Schöpfungskreis dieses intelligenten und friedlichen Volkes vollendet werden konnte. Durch eine kreisrunde Öffnung im Deckel der Kammer blickte der Merga, das gottgleiche Oberhaupt. Das große Auge starrte aus dem knöchernen Gesicht trüb aus der Kammer hervor, als von weit oben schnarrend ein Ventil eine klare Flüssigkeit freigab, die eine Konservierung für die Ewigkeit ermöglichte. Die Kammer füllte sich nach und nach, bis zum Rand, und legte sich zäh wie Honig über das Auge des Merga. Dicke Blasen zerplatzten an der Oberfläche. Die Flüssigkeit verkündete das Ende dieses Lebens.

Warum alle anderen seines Volkes, außer ihm, dem dreifingrigen Arbeiter, der tödlichen Krankheit zum Opfer fallen mussten, blieb ihm verborgen. Das Auge ihres Oberhauptes schloss sich – wie es die der anderen Besatzungsmitglieder zuvor schon getan hatten – zum letzten Mal. Dann drehte sich der Arbeiter um. Seine Aufgabe auf der Murrnii-Gho, dem gigantischen Raumschiff, war erledigt. Es wurde Zeit, diesen Ort der Krankheit und des Todes zu verlassen. Hier war niemandem mehr zu helfen. Auf seinen vier Beinen bewegte er sich nun durch lange, einsame Gänge. Dass er in den vergangenen Schlaf- und Wachzyklen und der erschütternden Zeit der Krankheit und des Todes unfreiwillig die Aufgabe eines Beisetzers gehabt hatte, die ihm laut der Schriften gar nicht zustand, stimmte ihn, wie so oft in letzter Zeit, nachdenklich. Warum war er geworden, was er nicht sein durfte?

Er betrat eine große Halle. In der Mitte des Raumes blieb er stehen und hob den Blick zur Decke. Er vollzog rollende Bewegungen mit dem Kopf, dann trat er zur Seite. Aus der Decke senkte sich etwas herab – eine Schale. Er verharrte andächtig davor, dann schloss er seine Finger um den sichelförmigen Stein, der darin wie ein heiliges Relikt verborgen lag. Er betrachtete das Objekt eine Weile und verstaute es dann sorgfältig in einer schwarzen Dose, die an einem Band um seinen Hals hing.

Er ließ den Raum hinter sich. Es blieb nicht mehr viel Zeit. Vielleicht war es auch bereits zu spät. Die knöchernen Enden der vier Beine hallten laut vom Boden des Ganges wider. Er trat unter einen Vorhang blauen Lichts. Rundherum leuchteten holografische Symbole auf. Die nächste Tür öffnete sich.

Er trug also nicht die tödliche Krankheit in sich. Offensichtlich war er als einziger durch einen genetischen Defekt immun dagegen und durfte somit die Murrnii-Gho verlassen.

Ein letztes Mal blickte er zurück, besah mit seinem Auge, was er zurücklassen musste. Dann schloss sich diese letzte Tür. Zwei Kreise, hier bestehend aus fünf, dort aus sechs steinernen Durchgängen, standen aufrecht im Raum. Er wusste, welcher davon der richtige Durchgang war. Nachdenklich schaute er auf die schwarze Dose um seinen Hals. Leicht wie Bimsstein, matt glänzend und schwärzer als der Abgrund zwischen den Sternen, lag sie auf seiner Brust. Ohne zu zögern trat er in einen der stehenden Durchgänge hinein – und wieder heraus.

Er taumelte zurück. Der Boden vibrierte, die Wände des Raumes bebten. Die Lautstärke der Detonationen ließ seine Ohren singen. Peter erkannte den Ort sofort: Er befand sich in der Höhle, in der er auch zuvor Anastacia gefunden hatte. Aber es sah hier ganz anders aus. Intakt und voller Gerätschaften.

Der Arbeiter suchte gedanklichen Kontakt zu seinem Volk. »Schütze die Unseren auf der Murrnii-Gho«, ließen sie ihn wissen. Sie wussten noch nicht, dass die Murrnii-Gho bereits ein Geisterschiff war.

Der Arbeiter versuchte, sich einen Überblick über die seit Tagen herrschende Schlacht zu verschaffen, schaltete hektisch durch unzählige Augen, die über den Planeten verteilt waren, doch überall bot sich das gleiche Bild. Da waren nur Rauch und Fetzen, Explosionen, Staub und Tod. Er sah den Feind, ein riesiges Wesen, übersät von leuchtend roten Tentakeln. Die Königin, die übermächtige Invasorin. Sie stand gemeinsam mit einem Untergebenen vor einer kugelförmigen Apparatur, größer als der größte Baum des Dschungels.

Der Arbeiter sah die verzerrten Fratzen. Die Königin und ihr Helfer verschwanden in der Maschine, und sie enthob sich dem Boden, stieg auf in die Wolken und war verschwunden. Sekunden später grollte ein furchtbarer Donner. Der Himmel schien gefangen, als wäre ein Netz um seinen Heimatplaneten gespannt worden, über den Gipfeln des großen Gebirges, weit über den Horizont hinaus.

Dann sah er den Tod über den Himmel kriechen, der ihn in sirrenden, rußigen Nebel tauchte. Andere Augen zeigten ihre monumentale Hauptstadt, vom Schatten verschlungen. Und als kein Licht der rötlichen Sonne noch bis zum Boden durchdringen konnte und nichts mehr zu erkennen war, erstrahlte das Netz der Invasionsmacht glühend, als wäre eine neue Sonne entflammt. Erde wurde zu Feuer, Wasser zu Stein und der umgebende Dschungel erstarrte. Die Landungsschiffe der blutroten Königin einer fernen Welt ließen den Boden erzittern. Die Krieger der rot leuchtenden Wesen aus dem All stürmten die Stadt, trachteten danach, nicht einen seines Volkes übrig zu lassen. Sein Volk zerfiel zu Staub. Diejenigen, die sich in ihren Kellern versteckten, wurden von den rot glühenden herausgezerrt, den rußigen Wolken geopfert. Zwei Tage und Nächte lang ging das Gemetzel, dann zogen die Wolken des Untergangs davon. Das Netz am Himmel verschwand. Und mit ihm sein Volk.

Ihn aber hatten sie nicht finden können, seine Zuflucht war bestens verborgen gewesen. Ob andere zu entkommen geschafft hatten, wussten die Sterne, aber da waren keine Stimmen mehr, nicht eine einzige.

Die Heimat war verloren. Verloren an einen Feind, der nicht einmal versucht hatte, Kontakt aufzunehmen, geschweige denn zu verhandeln.

Der Arbeiter trauerte um seine Welt. Peter trauerte mit ihm. Gemeinsam trauerten sie um sein Volk und um die Besatzung der Murrnii-Gho. Nicht nur war eines ihrer wenigen Schiffe durch Krankheit zu einem im leeren Raum fixierten Sarkophag geworden; auch sein Zuhause war nun ein Grab.

Es gab noch eine Sache, die getan werden musste. Der Arbeiter tastete nach der Dose mit dem Sichelstein, der so wertvoll und mächtig war.

• • •

Peters Geist löste sich wieder von dem Arbeiter. Er verflüssigte sich, schoss zurück durch den leuchtenden Tunnel und wurde wieder eins mit seinem eigenen Körper. Anastacia hockte neben ihm und hielt seine Hand, als er prustend wieder zu sich kam. Der Arbeiter lag noch immer leblos neben ihm, als wäre nichts geschehen.

»Ich ... oh mein Gott. Es ist schrecklich, Anastacia. Was ist ihm nur widerfahren?« Peter konnte nicht weitersprechen. Das Leid, das er soeben erlebt hatte, übermannte ihn ein zweites Mal.

Anastacia stand auf und zog Peter mit sich. Mit jedem Schritt, den sie sich von dem Wesen entfernten, ließen die Beklemmung und die extremen Gefühle der Angst und der Trauer ein wenig nach. Fast wäre Peter über den mit Symbolen verzierten Durchgang gestolpert, der schräg an der Wand lehnte. Der Sichelstein, der Durchgang. Peter verstand nun und stieg andächtig über die Ecke des dunklen Objekts.

»Deshalb bin ich hier bei ihm. Verstehst du mich jetzt?«, fragte Anastacia.

»Jaja, ich verstehe dich. Wir müssen dieses Wissen teilen.«

»Das werden wir, Peter. Das werden wir.«

19 - JULIA

2385 | Saturn

Julia blickte in den vor ihr liegenden Gang. Andrew wirkte fast gespenstisch vor dem blauen Licht, das den Gang hinter ihm ausleuchtete.

»Dort vorne besteht ein eigentümliches Magnetfeld. Vielleicht ist es eine Art MRT? Ich sehe mir das an.« Er lief mit festen Schritten los.

Julia zoomte ihre Kontaktlinsen, so konnte sie beobachten, was Andrew tat.

»Bist du übergeschnappt?«, hörte sie Johns Stimme über das Headset, damit auch die Kidj'Dan mitbekamen, was gesprochen wurde. »Du als Roboter bist der Letzte, der in so ein Ding rauschen sollte!«

»Ich bin darauf programmiert, Leben zu schützen. Wer weiß, was es mit Menschen oder Kidj'Dan anrichtet? Also gehe ich vor.« Mit diesen Worten trat er in das Licht. Holografische Symbole umschwirrten den Androiden. Ein zischendes Geräusch, begleitet von einem kurzen Pfeifton, dann erlosch das blaue Licht. Weiter geschah nichts.

Andrew ging ein paar Meter zurück, zog die Röhrchen aus seinem Oberkörper, in denen er die Proben der Pflanzen und schleimigen Pilzgewächse für spätere Untersuchungen verstaut hatte und legte sie auf den Boden.

»Ich versuche es noch einmal.« Der Android begab sich wieder in das eigenartige Energiefeld. Das blaue Licht erstrahlte, doch diesmal erfolgte kein Signalton. Stattdessen gab das Schott hinter der Lichtschleuse den Weg frei. Andrew trat ohne abzuwarten hindurch. Julia hörte seine Stimme über das Headset.

»Das ist ein Kontaminationsscanner. Ich denke nicht, dass er euch schaden kann. Meine durch die Beschädigungen zwar unvollständigen Messdaten genügen für diese Entscheidung. Nur die Proben werden wir wohl vorläufig hier zurücklassen müssen.«

»Was hat das alles zu bedeuten?«, fragte Julia alarmiert.

»Der Scan hier stellt sicher, dass der Durchgang zu dem Raum dahinter erst nach Freigabe erfolgt. Ich möchte vorschlagen, dass ihr einzeln durch diesen Bioscanner tretet. Die Maschine hat mich wohl soeben auf pathogene Keime und Viren gescannt. Meine Außenhülle wurde dekontaminiert. Aus welchem tieferen Grund das an dieser Stelle geschehen ist, kann ich noch nicht sagen. Aber vermutlich liegt hier hinter dem Scanner ein Bereich, der absolut keimfrei bleiben muss. Also, nur Mut, ihr könnt passieren.«

Julias Drang weiterzugehen, hielt sich in Grenzen. Ihr Bedarf an skurrilen Erlebnissen war für heute mehr als genügend gedeckt. Aber sie waren ja hier, um das Schiff zu untersuchen. Nun mussten sie es auch zu Ende bringen. Und vor ihnen schien das Wichtigste zu liegen, das dieses Schiff um jeden Preis schützen wollte. Das musste sie unbedingt untersuchen. Aber ihr war auch klar: Nach diesem Tag würde sie nie wieder einen Fuß auf dieses Horrorschiff setzen – zumindest, wenn sie es verhindern konnte. Sie beobachtete, wie Ondras und seine Begleiter nacheinander durch den Scanner und das dahinterliegende Schott traten. Sie atmete tief ein und blickte John an: »Möchtest du zuerst?«

»Geh' du voran, ich bin direkt hinter dir und beschütze dich.«, sagte er und grinste Julia an.

»Idiot«, raunte sie ihm zu, musste aber schon ein wenig schmunzeln. »Du gehst vor. Aus Prinzip.«

»Gut, wie du willst«, sagte er grinsend und trat durch den Scanner.

Julia beobachtete, wie sich die holografischen Symbole bei John viel langsamer bewegten, als es bei den anderen der Fall gewesen war. Da fiel es ihr ein: Sein Anzug war ja über und über besudelt und blutverschmiert. Er war eine wandelnde Biowaffe! Dampfschwaden qualmten um ihn herum und wurden fortgesogen. Dann war es vorbei und John verschwand durch die Tür, die sich hinter ihm schloss. Sie hörte ein Knistern neben sich und erschrak.

Nur wenige Millimeter trennten sie von einer Vielzahl kleiner gelber Zungen, die sich nach ihr reckten. Das wäre beinahe schiefgegangen. Wer weiß, was passiert wäre, hätte sie eine davon berührt. Schnell trat Julia auf das Scannerfeld. Sie fühlte einen Sog, der sie von beiden Seiten erfasste. Oder war das ein Luftstoß? Vermutlich war er für die Dekontamination verantwortlich, von dem Andrew kurz zuvor gesprochen hatte. Das Licht fühlte sich stechend an, und die Luft wurde immer hei… Etwas klackte metallisch, und das Licht erlosch. Die Prozedur war vorüber. Gott sei Dank! Obwohl Julia gesehen hatte, wie es bei den anderen abgelaufen war, fühlte es sich doch völlig anders an, wenn man selbst behandelt wurde. Kurz hatte sie schon gedacht, ihr letztes Stündlein hätte geschlagen!

Eilig trat sie durch das Schott. Es war um einiges höher als das der Luftschleuse am Schiffszugang, sodass sie diesmal nicht den Kopf einziehen musste. Fast wäre sie gegen John geprallt, der noch nicht weit gekommen war.

»Oh, entschuldige, John. Ich … weiß nicht …«

Als er nicht reagierte, sondern weiterhin nur mit offenem Mund starrte, blickte sie sich ebenfalls um. Was sie sah, verschlug auch ihr den Atem. »Das … das ist ja der Wahnsinn!«, sagte sie. Vor ihnen lag eine gewaltige Halle. Sie war um einiges größer als alle Räume, die sie hier zuvor gesehen hatten. Die Decke musste mindestens fünfzig Meter hoch sein, die gegenüberliegende Wand lag sogar 545 Meter entfernt, was sie sich auf ihrer Kontaktlinse anzeigen ließ. Die Decke wurde durch nichts gestützt. Fast leer lag diese riesige Halle vor ihnen, und Julia spürte den Sog, der von so einem großen, imposanten Raum ausging – ähnlich einem Abgrund, an den man nah herangetreten war und an dem man plötzlich die Sehnsucht verspürte, sich hinabzustürzen. Nur dass sie in diesem Fall in den Raum gezogen wurde. Dabei hatte sie aufgrund der Distanz und der diffusen Beleuchtung fast schon Mühe, die andere Seite zu erkennen. Einige der eingravierten Symbole, die auch hier in Wänden, Boden und Decke zu finden waren, leuchteten schwach gelb und verliehen dem Raum ein gespenstisch wirkendes Erscheinungsbild.

»Andrew, was sind das für merkwürdige Steindinger?«, hörte sie John fragen.

»Ich weiß es nicht, John. Fünf Stück davon stehen in dem einen, sechs in dem anderen Kreis. Aber es sieht so aus, als hätte es hier einst viel mehr davon gegeben. Und hier«, Andrew drehte sich einmal um seine Achse, »dort und dort drüben sind am Boden einige Schleifspuren und Abdrücke zu erkennen.«

»Kannst du etwas zu ihren Funktionen sagen, Robotermensch?«, fragte Ondras, der sich vorsichtig durch den großen Raum bewegte und auf einen der großen, aus schwarzblauem Stein gehauenen Quader zutrat, die zu zwei Seiten offen waren und Julia an steinerne Torbögen erinnerten.

Julia bemerkte den Stolz in Andrews Stimme über die Assoziation mit einem Menschen, als er antwortete: »Das muss ich erst untersuchen. Solange ist es für alle dringend geboten, Abstand zu halten. Zu eurer Information: Es handelt sich hier um etwa drei mal drei Meter große Tore oder Durchgänge. Ob sie als solche genutzt wurden, kann ich noch nicht sagen. Das Material, aus denen sie erschaffen wurden, ist mir gänzlich unbekannt. Es enthält lediglich Kleinstmengen an Eisen, Platin sowie Forsterit und Spinell. Es ist anzunehmen, dass diese Objekte den Erbauern dieses Schiffes sehr wichtig gewesen sein müssen. Dieser Raum hier ist anders gestaltet als die vorigen. Die Reliefdarstellungen, die in den Gängen wenig auffällig eingraviert sind, wiederholen sich in dieser Halle und leuchten, als wären es Schalttafeln. Außerdem ist das Zugangsschott durch eine Art Bioscanner mit integrierter Desinfektion gesichert. Diesen Raum darf demnach nur betreten, wer nicht kontaminiert ist. Warum das sein muss, ist mir noch nicht klar. Aber es ist offensichtlich, dass diese Objekte um jeden Preis geschützt werden sollten.«

Julia nickte. Gut, sollte Andrew sich auf seine Scanner verlassen. Sie würde ihre Augen benutzen, denn die merkwürdigen Symbole an den Wänden interessierten sie viel mehr. Sie leuchteten angenehm warm, aber schwach in einem sonnigen Gelb. Und hier war auch nichts von diesem Schleim zu finden, der in den Gängen draußen so wucherte. Es sollte also nicht gefährlich sein, hier etwas zu berühren.

»Was machst du da, Julia?«, rief John.

»Ich sehe mir diese Linien an. Guck mal, es ist ein sich wiederholendes Muster. Nicht alle Linien leuchten. Nur diese hier. Aber nicht alle Linien. Schau, diese hier ist dunkel und diese auch. Auf der anderen Seite, dort drüben rechts, ist es genauso.«

»Vielleicht ist das Licht dahinter defekt«, versuchte John eine Erklärung dafür zu liefern.

»Nein, das glaube ich nicht. Es sieht so aus, als folgte die Beleuchtung einem Muster. Von außen nach innen.«

»Was? Wo kannst du denn da bitte ein Muster erkennen? Striche, Ecken, Kreise. Mal hell, mal dunkel. Das war's.«

»Nein John. Schau doch mal!« Sie nahm Johns Hand und zog ihn ein paar Schritte weg von der Wand. »Du musst es von etwas weiter weg betrachten. Dieser Strich hier zum Beispiel: Jede dritte Symbolfolge bleibt schwarz, dieser hier ebenfalls, aber einen versetzt. Und hier auch«, versuchte sie zu erklären und lief dabei die Wand entlang.

»Ja, du hast recht.« Er klang beeindruckt.

»Da drüben, im Zentrum dieser Symbolfolgen, gibt es eine Anomalie. Die Reihe ist unterbrochen. Und dort vorne, da leuchten alle Symbole. Vielleicht sollten wir uns das mal anschauen. Es wirkt fast so, als gäbe es dort etwas Bestimmtes zu finden. Ha, und schau, da ist doch auch eine Erhebung in der Wand«, sagte Julia und eilte zu der Stelle, auf die sie zuvor gezeigt hatte.

»Das hier ist ein Schalter. So ungefähr haben die in der Halle mit den Kammern auch alle ausgesehen«, sagte sie und zeigte auf eine schwarze, achteckige Fläche. John schaute skeptisch drein. »Ich weiß nicht. Ich kann keinen großen Unterschied erkennen. Ich glaub, du interpretierst da etwas zu viel hinein.«

Julia berührte die Fläche vorsichtig mit dem Zeigefinger, doch nichts passierte. Sie war fast ein wenig enttäuscht.

»Julia, das ist nichts. Wir sollten zu Andrew und den anderen gehen und uns diese komischen Steindinger da mal angucken. Die Symbole sehen toll aus, aber sie sind eben nur Deko. Du siehst ja, da passiert nichts.«

Sie bemerkte, dass John dennoch neugierig war. Sie beobachtete, wie er seine Hand darauflegte und darüber strich. »Siehst du, kein Schalter.«

John drückte seine Hand noch mal dagegen, und Julia sah, wie je eine leuchtende Linie im dunklen Boden zum Mittelpunkt der im Kreis aufgestellten Steinkolosse zuckte und wieder verschwand. Als sie wieder zu John guckte, fand sie ihn am Boden wieder.

»Oh John, hast du den jetzt gedrückt oder was?«

»Aua, das ist ja mies, das Ding hat mir eine geballert«, rief John empört.

Dann bemerkte sie Andrews Blick, der alles mitbekommen haben musste.

»Tut mir leid!«, rief John ihm zu und wartete auf das, was er vermutlich in Gang gesetzt hatte.

Die Symbole an den Wänden leuchteten immer heller. Die Striche, Quadrate, Kreise wurden wie Laserstrahlen durch den ganzen Raum geworfen und bildeten in der Mitte ein helles Geflecht aus Licht. Julia konnte kaum noch etwas erkennen, so sehr war sie von der plötzlichen Helligkeit geblendet.

»Was passiert hier?«, rief Ondras, und seine Tentakel zuckten und pulsierten leuchtend grün um seinen Kopf.

Andrew blickte sich immer wieder um. Der Android berührte einen der großen Steinquader mit der Hand. Jetzt erst bemerkte Julia, dass die in den Stein gehauenen Symbole abwechselnd hell und dunkel wurden. Was auch immer John getan hatte, es musste irgendetwas mit diesen Steindingern gemacht haben. Hoffentlich passierte jetzt nicht wieder so etwas wie in dem Raum mit den schwebenden Kammern.

»Ich … ich kann nicht erkennen, was da passiert!«, rief Julia.

»Andrew, was war das?«, rief John auf einmal aufgeregt.

»Ich weiß es nicht. Du hast offenbar einen Prozess aktiviert. Ich kann dir allerdings noch keine Details dazu liefern. Höchstwahrscheinlich hat es etwas mit den Steinkreisen zu tun. Ich werde die steinernen Durchgänge jetzt noch mal untersuchen. Vielleicht finde ich etwas, das …«

Etwas flackerte grell... »Ssikk«, säuselte es in ihren Ohren.

»Andrew! Andrew!« Ondras Stimme tönte so laut in Julias Ohren, dass sie kurz geneigt war, sich den Helm vom Kopf zu reißen. Was brüllte der Kidj'Dan denn so laut herum? Und wo war Andrew auf einmal hin? Dort wo er eben noch zu sehen gewesen war, glitzerten ein paar Staubpartikel in der Luft.

Der Android war fort.

Plötzlich flackerte es bei dem gegenüberliegenden Durchgang, und ein lauter Knall ließ Julia zusammenzucken.

»Da ist etwas. Waffen bereit!«, brüllte Ondras. Julia wusste nicht, wohin. John war zu ihr getreten und hatte ebenfalls seine Waffe gezogen. Irgendetwas kam durch dieses Steintor, das sich direkt gegenüber dem befand, durch das Andrew verschwunden war. Julia sah etwas flackern, sah einen Arm. Das war's, dachte sie. Da kommen die Aliens. Gleich sind wir Geschichte.

»... die Symbole erklär... Oh!«, hörte Julia auf einmal wieder die Stimme des Androiden in ihrem Headset. Wo war er denn, verdammt noch mal? Dann sah sie ihn. Der einzelne Arm, der aus dem Steintor geragt hatte, gehörte nicht zu einem Alien, sondern zu dem Androiden. Das war ja der Wahnsinn! Wie war Andrew dahin gekommen? Er blickte in ihre Richtung und verschwand wieder. Erneut knallte es und er tauchte wieder dort auf, wo er zuvor gestanden hatte.

»Das gibt es doch nicht!«, hörte sie John neben sich flüstern.

Andrew erhob seine Stimme. »Dieses Steintor scheint eine Art Transporter zu sein. Ein Raumportal also. Das dürfte auch auf die anderen Objekte zutreffen. Ich bin mir sicher, dass der Schalter sie aktiviert hat. Innerhalb der Portale ist durch die Betätigung des Schalters in allen Apparaturen so etwas wie eine Lichtmembran sichtbar geworden. Die Technologie dahinter ist mir fremd.«

Julia war beeindruckt. Die Wesen, die dieses Schiff gebaut hatten, mussten über völlig anderes Wissen und andere Möglichkeiten verfügt haben. Dinge, von denen die Menschen bislang nur träumen konnten.

»Und die anderen Dinger sind ebenfalls Durchgänge, meinst du? Funktionieren die auch? Sind das immer Paare? Soll ich mal?«, fragte sie mutig, wobei sie sich nicht wirklich so fühlte.

»Nein Julia, ich übernehme das. Und ob es sich wirklich um Paare handelt, wissen wir nicht. Wenn sich ein Gegenstück etwa auf einem anderen Planeten oder im Weltall befindet, könntest du in einer völlig anderen Atmosphäre hinaustreten. Das wäre dein Tod«, sagte Andrew.

»Aber wozu soll es jetzt gut sein, das herauszufinden?«, fragte Ondras mit besorgtem Tonfall.

»Ich werde durch jedes hindurchgehen und auf diese Weise herausfinden, welche Paare zusammengehören, und dann werden wir zwei Paare mitnehmen«, erklärte Andrew.

Julia begann, die dunklen Portale zu umschreiten.

»Schaut mal, hier!« Sie blieb stehen und kratzte sich am Kopf. »Hinter jedem dieser Steine leuchtet ein großer Kreis im Boden.«

»Gut gesehen Julia«, lobte John sie.

Julia spürte, wie sie rot wurde. Damit John das nicht mitbekam, wandte sie sich wieder den Toren zu. Sie erkannte mehrere Linien im Boden, die von den Durchgängen ausgingen. Sie endeten auf etwa halber Höhe der umliegenden Wände in jeweils einem großen Rechteck.

»Wisst ihr, was ich glaube?«, fragte John.

»Dass von diesen Rechtecken jeweils zwei Linien ausgehen. Beide führen über den Boden zu jeweils einem Stein«, beantwortete Julia Johns Frage.

»Diese Linien zeigen also Durchgangspaare an«, fasste Ondras zusammen. »Eine Linie fehlt jedoch. Seht!«

»Oh, klar. Es sind hier ja nur elf Portale. Eines fehlt also. Also führt wohl ein Tor woanders hin, oder?«, fragte Julia an Andrew gewandt.

»Davon müssen wir ausgehen, Julia«, antwortete der Angesprochene. »Ich werde das Portal durchqueren, zu dem das Gegenstück fehlt«

»Andrew, ich weiß nicht, ob das so eine gute Idee ist. Was, wenn du in einer ganz anderen Welt herauskommst? Vielleicht wird sofort auf dich geschossen«, sagte John und klang besorgt.

»Das sehen wir ja dann«, antwortete der Android.

Aber was, wenn Andrew eine fremde Spezies auf ihr Eindringen aufmerksam machte. Er brachte nicht nur sich in Gefahr, sondern auch alle anderen auf diesem Schiff. Julia wollte Andrew gerade zurückrufen, da trat er bereits in das Portal. Julia stockte der Atem.

Andrew war verschwunden.

»Verdammt, wo ist er?«, rief sie aufgebracht. »John, tu doch was?«

»Julia, wir müssen abwarten. Beruhige dich. Er wird gleich wiederkommen. Hey, das ist Andrew, der wird sich schon zu helfen wissen.«

»Was, wenn ihm da drüben etwas passiert oder er eine Horde Aliens mitbringt, die uns tötet?«

»Bitte, Julia, jetzt beruhige dich erst einmal. Wir warten hier und wenn er in zehn Minuten nicht wieder zurück ist, überlegen wir weiter«, sagte John und legte Julia die Hand auf die Schulter.

Julia vernahm einen Knall und Andrew stand wieder vor ihnen.

»Andrew!«, rief Julia erleichtert. »Wo warst du?«

»Ich muss sagen, ich bin sehr erstaunt, aber dieser Durchgang hier führt nach Lumera.«

»Bitte? Und wie soll das gehen? Die kriegen wir doch nie durch die engen Gänge.«

»Du hast ja recht, Julia«, sagte John, »damit befasse ich mich gleich. Aber auf demselben Weg, den diese Portale hier hineingekommen sind, werden wir sie hinausbefördern müssen.«

»Wir wissen nicht, wie diese Durchgänge hierhergekommen sind. Was, wenn wir mit ihnen irgendwo stecken bleiben?«, überlegte Julia.

»Warum sollen wir sie überhaupt mitnehmen?«, fragte Ondras, während er mit der Hand vorsichtig die Symbole auf dem steinern aussehenden Portal betastete.

»Ach, Ondras, das ist doch klar. Zwei der Portale könnten wir zum Beispiel auf der Erde und auf Lumera aufstellen und so hin und her wechseln. Jedenfalls wenn die Entfernung zwischen den Portalen keine Rolle spielt«, erklärte John.

»Stimmt, John, wir müssen erst noch herausfinden, ob wir außerhalb dieses Schiffs den Betrieb der Portale sicherstellen und die Sicherheit derjenigen, die diese benutzen, gewährleisten können«, sagte Andrew.

»John, wir können diese Durchgänge nicht einfach mit auf das Schiff nehmen,« widersprach Ondras. »Und dass wir ein Portal zur Erde bringen, ist ausgeschlossen. Ich werde mit Ganuba sprechen.«

»Na, dann ping Ganuba mal an!«

Ondras antwortete nicht mehr. Seine Tentakel verrieten, dass er bereits kommunizierte. Dabei war er ein stückweit in das Portal getreten, das Andrew zuvor inspiziert hatte, und dessen Gegenstück sich hier im Raum befand. Nur sein Kopf guckte aus dem anderen steinernen Durchgang wieder heraus.

»Das ist ja gruselig, wenn du so zweigeteilt bist, Ondras«, rief Julia.

Mit am Hinterkopf anliegenden Tentakeln trat Ondras zurück und blickte in ihre und Johns Richtung.

»Ganuba sagt, dass wir ein zusammengehöriges Paar dieser Portale mitnehmen sollten und das einzelne, das nach Lumera führt. Was mit ihnen geschieht, liegt allerdings nicht in eurem Ermessen, Menschen.«

»Na, das werden wir ja noch sehen«, murmelte John neben Julia.

Sie beobachtete, wie der Android die anderen Durchgänge checkte. Bis auf das eine besaßen alle Portale das passende Gegenstück und alle funktionierten.

»Ich werde das Schott suchen, das nach draußen führt und durch das wir die drei Portale transportieren können. Er muss sich laut meinen Berechnungen an dieser Wand hier befinden«, erklärte Andrew.

Er zeigte auf die Wand linker Hand, auf der Julia den Schalter für die Aktivierung der Portale gefunden hatte.

»Und zwar exakt hier«, sagte er und berührte einen der eingravierten Kreise, der anscheinend ein klein wenig heller leuchtete als der Rest. Julia hätte ihn ohne Andrews Hinweis gar nicht gesehen.

Der Raum wurde in ein silbernes Licht getaucht, und es zischte, als sich ein Teil der Wand vor ihnen öffnete. Andrew hatte recht. Vor ihnen lag nun ein offenes Schott, das ebenfalls über eine Dekontaminationsvorrichtung verfügte. Dahinter erkannte Julia durch eine Panoramascheibe die Schwärze des Alls. Von ihrem eigenen Schiff keine Spur. Es musste sich auf der anderen Seite des unbekannten Schiffs befinden.

»Also ich gehe da nicht durch«, sagte Julia und blickte nervös um sich. »Ich möchte lieber den Weg über das Führungsseil zurück zur Kam'dhadga nehmen. Mir hat die Aktion vorhin in der Schwerelosigkeit echt gereicht.«

»Das kann ich nicht zulassen. Der Weg durch das Schiff ist gefährlich«, sagte Andrew.

»Das hast aber nicht du zu bestimmen, Andrew. Ich gehe!«, stellte Julia klar.

»Dann sollte ich dich begleiten«, sagte Andrew und blickte zu John und anschließend zu Ondras.

»Nein, ich gehe mit ihr«, erklärte John und nickte dem Androiden entschlossen zu.

»Nun, wenn ich euch nicht davon abhalten kann, solltet ihr die Röhrchen mit meinen Proben mitnehmen. Dann könntet ihr, John und Julia, zugleich nach den beiden Kidj'Dan suchen, die Ondras nicht mehr empfangen kann. Was denkst du, Ondras?«, fragte Andrew den Kidj'Dan.

»Ja, das halte ich für sinnvoll. Ich gebe euch einen meiner Spezialisten aus dem Kar'Talan-Team mit. Aber zunächst sollten wir gemeinsam die drei Portale zur Schleuse bringen.« Ondras versuchte, den steinernen Durchgang zu bewegen. Überraschenderweise rührte er sich tatsächlich.

»Sachte, mein Junge«, sagte John, »sonst fällt das Ding noch um. Warum sind die denn so leicht? Ich meine, sie sind immer noch echt schwer, aber für massives Gestein ist das Ganze nun doch überraschend leicht.«

»Es liegt an der Zusammensetzung des Materials. Sie sind für den Transport gebaut«, klärte Andrew ihn auf.

»Gut, braucht ihr dann noch unsere Hilfe, oder sollen wir zurückgehen?«, fragte Julia, die es plötzlich eilig hatte, wieder zur Kam'dhadga zurückzukommen.

»Ihr könnt gehen. Wir sind, gemeinsam mit Andrew, in der Lage, die Portale zu transportieren. Wir werden die drei Durchgänge mit mehreren Halteleinen verbinden, und dann schaffen wir sie durch die Schwerelosigkeit zur Kam'dhadga. Ich gehe davon aus, dass wir etwa gleichzeitig da sein werden«, sagte Ondras. »G'holo, du begleitest die beiden Menschen durch das Schiff!«

Der Angesprochene verneigte sich gehorsam vor dem Ranghöheren und trat zu Julia und John.

»Gut, dann bis gleich«, rief Julia und lief voran zur Dekontaminationsschleuse, durch die sie zuvor gekommen waren.

»Wartet kurz«, sagte Andrew und ging auf John zu. John bekam vermutlich Informationen von Andrew auf seinen BID übertragen.

»Was ist das? Ein Routenplaner?«, fragte dieser sogleich.

»Ich habe dir zwei mögliche Rückwege eingetragen, die ihr nehmen könnt, um den Bereich mit den unterschiedlichen Schwerkraftverhältnissen zu umgehen. In etwa müssten meine Berechnungen stimmen, zumindest was die Maße angeht. Richtet euch danach, dann werdet ihr vermutlich auf die beiden Kidj'Dan stoßen. Aber seid vorsichtig.«

»Danke, Andrew. Ihr auch!«, sagte John und nickte Andrew und auch Ondras zu, der mit seinem Kar'Talan-Team gerade drei der Portale vertäute.

»Jetzt aber los, John«, sagte Julia und trat durch die Tür. John und G'holo folgten ihr. Das Hinaustreten aus diesem Raum geschah völlig unspektakulär. Kein blaues Licht, keine Symbole, keine Dekontamination.

In sanftes Licht getaucht lag der Gang, durch den sie

gekommen waren, vor ihnen. Fast hätte Julia die Röhrchen mit den Proben vergessen, die Andrew vorhin hier deponiert hatte. Schnell steckte sie sie in die isolierte Tasche, die an ihrem Raumanzug befestigt war.

»Wie geht es nun weiter John?«, fragte Julia und sah sich um. Vor ihnen lag allerdings nur der Gang, der von dem schleimigen Zeug überwuchert war.

Stumm nickte John in die Richtung, nachdem er den virtuellen Wegweiser aktiviert hatte. Zum Glück funktionierte er wieder.

»Klar, da müssen wir natürlich erst mal durch«, sagte Julia und lief geduckt durch die Stelle, die rundum bewachsen war. John und der Kidj'Dan folgten ihr. Stumm liefen sie gut sieben Minuten geradeaus, den Leuchtpunkten des Wegweisers folgend. Schließlich bogen sie links ab. Dann wieder rechts.

»John! Was ist das?«, rief Julia. Hatte John das Schnarren auch gehört?

»Ich weiß es nicht. Aber bleib ruhig. Panik hilft hier nicht weiter.«

Wieder war da dieses schnarrende Geräusch. Es hörte sich an, als wenn etwas über den Boden gezogen wurde. Was war das nur?

»Es müsste von dort kommen. Hinter der Ecke«, sagte John und ging auf das Geräusch zu.

»John, warte. Lass uns diese Tür hier nehmen. Nicht den Weg da. Komm da weg!«, rief sie und lief langsam, gefolgt von G'holo, hinter ihm her. Warum musste er sie alle in Gefahr bringen?

»Oh, verdammt!«, hörte sie seine Stimme . »Julia, guck dir das an.«

Julia trat vorsichtig zu der Ecke, an der John stand, und blickte an ihm vorbei in den dahinterliegenden Gang.

Was sie sah, ließ ihren Atem stocken. Die schleimige Masse füllte fast den gesamten Gang aus und kam mit herabschnellenden Zungen immer näher. Aus irgendeinem Grund war diese vorhin noch nur an den Wänden haftende Masse nun beweglich und aufgequollen. Das Schnarren wurde immer lauter. Kein Wunder, das eklige Zeug schien Hunger zu haben und machte sich anscheinend auf die Suche nach etwas Essbarem. Julia war nicht scharf darauf, als Frühstück zu enden.

»Bitte, lass uns abhauen! Sofort!«, rief sie aufgebracht.

»Okay, dann hier entlang«, sagte John und öffnete eine Tür. »Laut Andrews Plan müsste dann in dreißig Metern links wieder irgendwo eine Tür kommen.«

»Menschen, dann los«, sagte der Kidj'Dan und trat als Erster durch die Tür.

Julia und John folgten. Julia blieb beim Anblick dessen, was sie dort sah, kurz die Luft weg. Was war das hier? Ein Kabinett der Kuriositäten?

Überall waren gläserne Behälter im Raum zu finden. Gefüllt waren sie mit einer klaren Flüssigkeit. Aber das war nicht alles. In jedem von ihnen schwammen merkwürdige Wesen, die ein wenig an skurrile Lebewesen aus der Tiefsee der Erde erinnerten. Waren sie tot, oder lebten sie noch? Ein Behälter war riesig. Das Ding darin sah fast aus wie ein Tintenfisch. Na ja, zumindest entfernt. Es war weiß und halb durchsichtig. Etwas im Inneren schien ganz langsam zu pochen. Was war das? Ein Herz wie bei einem Menschen? Julia trat zu dem Behälter, getrieben von ihrer Neugierde. Wie viele Arme mochte das Ding darin haben? Zwanzig, dreißig? Und was waren das für merkwürdige Stacheln, mit denen der Korpus des Ungeheuers übersät war?

»Nee, Julia. Keine gute Idee«, hörte sie Johns Stimme hinter sich. Aber es war zu spät. Sie hatte bereits an die Scheibe geklopft. Plötzlich öffneten sich hunderte von Augen, mit denen das Wesen bestückt war. Julia schrie auf und stolperte rückwärts.

»Scheiße John! Scheiße!«, rief sie panisch. »Was ist das, verdammt noch mal?«

Langsam traute sie sich wieder in die Nähe des Behälters.

»Wahnsinn, es lebt«, hörte sie John neben sich flüstern. »Aber wir sollten weiter. Wer weiß ...«

Weiter kam John nicht. Die Arme des Wesens schossen auf sie zu, hieben gegen das Glas. Es hörte sich fast an, als knackte es. Hielt es stand, oder hatte sie mit ihrer Weckaktion ungeahnte Kräfte geweckt?

»Okay, es reicht mir. Lass uns hier abhauen«, erklärte sie und versuchte, ihre Atmung wieder unter Kontrolle zu bringen. »Wo lang?«

»Gut, der Meinung bin ich auch. Dort hinten ist eine Tür. Die sollten wir nehmen«, sagte John. G'holo war bereits bei der Tür angelangt. Sie betraten wieder einen Raum. Diesmal war er leer, bis auf ein paar Kisten und merkwürdige gedrehte Stäbe, die überall herumlagen.

»Also, wenn Andrew sich nicht getäuscht hat und am anderen Ende des Raumes ebenfalls ein Durchgang ist, dann könnten wir die Stelle mit den Steinsärgen vermutlich ...«

Der Kidj'Dan, der inzwischen wieder an der Spitze lief, hatte eine Tür ungefähr dort gefunden, wo sie von Andrew eingezeichnet war. Ohne abzuwarten, öffnete er sie und blieb dann, mit vor Angst orange glühenden, vor- und zurückwippenden Tentakeln, stumm darin stehen. Seine vier Nasenschlitze öffneten und schlossen sich dabei im Takt. Julia trat zu ihm. Was sie hinter der Tür sah, raubte ihr nun gänzlich den Atem.

Sie schaffte es nur noch, einen erstickten Schrei auszustoßen.

20 - ELIAS

2385 | Lumera

Elias Fox fühlte sich gut. Keiner außer ihm hatte auch nur die leiseste Ahnung, dass sich in diesem Moment dreihundert Androiden aus Three Moon und der neuen Stadt, die sich gerade im Aufbau befand und Bourbon Sun heißen sollte, auf den Weg machten, um ihn zu unterstützen.

Ohne die Hilfe der schlagkräftigen Androiden würde er gegen die Kidj'Dan keine Chance haben. Dass es nur so wenige Androiden und nicht gleich alle 60 000 waren, die sich mittlerweile auf Lumera befanden, hatten die Hyperbots so entschieden. Es ging ihnen vor allem darum, dass Präsident Lenoir nicht Wind davon bekam und nicht sofort Vorsichtsmaßnahmen ergriff.

Elias spürte die Wut, die in ihm emporstieg, als er sich bewusst machte, dass Lenoir nun den Titel des Präsidenten dieses Planeten bekleidete. Dieser Posten gehörte eindeutig ihm und nicht Lenoir! Aber wie dem auch sei, wenn Lenoir etwas von Elias' Machenschaften mitbekäme, würde es zweifelsohne dazu führen, dass er seine Truppen mobilisierte und, was noch schlimmer wog, die Kidj'Dan warnte. Dass dreihundert Androiden in den beiden Städten der Menschen fehlten, sollte niemandem weiter auffallen. Die Hyperbots hatten Fox angewiesen, ausschließlich Androiden aus den Reservebeständen zu sich zu beordern, die größtenteils in diversen Hallen im Standby-Betrieb über die beiden Städte verteilt waren. Das waren die Hauptgründe für die vorerst so geringe Zahl an gekaperten Androiden. Der Rest hing an irgendwelchen Berechnungen, die Fox nicht weiter interessierten. Und die dreihundert waren erst der Anfang. Bald schon sollten es tausende sein. Sehr bald.

Zuerst, so der Plan, waren die verdammten Kidj'Dan an der Reihe. Anschließend würde er sich seine Macht zurückerkämpfen und in spätestens acht Wochen wieder den Präsidentenstuhl besetzen. Ganz zum Schluss waren dann die restlichen Kidj'Dan in ihren grotesken unterirdischen Städten dran, als unbedeutendes Ungeziefer aus der Geschichte getilgt zu werden. Sie stellten eine unberechenbare Bedrohung für die menschliche Zivilisation dar.

Er war nicht so dumm wie Lenoir und fiel auf den geheuchelten Frieden rein. Er würde diese Gefahr ein für alle Mal beseitigen und dieses missgestaltete Alien-Pack vernichten. Und das Gute an der Sache: Er musste sich nicht einmal die Hände schmutzig machen. Die 60 000 Androiden starke Armee, die sogar noch mal um weitere 10 000 zusätzliche Androiden von der in drei Wochen eintreffenden Paracelsus aufgestockt werden könnte, würde mit dem Geschmeiß kurzen Prozess machen. Alle Androiden wären bereit, ihm den Weg zu unendlicher Macht zu ebnen.

Fox lehnte sich an den Baumstamm. Seine Kopfschmerzen wurden schwächer. Vielleicht gewöhnte sich sein Körper langsam an die Bots. Diese hatten endlich auch geschnallt, ab und an mal Ruhe zu geben, sodass er Momente hatte, in denen er für sich sein und über manche Dinge nachdenken konnte.

Er stellte sich wie so oft die Frage, wie es so weit hatte kommen können. Er hatte als Präsident die Macht gehabt, war dort gewesen, wo er schon immer hinwollte. James

Lenoir höchstselbst hatte ihm diese übertragen. Aber nur kurzzeitig, dann hatte der verfluchte General ihm mithilfe des treulosen Androiden Andrew, des Gestaltwandlers Jennings und eines widerlichen Kidj'Dan das Ruder wieder entrissen.

Kurz dachte Elias Fox darüber nach, ob er vielleicht doch zu weit gegangen war im Kampf gegen die Kidj'Dan. Hätte er einen anderen Weg wählen können, der ihm vielleicht noch mehr Vorteile verschafft hätte?

Fox raufte sich die verstrubbelten Haare und ärgerte sich darüber, dass er diese vermaledeiten zwiegespaltenen Gedanken hatte. Er wollte Präsident sein, verflucht, und nicht an sich und seinen Entscheidungen zweifeln. Sorgsam strich er seine Haare also wieder glatt und zupfte an seinem vor Dreck starrenden Hemdkragen. Er sollte sich waschen – ja, das hatte Priorität.

Er rief die Uhrzeit und den Standort der Androiden ab. Einige waren bereits auf dem Weg in den Dschungel, aber noch mindestens zwei Stunden entfernt. Sicher, er ging ein gewisses Risiko ein, dass irgendein Zufall wollte, dass die Abwesenheit der Androiden bemerkt wurde, aber das musste er eingehen. Elias war soweit zufrieden. Er hatte noch genug Zeit, ein kleines Bad zu nehmen. Wo war der Fluss noch gleich? In der anbrechenden Abenddämmerung fühlte er sich für einen Moment etwas orientierungslos.

Elias konzentrierte sich, fand den Weg Richtung Fluss und lief los. Noch immer gaben die Hyperbots Ruhe. Und seine Gedanken flogen zu all den Kleingeistigen, die versucht hatten, ihn auf seinem Weg an die Macht aufzuhalten und kleinzukriegen. Es war ihnen nicht gelungen. Stattdessen hatten sie ihn nur immer stärker gemacht. Er hatte sein Leben lang kompromisslos gekämpft. Gegen seine armseligen Klassenkameraden und die manchmal übergriffigen Lehrer, gegen herablassende Vorgesetzte und visionslose Möchtegern-Starpolitiker.

Bald kam ihm sein Vater in den Sinn. Er war ein Arschloch gewesen, aber es war auch seine Härte, die ihn so vieles über

»Jaja!« Elias stieg aus dem Wasser und schüttelte sein Haar aus. Währenddessen machte sich ein anderes, neues Gefühl in ihm breit. Er spürte eine Vorfreude. Sein ganzer Körper begann zu kribbeln. Bald würde der Dschungel blau gefärbt sein vom Blut dieser ekelerregenden, vierarmigen Kidj'Dan. Elias blieb stehen. Ein kurzer Blick auf die Uhr zauberte ihm ein Lächeln ins Gesicht. In weniger als neunzig Minuten sollten die ersten Androiden bei ihm eintreffen. Dann konnte es beginnen. Und dann wartete ja auch noch James Lenoir auf ihn. Auf den freute er sich am meisten.

21 - KENDRICK

2385 | Puerto Rico – Erde

»Guten Morgen, Señor Alonso.«

Es kostete Kendrick einige Mühe, seine Augen zu öffnen, denn der Bildschirm, der beinahe die ganze Breite der Wand ausfüllte, zeigte den Blick auf einen herrlichen Sommertag. Es wirkte erstaunlich echt und gleichzeitig so hoffnungslos künstlich. Das wurde vom eingeblendeten Datum noch verstärkt. Donnerstag, der 17. Oktober 2385. Fast zwei Monate lag Vida schon in diesem Zimmer, im künstlichen Koma, unfähig, am Leben teilzunehmen. Der damalige Überfall einer Miliz aus Kuppel 83 hatte mehrere Tote und mehr als vierzig Verletzte gefordert. Wären nicht ein gutes Dutzend mutiger Männer und Frauen beherzt an die Seite der Sicherheitsbeamten getreten, um dieses Pack abzuwehren, stünde ihre kleine Welt vermutlich längst unter dem Kommando dieser Mörder.

»Möchten Sie einen Tee?«

»Nein, danke, Schwester, ich hole mir einen Espresso aus dem Automaten. Nur keine Umstände.«

»Natürlich, wie Sie möchten.«

Schmeckt doch sowieso alles irgendwie nach rostigem Wasser und künstlichem Aroma, dachte Kendrick lustlos. Einen schönen, echten Espresso möchte ich, dachte er sich. Und gemeinsam mit Vida und ihrer Mutter, die es wahrlich nicht leicht mit ihm gehabt hatte, auf der Terrasse des etwas baufälligen Hauses sitzen, das sie für eine erstaunlich geringe Summe hatten erwerben können. Gemeinsam mit ihnen die selten gewordenen Glühwürmchen im Kerzenschein bei ihrer Partnerinnensuche beobachten, oder in den Nachthimmel schauen und von spannenden Abenteuern auf einem fernen Planeten träumen, auf dem es wie auf der Erde intelligentes Leben gibt. Oder sich gemeinsam mit ihnen in den angrenzenden Teich stürzen, Vida und ihre Mutter Isidora mit kühlen Wasserspritzern zum Herumkreischen bringen, und dann in den vielen schönen Erinnerungen schwelgen, die sie so zahlreich geteilt hatten.

Seine Gedanken waren fast unanständig unbeschwert, und tief in seinem Inneren schämte er sich dafür. Es waren echte Erinnerungen an eine Zeit, als die Welt noch nicht aus Kuppeln bestand, und die nicht einmal ihm heute noch real erschien. Aber diese Zeit war vorbei und bald würde sich niemand mehr an ein Leben vor den Kuppeln erinnern können.

Seine Tochter hatte ihn häufig über das Leben vor dem endgültigen Einzug in die Kuppeln ausgefragt. Sie hatte wissen wollen, warum die Giraffen so spannende Muster auf dem Fell trugen, warum Pandabären ausgestorben waren und ob es nicht schrecklich schade sei, dass so viele Menschen unter dem Klimawandel zu leiden hatten. Mit seiner Ex-Frau Isidora hatte er schnell wieder auf erfreulichere Themen umlenken können, doch schon bald war Vida es leid, nichts über das Leben, wie es einst war, erfahren zu dürfen.

Kendrick hob seinen Kopf. Sein Rücken schmerzte von der schiefen Haltung, die er in den vergangenen Stunden angenommen hatte. Die Krankenschwester kontrollierte die Vitaldaten seiner kleinen Vida, ersetzte irgendwelche Infusionsbeutel und klickte sich geschäftig durch unzählige Einstellungen auf den verschiedenen Bildschirmen, die sich rund um das Bett türmten.

Kendrick rappelte sich von der Liege auf und blickte aus dem Fenster, das auf dem Breitbildschirm abgebildet war. Wie das Wetter wohl heute wirklich war? Wahrscheinlich trügerisch wie immer.

»Señor Alonso, helfen Sie mir kurz?«

»Gerne«, antwortete er und erhob sich. Sein Knie gab ihm einen Stich, als wollte es ihm sagen, dass er noch lebte. Er trat zu Vida ans Bett und wartete auf die Anweisung der Schwester.

»Na, Señorita Alonso, heute sehen Sie ja schon wieder viel besser aus, was?«, sagte sie laut.

Kendrick traute seinen Ohren nicht. »Entschuldigung, Schwester, ich bin nicht damit einverstanden, dass Sie Vida hier etwas vormachen wollen«, er nahm die Hand seiner Tochter, »sehen Sie sich meine Kleine doch an! Ihre rechte Gesichtshälfte ist kein bisschen besser geworden, sie hängt an einer künstlichen Lunge, braucht Sondenernährung … in ihrem Körper stecken überall Schläuche und Nadeln … und es geht ihr ganz und gar nicht besser!«

Kendrick wischte sich über die Augen. »Es geht ihr schlecht, und ich muss zuschauen, wie sie Tag für Tag ein bisschen mehr stirbt. Ich meine, sie liegt hier nun seit zwei Monaten! Es fühlt sich an wie eine Ewigkeit! Sie ist … alles … was ich noch habe.«

»Señor Alonso, ich verstehe, dass es unerträglich ist, nichts für Ihre Tochter tun zu können. Es ist immer eine Belastung, für jeden.«

Kendrick dachte plötzlich an seinen Vater. Der machte es sich verdammt leicht, versteckte sich hinter der ach so vielen Arbeit. Er war nicht ein einziges Mal hier bei seiner Enkelin gewesen. Kendrick konnte sein Verhalten nicht nachvollziehen.

»Señor Alonso, bitte helfen Sie mir, den Kopf Ihrer Tochter hochzuheben. Ich möchte das Kopfkissen neu beziehen.« Die Krankenschwester blickte ihn mit einem versteinerten Lächeln an.

Kendrick hatte das Gefühl, als befände er sich hinter einer dicken Wand aus Watte. Was wollte die Schwester von ihm? Da zupfte sie an einer Ecke von Vidas Kopfkissen, und erst jetzt wurde ihm bewusst, worum sie ihn gerade gebeten hatte.

»Entschuldigung«, sagte er leise. »Es ist nur so verdammt schwer. Was, wenn sie stirbt? Was soll ich dann machen?« Kendrick zupfte nun ebenfalls an der Ecke des Kissens. »Sie hat Bücher gesammelt, wussten Sie das? Und ich möchte sie ihr am liebsten alle vorlesen, aber sie könnte es doch nicht hören; nicht einmal dieser Strohhalm ist ihr vergönnt. Vielleicht fühlt sie sich verlassen und mutterseelenallein? Wie kann ich ihr denn zeigen, dass ich da bin? Ich will nicht, dass sie geht.« Er schluchzte tränenerstickt.

Die Krankenschwester trat zu ihm und legte ihm eine Hand auf die Schulter. »Ich weiß, Señor, es ist furchtbar. Die Ungewissheit und die Kraft, die es kostet, nichts tun zu können. Es stimmt, ihr Leben steht auf Messers Schneide. Aber ... verstehen Sie, Señor, wir tun unser Allerbestes. Es ist ein reines Wunder, dass Vidas Herz nicht beschädigt wurde und noch schlägt, darüber können Sie sich freuen, auch wenn alles andere so hoffnungslos erscheint.« Sie sah ihn mitfühlend an. »Halten Sie sich an Ihrer Liebe fest. An der Hoffnung für ihre Tochter. Halten Sie ihre Hand. Lesen Sie ihr trotzdem vor. Sie spürt Ihre Anwesenheit. Mehr können, nein, mehr müssen Sie nicht tun.«

Er lächelte sie dankbar an. Die Krankenschwester hatte ihn tatsächlich ein wenig trösten können.

Er steckte sein Taschentuch mit dem er sich die Tränen weggewischt hatte wieder in die Hosentasche. »Okay«, sagte er.

Kendrick schob seine Hand unter den Kopf seiner Tochter und umfasste ihre rechte Schulter. »Wir können.«

Kendricks größte Sorge war tatsächlich, dass er Vida versehentlich Schmerzen zufügen könnte. Immer wieder hatte er in den vergangenen Wochen gemeint, Vidas Gesichtsausdruck wäre ängstlich geworden, wenn es darum ging, sie umzulagern, zu waschen, oder die verschiedenen Zugänge für die notwendigen Zu- und Abflussschläuche zu reinigen und wieder zu verbinden. Auch in diesem Augenblick war ihr Gesicht nicht gerade von Begeisterung gezeichnet. Ob sie es überhaupt aushalten konnte, so dazuliegen und alles über sich ergehen lassen zu müssen?

»Bei drei, Señor Alonso?«

Er nickte.

»Eins ... zwei ... drrreei!«

Vorsichtig bewegten sie Vida in eine mehr oder weniger sitzende Position, woraufhin sofort die Alarme mehrerer Geräte ertönten.

»Kein Problem, kein Problem«, ächzte die etwas kräftiger gebaute Schwester zuversichtlich, aber auch leicht verzweifelt. »Achtung, ich nehme das Kissen.«

»Japp«, sagte Kendrick, und die Schwester zog das Kissen unter Vida hervor. Auch wenn er die Prozedur als entsetzlich empfand, wann immer er dabei mithelfen musste, genoss er gleichzeitig die kurzen Sekunden, die er seine Tochter in den Armen halten konnte. Ihr ruhiges Ausatmen, den warmen Luftstrom, der ihn dabei streifte.

Die Schwester wechselte blitzschnell den Kissenbezug, schüttelte das Kissen auf und platzierte es wieder perfekt unter Vidas Kopf und Nacken.

»Sie können Señorita Alonso nun wieder hinlegen.«

Zum Glück, dachte Kendrick, dessen Rücken langsam überfordert zu sein schien. Er senkte seine Tochter so zart wie möglich auf das Kissen. Er konnte sich nun mit dem Unterarm am Bettgitter abstützen und blieb eng an ihrem etwas kühlen Gesicht.

»Ich bin bei dir, Vida-Schatz! Ich hab dich lieb! Später

musst du ein bisschen ohne mich aushalten.« Er gab ihr einen Kuss auf die Wange. Dann richtete er sich auf.

»So, das haben wir gut gemacht.« Sie blickte Kendrick wieder ins Gesicht.

»Bitte denken Sie daran, dass wir um 13:30 Uhr mehrere umfangreiche Untersuchungen durchführen müssen, bei denen Sie nicht dabei sein können. Das ist in zweieinhalb Stunden. Ach so, Moment ...« Nach diesen Worten verließ sie das Zimmer.

Kendrick stand unschlüssig neben dem Bett. Er überlegte, ob er sich noch einmal hinlegen oder den Flur ein paar Mal auf und ab joggen sollte, um endlich in Schwung zu kommen. Erst mal frisch machen, beschloss er dann, und begab sich in den winzigen Waschraum.

»Ich stelle ein Stück Kuchen auf den Nachttisch«, sagte jemand, sodass er zusammenfuhr und sich dabei schmerzhaft die Zahnbürste in den Gaumen rammte. Er öffnete die Tür einen Spalt, um zu sehen, was da los war, doch er hörte nur noch, wie die Tür zum Flur ins Schloss fiel. Nachdem er sich gewaschen hatte und in ein frisches Hemd geschlüpft war, setzte er sich auf den Stuhl neben Vidas Bett, nippte an dem nur noch lauwarmen Espresso, ignorierte den Kuchen und holte das Buch hervor, aus dem er ihr in letzter Zeit kurze Abschnitte vorgelesen hatte, was sich allerdings als schwierig erwies, weil das Buch durch die Vorfälle bei dem Überfall stark beschädigt war. Er betrachtete es. Von der Umschlagillustration war wegen der Blutflecken nichts mehr zu erkennen. Das obere Drittel war von der Gewehrkugel in Stücke gerissen worden, bevor diese Vida beinahe getötet hatte. Er suchte nach der Seite, aus der er zuletzt vorgelesen hatte, aber er konnte sie nicht finden, denn dicke Tränen sammelten sich in seinen Augen.

Was für ein Wahnsinn! Warum hatte das nur passieren

müssen? Warum mussten Menschen sich gegenseitig für eine fixe Idee umbringen? Und, verdammt, warum musste ausgerechnet Vida als Unbeteiligte zwischen die Fronten geraten? Sie hatte mit der ganzen Sache doch gar nichts zu tun gehabt. Und sie war ... schwanger. Sein Herz setzte bei dem Gedanken wieder eine Sekunde aus. Mit einem Taschentuch wischte er die Tränen aus seinem Gesicht. Es war doch eigentlich völlig gleichgültig, welche Seite er Vida zuletzt vorgelesen hatte, deshalb schlug er ihr Lieblingsbuch einfach irgendwo im hinteren Drittel auf. Wie so häufig in diesem Buch, stieß er auch hier auf einen mit rotem Farbstift unterstrichenen Satz. Er las ihn laut vor:

»Der graue Schwarm war ihr so lange schon ein Zuhause, doch nie war sie ein Teil davon geworden.«

Kendrick schreckte hoch. Eine andere Krankenschwester, die er noch nicht kannte, riss nach einem kaum vernehmlichen Klopfen die Tür auf. Er schaute auf die Uhr. Zwanzig nach eins.

»Guten Tag Señor. Ich werde Señorita Alonso jetzt für die anberaumten Untersuchungen vorbereiten, deshalb muss ich Sie nun bitten zu gehen. Es gibt keine Veranlassung, sich Sorgen zu machen. Die Untersuchung wird uns hinsichtlich der Entscheidung helfen, ob das Baby frühzeitig geholt werden muss. Wir werden außerdem versuchen, zu einer Entscheidung zu kommen, ob die künstliche Lunge erfolgversprechend gegen ein Printorgan getauscht werden kann.« Die Frau nahm Kendricks Rucksack und stellte sich neben die geöffnete Tür.

Kendrick hatte das Gefühl, irgendetwas falsch gemacht zu haben, obwohl es dafür keinen wirklichen Grund gab. Immerhin, so ordnete er die Situation ein, war die Bestimmtheit der Krankenschwester in ihrem Auftreten doch ein gutes Zeichen dafür, dass man hier wusste, was man tat. Trotzdem fühlte sich Kendrick nicht wohl mit dem Gedanken, seine Tochter allein lassen zu müssen.

»Bitte, Señor Alonso, Sie müssen jetzt gehen.«

»Sofort, Señora.« Er gab seiner Tochter einen flüchtigen Abschiedskuss auf die Stirn. »Ich liebe dich!« Schließlich nahm er seine Jacke und das zerfledderte Buch, das er in seinen Rucksack verstaute.

»Auf Wiedersehen«, sagte die Krankenschwester.

Kendrick schaute auf den Flur und sah dort Pfleger und Mediziner, die offenbar darauf warteten, endlich ans Werk gehen zu können.

Kaum war er durch die Tür, drängten die Wartenden in Vidas Zimmer. Ein paar Augenblicke später stand er vor der verschlossenen Tür und blickte auf deren in die Jahre gekommene Oberfläche. Aus dem Nachbarzimmer schrillte ein Alarm.

Es hatte ungewöhnlich lange gedauert, bis Kendrick seine Wohnung erreichte. Er hatte vorher einen Blick auf die Log-Dateien am Hauptrechner der Teleskopabteilung geworfen. Er bemerkte, dass das Radioteleskop, das die beobachtbaren Planeten des Sonnensystems der Erde automatisch der Reihe nach anvisierte, eine Abweichung verzeichnet hatte. Auf den Bildern war ein ungewöhnlich heller Punkt in den Saturnringen zu erkennen, der vorher nicht auf den mäßig aufgelösten Fotos zu sehen gewesen war. Ob sich das Objekt oberhalb, unterhalb oder inmitten der Ringe des Saturns befand, ließ sich aus der Fotografie jedoch auf die Schnelle nicht ableiten. Ganz zu schweigen davon, dass der helle Punkt auch von einer zufälligen Formation von Ringpartikeln herrühren konnte. Mit einer knappen Nachricht hatte Kendrick die angeschlossenen Observatorien darüber in Kenntnis gesetzt und um Bestätigung gebeten, doch so aufregend das Ereignis auch sein mochte, er beließ es fürs Erste dabei. Seine Sorgen um Vida machten es ihm unmöglich, konzentriert daran zu arbeiten. Er verabreichte Johnnywalker ein paar Streicheleinheiten, mehr war nicht mehr drin.

Nachdem er geduscht und etwas gegessen, die Wohnung ein wenig aufgeräumt und gewischt hatte, fiel Kendrick bedrückt auf das Schlafsofa. Die Ablenkung hatte ihm gutgetan, doch jetzt, da alles getan war, kehrten seine Sorgen mit Wucht zurück. Er hatte das Bedürfnis zu reden, aber für Plattitüden verunsicherter Leute, die nicht wussten, was sie sagen sollten, hatte er jetzt auch keine Nerven.

Er öffnete sein Portemonnaie, das er aus der Jacke geholt hatte. Vidas Passfoto lag im obersten Fach. Es war schon ein wenig verfärbt und hatte einen schräg verlaufenden Knick in der Mitte, aber es war ein wirklich schönes Foto. Als es aufgenommen wurde, war Vida sechzehn. Es war gerade mal drei Jahre her, als sie noch die strubbelige Frisur trug, wie sie vor ein paar Jahren ein modisches Muss gewesen war, wenn man dazugehören wollte. Viele hatten sich so retromäßig gestylt. Heute, drei Jahre später, war der Trend aber schon wieder abgeflaut. Die Menschen brauchten Abwechslung, nichts war von Dauer. Ein eigenartiger Widerspruch zu den alten, ewiggrauen Sichtbetonwänden in den endlosen Fluren und Treppenhäusern.

Kendrick strich mit dem Daumen über das kleine Foto. Ach, wenn es dir doch endlich besser ginge, dachte er. Und wenn doch nur Isidora – deine Mama – hier wäre! Er selbst sehnte sich nur ein wenig nach seiner Ex-Frau, es ging auch ohne sie, aber für Vida wäre es sicher gut, wenn sie da wäre. Das Bild entglitt ihm und fiel zu Boden. Auf der Rückseite klebte noch ein Foto: Isidora.

Als das Telefon klingelte, griff er etwas zu hastig danach und stieß Hörer samt Basis von dem Tischchen neben dem Schlafsofa. Ausgerechnet jetzt, dachte er und sammelte die Einzelteile des vorsintflutlichen Geräts wieder ein. Sogar eine der Zifferntasten war abgesprungen.

»Alonso?«

»Guten Tag Kendrick, Gerrit Pierson am Apparat.«

»Ach, wie schön, guten Tag Gerrit, wie geht es Ihnen?«

»Danke, es geht schon. Nun ja, es gibt Neuigkeit bezüglich meiner Healthbots. Sie wissen ja, dass ich Vida meine Healthbots übertragen wollte, aber dass mir die Fachärzte der Klinik von der Übertragung abgeraten haben.«

»Ja.« Kendricks Herz ließ einen Schlag aus. »Ja, bedauerlicherweise. Dennoch danke ich Ihnen, dass Sie es in Erwägung gezogen haben.«

»Die Lage hat sich verändert. Offenbar muss nun schnell gehandelt werden.«

»Das verstehe ich nicht ... wissen Sie etwas, von dem ich nichts weiß?« Plötzlich wurde ihm heiß. Da stimmte doch etwas nicht! »Warum ruft mich die Klinik nicht selbst an?«

»Oh ... also Vida ... wissen Sie was? Ich ... nein, bitte entschuldigen Sie. Vielleicht hätte ich warten sollen. Ich melde mich später noch einmal.«

Die Verbindung brach ab, und Kendrick blieb verstört zurück. Er stellte die Basis wieder auf das kleine Tischchen und steckte den Hörer umständlich wieder in die Halterung. Er bewegte sich gerade wieder zur Couch, als es erneut schellte.

»Gerrit?«

»Äh, nein Señor, Martinez hier. Diensthabende Chefärztin der Intensivstation. Spreche ich mit Kendrick Alonso?«

»Ja, Señora.« Schweißperlen standen ihm jetzt auf der Stirn. »Ist etwas passiert?«

»Leider. Während der Untersuchung ihrer Tochter hat sie einen Kollaps erlitten, und wir mussten eine Notoperation durchführen. Sie ist jetzt von der Lungenmaschine getrennt. Das Printorgan arbeitet mehr oder weniger zufriedenstellend, aber wir befürchten, dass es ohne die Healthbots-Spende von Señor Pierson kaum ...«

Kendrick knallte den Hörer so fest auf die Station, dass er wieder heraussprang. »Vida, ich bin gleich da!«, rief er und eilte zur Tür hinaus. Wieder klingelte das Telefon, aber dafür war jetzt keine Zeit.

Der Haupteingang der Klinik sah anders aus als noch am frühen Nachmittag. Er war mit großen Absperrgittern umzäunt, und man konnte nur noch durch einen schmalen, von einem Drehkreuz unterbrochenen Durchgang hineingelangen.

»Ausweis«, brummte einer der mit MPs bewaffneten Wachmänner, ohne Kendrick anzusehen.

Verdammt! Hektisch suchte er die Taschen seiner Jacke ab. »Es tut mir leid, ich ... «

»Ja?«

»Ich habe ihn nicht dabei.«

Der Wachmann hielt seine Waffe plötzlich etwas fester. »In diesem Fall muss ich Sie bitten, hinter die Markierung zu treten.«

»Was? Welche Markierung denn? Wofür soll das gut sein?«

Der Beamte deutete auf eine noch sehr frisch aussehende gelbe Linie, zwei Schritte hinter Kendrick.

»Señor, bitte tun Sie was ich sage. Wir sind angewiesen, in dieser Bedrohungslage keine Ausnahmen zu machen. Das dient der Sicherheit aller Bewohner.«

»Bedrohungslage? Aber ich muss sofort zu meiner Tochter!«

»Name?«

»Kendrick Alonso.«

»Zum letzten Mal, Señor Alonso – hinter die Linie.« Der Mann trat so nahe heran, dass er ihn beinahe zum Straucheln brachte.

»Lassen Sie das gefälligst, ich gehe ja schon.«

»Äh, Entschuldigung, Señor Beamter«, rief jemand hinter ihm, »er gehört zu mir!«

Kendrick schaute sich irritiert um.

»Was machst du denn, ich sagte doch, dass du auf mich warten sollst, Paps.«

Der Beamte schien ein wenig aus dem Konzept gebracht. Kendrick allerdings nicht minder.

»Und Sie sind?«

»Gustavo Salamanca, er ist mein Schwiegervater.« Als wäre es das Normalste auf der Welt, zeigte Gustavo seinen Ausweis.

»Gut, Sie können beide durch. Aber Name und Anschrift Ihres Schwiegervaters?«

Gustavo zögerte einen Augenblick, dann sagte er: »Das kann er Ihnen auch selbst sagen.« Er drückte den Arm des Beamten etwas vorlaut zur Seite, wodurch das Mikrofon des Diktiergerätes, das der Wachmann nutzte, um sich nicht umständlich mit Notizblöcken und Bleistiften herumschlagen zu müssen, jetzt auf Kendricks Mund zeigte. Und kaum einen Augenblick später sah Kendrick, dass zwei abseitsstehende Sicherheitsbeamte ihre MPs auf Gustavo richteten. »Hände hinter den Kopf und zurücktreten, sofort!«

Gustavo gehorchte.

»Name und Adresse«, wiederholte der Mann mit dem Diktiergerät an Kendrick gewandt.

»Meine Güte, was für ein Theater! Kendrick Alonso. Subebene drei, Sektor K, Wohnung vierzehn ... darf ich jetzt bitte reingehen?«

»Natürlich.« Der Mann trat einen Schritt zur Seite. »Alles Gute für Ihre Tochter.« Gleichzeitig gab er seinen Kollegen ein Zeichen, worauf diese ihre Waffen senkten. »Gehen Sie, bevor...«

In dem Moment krächzte eine aufgebracht klingende Stimme aus dem Sprechfunkgerät an der Schulter des Mannes: »Alle verfügbaren Kräfte sofort zu Schanze 83. Mehrere illegale Fahrzeu...« Sofort eilten der Wachmann und seine beiden Kollegen davon. Nur ein schmächtiger junger

Mann, mit einem abgenutzt aussehenden Taser ausgestattet, blieb zurück.

»Kommen Sie durch, meine Herren«, sagte er und drückte eine Taste, die das Drehkreuz freigab.

Endlich traute sich Kendrick durchzuatmen. »Du warst meine Rettung, Gustavo! Aber ... was machst du denn hier?«

»Gerrit Pierson hat mich angerufen. Er meinte, ich solle möglichst schnell herkommen.«

»Mehr hat er nicht gesagt?«

»Nein, aber er klang sehr gestresst. Ich mach mir Sorgen, Ken!«

»Und dann noch diese idiotischen Korinthenkacker da draußen.«

Wir müssen uns sputen, dachte Kendrick und stürmte an anderen Wartenden vorbei an den Tresen. Die nette Dame, die auch am Tag von Vidas Einlieferung Dienst gehabt hatte, stand heute hinter dem Tresen. »Señor Alonso, bitte kommen Sie mit mir.« Ohne ein weiteres Wort ging sie schnellen Schrittes voran.

»Komm, Gustavo, Beeilung!«

Nach einigen Abzweigungen öffnete die Dame die Tür zu einem spärlich möblierten Zimmer.

»Bitte nehmen Sie Platz. Dr. Aldecoa, der Chefarzt der Chirurgie, wird in Kürze bei Ihnen sein.« Sie öffnete einen Schrank, nahm zwei Gläser und zwei Tassen heraus, die sie auf den Schreibtisch stellte. Sie tippte mit dem Finger auf die beiden bereitstehenden Thermoskannen: »Tee, Kaffee, bedienen Sie sich. Wasser befindet sich im Spender. Wiedersehen.«

Nun waren die beiden in dem kühlen Zimmer allein. Der Wandbildschirm war ausgeschaltet, wodurch es hier ziemlich düster war und der Raum nur durch die Leuchtstoffröhren in der Decke beleuchtet wurde. Selbst hier wurde eindeutig an Annehmlichkeiten gespart.

»Bildschirm einschalten, Sommer, Spätnachmittag«, sagte Gustavo.

Sofort erschien ein entsprechendes Bild.

Da öffnete sich die Tür, und Dr. Aldecoa kam herein. »Señor Alonso, Señor Salamanca.« Er ließ sich in seinen Bürosessel sinken und wischte sich mit beiden Händen gleichzeitig übers Gesicht. Seine traurigen Augen ließen nichts Gutes erahnen. »Ich muss Ihnen ein paar Dinge erklären.«

»Was ist mit Vida? Geht es ihr ... gut?«, fragte Kendrick. Er befürchtete das Schlimmste und spürte, wie ihm der Schweiß ausbrach.

»Señorita Vida«, er räusperte sich, »ihr Körper hat nach dem Einsetzen des Printorgans, also der neuen Lunge, starke Abstoßungsreaktionen entwickelt, die wir durch die Übertragung der Healthbots von Mr. Pierson unter Kontrolle zu bringen gehofft hatten. Wir mussten sie zu diesem Zweck aus dem künstlichen Koma wecken, weil die Bots diesen sonst als Normalzustand hätten interpretieren können. Es gibt diesbezüglich zwar nur wenige dokumentierte Fälle, aber wir wollten die Risiken möglichst gering halten. Während der Übertragung der Bots gab es aus uns noch nicht ganz erklärlichen Gründen einen Kurzschluss in der Botkolonie, der die Nanomaschinen in einer Kettenreaktion vollständig zerstört hat. Ihre Tochter hat den dadurch ausgelösten Schock ... leider nicht überlebt.« Der Doktor blickte bestürzt ins Leere. »Es tut mir so unsagbar leid, Señores.«

Kendrick hatte plötzlich das Gefühl, sein Herz bliebe stehen. Der ganze Raum wirbelte rasend schnell um ihn herum. Das konnte einfach nicht stimmen.

Gustavo sprang auf. »Ich will sie sehen, sofort!«

»Ich werde Sie zu ihr bringen lassen.« Der Doktor erhob sich, wollte Kendrick tröstend die Hand auf die Schulter legen, aber Kendrick drehte sich weg. Er wollte jetzt keine Mitleidsbekundungen. Wie hatte es nur so weit kommen können? Alles hätte er auf sich genommen, hätte es Vida gerettet. Es gab noch so vieles, was er ihr sagen, so viele Bücher, die er ihr hatte vorlesen wollen. Er wollte ... es war einfach viel zu früh, Vida viel zu jung und … da fiel es ihm ein. »Was ist mit ihrem Baby?«

Es schien, als wurde auch Gustavo sich dieser Frage soeben erst bewusst. »Herrje, Doktor, wie geht es unserem Baby? Lebt es?«

»Es ist wohlauf. Das Baby ist wohlauf, wir konnten es vor der Botübertragung entnehmen und in einem Brutkasten auf der Neugeborenenintensivstation unterbringen.«

»O Gott«, stieß Kendrick unter seinen Tränen hervor. »Hat Vida es noch sehen können?«

»Sie hatte es für ein paar Minuten im Arm, so weit das eben möglich war, mit all den notwendigen Zugängen und Infusionen. Ob Ihre Tochter das jedoch bewusst wahrgenommen hat, lässt sich nicht mit Sicherheit sagen.« Er seufzte. »Mr. Pierson geht es den Umständen entsprechend gut. Er sollte in spätestens einer Woche wieder auf den Beinen sein. Vorläufig natürlich nur, da seine Zellen nach der Entnahme der Bots schneller altern und …«

Dr. Aldecoa verstummte. Kendrick spürte ein langgezogenes Grollen, das alles zum Beben brachte. In den Schränken vibrierte es.

»Scheiße! Was war das denn?«, rief Gustavo und sprang vom Stuhl.

»Ich glaube, das war eine Explosion.« Kendrick zuckte mit den Schultern. Er verspürte keinerlei Angst.

So ähnlich, aber viel schwächer, hatte es sich angefühlt, als er vor zehn Jahren in der Besprechung mit der Kuppelführung war. Es hatte sich damals um einen Überfall seitens einer Miliz aus Kuppel 83 gehandelt. Der damals noch total überforderte kommissarische Sicherheitschef war es, der die ihm unterstellten Sicherheitskräfte in eine hocheffiziente Behörde umstrukturiert hatte. Diese fand in mühsamer Ermittlungsarbeit heraus, dass die Real Mankind als eigentliche Drahtzieher hinter den Überfällen gestanden haben mussten. Vielleicht waren auch sie es, die Vida und Gustavo auf dem Gewissen hatten.

Noch einmal erzitterte das Zimmer. Feiner Sand rieselte aus einem dünnen Riss an der Decke, der wohl erst kürzlich zugespachtelt worden sein musste. Der Wandbildschirm flackerte kurz auf und wurde dunkel.

Dr. Aldecoa erhob sich, nun ebenfalls alarmiert. »Eine Explosion? Das kann ich mir nicht vorstellen. Meinen Sie wirklich?«

»Ich fürchte es jedenfalls«, antwortete Kendrick und wunderte sich über seine Gelassenheit.

»Scheiße, was machen wir jetzt, Dr. Aldecoa?«, rief Gustavo aufgebracht und sprang vom Stuhl auf. Er schien geradezu verängstigt, wie er in der Ecke Schutz suchte, während er die Tür im Auge behielt.

Kendrick hatte Gustavos Nervosität schon seit ein paar Minuten beobachteten können. Es tat ihm weh, den Jungen so zu sehen, denn keiner sollte so etwas durchmachen müssen. Er hatte sich in Gustavo wirklich getäuscht, das war ihm inzwischen klar geworden und er war erleichtert darüber, dass Vida recht behalten hatte. Gustavo war mit Sicherheit alles andere als ein kaltblütiger Terrorist.

»Ich habe keine Ahnung, was hier vorgeht, aber ich kläre das.« Dr. Aldecoa nahm das Telefon und wählte eine dreistellige Nummer. »Nur die Ruhe, Señor Salamanca, es wird sich alles aufklären.« Nachdem er eine Weile darauf gewartet, aber offenbar keine Verbindung bekommen hatte, legte er wieder auf. Der Arzt ging zur Tür, öffnete sie und lugte hinaus.

»Wissen Sie, was hier los ist?«, rief er irgendwem auf dem Flur zu, aber es war keine Antwort zu vernehmen.

»Hey, du da! Was ist hier los?«, rief der Arzt diesmal lauter, da röhrte eine Sirene los. Es war die Aufforderung, die Schutzräume aufzusuchen, die auf jeder Ebene zu finden waren.

»Kommen Sie, wir müssen hier raus«, sagte Aldecoa erstaunlich gefasst. »Gehen Sie in einen Schutzraum, ich muss mich jetzt mit der Belegschaft um die Abriegelung der Klinik kümmern.«

Mehrere weitere Erschütterungen rollten heran.

Kendrick, nun nicht mehr so entspannt, packte Gustavo am Arm. »Los jetzt!«

»Ich will beim Baby bleiben«, sagte dieser, während er sich dem kräftigen Griff entwand. Gustavo schien die Angst, die ihn eben noch ausgefüllt hatte, vergessen zu haben.

22 - JOHN

2385 | Saturn

Julias Aufschrei verhieß nichts Gutes. John ließ den Raum hinter sich, in dem sich neben vielen anderen kuriosen Wesen ein vieläugiges, hinter Glas verschlossenes Alien mit vielen Armen befand. Er trat ebenfalls zur Tür, die in den nächsten Raum führte, packte Julias Arm und zog sie zurück. Vielleicht war es ein Reflex, vielleicht hatte er Angst um sie. Er wusste es nicht, und er hatte auch keine Gelegenheit mehr, darüber nachzudenken. Er trat neben den sprachlosen Kidj'Dan G'holo in die Tür und blickte etwas besorgt in den dahinterliegenden Raum. Was er sah, ließ ihn rückwärts taumeln und nach Luft schnappen.

»Verdammt, sind das …?«

»R'humil und Gadala«, antwortete G'holo, der mit vor und zurück wippenden Tentakeln zuerst auf den einen Toten und dann auf den anderen zeigte. »Ihre Überreste zumindest.«

Sie hatten also die beiden Spezialisten aus Ondras' Kar'-Talan-Team gefunden.

»Wir müssen vorsichtig sein, aber ich muss herausfinden,

was da passiert ist«, sagte John, nachdem er sich wieder etwas gesammelt hatte. Er spürte Julias Anwesenheit hinter sich.

John blickte zu G'holo, der vermutlich mit Ondras oder Ganuba kommunizierte. Er ließ seinen Blick aber schnell wieder zu beiden Kidj'Dan gleiten, die wie festgeklebt an der gegenüberliegenden Wand hingen. Die gelbe schleimige Substanz, die erst vor wenigen Stunden Andrew an sich gerissen hatte, hielt nun die beiden Krieger gefangen. Schon bei der Rettung des Androiden hatte John eindrucksvoll lernen müssen, dass er das Zeug nicht berühren durfte, aber er stellte sich die Frage, ob die Kidj'Dan wirklich tot und damit verloren waren. Dieser R'humil ... gut, da brauchte man nicht lange zu überlegen. Seine Augen waren nur noch klaffende Krater, der Mund weit aufgerissen. Schwarzes Sekret floss daraus hervor. Wie schon bei Andrew, waren auch hier die gelben Zungen aus dem organisch aussehenden Schleimpilz fest um R'humils Kopf gespannt. Ihre widerhakenbewehrten Spitzen vibrierten in abgehackten Bewegungen über das Gewebe in den Augenhöhlen und immer wieder rissen sie Stücke davon heraus.

»Das ist ... ekelhaft!«, stieß Julia hervor. Sie war ganz blass geworden.

Ein feuchtes Platschen erklang, als R'humil, der linke der beiden, plötzlich von der Wand herab rutschte. Von seinem Kopf, der von seinem Körper getrennt wurde und noch immer in den Fängen der gelben Zungen hing, war fast nur noch der Schädelknochen übrig. Der andere, rechts von dem bis zur Unkenntlichkeit zerschundenen Kidj'Dan, lebte vielleicht noch.

»Das ist Gadala«, hauchte G'holo.

»John, sieh mal, er bewegt sich ... er lebt doch noch!«, bestätigte Julia seine Vermutung.

Etwas zögerlich näherte sie sich dem hilflosen Kidj'Dan. John wollte sie zurückhalten, doch als er sah, dass sie weit genug von ihm entfernt stehen blieb, zügelte er seinen Beschützerinstinkt.

»Gadala! Wir holen dich da raus, hörst du?«, sagte Julia mitfühlend und blickte John hilflos an. Sie trat dichter an den Kidj'Dan heran und hob ihren Arm. Was hatte sie vor?

»Julia, nein!«, rief er ihr zu. Sie ließ ihren Arm wieder sinken.

Gadalas Tentakel glimmten wie glühende Kohlen. Er hatte zweifelsohne Todesangst.

»John, wir müssen ihm doch helfen!«

»Ich habe keine Ahnung, wie. G'holo, was denkst du?«

Der Kidj'Dan hatte endlich seine gedankliche Kommunikation beendet, was John an seinen wieder im gewohnten Winkel vom Kopf abstehenden Tentakeln erkennen konnte.

»Ich weiß es nicht. Ganuba sagt, wir sollen die beiden aufgeben.« Seine Tentakel waren nun tiefrot gefärbt.

»Nein, das lasse ich nicht zu!«, rief Julia entrüstet.

John war erstaunt über ihren Mut. Die beiden Kidj'Dan waren sowieso verloren, und dieses schleimige Pilzwesen sah nicht so aus, als wolle es hergeben, was es einmal gepackt hatte. Aber dennoch konnte er Julia verstehen und musste einräumen, dass sie zumindest schauen sollten, ob der Rechte der beiden Kidj'Dan noch am Leben war.

»G'holo, wir sollten ...«, begann John, wurde aber schroff von diesem unterbrochen.

»Ich habe meine Anweisungen, Mensch. Wir geben R'humil und Gadala auf und ziehen uns weiter zurück. Es ist nicht mehr weit bis zum Schott.«

»Nun, wie gut, dass ich nicht verpflichtet bin, dir oder Ganuba zu gehorchen«, erklärte Julia. John kniff die Augen zusammen. Ja, er hatte sich nicht getäuscht, da war sie wieder, die mutige Kämpferin, die er so in ihr bewunderte. Sie arbeitete sich wieder Stück für Stück an die Oberfläche und ließ die Traurigkeit, die sich tief in ihr Gesicht gegraben hatte, langsam verschwinden.

»Ähh John? Hilfst du mir? Ich mein, G'holo steht da rum und macht nichts«, riss Julia ihn aus seinen Gedanken. Dabei war sie wieder neben ihn getreten und fuchtelte mit einem ein

Meter langen gedrehten Stab vor seiner Nase herum. »Ich habe G'holos Waffe bekommen. Sie könnte uns dabei behilflich sein, Gadala zu befreien. Er könnte sich zum Beispiel daran festhalten.«

»Verdammt Julia, pass auf mit dem Ding!«

Er nahm ihr ungefragt den Stab aus der Hand. Jeder Kidj'Dan hatte im Krieg gegen Fox' Soldaten so ein Ding am Gürtel getragen. John wusste, dass es sich hierbei um eine Energiewaffe handelte, allerdings war ihm nicht klar, wie die Kidj'Dan sie bedienten. Der Stab war erstaunlich leicht, aber er sah keinen Knopf oder Ähnliches daran. Nur eine merkwürdige geriffelte Fläche, die wie ein Griff aussah und um die er vorsichtig seine Hand schloss. Nichts passierte.

»Gut, ich ticke ihn mal vorsichtig an. Bleibt ihr, wo ihr seid«, wies John die beiden an. Vorsichtig wagte er sich vor. Langsam ging er Meter um Meter auf die gegenüberliegende Wand zu, die beiden Kidj'Dan und die wabernde Masse mit den hervorschnellenden Zungen, die wild zuckten, dabei fest im Blick. John konnte regelrecht sehen, wie sie auf seine Anwesenheit reagierten. Der Schleim begann zu schnarren, quoll auf, dehnte sich aus, waberte in seine Richtung. Er musste sich beeilen, wenn er noch etwas für den Kidj'Dan tun wollte, ohne dabei selbst als Futter zu enden.

John blieb etwa zwei Schritte vor Gadala stehen.

»Gadala«, sagte er laut und zuckte kurz zurück, als sich ihm hunderte von Zungen entgegenreckten.

»Weg!«, wisperte der Kidj'Dan schmerzerstickt.

»Was hat er gesagt, John?«, fragte Julia.

John blickte sich kurz zu ihr um. »Er will wohl, dass wir gehen.«

»Nein, John. Du …«

»Keine Sorge, das habe ich auch nicht vor.«

G'holo tänzelte unruhig umher. Vermutlich war er sich unsicher, ob er gegen Ganubas Befehl verstieß, indem er hier ausharrte. Vielleicht hatte er auch nur ein schlechtes Gewissen. Aber was auch immer der Grund dafür war, es nervte

John. Gadala wurde hier vor ihren Augen Stück für Stück auseinandergenommen und verspeist. Er brauchte Hilfe. John musste an seinen Freund Hugh denken, der auf der Erde in den Bergen erfroren war. Halb verhungert, auf der Flucht vor den Real Mankind, hatte er John eine letzte Nachricht zur Aristoteles geschickt. Ihm hatte John damals nicht helfen können. Aber jetzt – jetzt hatte er diese eine Chance. Er musste einfach alles versuchen.

»Gadala, halt dich an diesem Stab fest. Wir ziehen dich da raus«, sagte John etwas zu laut, weil er nicht sicher war, ob der Kidj'Dan ihn überhaupt noch hören konnte. Immerhin war dieses schleimige Zeug überall. John brachte den Stab so nah es ging an Gadalas rechte Hände heran und wartete darauf, dass der Kidj'Dan zugriff. Doch das tat er nicht. Stattdessen stieß er den Stab mit seinen langen Fingern zur Seite.

»Verschwinde!«, wisperte er. Seine wenigen noch nicht gefressenen Tentakel, an denen sich die sehnigen Zungen festhielten, glimmten rot auf.

»Wir gehen«, entschied G'holo und drehte sich um.

»Spinnst du?«, rief Julia und packte ihn am Arm. Er wandte den Kopf in ihre Richtung.

»Mensch! Du weißt nichts über uns. Er ist totgeweiht und muss in das Danach gehen. Wir können ihm nicht mehr helfen.«

»Woher willst du das wissen? Er lebt noch, das siehst du doch!«, rief Julia aufgewühlt. John hielt noch immer den Stab in Gadalas Richtung, in der Hoffnung, dass der Kidj'Dan doch noch zugreifen würde.

»Er hat mit mir kommuniziert. Die Wesen sind in seinem Körper. Sie …« Weiter kam G'holo nicht. Stattdessen zuckte er zurück. Die dunkle, raue Haut an Gadalas Bauch begann merkwürdig zu wabern. Befand sich dieser merkwürdige Schleim tatsächlich bereits in seinem Innern? John war sich sicher: Es war zu spät, und Gadala wusste das.

»Was ist das, John? Was macht dieses Zeug mit ihm? Wir müssen doch …«

John ließ den Stab sinken, hielt ihn aber noch immer umklammert. Er packte Julia mit der freien Hand am Arm und zerrte sie rückwärts, wieder ein Stück weit in den Raum mit den seltsamen Wesen aus anderen Welten hinein, die sich in zahllosen Behältern und verglasten Käfigen verbargen.

Dann begann Gadala zu schreien. G'holo irrte hinter ihnen durch den Raum und guckte hinter die beiden anderen Türen, die sich dort verbargen. Julia stand sprachlos hinter John und wusste anscheinend genausowenig wie er, was sie nun tun sollten.

»Julia, hilf G'holo, einen anderen Weg hier raus zu finden. Ich kümmere mich um Gadala«, wies er sie an. Als sein Blick wieder zu dem schreienden Kidj'Dan flog, erkannte John, dass die Zungen nun bis zu dessen Augen vorgedrungen waren. Er sah, wie sie ihre zuckenden Widerhaken in die Facettenaugen trieben. Am liebsten hätte er weggeschaut, aber gleichzeitig konnte er seinen Blick nicht davon lösen. Er musste Gadala erlösen, ihn erschießen.

»John, scheiße, John!«

»Julia, verdammt, jetzt geh endlich!«

G'holo winkte mit allen vier Armen: »Ich glaube, ich habe einen anderen Weg gefunden!«

John stieß Julia in Richtung des Kidj'Dan. Während er wieder in den Raum trat, in dem Gadala noch immer gefangen war, überlegte er fieberhaft, ob er doch noch etwas für den todgeweihten Gadala tun konnte. Was war das nur für ein schreckliches schleimiges Ding, das ihn lebendigen Leibes auffraß? Sollte er den Kidj'Dan wirklich erschießen?

John bemerkte seine eigene Unachtsamkeit einen Moment zu spät. Die wabernde Masse hatte sich über die Decke bis zu der Tür, in der John stand, vorgearbeitet. Eine der gelben Zungen hatte seinen rechten Arm, in dem er den gedrehten Stab hielt, gepackt. Wie eine überdimensionierte Hand umschloss die schleimige Substanz seinen Arm und drückte erbarmungslos zu. John spürte, wie seine Hand kribbelte, brannte, taub wurde. Panisch riss er an dem Schleim, der ihn so fest umklammert hielt. Ein leises Schnarren drang in seine Ohren. Hinter sich hörte er Julia schreien. Er sah im Augenwinkel, wie sie quer durch den Raum auf ihn zulief.

»Bleib, wo du bist!«, brüllte er. Sie durfte sich nicht seinetwegen in Gefahr bringen!

John riss weiter panisch an seinem Arm, ließ den Stab aber nicht los.

Er nahm all seine Kräfte zusammen, als er sah, dass sich weitere Zungen nach ihm reckten. Er stieß einen Schrei aus, als eine Energiewelle, die von dem Stab auszugehen schien, ihn packte und zurückschleuderte. Julia riss er dabei mit sich. Die Druckwelle hatte ihm fast das Bewusstsein geraubt. Er hörte ein Knacken und Klirren.

John und Julia fanden sich in einer schleimigen Flüssigkeit wieder, die den Boden des Raumes bedeckte. Ein merkwürdiges lebloses Wesen, dass lediglich aus einem riesigen Maul voller spitzer Zähne bestand, lag direkt vor Julias Füßen. Angewidert trat sie es weg.

John sah, dass mehrere Aquarien durch die Druckwelle zerstört worden waren. Merkwürdige Wesen lagen verteilt in der gelartigen Substanz, in der sie zuvor in ihren Behältnissen geschwommen waren. Sie schienen allesamt tot zu sein.

»Kommt ihr jetzt?«, rief G'holo völlig unbeeindruckt von der Tür aus, die sich einige Meter von ihnen entfernt befand.

»Hast du sie noch alle?«, brüllte John, der langsam genug von G'holo hatte. »Anstatt hier den Antreiber zu geben, hättest du auch gefälligst mal was unternehmen können! Ich wäre hier beinahe draufgegangen!« Am liebsten wollte John aufspringen und dem Feigling eine verpassen, doch Julia hielt ihn zurück.

»Bist du okay?«, fragte er schließlich Julia, die noch immer neben ihm auf dem Boden lag und versuchte, sich mühsam aufzurappeln.

»Geht schon, aber was, verdammt noch mal, war das?« Sie stützte sich mit der Hand am glitschigen Boden ab, um aufstehen zu können, als sie plötzlich einen Schmerzensschrei ausstieß. »Aaah, mein Arm!« Sie hielt ihn mit der anderen Hand fest, das Gesicht schmerzverzerrt. »Oh, was für eine Schei… Ich glaube, der ist gebrochen. Es tut höllisch weh.«

»Ich kümmere mich gleich darum, aber erst müssen wir hier weg. Guck dir das mal an, da vorne.« John wies auf den Raum, in dem zuvor noch Gadala halb tot in den Fängen des gelben Schleimes hing. Der Raum war in seine Einzelteile zerlegt, der Schleim gesprengt, der Kidj'Dan nicht mehr als ganzes Wesen auszumachen.

»Ah, das ist ja furchtbar. Wie ist das passiert? Woher kam die Druckwelle? Hat der Stab sie ausgelöst?« Julia wäre beinahe ausgerutscht und erneut gestürzt, aber im letzten Moment fanden ihre Stiefel wieder Halt.

»Ja, ich habe ihn anscheinend aktiviert. Da ist eine geriffelte Fläche. Ich denke, dass die Druckwelle ausgelöst wird, wenn ich sie fest oder oft genug drücke.«

»Probier es jetzt bitte nicht aus«, bat Julia.

»Keine Angst, habe ich nicht vor. Komm!«

John hatte Julia untergehakt und ging vorsichtig zur Tür, durch die sie hoffentlich schnell zur Außenluke gelangen würden. Er wollte nur noch runter von diesem furchtbaren Schiff.

Kurz bevor sie die Tür erreicht hatten, ließ er seinen Blick noch einmal durch den Raum schweifen. Das riesige Aquarium, in dem sich das hundertäugige Wesen mit den langen Armen befand, war von besorgniserregend langen Rissen durchzogen und knackte gefährlich. Die vielen Augen des Tieres bewegten sich, und seine Fangarme machten den Eindruck, als erwarte es, in Kürze freizukommen. Wer wusste schon, was das für ein Monster war, wie stark und, vor allem, wie hungrig es war, sollte das glasartige Material nicht standhalten.

»John, scheiße. Guck mal«, sagte Julia, die die Risse nun ebenfalls gesehen hatte. »Los jetzt, raus hier!«

Das brauchte sie ihm nicht zweimal zu sagen. John zerrte

Julia mit sich durch die Tür. G'holo war bereits mehrere Meter weit in den Gang vorgedrungen.

»John, schließ die Tür, schnell!«, rief Julia.

»Fuck!« Er hämmerte mehrmals auf das Panel neben der Tür ein, doch außer eines metallischen Ächzens geschah nichts. »Ich ... die Automatik funktioniert nicht. Vielleicht hat die Druckwelle die Wände verzogen.«

John tastete in der Wand nach der Schiebetür. Er packte sie und zog daran. Irgendwie musste das Ding doch zugehen. Oder sollten sie einfach loslaufen? Er blickte wieder zum Kidj'Dan.

»Hey G'holo, wenn du willst, dass wir hier lebend rauskommen, hilf mir gefälligst! Das Ding da drinnen ist gleich frei, und dann sind wir Futter!«

G'holo drehte sich um und seine Tentakel leuchteten rot auf. Anscheinend erkannte er aber den Ernst der Lage und dass es hier auch um sein Überleben ging. Er eilte mit großen Sprüngen zurück zu John und Julia. Diese hielt sich weiterhin den schmerzenden Arm.

Unter enormem Kraftaufwand zogen John und G'holo die schwere Platte Stück für Stück auf den gegenüberliegenden Rahmen zu. John hörte das lauter werdende Knirschen von Glas im Raum dahinter. Sie mussten sich beeilen.

Kurz bevor die Tür vollständig geschlossen war, knallte es laut. Man hörte, wie sich das Wasser nach allen Seiten rauschend ausbreitete.

»Das sollte genügen«, sagte John und ließ von der Tür ab.

Eine Welle der gallertartigen Substanz schoss durch die verbliebene schmale Öffnung. Schrilles, vielstimmiges Fauchen begleitete die Versuche des Wesens, mit seinen durch den Türspalt fuchtelnden Tentakeln nach den Entkommenen zu greifen.

»Weiter, schnell!«, rief John, rutschte aus und knallte hart auf den Boden. »Aah, fuck!«, brüllte er schmerzerfüllt. Sein Wegweiser zeigte ein Durcheinander von Richtungsanweisungen.

Plötzlich spürte er etwas Heißes an seinem linken Fußgelenk. »John, um Gottes willen!«, schrie Julia.

Das Monster hatte ihn doch noch erwischt. John umschloss den Stab, zielte auf den Türspalt und drückte mehrmals fest auf die leicht erhobene Fläche am Griff. Blau blitzte ein Strahl aus der Spitze seiner Waffe. Wieder warf ihn eine Druckwelle nach hinten und sein Fußgelenk war wieder frei. Mit rasendem Puls richtete er sich auf. Julia fiel ihm erleichtert um den Hals, und er sah ihre vor Schreck geweiteten Pupillen.

»Alles klar«, sagte er, »ich bin okay!«

Wieder zu Atem gekommen, blickte er auf den roten Punkt der Wegweiserprojektion, der vor ihnen über den Gang flitzte. Laut Andrews Berechnungen, die der Android vorhin an John übertragen hatte, wären sie in etwa dreißig Metern an der Schleuse, die sie nach draußen bringen würde.

John war schweißgebadet. Sein Kragen war völlig durchnässt. War die Saugfunktion seines Anzugs defekt? Das konnte ja gleich ein Schlamassel geben, wenn sie in die Schwerelosigkeit kämen.

»Menschen, wie weit ist es noch?«, fragte der Kidj'Dan.

»Da vorne!«, rief John und wies mit dem Arm auf eine Einbuchtung in der Wand zehn Meter vor ihnen.

»Endlich!«, rief Julia und lief ihnen voraus.

Sie waren an der Schleuse angelangt. Andrew hatte also recht behalten. Der rote Punkt des Wegweisers zog sich zurück. Sie hatten ihr vorläufiges Ziel erreicht. John hörte hinter sich im Gang ein lautes Pochen, dann ein Knallen. Himmel, war das tatsächlich dieses Krakenwesen, das durch die Tür wollte? Lebte das Ungeheuer noch immer?

»Die Schleuse ist offen, raus hier«, sagte John bestimmt. Eilig stolperten sie in die Schleuse. John schlug fest auf den Schalter neben der Schleusentür.

Ein Zischen, ein grell aufleuchtendes Licht und ein Knall – und John fand sich in der Schwerelosigkeit wieder. Mit der Hand betätigte er den Schalter auf der anderen Schalttafel und das äußere Schleusentor öffnete sich. John zog Julia zu sich heran und klinkte ihren Anzug in seinen ein.

Johns Puls war nach wie vor am Limit, dicke Schweißperlen tanzten vor seinen Augen.

»Julia, du musst mich in das Führungsseil einklinken, dann kann ich uns rüberziehen. Ich kann leider nichts erkennen. Mein Anzug ist defekt. Ich ... nun, ich habe Flüssigkeit im Helm. Ich hoffe, du kriegst das mit einer Hand hin.«

Vermutlich blickte sie ihn an. So genau konnte er es wegen der Tropfen, die vor seinen Augen umherschwebten, nicht sagen.

»Gut, ich ... schaff das. Es ist ja zum Glück der linke Arm, der was abbekommen hat. Äh, du ertrinkst ja gleich. Was ist das für eine Flüssigkeit?«, fragte sie offensichtlich verwirrt.

»Verdammt Julia, wir haben jetzt keine Zeit für solche Gespräche. Wir sind stundenlang gerannt und ... ist doch auch egal. Jetzt mach schon!«

Julia kniff die Lippen zusammen, das konnte John schemenhaft erkennen.

»So, du bist in das Führungsseil eingeklinkt, John. Ich bin direkt hinter dir. Kriegst du das hin? Ich kann mit einem Arm echt nicht viel helfen.«

»Ja, kein Problem, aber du musst meine Augen sein. Sag, wenn wir drüben sind. Ich kontaktiere die Kam'dhadga, damit sie uns auf der anderen Seite helfen«, erklärte John und begann vorsichtig damit, sich und Julia am Seil entlangzuziehen.

23 - KENDRICK

2385 | Puerto Rico – Erde

»Natürlich habe ich Zeit, komm nur herein, Kendrick.«

»Danke sehr.« Kendrick setzte sich auf einen Stuhl neben Gerrit Piersons Krankenbett. »Hübsch«, sagte er über die Szene auf dem Wandbildschirm. Ein markanter Turm dominierte das Panorama der Stadt. »Ist das Toronto?«

»Nein, das ist Seattle. Ich habe eine Aufzeichnung einer Webcam im Holonet gefunden. Die Filmsequenz ist über hundertfünfzig Jahre alt.« Er legte seine Lektüre aus Vidas Sammlung, die ihm Kendrick gestern mitgebracht hatte, in die Schublade des Nachttischs.

»Wie geht's dir, Gerrit? Es ist doch okay, wenn ich du zu dir sage?«

»Sicher, Kendrick! Mir geht es soweit gut. Aber wie ist es dir ergangen? Hast du die Turbulenzen und die Abriegelung der Klinik gut überstanden?«, fragte Gerrit und ließ das Kopfteil seines Bettes nach oben fahren.

»Wir haben es gerade noch rechtzeitig in die Schutzräume geschafft. Ich war kurz vorher noch mit Gustavo bei Vidas behandelndem Arzt, als die Detonationen in den Kuppeln ausbrachen. Eine Schwester hat uns geholfen. Ich fand es beängstigend, als die Stahlbetonwände heruntergekracht sind.«

Gerrit nickte bestätigend. »Wie ich hinterher von den Pflegekräften erfuhr, ist die Notfallabriegelung auch kaum zu durchbrechen, aber wenn dadurch Bewaffnete hier drin gewissermaßen gefangen sind, und das war ja der Fall, nützt der beste Lockdown natürlich nichts. Habt ihr etwas von der Schießerei hier drinnen mitbekommen?«

»Eine Schießerei? Meinst du hier in der Klinik?«, fragte Kendrick irritiert.

»Du weißt es nicht? Sprichst du denn nicht mit deinem Vater über so etwas? Als Kuppeldirektor muss er doch als Erster gewusst haben, was passiert ist.« Gerrit blickte Kendrick verwundert an.

»Mein Vater ist seit den Vorfällen nicht zu sprechen gewesen. Ich weiß ehrlich gesagt von nichts«, murmelte Kendrick und ärgerte sich, dass sein Vater ihn auch nicht ein einziges Mal kontaktiert hatte.

»Ich will dir was zeigen, warte mal. Wo ist er denn …«, sagte Gerrit und langte nach einer Tasche auf dem Stuhl links von ihm. Endlich fand er, was er gesucht hatte und zog einen zerknitterten Zettel aus dem Seitenfach.

»Na also! Gustavo war vorhin kurz hier und hat mir einen Zeitungsartikel vorbeigebracht.«

Er reichte den Zettel an Kendrick weiter. »Die Angriffe aus Kuppel 83 dürften ein für alle Mal Geschichte sein.«

»Ist der Artikel nicht im Holonet?«

»Das Holonet ist wohl vorerst hinüber.«

»Wirklich? Wegen des Angriffs?« Kendrick massierte sein Kinn.

»Lies einfach … steht alles drin.«

Kendrick überflog den Text.

Übergangstunnel gesprengt
157 Tote, mehr als zweihundert Personen verletzt

In einer Verlautbarung von Direktor Pep Alonso wurde heute Vormittag bekanntgegeben, dass der Übergangstunnel zwischen den Kuppeln 82 und 83 im Rahmen der Kampfhandlungen vom vergangenen Mittwoch kontrolliert zum Einsturz gebracht worden ist. Die Maßnahme der Notfallabriegelung war als letzter Schritt gegen eine außer Kontrolle geratene Miliz vorgenommen worden.

Colonel Esteban Rosario rechtfertigte die Sprengung mit dem Schutzauftrag, der mit einstimmigem Beschluss der UN-Vollversammlung am 1. Januar 2107 in Kraft gesetzt worden war. Auf Nachfrage wurde bestätigt, dass die inzwischen allseits bekannte Miliz Children Of Real Mankind aus den Reihen ziviler Bewohner von Kuppel 83 hinter dem massiven Angriff steht. Augenzeugen zufolge waren ein Kampfpanzer und mehrere mobile Luftabwehrgeschütze in den Tunnel verbracht worden und zu den Kontrollpunkten vorgerückt. Die immense Feuerkraft der Angreifer habe laut Rosario ein kaum abzuschätzendes Gefahrenpotenzial für die Bausubstanz von Kuppel 82 dargestellt, weshalb es keine Alternative zur unumkehrbaren Zerstörung des Tunnels gegeben habe. Rosario bestätigte außerdem, dass seither keine weiteren Kampfhandlungen stattgefunden haben, hält aber an der Aufrechterhaltung des Kriegsrechts für weitere sechs Wochen fest, um weitreichende Befugnisse für Personenkontrollen, Wohnungsdurchsuchungen und zeitlich unbefristete Festsetzungen von Bürgern sicherzustellen.

Nur wenige Minuten nach der Sicherheitsabriegelung kam es außerdem in der Poliklinik zu einer Schießerei, die dank des entschlossenen Eingreifens der dort postierten Sicherheitskräfte beendet werden konnte. Neben eines Wartungsangestellten kam auch der sich in der Klinik befindliche Amokläufer Emilio E. ums Leben. Derzeit wird untersucht, ob es zwischen dem Amoklauf und den Kampfhandlungen im Übergangstunnel einen Zusammenhang geben könnte.

Kuppeldirektor Pep Alonso kündigte währenddessen eine umfassende Untersuchung der Geschehnisse an und verteidigt Rosarios Haltung. Die Opposition veröffentlichte schon am gestrigen Abend eine Liste der Namen aller getöteten Bewohner und forderte die

Beendigung jeglicher Kontakte zu Kuppel 83. Zuvor rief die rechtskonservative Partei zu Protestkundgebungen auf, die eine sofortige Absetzung Direktor Alonsos zum Ziel haben. Die Demonstrationen dauern seit der Sprengung des Übergangstunnels zwischen Kuppel 82 und 83 mittlerweile den dritten Tag in Folge an.

Kendrick wusste nicht, was er dazu sagen sollte. Es war reiner Zufall gewesen, dass er es rechtzeitig in seine Wohnung geschafft hatte, bevor die Trennwände in den Korridoren der Wohnsektoren herabgefahren worden waren. »Das liegt Gott sei Dank hinter uns«, erklärte er und gab Gerrit den Artikel zurück.

Er musste an Vida denken. Wenigstens hatte sie die schrecklichen drei Tage dieses Chaos nicht miterleben müssen. Nein, schalt er sich in Gedanken. Wie konnte er nur so denken? Sie hätte es mit Sicherheit gut weggesteckt! Er versuchte, den Gedanken beiseitezuschieben, aber stattdessen übermannte ihn seine Trauer um Vida. Trotzdem lächelte er Gerrit verlegen an, schaute dann aber an ihm vorbei.

»Du hast viel durchgemacht, Kendrick, und ich fühle mit dir. Scheiße, wir haben beide ganz schön viel hinter uns, und ich werde durch den Verlust meiner Bots auch noch einiges vor mir haben«, sagte Gerrit leise.

Kendrick nickte. Ich habe ihm seine Healthbots geraubt, dachte er. Und das alles völlig umsonst, denn nun ist nicht nur Vida tot, auch Gerrit wird sterben.

Kendrick holte tief Luft und wollte eigentlich auf Vida zu sprechen kommen. Aber er schaffte es nicht. »Wie geht es dir, Gerrit?«, fragte er stattdessen noch einmal. »Kannst du spüren, dass die Bots weg sind?«

»Das ist schwer in Worte zu fassen.«

Während Gerrit nach den richtigen Worten suchte, versuchte Kendrick, Ordnung in seine Gedanken zu bringen. Die letzten Tage waren eine nahezu unerträgliche Quälerei gewesen, und es waren diese zwei Dinge, die ihm den Schlaf raubten: Der Verlust seiner geliebten Tochter Vida und Gerrits selbstloses, aber doch vergebliches Geschenk, das sie unter besseren Umständen tatsächlich hätte retten können. Gerrits Opfer war vergeblich gewesen.

»Es ist, als fehle ein Teil von mir«, sagte Gerrit leise. »Natürlich ist es nicht mit dem Verlust meiner Frau zu vergleichen – eher mit dem eines guten Freundes, der nicht mehr anruft oder vorbeikommt, verstehst du?«

Kendrick versuchte, den Kloß in seinem Hals runterzuschlucken. So ähnlich ging es ihm seit Vidas Tod. Dort, wo ihr Platz in seinem Herzen gewesen war, klaffte nun ein riesengroßes Loch.

Wie nur sollte er es Gerrit sagen? »Weißt du, was bei der OP passiert ist?«

»Ja, ich weiß Bescheid.«

Gerrit sah ihn mit einem Gesichtsausdruck an, den Kendrick nicht zu interpretieren vermochte.

»Es tut mir leid, dass dein großes Geschenk vergebens war. Dr. Aldecoa sagte mir, dass deine Healthbots vollständig zerstört worden sind«, sagte er vorsichtig.

»So ist es. Eine Rückführung war nicht mehr möglich.«

Kendricks Gedanken waren wie trübes Wasser. Er musste eine ganze Weile darin herumtauchen, bis er einen konkreten Satz herausfischen konnte.

»Vida ist dir sehr dankbar!«, hörte er sich sagen. Eine seltsame Aussage, wo sie doch nicht mehr lebte, aber sie stimmte. Er kannte seine Tochter, und er konnte sich nichts anderes vorstellen. Eine Träne lief über seine Wange.

»Ich weiß, Kendrick. Ich kann es spüren. Es ist wirklich eigenartig, aber jetzt verstehe ich besser, warum es meiner Fay so wichtig gewesen ist, ihre Healthbots an unsere Tochter Miranda weiterzugeben.«

Gerrit griff neben sich und blickte auf ein Foto, das er Kendrick reichte. »Miranda hat Fays Gesichtszüge, und sogar ihr Lächeln ist das gleiche, siehst du?« Er beugte sich ein wenig herüber und zeigte auf eine bestimmte Stelle. »Hier. Ihr rechter Mundwinkel ist ein klein bisschen höher als der linke.«

»Wie hübsch die beiden sind«, sagte Kendrick. Er überlegte einen Augenblick, suchte in seinen Gedanken etwas Verbindendes zwischen Vida und ihrer Mutter Isidora, fand aber auf Anhieb nichts. »Vida hat auf einem Auge einen deutlich erkennbaren blassblauen Fleck auf der Iris.«

Kendrick holte sein Portemonnaie aus seiner Jackentasche und nahm zwei Fotos heraus. »Auf diesem kann man den Fleck sehen«. Er gab eines Gerrit. »Und das ... na ja, das ist Isidora, Vidas Mutter.« Auch dieses Bild gab er Gerrit ...

»Wow, sie war wunderschön! Solch eindringlich blickende Augen habe ich selten gesehen. Wo ist deine Frau jetzt?«

»Das ist eine komplizierte Angelegenheit.«

»Das ist es doch immer, oder nicht?«

»Ja, irgendwie schon, fürchte ich.«

Kendrick zögerte und fragte sich, ob er dieses Kapitel wirklich vor Gerrit ausbreiten wollte. »Sie hat mich verlassen, besser gesagt uns«, log er, wie er es sich angewöhnt hatte, seit er sich von Isidora getrennt hatte.

»Tut mir leid zu hören.«

»Das muss es nicht. Aber ... vielleicht hast du ja schönere Erinnerungen an deine Frau – vor ihrer Erkrankung?«, fragte Kendrick und freute sich über ein wenig Ablenkung von seinen traurigen Gedanken.

»Fay war die Liebe meines Lebens. Wir gingen gemeinsam durch dick und dünn. Genau genommen waren wir wie füreinander geschaffen. Wir haben viel erlebt, waren sehr lange auf der Flucht. Aber das ist eine sehr lange Geschichte und ist längst Vergangenheit. Es ging uns im Großen und Ganzen recht gut. Aber wir waren froh, als wir einen Ort, ein kleines Häuschen gefunden hatten, an dem wir uns niederlassen konnten. Es waren harte Zeiten, und ich habe viel gearbeitet, um uns zu ernähren und um das Haus auf Vordermann zu bringen. Und dann trat Miranda in unser Leben. Die Kleine konnte gar nicht schnell genug zur Welt kommen, hatte es wohl eilig. Aber sie war mit allem schnell, wollte alles wissen und schoss in die Höhe, wie eine Rakete. Ach, Miranda«, seufzte Gerrit schließlich, und von dem einen Moment zum anderen wurde er wieder still.

Etwas verlegen gab er Kendrick die Fotos zurück. »Es waren ein paar glückliche Jahre für uns, doch dann wurde Miranda krank. Es ging alles so schrecklich schnell, Miranda war von einem Tag auf den anderen wie ausgewechselt. Sie konnte kaum essen, und oft behielt sie nicht einmal das bisschen Wasser, das wir ihr gaben, bei sich.« Gerrit kniff die Augen zusammen. Er blickte zu dem Wandbildschirm, als wartete er darauf, dass die in seine Augen gestiegenen Tränen verschwanden. Mit gebrochener Stimme sprach er schließlich weiter. »Oh Mann. Nun, jedenfalls waren Fay und sie eines Tages, im Sommer 2191 müsste das gewesen sein, verschwunden. Sie hatte Miranda ins Auto gepackt und war mit Tony, Mirandas Freund, nach Kitwanga aufgebrochen.«

»Kitwanga in Kanada? War es da nicht gefährlich, wegen der Schwierigkeiten mit den Real Mankind?«

»So ist es.« Gerrit schien nachzudenken, denn er sagte erst nach einigen Sekunden: » Weißt du etwas über diese Miliz?«

»Nur das, was die Kuppel-Nachrichten berichten.«

»Anfangs waren die Real Mankind ein loser Zusammenschluss der Bewohner mehrerer Siedlungen im Grenzgebiet zwischen den USA und Kanada gewesen, der sich innerhalb weniger Jahre zu einem gut organisierten Staat gemausert hat. Das von ihm kontrollierte Gebiet umfasst heute große Teile Kanadas und der vereinigten Staaten. Leider führten der erreichte Wohlstand und die Verfügbarkeit von Lebensmitteln zu Problemen mit umliegenden Städten. Immer mehr Flüchtlinge hatten versucht, dort ebenfalls Fuß zu fassen.«

»Wie schaffen sie es dort, den Folgen des Klimawandels … ich meine vor allem den Überflutungen und Stürmen zu trotzen?«

»Soweit ich weiß, arbeiten sie heute für die Nahrungsgewinnung in großen Teilen unterirdisch, aber bislang sind nur wenige Informationen durchgesickert. Real Mankind ist mit PR-Kampagnen in eigener Sache sehr zurückhaltend. Nur wenig schaffen es raus, wenn sie mal drinnen sind, weshalb man eigentlich fast nichts darüber erfährt. Die Enklave ist seit Gründung sehr autoritär, und die Miliz von damals ist heute eine gefürchtete und schlagkräftige Armee, die für ihre Brutalität bekannt ist. Man darf sich von deren Äußerem nicht täuschen lassen. Das Pack ist besser denn je in kleinen, selbstbestimmten Gruppen organisiert, die ihre Herrschaftsgebiete engmaschig abriegeln. Real Mankind haben das Zeug, ganz Nordamerika noch in dieser Dekade vollständig unter ihre Kontrolle zu bringen. Und wenn das passiert ... tja ... dann dürfte es in den Kuppeln dort sehr unangenehm werden.«

»Das ist aber schon ein bisschen beängstigend«, sagte Kendrick, dem es eiskalt den Rücken hinunterlief.

»Auf jeden Fall haben Fay und Tony bei der Unternehmung vor fast zweihundert Jahren Kopf und Kragen riskiert, anders kann man es nicht sagen. Ihr Vorhaben hatte ja außerdem nur auf den Aussagen dubioser ... Gestalten basiert, um es vorsichtig auszudrücken, die Tony auf einer seiner Einkaufstouren auf dem Schwarzmarkt in Dease Lake belauscht hatte. Ein Mediziner, Godwin hieß er, aus der zur Flüchtlingsstadt expandierten Siedlung Kitwanga hatte angeblich mehrere erfolgreiche Bot-Extraktionen hinbekommen. Es hatte sich letzten Endes als wahr entpuppt.« Er betrachtete das Foto seiner Frau und Mirandas. »Die Reise war völliger Wahnsinn. Von Iskut, wo unser abseits gelegenes Haus stand, bis Kitwanga waren es gut fünfhundert Kilometer, und das Militär der Real Mankind kontrollierte zu der Zeit sehr sorgfältig, wer sich auf den Straßen bewegte.«

»Konnte Godwin denn helfen?«

Gerrits Augen glänzten feucht. »Ja, er konnte Fays Healthbots auf Miranda übertragen. Das hat ihr Leben gerettet. Schon nach ein paar Tagen ging es Miranda besser. Aber ... aber Fay baute rasend schnell ab. Sie hatte aufgrund der Healthbots viele Dekaden zum Durchschnittsalter eines

Menschen ohne Bots hinzugewonnen. Wenn man dann plötzlich ohne auskommen soll, ist das ein Todesurteil.«

Kendrick erhob sich von seinem Stuhl und setzte sich auf die Bettkante. »Es tut mir sehr leid, Gerrit«, sagte er und schloss ihn in die Arme.

»Weißt du, Kendrick, mir ging es ohne Fay in den vergangenen Monaten zunehmend schlechter. Die Zeit heilt nicht alle Wunden.« Er schniefte und wischte sich mit dem Krankenhemd die Tränen aus dem Gesicht. »Fay hat etwas Wundervolles getan. Aber sie hat mir damit gleichzeitig das Schlimmste angetan.« Er drückte Kendrick sanft von sich weg. »Ich fühle mich so … undankbar. Selbstsüchtig! Es ging doch um Miranda, nicht um mich. Hätte Fay ihr nicht die Bots überlassen, wäre Miranda gestorben. Oh, wie ich diesen Gedankenkreisel hasse! Ich möchte einfach ein Richtig und ein Falsch! Diese verdammte Quälerei um das Für und Wider von Fays Entscheidung. Ich kann es nicht … ich konnte keinen Einfluss nehmen, und es wäre sowieso nicht an mir gewesen, Mirandas Mutter davon abzuhalten, ihr eigenes Kind zu retten. Manchmal hasse ich Fay dafür. Und gleichzeitig bin ich so dankbar. Miranda ist ihr Geschenk an mich. Gott, hilf mir!«, rief Gerrit sichtlich überfordert. Tiefe Verzweiflung und Traurigkeit sprachen aus seinem Blick.

»Du musst aufhören, die Entscheidung deiner Frau infrage zu stellen. Du hast gerade dasselbe für meine Tochter getan, und dafür bin ich dir sehr dankbar. Versuche, so lange es geht, durchzuhalten. Für Miranda … und für Fay und hadere nicht mit deiner Entscheidung.«

»Ich versuche es, und meine Entscheidung, die Healthbots zugunsten Vidas aufzugeben fiel mir so leicht, war aber zugleich so verwirrend. Natürlich wollte ich für meine Tochter noch viele weitere Jahre durchhalten, aber gleichzeitig ist es für mich ohne Fay kaum zu ertragen. Als ich dann Zeuge wurde, was mit Vida passierte, wurde mir klar, dass ich nun die Chance hatte, mich der Liebe meiner Frau als würdig zu erweisen. Es war, als träte ich in Fays Fußspuren.

Mein Leben für ein anderes – und es ging schief. Ich habe Vida nicht gerettet, aber Miranda ihres Vaters beraubt.«

Gerrit überlegte ein paar Augenblicke. »Aber ich weiß, dass Eltern ihre Kinder ziehen lassen müssen und ich weiß, dass es unumgänglich ist, ihnen auch schmerzhafte und unglückliche Erlebnisse zuzumuten, die mit dem Leben an sich verbunden sind. Aber weil ich auch weiß, wie unglaublich stark sie sein kann, habe ich das Gefühl, ein bisschen müde sein zu dürfen, verstehst du? Ohne die Bots wird mir nicht mehr sehr viel Zeit bleiben, aber … es ist okay, ich muss nicht mehr kämpfen, ich kann es geschehen lassen.«

Kendricks Augen brannten. Gerrit hatte ihm einen Blick in seine Seele gewährt, und was er zu sehen bekam, war Schmerz gemischt mit Freude, Liebe gemischt mit Wut.

Es klopfte an der Tür.

»Ja, bitte«, sagte Gerrit, während er seine Augen ein zweites Mal trocknete.

»Hey, Dad!«, sagte eine junge Frau und trat ein. Das musste Miranda sein, wurde Kendrick augenblicklich klar.

Dann wandte sie sich Kendrick zu und drückte ihm liebevoll die Hand. »Guten Tag, ich bin Miranda, Gerrits Tochter. Sie müssen Kendrick sein. Ihr Verlust tut mir unsäglich leid«, sagte sie und blickte ihn mitfühlend an.

»Freut mich, Sie kennenzulernen, Miranda. Vielen Dank. Es geht schon. Ist ja für uns alle schwer zu tragen.« *Geht schon* war natürlich die Lüge des Jahrhunderts. Nichts ging und Tränen der Trauer und der Wut über diesen sinnlosen Tod stiegen ihm in die Augen. Angestrengt blinzelte Kendrick seine Tränen fort.

»Ich habe gehört … das Baby … Wie geht es dem Baby?«, fragte Miranda ihn leise.

»Victoria geht es gut. Sie ist noch auf der Säuglingsstation«, erklärte Kendrick und spürte die Wärme, die der Gedanke an das Baby in ihm auslöste, das kleine Leben, das Vida ihm hinterlassen hatte.

»Das freut mich.«

Miranda lächelte etwas bemüht. »Darf ich?«, fragte sie. Kendrick verstand nicht sofort, was sie meinte, doch dann erhob er sich von der Bettkante und trat zur Seite, damit sie ihren Vater umarmen konnte.

Als Miranda schließlich auf dem Stuhl Platz genommen hatte und ein endlos scheinender Moment des Schweigens verstrichen war, sah sie abwechselnd von ihrem Vater zu Kendrick: »Es gibt Neuigkeiten über ... über den Angriff vor drei Tagen. Sie haben den Übergangstunnel zu Kuppel 83 zum Einsturz gebracht.« Mirandas Stimme klang für einen winzigen Augenblick erleichtert, doch ihr Gesicht regte sich nicht.

»Ich habe Kendrick den Artikel schon gezeigt«, sagte Gerrit.

»Oh, okay.« Sie betrachtete das Bild von Seattle auf dem Wandbildschirm, bevor sie sich wieder den beiden zuwandte. »Wenn ich dran denke, wie es den armen Bewohnern im 83er jetzt gehen muss, wird mir ganz anders«, grübelte Miranda etwas abwesend. »Lautet jetzt das Motto *jeder gegen jeden?*«

»Ich werde euch jetzt mal allein lassen. In der Teleskopabteilung wartet Arbeit auf mich«, sagte Kendrick und nahm seine Jacke vom Kleiderständer

»Gibt es was Neues? Du hattest ja neulich darüber gesprochen, dass etwas Spannendes passiert wäre.«

Gerrit blickte interessiert auf. »Das wäre ja was! Wir hängen hier auf unserer gammeligen Kartoffel namens Erde fest und plötzlich, nach mehr als dreihundert Jahren aktiver Suche nach ... intelligentem Leben, schauen tatsächlich Außerirdische vorbei.«

»Außerirdische? Na, ich weiß nicht. Das muss sich erst mal herausstellen. Wir haben zwar ein Foto mit einem hellen Punkt, der dort noch nie zuvor zu sehen gewesen ist. Das hat aber höchstwahrscheinlich eine natürliche Ursache, zum Beispiel ein Eis- oder Gesteinsbrocken. Also immer schön langsam.« Er warf die Jacke über seine Schulter und öffnete die Tür. »Adios«, sagte er zum Abschied.

Als Kendrick die neu eingesetzte Stahltür zur Teleskopabteilung öffnete, begrüßte ihn Johnnywalker mit einem für seine Persönlichkeit ungewöhnlich langgezogenen Miau. Ob der Kater mitbekommen hatte, dass Vida ... tot war? Es hieß ja von Katzen, dass sie den Gemütszustand ihres Dosenöffners gut erfassen könnten.

»Oh Johnnywalker, wenn du wüsstest, wie ich mich fühle ...« Tränen füllten Kendricks Augen und rollten in dicken Tropfen über sein Gesicht. Johnnywalker guckte ihn mit großen Augen an. Er begann laut zu schnurren, so, wie er es oft getan hatte, wenn Vida ihn auf dem Arm gehabt hatte. Kendrick war froh über den alten Katzenmann, der sich um seine Beine schlängelte. »Danke, mein Alter, ja, tröste mich ein bisschen«, schniefte Kendrick, nahm ihn auf seinen Arm und kraulte ihm das Köpfchen. Ein bisschen Vida hatte er wohl in Johnnywalker übrig gelassen bekommen.

»Die Daten sind wirk...«

Kendrick zuckte zusammen und fuhr herum. Er hatte gar nicht bemerkt, dass seine Praktikantin Marisol an dem Schreibtisch neben dem Serverschrank saß und arbeitete.

»Oh, habe ich dich erschreckt? Sorry.« Sie erhob sich und ging zu ihm. »Hey Ken, komm her«, sagte sie mitfühlend und nahm ihn in den Arm. »Es tut mir so leid, was geschehen ist.«

Johnnywalker, der sich zwischen ihnen befand, fauchte dabei unwillig, sodass sie Kendrick bald wieder losließ.

»Danke Marisol.«

»Geht's dir denn einigermaßen gut?«

Kendrick schüttelte seinen Kopf. »Nein, geht es nicht. Aber ich bin dankbar, wenn du Neuigkeiten für mich hast, die mich ein wenig ablenken.«

»Okay, das trifft sich dann ja gut ... also ... die Daten sind eindeutig, Ken. Der eigenartige Fleck auf dem Foto vom 17.

Oktober, wegen dem du die angeschlossenen Teleskope um Bestätigung gebeten hast, ist ein Objekt nicht-natürlichen Ursprungs von schätzungsweise einhundert Metern Länge.«

Marisol ging zu den beiden Bildschirmen und klickte ein wenig herum. »Aus den Infrarot-, Radar- und Spektralaufnahmen konnten wir nur wenige Erkenntnisse gewinnen, aber das hat mir keine Ruhe gelassen, darum habe ich Archivbilder ab dem Jahr 2100 bis heute durchsucht und festgestellt, dass dieses Objekt schon seit elf Tagen, also seit dem 6. Oktober 2385 dort ist.«

»Hier Ken, guck dir mal das Infrarotbild an. Was ist das? Sowas habe ich noch nie gesehen.«

Er betrachtete die Aufnahme, die auf den 6. Oktober 2385, 23.38 Uhr datiert war. Knapp zwei Wochen war die Aufnahme alt.

»Ist das ein Blitz? Eine Explosion?«, fragte er und versuchte mehr zu erkennen, indem er den Kopf weiter zum Monitor beugte.

»Keine Ahnung. Aber es ist neu, seit dem Jahr 2100 waren, bis auf wenige Meteoriteneinschläge in die Saturnringe, nie Auffälligkeiten dieser Art zu erkennen gewesen. Bis zum 6. Oktober 2385, also vor elf Tagen. Die archivierten Aufzeichnungen sind natürlich lückenhaft, weil der Saturn ja seiner Umlaufbahn folgt und nicht durchgehend beobachtet werden kann. Außerdem ging es seit der Erstbesiedelung des Mars fast nur noch um dessen Beobachtung. Andere Missionen wurden hinten angestellt.«

»Der Fleck ist auch kein Saturnmond? Der hat ja eine ganz Menge davon.«

»Nein, das habe ich geprüft.« Marisol öffnete eine weitere Bilddatei. »Und hier eine Aufnahme, rund sieben Stunden später. Es muss sich bewegt haben.«

»Ist das dasselbe Objekt?«

»Sieht man nicht gut, ist aber wahrscheinlich, Ken.«

»We did it!«, krächzte plötzlich eine Stimme aus dem Terminal neben dem Serverschrank.

Marisa eilte hin. »Na endlich! Ich schieb dir was auf deinen Rechner, Ken. Vielleicht können wir darauf besser erkennen, was passiert ist.« Dann trat sie wieder neben ihn.

»Danke, Vida.«

»Marisol«, korrigierte sie beiläufig.

»Was? Ach so, bitte entschuldige, ich habe …« Er öffnete den Dateiordner. »Na, wo ist sie denn?«

Marisol beugte sich über ihn und zeigte mit dem Finger auf eine Datei. »Das ist sie.«

»Danke«, sagte Kendrick abwesend, während er die Datei anklickte und das Videofenster zum Vorschein kam.

Kendrick blieb fast das Herz stehen. »Da, sieh dir das an! Wie kann es im Nichts blitzen, und plötzlich ist da ein Objekt, das vorher nicht da war?«

Marisol beugte sich, wie Kendrick zuvor, dichter zum Monitor. »Das habe ich beim Durchsuchen gar nicht im Zusammengang gesehen. Gut, dass ich jetzt eine Zeitraffer-Sequenz aller vorhandenen Bilder habe rendern lassen.«

Dann, ein oder zwei Sekunden später, hielt sie sich die Hand vor den Mund. »Das Objekt bewegt sich hinter die Horizontlinie des Saturn!«

Kendrick traute seinen Augen nicht, denn nach einer Weile kam es aus dem Horizont auf der anderen Saturnseite wieder zum Vorschein.

Marisol fragte am Rechner etwas ab. In Ihrem Gesicht spiegelten sich gleichzeitig Entsetzen und Triumph wider. »Kendrick, das Objekt bewegt sich auf die Erde zu!«

24 - JOHN

2385 | Saturn

John lag im Bett und starrte an die schwach beleuchtete Decke seiner Kabine. Er fühlte sich endlich wieder wie ein Mensch. Der defekte Anzug hatte ihn wirklich seinen eigenen Schweiß trinken lassen. Er hatte davon gehört, dass Astronauten an defekten Trinkbeuteln im eigenen Anzug bereits ertrunken waren. Bei ihm war es zum Glück nicht so schlimm gewesen. Aber allein beim Gedanken daran, was hätte passieren können, wenn er länger im Anzug geblieben wäre und dadurch noch mehr geschwitzt hätte, löste ein beklemmendes Gefühl bei ihm aus. Am eigenen Schweiß zu ertrinken – eine Horrorvorstellung! Er musste dringend an etwas anderes denken.

Ihm wurde warm bei dem Gedanken daran, wie Julia ihn zum Schiff zurück dirigiert hatte. In Anbetracht ihrer Angst beim ersten Betreten war sie plötzlich unglaublich gelassen und zielgerichtet vorgegangen. Von Panik keine Spur mehr.

Gleich sollte es ein Gespräch mit Ganuba geben. Es ging um ihre Mission und um die sonderbaren Steintore, die sie gefunden und *Raumportale* getauft hatten, und von denen drei Stück nun im Frachtraum der Kam'dhadga lagerten. Dass sich ein Gegenstück ausgerechnet auf Lumera befand, war einfach unglaublich, immerhin lag das Quaderraumschiff der fremden Spezies gut zehn Lichtjahre von ihrer neuen Heimat Lumera entfernt. Wie konnte das sein? John konnte sich darauf absolut keinen Reim machen.

Er war nach einer unruhigen Nacht noch immer ziemlich geschafft. Andererseits war er sehr gespannt auf das Gespräch, bei dem er mit Sicherheit mehr über das Raumportal auf Lumera in Erfahrung bringen konnte und über das Volk, dem es gehörte.

»Wie geht's dir?«, fragte er Julia in einer spontanen Eingebung über seinen BID. John rollte sich auf seiner Matratze auf die andere Seite und stand auf.

»Hey«, antwortete sie. John wartete, aber es kam nichts.

»Julia?«

»Äh ja, danke. Es geht. Ich könnte im Stehen einschlafen. Und meine Elle ist übrigens direkt am Handgelenk gebrochen. Ich glaub, das hatte ich dir noch gar nicht erzählt, oder?«

»Nein, aber das tut mir leid. Ich hoffe, die Schmerzen sind erträglich?«, fragte er und zog eine neue Shorts an, die er zuvor aus dem Wandschrank gezogen hatte.

»Ja, es geht. Ich habe einen Schaumgips. Drei Tage, dann ist alles wieder gut. Aber Ethan ... er ist ziemlich aufgebracht.«

»Ist er bei dir?« John schalt sich augenblicklich für diese dämliche Frage. Er wusste ja, dass sie zusammen ein Zimmer bewohnten und dass Ethan unter Kabinenarrest stand. Und es war im Grunde genommen ja seine eigene Idee gewesen, Ethan und Julia ein Zimmer zu geben.

»... aber er darf den Raum nun wieder verlassen.«

»Äh, sehr gut.« John hatte gar nicht mitbekommen, was Julia gesagt hatte. Wo war er nur immer mit seinen Gedanken?

»Gehen wir gleich zusammen in den Versammlungsraum?«, fragte Julia.

»Klar, holt mich einfach hier ab. Ich warte.«

»Gut, bis gleich.«

Schnell schlüpfte John in sein T-Shirt, aber nicht, ohne vorher einmal tief den Duft des Stoffs einzuatmen. Er roch nach Lumera, seiner neuen Heimat und erinnerte ihn an sein Schlafzimmer, seine schöne Wohnung im dritten Stock. An den Blick aus dem Fenster auf die belebte Straße. An seine kleine Küchenzeile. Ja, er vermisste Three Moon, so gut hatte er sich bereits eingelebt.

Er hatte dort einen Job, neue Freunde. Obwohl Hugh ihm immer noch fehlte. Das wurde ihm immer wieder bewusst, wenn er allein war. Er war auf der Erde sein einziger wirklicher Freund gewesen. Sie hatten sich auf der Akademie kennengelernt, sogar zusammen ein Zimmer geteilt. Er hatte Hugh an der Raumstation der Aristoteles zurückgelassen, während er selbst, ohne nachzudenken, an Bord der Raumarche gegangen war, damit er Julia und die anderen Widerständler dingfest machen konnte. Hugh fehlte ihm, auch wenn so viel Zeit vergangen und so viel geschehen war.

John hatte noch die Videoaufzeichnungen, die Hugh ihm als Vermächtnis hinterlassen hatte. Manchmal spürte er den Impuls, die Videos zu löschen und damit einen Schlussstrich unter die Vergangenheit zu ziehen, doch bis heute hatte er sich nicht überwinden können, es tatsächlich zu tun. Auch wenn es beklemmende Streiflichter aus Hughs Kampf ums Überleben waren und John dabei zusehen konnte, wie Hugh von Woche zu Woche dünner wurde. Wie kalt es wohl in der lebensfeindlichen Bergregion gewesen sein musste, durch die ihm seine Verfolger hinterhergejagt waren? Und noch heute bereitete ihm der Anblick der letzten Aufnahme, kurz vor Hughs Tod, schwere Schuldgefühle, die ihm die Tränen in die Augen trieben.

John zog seine Socken an und schnürte seine bequemen Schuhe. Ganz automatisch flogen seine Gedanken dabei wieder zu Julia. Ihr langes, blondes Haar, die schmale Nase, die leicht nach oben gebogen war.

Nicht nur er hatte sich verändert, auch Julia war nicht mehr der Mensch, den er auf der Aristoteles in Gewahrsam genommen hatte. Sie war nicht mehr die Angeklagte, war in die Gemeinschaft von Three Moon integriert, ließ sich nicht mehr hängen, wie noch während ihrer Gefangenschaft auf der Raumarche. Sie war wieder zu einer Kämpferin geworden, die sich selbst in Gefahr brachte, um für andere einzustehen und ihnen zu helfen. Und vermutlich war sie damit zumindest teilweise wieder zu ihrem alten Ich zurückgekehrt, zu der Frau, die in die Forschungsstation von Nantech eingebrochen und die von einer Staumauer gesprungen war, um die Menschheit zu retten.

John freute sich über diese Entwicklung, denn er mochte Julia sehr. Sie war ... anders. Ja, manchmal etwas launisch und starrköpfig, aber auf sie war einfach immer Verlass. Sie war intelligent, hübsch und ... er hatte Respekt vor ihr. Was sie damals auf der Erde gewagt hatte, einen staatlich angesetzten Massenmord an der Bevölkerung zu stoppen, ihr eigenes für das Leben anderer aufs Spiel zu setzen, das zeugte von beeindruckender Willensstärke und Charakter. Das Resultat der Aktion war, dass Millionen von Menschen dem Suizidbefehl nicht zum Opfer gefallen waren und weiterleben duften. Das war der Verdienst von Julia und ihren Freunden. Aber wie das Problem der Überbevölkerung, der Nahrungsmittelknappheit, der unüberschaubaren Flüchtlingsströme und die vielen weiteren daraus resultierenden Schwierigkeiten gelöst werden sollten, hatten sie in ihrem Plan nicht bedacht. Dafür hatten sie keine Lösung parat gehabt. Ja, die Regierung hatte es sich recht leicht gemacht, ganz nach dem Motto »Werde die Armen, Kranken, Alten, Systemsprenger los und gebe den anderen eine Chance«. Diesen Plan hatte Julia vereitelt. Aber nach Julias Eingreifen flohen, hungerten und starben die Menschen, die sie hatte retten wollen, schließlich leider dennoch. Und möglicherweise auf lange Sicht sogar mehr, als wenn die Regierung mit ihrem perfiden Plan erfolgreich gewesen wäre.

John rieb sich seinen Dreitagebart. Es war zum Mäusemelken. Er musste aufhören, irgendetwas Positives an Mission Survive zu suchen, was de facto einfach nicht vorhanden war. Nur, weil er beteiligt gewesen war, die Mission sogar geleitet hatte, war sie noch lange nicht die Lösung, das Allheilmittel zur Rettung der Menschheit gewesen. Er konnte sich weiter einreden, das Beste für die Bevölkerung gewollt zu haben. In Anbetracht der Tatsache, dass er moralisch gesehen auf ganzer Linie versagt hatte, weil er im Dienst einer hemmungslos sozialdarwinistisch agierenden Regierung willens gewesen war, über Leben und Tod zu entscheiden, war seine Mitschuld aber unzweifelhaft. Indirekt hatte er mit dem Finger auf Menschen gezeigt und sie zum Tode verurteilt, weil sie alt, krank oder nicht systemrelevant waren.

Für die Regierung – und somit auch für ihn – hatte die Bevölkerung aus Zahlen bestanden, aus Statistiken und Schwellenwerten. Lagen sie über einem Wert, durften sie leben. Lagen sie darunter, mussten sie sterben. Das Perfide daran war die Entmenschlichung der ausgewählten Opfer gewesen. John kannte niemanden von ihnen, und die Vorgehensweise, alles ausschließlich auf Berechnungen in nicht enden wollenden Tabellen zu reduzieren, hatte bei ihm eine gewisse Gleichgültigkeit hervorgerufen. Denn was hätte man schon tun sollen? Die Resultate schienen rechnerisch vernünftig, ganz abgesehen davon, dass er bei einem Widerspruch seinen Job verloren hätte. Aber hatte er das Richtige getan? Nein, verdammt! Er hatte große Scheiße gebaut. Er hatte sich selbst verraten und sich damit zum Henker instrumentalisieren lassen. Aber er musste seine Vogel-Strauß-Politik aufgeben und den Tatsachen ins Gesicht sehen. Er hatte wie ein eiskalter Killer gehandelt. Und diese unglaubliche Frau, die ihn immer mehr faszinierte, hielt ihm unbewusst immer wieder einen Spiegel vor und erinnerte ihn daran, was er getan hatte. Ja, er war von Anfang an zwiegespalten gewesen, was Mission Survive anging.

Aber er war damals auch noch ein anderer Mensch gewesen. Er hatte sich verändert, vielleicht hatte auch Julia dazu beigetragen. John war sich nicht sicher, aber er sah die Dinge inzwischen aus einem anderen Blickwinkel, er sah jetzt viel klarer. Aber dadurch wurde ihm umso schmerzlicher bewusst, was er auf der Erde angerichtet hatte. Er hatte nicht nur die Menschen seines Landes verraten, sondern auch sich selbst. Das zu erkennen tat weh, aber John wollte diese Gefühle endlich zulassen, denn sie konnten verhindern, dass er wieder so einen Fehler beging.

Solche Gedanken ließen John wie immer an die verheerendste Dummheit seines Lebens denken. Tom, sein Sohn, hatte sterben müssen, nur weil er abgelenkt und von seiner Arbeit besessen gewesen war. Es war nur ein verflucht kurzer Augenblick gewesen, der sein dreijähriges Kind das Leben gekostet hatte. Ausgerechnet dem Menschen, für den er jederzeit sein eigenes Leben gegeben hätte. Und da war nichts, das seine Unaufmerksamkeit auch nur ansatzweise hätte entschuldigen können. Das war auch nach so langer Zeit immer noch unerträglich hart für ihn.

John stand auf und ballte die Fäuste. Er wollte nicht mehr über das Vergangene nachdenken. Zumindest nicht jetzt.

Aus dem kleinen Spiegel, den er in seiner Kulturtasche aufbewahrte, starrte ihm ein völlig übermüdetes Selbst entgegen. Er wollte am liebsten sofort wieder ins Bett, aber vorher mussten sie mit Ganuba über die Portale sprechen. Ob der Major heute wohl anwesend sein wird? Der hatte bei dem Sprung der Kam'dhadga mittels dieser merkwürdigen Spule, oder was immer das war, ordentlich einen abbekommen. Hoffentlich hatte er es gut überstanden.

»Wir sind bereits im Versammlungsraum. Ihr solltet kommen«, erhielt John eine Nachricht von Andrew.

Zeitgleich ging seine Tür auf, und Julia stand auf der Schwelle. Hinter ihr stand Ethan im dunklen Gang.

»Wieso kann man diese Türen nicht abschließen? Ich ... also ...«

»Entspann dich, Alter. Wir gucken dir schon nichts weg.

Komm jetzt! Ganuba hat mir wieder Freigang gewährt. Ich will das nicht aufs Spiel setzen, nur weil du mit deinem Handspiegel schmust«, sagte Ethan und zog Julia von der Tür weg, damit John heraustreten konnte.

»Freut mich auch, dich zu sehen, Ethan!«, sagte John bissig und erntete darauf einen spöttischen Blick.

Als sie den Versammlungsraum betraten, war tatsächlich Major Wallström mit von der Partie, auch wenn er noch ziemlich lädiert aussah. Ein medizinischer Kragen lag um seinen Hals, ein großer Verband zierte seine Stirn und sein rechtes Auge war blutunterlaufen.

Außerdem waren Andrew, Ganuba, Ondras und noch einige weitere Kidj'Dan anwesend, die John namentlich nicht kannte. Ah, da war ja auch G'holo! Nun, das würde sicher ein spannendes Gespräch werden. Ganuba thronte als Kapitän des Schiffs auf dem größten Stuhl, der, anders als die Stühle im Hohen Haus auf Lumera, nicht mit vier, sondern mit zwei roten Kugeln bestückt war. Alle anderen mussten auf einer Art Schemel Platz nehmen, sodass sie einen großen Kreis bildeten, wie es bei den Kidj'Dan Sitte war.

Die diffuse Beleuchtung rief Beklemmungen in John hervor. Er fühlte sich unbehaglich und zudem in die Situation zurückversetzt, als sie vor dem Hohen Rat Rede und Antwort stehen mussten. Verbotenerweise hatten sie den Gang betreten, der zu dem getarnten Raumschiff der Kidj'Dan führte, mit dem sie jetzt auf dem Weg zur Erde waren.

»Es sind alle anwesend«, stellte Ganuba fest. »Wir haben drei Portale von dem fremden Schiff hierher auf die Kam'dhadga gebracht, die es erlauben, von einem Ort zu einem anderen zu wechseln. Das passende Gegenstück zu einem Portal steht, laut den Informationen eures Roboters, in einer uns bislang unbekannten Höhle auf Lumera, die zum Volk der Skirrs gehört hat.«

»So hieß das Volk, dass ihr vernichtet habt?«, fragte John

und konnte nicht verhindern, dass sein Ton etwas vorwurfsvoll klang.

»So ist es«, antwortete Ganuba, ohne eine Regung zu zeigen. »Nun müssen wir überlegen, was wir mit den drei Portalen tun.« Er schwieg einen Moment, bevor er fortfuhr. »Ich habe Radascha über alles informiert. Sie ist derzeit noch in Dumras und hat euren Anführer Lenoir holen lassen. Es sind noch andere Menschen bei ihm. Wir werden sie nun zu diesem Gespräch dazuschalten.«

»Das geht?«, rief Ethan aus.

»Schweig, Mensch! Von dir möchte ich nichts hören. Du hast meine Geduld lange genug auf die Probe gestellt. Behalte dein Erstaunen für dich!«

John beobachtete aus dem Augenwinkel, wie Julia beschwichtigend ihre Hand auf Ethans Arm legte. Ihm gefiel diese Geste ganz und gar nicht.

In der Mitte des Stuhlkreises flimmerte und flackerte es. Dann baute sich vor ihnen ein dreidimensionales Bild auf. John sah Radascha, wie sie auf ihrem Thron in Dumras saß, einige Ratsmitglieder, James Lenoir, Peter Jennings und seine Partnerin Anastacia Preuss in der Nähe von ihr auf niedrigen Hockern. John musste zweimal hinsehen. Anastacia … tatsächlich! Nicht nur Andrew hatte sie durch die Nutzung des Portals auf Lumera entdeckt, wie er John und den anderen anschließend erzählt hatte, auch Peter hatte sie gefunden, oder besser sie ihn, genau war das nicht mehr festzustellen. Sie hatte sich noch stärker verändert, war noch dunkler und wesentlich muskulöser geworden, hatte hellere Linien auf der Haut und hüftlanges Haar, das sie zu einem beeindruckenden Zopf geflochten hatte.

Auch wenn es sich nur um ein Hologramm handelte, das alles etwas verkleinert darstellte, hatte John fast das Gefühl, als befänden sie sich ebenfalls in diesem Besprechungsraum.

»Ganuba, Menschen, seid gegrüßt. Auch du, Ondras«, sagte Radascha. »Ich habe schon alle Informationen und viele Bilder von Ondras und Ganuba erhalten, und sowohl ich als auch der Hohe Rat wissen, was ihr Bedeutendes an Bord des fremden Raumschiffs in der Nähe des Ringplaneten Sa'Sorr, unweit der Heimat der Menschen, gefunden habt.« Die Königin winkte einen ihrer Diener herbei. »Sprich den Namen in der Sprache der Menschen für mich aus.«

»Saturn, gnädige Königin.«

»Saturn«, wiederholte sie.

»Dad, Anastacia!«, rief Julia unvermittelt aus und erntete zwei erhobene Hände von Ganuba, die von rot glimmenden Tentakeln begleitet wurden.

»Julia, es geht dir gut! Ich bin so froh. Aber dein Arm …«, antwortete Peter und lehnte sich mit zusammengekniffenen Augen nach vorne.

»Ach, das ist nichts. Alles gut.«

»Schweigt jetzt!«, fuhr Ganuba dazwischen.

John konnte sich nicht helfen, der Kidj'Dan war ihm nach wie vor unsympathisch und zeigte auch bei jeder Gelegenheit, was er von den Menschen hielt.

»Befreundete Menschen und tapfere Krieger meines Volkes«, übernahm Radascha in einem freundlicheren Tonfall die Gesprächsführung, »ich freue mich, dass ihr gemeinsam so mutig das uns fremde Schiff inspiziert und die Portale gefunden habt. Ich bin stolz auf euch!«

Ganuba wollte sich gerade von seinem Sessel erheben, doch Ondras kam ihm zuvor: »Meine Königin, wenn Ihr gestattet, würde ich gerne einige Erläuterungen geben, um Missverständnissen vorzubeugen.«

»Halt den Mund und setz dich!«, schnaubte Ganuba.

Radaschas Tentakel färbten sich violett. »Nein, Ganuba, lass ihn fortfahren!«

Ganuba legte die Tentakel unterwürfig an seinen Kopf.

Dann taxierte Ganuba Ondras mit eisigem Blick. Obwohl man wegen der Facettenaugen schwer in den Gesichtern der Kidj'Dan lesen konnte, deutete John die verzerrten Gesichtszüge Ganubas als Missmut und Abschätzigkeit.

»Wir haben in der Tat mehrere Portale gefunden. Die

Bauweise ist uns nicht bekannt, aber die steinernen Gebilde stehen wundersamerweise paarweise in Verbindung.«

»Portale«, flüsterte Ethan.

Major Wallström, der offensichtlich bis zu diesem Zeitpunkt auch nicht im Bilde war, hob kurz die Hand und fragte dann: »Teleportation, Beamen, sehe ich das richtig? Eine Einstein-Rosen-Brücke, nicht wahr?«

»Fahr fort«, rief die Königin vernehmlich ungeduldig, den Major ignorierend.

»Andrew, kannst du bitte kurz erläutern, was deine Untersuchungen zu den Portalen ergeben haben?«, fragte Ondras den Androiden, der sich bislang sehr zurückgehalten hatte.

»Natürlich. Leider haben meine Untersuchungen bislang keine Hinweise auf die dahinterstehende Technologie ergeben. Auch darüber, wie die Steine mit Energie versorgt werden respektive ob dies überhaupt notwendig ist, liegen noch keine Ergebnisse vor. Aber wir wissen, dass man durch einen Portalstein treten kann und in weniger als einer Millisekunde wieder aus dem Partnerstein heraustritt, wobei es offenbar keine Rolle spielt, wie weit die Steine voneinander entfernt sind. Wir haben alle Portale auf dem fremden Schiff getestet. Jeder Durchgang verfügte über ein Gegenstück, durch welches ich wieder heraustreten konnte. Nur ein Stein hatte keinen Partnerstein. Als ich hindurchtrat, kam ich auf Lumera, direkt vor Anastacia, wieder heraus.«

Anastacia nickte wissend, während Major Wallströms Augen kurz davor waren, aus den Höhlen zu quellen.

»Android, fahr fort, damit auch alle anderen im Bilde sind«, sagte Radascha.

»Das Gegenstück dazu steht auf Lumera in einer Höhle, die dem Volk gehörte, das noch vor euch«, sein Blick glitt über die Kidj'Dan, »den Planeten bewohnte. Es gibt noch einen Überlebenden in den Höhlen. Anastacia hat ihn nach ihrem Absturz im Dschungel vor einigen Wochen gefunden. Ergo gehörte das Schiff eben diesem Volk, dass wir Skirr getauft haben - vor allem dem Aussehen des Wesens nach zu urteilen«, schloss Andrew seine Rede.

»Das ist doch unmöglich«, flüsterte Wallström für John gerade noch hörbar.

Ondras wartete, bis wieder Ruhe unter den Zuhörern eingekehrt war. »Gibt es Fragen?«

Mehrere, auch einige Kidj'Dan, hoben eine Hand. Auch Ethan war darunter. Ebenso Peter und Lenoir.

»Wenn ihr erlaubt«, begann Peter ungefragt, »ist es mit den Portalen auch möglich, in der Zeit vorwärts- oder rückwärts zu reisen?«

Ganuba lachte lauthals los. »Was für eine lächerliche Frage! Selbstverständlich nicht. Das ist völlig unmöglich!«

Andrew schwieg dazu, und John wollte solche theoretischen Diskussionen lieber nicht kommentieren. Nur weil etwas technisch noch nicht bekannt war, konnte man es nicht kategorisch ablehnen, fand John.

»Können Maschinen damit transportiert werden?«, fragte G'holo etwas zögerlich.

Andrew antwortete: »Ich möchte das mit einem Ja bestätigen. Mit mir selbst habe ich es ja mehr oder weniger freiwillig ausprobiert, und es klappt hervorragend. Allerdings war es mir nicht möglich, Messdaten während des Durchgangs aufzuzeichnen. Zwar gab es während des weniger als eine Millisekunde dauernden Wechsels von dem einen zum anderen Portal einen spektakulären negativen Peak in der Umgebungstemperatur auf minus 142 Grad Celsius, doch eine konkrete Ursache für den Temperatursturz konnte ich bislang nicht ausfindig machen. Für Menschen und Kidj'Dan ist es ungefährlich. Um den Kidj'Dan einen Eindruck dieser Temperatur zu vermitteln: Unter idealem Atmosphärendruck kocht Wasser bei plus einhundert Grad. Bei null grad gefriert es zu Eis. Menschen können ohne Kleidung kurzzeitig bis zu minus 120 Grad aushalten.«

»Wie viele dieser Portale habt ihr denn mitgenommen?«, fragte James Lenoir.

»Drei«, kam die Antwort von Ondras.

»Drei? Warum nur drei?« John sah die Überraschung in James' Blick. Er wollte gerade etwas antworten, da fuhr Ganuba dazwischen. »Das, Mensch, haben wir so entschieden. Wir können jederzeit wieder zu dem Raumschiff reisen und weitere Durchgänge nach Lumera transportieren, sollte es notwendig werden.«

John konnte sich denken, warum Ganuba wirklich so entschieden hatte: Nur die Kidj'Dan waren in der Lage, mit ihren sprungfähigen Schiffen in akzeptabler Reisezeit den Saturn zu erreichen. So hatten sie die volle Kontrolle über die restlichen acht Portale. Aber er verkniff sich, genauso wie James, einen Kommentar. Es würde sowieso zu nichts führen, dafür kannte er den menschenverachtenden Kidj'Dan Ganuba inzwischen gut genug.

»Wenn ich einen Vorschlag machen dürfte?«

»Ich bitte darum, James Lenoir«, sagte die Königin.

»Nun, ich möchte gerne eines der Portale, das sich auf der Kam'dhadga befindet, auf der Erde platzieren, natürlich unter bestimmten Sicherheitsbedingungen. Ich halte es für sinnvoll, denn dort liegt das eigentliche Ziel der Kam'dhadga. Wenn die Umstände auf der Erde es zulassen, wäre das eine gute Möglichkeit, um mit den Menschen dort in konstanten Austausch zu treten.«

»Das wird auf keinen Fall passieren«, polterte Ganuba mit seiner tiefen Stimme, und seine Tentakel pulsierten dabei in einem kräftigen Rot. »Es sind schon genug Menschen auf Hapt'Urugan. Wir wollen nicht noch mehr, denn wir haben gesehen, wozu sie in der Lage sind. Wir können und dürfen ihnen nicht die Kontrolle über unsere Heimat überlassen.«

»Ich muss eindringlich insistieren«, widersprach James sichtlich erregt. Dabei hatte er sich von seinem Schemel erhoben. John beobachtete, wie Peter ihn festhielt und ihm etwas ins Ohr flüsterte.

»Ganuba, mäßige deinen Zorn«, erklärte Radascha. Ihre Tentakel waberten dabei um ihren Körper. »Aber ich muss sagen, dass ich es ebenso kritisch betrachte, wenn Menschen über dieses mächtige Instrument herrschen. Das gefällt mir keineswegs, und ich werde nicht zulassen können, dass ihr ein Portal auf der Erde platziert.«

»Das könnt Ihr doch nicht machen!«, rief Julia. »Wir müssen den Menschen auf der Erde helfen – meinetwegen, ohne sofort alle nach Lumera überzusiedeln. Ihr Kidj'Dan seid große Meister im Terraforming. Eure Lavumos-Bakterien könnten den Menschen eine große Hilfe sein. Aber Ondras sagte mir neulich selbst, dass es viel Zeit kosten wird, vielleicht hundert Jahre oder länger, bis die Atmosphäre eines Planeten umgewandelt ist. Sicher, wir müssen uns erst mal ein Bild von der Erde machen und schauen, ob es überhaupt noch Überlebende gibt. Der Funkspruch ist immerhin zehn Jahre alt. Aber mit den Portalen hätten wir wenigstens die Chance, ausgewählte Menschen auf direktem Wege nach Lumera zu holen oder sie mit Nahrungsmitteln zu versorgen. Wir können sie doch nicht ihrem Schicksal überlassen. Der Funkspruch war ein Hilferuf, und unsere wichtigste Motivation, diesen Flug anzutreten, war es, zu helfen. Das könnt Ihr uns doch jetzt, da wir hier sind, nicht verbieten, zumal wir einen großen Anteil daran hatten, dass die Portale gefunden und geborgen werden konnten.«

John nickte Julia ermutigend zu und zeigte ihr somit, dass er auf ihrer Seite stand. Sein Blick flog zu Ganuba, dessen Tentakel steil vom Kopf standen und deren Enden pulsierten. Er kommunizierte vermutlich mit Radascha und den anderen Ratsmitgliedern. Es gefiel John gar nicht, dass sie ihre telepathischen Fähigkeiten an dieser Stelle nutzten. Er fühlte sich hintergangen, da er die Kommunikation nicht mitverfolgen konnte. Aber John verkniff sich einen Kommentar, auch wenn ihm sein Missfallen mit Sicherheit anzusehen war.

»Ich bleibe dabei, Mensch Julia. Ich muss mein Volk schützen, und ohne die vollständige Kontrolle über die Steindurchgänge ist mir das nicht möglich. Sollten plötzlich tausende von Menschen durch das Portal stürmen, könnte das unser Ende bedeuten. Das lasse ich nicht zu.«

Julia erhob sich mit hochrotem Kopf vom Stuhl. »Aber das geht doch nicht!«

John, der linkerhand von ihr saß, zog sie wieder zurück. »Nur die Ruhe, Julia, wir werden schon eine Lösung finden«, beruhigte John sie über den BID.

»Darf ich etwas dazu sagen?«, fragte Anastacia unvermittelt und stand auf.

»Das Mischwesen hat nicht das Recht ...«, begann Ganuba.

»Schweig, Ganuba! Der Halbmensch, der uns im Krieg als Midas-Reiterin tatkräftig unterstützt hat, darf sprechen«, stellte Radascha fest.

Ondras Tentakel färbten sich blau, doch er sagte nichts. Es schien ihm Genugtuung zu verschaffen, wenn Ganuba zurechtgewiesen wurde.

»Ich muss doch sehr bitten, so könnt ihr doch nicht über Anastacia sprechen!«

John sah, wie Anastacia nach Peters Einwurf kurz die Augen schloss. Vermutlich war sie von dieser Bezeichnung auch nicht gerade angetan.

»Also, ich möchte etwas zu dem Wesen sagen, mit dem ich die letzten Wochen verbracht habe. Darf ich?«, fragte sie an Radascha gewandt. Diese nickte ihr zu.

»Ich habe es zufällig nach meinem Absturz im Dschungel aufgefunden. Weil es sehr alt und gebrechlich war, habe ich mich um das Wesen gekümmert. Das war auch der Grund, warum ich so lange fort gewesen bin. Es ... er bezeichnet sich als Arbeiter.«

Anastacia war mit jedem Wort leiser geworden und dabei immer mehr in sich zusammengesunken. Offensichtlich fiel es ihr enorm schwer, über ihre Erfahrungen zu sprechen.

»Dieser Arbeiter gehört dem Volk an, das wir besiegen mussten, um hier leben zu können«, erklärte Radascha, ohne dabei eine Gefühlsregung zu zeigen.

»Ausgelöscht käme der Wahrheit wohl am Nächsten«, murmelte Ethan.

John konnte sich ein Nicken nicht verkneifen, da er ausnahmsweise mal recht hatte.

»Das ist allerdings noch nicht alles, worüber ich sprechen möchte. Der Arbeiter, den ich pflege und der auf sein Ende zusteuert, hat mir einen steinernen Gegenstand in Sichelform gegeben, der für ihn eine enorme Bedeutung gehabt haben muss. Er erklärte mir, dass dieser Gegenstand der Schlüssel zu einer Brücke sei, die man öffnen und schließen könne. Ich dachte nicht, dass der Sichelstein noch einen Wert für uns haben könnte. Jedenfalls nicht, bis Andrew auf einmal wie aus dem Nichts vor mir stand. Da wusste ich, was der Arbeiter mit Brücke gemeint hatte. Deshalb gehe ich davon aus, dass ich mich getäuscht habe und dieser Stein sehr wohl einen enormen Wert für unsere beiden Völker darstellen könnte.«

»Zeige uns den Sichelstein«, forderte Ganuba.

Anastacia griff in die Tasche ihrer Hose. Sie hielt eine Dose in der Hand. Vorsichtig strich sie mit der Hand über den Deckel und drückte anschließend in eine kleine Einbuchtung. Sternförmig öffnete sich die Dose. John lehnte sich vor, um besser sehen zu können.

»Das ist der Sichelstein?«, fragte Radascha. »Ein wenig klein ist er ja schon.«

»Ja, eure Majestät, das ist er. Doch er ist überaus mächtig. Wer ihn besitzt, hat die Macht über die Portale. Der Sichelstein aktiviert sie. Er kann sie aber auch deaktivieren oder sogar zerstören. Ich fürchte aber, dass wir selbst herausfinden müssen, wie er funktioniert.«

»Das stimmt nicht«, sagte Peter plötzlich. Sein Blick war seltsam starr, wirkte wie eingefroren. Anastacia blickte ihn verwirrt an. Auch für sie schien diese Information neu zu sein.

»Was heißt das, Mensch? Sprich!«, rief Ganuba mit roten Tentakeln.

»James und ich haben Anastacia bei dem fremden Wesen in einer Höhle im Dschungel gefunden. Es hat mir auf unerklärliche Weise Bilder übertragen, die ich auf meinem BID speichern konnte. Und es war mir möglich, diese Bilder aneinanderzureihen, sodass einige Fragmente wie ein Film abgespielt werden können. Ich kann sie Euch zeigen.«

»Ich bitte darum«, sagte Radascha.

Peter stand auf und legte seinen Holocube in die Mitte des Kreises. Nachdem er den Würfel aktiviert hatte, setzte er sich wieder auf seinen Schemel.

John wartete nervös auf den Start der Aufzeichnung. Ein verpixeltes und unscharfes Bild baute sich über dem Holowürfel auf. Ein paar Streifen, die durch das Formatieren entstanden waren, zuckten über das Video, woraufhin das Bild in guter Qualität wiedergegeben wurde.

John wurde schnell klar, dass er durch die Augen eines anderen Wesens blickte. Das Video war ohne Ton, aber John hatte plötzlich den Eindruck, als fühlte er, was das Wesen bei seinem Erlebnis empfunden haben musste. Er spürte den Schmerz und die Traurigkeit, die von diesen Bildern ausgingen. Er sah die andächtigen Handbewegungen des Arbeiters und erkannte sofort das Raumschiff wieder, auf dem er sich noch tags zuvor befunden hatte. Das Wesen, das sie aus seinem großen Auge anblickte und dem Tod offensichtlich nahe war, glich jenem, das ihm aus der Kammer in dem Schiff entgegengestürzt war.

John starrte gebannt auf das Hologramm. Mit einem Mal war es nicht mehr das skurrile, tote Etwas, das ihn so angewidert hatte. Es waren Wesen mit Gefühlen, wie die Menschen oder die Kidj'Dan sie besaßen. Er sah sie plötzlich aus einem anderen Blickwinkel, und das irritierte ihn ungemein. Nervös fummelte er an dem Revers seines Hemdes und hätte beinahe die darin integrierte kleine Taschenlampe herausgerissen. Die Bildfolge lief nun schneller, wie durch einen Zeitraffer, ab. Sie sahen den Untergang einer Spezies, betrachteten die Kidj'Dan, zornig kämpfend, um sich ihren Platz auf Lumera zu sichern. Sie sahen eine mächtige Waffe, die die gesamte Atmosphäre veränderte. Erde wurde zu Feuer und Wasser zu Stein; alles wechselte seinen Aggregatzustand. Sie sahen das Ende einer Spezies mit an, die den Kidj'Dan nichts entgegenzusetzen hatte.

Es herrschte lange, ratlose Stille als das Video schließlich endete.

Jeder hier wusste bereits, dass die Kidj'Dan diese Spezies in einem Krieg vernichtet hatten, aber die Bilder zu sehen und nicht zu wissen, wer hier eigentlich der Gute und wer der Böse war, war für John mehr als verstörend. Ihm war klar, dass ihn diese Bilder noch lange beschäftigen würden.

Der Arbeiter hatte ihnen am Ende der Aufzeichnungen noch gezeigt, wie sie den Stein anwenden konnten, um die Portale zu aktivieren, zu deaktivieren oder zu zerstören. Ein Geschenk an das Volk, das sein eigenes vernichtet hatte. Was für eine große Geste!

»Ich danke dir, Mensch Peter«, brach Radascha die Stille. »Gebt mir einen Moment Zeit, ich bespreche das mit meinen Beratern. Diese Sache betrifft nicht nur Dumras.«

John sah, wie sich Radaschas Tentakel zu bewegen begannen und permanent die Farben wechselten. Die Kugeln, auf denen ihre Hände lagen, pulsierten dazu in dunklem Rot.

Es dauerte bestimmt zehn Minuten, bis Radascha sie unvermittelt ansprach. John zuckte kurz zusammen. Er blickte zu Julia. Sie sah verstört aus, was ihn aber nicht wunderte, denn er fühlte sich nicht anders. Die ganze Situation, die Fülle an Informationen der letzten Stunde, nein, der letzten Tage, waren ihm spätestens jetzt einfach zu viel. Er brauchte Ruhe, um das alles zu verdauen.

»Ich habe mich beraten. Ich stelle klar, dass es sich um eine vorläufige Entscheidung handelt, die an bestimmte Bedingungen geknüpft ist. Das Volk der Kidj'Dan versteht die Sorgen und Ängste der Menschen. Wir sind Freunde und werden einander helfen. Gleichwohl sorgen wir uns um die

Sicherheit unserer Zivilisation. Daher dürfen die Menschen den Partnerstein des Sprungsteins in der Höhle auf Lumera zwar zur Erde bringen und ihn dort aufstellen. Das Gegenstück wird in der Höhle verbleiben, damit die Nähe zu eurer und unserer Stadt sichergestellt ist. Aber wir Kidj'Dan entscheiden über die Anzahl der Menschen, die die Portale nutzen dürfen. Wir werden stetig überwachen, dass nicht wahllos Menschen nach Lumera gebracht werden. Es geht also um einen wohldosierten Austausch mit den Menschen auf der Erde. Wir werden den Sichelstein an uns nehmen und damit die Kontrolle über die steinernen Portale behalten. Andernfalls werden wir das Portal zerstören. Ist das deutlich geworden?«

Alle Blicke ruhten auf Präsident Lenoir. Er neigte den Kopf. »Wir danken Euch für Eure Großzügigkeit, Eure Majestät, und nehmen das Angebot an.«

25 - JULIA

2385 | Puerto Rico – Erde

»Guten Morgen«, sagte Julia laut zu den Anwesenden, als sie den Aufenthaltsraum der Menschen betrat, der ihnen von den Kidj'Dan zur Verfügung gestellt wurde und den James Lenoir vor ihrem Abflug hatte einrichten lassen. Julia ging an den Tischen vorbei, hin zu einer provisorischen Küchenzeile an der Wand gegenüber. Einige der Anwesenden grüßten Julia zurück, andere schauten nicht einmal auf. Der angenehme Duft von Kaffee stieg ihr in die Nase, und fast ein bisschen ferngesteuert folgte sie ihm, bis sie vor einer großen Kanne stehenblieb. Sie schenkte sich einen Becher ein, goss etwas Feenweiß, einen Milchersatz, dazu und nippte daran.

Sie ließ den Blick durch den Raum schweifen. Ethan lag wahrscheinlich noch im Bett. Dort hinten saß Major Wallström, der seine Hand zum Gruß hob und neben ihm Orlando irgendwas, ein netter Kerl, der ihr allerdings etwas zu laut war. Simmone, eine kompetente junge Frau aus Wallströms Team, saß einen Tisch weiter vorne mit … wie hieß sie noch gleich?

Weiter rechts entdeckte sie John. Allein. So ein netter Zufall. Julia beobachtete ihn, wie er die Projektion eines

Textes auf seinem Holowürfel las. Es gefiel ihr, wie er dabei die Stirn krauszog und sein Kinn massierte. Der Drei-Tage-Bart stand ihm ausgesprochen gut und gab ihm etwas Verwegenes. Seine Haare waren zurzeit länger, als er sie sonst trug. Wie gerne würde sie ihm einmal mit der Hand ins Haar greifen und ... wer weiß?

Julia riss erschrocken die Augen auf, als John sie anblickte. Fragend lächelte er ihr zu, und ihr wurde bewusst, dass sie ihn noch immer anstarrte. Sie lächelte verlegen zurück und schlenderte zu ihm an den Tisch.

»Darf ich?«, fragte sie und hoffte, dass er ihre geröteten Wangen nicht bemerkte.

»Gerne. Setz dich.«

Keiner der beiden sagte etwas. Das war ja echt peinlich.

»Äh, was liest du denn da?«, brach Julia schließlich das Schweigen.

»Die Nymphomanin.«

»Bitte was?« Julia riss die Augen auf.

»Kleiner Scherz«, sagte John lächelnd. »Es ist ein Krimi. ›Schneeball‹ heißt er. Ist ganz nett. Von einem norwegischen Autor. Der hat echt was drauf. Liest du Krimis?«

»Nee. Aber ich lese lieber Thriller oder Fantasy-Romane«, sagte Julia. Dann fiel ihr doch ein wichtiges Thema ein, über das sie sowieso mit ihm sprechen wollte. »John, hat Ganuba eigentlich gesagt, wie lange wir jetzt noch unterwegs sein werden? Wir müssten doch bald da sein, oder? Vor drei Tagen hieß es, dass es nicht mehr lange dauert, aber genauer wollte oder konnte er sich nicht äußern und Ondras ist auf der Brücke so eingebunden, dass ich ihn auch nie zu Gesicht bekomme. Seit Ganuba uns aus der Brücke, sagen wir's mal nett, ausquartiert hat, weiß ich gar nicht mehr, was los ist.«

»Das geht mir nicht viel anders. Aber ich habe Ondras gestern zufällig getroffen und mit ihm gesprochen. Er sagte, wir sollten in zwei Tagen die Umlaufbahn der Erde erreichen. Dann wird mit dem Scannen der Atmosphäre und der Analyse der Erdoberfläche begonnen.«

»Ah, super.«

Wieder herrschte Schweigen zwischen ihnen, und wieder war es Julia unangenehm. Sie überlegte fieberhaft, was sie sagen könnte, da erlöste John sie. »Wie läuft es mit Ethan?«

Julia spitzte überrascht die Lippen und überlegte, was sie darauf antworten sollte und was er vielleicht zu hören erwartete. »Also ja, wir verstehen uns, keine Frage. Ich meine, wir waren ja lange genug ein Paar. Aber ... die Partnerschaft ... das ist vorbei. Weißt du, Ethan hat sich doch sehr verändert mit den Jahren. Bestimmt habe auch ich mich verändert, das will ich überhaupt nicht abstreiten. Ich denke aber, dass seine Dörrgrassucht einiges mit ihm angestellt hat, und auch der Krieg auf Lumera. Ethan spricht nicht, oder nicht mehr, über seine Gefühle ... vielleicht war das mit einer der Gründe, warum wir uns auseinandergelebt haben.«

John blickte sie so seltsam an. Hörte er ihr überhaupt zu? Julia war ein wenig irritiert. Zögerlich sprach sie weiter. »Er ist einer der tollsten Menschen, die ich kenne, und ich hätte nie gedacht, dass eine so tiefe Liebe ... verloren gehen kann. Aber genau das ist passiert.« Es war, als fiele ihr ein Stein vom Herzen, als sie diese Worte das erste Mal aussprechen konnte.

»Julia!«, zischte John plötzlich und blinzelte in die Richtung schräg hinter ihr. Vorsichtig drehte Julia sich um. Ethan stand unweit von ihnen. Sie hatte ihn nicht kommen sehen, weil sie mit dem Rücken zur Tür saß und John keine Gelegenheit hatte, sie zu warnen. Julia sprang auf und hatte plötzlich ein schlechtes Gewissen. Hatte er etwas gehört, und wenn ja, wie viel? Ethans Arm hing lose an seiner Seite, als Julia ihn ergriff. Sie spürte, wie er ihn anspannte und ihr schließlich entzog.

»Guten Morgen, ihr zwei«, sagte er in lässigem Tonfall.

Hatte er vielleicht doch nichts mitbekommen?

»Setz dich, Ethan. Wir haben gerade darüber gesprochen, was als Nächstes geschehen wird«, sagte John lächelnd.

Julia war erstaunt, wie gelöst John wirkte, als hätte das

Gespräch zwischen ihnen vor ein paar Sekunden gar nicht stattgefunden.

»Nee, danke. Ich nehme mir einen Kaffee und ein Brötchen und geh in die Kabine. Will noch etwas Sport in der VR machen und so.« Er blickte zu Julia: »Bis gleich, Jules.«

Julia schaffte es nur, ihm zuzunicken, dann blickte sie beschämt auf ihren Teller. Im Augenwinkel sah sie, wie Ethan sich am Buffet bediente und den Raum mit gefülltem Teller und einer Tasse Kaffee wieder verließ.

»Puh, das war knapp!«, sagte sie und spürte schon wieder, dass sie rot anlief.

»Du solltest mit ihm über deine Gefühle reden, Julia. Und du solltest darauf bestehen, dass Ethan sich zu seinen Gefühlen dir gegenüber äußert.«

Warum musste John immer so verdammt recht haben? Julia fühlte sich schuldig, dabei hatte sie doch im Grunde gar nichts getan. Mit wem sollte sie denn hier sonst über persönliche Dinge sprechen? Klar, da waren noch Simmone und Alanna – jetzt fiel ihr der Name der Brünetten wieder ein. Die beiden waren nett, aber Julia kannte sie erst seit knapp zwei Wochen. John stand ihr da eindeutig näher. Aber möglicherweise auch zu nahe, sodass er vielleicht Schwierigkeiten damit hatte, die Probleme zwischen ihr und Ethan objektiv zu beurteilen. Aber mit John war das so eine Sache – er ließ sie nicht wirklich an ihn ran, machte ihr aber auch keine Avancen. Er verhielt sich merkwürdig und …

Julia folgte ihrer Eingebung und erhob sich. »Ich gehe zu Ethan. Du hast recht, ich muss versuchen, mit ihm zu sprechen. So kann das ja nicht weitergehen. Danke, dass du mir zugehört hast.«

Julia sah im Augenwinkel noch Johns etwas verdutzten Gesichtsausdruck. Aber er hatte ja recht, sie musste mit Ethan sprechen, die Fronten klären, bevor sie sich unwiderruflich verhärteten.

Als Julia den Leuchtleisten auf dem Korridor zu ihrer

Unterkunft folgte, stellte sie fest, dass sie versehentlich ihre leere Tasse mitgenommen hatte.

Ethan lag auf dem Bett. Er wollte gerade in die VR abtauchen, den Teller mit dem Brötchen unberührt neben sich auf dem Boden.

»Ethan ...«, begann Julia und wusste nicht, was sie sagen sollte.

Der Angesprochene setzte sich im Bett auf, nahm sich seinen Kaffee und nippte daran.

»Was gibt's denn?«

»Also, ich wollte gerne mir dir reden. Über uns und wie es mit uns weitergeht.«

Ethan stellte seine Tasse wieder ab, schloss kurz seine Augen und verschränkte die Arme vor der Brust. Julia hatte das Gefühl, dass er wieder kurz davor war, dicht zu machen.

»Ethan, ehrlich. Wir müssen klare Fronten schaffen. Es kann ja nicht ewig so weitergehen. Ich möchte nicht, dass du dir irgendwelche falschen Hoff...«

»Hör mir mal zu, Jules«, unterbrach er sie seufzend, wirkte dabei aber erstaunlich gefasst. »Ich liebe dich, das weißt du. Und ich werde dich immer lieben. Aber ich habe dein Gespräch mit John gehört. Naja, zumindest einen Teil davon. Und ich finde ...«

»Ethan, ich ...«

»Laß mich bitte aussprechen. Du bist doch hier, um mir die Dinge zu sagen, die du John bereits gesagt hast. Das kannst du dir sparen. Ich liebe dich, ja. Aber ich sehe für die Zukunft kein Wir mehr. Ich bin nicht sauer auf dich, auch wenn ich natürlich deine Schwärmereien für John – und andersherum – mitbekommen habe. Aber es ist nun mal so, dass wir kein Paar mehr sind und es auch nicht mehr werden. That's life! Ich werde damit leben müssen, auch wenn es weh tut. Aber ich mag John. Immerhin haben wir gemeinsam gegen Fox gekämpft und er hat mir geholfen, meine Dörrgrassucht zu überwinden. Er ist ein cooler Typ.«

»Das kommt mir jetzt aber etwas sehr … unkompliziert vor. Ich kann nicht glauben, dass es dir so leichtfällt, einen Schlussstrich zu ziehen«, sagte Julia irritiert.

»Glaubst du wirklich, dass es mir leichtfällt, Jules? Natürlich nicht. Wie gesagt, ich liebe dich und das schon so lange Zeit. Aber wir haben uns verändert, wir alle, nicht nur du. Ich kann es nicht so recht beschreiben, aber ich denke, es ist der Zeitpunkt gekommen, dass wir diese Veränderungen annehmen müssen.«

Julia blickte Ethan fragend an. So ganz verstand sie nicht, was er ihr sagen wollte.

»Ach herrje, Jules. Ich kann so einen Mist eben nicht. Ich habe zwar ne große Klappe, aber so'n Psychogequatsche liegt mir wirklich nicht. Ich meine, es ist in Ordnung, dass wir uns trennen. Punkt. Aus.«

»Ethan?«, fragte Julia ihn irritiert.

»Ja, ich habe die Nachricht auch gerade bekommen. Die Funkverbindung zur Erde ist hergestellt.«

Julia drehte sich kurz um die eigene Achse, weil sie nicht wusste, was sie zuerst tun sollte. Aufgeregt setzte sie den Kaffeebecher an die Lippen, stellte irritiert fest, dass er leer war, platzierte ihn daher auf einem Bord an der Wand, sprang zu Ethan und zog ihn am Arm vom Bett. Aber das tat sie nicht, um ihn anzutreiben, mit ihr zu kommen.

Ohne nachzudenken zog sie ihn in ihre Arme und drückte ihn. Ethan schien ziemlich überrumpelt und steif, aber dann schlang auch er seine kräftigen Arme um sie. Kurz flammte ein warmes Gefühl in Julia auf. Aber sie wusste, dass das kein verliebtes Bauchkribbeln war, sondern einfach nur ihre Zuneigung zu ihm ausdrückte, was durch die Aufregung bezüglich ihrer bevorstehenden Ankunft auf der Erde noch verstärkt wurde.

»Wir sprechen später weiter. Du bist ein toller Mensch, weißt du das?«

Ethan grinste sie an. »Da mir das jeden Tag dutzende von Frauen sagen, ist mir das durchaus bewusst.«

Julia gab ihm mit der flachen Hand einen Klaps auf den Hinterkopf. »Kommst du mit, Ethan? Wir gehen zum Major. Oh Mann, ich bin so aufgeregt.«

»Okay, Jules. Aber eine Frage noch: Möchtest du ein eigenes Zimmer?«

»Nein, es ist okay. Wir kriegen das doch hin, ohne uns die Köpfe einzuschlagen, oder?« Unwillkürlich musste Julia grinsen. Ethan nickte ihr zu und ging zur Tür.

Gemeinsam betraten sie den Truppenraum, der für die Soldaten des Majors als solcher eingerichtet worden war. Es gab hier einiges an technischem Equipment, einen langen Tisch mit Stühlen und mehrere Holoprojektoren.

Der Major saß mit zwei weiteren Personen vor dem Funkgerät. Es war eines von mehreren Kommunikationsgeräten, die sie mit an Bord der Kam'dhadga genommen hatten, um sicherzustellen, dass sie alle Möglichkeiten der Kommunikation mit der Erde ausschöpfen konnten. Der Major beachtete sie gar nicht, sondern fluchte leise vor sich hin.

»... hören Sie mich noch? Kommen!«, sagte der Major laut. Außer einem Knistern war nichts zu hören. »Verdammt!«

»Was ist los, Major? Klappt es nicht? Ich dachte, Sie hätten eine Funkverbindung zur Erde«, fragte Julia aufgeregt. Hinter ihr und Ethan betrat nun auch John den Raum. Er hatte die Nachricht also ebenfalls erhalten.

»Ich hatte ihn, zumindest Stimmengewirr. Aber im Moment sind hier nur Störgeräusche zu hören«, erklärte der Major und ließ seine Handgelenke knacken.

»Wechseln Sie mal die Frequenz, Major«, schlug Soldat Owen vor, der neben dem Major saß. Major Wallström tat, wie ihm geheißen.

»... bitte kommen! Hier spricht Kendrick Alonso, Kennung kilo null acht zwo Arecibo, Puerto Rico. Wiederhole: kommen!«

»Hier Major Wallström, Raumschiff Kam'dhadga. Wir nähern uns der Erde. Hören Sie mich? Kommen.«

Julia war kurz vorm Platzen. Sie erkannte, dass auch der Major völlig aufgelöst schien. Schweißperlen glänzten auf seiner Stirn, und er fuhr sich immer wieder nervös mit den Fingern über die Mundwinkel.

»Julia, ich flipp aus«, johlte Ethan neben ihr.

»Schhh, sei leise«, zischte sie ungeduldig und sah, wie er die Augen verdrehte.

»Major Wallström, ich … ich kann es nicht fassen. Entschuldigen Sie, dass ich … oh mein Gott. Sind Sie das Objekt, dass sich der Erde nähert? Kommen!«

»Positiv. Wir haben vor wenigen Wochen Ihren Funkspruch, den Sie vor zehn Jahren verschickt haben, empfangen. Kommen.«

Julia war kurz davor, Ethan in den Arm zu beißen, so aufgeregt war sie.

»Fragen Sie ihn, wie es auf der Erde ist, Major«, platzte es aus Julia heraus. Johns leises »Julia« nahm sie nur am Rande wahr.

»Mr. Alonso, können Sie mir sagen, wie die Zustände auf der Erde sind? Kommen!«, hörte sie den Major sagen.

»Derzeit … schwer … Unruhen …«

»Scheiße, Major. Was ist da los?«, fragte einer der beiden Soldaten, der direkt neben dem Major saß.

»Na, na«, ermahnte er Owen.

»Bitte um Entschuldigung, Sir.«

»Mr. Alonso? Kommen!«, versuchte Wallström es erneut, aber außer einem Knistern war nichts mehr zu hören.

»Vielleicht hat er wieder die Frequenz gewechselt?«, fragte John.

»Nein, ich denke, dass der Kontakt noch sehr unstet ist. Wir machen an dieser Stelle eine Pause. Ich lasse Sie rufen, wenn es weitere Informationen gibt«, sagte der Major und erhob sich.

»Wir werden diese Koordinaten mit dem kleineren Transport-Shuttle anfliegen. Das Portal passt gerade so in den Frachtraum. Wir haben es ausgemessen. Aber das ist verdammt knapp.«

Weil der Major sie nicht bemerkt hatte, räusperte Julia sich laut.

»Ah, Ms. Jennings, Mr. Stanhope und Mr. James.« Wallström nickte ihnen zu. Andrew ignorierte er. »Gut, dass Sie da sind. Ich habe MacFarlane und Owen, die auch mit Ihnen zur Erde fliegen, gerade die Vorgehensweise erklärt, sobald wir in den Orbit der Erde eintreten. Bevor wir nach Arecibo fliegen können, müssen wir die Wettergegebenheiten abwarten. Wir brauchen noch 36 Stunden, bis wir den Orbit der Erde erreicht haben. Ab dem Zeitpunkt kann es jederzeit losgehen. Sie sollten sich also bereithalten. Ich werde aufgrund meines Gesundheitszustands nicht mit zur Erdoberfläche reisen können. Ich darf meine Halswirbelsäule noch etwa eine Woche lang nicht belasten, weshalb ich auf Dr. Szohrs Empfehlung höre und schweren Herzens hierbleiben werde.« Er blickte verlegen zu Boden. »Wir haben ein Shuttle der Kidj'Dan, das wir nutzen können«, er schloss für einen Moment die Augen, »... so schwer es mir auch fällt, muss ich Sie allein ziehen lassen. Sie werden nun an meiner statt die Lumera-Kolonie vor Direktor Alonso vertreten müssen. Kriegen Sie das hin?«

»Klaro«, entfuhr es Ethan, und er kniff sofort verlegen die Lippen zusammen.

»Selbstverständlich, Major Wallström«, sagte Julia und warf einen genervten Blick zu Ethan.

Der Major nickte ihnen skeptisch zu und sah dann wieder in seine Unterlagen.

Julia spürte, wie die Aufregung von ihr Besitz ergriff und alle Gedanken, die sie eben noch umkreisten, in den Hintergrund rückte. »Ich überspiele Ihnen allen die taktischen Daten«, erklärte Major Wallström. »Bitte arbeiten Sie diese in den nächsten zwei Tagen durch. Wir wissen nicht, was genau uns auf der Erde erwartet. Es gibt laut Alonso immer wieder Unruhen in der Kuppelanlage, weshalb der Direktor versuchen wird, Ihre Ankunft geheim zu halten. Ich habe einige Daten von dem Funker erhalten und mit meinen beiden Second Lieutenants die wichtigsten Verhaltensmaßnahmen erarbeitet. Wenn Sie sich an die Erläuterungen halten, werden wir keine Schwierigkeiten bekommen. Wir haben detaillierte Notfallpläne bezüglich einer etwaigen Evakuierung erstellt. Es ist also an sämtliche Eventualitäten gedacht. Es besteht keinerlei Anlass, sich Sorgen zu machen.«

Der Major ging mit der Hand zu den Aufzeichnungen auf dem virtuellen Monitor. Mit einer Bewegung in Julias und Ethans Richtung spielte er ihnen die Dateien auf ihre BIDs. Julia bestätigte den Datenempfang. Später würde sie sich die Anweisungen anschauen.

»Also Major, was können Sie uns erzählen? Wie sieht es auf der Erde aus?«, fragte Ethan und zog für sich und Julia einen Stuhl heran. »Und von was für Unruhen, die es da geben soll, haben Sie gerade gesprochen?«

———

»Und dieser Pep ... Alonso erwartet uns also bei den angegebenen Koordinaten, und niemand da unten soll etwas davon mitbekommen?« Julia lief hinter einem Kidj'Dan her, den sie noch nicht kannte. Ethan, John und Andrew begleiteten sie durch einen Gang zu einem Teil des Raumschiffs, den sie zuvor noch nicht betreten hatte. Julia war unglaublich aufgeregt. Die letzten zwei Tage waren so schnell vergangen.

Major Wallström hatte mehrfach mit dem Funker, Kendrick Alonso, gesprochen. Er war tatsächlich derjenige, der vor zehn Jahren den Hilferuf nach Lumera abgesendet hatte. Es war einfach der Wahnsinn, dass er noch lebte, und Julia konnte es kaum erwarten, ihn persönlich kennenzulernen und die Erde, ihren Heimatplaneten, nach über 350 Jahren, von denen sie die meiste Zeit im Kryoschlaf verbracht hatte, wiederzusehen.

In nicht einmal einer Stunde, so war es vorgesehen, sollten sie sich in dem Shuttle auf dem Weg zur Erde befinden.

An einer Gabelung trafen sie auf die anderen Passagiere. Insgesamt waren sie zu zwölft. Julia zählte zwei Androiden und sechs von Wallströms Soldaten. Sie freute sich, dass auch Simmone mit zur Erde fliegen sollte. Sie hatte in den letzten Tagen ein paarmal mit ihr gesprochen und festgestellt, dass sie sich blendend verstanden.

»Und? Aufgeregt?«, fragte Simmone, die sich zu Julia gesellt hatte.

»Aufgeregt ist gar kein Ausdruck! Ich mache mir gleich in die Hose«, grinste Julia und versuchte, entschuldigend dreinzublicken.

Der Weg zum Shuttle war kurz. Sie durchquerten einen in violettes Licht getauchten Hangar, in dem sich insgesamt zwei Shuttles befanden, die schwarz und jeweils so groß wie ein Kleinbus waren. Julia war überrascht, dass in so einem verhältnismäßig kleinen Raumschiff noch Raum für zwei Shuttles war. Von außen wirkte das Schiff eindeutig kleiner als von innen.

Der Kidj'Dan, der das Shuttle steuern sollte, blieb neben dem geöffneten Zugang der Raumfähre stehen.

Julia betrat hinter Ethan das Shuttle und setzte sich neben ihn auf einen der Stühle, die sie bereits aus der Brücke der Kam'dhadga kannte. John nahm auf der anderen Seite neben ihr Platz.

»Mann, ist das aufregend. Aber hier gibt es keine Fenster. Wie schade«, sagte Ethan, reckte sich und sah sich um.

»Verlass dich nicht auf das, was du siehst, Ethan.«

»Hä? Was meinst du?«

»Lass uns abwarten, was passiert. Das meine ich«, sagte Julia und lächelte.

Als das Shuttle endlich mit einem Ruck startete, veränderte sich, wie auch bei der Kam'dhadga, die Außenhülle. Sie wurde transparent und gab den Passagieren den Blick nach draußen frei. Julia beobachtete, wie sie mittels einer Vorrichtung zum Schott gehoben wurden. Als dieses sich öffnete und den Blick auf das Weltall freigab, stieg wieder Angst in Julia auf. Sie musste an ihren Horrortrip auf dem Quaderschiff denken. Kurz dachte sie darüber nach, den Kidj'Dan dazu zu bringen, sie von Bord zu lassen, da wurde das Shuttle förmlich aus dem Schott geschleudert. Julia wunderte sich, dass auch im Shuttle keine Schwerelosigkeit herrschte, obwohl sie sich nun im Weltraum befanden. Die Kidj'Dan waren ihnen, vor allem in Bezug auf Raumfahrttechnologie, wirklich weit überlegen.

Das Shuttle flog nun einen langen Bogen. Die Erde kam in überwältigender Größe ins Blickfeld. Julia war sprachlos.

»Ach, du Scheiße«, murmelte Ethan neben ihr. Julia kannte die Bilder zwar aus dem Fernsehen und konnte sich auch noch daran erinnern, als sie mit dem Climber, dem riesigen Lift, zur geostationären Raumstation der Aristoteles gefahren war, aber auch auf sie wirkte der Anblick des blauen Planeten, ihrer Heimat, einfach überwältigend. Jetzt kehrte sie zur Erde zurück, und ihr stiegen ungewollt die Tränen in die Augen. Julia hörte Ethan neben sich schniefen. Ihm ging es also nicht anders.

Sie blickte zu John, der rechts von ihr saß. Er lächelte sie zaghaft an, während Ethan vor Freude lachte.

»Macht euch bereit, Menschen. Ich werde jetzt beschleunigen. Die Reise wird kurz sein«, sagte der Kidj'Dan, der vorne im Shuttle an seinem Pult saß, die linke Hand ruhte dabei auf der rot glimmenden Kugel seines Sitzes.

Julia spannte sich an, als das Shuttle so stark beschleunigte, dass ihr die Luft wegblieb. Bitte nicht noch einmal so eine Tour wie beim Start von Lumera. Aber Julia schaffte es nicht mehr, weiter darüber nachzudenken, da war alles um sie herum bereits in Dunkelheit getaucht.

»Ich glaub es nicht, Dornröschen. Jetzt darfst du aber mal wieder aufwachen«, hörte Julia die Stimme von Ethan in ihrem Ohr.

Wo war sie, und was war passiert? Vorsichtig öffnete Julia die Augen und musste blinzeln. Warum war es so verflucht hell hier? Julia konnte kaum etwas erkennen, aber dann wurde es wieder dunkel, als die Außenhülle des Shuttles wieder intransparent wurde.

Ah, das Shuttle, natürlich. Die Erde – sie waren da. Julia schoss von ihrem Sitz hoch und kämpfte anschließend mit einem Würgereiz.

»Sachte, Julia«, sagte John und presste sie wieder in den Sitz.

»Alles gut?«, fragte Ethan und drückte Julias Hand.

»Ach, verflucht. Warum passiert mir das immer?«, fauchte Julia wütend. Sie war wieder ohnmächtig geworden. Wie peinlich. Langsam erhob sie sich. »Geht schon. Alles gut. Kommt, wir sollten hier raus, oder?«

Ethan hielt ihr einen Stoffbeutel hin: »Hier, da ist eine Schutzbrille und ein Tuch für Mund und Nase drin. Setz die Sachen auf, der Sani des Majors hat sie an uns verteilt.«

Julia öffnete den kleinen Beutel. »Das ist ja eine stylische Sonnenbrille«, sagte sie und setzte sie sich probehalber auf die Nase.

»Yeah, wir sind im Auftrag des Herrn unterwegs«, versuchte sich Ethan in schauderhaftem Südstaatenakzent. »Das Shuttle ist unser Bluesmobil, wir haben die Brillen, fehlt nur noch eine Schachtel Kippen.«

Julia musste grinsen. »Blödmann!«

Julia sah, dass sich die Außenluke langsam öffnete. Der Kidj'Dan im Cockpit blieb allerdings auf seinem Sitz. Er hatte die Anweisung von Ganuba erhalten, das Shuttle jederzeit für einen Notstart bereit zu halten. Vernünftig gedacht, fand Julia, denn keiner von ihnen wusste, ob und wie sich die Gepflogenheiten auf der Erde gewandelt hatten. In über dreihundert Jahren hatten sich vielleicht mehr Dinge geändert, als sie es sich vorstellen konnte. Man brauchte sich nur einen Moment lang vor Augen führen, wie sich Medizin und Technik des 16. von der des 21. Jahrhunderts unterschied. Außerdem war kaum vorauszusehen, wie die Erdlinge auf den unerwarteten Anblick eines Kidj'Dan reagierten.

Andrew stieg als Erster mit den beiden anderen Androiden aus dem Shuttle. Vermutlich sollten sie die Umgebung sichern. Heiße, dünne Luft strömte in die Raumfähre, und Julia wurde wieder schwindelig. Das Klima auf der Erde hatte sich seit ihrem Abflug merklich verschlechtert. Als sie, gemeinsam mit Ethan, der ihre Hand genommen hatte, das Shuttle verließ, blieb ihr für einen Moment die Luft weg. Julia hatte das Gefühl, dass der Sauerstoff in der stickigen Luft kaum ihre Lunge erreichte. Hilflos nestelte sie an dem Tuch vor ihrem Gesicht herum, als würde das etwas an der Lage ändern. Lange könnte sie es hier draußen nicht aushalten, das war ihr klar.

»Mann, das fühlt sich aber gar nicht gut ...« Mit offenem Mund blieb Ethan plötzlich stehen. Vor sich sah Julia riesige Betonkuppeln, die sich wie Fremdkörper in die hügelige Landschaft einfügten. Und mittendrin lag das riesige Observatorium mit dem Radioteleskop. Mit seinem Hauptspiegel, einer steinernen Mulde von über dreihundert Metern Durchmesser, sah es ein wenig wie ein überdimensionaler Suppenteller aus. Erst beim zweiten Hinsehen nahm Julia die vier Männer wahr, die unweit von ihnen standen und nun mit staunenden Gesichtern auf sie zukamen.

»Sie können sich nicht vorstellen, wie glücklich wir sind, dass Sie unseren Notruf gehört haben und ihm gefolgt sind. Ich heiße sie herzlichst in Arecibo willkommen. Mein Name ist Pep Alonso. Ich bin der Direktor des Observatoriums und der Kuppelanlage 82.«

»Guten Tag, wir freuen uns sehr, hier sein zu können und über das herzliche Willkommen. Mein Name ist John Stanhope.« Nacheinander stellte John alle Passagiere des Shuttles vor, nur den Kidj'Dan-Piloten erwähnte er nicht.

»Ich sehe Ihre erstaunten Gesichter beim Anblick der Kuppeln. Nun, wie Sie sehen, gibt es hier in Arecibo zehn solcher Kuppeln, jede misst zweihundert Meter im Durchmesser, jede unter eigener Leitung und jede Kuppel bildet eine geschlossene Einheit. Die Kuppeln sind allerdings über ein Tunnelsystem miteinander verbunden. Aber nun zu Ihnen: Wie Sie sich bestimmt ausmalen können, habe ich tausende Fragen an Sie, doch zunächst möchte ich Ihnen meinen Sohn Kendrick vorstellen. Er hat den Funkspruch vor zehn Jahren abgesandt und ist der Leiter der Funkabteilung. Das ist Señora Del Mar, die Leiterin der Agrarabteilung und Señor Rivas, der Leiter der Abteilung für Klimatechnik. Das«, er zeigte auf einen Schrank von einem Mann, »ist Señor Bassave, der Leiter der Sicherheit, und sein Stellvertreter, Señor Homar.«

Der Reihe nach wurden Julia und die anderen per Händeschütteln begrüßt.

»Ich darf wohl annehmen, dass Ihr Shuttle zu dem Raumschiff der Außerirdischen gehört? Wie hießen sie doch gleich? Kischan?«, fragte er und zeigte beeindruckt auf das Shuttle. Julia musste schmunzeln, als sie sah, dass der Sicherheitsleiter Bassave sichtlich mit sich rang, ob er sich bis zum Shuttle vorwagen sollte, das in der Tat aufgrund seiner ungewöhnlichen Form und dunklen Farbe ziemlich alienmäßig aussah. Er entschied sich offensichtlich dagegen und beließ es beim Starren.

»Ja, das ist eines ihrer Shuttles«, bestätigte einer von Major Wallströms Soldaten.

»Kidj'Dan heißen sie übrigens«, korrigierte Ethan.

Der Direktor wirkte für einen Moment irritiert. »Oh,

verstehe, verzeihen Sie. Major Wallström hat davon per Funk gesprochen, aber ich habe es wohl falsch verstanden, denn der Empfang war nur mäßig. Das Shuttle würde ich mir gerne einmal näher ansehen, bevor Sie wieder abfliegen. Jetzt sollten wir aber zusehen, dass wir in die Anlage kommen. Die Wetterbedingungen sind heute zwar gut, aber wie Sie merken, ist der Sauerstoffgehalt insbesondere für Menschen, die das nicht gewohnt sind, nicht zuträglich. Länger als ein oder zwei Stunden sollte man hier draußen nicht ohne eine Sauerstoffmaske verbringen. Wir müssen die Luft für die Kuppelanlagen filtern und mit Sauerstoff anreichern, damit wir halbwegs normal leben können. Bitte folgen Sie mir.«

Julia ging eiligen Schrittes gemeinsam mit John, Ethan und mehreren von Wallströms Soldaten hinter dem Direktor her. Andrew begab sich, gemeinsam mit den beiden anderen Androiden, wieder in das Shuttle.

Zu gerne hätte Julia gesehen, wie Alonso auf den Anblick des Kidj'Dan reagiert hätte, der im Shuttle wartete, um gemeinsam mit den Androiden das Portal zu bewachen.

Julia staunte. Vor ihnen türmte sich eine der Kuppeln von bestimmt 150 Metern Höhe auf. Die große Ziffer 82 prangte in gelber Schrift darauf, doch die Ränder blätterten bereits ab. Der ebenfalls aus Beton gegossene Zugang, der sich vor ihnen öffnete, wirkte dagegen winzig, dabei war er bestimmt an die drei Meter hoch und ebenso breit. In Julias Vorstellung waren die Kuppeln, von denen Kendrick gesprochen hatte, aus Glas oder etwas anderem Durchsichtigem geschaffen. Sie hatte sich grüne Biotope vorgestellt. Dass die Menschen hier unter riesigen, fensterlosen Betonkuppeln leben mussten, empfand sie fast schon als grausam. So mussten sich Tiere in Käfigen fühlen, dachte sie.

Dennoch war Julia froh, als die Tür sich wieder hinter ihnen schloss. Das Licht der Sonne war unerträglich hell gewesen, ganz anders als bei Epsilon Eridani, der Sonne Lumeras, und die Luft viel zu dünn, um sich wohl fühlen zu können. Nun saugte sie dankbar den Sauerstoff ein, der ihr aus dem Kuppelinneren angenehm kühl entgegenströmte.

»So, meine Damen und Herren, Willkommen in Kuppel 82. Wenn Sie mir bitte folgen möchten …« Schnellen Schrittes lief Direktor Pep Alonso voran. Sein Sohn, der seinem Vater sehr ähnlich sah, blieb mit einem der Wachmänner hinter ihnen. Julia hatte ein komisches Gefühl, als sie durch die kahlen Gänge liefen. Sie stellte fest, dass die Wände hell gestrichen waren. Doch an vielen Stellen bröselte der Putz von der Wand, und auch der Boden hatte schon bessere Zeiten gesehen.

»Wo gehen wir jetzt hin?«, fragte Julia.

Der Direktor blieb stehen und blickte sie an. »Entschuldigen Sie, Señora Jess...«

»Jennings. Julia Jennings.«

»... Señora Jennings.« Er hielt in Gedanken inne. »Irgendwoher kenne ich Ihren Namen. Aber das hat Zeit bis morgen. Jetzt möchte ich Ihnen gerne zunächst Ihre Schlafquartiere zeigen, damit Sie sich frisch machen können. Anschließend werden Sie abgeholt und einmal durch die Anlage geführt. Mein Sohn wird ihnen einige Restaurants zeigen, in denen Sie später speisen können.«

An alle anderen gewandt fragte er: »Ist es in Ihrem Sinne, wenn das Gespräch über mögliche Hilfsmaßnahmen morgen stattfindet, wenn Sie sich alle etwas erholt haben und sich ein Bild von unseren Problemen und dem Kuppelleben machen konnten?«

»Das hört sich sehr gut an«, sagte Julia. John und einige andere nickten. Señor Alonso setzte seinen Weg fort, blieb aber nach wenigen Metern wieder stehen und blickte sie an: »Es ist sehr wichtig, dass die Menschen hier in der Kuppel nicht erfahren, wer Sie sind und woher Sie kommen, solange wir ihnen noch nichts Konkretes mitteilen können. Ich bitte Sie daher um äußerste Diskretion, sollten Sie angesprochen werden. Sie stammen aus Kuppel 85, wenn Sie jemand fragt.

Ich werde Ihnen Kleidung bringen lassen, die weniger ... auffällig ist, wundern Sie sich also bitte nicht.«

»Wieso?«, sagte Ethan. »Unser Hightech-Fummel ist doch der letzte Schrei.«

»Ich verstehe nicht ...«, setzte Pep Alonso an.

»Schon gut, Señor Alonso. Ethan hat einen ... speziellen Humor. Das dürfen Sie nicht so ernst nehmen«, erklärte John und erntete dafür von Ethan einen Klaps auf die Schulter. Julia rollte mit den Augen.

Der Direktor lächelte etwas irritiert und setzte seinen Weg fort.

Sie traten durch eine Tür, und Julia blieb für einen Moment der Mund offen stehen. Sie blickte nach oben und sah, dass sich vor ihr ein bestimmt fünf Stockwerke hohes Gebäude befand, als hätte jemand einfach ein großes Mehrfamilienhaus bis unter die Kuppeldecke gebaut.

»Das hier«, sagte der Direktor und blieb vor dem Gebäude stehen, »ist unser Gästehaus. Wir befinden uns hier noch am Rande der Anlage, weshalb die Deckenhöhe noch sehr niedrig ist.«

»Wollen Sie damit sagen, dass es weiter im Innern der Kuppel noch höhere Gebäude gibt?«, fragte Ethan ehrfürchtig.

»Ja, Señor James, hier in Kuppel 82 leben viertausend Menschen«, erklärte der Funker Kendrick Alonso. »Irgendwo müssen diese ja wohnen. Die Kuppel ist 150 Meter hoch. Da macht es Sinn, bis nach oben zu bauen. Und natürlich auch nach unten.«

»Sagen Sie, Mr. Alonso«, wandte sich John an den Funker, »was genau stimmt nicht mit der Kuppel? Sie sagten in dem Hilferuf und auch per Funk zum Major, dass Sie hier mit irgendeinem Pilzbefall zu kämpfen haben?«, fragte John und folgte Direktor Alonso mit den anderen in das Innere des Gebäudes. Vor einem großen Aufzug blieben sie stehen.

Die Agrarbeauftragte Del Mar räusperte sich und erklärte: »Ja, der Pilzbefall ist wirklich ein Problem. Das hat etwas mit der Luftfeuchtigkeit in der Agrarkuppel zu tun. Wir haben es noch viele Jahre hinauszögern können, aber die Pflanzen benötigen ein bestimmtes Klima, sonst gedeihen sie nicht. Dieses Klima bietet aber einen idealen Nährboden für Pilze. Und diese haben sich seit dem Klimawandel verändert. Ich kann Ihnen morgen Bilder davon zeigen. Und es stimmt, Kendrick Alonso hat diesbezüglich bereits vor zehn Jahren einen Hilferuf abgesetzt. In diesem Jahr waren wir aber schließlich gezwungen, den Zugang zur Kuppel abzuriegeln. Sie sind wirklich genau zur rechten Zeit gekommen. Ich fürchte, dass die Vorräte für den nächsten Winter nicht ausreichen werden. Und draußen«, Del Mar wies mit der Hand zur Kuppelwand, »ist es ja etwas schwierig mit dem Anbauen von Getreide und anderen Pflanzen. Die Informationen über den Pilzbefall sind übrigens streng vertraulich!«

»Eine Frage habe ich, die mich beschäftigt, seit wir hier angekommen sind«, sagte Ethan und kratzte sich am Kinn. »Wir haben die Erde vor fast 350 Jahren verlassen. Ich … ich frage mich wirklich … also, was ist hier passiert? Die Technik war vor über 300 Jahren fortschrittlicher, als sie es jetzt ist. Ich verstehe das nicht.«

Mit einem Pling öffneten sich die Aufzugstüren. Nachdem Julia und die anderen den Aufzug betreten hatten, schlossen sich die Türen und es ging ruckelnd aufwärts.

Pep Alonso blickte mit ernstem Gesichtsausdruck zu Ethan. »Nun, Mr. James, sie sehen ja die Umstände, unter denen wir hier leben müssen. Die Kapazitäten, die Rohstoffe und noch viele andere Dinge hemmen die Forschung und Entwicklung seit dem Klimakollaps massiv. Es würde ausufern, wenn ich das im Detail versuchen würde, zu erklären. Die Situation und die Bedingungen, unter denen wir leben, haben es schlicht und einfach nicht zugelassen. Hinzu kommt ein jahrhundertelanger Kampf gegen mächtige Milizen. Es gibt allerdings in den USA seit fast dreißig Jahren einen Kuppelkomplex, der sich der Forschung und Entwicklung neuer Technologien verschrieben hat. Dasselbe gilt auch für andere Länder auf der Erde. Aber wir sind noch nicht so weit ...«

Julia sah Ethan nicken. Anscheinend fiel ihm nichts Weiteres dazu ein.

Der Aufzug hielt im fünften Stockwerk und öffnete seine Türen. Direktor Alonso lief durch den kahlen Gang voran.

»Darf ich fragen, ob sich unter Ihnen ein Paar befindet? Oder möchten Sie alle je ein eigenes Zimmer?«, fragte Kendrick und blieb vor einer Tür stehen.

Ethan blickte Julia erwartungsvoll an. Nein, das geht nicht, versuchte sie ihm mit ihrem Blick zu zeigen. Da seufzte Ethan kurz auf. »Für jeden ein eigenes Zimmer bitte«, sagte er.

»In Ordnung. Señora Jennings, treten Sie doch gleich hier ein.« Alonso zeigte zur ersten geöffneten Tür. Mehrere Türen standen weit geöffnet. »Für jeden von Ihnen ist ein Zimmer frei. Es wird Ihnen gleich jemand passende Kleidung bringen. Mein Sohn holt Sie in einer Stunde ab und zeigt Ihnen die Anlage. Morgen werde ich Ihnen den ganzen Tag meine Aufmerksamkeit widmen, und wir können dann über alles andere sprechen«, erklärte der Direktor, öffnete die Tür und wies mit der Hand in das dahinterliegende Zimmer. »Wir haben ein kleines Telefon dort vorne stehen. Sie können jederzeit mit der 555 meine Sekretärin erreichen, wenn Sie etwas brauchen. Haben Sie noch Fragen?«

Julia schüttelte mit dem Kopf. »Nein, vielen Dank. Ich komme zurecht.«, sagte Julia, nickte allen zu, ging ins Zimmer und schloss die Tür hinter sich. Sie blieb einen Moment stehen und atmete tief durch. Die Eindrücke der vergangenen halben Stunde hatten gereicht, um sie völlig auszulaugen. Sie war auf der Erde, ihrer Heimat, und doch hatte sie so gar nichts mehr mit dem Planeten zu tun, den sie gefühlt vor einem Jahr – tatsächlich aber vor über dreihundert Jahren – verlassen hatte.

Es war nun alles anders. Furchtbar war es hier! Zwar konnten die Menschen froh sein, überlebt zu haben. Doch wie konnten sich die Menschen in diesem Kuppelgefängnis wohlfühlen, hier leben und ihrem Alltag nachgehen? Alles war grau und provisorisch, fast schon primitiv, und sie fühlte sich, als hätte jemand sie in einen großen Käfig gesperrt. Julia drehte sich um die eigene Achse.

Dieser Raum hier spiegelte das einfache Leben der Menschen in den Kuppeln wider. Er war vielleicht zwölf Quadratmeter groß. Kein Bild, nicht einmal eine Tapete zierte die nackten Wände, es gab hier lediglich ein Bett, eine Kommode und einen Nachttisch. Das Badezimmer musste auf dem Flur sein. Hier war es jedenfalls nicht.

Julia ließ sich auf das Bett fallen. Immerhin war es weich, auch wenn es merkwürdig muffig roch. Julia schalt sich. Sie wollte nicht undankbar sein. Und ihr wurde immer klarer, dass sie den Menschen hier helfen mussten. Das Leben hier – ohne Himmel, ohne Natur und ohne das Gefühl von Freiheit – konnte kein schönes Leben sein. Sie mussten einen Weg finden, die Menschen nach Lumera zu holen. Major Wallström hatte sich mit John darüber ausgetauscht. Es sollte rund hundert Jahre dauern, bis das Terraforming abgeschlossen sein würde. Das war verdammt lang, wenn man an die Nahrungsprobleme dachte, höchstwahrscheinlich zu lang!

Unvermittelt klopfte es an Julias Zimmertür.

»Herein!«, rief sie. Die Tür öffnete sich langsam, und eine Frau mit dunklen Haaren und vielen bunten, klimpernden Armreifen trat herein.

»Señora, hier sind ein paar Kleidungsstücke für Sie. Ich hoffe, es ist etwas für Sie dabei«, sagte sie und legte die Sachen auf die Kommode. Interessiert musterte sie Julia in ihrem Anzug.

»Vielen Dank«, sagte Julia und lächelte der Frau zu. Als sich die Tür wieder hinter der Brünetten geschlossen hatte, erhob Julia sich träge. Sie sah sich die Sachen an. Der Stoff erinnerte sie an früher, als sie selbst noch auf der Erde gelebt hatte. Gerührt wischte Julia sich eine Träne aus dem Augenwinkel und trat an das kleine Fenster. Darunter erblickte sie den Eingang, den sie vorhin benutzt hatten, um das Gebäude zu betreten. Auf der gegenüberliegenden Seite starrte ihr blanker Beton entgegen. Julia zog die karierten Vorhänge wieder etwas vor das Fenster, obwohl es niemanden gab, der hätte hineingucken können.

»Wo gehen wir jetzt hin?«, fragte Ethan neugierig. »Eigentlich hätte ich gerne ein richtig schönes, kaltes Bier. Habt ihr hier so etwas?«

Kendrick schien etwas verunsichert und stammelte: »Also, es ist hier ..., ja, wie soll ich sagen ... mit Bier, wie Sie es vielleicht kennen, ist es ...«

»Alter, mach dich locker. Das war nur ein Spaß«, sagte Ethan grinsend und verpasste ihrem Gastgeber einen Klaps auf den Rücken.

»Ethan, verdammt«, sagte Julia, als sie Kendricks verwirrten Blick bemerkte.

»Er kann nichts dafür. So ist er nun mal«, entschuldigte sie Ethans Verhalten schulterzuckend.

Kendrick nickte einsichtig. »Kein Problem.«

Julia blickte erstaunt zu den sechs Soldaten, die Major Wallström mit zur Erde geschickt hatte. In normaler Kleidung hätte sie sie fast nicht wiedererkannt. Auch Simmone wirkte in dem langen Rock wie eine ganz normale Frau. Ihr war nicht mehr anzusehen, dass sie eine ausgezeichnete Nahkämpferin und Schützin war.

»Warum hat Ihr Vater heute eigentlich keine Zeit mehr?«, fragte John ihren Begleiter und blickte sich um.

»Er muss arbeiten und hat mich gebeten, Ihnen alles zu zeigen. Wir verlassen jetzt den Bereich, den Sie nur mit Ihrer Keycard betreten können. Vor Ihnen liegt nun das Atrium. Es ist hier immer recht viel los. Erschrecken Sie sich bitte nicht«, erklärte Kendrick.

Sie traten durch eine Tür, die sich piepsend wieder hinter ihnen schloss. Julia wusste gar nicht, wo sie zuerst hingucken sollte. Hundertfünfzig Meter über ihren Köpfen befand sich die riesige Betonkuppel. Vor ihnen lag ein großer Platz. Vermutlich war er für Versammlungen vorgesehen. Es gab hier mehrere Stände mit verschiedensten Waren, die Julia an einen Flohmarkt erinnerten. Auf der gegenüberliegenden Seite zog sich eine riesige Wand, die nur von Fenstern unterbrochenes war, bis unter die Kuppeldecke Es musste sich um ein Gebäude innerhalb der Kuppel handeln.

»Ah ja, heute ist Markt«, bestätigte Kendrick ihre Vermutung. Julia sah eine ganze Horde Kinder, die spielend an ihnen vorbeitollten. Ein kleines Mädchen mit Zöpfen blickte sie aus großen Augen an. Julia spürte einen Stich im Herzen. Das Mädchen erinnerte sie an Josie, das Mädchen aus der Flüchtlingsunterkunft vor über dreihundert Jahren auf der Erde, die ihr so viele schlimme Alpträume beschert hatte. Erst jetzt stellte Julia fest, dass sie schon lange nicht mehr von Josie geträumt hatte.

»Wie sind diese Kidj'Dan eigentlich?«, fragte Kendrick Alonso unvermittelt, während sie über den Platz schlenderten.

»Sie sind ganz cool, wenn man sie nicht reizt, stimmt's Johnny?«, sagte Ethan lachend.

»Ethan will damit sagen, dass wir mit ihnen sehr gut auskommen. Es gibt natürlich auch auf Lumera gewisse … Schwierigkeiten, die wir überwinden mussten und noch müssen, aber das liegt nicht unbedingt an den Kidj'Dan«, erklärte John und versuchte, nicht zu sehr ins Detail zu gehen. Vermutlich sollte er sich das für den morgigen Tag aufsparen.

Kendrick wartete, dass er fortfuhr, aber John schwieg.

»Gut, darüber können wir ja auch später sprechen. Ich möchte Ihnen noch erklären, wie die Umstände hier im Moment sind. Sie haben ja von Señora Del Mar gehört, dass wir Probleme mit Pilzbefall in den Agrarkuppeln haben. Das ist allerdings nicht alles. Vor kurzem mussten wir einen Übergang in eine andere Kuppelanlage sprengen, weil es zu Ausschreitungen gekommen ist. Die Lage ist seit einigen Jahren ziemlich angespannt. Vermutlich steckt in den meisten Fällen, in denen es zu Ausschreitungen kommt, eine radikale Miliz dahinter. Sie nennt sich Real Mankind.«

John stutzte. »Ich habe von Real Mankind gehört«, sagte er. »Mein damaliger Kollege beim FBI hat mir einige Nachrichten hinterlassen, als ich im Kryoschlaf und unterwegs nach Lumera war. Diese Miliz war vor über dreihundert Jahren in Nordamerika aktiv. Gibt es sie also immer noch?«

Kendrick Alonso nickte. »Leider ja. Wir versuchen, die Situation unter Kontrolle zu halten, aber es ist nicht so einfach. Aber derzeit ist es ruhig. Ah, hier geht es unter anderem zu den Quartieren«, sagte Mr. Alonso und bog rechts ab.

Julia und die anderen folgten ihm um zwei Ecken und blickten in einen Gang, der rechts und links von riesigen Gebäuden gesäumt wurde. Die Hochhäuser ragten fast 150 Meter hoch bis zur Kuppeldecke. Sie waren einst weiß getüncht worden, aber an vielen Stellen blätterte der Putz bereits ab. Hier und da gab es an den Fenstern Balkonkästen mit Pflanzen, vermutlich künstliche, denn der gesamte Komplex wurde von riesigen Leuchtleisten erhellt. Richtige Fenster gab es in den Kuppeln keine. Hier und da hatte sie schmale Panzerglasscharten in der Kuppelwand gesehen, aber diese ließen kaum Licht hinein.

»Wow, das ist wirklich beeindruckend«, sagte John und blickte sich um.

»Naja, nicht wirklich«, sagte Kendrick Alonso, »aber das ist unser Leben hier. Wir tun, was wir können. Es gibt eine Schule, einen Kindergarten, Jobs und Aufgaben für alle. Wir tun unser Bestes, um zu ... überleben.«

Kendrick Alonso bog links ab, und sie gingen auf einen Tunnel zu, der durch eines der Gebäude führte.

»Wenn wir hier durch dieses Haus spazieren, kommen wir in eine Gasse mit den Restaurants, die wir hier haben. Die Auswahl ist bescheiden. Ich empfehle Ihnen das ›Dome‹. Das kommt vielleicht den Speisen, die Sie kennen, am nächsten. Ich bin oft hier. Heute Abend bin ich allerdings mit meinem Schwiegersohn verabredet. Wir werden auch hier speisen. Aber ich denke, es ist auch in Ihrem Sinne, wenn Sie ein wenig Zeit für sich haben, oder?«

»Ja, vielen Dank«, sagte Julia.

»Das ›Dome‹«, feixte einer der Soldaten, »Na, da ist der Name wohl Programm, he?«

Die anderen lachten, doch Simmone baute sich vor ihm auf. »Klappe, du Idiot.«

Julia blickte sich zu John um, der schweigsam hinter ihr ging. Ertappt blickte er auf. Hatte er ihr etwa auf den Hintern geguckt? Julia blickte kurz an sich hinab. Ja, ihr Hintern saß recht knapp in der Jeans, dachte sie zufrieden.

»Ich würde aber gerne doch noch etwas von den Kidj'Dan und Lumera erfahren und wie Sie uns hier auf der Erde vielleicht helfen könnten, bevor ich Sie allein lasse«, forderte Kendrick Alonso mit einem zaghaften Lächeln.

26 - KENDRICK

2385 | Puerto Rico – Erde

»Darf's noch was sein?«, fragte Dita, die Kellnerin, der das kleine Diner gehörte. »Whiskey und sowas haben wir seit der Rationierung leider nicht mehr. Küka, Wodka und Sojasu kann ich heute anbieten, aber die ersten zwei ... von denen würde ich eher abraten.«

Kendrick überlegte kurz. »Ich glaube, dann nehme ich noch einen Sojasu. Möchtest du noch etwas, Gustavo?«

»Uh, Sojasu, nee, lass mal.« Gustavo lächelte die Frau verlegen an. »Für mich nichts, danke. Ach so, Dita, die Rechnung bitte.«

»Na klar«, sagte sie und ging.

Kendrick beobachtete Gustavos Hände. Sie waren unaufhörlich in Bewegung. Er verschränkte die Finger ineinander, blickte forschend darauf und kaute immer wieder an den Nägeln herum. Seine Haare waren strähnig, als sei es ihm völlig egal, wie er aussah.

»Was ist los?«, fragte Kendrick, doch Gustavo gab dieselbe Antwort wie immer seit Vidas Tod, wenn man ihn aus seinen Grübeleien holte.

»Nichts, alles okay.«

Wenn er dem Jungen doch nur helfen könnte! »An was denkst du gerade?« Kendrick wechselte den Platz und setzte sich direkt neben Gustavo, als die Delegation von Lumera das Diner betrat. Die nun in zivil gekleideten Soldaten ließen sich an einem Tisch direkt neben dem Eingang nieder. Die drei anderen jedoch schauten sich kurz nach einem für sie geeigneten Platz um und steuerten dann zufällig in Kendricks und Gustavos Richtung. Sie wählten den Tisch neben ihnen und setzten sich. Kendrick blickte kurz über seine Schulter und sagte leise: »Guten Abend.« Julia, John und Ethan erwiderten den Gruß lächelnd. Dann wandte er sich wieder Gustavo zu, der mit seiner Serviette herumspielte.

»Was denkst du gerade, sag doch mal«, wiederholte er.

»Ich weiß nicht. Ich bin so wütend.« Tränen sammelten sich in Gustavos Augen. »Ich bin wütend, dass Gerrits Healthbots nichts gebracht haben. Ich bin wütend, dass Vida nicht mehr da ist. Ich bin wütend, dass ich ... dass ich dir mit ... dass ich dir deswegen so eine Last bin. Und ich habe Angst, dass ich mit Victoria was falsch mache. Ich will ... es soll einfach wieder so sein wie früher.« Die Tränen tropften auf die Serviette, die er zu einem Stern gefaltet hatte. »Und ich hasse mich dafür, dass Pedro... dass ich nicht besser auf ihn aufgepasst habe.«

»Ich weiß, Gustavo. Es tut auch mir so leid. Aber mit all dem müssen wir jetzt leben. Ich sehe die kleine Victoria, und es bricht mir das Herz.« Kendrick legte seinen Arm um Gustavos Schultern. »Ich sehe dich und es versetzt mir einen Stich, weil du so vieles verloren hast. Mehr als du jetzt glaubst, tragen zu können. Vida war mein Ein und Alles – und auch für dich war sie es. Jetzt müssen wir lernen, ohne sie auszukommen. Aber sie ist nicht ganz fort, glaub mir das, mein Junge. Sie lebt in Victoria weiter. Herrje, sie sieht Vida so unglaublich ähnlich!«

Er zog ein Foto aus seinem Portemonnaie. »Und sie hat ein Näschen, das nur von dir kommen kann, schau dir das an.«

Gustavo nahm es und blickte es liebevoll an.

»Siehst du, was ich meine?«

»Ja.« Er schniefte lächelnd. »Ja, du hast recht.«

Die Bedienung brachte den Sojasu. »Ach je, Gustavo, ist alles in Ordnung?«

»Na ja, es ist mal besser, mal schlechter, das wird schon vergehen. Danke dir, Dita«, antwortete Gustavo. Sie nickte freundlich, und während sie die Rechnung auf den Tisch legte, wandte sie sich an Kendrick. »Passen Sie gut auf ihn auf, er hat einiges hinter sich, okay?«

»Natürlich, er ist immerhin mein ... Schwiegersohn.«

Ihr Gesicht hellte sich auf. »Dann wünsche ich Ihnen noch einen schönen. Abend. Wiedersehen, Gustavo.«

Kendrick hatte den Eindruck, als wäre die Bedienung froh darüber, dass sie sich wieder entfernen durfte. »Die ist ja nett.«

»Seit der Übergang zum 83er nicht mehr steht und mein Lieblingsdiner darunter begraben wurde, bin ich öfter hier«, sagte Gustavo. »Vielleicht ist es ganz gut, dass ich das Tiberius JK drüben nicht mehr besuchen kann. Vida und ich hatten da unser erstes Date.« Er wischte seine Tränen weg und sah Kendrick plötzlich in die Augen. »Ich wollte dich was fragen.«

»Ja?«

»Was machen wir wegen Gerrit?«, fragte Kendrick.

»Das habe ich mich auch schon gefragt.«

Julia Jennings stand plötzlich vor ihnen, weshalb Kendrick zusammenzuckte.

»Oh, Entschuldigung, ich wollte Sie nicht erschrecken, aber, ich weiß nicht ...« Sie schien nach den richtigen Worten zu suchen, »ich habe unbeabsichtigt mitbekommen ...«

Ethan James, der gemeinsam mit John Stanhope ebenfalls am Nebentisch Platz genommen hatte, rutschte unruhig auf seinem Stuhl hin und her.

»Was machst du denn, Julia, das kann überhaupt nicht sein! Setz dich«, zischte er für alle hörbar.

Julia winkte ungeduldig ab. »Also, Sie hatten über einen

Gerrit gesprochen ... es tut mir leid, ich glaube ... ich bitte um Entschuldigung.« Sie drehte sich zögerlich um und wollte gerade wieder zu ihrem Platz gehen, aber Gustavo sagte: »Sie meinen Gerrit Pierson? Kennen Sie ihn? Jedenfalls kommt er aus den Staaten. Sie doch auch, oder? Man hört es Ihnen an.«

Die junge Frau begann zu schwanken. Hatte sie einen Schwächeanfall? Kendrick sprang auf, um sie zu stützen. Auch ihre beiden Begleiter eilten nun herbei und sahen sehr besorgt aus. »Julia? Ist dir schwindelig?«, fragte Ethan.

»Wow, wow«, sagte Kendrick, »Sie machen mir ja Sachen! Hier, setzen Sie sich, Sie wollen uns doch nicht zusammenklappen.« Er goss Wasser aus der Karaffe, wie sie auf jedem Tisch stand, in seinen Becher. »Vielleicht hilft ein wenig Wasser?«

Sie nahm einen Schluck und sagte dann mit deutlich mehr Farbe im Gesicht: »Hast du gehört, Ethan, es soll hier einen Gerrit Pierson geben.«

»Dürfen wir uns zu Ihnen setzen?«, fragte Ethan.

»Bitte«, sagte Kendrick. Er konnte sich nicht erklären, was Julia, die vor so vielen Jahren die Erde verlassen hatte und nun einen anderen Planeten bewohnte, mit Gerrit Pierson zu tun haben sollte. »Das ist mein ... Schwiegersohn Gustavo. Gustavo, dies sind Besucher meines Vaters aus Kuppel 85 ... Señora Jennings, Señor James. Und das ist Señor ...«

»John Stanhope. Guten Abend.«

»Guten Abend«, begrüßte Gustavo die drei und strich sich dabei eine fettige Haarsträhne aus dem Gesicht.

Der Sojasu wärmte Kendricks Rachen und nur mit Mühe konnte er den Hustenreiz unterdrücken, den die Brühe beim Runterschlucken verursachte. Für eine Sekunde stockte ihm der Atem, bevor er ächzte, »Den sollten Sie probieren, wenn Sie ihn noch nicht kennen.«

»Sojasu? Oh nein, danke, ich hatte schon das zweifelhafte Missvergnügen«, sagte Julia mit einem Gesicht, das eindeutigen Ekel bezeugte. »Bitte erzählen Sie uns von Gerrit Pierson ... wie geht es ihm?«

Gustavo platzte frei heraus, als hätte er seit Tagen darauf gewartet, endlich jemand anderem als Kendrick von Gerrit berichten zu können. »Er hatte eine schwerkranke Tochter, und seine Frau hat sie mit ihren Healthbots gerettet. Ich habe vergessen, wie sie hieß.«

»Fay?«, fragte Julia leise.

»Fay, stimmt. Aber ... Sie kannten sie?«

Ethan schien plötzlich in heller Aufregung. »Gerrit ist wirklich hier?« Er sprang auf und warf dabei das Wasserglas um, dessen Inhalt sich mit Schwung über den Tisch verteilte. »Ach, verflucht, 'tschuldigung!«

Plötzlich waren alle hastig damit beschäftigt, den Tisch so gut es ging mit Servietten trocken zu legen. Nur Gustavo nicht. Er hielt seinen gefalteten Stern vor sein Gesicht und beobachtete, wie das aufgesogene Wasser träge vom unteren Zacken auf die Tischplatte triefte. »Der ist jetzt hin«, stellte er resigniert fest.

Es war wirklich egal, was um Gustavo herum geschah, dachte Kendrick, er fand in Sekundenschnelle zurück in seine verzweifelte Gedankenwelt – und zurück zu Vida, die ihm entrissen worden war.

Jemand hatte hinten bei der Tür zu den Toiletten einen Bezahlchip in die Musikbox eingeworfen. Die Maschine surrte kurz, und das Musikstück begann mit einer sachte gezupften Spieluhr.

»Little Star«, sagte Kendrick zeitgleich mit allen anderen am Tisch. Sie lauschten einen Moment dem zarten Gesang aus dem Lautsprecher, der einen glauben lassen konnte, als sei die Welt eine glückliche.

»Ich liebe dieses Lied genauso wie ihr, aber ich würde jetzt wirklich gerne Gerrit besuchen gehen, Leute«, erklärte Ethan und erhob sich.

»Wenn er wirklich Ihr Bekannter ist, kann ich das sehr gut verstehen. Kommen Sie«, sagte Kendrick, »wir haben noch eine knappe halbe Stunde, dann ist die Besuchszeit in der Klinik vorbei.«

»Gerrit ist in einer Klinik?«, fragte Julia mit großen Augen, »Ist ihm etwas passiert?«

»Das ist eine längere Geschichte. Lassen Sie uns erst mal zu ihm gehen«, bremste Kendrick.

»Wenn es recht ist, würde ich mich an dieser Stelle verabschieden«, sagte John. »Ich bin müde und möchte mich gerne zurückziehen.« Er klopfte auf die Tischplatte und ging.

Kendrick wurde sehr unruhig, als säße er im Wartezimmer eines Zahnarztes. Einfach dürfte der restliche Abend wohl nicht werden.

Eine Krankenschwester kam aus Gerrits Zimmer.

»Sie können jetzt zu Señor Pierson reingehen, aber denken Sie bitte daran, dass die Besuchszeit bald um ist.« Mit diesen Worten ging sie.

»Dann wollen wir mal«, sagte Kendrick und öffnete die Tür.

Er ließ Julia und Ethan, mit denen er während des Weges zum *Du* übergegangen war, den Vortritt. Gustavo hatte sich zuvor verabschiedet, um nach Victoria zu sehen, die sich noch auf der Säuglingsstation befand.

Gerrit lag mit geschlossenen Augen in seinem Bett. Er wirkte in diesem Moment mehr tot als lebendig. Wieder stieg ein Schuldgefühl in Kendrick auf. Alles umsonst ... Er schüttelte den Gedanken ab. Ethan und Julia waren sichtlich überfordert, als sie wie versteinert vor Gerrits Bett standen. Kendrick fasste sich ein Herz und sprach als Erster: »Hallo mein Lieber, du wirst es kaum glauben, aber ich habe zwei alte Bekannte von dir aufgegabelt, die dich sehen wollen.«

»Alte ... Bekannte? Lass mal sehen.« Seine faltige Hand

zitterte, als er die Brille vom Nachttisch nahm und aufsetzte. »Wen haben wir denn da?«, fragte er mit rauer Stimme. »Na, hübsche Frau, Sie kommen mir tatsächlich bekannt vor.«

Kendrick setzte sich auf einen Stuhl in die hintere Ecke des Raumes und sah, dass Julias Augen glasig geworden waren. »Gerrit, ich bin's, Julia Jennings. Ethan ist ebenfalls hier.«

Er konnte den Schmerz, den das Wiedersehen mit seinen alten Freunden in Gerrit auslöste, förmlich spüren. Kendrick war so bewegt, dass er einen Kloß im Hals spürte und heftig schlucken musste.

»Du meine Güte, seid ihr das? Wie... kann das sein? Kommt her, kommt her, das ist ja nicht zu fassen!«, sagte Gerrit mit tränenerstickter Stimme.

»Ich hatte schon Angst, dass du nicht mehr weißt, wer wir sind«, sagte Julia und wischte sich die Tränen aus dem Gesicht. Sie beugte sich in seine erwartungsfroh geöffneten Arme. »Ist es nicht ein Wunder, dass wir uns wieder begegnet sind?«, sagte sie, ihren Tränen nun freien Lauf lassend.

»Wie schön, dass ihr einen alten Mann wie mich besucht.«

»Alter Mann, was sagst du denn da?«, traute endlich auch Ethan sich zu Wort zu melden. Auch ihm liefen Tränen über die Wangen. »Aber jetzt darfst du sie wieder loslassen, ich will auch mal.«

Gerrit löste seine Umarmung von Julia, die sich auf den Bettrand setzte. »Ethan, mein Bester«, rief er, zu neuer Energie gekommen, und lachte voller Freude auf.

Auch Ethan lachte jetzt wie befreit, während er seinen Freund kräftig drückte. »Mannomann, die letzten paar hundert Jahre sind ja nicht gerade spurlos an dir vorbeigegangen, was? Warst faul und hast nicht trainiert, oder?« Schließlich ließ Ethan ihn wieder los. »Da ist man mal kurz um die Ecke und schon geht's bei dir drunter und drüber.«

»Ja, das ist zumindest nicht ganz falsch«, antwortete Gerrit, der übers ganze Gesicht strahlte. »Erzählt, erzählt, wie ist es euch ergangen? Wie ist es auf der neuen Welt? Wie kann es sein, dass ihr wieder hier seid? Ich will alles wissen!«

Julia schmunzelte. »Wir haben die meiste Zeit der Reise im Gefrierfach gelegen. Lumera ist wundervoll, aber es ist dort viel passiert. Das erzähle ich nachher mal in Ruhe.«

»Alter, erzähl mal: Was ist bei euch auf der Erde passiert?«, fragte Ethan und kniff interessiert die Augen zusammen. »Warum seid ihr damals einfach abgehauen – so kurz vor der Abreise nach Lumera?«

»Das ist so lange her«, sagte Gerrit mit seiner nun greisenhaften Stimme. »Mann, Marlene hat uns alle auffliegen lassen, weil sie sich nicht wie alle anderen an das vereinbarte Kontaktverbot gehalten hat. Deshalb konnten wir nicht zurück, denn wir wollten eure Tarnung nicht auffliegen lassen. Marlene starb kurze Zeit später durch ihre eigene Hand, und ich habe mich mit Fay durchgeschlagen. Aber ganz ehrlich: Ich habe keine Lust, in der Vergangenheit zu wühlen. Es war schlimm, und es ist vorbei. Belassen wir es dabei«, erklärte Gerrit und schloss erschöpft die Augen. »Was das Leben hier in der Kuppel angeht, das kann euch Kendrick alles besser erklären. Ich kann euch den Gefallen nicht tun, denn meine Kräfte schwinden seit dem Eingriff rapide.«

»Welcher Eingriff?«, fragte Ethan alarmiert.

Gerrit überlegte eine Weile, starrte abwechselnd seine Besucher und den Wandbildschirm an, der ein Foto der Milchstraße zeigte, und ließ seinen Blick kreuz und quer im Krankenzimmer umherspringen. »Miranda ist krank geworden. Sie hatte Leukämie.«

»Wer ist Miranda?«, fragte Julia unruhig, was Kendrick nicht entging.

»Miranda ist Fays und meine gemeinsame Tochter. Sie war achtzehn, als das alles passiert ist.«

»Du hast eine Tochter? Das ist ja wundervoll! Und wo sind Fay und Miranda?«, wollte Julia wissen. »Können wir sie besuchen?«

»Miranda lebt mit ihrem Lebensgefährten Tony in Kuppel 85. Wir haben einiges durchzustehen gehabt, bis es uns schließlich hierher verschlagen hat.«

Julia wirkte fast ein wenig ungeduldig. »Gerrit, wo ist Fay?«

»Sie ist gestorben«, stieß er hervor. Sein Gesicht regte sich nicht.

Es dauerte, bis Julia wieder etwas sagen konnte. »Gestorben?« Sie zog das Gesicht in Falten, blickte ziellos umher und bedeckte ihren Mund mit beiden Händen.

Da erhob sich Ethan und nahm sie in die Arme. Sprachlos wiegte er sie, um sie zu trösten. Kendrick war die Situation etwas unangenehm, und er überlegte kurz, ob es besser wäre, wenn er jetzt ginge. Als er Anstalten machte, sich zu erheben, bedeutete Gerrit ihm allerdings, sitzen zu bleiben.

»Fay hat ihre Healthbots für Mirandas Gesundheit aufgegeben und ihr damit das Leben gerettet. Die Leukämie hätte sonst unser Mädchen umgebracht. Aber ohne die Bots baut ein Körper, der über hundert Jahre alt ist, unaufhaltsam ab. Das ist ein bekannter Effekt. Nach nur wenigen Tagen war Fay tot. Und jetzt geht es mir wie Fay. Ich habe nicht mehr viel Zeit. Aber ... aber das ist okay.«

Julia schob Ethan von sich weg und wandte sich an Gerrit: »Oh nein! Nein, nein, nein! Wem hast du sie gegeben? Wie konntest du ... kann denn keiner etwas tun?«

»Gerrit wollte meiner Tochter helfen«, sagte Kendrick mit zitternder Stimme, »wie Fay Miranda geholfen hat.«

Julia sah ihn forschend an, aber er konnte sehen, dass sie gedanklich bereits woanders war.

»Ich gebe dir meine, Gerrit. Ich werde sofort um einen Termin bitten«, rief Julia, stand auf und ging zur Tür, doch Ethan hielt sie zurück.

»Das wirst du nicht tun«, sagte er leise, aber bestimmt.

Zunächst versuchte Julia, sich aus Ethans Griff zu befreien, doch er ließ sie nicht los.

»Lass mich gehen!«

»Nein, Julia, nein.«

»Hör auf Ethan«, sagte Gerrit leise, aber bestimmt. »Auch

wenn ich dein Angebot wirklich zu schätzen weiß, möchte ich das nicht. Ich möchte gehen. Zu Fay.«

»Hört denn dieser Irrsinn niemals auf?«, rief Julia resigniert. »Okay, dann machen wir das anders. Ethan, wir müssen Gerrit nach Lumera bringen und ihm dort neue Bots einsetzen lassen. Das ist doch eine gute Idee! Das wird funktionieren.«

Gerrit setzte sich mühsam auf. »Julia ...«

Sie hörte ihn nicht, sondern kam mit einem weiteren Lösungsvorschlag: »Gut, wenn du nicht selbst nach Lumera gehen kannst, dann schicken wir jemanden aus unserem Landungsteam durch das Portal.«

»Julia, bitte!«, sagte Gerrit noch einmal.

Sie sprach unbeirrt weiter: »Es muss nur jemand durch das Portal gehen, dass notwendige Equipment holen und schnell zurückkehren. Wir sollten das sofort in die Wege leiten!«

»Julia, Herrgott nochmal, ich möchte keine neuen Healthbots. Ich möchte mich nicht länger mit aller Kraft an eine Welt festklammern, auf der ich nicht mehr zu Hause bin. Ich lebe seit über dreihundertsiebzig Jahren, ich bin längst über mein Ziel hinausgeschossen. Seit Fay nicht mehr da ist, sehe ich keinen Sinn mehr in dem Ganzen.«

»Du willst dich aufgeben, Gerrit? Nein! Das bist doch nicht du! Du bist ein Kämpfer, du darfst nicht ...«

Kendrick sah Ethans verlegenen Blick, während er Julia an der Schulter berührte und zu ihr sagte: »Lass gut sein, bitte.«

»Ich kann es nicht gut sein lassen, wenn es noch einen Ausweg gibt.«

Gerrit kämpfte um Fassung, das konnte Kendrick deutlich an dessen Gesicht erkennen.

»Genug jetzt!«, rief Gerrit nun zornig. »Julia, ich kenne dich schon so lange und ich liebe dich, auch wenn wir immer unsere Differenzen hatten. Ich mag deine Willensstärke, deinen Gerechtigkeitssinn, aber du kannst auch eine Nervensäge sein.

Jetzt sei still und lass mich ein paar Dinge klarstellen: Die Welt braucht mich nicht. Miranda braucht mich nicht. Sie hat mit Tony einen Mann an ihrer Seite, der alles für sie tun würde. Ihm kann ich mein Mädchen anvertrauen. Ich bin dieses Lebens und unserer selbst gemachten Naturkatastrophen müde! Was weißt du schon davon? Du hast über dreihundert Jahre im Kryoschlaf verbracht, hast nicht einmal träumen müssen, während wir hier um unser Überleben gekämpft haben. Sei froh, dass du die letzten Jahrhunderte nicht miterleben musstest. Du bist nicht im mindesten in der Position, Dinge von mir zu verlangen, von denen du nichts verstehst!«

Das hatte gesessen.

Kendrick konnte deutlich erkennen, dass Gerrit selbst über seinen kleinen Ausbruch erschrocken war. Julia stand wie gelähmt da, und auch Ethan sah verunsichert aus.

»Es tut mir leid, Julia, ich wollte dich nicht kränken«, milderte Gerrit seinen Vorwurf ab.

Sie wischte sich die feuchten Augen mit einem Taschentuch ab und ging zur Tür.

»Julia?«, fragte Ethan leise.

Sie schien zu überlegen, was sie tun sollte, doch nach ein paar Sekunden legte sie die Hand auf die Türklinke, drückte sie herunter und ging hinaus. Ethan wollte ihr gerade folgen, da kam sie auch schon wieder ins Zimmer gestürmt und lief zu Gerrit hin.

»Oh Gerrit, bitte vergib mir!« Sie drückte ihn an sich und schluchzte.

»Ist schon gut, alles ist gut. Ich kenne dich doch. Du bist eben du. Dein Herz ist am rechten Fleck. Auch nach so vielen Jahren.«

»Ich hab dich lieb«, schniefte sie.

»Ich hab dich auch lieb, tapfere Kriegerin.«

Als Julia sich von Gerrit löste, sah er erleichtert aus, als wäre er von einer großen Last befreit worden.

»Grämt euch nicht«, hauchte Gerrit. »Ich habe meinen

Frieden gefunden. Geht nicht mit schwerem Herzen in die dunkle Nacht!«

Nach Ethan umarmte auch Kendrick den in wenigen Tagen um Jahrzehnte gealterten Mann, der so großherzig versucht hatte, seine Vida zu retten. »Ich danke dir von ganzem Herzen, mein Freund«, sagte er, als er sich schließlich von Gerrit löste. Gerrits Freunde gingen zur Tür.

»Hey Kendrick«, sagte Gerrit matt. »Ich werde Vida einen Kuss von dir geben, sobald ich sie sehe.«

Kendrick lächelte Gerrit dankbar zu, dann schloss er die Tür hinter sich.

27 - JULIA

2385 | Puerto Rico – Erde

»Moment!« Julia erhob sich nach dem zaghaften Klopfen an ihrer Tür aus dem Bett, wischte sich die Tränen aus dem Gesicht und zog ihr Nachthemd zurecht. War das Ethan, der um diese Uhrzeit noch mit ihr sprechen wollte? Das konnte eigentlich nicht sein, denn er wollte jetzt allein sein, hatte er ihr gesagt, nachdem sie vom Krankenhaus zurückgekommen waren. Die Sache mit Gerrit hatte ihrem Exfreund schrecklich zugesetzt. Sie war erschrocken über Ethans Verfassung gewesen, nachdem sie sich von Gerrit verabschiedet hatten. Vermutlich war Ethan gerade in irgendeiner VR und entlud seine Gefühle bei einer Kampfsimulation.

Julia machte ein paar Schritte zur Tür und versuchte, etwas durch den Spion zu erkennen, aber das kleine Glas war milchig und gab den Blick nicht frei. Vorsicht öffnete sie. Vor ihr stand John in einem locker sitzenden Pullover.

»Darf ich?«, fragte er, wartete aber keine Antwort ab. Stattdessen ging er schnurstracks an Julia vorbei und setzte sich aufs Bett. Julia war perplex, denn sonst war John nicht so forsch.

»Gerne, John, komm doch rein«, flötete sie mit einem

Hauch von Ironie in der Stimme und schloss die Tür. Sie warf kurz einen Blick in den Spiegel und fand, dass sie scheußlich aussah.

Sie blieb vor John stehen, weil sie nicht wusste, wo sie sich sonst hinbewegen sollte.

»Ich wollte nach dir sehen. Wie geht es dir?«, fragte John zögerlich.

Julia antwortete nicht, sondern dachte über seine Worte nach.

»Du siehst etwas mitgenommen aus.« Julia schluckte den dicken Kloß hinunter, der in ihrem Hals hing. Sie wollte jetzt nicht weinen, nicht in diesem Moment.

»Wir waren ja bei Gerrit im Krankenhaus …«

»Ja, ich weiß. Wie geht es ihm?«, fragte John und stützte sich auf seine Hände.

»Nicht gut. Er wollte Kendrick Alonsos Tochter helfen und hat ihr seine Healtbots übertragen. Sie ist leider trotzdem gestorben, und er selbst hat ohne die Bots auch nur noch ein paar Tage, wie es aussieht. Ohne Bots stirbt man in seinem Alter sehr schnell.«

Julia stiegen nun ungehindert Tränen in die Augen. Sie ließ sie laufen und spürte plötzlich Johns starken Arme, die sie umschlossen und ihr Halt gaben. Ein Gefühl der Wärme durchströmte ihren Körper, und sie hob ihren Kopf, um John anzublicken. Sanft strich er ihr eine Träne von der Wange. Julia atmete tief ein und schloss die Augen.

Da war er endlich, dieser wunderschöne Moment, als sich seine weichen Lippen auf ihre legten und sie sich küssten. So lange hatte sie darauf gewartet. Aber war jetzt der richtige Moment dafür? Gerade noch war sie tieftraurig gewesen – und war es immer noch. Aber sie wollte auch seine körperliche Nähe spüren.

Julia wurde warm und kalt. Eine Woge der Lust breitete sich in ihr aus. Sie zog John an sich, und ihre Küsse wurden intensiver, schneller, begieriger. Mit zitternden Fingern zog sie ihm den Pullover über den Kopf und betrachtete seinen trainierten Körper. Sie spürte, wie sich ihre Brustwarzen aufrichteten und gegen den Stoff des dünnen Nachthemds drückten. Als John das sah, seufzte er laut und strich gierig mit der Hand über ihre Rundungen. Dann zog er ihr das Nachthemd aus und betrachtete sie voller Verlangen.

Sie schubste ihn aufs Bett und setzte sich auf ihn. Gierig wie eine Ausgehungerte presste sie ihre Lippen auf seinen Mund. Ihre Körper schienen ihr wie füreinander geschaffen, als sie ihn in sich spürte und sich auf ihm bewegte, sich seinen Bewegungen anpasste. Als ihr ein langgezogener Schrei entwich, entlud sich auch seine Lust mit einem lauten Stöhnen.

Julia ließ sich auf Johns Brust fallen. Sie atmete erschöpft aus und spürte, wie sein starker Brustkorb sich hob und senkte, bis sich ihrer beider Atmung beruhigte.

Erschrocken schlug Julia die Augen auf. Wo war sie? Was war passiert? Dann hörte sie John neben sich atmen und entspannte sich wieder. Sie blickte ihn an, wie er neben ihr lag und schlief. Wieder spürte sie dieses Bauchkribbeln, ein wenig so wie in der vergangenen Nacht, als er sie das erste Mal geküsst hatte. Was würde Ethan wohl sagen, wenn er wüsste, was letzte Nacht passiert war?

Julia wurde bewusst, dass sie völlig nackt war, aber es war ihr keineswegs unangenehm. Obwohl John noch schlief, schmiegte sie sich an seine Brust. Er schnaufte kurz, dann zog er sie in seine Arme.

Das Klopfen an der Zimmertür riss Julia aus ihrer Entspannung. War das etwa Ethan? Verdammt, auf diese Art und Weise sollte er nicht erfahren, was zwischen ihr und John lief.

John setzte sich auf. »Das könnten unsere Gastgeber sein«, vermutete er und stieg aus dem Bett. Julia sah, dass auch John nichts anhatte. Sie musste grinsen, so merkwürdig war die ganze Situation. Sie fühlte sich wie ein kleines Kind, das etwas Verbotenes getan hatte. Schnell schlüpften beide in ihre Kleidung. Julia zupfte sich das wirre Haar etwas zurecht und versuchte, sich einen Zopf zu binden, dann öffnete sie einen Spalt weit die Tür.

»Señora Jennings, guten Morgen. Würden Sie mir bitte folgen? Ich soll Sie zum Besprechungsraum begleiten«, sagte eine Dame mit vollem, lockigem Haar und einer Unmenge von Sommersprossen im Gesicht.

»Äh ja, kleinen Moment noch, okay?«, bat Julia und zog die Tür wieder zu. »Bist du bereit, John? Ich gehe zuerst. Oder du gehst zuerst«, schlug sie hektisch vor.

»Was soll das werden, Julia? Soll ich da jetzt heimlich ...«

»Nein, nein, natürlich nicht. Ich finde nur ... Ethan ... er sollte es nicht so erfahren müssen«, erklärte Julia und versuchte verzweifelt, ihr Haar zu bändigen, das noch immer ziemlich durcheinander war.

John blickte Julia verständnisvoll an. Er nahm ihre Hand und hauchte ihr einen Kuss auf die Lippen.

»Ja, du hast natürlich recht. Ich schleiche mich raus und warte im Flur«, sagte er und zog schon die Tür auf.

»Oh«, hörte Julia ihn sagen. »Guten Morgen.«

»Na, wilde Nacht gehabt?«, fragte einer der Soldaten auf dem Gang. »Halt die Klappe, du Idiot«, hörte sie Simmones Stimme, die als einzige von ihnen von Julias und Ethans Vergangenheit wusste.

Julia wäre am liebsten zurück unter die Bettdecke gekrochen, denn ihr war klar, dass wahrscheinlich schon alle auf dem Flur versammelt standen. Das war ... eine verdammt peinliche Nummer! Sie schloss kurz die Augen und sammelte sich, dann verließ sie ihr Zimmer. Im Gang standen bereits alle anderen, natürlich auch Ethan. Dieser stand sogar direkt neben ihr, als sie die Tür hinter sich schloss.

»Hey«, sagte sie zu ihm. »Wie geht's dir? Wir haben hier ...«

»Geredet. Schon klar«, sagte er in einem Flüsterton. »Es geht mir gut, Jules. Alles in Ordnung. Und ich bin nicht dein

Aufpasser oder du meine Leibeigene. Du kannst machen, was du willst, mach ich ja auch«, sagte er lässig. Aber Julia kannte seinen gekränkten Gesichtsausdruck.

Sie liefen nur wenige Minuten durch die Gänge, und blieben schließlich vor einer Tür mit der Beschriftung »COM4« stehen.

Als Julia und die anderen den Raum betraten, stellte sie fest, dass der Direktor und auch einige andere, unter ihnen das Begrüßungskomitee, anwesend waren.

»Ah, wunderbar, kommen Sie doch herein! Ich hoffe, Sie haben gut geschlafen«, begrüßte sie der Direktor.

Er erwartete aber anscheinend keine Antwort, denn er flüsterte dem Sicherheitschef Bassave etwas zu, der wiederum seinem Stellvertreter zunickte. Dieser sagte: »Ablauf wie bei jedem hohen Besuch: Zwei Mann vor der Tür, der Rest sichert die Korridore. Keiner betritt diesen Raum.«

Erst jetzt sah Julia, dass ganz links im Raum mehrere uniformierte Gestalten in einer Reihe standen. Julia staunte über die martialisch wirkenden Männer mit ihren Beinschonern, Handschuhen, Helmen und Gürteln, an denen sich Pistolenhalfter, Kabelbinder und andere Ausrüstungsgegenstände befanden.

Wortlos verließen die Uniformierten gemeinsam mit dem Sicherheitschef und seinem Stellvertreter den Sitzungssaal.

»Setzen Sie sich bitte. Wir haben für Sie etwas zu essen und zu trinken vorbereitet. Greifen Sie zu.«

»Vielen Dank«, sagte John und nahm sich einen Teller, den er mit kleinen Häppchen befüllte.

»Meine werten Freunde, ich möchte meine Worte von gestern noch einmal wiederholen: Ich freue mich unglaublich über Ihren Besuch und bin unendlich dankbar, dass Sie unseren Hilferuf zum Anlass genommen haben, zur Erde zurückzukehren. Es ist ein unbeschreiblich großes Glück, dass Sie für Ihren Flug das Raumschiff einer uns fremden Spezies nutzen konnten. Das ist so … großartig. Ich denke, wir haben viel zu besprechen, und Sie haben mir viel zu erzählen. Von Lumera und davon, wie Sie uns hier helfen möchten und können. Ich möchte natürlich auch alles über diese intelligente Spezies wissen, mit der Sie in Frieden leben. Ich habe mit Major Wallström schon über ein paar Dinge sprechen können, aber ich möchte natürlich gerne auch von Ihnen noch einiges erfahren.«

»Das ist verständlich, Mr. Alonso«, sagte John. »Und wir werden Ihnen gerne alle Fragen beantworten. Aber vielleicht sollten Sie uns zuerst etwas über den Zustand hier in den Kuppeln und von Ihren Problemen erzählen.«

Der Direktor nickte und nahm sich einen Becher, den er mit Wasser füllte. »Wie Sie sicher von Major Wallström und auch gestern bei der Besichtigung gehört haben, ist die Situation in den Kuppeln derzeit sehr angespannt. Es gibt immer wieder Aufstände. Und speziell in unserer Kuppel, also in Kuppel 82, haben wir zudem mit einem Pilzbefall in den Belüftungsanlagen zu kämpfen und mussten deshalb den Zugang zur Agrarkuppel schließen. Señora Del Mar hatte ja gestern schon etwas dazu gesagt. Aufgrund dieser Problematik steuern wir auf eine Hungersnot zu, und die Einwohner in Kuppel 82 sind natürlich sehr aufgebracht. Die Information, dass die Agrarkuppel nicht mehr genutzt werden kann, ist leider zu den Bewohnern durchgesickert, weil dort viele beschäftigt waren und ihrer Arbeit plötzlich nicht mehr nachgehen können. Bestimmte kriminelle Gruppierungen nutzen diese allgemeine Unruhe für sich, indem sie immer wieder Putschversuche gegen die Kuppelführung – das heißt gegen mein Team und mich – unternehmen. Wir versuchen, für Sicherheit zu sorgen und das Überleben der Kuppelbewohner zu gewährleisten.« Der Direktor schloss die Augen. »Tja, das ist der aktuelle Status Quo. Wie Sie sehen, könnte unsere Lage besser sein.«

»Die Lage, in der Sie sich befinden, geht uns allen sehr nahe«, sagte Julia. »Bis vor Kurzem wussten wir nicht, was aus unserer Heimat geworden ist. Wir sind froh, dass die Erde noch von Menschen bewohnt wird – trotz der äußerst schwierigen Umstände. Wir sind gekommen, um unsere Hilfe anzubieten. Doch wir fürchten, dass ein steiniger Weg vor Ihnen liegen wird, trotz unserer bestmöglichen Unterstützung. Um Ihnen das zu erklären, muss ich Ihnen erläutern, wie das Leben auf Lumera aussieht. Einverstanden?«

»Unbedingt«, antwortete der Direktor aufgeregt.

John lächelte Julia aufmunternd zu und berührte unter dem Tisch kurz ihr Bein. Julia spürte, wie sie errötete, fing sich aber sofort wieder. Julia hatte im Vorfeld schon entschieden, nichts von ihrer Vergangenheit zu erzählen. Das hätte nur Fragen aufgeworfen und sie gegebenenfalls in Erklärungsnot bringen können.

»Als wir im vergangenen Jahr auf Lumera ankamen, erkundeten wir den Planeten. Lumera war, wie erhofft, für Menschen bewohnbar. Wir fanden schnell eine geeignete Position, um unsere erste Stadt zu errichten und es gab genügend Rohstoffe, die wir nutzen konnten. Mit General James Lenoir hatten wir einen würdigen Vertreter. Wie schon vor dem Abflug vereinbart, hat General Lenoir dem ehemaligen Abgeordneten des Repräsentantenhauses, Dr. Elias Fox, den Titel des Präsidenten übertragen. Anschließend wurde eine fremde, intelligente Spezies auf Lumera entdeckt. Anstatt zu versuchen, in einen Dialog mit diesem Volk zu treten, hat Dr. Fox den Erstschlag befohlen. Sein Ziel war es, die Kidj'Dan zu vernichten. Das ist ihm zum Glück, dank unserer Hilfe und dank des Widerstands Lenoirs, nicht gelungen. Und mit der Unterstützung der Kidj'Dan haben wir Fox dann entmachten können. General Lenoir, der nun Interimspräsident ist, hat anschließend mit den Kidj'Dan Frieden geschlossen. Seitdem leben wir in engem Kontakt miteinander und lernen viel voneinander.«

»Wie genau ist es denn zum Frieden gekommen?«, fragte einer der Anwesenden. Julia wusste nicht mehr, welchen Posten er bekleidete. »Ich verstehe nicht ganz, wie Ihr ehemaliger Präsident Fox ... sein Amt geräumt hat. Sie sagen, dass

Sie und General Lenoir Widerstand geleistet haben? Haben Sie sich mit den Kischan gegen den rechtmäßigen Präsidenten verbündet?«

»Sie heißen Kidj'Dan, nicht Kischan«, erklärte John. »Einige von uns hatten vor Ausbruch des Kriegs Kontakt zu den Kidj'Dan. Einer unserer Androiden war in der Lage, ein Übersetzungsprogramm zu entwickeln und in unsere BIDs einzuspeisen. Dadurch ist es uns möglich, mit dem Volk zu kommunizieren. In dieser Zeit ist Präsident Fox durch Amtsmissbrauch und Willkür aufgefallen. Da hat General Lenoir ein Abkommen mit der Königin der Kidj'Dan geschlossen. Wir haben uns den Kidj'Dan angeschlossen, weil Fox einen eindeutigen Angriffs- und Vernichtungskrieg geführt hat.«

Julia beobachtete, dass Ethan etwas in sich zurückgezogen wirkte. Wieder bekam sie ein schlechtes Gewissen wegen der Nacht mit John.

»Das ist ja wirklich erstaunlich«, sagte Präsident Alonso. »BIDs und Healthbots können wir leider nicht mehr herstellen. Wir sind technisch gesehen weit hinter Sie zurückgefallen. Aber vielleicht lässt sich das ja wieder aufholen.«

»Haben Sie denn eine Idee, wie Sie uns hier auf der Erde helfen können?«, fragte Señor Muñoz und erntete einen gereizten Blick vom Direktor. »Selbst, wenn Sie uns jetzt alle mit nach Lumera nehmen sollten, wäre dadurch den anderen Menschen hier auf der Erde nicht geholfen. Oder wollten Sie mehr Schiffe schicken?«

»Wir haben zwei Möglichkeiten eruiert, mit denen wir Ihnen hier auf der Erde nützlich sein können«, sagte Julia.

»Die da wären?«, fragte Muñoz.

»Señor Muñoz, ich muss doch sehr bitten«, fuhr Direktor Alonso dazwischen. Muñoz kniff die Lippen aufeinander.

»So, damit wir mal auf Punkt kommen«, sagte Ethan, lehnte sich auf dem Stuhl zurück und verschränkte die Arme vor der Brust, »die Kidj'Dan besitzen die Möglichkeit, mit speziellen Bakterien Terraforming zu betreiben. Sie lassen die winzigen Dinger hier in der Atmosphäre frei – und schwupps ist alles so, wie es sein soll. Nur dass dieses Schwupps ein ganzes Jahrhundert dauern kann.«

»Bitte?«, fragte Kendrick mit verblüfftem Gesichtsausdruck.

Julia blickte Ethan aufgebracht an. Seine joviale Art war in dieser Runde völlig unangemessen. Ob er wohl aus Wut auf sie so herablassend auftrat?

Julia kämpfte ihre Empörung nieder und wandte sich wieder an Alonso. »Was Ethan damit sagen möchte, ist, dass die Kidj'Dan die Atmosphäre verändern können, indem sie speziell gezüchtete Mikroben nutzen. Diese ernähren sich unter anderem von Kohlenstoffdioxid, so habe ich es zumindest verstanden. Sie können dafür sorgen, dass sich die Bedingungen auf der Erde nachhaltig verbessern. Ich habe gestern Abend noch mit Major Wallström sprechen können. Es wäre uns möglich, die Mikroben in die Atmosphäre einzubringen, sobald Sie sich mit allen Kuppeln beziehungsweise Regierungsvertretern abgesprochen haben, mit denen Sie in Kontakt treten können. Es ist uns wichtig, dass möglichst alle Regierungen auf der Erde informiert werden und eventuell ein Veto einlegen können. Wir haben Ihnen dazu bereits entsprechende Informationen zusammengestellt. Diese können Sie gerne weiterleiten. Wir müssen allerdings dazu sagen, dass dieser Prozess tatsächlich rund hundert Jahre dauern wird, bis er abgeschlossen ist.«

»Oh, also das ist ... Ich weiß nicht, was ich sagen soll. Einerseits danke ich Ihnen natürlich für Ihr Bemühen, und es freut mich, dass die Erde als Heimat für die Menschen bewahrt und sogar gerettet werden kann. Allerdings sind hundert Jahre ein langer Zeitraum für uns, die wir hier leben«, sagte der Direktor und wirkte auf einmal ziemlich blass.

»Es gibt noch eine andere Möglichkeit«, sagte John.

»Wir müssen allerdings zunächst feststellen, ob die Umstände auf der Erde diese Möglichkeit überhaupt zulassen. Auch dazu haben wir uns gestern nach unserem ersten

Treffen noch mit Major Wallström beraten«, versuchte Julia zu erklären und trank einen Schluck Wasser. Ihr Hals kratzte. Vielleicht lag es an der Luft hier drinnen oder an ihrer Nervosität. »Wir haben auf einem verlassenen Schiff, das sich hinter dem Saturn befindet, ein Raumportal gefunden.«

»Ein was bitte?«, fragte Muñoz.

»Hinter dem … Saturn? Unserem Saturn?«, stammelte Direktor Alonso.

»Ja, Sie haben richtig gehört. Unser Raumschiff hat uns nicht direkt zur Erde gebracht. Der Raumsprung endete kurz vor dem Saturn. Hier haben wir eine uns unbekannte Alien-Technologie entdeckt. Sie müssen es sich so vorstellen: Sie treten hier in ein Portal ein und kommen aus einem anderen auf Lumera wieder heraus. Wir haben es getestet, es funktioniert. Es hört sich sehr nach Science Fiction an, das muss ich zugeben, aber es ist wahr«, sagte Ethan, bevor er sich ein Häppchen, das mit etwas Undefinierbarem belegt war, in den Mund steckte. Irritiert verzog er das Gesicht.

»Ich … das ist ja unglaublich«, rief Direktor Alonso und sprang vom Stuhl auf, sodass dieser polternd zu Boden fiel. Umständlich hob er ihn auf und setzte sich wieder. Julia hatte den Eindruck, dass er noch blasser geworden war.

»Ja, das können Sie laut sagen. Aber es ist wahr«, sagte Ethan.

»Aber wie haben Sie denn das Portal getestet?«, fragte Direktor Alonso.

»Indem wir einen Androiden durchgeschickt haben«, erklärte Ethan.

»Und wie können Sie sich sicher sein, dass die Portale funktionieren, wenn man von der Erde nach Lumera reisen will? Haben Sie etwa auch das getestet?«, fragte Muñoz.

Ethan sah zu Julia und John herüber. John hob die Hand, um zu verstehen zu geben, dass er die Frage beantworten wollte.

»Ja«, erklärte John, »auch das haben wir getestet. Unser Portal führt nach Lumera. Es hat sich herausgestellt, dass die

Spezies, die das Raumschiff und das Portal gebaut hat, früher auf Lumera gelebt hat. Vor den Kidj'Dan.«

Nach Johns letzten Worten blickte Julia angespannt in die Runde. Hoffentlich fragt niemand, was aus der alten Spezies geworden ist, dachte sie sich. Es würde nicht vertrauensfördernd auf die Kuppelbewohner wirken, wenn sie wüssten, dass die Kidj'Dan und die untergegangene Alienkultur einst Feinde gewesen waren.

»Was für ein Glücksfall. Ein Tor, das nach Lumera führt! Dann könnten Sie also die Erde evakuieren?«, fragte die Kurzhaarige, die für die Agrarabteilung verantwortlich war.

»So einfach ist das nicht«, erklärte John, »Das Gegenstück des Portals befindet sich unter der Kontrolle der Kidj'Dan. Das war die Voraussetzung dafür, eines der Portale hier platzieren zu dürfen. Wir dürfen auf ausdrücklichen Befehl der Königin keine Menschenmassen nach Lumera bringen. Wir haben ja bereits erklärt, dass die Lage auch auf Lumera im Moment nicht ganz einfach ist. Wir müssen uns an unsere Abmachung mit den Kidj'Dan halten und mit Bedacht gemeinsam nach einer Möglichkeit suchen, das Portal in einem gewissen Rahmen nutzen zu können. Vorerst darf es nur einen begrenzten Austausch geben.«

»Aber das ist ja … Wie wollen Sie uns denn sonst helfen? Das ist doch Mist!«, rief Rivas, der Leiter der Klimatechnik.

»Sachte, mein Freund«, intervenierte Ethan und reckte provokant sein Kinn.

»Señor Rivas, wir sind ja gewillt zu helfen«, sagte John. »Genau deshalb werden wir ja das Portal hier platzieren. Wir können zunächst mit Lebensmitteln helfen und unsere Technologien und auch Know-how zur Verfügung stellen. Und wir sind dabei, eine langfristige Lösung zu entwickeln, indem wir Ihnen die Möglichkeit des Terraformings anbieten. Es wird eben dauern, bis die Lebensverhältnisse sich langfristig verbessern können.«

»Na, viel werden wir davon leider nicht haben, denn bis

dahin wird die Lage hier eskaliert sein«, erklärte Señora Velasco.

»Jetzt ist aber Schluss«, sagte Direktor Alonso und hieb mit der flachen Hand auf die Tischplatte.

»Señora Jennings, Señor James und Señor Stanhope, sowie ihre Begleiter sind hier, um zu helfen. Natürlich werden wir ihnen entsprechenden Respekt entgegenbringen.«, sagte Direktor Alonso, nun wieder mit etwas Farbe im Gesicht, und wandte sich dann wieder John zu. »Wir sind Ihnen sehr dankbar und werden tun, was nötig ist, um Sie zu unterstützen, damit Sie uns helfen können«»Vielen Dank, Mr. Alonso«, sagte John. »Es ist wichtig, dass Sie die Information über den Besitz eines Portals, das auf direktem Wege nach Lumera führt, strengstens unter Verschluss halten. Die Gründe hierfür muss ich Ihnen vermutlich nicht weiter erläutern.«

»Das müssen Sie nicht, denn die Risiken sind mir durchaus bewusst. Dass diese Information geheim bleibt, ist selbstverständlich. Lassen Sie sich versichert sein: Unter Einhaltung aller Sicherheitsbestimmungen, die ich vorsehe, wird nichts passieren, was uns allen schaden könnte. Alles wird vorerst im Geheimen stattfinden, bis ein Konzept vorliegt, wie und was wir den Menschen hier und in den anderen Kuppeln kommunizieren«, erklärte Pep Alonso ernst.

»Gut, Direktor Alonso. Das klingt akzeptabel«, sagte Julia und spürte, wie sich Erleichterung in ihr breit machte.

»Aber ich verstehe nicht, warum die Menschen aus den Kuppeln nicht einfach evakuiert und nach Lumera gebracht werden können«, sagte Señora Velasco und spielte mit den Brotkrümeln auf ihrem Teller herum. »Der Planet wird doch genügend Platz für alle bieten, oder? Damit würden Sie uns ja viel mehr helfen.«

Julia nickte geduldig. »Ja, das hört sich natürlich so einfach an. Aber so ist es nicht. Es gibt zunächst die Abmachung mit den Kidj'Dan, keinen unkontrollierten Zustrom nach Lumera zuzulassen. Wir haben Ihnen vorhin erklärt, dass es bereits einen Krieg zwischen Menschen und Kidj'Dan auf Lumera gab. Die Kidj'Dan können und wollen daher keine Evakuierung zulassen, doch sie sind bereit zu helfen. Immerhin haben sie uns ihr Schiff gegeben, um zur Erde reisen zu können. Des Weiteren bieten wir Ihnen die Terraforming-Bakterien der Kidj'Dan an. Und Sie bekommen ein Portal. Glauben Sie mir, die technische Unterstützung, die Ihnen die Kidj'Dan zugänglich machen können, wird beträchtlich sein. Außerdem werden Sie staunen, was unsere Androiden so alles entwickelt haben, während wir durch das All gereist sind.«

Julia hoffte, dass ihre Gastgeber die Situation auf Lumera verstehen konnten. Es sah zumindest so aus, denn alle nickten – und auch Señora Velasco schien mit dem Argument zufrieden zu sein.

»Nun gut, ich denke, das sehen wir alle ein«, sagte Direktor Alonso. »Wie ist das weitere Vorgehen geplant?«, fragte er.

»Wir haben das Portal im Shuttle bereits hergebracht. Es wird von dem Piloten, einem Kidj'Dan, und von drei unserer Androiden bewacht«, sagte Ethan, und Julia konnte ihm ansehen, dass er sich auf die Reaktion der anderen freute. Die kam auch prompt.

»Sie haben ... was?«, rief Señor Rivas.

»Sie haben einen Alien mitgebracht, der ein intergalaktisches Portal bewacht?«, fasste einer der Herren zusammen. Julia musste ein wenig schmunzeln, denn die Gesichter der Kuppelbewohner waren allesamt völlig entgleist.

»Jepp«, bestätigte Ethan grinsend. »Wenn man im Frieden miteinander lebt, vertraut man sich. Cool, oder?« Ethan war mal wieder vorlaut und vollkommen undiplomatisch.

»Meine Damen und Herren, bitte beruhigen Sie sich«, sagte John und erhob sich. »Sie können uns gerne später zum Shuttle begleiten und den Piloten kennenlernen.«

»Wir brauchen zunächst fähige Leute, die uns helfen, das Portal zu transportieren. Und einen sicheren Raum, in dem wir es aufstellen können. Ist das möglich?«, fragte John.

»Ja, sicher«, antwortete Direktor Alonso. »Ich werde gleich Bassave instruieren. Er soll einige seiner Männer mitnehmen. Wir haben spezielle Zugänge zur Kuppel, die direkt in diesen gesicherten Bereich führen. Die können wir nutzen.«

»Sehr gut. Dann sollten wir damit nicht allzu lange warten. Mr. Alonso, könnten Sie bitte alles in die Wege leiten? Ach ja, wir haben noch einen Androiden dabei, der ebenfalls mithelfen wird«, sagte John und schob seinen leeren Teller von sich.

»Ja, darum werde ich mich gleich kümmern. Wie genau wird denn die Übergabe stattfinden?«, fragte der Direktor.

»Präsident Lenoir plant einen Besuch. Er wird dafür das Portal nutzen. Die vertraglichen Details wird er mit Ihnen dann klären«, lautete Julias Antwort. Der Direktor schien damit zufrieden. Dann hob er allerdings fragend die Augenbrauen. »Eine Bitte hätte ich aber noch, bevor Sie uns verlassen.«

»Die da lautet?«, fragte Ethan.

»Haben Sie Bilder oder ein Video von Lumera dabei, die Sie uns zeigen könnten?«

Julia lachte erleichtert auf und sah, wie Ethan bereits seinen Holocube aus der Hosentasche beförderte.

»Nichts leichter als das, Direktor Alonso«, sagte er grinsend.

»O mein Gott«, sagte jemand aus Direktor Alonsos Team.

»Nein, kein Gott. Darf ich vorstellen: ein waschechter Kidj'Dan. Das ist Rag'Duan«, sagte Ethan mit todernstem Blick. Julia musste über Ethan schmunzeln. Manchmal war er wirklich unglaublich komisch. John stand hinter Julia und strich ihr mit der Hand über den Rücken, sodass ihr ein wohliger Schauer über den Rücken lief.

»Wie ... wie begrüßen wir ihn?«, fragte der Funker Kendrick Alonso.

»Sagt einfach Hallo. Wir übersetzen«, sagte Julia lachend. Es war wirklich amüsant mit anzusehen, wie die Kuppelführung völlig perplex vor dem Shuttle stand und auf den Kidj'Dan blickte, der mit leuchtenden Tentakeln am Eingang des Shuttles stand und seinen Blick auf sie gerichtet hielt.

»Es freut mich, Sie kennenzulernen. Mein Name ist Pep Alonso. Ich bin der Leiter dieser Kuppel hier«, sagte der Direktor und wies mit dem Blick auf Kuppel 82.

Ethan übersetzte dank des Übersetzungsprogramms und erntete fassungslose Gesichter, als die Mitglieder der Kuppelleitung die Sprache der Kidj'Dan als Klickgeräusche und unverständliches Geschnarre wahrnahmen.

»Er freut sich, Sie kennenzulernen. Er muss allerdings zurück ins Cockpit«, erklärte Ethan. Julia war nicht überrascht, dass dem Kidj'Dan die Situation unangenehm war. Er legte seine Tentakel an und verschwand im Shuttle. Andrew stand bewegungslos vor der Gruppe, zeigte seine weißen Zähne und nickte allen zum Gruß zu.

Julia winkte Ethan und John zu sich und wartete darauf, dass die beiden sich etwas von der Gruppe lösten und zu ihr kamen. Sie hatte schon seit ein paar Stunden an einer Idee gefeilt, die ihr gekommen war. »Hört mal«, sagte sie, »ich habe mir überlegt, dass ich vielleicht das Portal nutzen könnte, um nach Lumera zurückzukommen. Wenn ich an den Rückflug denke, wird mir ganz anders. Außerdem dachte ich, dass wir vielleicht Gerrit noch einmal besuchen könnten. Ich habe vorhin bereits Major Wallström kontaktiert, ob er damit einverstanden wäre. Er sagte, es sei okay für ihn, aber ich soll das auch mit euch besprechen.«

»Meinetwegen kannst du das machen, Jules. Ich ziehe es dennoch vor, zu fliegen. Vielleicht kannst du Gerrit ohne mich besuchen. Ich bin gerade etwas bedient und brauche etwas Zeit für mich. Ist wohl verständlich, oder? Was sagst du, Johnny?«, sagte Ethan und blickte zu John. Julia biss sich schuldbewusst auf die Lippen.

»Ja, also ich würde schon ganz gerne auf dem schnellsten Weg zurück nach Lumera kommen wollen. Was hat denn der Major gesagt?«

»Er hätte gerne seine Soldaten zurück und ihm wäre wichtig, dass Andrew dabei ist. Euch steht es frei, da ihr nicht unter seinem Kommando steht«, erklärte Julia, was sie mit dem Major über ihren BID besprochen hatte.

»Ja also, dann würde ich …«, begann John.

»Alter, mach dich locker und zieh dir den Stock … Also los, geh mit ihr mit. Das ist doch das, was du willst.« Ethan machte einen gelösten Eindruck, aber Julia war sich nicht sicher, ob das nur aufgesetzt war. Die Tatsache, dass er auf einen erneuten Besuch seines Freundes Gerrit verzichtete, um für sich zu sein, sagte doch schon einiges aus. Julia tat es leid, dass Ethan so verschlossen war. Sie drückte seine Hand, und erstaunlicherweise zog er sie nicht weg, sondern lächelte sie traurig an. Das beruhigte Julia wieder etwas, auch wenn das schlechte Gewissen weiter an ihr nagte.

Das Portal war bereits sicher im Bereich der Kuppelführung untergebracht. Ethan, Andrew und die Soldaten des Majors waren zusammen mit dem Kidj'Dan aufgebrochen, um zur Kam'dhadga zu gelangen. Gemeinsam mit der Kuppelführung und John hatte Julia dem Shuttle nachgesehen, bis es am Himmel verschwunden war. Nachdem sie wieder in die Kuppel zum Portal zurückgegangen waren, standen sie nun davor, um sich vorläufig zu verabschieden.

»Wir sind Ihnen so unglaublich dankbar«, sagte Pep Alonso und drückte dabei fest Julias Hand.

»Señor Alonso, die Erde ist nach wie vor unsere Heimat. Es ist doch selbstverständlich, dass wir versuchen, Ihnen zu helfen. Und dies ist nur der Anfang«, erklärte Julia feierlich. Sie fühlte sich beschwingt, als sie mit John vor dem Portal stand.

»Julia, es hat mich sehr gefreut. Ich wünsche euch eine gute ... Reise«, sagte der Sohn des Direktors und schüttelte Julias Hand so fest, dass sie einen Schmerzensschrei unterdrücken musste.

»Kendrick«, sagte Julia, »schön, dich kennengelernt zu haben. Ich werde in den nächsten Tagen wiederkommen, um Gerrit zu besuchen. Pass bitte bis dahin gut auf ihn auf«, bat Julia.

Kendrick lächelte sie an und sagte: »Das musst du mir nicht sagen, Julia.«

»Ihr duzt euch? Und ... und Señora Jennings kennt Gerrit?«, fragte Kendricks Vater überrascht.

»Lange Geschichte, Dad. Erzähl ich dir nachher«, sagte Kendrick und legte seine Hand auf den Rücken des Direktors.

»Präsident Lenoir wird in Kürze zu Ihnen reisen«, sagte Julia. Sie freute sich jedoch darauf, ihren Vater und ihren Bruder gleich wieder in die Arme schließen zu können.

Julia und John traten vor das Portal. Es würde das erste Mal sein, dass ein Mensch durch dieses Portal schritt. Julia konnte nicht leugnen, dass sie nervös war, aber es bestand laut Andrews Berechnungen keine Gefahr, dass sie nicht wohlbehalten und an einem Stück auf der anderen Seite, auf Lumera, ankommen würden.

Sie atmete tief durch. »Okay John. Ich bin bereit. Lass es uns wagen.« Sie ergriff Johns Hand, holte tief Luft und trat dann entschlossen in das Portal.

28 - PETER

2385 | Three Moon

Peter hielt Anastacias Hand fest. Er blickte auf und sah ihre leuchtenden, schwarzen Augen. Wie wunderschön sie doch war. Eine angenehme Wärme breitete sich in ihm aus. Nicht noch einmal würde er zulassen, dass er sie verlor. Anastacia lächelte ihn an, und er erkannte ihr altes Ich, das sich hinter dem neuen Gesicht verbarg. Ja, das war noch immer seine Anastacia, auch wenn keine Narbe mehr ihre Wange zierte.

»Was machen wir jetzt? Können wir noch etwas tun?«, fragte Peter seine Geliebte, erhielt aber keine Antwort.

Sie hatten den Ur-Lumeraner, wie sie ihn nannten, weg vom Portal in einen anderen Teil der Hangaranlage gebracht, der die Wohnräume dieser fremden Spezies umfasste. In diesem Wohnraum standen zwei Kammern oder Kästen, deren Abdeckungen geöffnet waren, es gab so etwas ähnliches wie Hocker und andere bizarr geformte Gegenstände. Vielleicht Deko, vielleicht erfüllten sie einst auch einen anderen Zweck. So genau wusste Peter das nicht, aber das geschlängelte hohe Etwas mit den kreisrunden Löchern darin gefiel ihm ausnehmend gut, und ohne zu zögern hätte er es sich in seine kleine Wohnung gestellt.

Allerdings herrschte in diesem Bereich ansonsten ziemliches Chaos. Einige Räume waren eingestürzt, überall lagen Trümmer herum und alles war mit einer zentimeterdicken Staubschicht bedeckt.

Gemeinsam mit Anastacia stand er vor einer der sargähnlichen Kammern, in der der schwer kranke Arbeiter lag. Er hatte sie darum gebeten, dort niedergelegt zu werden. Peter hatte den Kasten sofort wiedererkannt, da er ihn in den Erinnerungen des Arbeiters schon gesehen hatte.

Peter bemerkte, wie schwach der Arbeiter inzwischen war. Sein Auge starrte ihnen trübe entgegen und es war kaum noch Leben darin zu erkennen. Nur die langen, zuckenden Finger gaben zu erkennen, dass der Ur-Lumeraner noch bei ihnen war.

»Peter«, sagte Anastacia, »wir müssen den Deckel schließen und dafür sorgen, dass das Gel aus diesem Behältnis in den Sarg strömen kann, damit er für die Zeit nach seinem Tod konserviert werden kann.«

Peter sah den Schmerz in Anastacias Blick. Sie weinte, allerdings ohne Tränen. Peter strich ihr über den Rücken und drückte anschließend ihre Hand.

»Ich verstehe deinen Schmerz, mein Schatz. Du hast viel Zeit mit ihm verbracht«, sagte er zu ihr und fühlte ebenfalls diese Schwere. Mit dem Arbeiter starb der letzte dieser hoch entwickelten Spezies. Peter wusste allerdings nicht, ob es noch irgendwo in den Weiten des Weltalls Angehörige seines Volkes gab – der Arbeiter hatte ihnen nichts dergleichen gesagt.

»Er geht nun hinüber in seine Welt«, sagte Anastacia und ergriff die Hand des Arbeiters. »Lebe wohl, mein Freund.« Sie zog ihre Hand fort und wartete.

Anastacia betätigte den Schalter, der sich am oberen Ende der Kammer befand. Langsam schloss sich der Deckel. Peter drückte den Knopf, der sich neben dem Schalter befand. Durch eine gläserne Scheibe, die sich im oberen Teil des metallenen Deckels befand, konnte Peter sehen, wie eine gelartige Masse in die Kammer strömte und den Arbeiter umfloss. Er spürte den Blick des Einäugigen auf sich und hatte das Gefühl, darin so etwas wie Dankbarkeit und ein »Lebewohl« zu erkennen. Mehrere dicke Luftblasen fanden ihren Weg durch die honigartige Substanz und zerplatzten an der Oberfläche.

Das Auge schloss sich langsam. Der Arbeiter war tot. Peter fühlte sich dem fremden Wesen in diesem Augenblick so unglaublich nah. War es, weil er die Bilder und Empfindungen des Arbeiters gesehen und gespürt hatte? War er ein Teil von ihm, oder lebte ein Teil des Arbeiters in ihm weiter? Hatte er Peter deshalb die Bilder gezeigt? Peter spürte, wie ihm die Tränen in den Augen brannten. Aber er schämte sich ihrer nicht.

Nach einer gefühlten Ewigkeit, in der sie beide einfach nur dagestanden hatten und ihren Gedanken nachhingen, unterbrach Peter das Schweigen.

»Wohin gehen wir jetzt? Hast du dich entschieden?«, fragte er Anastacia.

»Ich vermute, dass die Bewohner von Three Moon mich meiden oder sogar Angst vor mir haben werden. Aber ich bin intensive Blicke gewohnt. Ich kenne es, dass ich angestarrt werde«, sagte seine Partnerin und strich sich mit der anderen Hand gedankenverloren über die linke Wange, die vor ihrer Verwandlung von einer großflächigen Brandnarbe gezeichnet gewesen war.

»Ich verstehe, dass es eine Belastung für dich ist. Deshalb habe ich mich entschieden, bei dir zu bleiben«, erklärte Peter, »egal wo du auch hingehst.«

Anastacia lächelte ihn an, und eine Woge der Zuneigung ergriff von ihm Besitz. Sie schien zu überlegen. Er sah in dem hier herrschenden Dämmerlicht nur die zart leuchtenden Linien auf ihrer Wange, die sich verformten, als sie auf ihren Lippen kaute.

»Es ist so, Peter ... ich habe entschieden, mit dir nach Three Moon zu gehen. Egal, was die Menschen sagen, wie sie mich anstarren oder verurteilen – ich bin deine Freundin und ich bin auch noch immer ein Mensch, auch wenn die Kidj'Dan mich mit ihren kleinen Tierchen verändert haben. Im Geiste bin ich noch dieselbe wie zuvor«, sie lächelte schief. »Bis auf ein paar Kleinigkeiten vielleicht.«

Peter bekam keinen Ton heraus. Wieder brannten Tränen in seinen Augen. Aber diesmal vor Glück.

»Ich liebe dich, Peter Jennings und ich möchte, dass du bei deiner Familie sein kannst, bei deiner Kindern Julia und Jason und bei deinem Enkelkind Ruby. Die Familie ist alles, was zählt.«

Peter blickte Anastacia an und wusste, dass es nichts gab, das sie noch zu trennen vermochte. Nichts, was ihre Liebe zueinander zerstören konnte.

Peter nahm Anastacias Hand, und gemeinsam verließen sie den Raum und den Arbeiter.

In der Nähe des Zugangs zum Hangar kamen Peter und Anastacia auf eine kleine Lichtung im sonst dichten Dschungel. Dort standen zwei Androiden.

Peter stutzte. »Was machen die denn hier?«

Die Androiden drehten zeitgleich ihre Köpfe zu ihnen und schienen sie zu scannen.

»Identifiziere Menschen – Peter Jennings – und ... ein Mischwesen. Identifiziere potenzielle Gefahr ausgehend von dem Mischwesen«, sagte einer der beiden Androiden.

Peter versuchte die Kennung zu lesen, die normalerweise auf dem Brustpanzer der Androiden angebracht war, aber sie war entfernt worden. Wie konnte das sein? »He, ihr zwei, nennt mir eure Kennung!«, rief Anastacia, die die fehlende ID ebenfalls bemerkt hatte.

Doch die beiden Androiden reagierten nicht, stattdessen hörte Peter ein Surren, das eindeutig von deren Bewaffnung ausging. Die Roboter machten sich offenkundig kampfbereit.

»Anastacia, wir müssen hier weg. Mit denen stimmt was nicht«, rief Peter und packte seine Freundin am Arm, um sie fortzuziehen.

»Aber ... das kann doch nicht sein. Die gehören zu uns«, stieß sie keuchend aus, während sie hinter Peter herlief.

Peter hörte ein Schnarren, und plötzlich spritzten ihm Zweige und Blätter ins Gesicht, als der Laserstrahl in einen Baum neben ihm einschlug.

»Scheiße!«, rief er und versuchte, schneller zu laufen. Ihm war klar, dass die Androiden schneller waren als sie, aber ihr Vorteil war der dichte Dschungel an dieser Stelle, so würde es den Robotern zumindest schwerfallen, sie zu treffen.

Peter überlegte kurz, ob er stehen bleiben und kämpfen sollte, denn schließlich besaß er das Know-How dazu. Es war alles in seinem Kopf gespeichert. Außerdem hatte er viel trainiert in den letzten Wochen, um diesen Vorteil auch im Falle des Falles nutzen zu können. Denn was brachte ihm das Wissen über Kampftechniken, wenn es an Kraft, Ausdauer und Reaktionsvermögen fehlte? Peter verließ sich daher jetzt lieber auf seinen Instinkt, und der sagte ihm, dass Flucht die bessere Wahl war.

»Wir müssen einen Zugang ... unter die Erde ... finden«, keuchte er und versuchte, sich im Laufen zu Anastacia umzudrehen. Eigentlich hätte sie ihn längst überholen müssen, schließlich war sie wesentlich stärker und schneller als er. Nach Luft schnappend blieb er stehen. Sie war nicht mehr hinter ihm.

»Verflucht!«, stieß er geschockt aus. War sie etwa getroffen worden, und er hatte es nicht gemerkt?

Dann lauschte er. Da war doch irgendein Tumult hinter ihm. Er hörte Kampfgeräusche und einen Schrei – eindeutig Anastacia.

Peter eilte wieder zurück. Hinter dem dichten Gestrüpp herrschte allem Anschein nach eine wilde Schlägerei. Anastacia kämpfte doch tatsächlich allein gegen die beiden Kampfandroiden.

Peter dachte nicht nach, als er sich auf einen der beiden stürzte. Er versuchte, an die Klappe für die Notabschaltung zwischen den Schulterblättern zu kommen.

»Peter, verschwinde!«, rief Anastacia ihm zu.

Aber Peter dachte gar nicht dran, sie jetzt allein gegen zwei Roboter kämpfen zu lassen. Während er dem Androiden immer wieder auswich und einmal fast von einem Laserstrahl erwischt wurde, stellte er sich die Frage, was hier passiert sein mochte. War das Fox' Werk? Es musste ihm irgendwie gelungen sein, diese beiden Androiden zu manipulieren. Sie mussten daher unbedingt ausgeschaltet werden, wenn er und Anastacia diesen Kampf überleben wollten.

Peter war überrascht, wie schnell er sich bewegen konnte, wie gekonnt er den Hieben und den Schüssen des Androiden auswich. Anastacia steckte ziemlich viele Schläge ein, aber das schien sie nicht zu stören, stattdessen sah es so aus, als würde sie dadurch nur noch wütender werden. Peter hatte sie so noch nie gesehen. Ihr ganzer Körper schien zu leuchten und gewaltige Muskelstränge zeichneten sich unter der schwarzen Haut ab.

Peter sah den Fausthieb kommen, war aber zu langsam, weil er sich hatte ablenken lassen. Der Treffer am Kopf ließ ihn taumeln und stürzen. Verzweifelt kämpfte er gegen die Ohnmacht an, aber die Schwärze legte sich so unaufhaltsam über sein Bewusstsein, dass ihm keine andere Wahl blieb, als loszulassen.

»Peter«, hörte er seinen eigenen Namen wie durch Watte. Er erkannte Anastacias wunderschönes Gesicht, das sich vor die Sonne schob, die durch das Blätterdach schien. »Peter, wach auf. Wir müssen hier weg. Ich … die Midas … sie haben mir Bilder gesendet. Es sind noch viel mehr dieser unmarkierten Androiden hier im Dschungel. Hörst du? Wir müssen sofort los!«

29 - JAMES

2385 | Dumras

James saß gemeinsam mit seinem Berater Steve Barnes im Großen Haus vor dem Hohen Rat. Er fühlte sich unwohl. Einerseits konnte er froh über die Hilfe der Kidj'Dan sein, andererseits waren er und alle Menschen auf Lumera von den Kidj'Dan abhängig. Nicht nur, dass sie ihnen ihr Raumschiff zur Verfügung gestellt hatten, sie bewachten nun in dem unterirdischen Hangar des Ur-Lumeraners auch das Portal zur Erde.

Und jetzt trat er schon wieder als Bittsteller auf. Er musste sich stark konzentrieren, um nicht unruhig auf dem glatten Schemel hin und her zu rutschen.

»Deine Bitte überrascht mich sehr«, sagte Radascha. Die Königin befand sich nach wie vor in Dumras und wollte erst wieder nach Hamil reisen, der tausend Kilometer nördlich von Dumras liegenden unterirdischen Hauptstadt der Kidj'Dan, wenn Fox geschnappt war und das Portal zur Erde sich als stabil und kontrollierbar erweisen sollte. Zwei Menschen, die sie kannte, hatten es bereits durchschritten: Julia und John. Daher wussten sowohl James als auch die Kidj'Dan, dass das Portal wirklich funktionierte.

»Ich weiß, Eure Majestät. Aber Peter Jennings und Anastacia wären beinahe zwei Androiden, die Fox unter seine Kontrolle gebracht hat, zum Opfer gefallen. Sie haben es gerade noch geschafft, sie lahmzulegen und den Dschungel zu verlassen. Und einer der Bauarbeiter hat gesehen, dass drei seiner Hilfsandroiden einfach davonspazierten. Er hat sofort den Vorarbeiter kontaktiert, und so haben wir die Bestände der Androiden geprüft, auch derer, die sich im Standby-Modus befinden sollten. Es fehlen exakt dreihundert von ihnen. Ihre Ortung ist deaktiviert worden. Wir versuchen, sie mithilfe der Drohnen und Satelliten zu finden, aber es ist im dichten Dschungel so gut wie unmöglich und kostet zu viel Zeit.«

Radaschas Tentakel schwammen wie Seegras um ihren Körper, als sie sich vorbeugte. »Aber ich verstehe nicht, warum deren Verschwinden euch beunruhigt. Vermutlich liegt bei den ... Androiden nur irgendein Fehler vor.«

»Das denken wir nicht. Wir sind sicher, dass Fox hinter dem Verschwinden der Androiden steckt und dass er es irgendwie schaffen konnte, sie zu rufen. Und sollte sich der Verdacht gegen Fox bestätigen, wird er es auch gewesen sein, der ihre GPS-Steuerung deaktiviert hat, damit wir sie nicht orten können. So wie es aussieht, hat er nur Androiden gerufen, die sich im Standby-Modus in einer der Lagerhallen befanden. Vermutlich, damit deren Verlust nicht auffällt. Ich bin davon überzeugt, dass wir schnell handeln müssen, denn jede Stunde, die verstreicht, könnte Fox dazu nutzen, Dumras erneut anzugreifen. Deshalb bitte ich Euch um Hilfe.«

»Wenn Fox dahintersteckt, ist das allerdings ein Grund zur Sorge – auch für uns Kidj'Dan. Wenn er ein Kidj'Dan wäre, würden wir sagen, dass er sich an einem Ort namens D'Horgris befindet. Er ist verloren, für immer, und nur der Übergang in eine andere Welt, in das Danach, kann ihn noch vor sich selbst retten. Was können wir tun, um ihn aus unserer Welt zu verbannen?«

Die roten Kugeln, die eins mit Radaschas vier Händen

waren, pulsierten in einem tiefen Rot. Ihre Nasenschlitze öffneten und schlossen sich dazu im Takt.

»Ich habe an Eure Waffe gedacht, die Ihr bereits im Krieg gegen Fox' Soldaten eingesetzt habt. Die Waffe, die den EMP, die Welle, die alles lahmgelegt hat, ausgelöst hat. Dazu habe ich veranlasst, dass alle Androiden, die sich in Three Moon und in Bourbon Sun befinden, deaktiviert werden. In einer halben Stunde sind sie komplett offline und können nur manuell wieder aktiviert werden. Das entzieht Fox die Kontrolle über deren Handlungen, und außerdem nehmen sie keinen Schaden durch Eure Waffe, Majestät.«

»Ah, du meinst den Rra'hoa. Ja, das ist eine mächtige Waffe. Das könnte funktionieren.«

Radaschas Tentakel pulsierten, und James war sich sicher, dass sie kommunizierte. Die anderen Ratsmitglieder saßen ruhig auf ihren Stühlen und zeigten keinerlei Regung.

Die Königin erhob sich plötzlich, sodass James ebenfalls erschrocken von seinem Schemel aufsprang. »Wir sollten keine Zeit verlieren, Mensch James. Ich habe Godj'aan, den mächtigsten meiner Krieger, angewiesen, die Waffe vorzubereiten«, erklärte Radascha mit rauschenden Tentakeln.

James erinnerte sich an einen Kidj'Dan-Krieger mit dem Namen Godj'aan. Er hatte mit den Menschen gemeinsam gegen Fox' Soldaten gekämpft. Der Krieger erinnerte ihn ein wenig an Anastacia, weil er ebenfalls dunkelhäutig war. Vielleicht war auch er mittels der Nalans, winziger insektenartiger Wesen, geheilt worden und hatte sich dadurch, ähnlich wie Anastacia, verändert.

»Können die Menschen den Kidj'Dan in irgendeiner Weise helfen?«, fragte James.

»Ich denke nicht. Deine Warnung ist bereits eine große Hilfe. Dennoch solltest du noch selbst mit Godj'aan sprechen und ihm erklären, was von Fox zu erwarten ist«, antwortete Radascha und löste ihre Hände von den glimmenden Kugeln, sodass diese sich aus einer flüssigen wieder in ihre feste Form verwandelten.

»Ich danke Euch, Eure Majestät«, sagte James und neigte den Kopf. Er sah, dass die anderen Ratsmitglieder nach wie vor keine Regung zeigten, aber es war James auch nicht wichtig, was sie dachten. Er wusste, dass ihm nicht alle Kidj'Dan zugetan waren. Aber zu entscheiden hatte die Königin, und diese war ihm und den Menschen wohlgesonnen.

James verließ gemeinsam mit Steve das Große Haus. Godj'aan, der große Krieger, hielt sich gerade in der Höhle der Namalas auf. Sofort machten sich die beiden Freunde auf den Weg. James wusste aus Julias Erzählungen, was für putzige, aber zugleich auch gefährliche Tiere die mit Fell bedeckten Namalas waren. Fast glichen sie Alpakas, verfügten allerdings über lange Stielaugen und einen langen eingerollten Schwanz, mit dem sie sogar einen Kidj'Dan von den Beinen schlagen konnten.

Godj'aan befand sich hinter dem Gatter bei den Tieren und begrüßte James mit zum Gruß angelegten Tentakeln.

»Krieger James, und auch du Mensch«, sein Kopf bewegte sich in Steves Richtung, »seid gegrüßt. Oh, das würde ich besser nicht tun. Die Namalas sind gutmütig, aber sie können sehr gefährlich werden, wenn man sie nicht kennt«, sagte Godj'aan, und Steve zog seine Hand zurück, mit der er das flauschige Fell der Tiere gerade berühren wollte.

»Ich dachte ... nun ja«, sagte Steve etwas verlegen.

»Hat Radascha dir mitgeteilt, dass wir eure mächtige Waffe brauchen?«, fragte James und blieb mit etwas Abstand zu den Tieren stehen, die neugierig ihre Stielaugen in seine und Steves Richtung reckten.

»Ja, ich weiß es. Die Waffe wird bereits aktiviert. Es wird einen Verdauungszyklus dauern, dann ist sie aufgeladen. Welche Reichweite soll ich einstellen?«

»Ein Verdauungszyklus?«, fragte Steve und blickte James fragend an.

»Etwa fünf Stunden«, erklärte James und wandte sich wieder Godj'aan zu. »Du solltest eine Reichweite einstellen, die unsere Städte Three Moon und Bourbon Sun nicht miteinschließt. Der Impuls könnte nämlich fatale Folgen für uns haben. Kannst du das so exakt bestimmen?«

»Ja, das kann ich«, sagte Godj'aan trocken.

»Gut, ich weiß, dass Fox sich im Dschungel zwischen Dumras und Three Moon aufhalten muss. Ich denke nicht, dass er nach der letzten Sichtung durch Anastacia seinen Standort gewechselt hat«, erklärte John und kratzte sich am Kinn, während Steve nervös mit dem Fuß wippend neben ihm stand.

»Ich kann sicherstellen, dass sich die Wirkung unserer Waffe ausschließlich auf die Waldgebiete begrenzt, die zwischen unserer und euren Städten liegen«, bestätigte Godj'aan ihm nochmals seinen Wunsch.

»Das ist sehr gut, Godj'aan. Brauchst du noch etwas von uns?«

»Nein, Krieger James, ihr könnt gehen. Die Waffe wird bereits geladen«, sagte Godj'aan und legte abermals seine Tentakel an. James verbeugte sich gemeinsam mit Steve höflich und ging, das Quieken der Namalas im Rücken.

Gemeinsam durchquerten sie abermals Dumras und gingen über den großen Platz auf die andere Seite der Höhle. James warf einen Blick auf das wabenförmige Gebäude, das die Wohnwaben der Kidj'Dan beherbergte und das bis unter die Höhlendecke reichte. Er erinnerte sich daran, dass Julia und ihre Freunde monatelang als Gäste der Kidj'Dan darin gelebt hatten. Er selbst hatte einige Wochen in Dumras verbracht, nachdem Fox die Präsidentschaft über Three Moon übernommen hatte. Die merkwürdigen Lichtkonstellationen und geometrischen Formen hatten ihm allerdings immer das Gefühl gegeben, ein wenig fremd zu sein. Hier wurde er permanent daran erinnert, dass er sich nicht mehr auf der Erde, sondern auf einem anderen Planeten befand, der von einer fremden Spezies bewohnt wurde.

James sah, wie Steve zum Großen Haus blickte und folgte seinem Blick. Das Gebäude zog ihn, genauso wie auch Steve, magisch an. Wie der Taj Mahal in Indien wirkte es inmitten des großen Platzes monumental und überaus beeindruckend. Die gedrehten achteckigen Türme, die riesigen Torbögen oder die steinernen Obelisken rund um das Gebäude ließen einfach jeden staunend innehalten. James konnte sich einfach nicht daran satt sehen. Aber heute hatte er keine Zeit dafür. Er musste gemeinsam mit Steve zu seinem Skyrider gelangen. Sie hatten nicht viel Zeit, und James hatte wenig Lust, über dem Dschungel abzustürzen, sobald Godj'aan den EMP zündete.

»James, schaffen wir es denn noch rechtzeitig?«, fragte Steve, den anscheinend dieselbe Sorge plagte.

»Ich hoffe es. Es gibt allerdings eine Alternative: Wir könnten den Dschungel umfliegen und den Weg über die Ebene wählen. Dann gelangen wir von der Gebirgsseite nach Three Moon. Das wäre vielleicht sinnvoller«, überlegte James.

»Das halte ich auch für besser. Im Dschungel abzustürzen und dort von irgendeiner Pflanze oder einem Vieh gefressen zu werden, klingt gerade wenig verlockend.«

»Hmm«, bestätigte James nachdenklich.

»Steve, was ist eigentlich aus dieser – wie hieß sie noch? Monica? – geworden?«, fragte James, weil ihm einfiel, dass er Steve gar nicht mehr danach gefragt hatte.

»Du meinst Roza? Ja, das war ein ganz nettes Date. Oh, Kopf runter, James«, sagte er gerade noch rechtzeitig. An einer Stelle war die Decke im Gang ziemlich niedrig, sodass James mit seinen knapp zwei Metern den Kopf einziehen musste.

»Danke«, murmelte er.

Steve nahm den Faden wieder auf. »Also, Roza. Ja, eine nette Frau, muss ich sagen. Wir waren essen, in diesem neuen italienischen Restaurant. James, da musst du auch unbedingt mal hin. Die Auberginenröllchen – ein Gedicht. Und später …«

James lauschte Steves Erzählungen, während sie durch die dunklen Gänge liefen. Er mochte Steves Art, weil er intelligent und dennoch unkompliziert war. Eine wunderbare Mischung, die man selten fand. Meistens waren die wirklich intelligenten Menschen auch diejenigen, mit denen das Zusammensein schwierig werden konnte.

Steve hatte zuweilen eine leicht kindliche Naivität, aber dann gab es wieder Momente, die James klarmachten, wie tiefgründig sein Assistent war, wie gut er sich fokussieren und andere Menschen einschätzen konnte.

Nachdem Steve mit seiner Erzählung fertig war, schwiegen sie, und James dachte an Julia und John. Bisher hatte er noch gar gar keine Zeit gehabt, mit ihnen über ihre Erlebnisse zu sprechen. Das musste er unbedingt nachholen. Wenn der Tag doch nur mehr Stunden hätte!

»Was denkst du?«, riss Steve ihn aus seinen Gedanken.

»Nur daran, dass ich mit Julia und John noch gar nicht wirklich über ihre Reise sprechen konnte«, erklärte James.

Sie hatten die Gänge passiert und waren endlich wieder ins Tageslicht getreten. Blinzelnd aktivierte James den Sichtfilter seiner Linsen. Diesmal stand der Skyrider unweit von dem Eingang in das unterirdische Höhlensystem der Kidj'Dan. Steve wäre ansonsten vermutlich gar nicht ausgestiegen, da sie die Bekanntschaft mit den drei hungrigen lumeranischen Monstern noch nicht vergessen hatten. Damals war er mit Steve nach Dumras gereist, um Kontakt zu den Kidj'Dan aufzunehmen, da Präsident Fox ihm nur wenige Tage Zeit gegeben hatte, um etwas über die Spezies herauszufinden, nur um dennoch einen Krieg anzuzetteln. Und bei diesem Ausflug hatten Steve und James Bekanntschaft mit drei hungrigen Monstern gemacht. Hätten die Midas, die Flugwesen der Kidj'Dan, nicht eingegriffen, wären sie vermutlich nicht mehr am Leben.

»Siehst du, Steve? Der Skyrider steht noch genauso da wie vorhin. Ich steige zuerst ein und leite die Startsequenz ein, denn ein paar Minuten braucht er ja, bis er starten kann«, sagte James und kletterte die drei Sprossen zum Cockpit hoch. Etwas schwerfällig zwängte er sich in die kleine Kabine, koppelte seinen BID mit dem Steuerungsmodul des Fliegers und aktivierte die Schwenkdüsen, die ihnen einen schnellen Start ermöglichte. Hinter sich hörte er Steve in das kleine Fluggerät steigen.

»So, mein Freund«, sagte er zu Steve. »Nun geht es los.«

»Es geht wirklich los, aber anders, als du denkst«, sagte eine Stimme hinter ihm. James erstarrte auf seinem Sitz. Er spürte eine Waffe am Hinterkopf und wagte es daher nicht, den Kopf zu bewegen. Aber auch so war ihm klar, wer hinter ihm im Skyrider saß: Dr. Elias Fox.

»Verflucht, Fox! Was wollen Sie von mir! Wo ist Steve?«

»Vergiss ihn lieber, Mr. President!« Das letzte Wort hatte Fox verächtlich ausgespuckt. »Flieg jetzt los. Die Koordinaten habe ich dir übertragen. Wir machen einen kleinen Ausflug in den Dschungel. Ich will dir etwas zeigen.«

»Verdammt, Fox ...«

»Flieg los und wage es nicht, dich zu widersetzen. Sonst werde ich dich auf der Stelle erschießen«, zischte Fox durch zusammengebissene Zähne.

James versuchte, Steve auszumachen. War sein Freund tot? Hatte Fox ihn getötet? James überlegte, ob er Fox anbrüllen sollte. Er hasste diesen Menschen so abgrundtief, aber er wusste, dass es nichts bringen würde, wenn er die Beherrschung verlor. So konnte er Steve nicht helfen. Er ließ den Skyrider in die Luft steigen und sorgte dafür, dass er ein klein wenig zur Seite schwenkte, gerade genug, um zu sehen, dass Steve am Boden lag. Verflucht, dachte James. Er konnte nicht erkennen, ob Steve noch lebte. Fakt war aber, dass er ihn über seinen BID nicht erreichen konnte. Er konnte also nur ohnmächtig oder tot sein.

»So, James, als Erstes überträgst du die Zielkoordinaten an die Flugsteuerung, dann deaktivierst du deinen BID. Und natürlich auch das GPS. Ich werde das überprüfen und wehe, du widersetzt dich, sonst ... ach, lass es einfach besser!«

»Und wie soll ich den Skyrider dann fliegen?«, versuchte es James und überlegte kurz, ein Notsignal abzusetzen, verwarf den Gedanken aber schnell wieder. Fox würde es höchstwahrscheinlich ebenfalls empfangen.

»Flieg manuell. Ich weiß, dass du das kannst, James.«

James sparte sich einen Kommentar und tat, wie ihm befohlen. Er musste nur auf den richtigen Moment warten, dann könnte er Fox überwältigen ... oder austricksen.

Während sie schweigend über den Dschungel flogen, zermarterte James sich das Gehirn, ob es eine Option zur Flucht für ihn gab oder eine Chance, Fox zu überwältigen? Ihm fiel aber im Moment nichts ein, und er musste sich auf den Flug konzentrieren. Verdammt, er musste einfach auf eine Gelegenheit warten und improvisieren.

»So, James, dort vorne gehst du runter. Siehst du die kleine Lichtung?«, fragte Fox, obwohl James die Koordinaten längst in die Steuerung des Skyriders eingespeist hatte. Und auch ohne BID gab es noch einen Autopiloten, der ein eingegebenes Ziel ansteuern konnte.

Unter ihnen tat sich eine kleine Lichtung auf, gerade groß genug, dass James gefahrlos landen konnte. Und dort, zwischen den Bäumen, sah er die Androiden. Es waren hunderte, die auf ihren Anführer warteten. James schloss kurz die Augen. Er hatte ein ungutes Gefühl, als sich das kleine Flugzeug dem Erdboden näherte.

»Gut gemacht, Mr. President«, sagte Fox und ließ ein hämisches Lachen erklingen.

30 - MARINE

2385 | Puerto Rico - Erde

»Marine, hier, trink doch noch einen«, sagte Ron und hielt ihr einen Tequila vors Gesicht.

Marine schnappte sich das Glas, blickte ihrem Mitarbeiter trotzig in die Augen und leerte es mit einem Zug. »Hör mir mal zu, Kleiner! Ich finde es ganz niedlich, dass du mich ausgeführt hast, aber egal wie sehr du auch versuchst, mich abzufüllen: Du bekommst aus mir nichts raus!«

Ron zuckte mit den Schultern. »Wie du meinst. Aber nur dass du es weißt: Ich habe sehr wohl mitbekommen, dass da in der Führungsriege irgendwas gelaufen ist. Die gesamte Com-Abteilung war abgeriegelt. Und auch andere Zugänge, die ich normalerweise als Biologe nutzen darf. Also ist da irgendetwas Größeres gelaufen, stimmt's?«

»Ron, ehrlich! Ich kann und darf nicht darüber sprechen. Und das weißt du auch. Warum ist es dir überhaupt so wichtig, das zu erfahren? Das klingt ja so, als wolltest du mich ausfragen. Bist du einfach nur neugierig oder fragst im Interesse anderer Leute? Ich hoffe für dich, dass du einfach nur neugierig bist, oder muss ich da etwas melden?«, fragte

Marine geduldig. Der Tequila hatte in ihr ein angenehm warmes Gefühl erzeugt.

Marine beobachtete, wie Ron unruhig auf seinem Stuhl umherrutschte. Hatte sie etwa ins Schwarze getroffen mit ihrer Frage? War er mehr als nur ein hübscher junger Kerl, der meist eher zurückhaltend und stets höflich war? Gehörte er zur Untergrundbewegung?

»Ich … weiß nicht, was du meinst. Silvio und ich machen uns nur Sorgen. Wir wissen, dass die Versorgung mit Lebensmitteln nicht mehr für das gesamte Jahr reichen wird. Die Agrarkuppel ist abgeriegelt. Diese Info ist bereits durchgesickert und macht in den Kuppeln die Runde, die Menschen fühlen sich …«

»Ja, Ron. Das weiß ich ja. Aber ich frage mich auch, wie diese Info durchsickern konnte. Hast du vielleicht etwas damit zu tun, dass vertrauliche Informationen weitergegeben wurden?«

»Spinnst du? Ich … ich würde sowas niemals machen. Ich denke nur, dass es vielleicht gut wäre, es den Bewohnern mitzuteilen, falls ihr eine Lösung für das Problem gefunden habt«, versuchte Ron es abermals und wirkte noch immer ziemlich aufgelöst auf Marine.

»Ron, so einfach ist das nicht. Es gibt nicht immer nur Schwarz oder Weiß. Nur weil etwas geheim ist, heißt das nicht, dass die da oben die Bevölkerung nach Strich und Faden belügen. Meine Lippen sind versiegelt, mehr sage ich dazu nicht.« Marine war langsam genervt. So süß dieser Ron auch war, so sehr ging er ihr gerade auf die Nerven. Und sie wurde das Gefühl nicht los, dass er sich nur mit ihr getroffen hatte, um sie auszuhorchen. Außerdem fiel ihr ein altes Sprichwort wieder ein: Never fuck the company. Das brachte einem nur Ärger ein. Schade um den süßen Typen.

Nein, es war genug. Diese Nachfragen mussten aufhören. Sie war froh, dass sie noch zur Besinnung gekommen war, bevor sie womöglich doch noch mit ihm im Bett gelandet wäre.

Einer Eingebung folgend erhob sich Marine und spürte, wie ihr der Tequila ruckartig in den Kopf schoss. »Ron, ich sollte jetzt gehen. Es war nett von dir, mich einzuladen, aber ich bin müde. Ich sollte ins Bett.«

Ron sprang auf. »Warte noch! Es ist in Ordnung, aber einen Tequila für die Nacht noch, dann begleite ich dich und lasse dich mit Fragen in Ruhe, okay?«

Marine rollte mit den Augen. »Gut Kleiner. Mach hinne!«

Wenige Minuten später kam Ron mit zwei gefüllten Gläsern zurück. »Auf unsere Zusammenarbeit!«, sagte er grinsend und hob sein Glas. Marine nickte ihm zu und trank ihren Tequila in einem Zug leer. Der Alkohol brannte angenehm in ihrer Speiseröhre.

Ron war aber auch ein heißer Typ, ging es ihr durch den Kopf. Zu schade, dass er nur auf ihr Wissen aus war. »Weißt du was, Kleiner? Ich gebe auch noch einen aus, bevor ich gehe. Warte hier!«

Marine schlängelte sich an den Tischen vorbei und trat an die Bar. Heute war es im Silent Wake, der kleinsten Bar von Kuppel 82, extrem voll. Ungewöhnlich für einen Mittwoch. Endlich konnte sie nach fast fünf Minuten beim Barkeeper zwei Tequila bestellen. Der Weg zu ihrem Platz fiel ihr schwer. Warum war ihr nur so schwindelig? So viel hatte sie doch gar nicht getrunken. Da fiel ihr ein, dass sie noch gar nichts gegessen hatte. Das musste es sein. Verflucht, das musste sie zu Hause unbedingt nachholen.

Sie setzte sich und hätte dabei fast den Tequila verschüttet. Die Musik wurde dumpfer, in ihrem Bauch wurde es wärmer. Sie sah sich selbst, wie sie mit Ron anstieß und hörte sich lachen. Verdammt, das reichte jetzt. Wankend stand sie auf. »Ich … bin deine Vorgesetzte. Das geht so nicht. Ich muss los, Ron!«

»Ich glaub auch. Dir ist der Tequila wohl nicht bekommen, was? Komm, ich bring dich nach Hause«, hörte sie Rons Stimme.

Sie entzog Ron ihren Arm und konnte sich gerade noch

am Tisch festhalten, sonst wäre sie rückwärts gegen einen zusammengeflickten Flipperautomaten geknallt. Sie starrte auf ihre Finger, die die Tischplatte umklammerten und ins Rutschen kamen. Sie verloren ihren Halt und knallte doch noch gegen den Automaten.

»Oh fuck«, rief sie und rieb sich den schmerzenden Rücken.

»Hey Marine, weißt du, was der Scheiß-Flipper wert ist?«, brüllte Nimbus, der Inhaber des Silent Wake, hinter der Bar.

»Ich bezahl ihn dir«, stammelte sie. Ihre Zunge wurde immer schwerer.

»Das hoffe ich doch«, rief Nimbus.

Sie hörte Ron irgendetwas zu ihm sagen, aber die Worte drangen nicht zu ihr durch. Es klang nach »ich kümmer mich darum«. Plötzlich schnürte ihr etwas den Hals zu, und sie hatte das Gefühl, zur Zimmerdecke zu stürzen. Sie spürte Rons Arm, der sie packte und festhielt. Irgendwie schaffte er es, sie aus der Bar zu bugsieren.

Draußen auf dem Korridor bekam sie endlich wieder Luft. »Danke, aber du kannst mich jetzt loslassen, Ron.«

Sie sah Ron doppelt und etwas verschwommen vor sich. Marine kniff die Augen zusammen, aber es wurde nicht besser. Verflucht, warum hatte sie die letzten beiden Tequila nur getrunken?

»Ich will endlich weg von hier! Ich will nach Lumera!«, rief sie impulsiv.

»Was redest du denn da?«

Marine bemerkte Rons forschenden Blick, aber sie konnte damit nichts anfangen.

»Ich ... vergiss es einfach und geh nach Hause. Ich schaff den Weg auch ohne dich.«

»Jetzt komm schon, zieh deine Schuhe aus, auf den Knöchelbrechern stolperst du dich noch zu Tode!«

»Jaja. Das ist eine gute Idee«, lallte Marine und ärgerte sich über ihre eigene Stimme. »Mein lieber Ron, eines muss wirklich noch gesagt sein und du musst mir wirklich versprechen, dass du es keinem verrätst, schon gar nicht Franco, der wird sonst nur sauer!«

Ach, wie sie Franco vermisste ... ihren Franco.

»Ich bin ganz Ohr, Marine ..., auch wenn ich keine Ahnung habe, wer Franco ist. Ist das dein verstorbener Mann?«

»Ja, mein Franco ... « Marine schüttelte sich, als würden ihre Gedanken dadurch wieder klarer. Aber es half wenig. »Ähm, also du weißt ja, Ron, die Sitzung letztens mit den ... von Lumera, das war streng geheim, und sie haben gesagt, dass es einen Durchgang, ein Portal ... also man kann nach Lumera gehen, einfach zu F...«

Marine stolperte und fiel zu Boden. Warum hatte Ron sie nicht festgehalten? »Aua, mein Knie. Ron, bist du noch da? Pass auf, man geht da in dieses Durchgang-Dings und schwupps, ist man schon da. Auf Lumera. Und andersrum geht das wohl auch. Oops, das war ... Tschuldigung, Schatz. Ich wollte nicht ... andersrum, du bist doch auch ... nein, andersrum sagt man nicht mehr, das ist gemein!«

»Das klingt wirklich interessant Marine. Aber jetzt komm schon, steh auf, du machst dich ganz dreckig.«

»Danke, dass du mit mir gefeiert hast, Ron. Und du auch Ron! Abschiedsfeier. Aus, fertig! Wenn doch Franco hier wäre!«

Marine beobachtete, wie Franco ... nein ... Ron sie zudeckte. Dann sah er sich in ihrer Wohnung um. Sie sah, wie er zum Couchtisch ging und sich die Unterlagen griff, die darauf lagen. Die Handouts von Direktor Alonso, wichtige und geheime Dokumente. Sie wollte etwas sagen, aber ihre Lippen ließen sie keine Worte formen. Sie sah den doppelten Ron, wie er sie ernst anblickte. Keine Sekunde später sank Marine in die Gleichgültigkeit des Schlafs.

Als Marine am nächsten Morgen die Augen aufschlug, hatte sie das Gefühl, ein LKW hätte sie überfahren. Stöhnend schlug sie die Bettdecke zurück. Wie war sie nach Hause gekommen? Was war am Abend passiert? Sie versuchte, die Erinnerungen zu greifen, aber da war nichts. Verdammt, das Letzte, woran sie sich erinnern konnte, war im Büro. Sie hatte den Rechner heruntergefahren und jemand hatte geklopft und war eingetreten. Ron hatte plötzlich vor ihr gestanden. Ja, jetzt fiel es ihr wieder ein. Ron hatte sie abgeholt. Aber was danach geschehen war ... war verschwunden, aus ihren Erinnerungen gelöscht.

Marine erhob sich und schwankte. Sie musste ins Büro. Und Ihre Unterlagen musste sie mitnehmen.

Marine hörte sich selbst schreien. Der Tisch ... war leer. Die geheimen Dokumente zu den Durchgängen und den Plänen der Kuppelführung waren verschwunden. Ron ... dieses kleine, berechnende Arschloch! Er hatte sie dazu gebracht, ihm zu geben, was er wissen wollte. Ein eiskalter Schauer lief Marine über den Rücken. Das war nicht gut. Das war, verdammt noch mal, eine Katastrophe!

31 - KENDRICK

2385 | Puerto Rico - Erde

»… und nichts kann uns von dieser Liebe trennen. Obgleich wir diese von uns geliebten Menschen verabschieden müssen. Wisset, Brüder und Schwestern: Sie sind nicht fort. Gerrit Piersons geistliches Dasein, genau wie Vida Alonsos geistliche Existenz leben fort. Ihre unsterblichen Seelen kehren ein in die Unermesslichkeit des Kosmos. Wir sind dankbar für die uns gegebene gemeinsame Zeit und werden ihr Andenken ehren. Amen.«

»Geht's dir gut, Ken?«

Kendrick saß am Rande der Bank im Tempel, blickte auf und sah Miranda in die Augen. »Ja, es geht mir gut.« Und es war die Wahrheit. El Clérigo hatte einen schönen Abschied zelebriert. »Er hat gute Worte gewählt.«

»Das hat er«, bestätigte Gerrit Piersons Tochter und setzte sich neben Kendrick, der etwas Platz gemacht hatte. Sie drückte seine Hand. So saßen sie eine Weile da. Kendrick starrte auf die große Kerze rechts vom Altar und dachte über seinen Verlust nach.

Er musste an Isidora, Vidas Mutter, denken. Sie wusste noch nicht einmal, dass ihre Tochter gestorben war. Wo sie jetzt wohl sein mochte? War sie überhaupt noch am Leben?

»Ich werde nach Victoria in der Säuglingsstation sehen. Würdest du Dad's Urne für mich mitnehmen? Und kommst du zum Bestattungsessen?«, brach Miranda das Schweigen.

»Natürlich nehme ich sie mit. Ich versuche es mit dem Essen. Ich bin noch immer ganz groggy von den Beileidsbekundungen.«

»Das ist ja kein Wunder. Fast zweihundert Trauergäste. Es ist schön, so viel Zuspruch zu bekommen.« Sie erhob sich und strich Kendrick über den Rücken, sagte aber nichts mehr.

Er blickte Miranda hinterher, bis er die schwere Tempeltür ins Schloss fallen hörte. Sie ging erstaunlich gefasst mit dem Tod ihres Vaters um. Aber vielleicht war das auch Fassade. Vielleicht war für sie der Tod des Vaters etwas einfacher zu ertragen als für ihn der Verlust der Tochter. Denn Kendrick war der festen Überzeugung, dass Eltern nie ihre Kinder überleben sollten. Das war einfach nicht richtig! Dennoch schalt er sich für diese Gedanken. Es war nicht fair Miranda gegenüber. Für sie alle waren die Verluste schwer. Es war nicht in Ordnung, den größten Verlust für sich zu beanspruchen.

Was sollte er jetzt tun? Vielleicht auch zu Victoria gehen? Die beiden Urnen mitnehmen? Vidas Urne in seine Wohnung und Gerrits Urne in Mirandas Wohnung bringen? Ächzend erhob er sich von seinem Stuhl. Nachdem er die Urnen in den Rollkorb gestellt und sie mit bunten Tüchern bedeckt hatte, ging er, den Korb an einem langem Holzgriff hinter sich herziehend, zum Kondolenzbuch, das neben dem Ausgang auf einem Podest bereitgelegt worden war.

Er ließ die Seiten langsam durch seine Finger gleiten. Es war bis auf die letzte Seite gefüllt. Hinter der letzten Seite lagen noch eine Handvoll zusätzliche Zettel. So viele Menschen hatten ihre Anteilnahme schriftlich niedergelegt! Er nahm das Buch, steckte es in die dafür vorgesehene Seitentasche des Korbes und fühlte sich ein wenig erleichtert, wusste aber nicht, warum. Kendrick verließ den Tempel und schloss die Augen. Er lauschte dem leisen Knarren der Tempeltür. Vida hatte ihn als Zehnjährige einmal gefragt, ob die Tür Geräusche mache und hatte seither nach den wenigen Trauerfeiern, denen sie beide beigewohnt hatten, immer darauf gewartet, dass die Tür ins Schloss fiel. Sie wollte, dass er hinhörte – für sie, die gehörlos war. Ach Vida, mein einzigartiger Schatz! Wie du doch immer auf die kleinen Dinge geachtet hast!

Kendrick blickte den breiten Korridor hinab, sah die Gebetswimpel, die kreuz und quer zwischen den Deckenbögen gespannt waren, und fragte sich, ob es tatsächlich einen der vielen Götter und Beschützer gab, denen das Klerikerviertel gewidmet war. Zugegeben, die einzelnen Sakralbauten waren lediglich große, bestuhlte Räume, die sich rechts und links im Korridor befanden, aber er war froh, dass es diesen Ort gab, denn die anderen zehn Kuppeln, die den 80er Komplex bildeten, besaßen ihn nicht. Viele der Kuppelbewohner hegten und pflegten dieses so fern von allem Unheil wirkende Viertel und waren stolz darauf, dass Hoffnung und innere Einkehr hier zu Hause waren. Noch immer vor der Tempeltür stehend blickte er hinauf zur gut fünfzehn Meter hohen Decke. Wie real die Projektion des Echtzeithimmels doch aussah, die passend zur Tageszeit die entsprechende Lichtstimmung im Korridor schuf.

Plötzlich hörte Kendrick ein eigenartig klingendes Knarzen, das aus den Lautsprechern des großen Korridors kam.

»Ist das jetzt an?«, fragte die Stimme mittleren Alters, die aus den Lautsprechern dröhnte. »Aha, okay. Meine lieben Mitstreiter für Gerechtigkeit in unseren zehn Kuppeln vom Kuppelkomplex 80 – die Zeit ist gekommen! Wir haben einen Weg gefunden, der all unsere Sorgen ein für alle Mal beseitigen wird. Ihr wisst nichts davon, denn die Führung von Kuppel 82 hat es geheim gehalten. Wir haben Kontakt zu einer Delegation aus der Lumera-Kolonie. Nicht nur, dass dort Außerirdische leben, die es vermögen, die vielen Lichtjahre zwischen Epsilon Eridani und der Erde in wenigen Wochen zu überbrücken, nein, sie sind außerdem dazu in der Lage, Menschen durch steinerne Portale zu transportieren. Es braucht nur einen kleinen Schritt, um in Sekundenschnelle die fruchtbare neue Welt zu betreten. Freunde, Lumera – die Lösung all unserer Probleme – liegt in greifbarer Nähe! Das Portal befindet sich in der Aufbewahrungsebene, nur ein paar Stockwerke unter uns ... was denn ... ja, sicher, fangt an ... Heute ist der Tag! Jetzt ist die Stunde! Kommt alle zur Sicherheitsaufbewahrung 14a! Wir gehen na...«

Das durchdringende Kreischen der Sirene riss Kendricks Aufmerksamkeit von der waghalsigen Rede los. Es folgte eine automatische Durchsage: »Achtung! Es gilt Sicherheitsstufe 3. Bitte begeben Sie sich zu Ihren Wohnungen. Ab sofort gilt eine Ausgangssperre in der gesamten Kuppel.«

Ausgerechnet jetzt! Den Rollkorb mit den Urnen fest umklammert, lief Kendrick los. Vorbei an Gläubigen, die in heller Aufregung aus der Moschee herauseilten, die sich neben dem Bestattungstempel befand. Einige Leute standen vor einer Buddha-Statue und ließen sich durch den Alarm nicht aus der Ruhe bringen. Auch aus der Kirche eilten Gläubige zur Flucht. Nur der alte Rabbi mit Hut und Haarlocken an seinen Schläfen, von vielen Ruby genannt, verharrte in der kleinen Synagoge und schien nicht sonderlich beunruhigt.

Ein furchtbarer Knall ließ Kendrick zusammenzucken. Zuerst dachte er, dass jemand geschossen hätte, aber als er mehrere fingerdicke Papierzylinder vorbeikullern sah, wusste er, was hier gespielt wurde. Irgendwer legte es darauf an, die Menschenmenge aufzuscheuchen. Hastig presste er die Hände auf die Ohren, sodass er nur ein gedämpftes Ploppen hörte, als die Knallkörper zerplatzten. Kendrick blickte sich um und sah an den durcheinanderlaufenden Leuten vorbei. Weiter hinten, irgendwo beim Sicherheitsbüro, stieg dichter Rauch auf.

»Lang lebe der Umverteilungsbund!«, brüllte jemand. Fast

gleichzeitig barst die Glasscheibe eines Schaukastens des Bestattungsstempels hinter ihm. Jetzt war abhauen angesagt! Wieder und wieder knallte es um ihn herum. Die Luft war von Staub und Rauch erfüllt, und Kendrick hörte, wie die Notbelüftung ansprang. Da brach das Chaos richtig los. Lautes Geschrei hallte durch den Korridor. Die Leute strömten wie eine Brandungswelle an ihm vorbei, wollten offenbar zu den Treppenhäusern und ihr Glück versuchen, vielleicht nach Lumera entkommen zu können. Eine offene Wasserflasche aus Kunststoff flirrte nur knapp an seinem Kopf vorbei und schlug spritzend auf dem Boden auf, sodass sich ihr Inhalt auf Kendrick und die um ihn Herumrennenden verteilte.

»Kendrick!«, brüllte jemand von der anderen Seite.

War das Mirandas Mann, Tony? Er kämpfte sich mit dem Rollkorb an der Hand durch die immer dichter werdende Menge, hin zu der Stimme. Beinahe wäre er gegen eine Säule gestolpert, aber jemand packte ihn rechtzeitig am Arm.

»Komm mit, Ken!«. Es war tatsächlich Tony, zu dem Kendrick während der Vorbereitungen zur Trauerfeier ein beinahe schon freundschaftliches Verhältnis aufgebaut hatte. Erleichterung machte sich in Kendrick breit, doch die eigenartige Mischung aus Hektik und Aufbruchsstimmung um ihn herum sprang auf ihn über. Was sollte er tun? Es war völlig klar, dass die vielen aufgewiegelten Menschen sich von ihm nicht würden aufhalten lassen und dass er Gustavo und Victoria keinesfalls im Stich lassen konnte, Lumera hin oder her. Und zuallererst musste er doch Vida und Gerrit nach Hause bringen.

Wieder knallte es hinter ihm. Der Bogengang machte beängstigende Geräusche, und Betonstaub rieselte von der Decke herab. »Wir müssen hier weg«, brüllte Kendrick und wollte losstürmen.

»Warte, Kendrick! Wir müssen da rüber!«, hielt Tony ihn auf. Im gleichen Moment prallte ein anderer Mann so heftig gegen Kendrick, dass ihm die Luft wegblieb. Unaufhaltsam kippte der Rollkorb zur Seite, sodass Vidas Urne herausfiel und sich der Deckel löste.

»So eine verdammte Scheiße«, fluchte Kendrick verzweifelt, während er nach dem Deckel suchte. Doch er konnte ihn nicht wiederfinden. Also packte er die nun offene Urne wieder in den Rollkorb und folgte Tony eilends. Dann fiel ihm etwas ein, und er blieb so abrupt stehen, dass ihm der Rollwagen in die Fersen knallte. »Der VIP-Fluchtweg ist da hinten, damit kommen wir viel schneller zur Sicherheitsaufbewahrung!«, rief Kendrick dem vorauseilenden Tony zu. Warum war ihm das nur nicht früher eingefallen?

Hinter ihnen klapperte etwas Gelbes, was Kendrick aus dem Augenwinkel als Rauchkapsel identifizierte. Nur einen Wimpernschlag später vernahm er ein scharfes Zischen.

Tony, der zu Kendrick zurückgeeilt war, hörte das Zischen auch. »Fuck, schnell, das ist … gelb … das steht für Tränengas!«, brüllte er und nahm eines der Tücher aus dem Rollkorb. Flink, als sei er geübt darin, band er es Kendrick um Mund und Nase.

»Los, los, los, wie weit noch?«, fragte Tony.

Kendrick war außer Atem und nicht in der Lage, darauf zu antworten, sondern zeigte nur in die Richtung. Im Laufschritt versuchten sie, dem beißenden Nebel zu entkommen. Das Geschrei der aufgeregten, aufgrund der Nachricht über Lumera fast schon elektrisierten Menge schwoll angesichts der sich nähernden Gaswolke zu einer Kakophonie aus angsterfüllten Verzweiflungsschreien an.

Die aufrührerische Stimme aus den Lautsprechern wurde in einer Endlosschleife abgespielt, war aber in dem Tumult kaum noch zu verstehen. Zusätzlich ertönte durch ein Megaphon das Befehlsgebell des Sicherheitspersonals, welches Kommandos gab und mit Gefängnis und sofortiger Erschießung drohte.

Kurz vor dem VIP-Fluchtweg stolperte Kendrick und stürzte. Papierfetzen wirbelten durch die Luft. Tony half ihm auf die Beine. »Verdammt, woher wissen die nur von dem Steinportal?«, rief Kendrick.

»Ich höre davon das erste Mal. Ist das wahr? Habt ihr so ein Ding?«, keuchte Tony aufgebracht.

»Ja, es stimmt. Ich erkläre es dir später. Aber wer steckt hinter diesen Durchsagen? Die Real Mankind?«

»Nee, der Aufruf vorhin … das war der Umverteilungsbund, der die Nahrungsmittel und Ressourcen der reicheren Kuppeln gleichmäßig auf alle verteilen will. Sie wollen immer, dass es allen besser geht. Aber dass sie jetzt von Lumera faseln, das ist selbst für mich zu viel des Guten.«

Kendrick war sprachlos. Die Informationen über den Durchgang nach Lumera waren gerade tatsächlich an alle Bewohner gleich mehrerer Kuppeln hinausposaunt worden. Das war eine Katastrophe! Aber wie hatten sie es erfahren? Wer hatte die Information durchsickern lassen? Das musste er unbedingt herausfinden, wenn dieser Wahnsinn wieder unter Kontrolle war.

»Komm schon, hoch mit dir!«, brüllte Tony. »Die zertrampeln dich sonst! Nachdenken kannst du später, jetzt müssen wir hier weg!«

Kendrick und Tony liefen zu einem Müllcontainer, der sich am Rande des breiten Ganges befand, und duckten sich dahinter. Von dort aus konnten sie beobachten, wie eine Reihe Sicherheitsbeamter in Kampfmontur hinter mannshohen Plexiglasschilden die Menschen an den Treppenhäusern zusammentrieb. Seitlich waren Beamte mit Gummiknüppeln postiert, die ab und an ungezielt in die Menge schlugen.

»Hey, ihr Arschlöcher!«, schrie Tony zornig. »Hört auf damit, die tun doch niemandem was!«

Der Kopf eines Beamten fuhr herum. Der Soldat suchte wohl denjenigen, der den Kommentar abgegeben hatte.

»Wie weit noch, Ken?«, fragte Tony.

»Der VIP-Fluchtweg ist da hinten, bei dem Verkaufsstand.«

»Dann los!«

»Was machst du überhaupt hier?«, fragte Kendrick.

»Ich wollte sehen, ob du mit den … Urnen … klarkommst, war ja kein einfacher Tag heute. Und jetzt dieser Irrsinn hier.«

Sie stolperten zwischen den langsam weniger werdenden Menschen hindurch. Kendrick sah einige blutüberströmte Leute, die sich vor Schmerzen krümmten. Er stieß versehentlich gegen die Hand eines kleinen Kindes, bückte sich zu ihm hinunter und wäre beim Versuch, es hochzunehmen, beinahe erneut gestürzt. Es war über und über mit Staub bedeckt. Sie blickte Kendrick mit großen Augen an.

»Geht's dir gut, meine Kleine?«

»Ich will zu meinem Papi«, schluchzte sie leise und zuckte zusammen, als wieder irgendwo Schüsse knallten.

Er wischte mit seinem Finger ihre Tränen weg. »Wo ist denn dein Papi?«

Das Mädchen drehte seinen Arm hinter sich und deutete auf das Treppenhaus, vor dem sich nur noch wenige drängten. »Da.«

Tatsächlich kauerte etwas abseits ein junger Mann, der sich ein Tuch gegen eine Platzwunde an seinem Kopf hielt.

»Ken, was machst du denn? Du kannst ihr nicht helfen. Keinem!«

»Nichts da! Wir nehmen sie mit!« Keiner konnte Kendrick jetzt davon abhalten, zu tun, was getan werden musste.

»Hol ihren Vater, wir setzen sie unterwegs ab. Der Mann muss in eine Ambulanz«, rief Kendrick Tony zu.

Nachdem sie den Vater eingesammelt hatten, schafften sie es endlich bis zur Stahltür. Kendrick öffnete sie mit seiner ID-Karte und stellte die Kleine auf ihre Füßchen, die in bunten Sandalen steckten. Er musste dabei an Vida denken, die im Sommer wie im Winter immer nur auf Socken hatte herumlaufen wollen.

Tony stützte den Vater des Kindes. Der VIP-Fluchtweg war ein langer, spärlich beleuchteter Zwischengang, gerade breit genug, dass eine Person seitwärts hindurch passte. Alle vier schlüpften hinein, und die Tür schloss sich automatisch.

Immer wieder knallte es draußen auf dem Korridor, und jedes Mal dröhnte das Echo über sie hinweg. Sie kamen an eine Abzweigung, doch Kendrick wusste, dass diese nur wieder zurück in den Korridor des Klerikerviertels führte, deshalb klappte er eine Wandplatte auf, hinter der eine Nische mit einer Leiter verborgen war.

Tony blickte ihn fragend an. »Oh Mann, echt jetzt? Rauf oder runter?«

»Wir müssen da runter, sind ungefähr acht Meter zur nächsten Ebene, auf der sich eine Ambulanz befindet. Vom dortigen Absatz der Leiter sind es dann noch weitere zwanzig Meter bis zur Ebene der Sicherheitsaufbewahrung.«

Tony blickte den Mann an. »Schaffen Sie es die Leiter runter?«

»Ich versuch's«, antwortete dieser matt.

Dann wandte Tony sich an das Mädchen. »So, meine Tapfere, ich setz dich auf meine Schultern, und dann klettern wir runter, okay? Wie heißt du denn?«

»Penny«, sagte das Mädchen, während sie unsicher zu ihrem Vater blickte.

»Ist schon in Ordnung, Penny, das ist ein netter Mann, ich erlaube es.«

»Gut, dann mal hoch mit dir.«

Nach bangen Minuten des Abstiegs waren sie nun zwei Ebenen tiefer angelangt, wo sie Penny mit ihrem Vater wieder in den Korridor entließen. Die beiden brauchten nur geradeaus zu gehen, um nach vielleicht vierzig Metern zur nächsten Ambulanz zu kommen.

Tony und Kendrick kletterten weiter abwärts. Auf der Ebene, auf der sich auch das Steinportal befinden sollte, verließen sie den Schacht wieder. Eine schwere Stahltür versperrte den Weg, doch Kendricks ID-Karte öffnete ihnen auch diese. Sie traten hindurch und augenblicklich schloss sich die Tür hinter ihnen wieder. Im Korridor drängten sich unzählige Menschen, weshalb ein Vorwärtskommen kaum möglich war. Ein großer gelber Pfeil an der Wand wies die

Richtung zu den Sicherheitsaufbewahrungen zwölf bis sechzehn. Kendrick hatte seit seinen ersten Jahren in dieser Kuppel fast alle Wege und Abkürzungen noch immer in seinem Gedächtnis gespeichert.

Sie drängelten sich mit großer Mühe durch die gestauten Massen bis zu einer Tür in der Seitenwand. Die ID-Karte war jetzt wirklich Gold wert, denn sie war sogar hier gültig. Doch nachdem sich die Tür wieder geschlossen hatte, blickte Kendrick überrascht in das Gesicht eines Mannes.

»So Freunde, Endstation«, sagte ein untersetzter Kerl um die dreißig. »Ist ja eine richtige Familienfeier hier. Guten Tag, Alonso Junior. Wie in aller Welt kommt es, dass du auf einmal hier auftauchst?« Seine schwarze Wollmütze sah gammelig aus und passte so gar nicht zu seinem Sakko. In seiner Hand hielt er einen Revolver.

»Oh verdammt«, entfuhr es Kendrick. Er hatte die Aufrührer unterschätzt.

»Ist ja auch egal. Mitkommen und Schnauze halten«, kommandierte der Typ mit dem Revolver.

»Wohin mitkommen?«, fragte Tony, da rammte ihm einer der maskierten Typen einen Schlagstock in den Magen, sodass er zu Boden ging.

»Soll ich ihn kaltmachen, Ron? Der ist ja nichts wert.«

Kendrick stutzte. Ron – dieser Name kam ihm bekannt vor. Gehörte nicht ein Ron zu Marine Del Mars Leuten aus dem Agrarteam?

»Bist du bescheuert? Wir wollen unser Überleben sichern und kein Massaker anrichten! Und hör endlich auf, meinen Namen zu nennen, du Idiot.«

Ron beugte sich zu Tony hinunter. »Wohin, willst du wissen? Hast wohl nicht zugehört, was über die Lautsprecher der Kuppel verkündet wurde, oder wie muss ich das verstehen?«, fragte er.

Kendrick fand, dass eine Spur Unsicherheit in seiner Stimme mitschwang.

»Also los, steh auf«, forderte Ron.

Kendrick schlug das Herz bis zum Hals.

»So ist's brav«, säuselte Ron, nachdem Kendrick sich wieder erhoben hatte. Der Typ, der Tony geschlagen hatte, bekam noch einen giftigen Blick von Ron. »Da geht's lang.« Tony und Kendrick wurden in einen kleinen Raum geschubst. Kendrick sah sich seinem Vater gegenüber, außerdem waren die Agrarbeauftragte Del Mar und einige andere Mitarbeiter aus der Führungsebene anwesend.

»Dad, geht's dir gut?«

»Ja, mein Junge, Ron hat zwar mit seinem Revolver vor unseren Gesichtern herumgewedelt, aber ansonsten ist alles okay.«

Kendrick wurde ebenso wie Tony von Ron und seinem Komplizen zu den anderen geschubst, die an der Wand standen. Dann ging Ron zur gegenüberliegenden Wand, in der sich ein großes Fenster befand, das mit einem Lamellenvorhang versehen war.

»Wir werden jetzt mit all meinen Freunden – verdammt, wir sind doch alle eine große, wundervolle Familie – diesen stinkenden Drecksball namens »Terra« verlassen und es uns auf Lumera gemütlich machen.« Mit diesen Worten riss er die Lamellen zur Seite. »Kommt nur alle her und seht es euch an! Ja, die Halle ist ein bisschen groß für das unscheinbare Portal. Aber so können sich umso mehr Leute davor versammeln. Und je mehr Leute wir sind, desto geringer ist das Risiko, dass die drei fanatischen Sicherheitsbeamten, die meinen das Portal bewachen zu müssen, nicht doch noch ein Massaker anrichten.«

Einige von Rons Geiseln gingen zaghaft auf das Fenster zu und bestaunten die riesige Halle. Auch Kendrick schaute hinein. In der Halle verstreut lagen mehrere reglose Personen, und um das Portal waren Sandsäcke aufgestapelt, hinter denen sich tatsächlich drei Beamte mit Sturmgewehren in Deckung hielten, die eindeutig nicht zu Rons Team gehörten.

»Habt ihr die umgebracht?«, fragte Del Mar an Ron gewandt.

»Aber nein, das ... na ja, die sind von den drei ach so tapferen Helden hinter ihren Sandsäcken mit Betäubungsmunition schlafen gelegt worden. In ein paar Stunden dürften die aber wieder auf den Beinen sein. Keine Ahnung, warum die drei Blödmänner sich berufen fühlen, uns an der Benutzung des Portals zu hindern. Aber wie sagt man so schön? Eine Revolution ohne Opfer ist keine Revolution!«

»Ohne *persönliche* Opfer«, berichtigte der Bildungsbeauftragte knurrend.

»Das ist Ansichtssache, aber wir sind nicht hier, um uns über Nichtigkeiten zu streiten. Wir haben Größeres vor.« Selbstgefällig grinsend klopfte Ron an die Tür neben dem Fenster, und einer seiner Männer trat herein.

»Meine Damen, meine Herren, bitte.« Der Kerl deutete beinahe galant zur Tür.

Schweigend gingen alle Anwesenden in die Halle.

»Direktor Alonso, bitte bleiben Sie in meiner unmittelbaren Nähe. So leid es mir tut, aber Sie sind unsere kleine Lebensversicherung.« Dabei hielt Ron Kendricks Vater den Revolver an den Hals.

Etwa auf halber Strecke zum Portal blieben sie nach einem Handzeichen Rons stehen.

»Carlo, das Tor.«

»Jepp, Ron«, sagte dieser und drückte auf einen Taster, den er in der Hand hielt. Ächzend hob sich ein riesiges Tor. Kendrick konnte hören, dass hinter dem Tor ein Tumult herrschte, der mit jedem Zentimeter, den sich das Tor hob, lauter wurde.

Den Blick auf drei Sicherheitsbeamte gerichtet., die offensichtlich zu Kendricks Vater hielten und die sich hinter den Sandsäcken verschanzt hatten, rief Ron: »Ich warne euch! Das sind alles ganz normale Leute, die einfach nur nicht hungern wollen. Schießt nicht auf sie, sondern schließt euch ihnen an. Auch ihr werdet es auf Lumera besser haben.«

Schon stürmten die Massen aus dem Korridor herein, stolperten, drängten und schoben. Die Verschanzten erhoben sich und schienen unentschlossen. Zwei von Rons Männern liefen näher an die Hereindrängenden heran und gaben Anweisungen, sich in der Halle zu verteilen.

»Wenn dieses verdammte Portal doch schon vor ein paar Wochen hier gewesen wäre!«, dachte Kendrick, So viel Leid wäre ihm erspart geblieben. Vida hätte gerettet werden können, und Victoria hätte somit eine Mutter gehabt. Gustavo hätte glücklich sein können, und Gerrit hätte nicht sein Leben hergeben müssen. Miranda hätte noch ihren Vater. Und Pedro hätte auch nicht sterben müssen.

Da wandte Kendrick sich an die Beamten hinter den Sandsäcken: »Schießt nicht. Ich bitte euch. Diese ganze Aktion hier ist völlig sinnlos.«

Die angesprochenen Männer antworteten nicht, sondern richteten ihre Gewehre auf ihn, doch Kendrick blieb nicht stehen. »Hey, ich bin auf eurer Seite. Ich bin Pep Alonsos Sohn. Wollt ihr hier wirklich Menschen erschießen, die sich nichts als ein besseres Leben wünschen?«

Die ersten Kuppelbewohner hatten die Sandsäcke erreicht und wollten wieder zurückweichen, als sie sahen, dass man Gewehre auf sie richtete, aber sie wurden von den nachströmenden Menschen weiter Richtung Portal geschoben. Kendrick sah noch immer den Mann vor sich, der ihn mit dem Gewehr bedrohte, während immer mehr Menschen in die Halle strömten.

»Den holen wir uns«, brüllte einer aus der Menge und mehrere stürzten sich auf einen der Bewaffneten, der es wohl leid war, dem Glück anderer im Weg zu stehen und wahrscheinlich deshalb den Lauf gesenkt hatte. Sie schlugen und traten ihn nieder, und nach Sekunden war auch der Zweite überwältigt.

Kendrick war wie versteinert. Da riss sein Gegenüber das Gewehr herum und feuerte – zweimal, dreimal, wahllos in die Menge, die entsetzt aufschrie. Dann warf er die Waffe beiseite, hechtete über die Sandsackbarriere und verschwand im Portal. Jetzt gab es kein Halten mehr. Einer, zwei, fünf oder zehn taten dasselbe und bald darauf waren es zwanzig oder mehr.

Eine seifenblasenähnliche Membran entstand innerhalb des Portals und ein entsetzlicher Knall ließ die Menge zurückschrecken. Beklemmende Stille breitete sich bis in die hintersten Winkel der Halle aus, als eine Person in Uniform aus dem Portal trat.

32 - STEVE

2385 | Three Moon

Steve war verzweifelt. Seit zwei Tagen bekam er keinen Kontakt mehr zu James. Ihm war klar, dass er unbeschreibliches Glück gehabt hatte. Fox hatte ihm das Genick brechen wollen, wusste aber nicht, dass Steve über flexible Metallverstärkungen der Halswirbelsäule verfügte. Das erste Mal in seinem Leben war er froh darüber, dass er sich als junger Mann das Genick gebrochen hatte, denn nur dieser Umstand hatte ihn überleben lassen.

Steve hatte, sobald er zu sich gekommen war, mehrere Trupps in den Dschungel geschickt. Die Androiden von Fox mussten inzwischen durch den EMP der Kidj'Dan ausgeschaltet sein. Steve hätte zu gerne Fox' Gesicht gesehen, als die Androiden einfach in sich zusammengesackt sind. Mit Sicherheit hatte er getobt vor Wut.

Steve war bewusst, dass alle anderen Androiden, bis auf einige wenige, die eine neue Software erhalten hatten, weiterhin deaktiviert bleiben mussten, damit Fox sie nicht ebenfalls zu sich beordern konnte. Ihre eigenen Kampfandroiden waren somit im Moment noch mehr oder weniger nutzlos. Aber ihre Streitkräfte müssten es lediglich mit Fox allein aufnehmen, auch wenn er seit seiner Mutation übermenschliche Kräfte hatte.

Wenn Steve doch nur wüsste, was Fox mit James vorhatte! Ob ihn die Ausschaltung der Androiden unter seinem Kommando dazu anstacheln würde, James etwas anzutun? Steve wollte gar nicht daran denken. Aber James war ein gerissener Typ, und wenn jemand eine Chance gegen dieses Monster hatte, dann er. Und Steve würde nicht ruhen, bis er James gefunden hatte!

»Corporal Campbell? Machen Sie Meldung!«, rief Steve via BID einen der leitenden Soldaten für James Rettungsmission.

»Hier Campbell. Wir sind bislang nicht fündig geworden. Keine Spur von Präsident Lenoir, Sir.«

»Roger. Danke, Campbell. Weitersuchen! Und ... passen Sie auf sich auf!«

Steve beendete die Verbindung. Er fasste sich an den Hals. Mit dem Finger versuchte Steve, eine juckende Stelle unterhalb des Schaumkragens zu erreichen. Mist, er kam nicht ran. Lag hier nicht irgendwo ein Kugelschreiber? Er könnte versuchen, damit an die Stelle zu kommen.

Plötzlich betrat Steves Sekretärin völlig aufgelöst sein Büro. Ihre Wangen waren gerötet, und sie fuchtelte wild mit den Händen umher. »Mr. Barnes, Sir, Sie müssen sofort ... also es kam gerade die Nachricht von einem der Soldaten ... Es ist so ...!«

Steve sprang von seinem Stuhl auf und eilte zu ihr. Die juckende Stelle war vergessen. »Mrs. Winters, beruhigen Sie sich bitte. Überlegen Sie, was Sie sagen möchten, und dann sprechen Sie!«

Mrs. Winters schien sich etwas zu sammeln, wobei ihre Wangen aber nun noch mehr glühten. »Mr. Barnes, Sie müssen sofort zum Portal! Die Kidj'Dan«, nun fing seine Sekretärin auch noch zu weinen an.

Steve wurde es zu bunt. Er packte Mrs. Winters an den

Schultern. »Mrs. Winters, reißen Sie sich zusammen, verdammt! Was ist los? Sprechen Sie!«

»Die Kidj'Dan schießen auf die Menschen!«, schluchzte sie.

»Wie bitte? Auf welche Menschen?«

»Auf die, die durch den Durchgang stürmen. Ihr First Sergeant De Laurentis hat sich gemeldet. Die Situation eskaliert. Sie müssen sofort ...«

Steve ließ seine Sekretärin nicht mehr zu Ende sprechen. Etwas unsanft stieß er sie zur Seite, lief los und rief ihr noch zu, dass er umgehend den Skyrider und einen Piloten benötigte.

Steve rannte, so schnell es sein angeschlagener Nacken zuließ, durch den Gang zu den Aufzügen. Zum Glück war einer von ihnen gerade im dritten Stock. Er sprang hinein und fuhr damit bis ins oberste Stockwerk. Steve ärgerte sich in diesem Moment darüber, dass es den Offizieren vorbehalten war, Regierungsmitarbeiter via BID zu kontaktieren. So war es De Laurentis nicht möglich, Steve auf dem Laufenden zu halten, und Steve hatte es versäumt, seinem First Sergeant eine Ausnahmegenehmigung zu erteilen.

»Sergeant De Laurentis, kommen!«

»Ah, Mr. Barnes, De Laurentis hier. Es gibt Probleme beim Portal.«

»Lagebericht!«, forderte Steve.

»Aktuell zehn Tote, und leider kommen immer wieder Menschen durch das Portal. Die Kidj'Dan schießen auf jeden, der durch den Durchgang kommt, verbieten uns aber, einen der Durchgereisten zurückzuschicken, damit er die übrigen in Arecibo warnen kann.«

»Verflucht, De Laurentis. Fragen Sie nach ... einer der Kidj'Dan soll die Königin kontaktieren oder einen aus dem Hohen Rat ... aber nicht Gaban, der hasst die Menschen und Ganuba ist nicht da. Also einen anderen. Verdammt, machen Sie schon. Ich bin unterwegs.«

Unterdessen war der Aufzug oben angekommen. Steve

stürmte raus und trat unter den Scanner, der ihn auf das Dach zu den Skyridern lassen sollte. Es dauerte nur eine Sekunde, bis die Tür freigegeben wurde, aber die fühlte sich wie eine Ewigkeit an.

Eine Windböe erfasste Steve, als er über das Dach lief. Er sah den Skyrider und den Piloten, der bereits auf ihn wartete. Das war ja wirklich schnell gegangen. Etwas umständlich kletterte Steve, behindert durch den Kragen um seinen Hals, in die hintere Kabine. Erinnerungen an James Entführung drängten in seine Gedanken, und er wäre am liebsten wieder ausgestiegen, aber er riss sich zusammen und verdrängte sie wieder.

»Koordinaten 54° 23' 14.719" N 10° 22' 33.006" E«, übermittelte Steve dem Piloten die Daten.

»Stopp! Sofort stoppen!«, rief Steve und rannte quer durch den unterirdischen Hangar, der Höhle des inzwischen verstorbenen Ur-Lumeraners, auf das Portal zu.

Er konnte nicht glauben, was er sah. Der Flug im Skyrider hatte nur zehn Minuten gedauert, aber das waren ganz klar zehn Minuten zu viel.

Steve sah einen Blitz, dort wo der Durchgangsstein stand. Ein Mensch, er konnte nur von der Erde stammen, trat aus dem Stein. Steve schrie vor Entsetzen auf, als einer der Kidj'Dan-Krieger mit seinem langen Kampfstab auf den Mann feuerte. Die Tentakel am Kopf des Kidj'Dan leuchteten vor Anspannung in einem dunklen Grün. Eilig trugen zwei andere Krieger die Leiche fort.

Fünf der Soldaten von Three Moon, unter ihnen De Laurentis, standen erstarrt daneben.

»De Laurentis, was ist hier los? Haben Sie etwas erreichen können?«, rief Steve aufgebracht.

»Ja, die Königin ist auf dem Weg hierher. Bei ihr sind Peter Jennings und Anastacia, die zufällig in Dumras waren.«

»Gut, aber das Gemetzel hier muss aufhören«, rief Steve laut in Richtung der beiden Kidj'Dan, die mit geladenen Waffen vor dem Durchgang verharrten. Keiner der beiden reagierte.

»Sir, Königin Radascha möchte, dass Sie durch das Portal treten. Sie ist davon überzeugt, dass nur ein Anführer der Menschen das regeln kann, und das sind seit Präsident Lenoirs Verschwinden Sie. Wir durften nicht eingreifen. Die Krieger lassen uns nicht zum Portal vor. Es tut mir leid, Sir!«

»Ist gut, De Laurentis. Wie viele Tote?«

»25, Sir.«

»Himmel …«, entfuhr es Steve. 25 Menschen, die auf ein besseres Leben auf Lumera gehofft und stattdessen den Tod gefunden hatten. Warum nur strömten so viele durch das Tor. Die Platzierung des Portals auf der Erde hätte doch Geheimsache sein sollen.

»De Laurentis, Sie und die vier anderen: mitkommen!«, wies Steve die Männer an. »Ihr Krieger«, rief Steve den Kidj'Dan zu, »ich bin der Anführer der Menschen hier auf Lumera … Hapt'Urugan und werde jetzt das Portal benutzen. Wir können nicht auf Radascha warten, also lasst mich hindurchgehen.«

»Mensch«, tönte ein Kidj'Dan, dessen Tentakel rot aufleuchteten. Er verzog sein Mund zu einer Fratze. »Noch könnt ihr nicht durchgehen. Wir warten auf unsere Königin.«

»Nein, ich gehe mit meinen Männern jetzt da durch, und ihr werdet uns nicht daran hindern, verstanden? Wir wollen vermeiden, dass es weiteres Blutvergießen gibt. Wir müssen mit den Menschen auf der anderen Seite reden. Jetzt!«

Die Tentakel beider Kidj'Dan glimmten immer wieder rot auf. »Wenn du jetzt da durchgehst, Mensch, können wir nicht dafür garantieren, dass wir euch nicht erschießen, wenn ihr zurückkommt«, ließ der Linke verlauten.

»Gut, bis ich das da drüben geklärt habe«, Steve wies auf

das Portal, »ist Radascha wahrscheinlich längst hier. Sie wird gemeinsam mit Peter und Anastacia wissen, was zu tun ist. Es wird hier niemand mehr getötet, ist das klar?«

Keiner der Kidj'Dan reagierte, und Steve wandte sich an einen seiner Soldaten: »Sie bleiben hier und informieren Radascha und die anderen, dass ich drüben bin. Wenn ich in einer halben Stunde nicht zurück bin, schickt mir noch mal fünf Mann hinterher. Rufen Sie die Gardisten und eine, nein, besser zwei Einheiten. Wenn diese hier eintreffen, sollen sie durch das Portal treten. Ich weiß nicht, was da auf der Erde gerade passiert, aber wir werden das Problem lösen.«

Er sah sich um, ob nicht gerade ein Kampfandroid in der Nähe war, und er hatte Glück. »Hey, du da!«, rief er und vergrößerte sein Sichtfeld per Kontaktlinse. Jetzt erkannte er die Kennung des Androiden. »Android 1492, mitkommen.«

Die Maschine, deren neue Software offensichtlich gut funktionierte, gehorchte.

»De Laurentis, Sie und ihre Männer kommen mit mir durch das Portal! 1492 ebenfalls. Keiner wird feuern, es sei denn, es handelt sich um einen Notfall, ist das klar?«

»Aye, Sir«, riefen die Soldaten.

»Wir wissen nicht, was uns da drüben erwartet.« Er zögerte. Irgendetwas hatte er vergessen. »Ach ja, schicken Sie ein Sanitätsteam her, für den Fall, dass die Lage auf dieser Seite völlig außer Kontrolle gerät.«

Kurz dachte Steve darüber nach, was ihn auf der anderen Seite erwarten könnte. War es angebracht, Angst zu haben? Sicher, es konnten Aufrührer oder Mörder sein, aber höchstwahrscheinlich waren es nur verzweifelte Menschen. Außerdem war es nicht auszuschließen, dass Kinder vor Ort waren. Steve wollte gar nicht daran denken, was noch passieren konnte, wenn er jetzt nicht handelte.

Er schloss für einen Moment die Augen und atmete ein paarmal tief aus und ein, bevor er hinter dem Androiden in den Durchgang trat.

Fast wäre Steve in den Armen einer Frau gelandet, die auf der anderen Seite des Durchgangs stand und gerade im Begriff war, hindurchzutreten. Der Säugling auf ihrem Arm schlief, obwohl rundherum ziemlicher Aufruhr herrschte. Steve fand sich in einer großen Halle wieder. Auf dem Boden lag verletztes und totes Sicherheitspersonal, überall waren Sandsäcke verstreut, und es standen bestimmt achtzig oder hundert Menschen vor dem Durchgang in der großen Halle – viele unsicher um sich schauend, aber auch viele mit entschlossenen Gesichtern.

Er schob die Frau mit dem Säugling sanft zur Seite. »Es tut mir leid, Ma'am, aber es ist sicherer, wenn Sie nicht hindurchtreten. Tun Sie's für Ihr Baby.« Er ging mit der Frau drei Schritte auf die Menschenmenge zu.

Hinter Steve trat seine Einheit durch den Durchgang. Der Android postierte sich sofort vor dem Stein und blockierte somit das Portal.

Da Steve mehrere, vielleicht zehn, Personen hinter einer riesigen Glasscheibe wahrnahm, entsicherten er und seine Männer ihre Waffen und zielten auf die augenscheinlichen Rebellen, die teils maskiert und allesamt bewaffnet waren. »Nehmen Sie sofort Ihre Waffen runter!«, befahl Steve in Richtung der Rebellen. Als sich niemand rührte, wiederholte er: »Waffen runter, habe ich gesagt. Wir sind in der Überzahl. Gleich bekommen wir Verstärkung. Seien Sie vernünftig!«

Die Rebellen standen wie erstarrt da, nur wenige richteten ihre Waffen auf die Neuankömmlinge.

»Mein Name ist Steve Barnes«, rief Steve. »Ich vertrete die Kolonie von Lumera. Sie müssen sofort damit aufhören, Menschen durch den Durchgang zu schicken! Auf der anderen Seite ist ihr Leben in Gefahr. Unsere ...«, rang Steve um Worte, »Verbündeten verhindern ... den unkontrollierten Zustrom. So wie es abgesprochen war. Nur unter dieser Voraussetzung wurde das Portal aufgestellt«, erklärte Steve und musste sich bemühen, dass seine Stimme fest klang und sich nicht überschlug.

»Ah, jemand von der anderen Seite«, tönte ein Typ mit einem primitiven Gewehr im Anschlag.

Es war mucksmäuschenstill geworden.

»Aber hier sind mindestens noch hundertfünfzig Leute, die im Gang warten« rief jemand aus der Menschenmenge.

»Darf ich fragen, was hier passiert ist? Warum wollen Sie alle durch den Durchgang?«, fragte Steve.

»Was passiert ist? Unsere Gewächshäuser sind unbrauchbar, unsere Vorräte gehen zur Neige und unser Kuppelkomplex versinkt im Chaos. Wir wollen einfach nur überleben, so wie Sie auf Lumera, also lassen Sie uns durch!«

»Das kann ich leider nicht tun. Wir bevölkern Lumera nicht allein. Es gibt dort noch eine andere intelligente Spezies, mit der wir in Frieden leben. Wir müssen den Willen und das Sicherheitsbedürfnis unserer Verbündeten respektieren. Wir werden Ihnen helfen. Sonst stünde das Portal nicht hier. Doch wer auch immer von Ihnen die Idee hatte, mit der Brechstange vorzugehen, hat sich getäuscht.«

Steve war klar, dass er, um die verzweifelte Masse zu beruhigen und die Rebellen zum Einlenken zu bewegen, sich etwas aus dem Fenster lehnen musste.

»Sie wissen nicht, wie es auf Lumera ist«, fuhr er fort. »Hören Sie mich an, bevor sie in den sicheren Tod gehen! Damit Sie alle wenigstens die Wahl haben, ob Sie sterben oder leben wollen. Lumera ist kein Paradies. Als wir dort ankamen, fanden wir zwar eine saubere Atmosphäre vor, doch an die Natur haben wir uns bis heute nicht gewöhnt. Wir haben viele Verluste zu beklagen. Ich garantiere Ihnen: Wenn Sie da durchgehen, wird Lumera sie durch den Fleischwolf drehen, denn das andere Portal steht nicht vor einem Disneyland. Wenn Sie es schaffen, an den Kriegern unserer Verbündeten vorbeizukommen – und selbst das ist aussichtslos – wird die Wildnis Sie im Nu erledigen. Deswegen sollte das Portal geheim bleiben. Dann können wir in Ruhe überlegen, wie wir einander helfen können.«

»Das kann doch nicht Ihr Ernst sein, Sir«, rief wieder einer aus der enttäuschten Menschenmenge.

»Richtig! Mit Verlaub, Sie können uns mal!«, rief ein anderer. »Gehen Sie zur Seite, aber hopp!«

Plötzlich sah Steve zwei gut gebaute Männer auf sich zustürmen. Er versuchte, ihnen auszuweichen, aber es war zu spät. Er schrie auf, als er die Fausthiebe spürte, die auf ihn einprasselten.

»Nicht schießen!«, wies er stöhnend seine Soldaten an. Er wollte unbedingt ein Blutbad verhindern. Endlich sprang der Android ihm zur Hilfe. Ein paar der Wartenden nutzten die Gelegenheit und eilten durch den Steindurchgang davon. Der Roboter schleuderte einen der Angreifer zur Seite. Steve war nicht sicher, ob er nun doch den Schießbefehl geben sollte, aber er wollte nicht als eiskalter Militär auftreten. Da nahm er nötigenfalls auch Schläge hin. Sein Gesicht schmerzte, und ein lauter Knall ließ für einen Augenblick alles erstarren.

Steve sah aus dem Augenwinkel, wie sich der junge Mann mit einer lächerlichen Wollmütze, der zuvor noch hinter der Glasscheibe gestanden hatte, zu ihm eilte und sich neben ihm aufstellte. Die beiden Angreifer ließen von ihm ab.

Dann plärrte der Aufrührer los. »Verdammte Scheiße! Cruz, Susa, was soll dieser Unsinn? Der Typ hat eine ganze Armee hinter sich, und mit dem legt ihr euch an? Schaut euch doch seine Schulterstreifen an. Wollt ihr jede Chance für uns zerstören, nach Lumera zu kommen?«

Die beiden Angreifer ließen kleinlaut von Steve ab und traten zur Seite. Blut strömte aus Steves Nase, und als er es mit der Hand wegwischte, bemerkte er, dass seine Unterlippe aufgeschlagen war.

»Geht's denn?«, fragte der Mützenträger und hielt Steve die Hand hin, nachdem sich Android 1492 wieder vor das Portal gestellt hatte und diesmal mit seinen beiden Gewehrläufen auf die Menschenmenge zielte.

»Danke, es geht«, sagte Steve und ließ sich aufhelfen. Er fand das Verhalten dieses Aufrührers erbärmlich, aber ihm war klar, dass dieser ihm helfen konnte, die Menschenmenge zu beruhigen. Jetzt kamen auch die Geiseln in die Halle und eilten zu ihm.

»Ha ... hallo President Barnes«, stammelte der Mann nach Luft schnappend. »Mein Name ist Pep Alonso. Ich bin der Direktor dieser Kuppelanlage. Wir sind überfallen worden. Diese Männer und Frauen wollen die Kontrolle über die Kuppeln und das Portal haben.«

»Guten Tag Mr. Alonso. Ich bin der Vizepräsident der Lumera-Kolonie.« Dann wandte Steve sich an den Typen, der vermutlich der Anführer der Aufständischen war. »Sie müssen das sofort stoppen, Mr. ...«

»Ron Gomez«, antwortete der Angesprochene.

»Mr. Gomez, Sie müssen die Situation wieder unter Kontrolle bringen. Sie können die Menschen nicht wahllos nach Lumera gehen lassen. Das funktioniert nicht. Die Kidj'Dan, das Volk, das diesen Planeten beheimatet, haben die Kontrolle über die Portale. Die Menschen, die sie einfach so auf die andere Seite geschickt haben, sind nicht mehr am Leben.«

»Was?«, rief Ron fassungslos.

»Ich werde Ihnen alles erklären, wenn Sie zunächst Ihre Leute beruhigen und die Situation wieder unter Kontrolle bringen. Kriegen Sie das hin?«

»Ich ... ja, ich versuche es«, sagte Ron und schüttelte permanent mit dem Kopf. Er schien völlig von der Rolle zu sein. Irritiert zog er sich die Wollmütze vom Kopf und strich sich durch die zotteligen Haare.

»Mr. Alonso, können Sie helfen?«, fragte Steve den Direktor der Kuppel.

»Ja, das kann ich. Kommen Sie, Ron. Sie werden jetzt gemeinsam mit mir eine Rede halten. Danach müssen wir eine Durchsage an alle Kuppeln machen.«

———

Steve saß gemeinsam mit Ron Gomez und der Kuppelführung an einem großen Tisch. Um sie herum standen Steves Soldaten, die für die nötige Sicherheit sorgten. Ron hatte es geschafft, die Menschen aus den Kuppeln wieder zu beruhigen und sie vom Gang weg, wieder nach Hause zu schicken. Er war wirklich ein guter Redner, das musste Steve ihm lassen. Ein smarter Zeitgenosse, auch wenn er vermutlich noch keine dreißig war.

»Es ... es tut mir so leid. Ich wusste ja nicht ... Es ist so, Señor Barnes, ich arbeitete für Señora Del Mar ... Ich habe die Informationen über das Portal aus ihr herausgekitzelt, indem ich ihr etwas in ihren Drink ...« Ron sprach nicht weiter und blickte kurz zu seiner ehemaligen Vorgesetzten. Marine Del Mar schien die Situation unangenehm zu sein. »Du mieses Schwein. Ich mach dich fertig«, flüsterte sie.

Ron blickte kurz zu Boden, dann versuchte er es erneut: »Also, ich habe in einer der Agrarkuppeln gearbeitet. Die dortigen Gewächshäuser haben unser Überleben gesichert. Wir konnten dort modifizierten Mais und Soja anbauen, und noch ein paar andere ertragreiche Pflanzen. Aber wir hatten mit Pilzbefall zu kämpfen. Wenn der Pilz sich auch in das übrige Belüftungssystem ausgebreitet hätte, wäre das für die Menschen in den Kuppeln eine Katastrophe gewesen. Die Agrarkuppeln verfügen leider nicht über einen eigenen Belüftungskreislauf. Deshalb mussten wir den Zugang und die Belüftung zu den Agrarkuppeln verschließen und ...«

»... und damit fällt die Ernte für Sie aus«, beendete Steve den Satz und begann zu verstehen.

»Dennoch, Sie hätten den Dialog suchen können, abwarten können. Das war ein unüberlegter Schnellschuss von Ihnen, der Menschenleben gekostet hat«, erklärte Steve und konnte nicht verhindern, dass er mit jedem Wort lauter geworden war. »Ich habe hier nicht die Befehlsgewalt. Die hat Señor Alonso, aber ich denke, auch er wird Ihnen das nicht durchgehen lassen können.«

Steve blickte zum Direktor der Kuppel. Dieser wirkte müde und traurig. Genauso wie sein Sohn Kendrick, der neben ihm saß. Steve wusste inzwischen, dass der Funker seine Tochter wenige Tage zuvor verloren hatte. Was für ein harter Schlag für die beiden Männer.

»Ja, Ron. Ich werde Sie und die anderen Verantwortlichen inhaftieren müssen. Wir müssen schauen, wie es für Sie dann weitergeht«, sagte der Direktor abwesend.

Kendrick lehnte sich nach vorne: »Ron, wir erarbeiten gerade einen Plan, wie wir den Menschen hier mitteilen, dass ihnen geholfen wird. Jetzt müssen wir die Scherben, die Sie verursacht haben, wieder einsammeln und versuchen, die Menschen hier langfristig unter Kontrolle zu bekommen.«

Ron blickte schuldbewusst drein und nickte.

»Ich bitte Sie alle hier um Verständnis. Wir können nicht wahllos Menschen nach Lumera holen. Wir müssen auch dort erst einen Plan erarbeiten, wie wir das Problem auf der Erde für die Zukunft lösen können. Aber ich kann Ihnen an dieser Stelle sagen, dass in Abstimmung mit den anderen Kuppeln weltweit ein Terraformingprozess durch die Kidj'Dan bereits eingeleitet wurde, der das Ziel hat, die Erde wieder dauerhaft bewohnbar zu machen. Es wird allerdings Zeit brauchen, bis das Klima auf der Erde wieder stabilisiert sein wird. Wir sprechen hier von Jahren oder gar Jahrzehnten. Aber wir werden in der Zeit nicht untätig sein. Es wird einen Austausch zwischen uns geben«, erklärte Steve.

Ron starrte beschämt auf die Tischplatte. Ihm schien vollends bewusst zu werden, wie viele Menschenleben er und seine Mitstreiter auf dem Gewissen hatten. Dennoch wirkte er auch irgendwie nervös, als gäbe es da noch etwas, was in ihm brodelte.

Steve blickte Ron eindringlich an. »Ron, es ist so, dass Sie Zugang zu den Menschen haben. Sie haben die Möglichkeit, Ihnen die Sachlage zu erklären. Vielleicht ersparen wir uns dadurch ein militärisches Eingreifen. Wir sind jetzt natürlich gezwungen, den Menschen in den Kuppeln hier in Arecibo zu erklären, was passieren wird. Dass wir helfen werden und auch versuchen, auf Lumera einen Platz für sie zu finden. Aber Ihre Aufständischen, die können und sollen Sie zurückpfeifen. Kriegen Sie das hin?«

Ron nickte mit geschlossenen Augen. »Ja, Señor. Das kriege ich hin. Aber die Menschen werden uns nicht verzeihen, was passiert ist. Und außerdem ist da noch …«, Ron brach ab und biss sich auf die Lippen.

»Erst einmal geht es darum, so viele Menschen wie möglich zu beruhigen. Vergebung ist ein Thema für später. Ron, wenn Sie einen Teil wiedergutmachen wollen, sollten Sie sich schon einmal die richtigen Worte überlegen. Tun Sie das für die Menschen. Über euer Strafmaß sprechen wir dann noch«, erklärte Direktor Alonso.

Ein Soldat betrat den Raum. Er wirkte verstört und schnaufte erschöpft aus. »Mr. Barnes, Sir! Wir … wir haben … Sie müssen kommen. Sofort!«

»Cole«, las Steve vom Namensschild auf der Uniform ab, »ganz ruhig. Sagen Sie mir, was geschehen ist.«

»Sir, eine unserer Drohnen hat Präsident Lenoir gesichtet. Er lebt … noch!«

»Wie bitte?«, rief Steve und sprang vom Stuhl auf. »Wo?«

»Im Dschungel, Sir! Ein Trupp ist auf dem Weg zu ihm.«

»Gut, ich komme sofort. Wegtreten!« An seine Gesprächspartner, die noch immer am Tisch saßen, sagte er: »Es tut mir leid. Ich muss sofort zurück nach Lumera. Señor Alonso, ich wünsche Ihnen eine ruhige Hand!«

Steve verließ den Raum der Kuppelführung und eilte Cole hinterher. Beim Portal angekommen, blickte er nicht einmal mehr zurück. James … zum Glück! Er lebte!

33 - ELIAS

2385 | Lumera

»Es kommt, wie es kommen musste«, sagte Elias zu James, der blutüberströmt vor ihm saß und schwer atmete. »Ich habe dir gesagt, dass du sterben wirst. Du bist uns im Weg.«

»Du bist ja völlig durchgeknallt, Elias. Was redest du da für einen Mist? Du bist hier völlig allein, oder hältst du die kaputten Androiden, die hier herumliegen, für dein Gefolge?«, spie James aus.

Fox knirschte mit den Zähnen. Die verfluchten Kidj'Dan hatten ihre Geheimwaffe eingesetzt und seine Androiden mittels eines EMP zerstört. Ihr Fehlen war also doch bemerkt worden. Das war ärgerlich. Doch er würde auch ohne die Androiden ans Ziel kommen. Es war dazu jetzt nur ein bisschen mehr Arbeit nötig.

»Na, na! Nicht so an den Fesseln zerren, sonst zerschneidest du dir noch die Gefäße an den Handgelenken. Das möchten wir doch nicht.«

Elias, du solltest es zu Ende bringen. Der Mann hat seit zwei Tagen nichts getrunken und ist stark dehydriert. Er wird bald ins Delirium fallen.

Elias schüttelte sich. Diese verdammten Kopfschmerzen.

Und diese verdammten Hyperbots, sie ließen ihn einfach nicht in Ruhe ... Was tat er hier eigentlich? Er konnte doch nicht einfach James Lenoir ...

Elias Gedanken waren plötzlich wieder hinter dichtem Nebel verborgen.

Es gab Momente, da wusste er nicht einmal mehr, wer er war. Die Hyperbots waren wie ein Krebsgeschwür, drangen immer wieder in seine Gedanken, wucherten darin herum, nahmen sich, was sie brauchten und ließen ihn als leere Hülle zurück. So konnte es nicht weitergehen.

Elias, er muss jetzt sterben. Eine Drohne hat uns bereits erfasst. Du musst es jetzt beenden.

Elias versuchte, die Bots aus seinen Gedanken zu verdrängen, wollte selbst entscheiden, was er tat. Vor allem wollte er miterleben, was geschah, und nicht einfach ausgeschaltet werden. Das schafften die Bots nämlich immer wieder. Sie knipsten ihn aus wie ein Licht, dass die Dunkelheit störte.

Aber er ... er schaffte es nicht. Seine Gedanken und Gefühle verschwammen. Die Schmerzen, die entstanden, wenn er sich gegen die Bots wehrte, übermannten ihn. Er krampfte sich auf dem Waldboden zusammen, warf einen letzten Blick auf seinen Feind James Lenoir, der ihn fragend aus blutunterlaufenen Augen anstarrte.

Dann war da ... nichts.

»Ahhh«, stöhnte Elias, als er wieder zu sich kam. Er lag noch immer – oder schon wieder – zusammengekrümmt auf dem Boden. Auf seinem Arm bemerkte er ein merkwürdiges haariges Insekt, mit bestimmt zehn winzigen Stielaugen bestückt. Es trank mit seinen langen Beißwerkzeugen sein Blut. Angewidert wischte Elias es fort und starrte auf den kleinen Blutstropfen, der aus der Wunde quoll.

Er versuchte, sich an die letzten Stunden zu erinnern, aber da war nichts. Abermals stöhnend setzte er sich auf und versuchte, seinen Blick in die Ferne zu fokussieren.

Und da waren sie wieder, diese unglaublich starken Kopfschmerzen. Elias massierte seine pochenden Schläfen, obwohl er wusste, dass es sinnlos war. Aber zumindest gaben die Bots jetzt für einen Moment Ruhe.

Er versuchte noch einmal, seine Erinnerungen zurückzuholen. Was war das Letzte, woran er sich erinnern konnte? Da war ... ja, natürlich, James Lenoir.

Er kniff mehrfach die Augen zusammen. Allmählich wurde das Bild des Baumes, an den er James vor zwei Tagen gefesselt hatte, scharf.

»Verfluchte Scheiße!«, brüllte Elias und sprang auf die Beine.

James starrte ihn aus leeren Augen an. War er bereits tot? Es musste so sein, denn James war kaum noch als Mensch zu erkennen. Er hatte also sein Versprechen, vielmehr das Versprechen der Bots, gehalten und James Lenoir grausam zu Tode gefoltert.

Elias roch das geronnene Blut und übergab sich heftig. Er konnte den Blick nicht von den Überresten des vor wenigen Tagen noch vor Leben strotzenden Mannes abwenden. Er hatte ihn nicht einfach getötet, er hatte ihn Stück für Stück auseinandergenommen. Elias wusste, dass er cholerisch und brutal werden konnte, aber das war selbst für ihn zu viel.

Sein Vater, ja, sein verfluchter Vater hatte seine Mutter getötet. Jetzt, da er das ganze Blut sah, fiel es ihm wieder ein. Er hatte es beim Graben im Keller bis zu Mums Arm geschafft, als sein Vater ihn entdeckt und anschließend grün und blau geprügelt hatte. Warum war dieses Bild der blutigen, kalten Haut von Mums Arm aus seinem Gedächtnis gelöscht gewesen? Und wieso tauchte es jetzt wieder auf? Weil Elias nicht besser war als sein Vater? Weil sich alles wiederholte? Waren es wirklich seine Gedanken, die die Bots antrieben, oder waren sie nur ein Spiegel seiner selbst?

Nein ... so war er doch nicht wirklich. Das alles musste aufhören, sofort.

»Ohh«, vernahm Elias ein mattes Stöhnen, das von James auszugehen schien. Das konnte doch unmöglich sein!

»James!«, rief Elias und robbte über die Lichtung. Er fühlte sich so, wie James Lenoir im Moment aussah. Jeder Muskel schmerzte und in seinem Kopf dröhnte es. Dennoch arbeitete er sich vorwärts. Er spürte, dass die Bots in seine Gedanken dringen wollten, aber er wehrte sie ab. Und erstaunlicherweise schienen sie dieses Mal nicht zu ihm durchzukommen.

»Du lebst?«, krächzte er in James Richtung. Er sah ein leichtes Nicken, dass von seinem Gefangenen ausging. Jetzt sah er, dass James mehrere Finger und ein Ohr fehlten, außerdem waren Unmengen von Blut aus mehreren Schnittwunden geflossen und geronnen, die sich über James' gesamten Torso zogen. Elias fasste sich reflexartig an die Kehle. Was hatte er hier für ein Massaker angerichtet?

»Elias … bist du das? Bist du bei dir?«, fragte James unter Stöhnen.

»Verflucht ja. Was ist hier passiert? Ich erinnere mich einfach nicht.«

»Naja …«, James schien zu lachen, aber das Blut in seinem Hals ließ es zu einem Röcheln werden. »Du hast mich, wie versprochen, auseinandergenommen.«

»Verdammt, James, du weißt genau, dass ich nie …«

»Red keinen Scheiß, Elias. Du wolltest es sehr wohl. Ich habe mich mit deinen Bots unterhalten, während du mir erst die Fingernägel und dann die Finger abmontiert hast.«

»Scheiße, ich …«

»Sag nichts, Elias. Ich glaube dir sowieso kein Wort. Ich kann nur hoffen, dass du zur Vernunft kommst oder das die Hyperbots dich töten, bevor du noch mehr Unheil anrichten kannst.«

Elias spürte Zorn in sich aufsteigen. Was wusste James Lenoir schon über ihn und über seine Ziele. Er war nicht besser, als die anderen überheblichen Ärsche, die sich darin suhlten, ihn als Versager zu betiteln. Sollten sie doch allesamt zum Teufel gehen.

»Ich werde den Menschen hier eine friedliche Heimat schaffen und ich werde sie vor allem Unheil schützen. Das ist mein Ziel und das war es immer ...«

»Und dafür gehst du über Leichen, verstehe. Wie überaus edelmütig von dir«, spie James aus. Dann richtete er seine blutunterlaufenden Augen nach innen.

»Was tust du?«, fragte Elias und merkte, wie sein Zorn ein wenig verrauchte. James sah verdammt nochmal nicht gut aus.

»Mein ... meine Healthbots verzeichnen einen Blutdruckabfall. Der ... Blutverlust ist zu hoch. Mein Kreislauf ...«

Elias rappelte sich, geplagt von Schwindelgefühlen, auf die Beine. Unsicher stand er vor James und starrte dessen geschundenen Körper an. Er konnte noch immer nicht fassen, dass es sein Werk war und dass er nun gezwungen war, seinem Gefangenen dabei zuzusehen, wie er qualvoll verblutete.

»James, reiß dich zusammen. Ich werde dich am Leben lassen. Ich kann dich nur nicht gehen lassen.«

»Spar ... dir den Versuch, dein Gewissen reinzuwaschen. Dafür ist es zu ... spät. Ich ... ich sterbe, und du wirst es nicht mehr verhindern können.« James versuchte, die Hand zu heben, aber dafür fehlte ihm die Kraft. Resigniert ließ er die Hand wieder in seinen Schoß sinken. Sein Gesicht nahm eine gräuliche Farbe an.

»Nein James, du stirbst jetzt nicht. Das lasse ich nicht zu. Nicht so ...«, bellte Elias und sah sich hektisch um. Aber dadurch, dass er die Hyperbots aus seinen Gedanken drängte, was ihn enorm viel Kraft kostete, konnte er sich einfach nicht konzentrieren.

»Lasst mich in Ruhe, ihr verfluchten Roboter«, versuchte er sie aus seinem Kopf zu verbannen.

Elias, wir können hier übernehmen. Schließe die Augen und lass uns die Arbeit machen.

»Nein, verdammt. Was habt ihr hier angerichtet? So funktioniert es nicht«, kämpfte Elias gegen die Stimmen in seinem Kopf.

Er hörte ein leises Stöhnen, dass von James ausging. Sein Blick flog zu dem Mann, den er immer verachtet hatte, weil er in Elias' Augen zu unentschlossen und zu schwach war. Immer hatte er sich vorgestellt, wie es sein würde, wenn er seinen verhassten Kontrahenten wimmernd vor sich liegen sähe. Jetzt war es so weit, aber er empfand keine Genugtuung, keine Freude, nur Scham und Wut auf sein eigenes Handeln.

James Lenoir schien alle seine Kraft zusammenzunehmen. Er hob den Kopf und richtete einen schwachen Blick auf Elias. Mit leiser Stimme, nicht viel mehr als ein Flüstern, sprach er: »Elias. Komm zur Vernunft. Irgendwo da drinnen muss doch ein guter Kerl stecken ... du wirst ... ich weiß es. Hilf den Menschen ... Eid. Denk an den Eid.« Dann erstarb seine Stimme. Der Blick der noch offenen Augen war leer, der Brustkorb hob und senkte sich nicht mehr. Der Präsident der Lumera-Kolonie war nicht mehr am Leben.

Die Stimmen der Hyperbots wollten noch immer in seinen Kopf. Er konnte sich nicht mehr gegen sie zur Wehr setzen.

Elias, es war richtig, was wir getan haben. Er musste sterben und er musste leiden, denn das hattest du ihm versprochen, weißt du noch?

»Verdammt nein, *ihr* habt es ihm versprochen, nicht *ich*.«

Aber du wolltest es, tief in deinem Innern. Du hast es immer gewollt. Wir tun nichts ohne deinen Willen, Elias! Wir sind du!

Elias spürte Wut in sich aufsteigen. Sagten die Bots die Wahrheit oder verdrehten sie die Tatsachen?

»Das ist nicht wahr. Ich bin kein Tier. Ich bin kein schlechter Mensch. Ich bin ein Alpha, ein Anführer, aber kein Killer. Ich foltere niemanden aus reinem Vergnügen«, brüllte er in den Dschungel hinein.

Elias, du musst leiser sein. Sie sind in der Nähe und suchen James Lenoir. Wir helfen dir zu fliehen, aber du musst uns die Führung überlassen.

»Aber ich will nicht euer Werkzeug sein, verdammt! Ich will die Dinge selbst in die Hand nehmen«, zischte Elias nun leiser. Dabei lief er nervös auf der kleinen Lichtung umher. Fast wäre er auf einen von Lenoirs Fingern getreten, der einsam auf dem Waldboden lag. Elias spürte erneut, wie ihm die Magensäure in der Speiseröhre brannte und er würgen musste.

Elias, wir wollen nur dein Bestes. Du musst jetzt gehen. Komm, wir sind bei dir und passen auf dich auf. Wir leiten dich.

Trotz all der Emotionen, die ihn fast um den Verstand brachten, stutzte Elias. Irgendetwas schien sich bei den Hyperbots verändert zu haben. Sonst übernahmen sie doch einfach die Kontrolle, warum jetzt nicht? Waren sie defekt? Elias kam nicht mehr dazu, weiter darüber nachzudenken, als die Kopfschmerzen ihn überrollten. Er schrie vor Schmerz auf.

Elias, du darfst dich nicht gegen uns wehren. Wir können uns nicht gegenseitig bekämpfen.

»Das ist mir egal!«, brüllte Elias. Die Schmerzen raubten ihm den Verstand. Ihm wurde plötzlich klar, dass es nicht funktionierte. Dass es nie funktionieren würde. Dass er einen großen Fehler begangen hatte, dass diese Bots ihm das letzte bisschen Menschlichkeit gekostet hatten, die sein Vater nicht aus ihm hatte rausprügeln können.

Trotz der höllischen Schmerzen wusste er auf einmal, was er tun musste. Die Stimmen mussten zum Schweigen gebracht werden, die Schmerzen mussten aufhören. Einmal, ein einziges verfluchtes Mal, wollte er Frieden haben und spüren, wie es war, nicht mehr für oder um irgendetwas kämpfen zu müssen.

Nein Elias, das ist nicht richtig. Gemeinsam können wir großes ...

»Schweigt!«, brüllte Elias und hielt sich die Ohren zu, als würde das irgendetwas bringen. Er kroch auf allen Vieren zu seiner Tasche, die wenige Meter von ihm entfernt lag und spürte das Knacken der dicken madenartigen Tiere unter seinen Knien, als er sich vorwärtsarbeitete.

Elias, das wirst du nicht tun!

Elias ignorierte die Stimmen und griff mit der Hand in die Tasche. Er zog eine kleine, aber hocheffektive Waffe hervor. Er musste mehrfach schlucken, als er sich den Lauf an die Schläfe hielt. Irgendeine Kraft arbeitete gegen den Impuls, den er zu seinen Muskeln sandte. Seine Hand zitterte, als er den Finger an den Auslöser legte. Er dachte an James Lenoir, der immer für das Gute gekämpft hatte. Dieser Gedanke und der Anblick von James, der wirkte, als würde er nur friedlich schlafen, gab ihm Kraft.

Nein!, hörte er die Rufe von tausenden Stimmen in seinem Ohr. Dann drückte er den Abzug. Elias spürte diesen wundervollen Frieden, der ihn einhüllte und sich wie eine warme Umarmung anfühlte. Endlich verschwand der Schmerz, und die Stimmen in seinem Kopf waren verstummt.

34 - JULIA

2385 | Puerto Rico - Erde

»Liebe Bürgerinnen und Bürger der Kuppeln 80 bis 89, liebe Bewohner der Erde. Mein Name ist General Steve Barnes, und als derzeit ranghöchster Offizier vertrete ich die Lumera-Kolonie, welcher ich als Interimspräsident diene. Ich wende mich heute an Sie, weil es großartige Neuigkeiten gibt, die ich mit Ihnen teilen möchte. Wie Sie vielleicht noch wissen, ist ein Teil der Bewohner der Erde vor fast 350 Jahren ins All aufgebrochen, um eine neue Heimat für die Menschheit zu finden. Auch wenn es bereits so lange her ist, haben wir erst vor einem Jahr unser Ziel erreicht und mit der Besiedelung eines erdähnlichen Planeten begonnen, der um den Stern Epsilon Eridani kreist. Wir haben ihn damals Lumera getauft. Schnell stellten wir fest, dass unsere neue Wunschheimat nicht unbewohnt war. Ganz im Gegenteil – eine andere vernunftbegabte Spezies, die sich Kidj'Dan nennt, siedelte bereits auf Lumera.«

Julia beobachtete, wie Steve Barnes Ondras zunickte, der hinter einem Vorhang gewartet hatte. Er trat auf die Bühne, blickte in Steves Richtung und legte zum Gruß die Tentakel an. Im Publikum, das sich im Atrium von Kuppel 82 versammelt hatte, hätte man eine Stecknadel fallen hören können, so still war es auf einmal geworden. Julia vermutete, dass es in den anderen Kuppeln, wo die Menschen der Rede per Live-Übertragung folgen konnten, nicht anders war.

»Darf ich vorstellen: Ondras, Mitglied des Hohen Rates der Kidj'Dan – und unser Freund.«

Ondras hob zunächst, wie Menschen es tun, die Hand zum Gruß. Vereinzelt wurde geklatscht, aber auch viel getuschelt oder einfach nur ungläubig gestarrt.

Der Kidj'Dan ließ schließlich die für seine Art typischen Schnarrgeräusche hören. Dafür erntete er erstaunte Gesichter, und es wurde im Atrium augenblicklich still.

»Ondras grüßt euch«, übersetzte Steve. »Er freut sich, dass dieser Planet, unsere geliebte Erde, noch existiert, und hofft, dass er und sein Volk uns helfen können, die Umstände zu verbessern, unter denen wir hier leben. Er … verabschiedet sich als Freund, hofft auf ein Wiedersehen und wünscht euch … im Jetzt nur das Beste und im … Danach den Frieden mit Gor'Dhalan. Jene, die den ersten Gedanken gedacht und das erste Wort gesprochen hat.«

Die letzten Worte hatte Steve etwas zögerlich herausgebracht.

Julia stand neben John am Rande des Atriums, um der Rede zu lauschen.

Beim Anblick von Steve Barnes, James' rechter Hand, musste Julia unwillkürlich an den ehemaligen Präsidenten von Lumera denken. Präsident Lenoir war begraben worden. Die Trauerfeier, die ganze Zeremonie, war unglaublich schön gewesen. Julia ging es nahe, dass dieser stolze Mann, der so viel Gutes bewirkt hatte, so grausam hatte sterben müssen. Hingerichtet von einem Wahnsinnigen. Das war einfach nicht fair. Er hätte noch so viel Gutes auf Lumera bewirken können.

Sie hatte an ihn geglaubt, wie auch er an sie geglaubt hatte, als er Julia und ihre Freunde bat, zur Erde zu fliegen. Und nun war er nicht mehr da. Julia spürte bei dem Gedanken daran wieder einen dicken Kloß im Hals. Sie konnte Steves Worten kaum folgen und erschrak, als John sie am Arm berührte.

»Und obwohl wir durch die Verblendung unseres damaligen Präsidenten Dr. Fox in einen kurzen, aber völlig sinnlosen und sehr verlustreichen Krieg gegen die Kidj'Dan gezwungen worden waren, haben wir die Waffen beiseite gelegt, das Kapitel hinter uns gelassen und Frieden geschlossen. Menschen und Kidj'Dan leben jetzt friedlich Seite an Seite. Als wir vor wenigen Wochen das Notsignal von Señor Kendrick Alonso erhielten«, Steve zeigte auf Kendrick, der sich direkt neben der Bühne befand, »haben die Kidj'Dan uns geholfen, auf schnellstem Wege zur Erde zurückzukehren. Sie liehen uns eines ihrer Raumschiffe, das dank seiner überlegenen Technologie die Strecke zur Erde in zwei Wochen zurücklegen konnte. Eine Strecke, für die wir zuvor über 340 Jahre gebraucht haben. Dafür, dass wir Kolonisten wieder mit unserer Heimat im Kontakt sind, danken wir den Kidj'Dan.«

Steve Barnes schwieg einen Moment, um seinen Worten Gewicht zu verleihen. Die Unruhe unter seinen Zuhörern war inzwischen wieder verebbt.

»Und damit«, fuhr Steve fort, »endet die Hilfsbereitschaft der Kidj'Dan noch nicht. Denn nicht nur beim Bau von Antriebstechnologie, auch bei der Entwicklung von Terraforming-Mechanismen können sie auf ein Wissen zurückgreifen, das für uns noch völlig im Verborgenen liegt. So ist es den Kidj'Dan möglich, die Bedingungen auf der Erde zu verbessern und sie wieder zu einem lebenswerten Ort zu machen.«

Es begann ein ungläubiges Gemurmel im Publikum, doch als Steve weitersprach, herrschte augenblicklich wieder Ruhe.

»Es ist mir bewusst, dass dies jenseits unser aller Vorstellungskraft liegt, aber ich versichere Ihnen: Es ist möglich, und es wird geschehen. Was wir hierfür brauchen, sind Vertrauen und Geduld. Denn auch wenn die Renaturierung der Erde das größte Wunder seit Menschengedenken sein wird, benötigt das eine gewisse Zeit. Die Reinigung der Erdatmosphäre und die Wiederherstellung des Gleichgewichts der Ökosysteme wird viele Jahrzehnte dauern.«

Einige der Zuhörer schrien enttäuscht auf. Julia hörte auch einige verzweifelte Zwischenrufe. Eine ältere Dame kreischte, dass nun das Ende der Menschheit eingeläutet wäre. Ein junger Mann rief, dass das alles zu lange dauern würde.

»Es ist mir völlig bewusst, dass dies nicht nur eine lange Zeit ist, sondern auch noch viele Entbehrungen bis zum Erreichen dieses ehrgeizigen Ziels bedeuten wird. Aber wir Menschen haben schon viele Katastrophen überstanden. Und wir werden auch diese meistern – gemeinsam.«

Jemand rief: »Klar, du hast leicht reden, du Glücklicher bist ja auf Lumera!«

Steve blickte den Mann an und nickte ihm zu.

»Es stimmt, ich werde nach Lumera zurückkehren. Aber wir werden alles in unserer Macht stehende tun, um euch, unsere Brüder und Schwestern hier auf der Erde, in der Phase des Terraformings zur Seite zu stehen. Was allerdings aktuell nicht möglich sein wird, ist die Migration einer großen Anzahl von Erdbewohnern nach Lumera. Dabei ist es unerheblich, welche Technologie für die Reise verwendet wird: Raumschiffe der Menschen oder der Kidj'Dan oder auch das Steintor, das wir »Durchgang« oder »Portal« nennen. Denn Lumera ist die Heimat der Kidj'Dan. Wir sind dort geduldete Flüchtlinge, die sich unter Auflagen und dank des Großmuts von Königin Radascha eine neue Existenz aufbauen dürfen. Aber wir sind nicht in der Position, eine Umsiedlung der Bewohnerschaft ganzer Kuppelanlagen nach Lumera durchzuführen. Ich versichere Ihnen, dass wir alles daran setzen werden, eine Lösung zu finden. Bitte haben Sie jedoch Verständnis dafür, dass ich in der derzeitigen Situation keine verbindlichen Aussagen treffen kann.«

Steve erntete für diese Worte wüste Beschimpfungen und Buh-Rufe.

»Ich möchte Sie von Herzen bitten, Ruhe zu bewahren. Die Erde sieht einer glorreichen Zukunft entgegen. Es wird kein Sprint, sondern ein Marathon. Aber wir haben ein Ziel vor Augen, und gemeinsam werden wir es erreichen. Kidj'Dan und Menschen, Lumera und Erde – gemeinsam steht uns eine große Zukunft bevor.«

Julia hatte zwar nicht wirklich damit gerechnet, dass Steve Barnes nach seinen Worten umjubelt werden würde, aber es tat ihr leid, dass er die Bühne unter Beschimpfungen verlassen musste. Als positiv zu verzeichnen war lediglich, dass es zu keinem Handgemenge gekommen war.

Nachdem Steve die Bühne verlassen hatte, ging Pep Alonso die fünf Stufen nach oben und stellte das Mikrofon etwas höher.

»Meine lieben Freunde und Mitbürger, bitte bewahren Sie Ruhe. Vieles ist in den vergangenen Tagen und Wochen geschehen, und ich kann Ihre Aufregung verstehen. Aber das Wichtigste ist doch: Es gibt Hoffnung für uns. Hoffnung, dass unser geliebter Planet wieder zu dem wird, was viele von uns nur noch aus den Geschichten ihrer Vorfahren kennen. Hoffnung, dass wir wieder ein normales Leben außerhalb der Kuppeln führen können. Hoffnung, dass die Menschheit eine Zukunft auf der Erde hat. All das verdanken wir unseren Freunden auf Lumera: General Steve Barnes und den Menschen, die für uns nach Lumera gereist sind. Aber vor allem den ... Kischan.«

Julia musste über die wiederholt falsche Aussprache schmunzeln. War das Wort für einen spanisch sprechenden Menschen tatsächlich so schwer auszusprechen?

»Ich danke Ondras und seinen Begleitern im Namen aller Bewohner von Kuppel 82 und auch der übrigen Kuppeln von ganzem Herzen für ihren uneigennützigen Willen zur Rettung unseres Planeten. Dieses Terraforming-Projekt wird uns wieder ein Leben in Freiheit und Glück ermöglichen. Und es wäre ohne Sie«, Steve nickte Ondras zu, der seine Tentakel nach vorne neigte, »nicht möglich gewesen. Bis vor wenigen Tagen hätten wir dies nicht mal zu träumen gewagt.«

Pep Alonso wandte sich wieder den Kuppelbewohnern

zu: »Daher bitte ich Sie: Lasst uns nicht darüber streiten, ob einige von uns nach Lumera gehen dürfen. Lasst uns lieber gemeinsam die Vorbereitungen für unsere Zukunft treffen. Lasst uns mit gemeinsamer Anstrengung und mit einem gemeinsamen Ziel, mit Leidenschaft und Hingabe dem Ruf der Geschichte folgen und das kostbare Licht der Freiheit in eine bessere Zukunft tragen. Ich bin mir sicher: Gemeinsam schaffen wir das. Gott segne Sie, und möge er unsere Heimat, die Erde, und unsere neue Heimat, Lumera, für immer segnen. Auf unsere Freunde auf Lumera, auf die Erde, auf die Zukunft der Menschheit!«

Julia hörte die Jubelrufe, sah, wie die Menschen sich umarmten, und vor allem erkannte sie die Hoffnung in den Gesichtern der Menschen. Eltern, die ihre Kinder in den Arm nahmen, weil es für sie wieder eine Zukunft gab. Julia war zutiefst gerührt und froh, dass John sie ebenfalls in die Arme schloss.

»John, meinst du, es wird klappen?«, flüsterte Julia in sein Ohr.

Er zog seine Augenbrauen hoch. »Warum sollte es nicht klappen? Haben wir zwei nicht lange genug Zeit gehabt, um zu verstehen, wie der Hase läuft?«

»Nein, du ... Mann, ich meine nicht *uns*, ich meine die Allianz zwischen Lumera und der Erde?«

»Ich weiß es nicht, Julia. Ich glaube, dass das niemand sagen kann«, sagte John und zuckte die Achseln. »Aber ich glaube, es gibt Hoffnung. Und darauf können wir aufbauen.«

»Ausgiebig verhandelt haben sie schließlich in den letzten Tagen«, erinnerte Julia sich.

»Das kann man wohl sagen. Ich habe nur kurz mit Steve sprechen können. Er hat seit über einer Woche kaum geschlafen und war jeden Tag auf der Erde. Ich hoffe, dass die Verhandlungen Früchte tragen. Und ich glaube daran, Julia.«

»Ja, John. Ich auch.«

»Dann schließen wir uns einfach der Hoffnung dieser Menschen an«, stellte Julia fest. Sie erblickte Miranda, die

Victoria im Arm hielt. Julia konnte nicht verhindern, dass ihr die Tränen in die Augen stiegen. Das passierte ihr jedes Mal, wenn sie Fays Tochter sah. Miranda ähnelte Fay so sehr, und Julia vermisste ihre Freundin.

Julia musste daran denken, was sie und ihre Freunde alles durchgemacht hatten. Der durch ihr Eingreifen vereitelte Suizid-Befehl der US-Regierung, ihre Flucht auf die Aristoteles, der über dreihundert Jahre dauernde Kryoschlaf, ihre Gefangennahme auf Lumera, das Wiedersehen mit ihrem Vater und ihrem Bruder, der Prozess und ihre Flucht durch den Dschungel von Lumera, ihr Leben bei den Kidj'Dan, der Krieg mit Fox, ihre Rehabilitation und nun ihr Flug zur Erde. Das war mehr, als ein Menschenleben normalerweise ertragen konnte.

»Wenn alles klappt, werden Miranda und Tony gemeinsam mit Victoria und Gustavo ganz bald nach Lumera übersiedeln dürfen. Es ist wirklich ein großes Glück, dass Miranda als Entwicklungshelferin die Zusage für die Übersiedlung erhalten hat«, sagte John und drückte Julias Hand.

»Ja, das stimmt. Wo ist Ethan eigentlich?«, fragte Julia und sah sich um.

»Ich weiß es nicht. Er wollte heute nicht dabei sein. Ich glaube, er wollte für Miranda und Tony das neue Heim in Bourbon Sun planen.«

»Ah ja, das passt zu ihm.« Julia musste lachen.

»Komm, wir sollten gehen. Wir haben noch viel zu tun«, sagte sie und zog John am Arm mit sich.

―

Julia stand an einem der kleinen Panzerglasfenster, die ihr einen Blick auf die nächtliche, verdörrte Landschaft außerhalb der Kuppel erlaubten. Gleich würde sie nach Lumera zurückkehren. Deshalb konnte sie in den letzten Minuten auf der Erde den Blick nicht von ihrer alten Heimat abwenden. Da draußen ausnahmsweise kein Sturm wütete, wurde die karge

Hügelkette von einem imposanten Sternenhimmel beleuchtet. So sah es beinahe friedlich und einladend aus, dachte sie. Aber sie wusste, dass der Schein trügt. In Wirklichkeit herrschten selbst nachts immer noch Temperaturen um 30 Grad und der Sauerstoffgehalt der Luft war zu gering, um längere Zeit ohne Atemmaske draußen zu verbringen.

Doch irgendwo da draußen im Nachthimmel hatten die Bakterien der Kidj'Dhan bereits mit ihrer Arbeit, dem Terraforming und der Rehabilitation der Atmosphäre, begonnen. Es würde noch viele Jahrzehnte dauern, aber eines Tages könnte die Welt vor ihr wieder so aussehen, wie Julia sie noch aus ferner Vergangenheit in Erinnerung hatte: Saftige Wiesen, klare Flüsse, dichte Wälder und vor allem saubere Luft, bei angenehmen Temperaturen. Ob sie selbst dies noch erleben würde, wusste sie nicht. Ihre Healthbots konnten dies durchaus möglich machen, aber sie war sich gar nicht sicher, ob sie wirklich danach strebte, ewig zu leben. Viele der Kuppelbewohner würden dann zum allerersten Mal die Erde so erleben, wie sie war, bevor der menschengemachte Klimawandel das meiste Leben vernichtet hatte. Die kommenden Generationen würden nicht mehr in Bunkern und Schutzeinrichtungen mit gefilterter Luft und in Hochregalen gezüchtetem Gemüse leben müssen, sondern wären in der Lage, die Erde erneut zu bevölkern und wieder frei und unbeschwert zu leben – so wie sie selbst es als Kind noch hatte tun können.

Ein tiefer Schmerz durchzuckte sie, als sie an all die Menschen dachte, die damals die Erde bevölkerten und die sie hatte retten wollen, als die Nahrung nicht mehr für alle reichte und die Regierung mit dem Massensuizid begonnen hatte. Ihr und ihren Freunden war es gelungen, den Befehl der Regierung zu unterbrechen. Aber sie fragte sich nun erneut, ob ihre Handlung damals mit Schuld an der aktuellen Situation der Menschheit trug.

Sie hatte sich diese Frage schon so oft gestellt. Aber zum allerersten Mal fühlte sie eine aufsteigende Erleichterung in sich. Zum ersten Mal legte sich die Schuld nicht wie ein schwerer, dumpfer Schatten über ihre Seele, sondern sie sah eine neue Perspektive, eine neue Hoffnung für die Erde und für alle, die diesen geschundenen Planeten noch ihre Heimat nannten. Sie wusste, dass sie für immer mit der Schuld würde leben müssen. Aber sie fühlte auch, dass es in Zukunft erträglicher werden würde, da es eine Perspektive für die Erde gab – eine Perspektive, an deren Entstehung sie genauso beteiligt war wie an dem Desaster, das immer noch an ihrer Seele nagte. Und wer hätte ahnen können, dass ihre Flucht von der Erde zum Entdecken einer neuen Spezies führen würde, die nun, nachdem ein Krieg mit ihr entstanden und wieder beigelegt worden war, sogar bereitwillig bei der Rettung der Erde half. Und dass Julia und ihre Freunde entscheidend bei dieser Entwicklung unterstützt hatten, erfüllte sie nicht nur mit Stolz, sondern ließ sie auch wieder hoffnungsvoll nach vorne blicken. Vielleicht war es Glück, vielleicht war es Schicksal. Julia wusste es nicht, aber eines war gewiss: Sie könnte wieder glücklich werden.

35 - KENDRICK

2385 | Puerto Rico - Erde

Als Kendrick durch die spärlich beleuchteten Gänge schlenderte, dachte er an die Rede von Steve Barnes. Schön war sie gewesen, trotz der Buh-Rufe. Die Rede seines Vaters bildete einen krönenden Abschluss. Am Ende waren alle Menschen mit einem guten Gefühl wieder in ihre Wohnungen gegangen. Das Leben ging weiter, wenn auch anders. Veränderungen waren ja nichts unbedingt etwas Schlechtes.

Plötzlich musste er wieder an Vida denken. Ihr Tod war das Einzige in seinem Leben, das rein gar nichts Gutes an sich hatte. Und dennoch ging das Leben weiter, vor allem der letzte Gang der Dinge bewies es. Kendrick durfte nun Vidas Tochter aufwachsen sehen. Er würde ihr von Vida erzählen, damit sie ein Bild von ihrer Mutter hatte.

Er wusste, wie glücklich Vida über den heutigen Tag gewesen wäre. Er konnte es spüren, als wäre sie noch bei ihm.

Kendrick blickte auf die alte Uhr an seinem Handgelenk. Es war schon spät, und normalerweise schlief er um diese Zeit längst, aber der Tag war einfach zu aufregend gewesen, um sich einfach so hinzulegen.

Er betrat die Funkzentrale, und sofort schlug ihm der muffige Geruch abgestandener Luft ins Gesicht. Herrje, was war hier los? Er sah, dass die Belüftung deaktiviert war. Schnell drehte er am Regler, der sich neben der Tür befand, und wartete ein paar Minuten, bis er den Raum betreten konnte. Wo war denn nur Marisol? Da fiel es ihm ein: Seine Praktikantin war natürlich längst im Bett. Ach, und sie war seit ein paar Tagen krank. Zum Glück hatte sie Johnnywalker mitgenommen. Den Kater hatte er in den letzten fünf Tagen, seit dem Vorfall in den Kuppeln, ganz vergessen. Aber er wusste, dass er bei Marisol gut aufgehoben war.

Kendrick knipste das Licht in dem fensterlosen Raum an und ging zur Funkstation. Er glaubte zwar nicht, dass in der Zwischenzeit etwas Interessantes reingekommen war, aber nachzusehen konnte ja nicht schaden. Er sah sich um und wurde das Gefühl nicht los, dass hier irgendetwas anders war. Kendrick konnte nicht umhin, zuzugeben, dass er ein Pedant war, was seine Arbeitsmaterialien anging. Er sah sofort, wenn etwas nicht an seinem Platz lag, und so war es jetzt auch. Stifte lagen woanders, das Mikro lag achtlos auf dem Tisch, die Lampe war verrückt worden. Irgendwer musste hier gewesen sein.

Sorgsam sortierte Kendrick alles wieder an seinen angestammten Platz und sah sich die Aufzeichnungen an. Die ersten waren bereits fünf Tage alt und stammten von dem Tag, an dem die Lage in den Kuppeln zu eskalieren drohte. Kendrick war froh, dass es mit Hilfe dieses Aufrührers Ron gelungen war, die Bewohner zu beruhigen und die Lage somit wieder zu entspannen. Der gute Ron, der den Menschen in den Kuppeln im Grunde nur hatte helfen wollen, saß nun in Haft und wartete auf seinen Prozess. Fast tat er Kendrick ein wenig leid.

Kendrick ließ die Aufzeichnungen der eingegangenen Funkrufe durchlaufen.

»Ron Gomez, 23 Strich 15, von Alex Bulbeck, 56 Strich 34,

Los Angeles, Kalifornien. Haben Ihre Durchsage erhalten. Koordinaten wurden gespeichert und weitergeleitet. Wir werden alles uns Mögliche tun, um alsbald bei Ihnen einzutreffen. Ende!«

Kendrick ließ die geöffnete Dose Sojaeintopf fallen, die er gerade auf dem kleinen Herd erhitzen wollte, und die Suppe ergoss sich über den Boden.

Die nächste Nachricht, die automatisch ablief, stammte aus Missouri und enthielt ebenfalls die Ankündigung, dass man sich nach Puerto Rico aufmachen wolle. Es folgten Funksprüche aus Kansas, einer aus Arizona und sogar aus Brasilien, Europa und Fernost hatten sich viele Menschen gemeldet. Kendrick blickte auf die Anzeige der verbliebenen Anzahl von Aufzeichnungen: noch 23 weitere. Scheiße, das würde eine verdammte Völkerwanderung werden! Was hatte Ron da nur angerichtet!

Ohne die Wiedergabe der weiteren Funksprüche zu stoppen, sprintete er hinaus. Die Suppe auf dem Boden war vergessen.

Das nächste Abenteuer folgt mit
PROJEKT EDEN: Lumera-Thriller

Jetzt zum Newsletter anmelden und als Erste*r über neue Bücher von mir informiert werden:
www.lumera-expedition.com/funkkontakt/

Du kannst auch folgenden QR-Code scannen, um dich für den Newsletter anzumelden:

Bitte bewerte mein Buch, damit ich auch in Zukunft weitere spannende Geschichten über Lumera für dich schreiben kann. Vielen Dank!

ES GEHT SPANNEND WEITER ...

Projekt Eden: Lumera Thriller

Zwei Spezies, zwei Planeten, ein Konflikt - und eine Hoffnung.

Die Erde liegt im Sterben. Seit Jahrhunderten versinken die Kontinente in den Ozeanen. Was von ihnen übrig ist, hat sich zur brennenden Wüste gewandelt. Im 24. Jahrhundert leben die letzten Menschen dicht gedrängt in Kuppelanlagen. Denn draußen wartet der Hitzetod.

Doch es gibt einen Hoffnungsschimmer: Lumera. Die Menschen haben eine Kolonie in einem anderen Sonnensystem gegründet und einen brüchigen Frieden mit den dort lebenden Kidj'Dan geschlossen. Doch das Terraforming, mit dem die telepathischen Aliens den Erdenbewohnern helfen wollen, benötigt mehr Zeit, als die Erde hat.

Auf der Erde bricht eine Flüchtlingswelle los: Millionen strömen zum Raumportal, das die Erde mit der neuen Welt verbindet. Doch die

Kidj'Dan wollen jeden unkontrollierten Zustrom nach Lumera mit Waffengewalt verhindern. Eine humanitäre Katastrophe droht.

Die Nerven des neuen Präsidenten der Lumera-Kolonie sind zum Zerreißen gespannt, denn er muss zwischen der Erde und den Kidj'Dan vermitteln. Dabei gibt ihm die Arbeit einer Geowissenschaftlerin Hoffnung: Ein unbewohnter Kontinent auf Lumera könnte mit Erdenbewohnern besiedelt werden. Aber wer soll ihn auskundschaften? Dafür kommen nur jene infrage, die für die Lumera-Expedition viele Opfer gebracht haben und von ihr gezeichnet sind.

Die Chancen stehen schlecht, doch *Projekt Eden* ist die einzige Hoffnung für beide Welten.

Projekt Eden: Lumera Thriller ist ab sofort auf Amazon erhältlich!

Jetzt als ebook für den Kindle oder
als Taschenbuch kaufen!

NACHWORT

Liebe Leserin, lieber Leser,

ich möchte mich ganz herzlich bei dir für das Lesen meines Buches bedanken. Ich hoffe, es hat dir gefallen und deine Lust auf mehr geweckt.

Mit »Lumera Expedition - Return« ist nun der dritte Teil der Reihe beendet und die Trilogie um Julia, Peter, John und James abgeschlossen. Ich muss sagen, dass ich im Laufe der drei Bücher einen engen Bezug zu den Protagonisten aufgebaut habe und hoffe, dass es dir ebenso geht.

Daher habe ich mich dazu entschlossen, weitere Bücher zu schreiben, die im »Lumera-Universum« spielen. Die kommenden Bücher knüpfen an die Trilogie an, sind aber eigenständige Geschichten. Du wirst auf alte Bekannte, aber auch viele neue Personen treffen.

Den Anfang macht »**Projekt Eden: Lumera-Thriller**«.

Verpass nicht den Start des neuen Buchs! Melde dich ganz einfach bei meinem Newsletter an, um Funkkontakt mit Lumera zu halten und über jeden neuen Start informiert zu werden:

www.lumera-expedition.com/newsletter

Du kannst auch den QR-Code scannen und dich so für den Newsletter anmelden:

Außerdem kannst du auf meiner Website www.lumera-expedition.com signierte Exemplare meiner Bücher für dich oder als Geschenk für deine Liebsten erhalten.

Ich habe dieses Buch übrigens nicht ganz alleine geschrieben. Ein Freund von mir, der auf den folgenden Seiten auch vorgestellt wird, hat viel Zeit und Herzblut investiert, um mit mir Ideen zu diskutieren und in die passenden Worte zu gießen. Georg leidet an einer Muskeldystrophie und schreibt jedes Wort mittels einer speziellen Software mit einer Kopfmaus. Dabei schreibt er fast so schnell wie ich, was mich immer wieder aufs Neue beeindruckt. Ich danke ihm von Herzen, dass er mich bei der Verwirklichung meiner Vision so tatkräftig unterstützt hat.

Noch eine persönliche Bitte: Ich möchte auch weiterhin Bücher über Lumera schreiben - doch dafür brauche ich deine Hilfe. Ich würde mich riesig freuen, wenn du meinen Büchern im Internet eine Rezension schenken würdest. Sie muss nicht lang sein, nur ein paar Worte dazu, wie es dir gefallen hat.

Für deine Unterstützung möchte ich mich schon jetzt ganz herzlich bedanken!
Fantastische Grüße und verlern das Träumen nie!

Deine Jona Sheffield

DRAMATIS PERSONAE

DR. ALDECOA Chefarzt der Chirurgie in Kuppel 82, Arecibo.
ALONSO, KENDRICK Head of Radio von Kuppel 82, Arecibo.
ALONSO, PEP Direktor von Kuppel 82, Arecibo, Vater von Kendrick Alonso.
ALONSO, VICTORIA Uneheliche Tochter Vida Alonsos.
ALONSO, VIDA Tochter von Kendrick Alonso. Freundin von Gustavo und Victorias Mutter.
AMURET Hochdekorierter Krieger der Kidj'Dan.
ANDREW Android RAP Generation IV.
BARNES, STEVE First Lieutenant. Stellvertreter und Vertrauter von General James Lenoir.
BASSAVE, ALBERTO Kommissarischer Sicherheitschef von Kuppel 82, Arecibo.
COOPER Soldat. Flügelmann von General Bonneville.
DEL MAR, MARINE Agrarbeauftragte, Kuppelkomplex 80.
MS. DERMODY Lehrerin des jungen Elias Fox.
DE LAURENTIS First Sergeant im Militär auf Lumera.
DITA Kellnerin. Bekannt mit Gustavo.
FENDER, RYAN Widerstandskämpfer.
FERLAND Soldat auf Lumera.
FOX, DR. ELIAS Ehemaliges Mitglied des Repräsentanten-

hauses der US-Regierung, ehemaliger Präsident der Lumera-Kolonie.

Emilio, E. Amokschütze. Kam bei einer Schießerei in der Poliklinik in Kuppel 82 ums Leben.

El Clérigo Pfarrer in Arecibo.

Gaban Kidj'Dan.

Gadala Kidj'Dan. Mitglied der Kar'talan.

Ganuba Kidj'Dan. Führendes Ratsmitglied und Botschafter Königin Radaschas. Befehlshaber der Kam'dhadga während der Sol-Mission.

Garcia, Dr. Chefarzt der Poliklinik in Kuppel 82, Arecibo.

G'holo Kidj'Dan. Mitglied der Kar'Talan.

Godj'aan Kidj'Dan, Oberbefehlshaber der Krieger.

Gomez, Ron Mitglied des Teams um die Agrarbeauftragte Marine Del Mar. Anführer des Umverteilungsbundes.

James, Ethan Widerstandskämpfer.

Jaraaf Ureinwohner Lumeras. Nennt sich »Arbeiter«.

Jennings, Jason Unternehmer, Sohn von Peter und Martha Jennings.

Jennings, Julia Widerstandskämpferin, Tochter von Peter und Martha Jennings.

Jennings, Peter Unternehmer, Vater von Julia und Jason. 2017 an Krebs gestorben. Wurde kryokonserviert. 2384 wiederbelebt und mittels Nanotechnologie geheilt.

Jennings, Ramona Frau von Jason Jennings.

Johnnywalker Betagter Kater von Kendrick Alonso, der in der Teleskopabteilung lebt.

Jones, Mark Leiter Sicherheitsabteilung.

Josie Kleines Mädchen, das Julia Jennings im Flüchtlingslager auf der Erde betreut hat.

Lenoir, James General und Oberbefehlshaber der Kolonie Lumera Eins.

Lyubomyr Funkerkollege Kendricks. Ukrainer.

Marisol Praktikantin in der Teleskopabteilung.

Mudj'Gin Heiler der Kidj'Dan.

Na'Ram Kidj'Dan-Wächter.

NIMBUS   Inhaber des Silent Wake in Kuppel 82, Arecibo.
OLIVER, FAY   Widerstandskämpferin. Lebensgefährtin von Gerrit Pierson.
ONDRAS   Kidj'Dan. Ratsmitglied und Botschafter Königin Radaschas.
PATTERSON, TED   Exobiologe.
PENNY   Ein vierjähriges Mädchen aus Kuppel 82.
PIERSON, GERRIT   Widerstandskämpfer. Lebensgefährte von Fay Oliver.
PIERSON, MIRANDA   Tochter von Fay Oliver und Gerrit Pierson und Freundin von Tony.
PREUSS, ANASTACIA   Geobotanikerin, liiert mit Peter Jennings und mutiert durch den Einsatz von Kidj'Dan-Biotechnologie.
R'HUMIL   Kidj'Dan. Mitglied der Kar'talan.
RADASCHA   Königin der Kidj'Dan.
RAG'DUAN   Kidj'Dan, der das Shuttle zur Erde steuert.
RIVAS, SEÑOR   Leiter für Klimatechnik im 80er Kuppelkomplex.
ROSARIO, ESTEBAN   Colonel im Kuppelkomplex 80.
SALAMANCA, GUSTAVO   Bewohner von Kuppel 83. Partner von Vida und Vater von Victoria.
SALAMANCA, PEDRO   Bewohner von Kuppel 83. Bruder von Gustavo.
SILVER   Soldat auf Lumera.
SILVIO   Partner von Ron Gomez.
SIMON   Android.
STANHOPE, JOHN   Ehemaliger FBI-Agent.
STERN, LT.   Lieutenant in der Militärbasis von Three Moon.
THISTLEWEED, LUISE   Sektretärin von James Lenoir.
TONY   Mirandas Freund.
VELASCO, SEÑORA   Mitarbeiterin der Kuppelführung.
WALLSTRÖM, MAJOR   Kommandant der Truppen, die auf der Kam'dhadga stationiert sind.
WILKENS, DR.   Spezialist für Nanomaschinen. Entwickler der Hyperbots.

GLOSSAR

Aristoteles Weltraumarche.
BID Abkürzung für »Brain Interaction Device«. Implantate, die hinter dem Ohr eines Menschen implantiert werden. Ermöglichen einen direkten Informationsaustausch mit Brainbots, die sich im Gehirn eines BID-Nutzers befinden. Hierdurch können Nutzer Wissen, Empfindungen und Erinnerungen in digitaler Form selbst über große Entfernungen an andere Nutzer übertragen. BID-gestützte Geräte wie Türen, Shuttles oder Drohnen können damit kraft Gedanken gesteuert werden. Ursprünglich waren BIDs eine bloße Weiterentwicklung vom Smartphone. Die BID-Technologie hat sich jedoch rasant weiterentwickelt und schließt seit 2040 die Möglichkeit ein, den Gesundheitszustand eines Nutzers zu überwachen. Die Möglichkeiten des Missbrauchs dieser Technologie waren stets umstritten.
Blan Konservierungsbalsam der Skirr.
Bourbon Sun Zweite Basis/Stadt der Kolonie auf Lumera.
Brainbots Nanobots, die sich im Gehirn in die DNA eingliedern
Children Of Real Mankind Miliz in Kuppel 83, die eine Mitschuld am Tod Vida Alonsos trägt.

CUBE   Würfelförmiges kleines Gerät, um Hologramme darzustellen.

DHAK'VOO-SPULE   Ermöglicht Kidj'Dan-Raumschiffen die Überbrückung unvorstellbarer Entfernungen ohne Zeitverzögerung.

DEASE LAKE   Eine Siedlung im Nordwesten der kanadischen Provinz British Columbia am See gleichen Namens gelegen, in der über 100 Jahre zuvor ein Schwarzmarkt für technologische Raritäten existierte.

DUMRAS   Dorf der Kidj'Dan, das Three Moon am nächsten liegt.

EMP   Elektromagnetischer Puls.

EPSILON ERIDANI   Drittnächster Stern zum irdischen Sonnensystem, etwa 10,5 Lichtjahre von der Erde entfernt. Lumera ist der zweite Planet Epsilon Eridanis.

ESHIK-MALKII   »Anker im Diesseits«. Steinerne Stammbäume in Säulenform, die seit Entstehung der Kidj'Dan-Zivilisation auf deren Heimatwelt Hapt'Arian stetig erweitert wurden. Sie stehen heute im Original auf Lumera und werden weiterhin beschriftet.

EXODUS-FLOTTE   Umfasst alle Schiffe, die nach Lumera gereist sind.

FORSTERIT   Ein Mineral.

GANUL   Ein Kunststoff der Kidj'Dan.

GARR-HÖHLE   Erntehöhle der Kidj'Dan.

GOLLGOS   Reptilienartige Wesen, die von den Kidj'Dan als Reittiere genutzt werden.

GOR'DHALAN   Die Urmutter der Kidj'Dan, die als Erste die Gesetze und Weisheiten niedergeschrieben hat, welche zur Kultur der Kidj'Dan erwachsen sind und bis zum heutigen Tag unumstößlich Gültigkeit haben.

HAPT'ARIAN   Heimatplanet der Kidj'Dan.

HAPT'URUGAN   Name Lumeras in der Sprache der Kidj'Dan.

HAMT'DARR   Stadt der Kidj'Dan.

HUMRIL   Stadt der Kidj'Dan.

Holonet Drahtloses Hochgeschwindigkeitsnetzwerk zur Übertragung jeglicher Daten in annähernder Echtzeit. In Ansätzen vergleichbar mit dem Internet der 2020er Jahre.
ISA Weltraumorganisation, zu der einige der Weltraumarchen u.a. die Platon gehören.
Iskut 500 Kilometer von Kitwanga entfernte Stadt, in deren Nähe sich die Piersons niedergelassen hatten.
Kam'dhadga Raumschiff der Kidj'Dan.
Kar'Talan Spezialeinheit der Kidj'Dan. Untersteht Ondras und Ganuba.
Keycard Schlüsselkarte, die zur Authentifizierung dient.
KI Künstliche Intelligenz.
Kidj'Dan Bewohner Lumeras.
Kitwanga Die einst sehr kleine Siedlung ist heute eine blühende Stadt und Knotenpunkt für den Binnenhandel an der Westküste Kanadas.
Klerikerviertel Ein Bereich in Kuppel 82. Hier existieren mehrere religiöse Einrichtungen unterschiedlichster Denominationen in ökumenischem Miteinander. Die Zahl der Gläubigen sinkt stetig.
Komplex 80 Kuppeln sind in Zehnergruppen gegliedert. Kuppeln der Nummern 0-9 bilden Komplex 0. Kuppeln der Nummern 10-19 bilden Komplex 10. Kuppeln der Nummern 20-29 bilden Komplex 20, etc. Weltweit existieren etwa 1000 Kuppelkomplexe.
Kre-Vaal-Drohne Ausstattung der Kam'dhadga.
Kud'Schan Stadt der Kidj'Dan.
Kuru'Praa Rituelle Bestrafung innerhalb der Kultur der Kidj'Dan.
Lavumos Objekte unbekannter Art, die Terraforming ermöglichen.
Lumera Erdähnlicher Planet im Sonnensystem Epsilon Eridani.
Lusala-Pflanze Verspritzt zur Abwehr von Fressfeinden eine übelriechende Substanz.

Mar'Nha Konventionelles und damit langsameres Antriebssystem der Kidj'Dan.

Merga Ein Pilot mit hoher kultureller Bedeutung für die Spezies der Skirrs.

Mineostate Zeitrechnung der Kidj'Dan.

Mineostaure Zeiteinheit. Eine Einheit Entspricht ca. 100 Minuten.

Murrnii'Gho Raumschiff der Skirrs, den Ureinwohnern von Lumera.

Nalans Winzige käferartige Insekten, die von den Kidj'Dan für medizinische Zwecke eingesetzt werden. Beim Menschen wirken sie stark mutagen.

Namala Nutztiere. Ausgesprochen nervös und schnell reizbar.

Nano-Cloud Externes Speichermedium für Inhalte der BIDs.

Platon Weltraumarche der Exodus-Flotte.

Randsch'haa Antriebssystem der Kidj'Dan-Schiffe, das eine Dak'Voo-Spule benötigt

RAP IV Android der neuesten Generation.

Real Mankind In den USA, Kanada und Südamerika operierende Miliz.

Sa'Sorr Kidj'Dan Aussprache für Saturn.

Umrod'Ha Kidj'Dan-Pilot.

Sichelstein Heiliges Objekt der Skirrs, mit dem Portale aus- und eingeschaltet, aber auch zerstört werden können.

Silent Wake Kleinste Kneipe in Kuppel 82, Arecibo.

Skirrs Ureinwohner Lumeras.

Skyrider Ultraleichtflugzeug mit schwenkbaren Düsen.

Smartwatch Uhr, die Hologramme darzustellen vermag.

Sojasu Likör bestehend aus Soja und künstlichem Kakao.

Spinell Ein Mineral, das u. A. für hochwertige Keramik verwendet werden kann.

Three Moon Name der aus Basis Eins auf Lumera entstanden Stadt.

Ukmenen Kleine Flugwesen auf Lumera, die bislang noch recht unerforscht sind.

Umverteilungsbund Lose organisierte Widerstandsbewegung, deren Ziel es ist, Ressourcen und Nahrungsmittel auf die Kuppeln innerhalb eines Kuppelkomplexes gleichmäßig zu verteilen.

VR Virtuelle Realität.

DANKSAGUNG

Ein Buch zu schreiben ist ein umfangreiches und anstrengendes Projekt. Eine Trilogie zu vollenden ist die Arbeit mehrerer Jahre. Insgesamt habe ich für alle drei Teile der Lumera Expedition mehr als zwei Jahre gebraucht. Aber ohne die tolle Unterstützung vieler lieber Menschen wären es sicherlich noch einige Jahre mehr geworden.

Daher möchte ich an dieser Stelle all denen danken, die mir in den letzten zwei Jahren mit Rat und Tat, mit guten Ideen und netten Worten, mit berechtigter Kritik oder motivierender Begeisterung so wahnsinnig geholfen haben:

Zuerst ist da natürlich meine Familie. Meine Eltern, meine Geschwister und natürlich mein Mann und meine Kinder und der gesamte Rest der Familie, der immer an mich geglaubt hat und mich bestärkt hat, weiterzumachen, auch wenn es mal schwere Zeiten gab.

Genauso wichtig ist Georg. Mein liebgewonnener Freund, Mutmacher und Ideengeber. Ohne ihn wäre das Buch vermutlich ein ganz anderes geworden. Für ihn war das Schreiben noch viel anstrengender als für mich, denn was ich mit zehn Fingern machen kann, muss er mit seinen Augen bewerkstelligen. Ich bin stolz auf seine Leistung und sehr, sehr dankbar, dass ich ihn kennenlernen durfte.

Für Ihren ungestörten Lesefluss ist ein gutes Lektorat und korrekte Orthografie und Grammatik unerlässlich. Dafür hat auch in diesem Buch wieder Dr. Peter Schäfer gesorgt, der abermals hervorragende Arbeit geleistet und mich wie immer perfekt unterstützt hat.

Meine Freunde und kritischen Erstleser Gernot Sary, Axel Aldenhoven, Kerstin Bachmann und Dirk Orlowski haben dabei geholfen, die Story auf mögliche Fehler zu prüfen und Logiklücken aufzuspüren. Sie waren eine riesen Bereicherung bei der Vollendung meines Buches.

Und zuletzt danke ich natürlich ihnen, meinen Lesern. Ohne Ihr Vertrauen und den Kauf dieses Buches hätte ich niemals meine Leidenschaft zum Beruf machen können.

Danke!

PS: noch einmal meine Bitte: falls Ihnen die Lektüre so viel Spaß gemacht hat wie mir das Schreiben, dann bewerten Sie bitte mein Buch auf Amazon und schreiben Sie eine Rezension. Das hilft mir wirklich sehr. Vielen Dank im Voraus!

ÜBER DIE AUTORIN

Jona Sheffield, geboren 1978 in Kiel, studierte BWL, bevor sie bei einem Düsseldorfer Medienunternehmen andockte. Ihre Schreiblust lebt die Senior Managerin nicht nur im Beruf aus, mit der Veröffentlichung der Lumera-Expedition erfüllt sie sich einen großen Kindheitstraum. An einem anderen Traum, nämlich die unermesslichen Weiten des Weltalls selbst zu bereisen, hält sie fest.

Sheffield lebt mit ihrem Mann und ihren drei Kindern bei Köln.

Mehr Informationen über Jona Sheffield und die Lumera-Reihe finden sich auf ihrer Website:

www.lumera-expedition.com